ANNA CAMPBELL
Verbotene Umarmung

Buch

Er ist der hoch angesehene Earl of Erith. Julian Southwood, den Sommer über in London, befindet sich auf der Suche. Auf der Suche nach einem Juwel, etwas sehr Speziellem, etwas, das ihm die einsamen Stunden in der fremden Stadt versüßen könnte: nach einer Frau! Und beim schwachen Geschlecht gelten die gleichen exquisiten Ansprüche wie bei allen anderen Dingen seines Lebens. So kommt nur die begehrteste Kurtisane Londons für ihn infrage.

Sie wird von den Männern umschwärmt, verehrt, bewundert: Die wunderschöne Olivia Raines, Schmetterling der Nacht. Niemand ahnt, wie todunglücklich sie ist mit ihrem Leben, ihrer Stellung, ihrer Rolle.

Als Olivia Julian das erste Mal begegnet, sieht sie einen Mann, der anders ist als alle anderen. Schlank und groß gewachsen, muskulös und mit silbrig grauen Augen, umgeben von einer aristokratischen, ja arroganten Aura. Er lässt sie vor Erregung zittern. Bald sind beide nicht mehr nur in leidenschaftlichem Verlangen füreinander gefangen, nein, etwas weit Gefährlicheres als Lust entflammt zwischen ihnen: Liebe. Doch was muss geschehen, damit sie ihre Herzen über ihren Stolz siegen lassen?

Autorin

Anna Campbell wurde in Brisbane, Australien, geboren. Aufgewachsen auf einer Avocado-Farm, war ihr liebstes Hobby als Kind das Lesen. Schon während der Schulzeit begann sie zudem, eifrig zu schreiben. Mit dem Liebesroman »Rebellische Küsse« gelang ihr der weltweite Durchbruch.

Von Anna Campbell bereits erschienen:

Rebellische Küsse (36754) · Zart wie die Nacht (36843)

Anna Campbell

Verbotene Umarmung

Roman

Ins Deutsche übertragen
von Uta Hege

blanvalet

Die Originalausgabe erschien 2009 unter dem Titel
»Tempt the Devil« bei Avon Books, an imprint of
HarperCollins*Publishers*, New York.

Verlagsgruppe Random House FSC-DEU-0100
Das für dieses Buch verwendete FSC-zertifizierte Papier
Holmen Book Cream liefert Holmen Paper, Hallstavik, Schweden.

1. Auflage
Deutsche Erstveröffentlichung Februar 2009 bei
Blanvalet, einem Unternehmen der Verlagsgruppe
Random House GmbH, München.

Umschlaggestaltung: HildenDesign, München
Umschlagmotiv: Richard Newton / Agt. Schlück GmbH
Redaktion: Regine Kirtschig
ES · Herstellung: RF
Satz: DTP Service Apel, Hannover
Druck und Einband: GGP Media GmbH, Pößneck
Printed in Germany
ISBN: 978-3-442-36917-1

www.blanvalet.de

1

London, April 1826

Ohne auf das Gedränge und den Lärm im Salon zu achten, betrachtete Julian Southwood, Earl of Erith, die berühmte Kurtisane, die er als nächste Gespielin auserkoren hatte.

Obwohl man im eleganten Mayfair war und trotz der milden Frühlingsluft, roch es so durchdringend nach käuflichem Sex wie auf den Sklavenmärkten von Konstantinopel oder Marrakesch.

Es waren überwiegend Männer anwesend, die die wenigen verführerisch zurechtgemachten Frauen, die durch den Raum flanierten, genauso wenig wahrnahmen wie die verblüffend realistischen Details des großen Wandgemäldes, auf dem die Entführung des Hirtenknaben Ganymed durch den wilden Zeus zu sehen war.

Auf einem Podium in der Ecke kämpften sich ein Geiger und ein Pianist verbissen durch eine Mozart-Sonate, die aus einer anderen, einer reinen, unbefleckten Welt zu stammen schien.

Einer Welt, in der der Earl of Erith schon seit langer Zeit nicht mehr zu Hause war.

Er schüttelte den Kopf, um diesen düsteren Gedanken zu vertreiben, und wandte sich seinem Begleiter zu: »Stellen Sie mich vor, Carrington.«

»Gerne, alter Freund.«

Carrington brauchte nicht zu fragen, welcher Frau Eriths Interesse galt. Schließlich nahmen alle anwesenden Männer nur die eine gertenschlanke Frau, die mit einstudierter Nonchalance auf der Chaiselongue vor einem der westlichen Fenster saß, wahr.

Erith war bewusst, dass sie diese Position mit Bedacht bezogen hatte. Die goldfarbenen Sonnenstrahlen fielen schimmernd auf ihr locker aufgestecktes, lohfarbenes Haar, und ihr leuchtend rotes Kleid sah in dem hellen Licht wie eine Feuersäule aus. Ein dramatischer Effekt, wie bei einer Aufführung des königlichen Hoftheaters, dachte er.

Selbst ihm, der alle Tricks der Kurtisanen kannte, hatte der Atem angesichts ihrer Ausstrahlung gestockt. Sein Blut hatte den düsteren, pulsierenden Gesang körperlichen Verlangens angestimmt, seine Haut hatte gekribbelt, und er hatte gewusst, dass er nicht eher Ruhe finden würde, als bis er sie bekam.

All das hatte sie bewirkt, obwohl sie ganz am anderen Ende des Salons gesessen hatte, als er eingetreten war.

Sie war allerdings auch keine durchschnittliche Kurtisane.

Sonst wäre der Earl nicht hier. Der Earl of Erith nahm von allem immer nur das Beste. Er ging zum besten Schneider in der Stadt, kaufte stets die besten Pferde und die besten Frauen.

Selbst ein anspruchsvoller Mann wie er musste sich unumwunden eingestehen, dass diese ganz spezielle Hure eine wirklich erstklassige Ware war.

Zwei außergewöhnliche Frauen hatten in den letzten Jahren in London für Aufsehen gesorgt. Soraya – dunkel, kühl, geheimnisvoll –, die den Herzog von Kylemore geheiratet und dadurch den Skandal des Jahrzehnts heraufbeschworen hatte. Und die Frau, die jetzt vor Erith saß und sich bewundern ließ, als wäre sie das kostbarste Juwel.

Er musterte sie so, wie er die Tiere musterte, wenn er bei einem Pferdehändler war.

Himmel, ihr leuchtend rotes, enges Kleid betonte noch, wie ungewöhnlich groß und schlank sie war. Sie würde geradezu perfekt zu seinem großen, muskulösen Körper passen, auch wenn ihm für gewöhnlich eher etwas an fülligeren, üppigeren Frauen lag. Wie an dem charmanten, drallen, blonden Gretchen, das er in Wien zurückgelassen hatte.

Dieses Weib war das genaue Gegenteil von ihr. Während die Tiroler Schönheit weiche, nachgiebige Rundungen geboten hatte, verströmte diese Frau beinahe ein Übermaß Eleganz. Ihr Busen wirkte geradezu bescheiden, ihre Taille lang und schlank, und die Beine unter ihrem schmal geschnittenen Rock waren bestimmt so wohlgeformt und lang wie die von einem Vollblutpferd.

Gretchen war blutjung gewesen, während sie bestimmt schon an die dreißig war. Viele Frauen in diesem Alter waren bereits leicht verblichen, doch dieser Paradiesvogel führte seine Regentschaft über die männlichen Mitglieder der besseren Gesellschaft unangefochten fort. Die Tatsache, dass sie bereits seit Jahren die begehrteste Mätresse in ganz London war, machte sie noch reizvoller für ihn.

Sein Blick glitt ein Stück an ihr herauf. Nach den Schwärmereien, die er in den Clubs vernommen hatte, und aufgrund des beinahe schmerzlichen Verlangens in den Stimmen ihrer zahlreichen Bewunderer hatte er gedacht, sie stelle ihre Waren recht freizügig zur Schau. Aber wie ihr Körper sah auch ihr Gesicht vollkommen anders als erwartet aus.

Sie hatte ein kantiges, beinahe maskulines Kinn, eine etwas zu lange Nase, ein wenig zu hoch angesetzte Wangenknochen und große, schräg stehende Augen, deren Farbe von dem Platz neben der goldgerahmten Tür, an der er stand, nicht zu erkennen war.

Augen einer Katze. Augen einer Tigerin.

Und ihr Mund …

Wahrscheinlich war ihr Mund der Grund für die außergewöhnliche Anziehungskraft, die sie auf die Männerwelt ausübte. Vielleicht war er etwas zu groß. Aber wer würde sich darüber beschweren? Kein Mann konnte diese vollen Lippen ansehen, ohne von ihnen geküsst werden zu wollen, dachte er. Bei dem Gedanken an die herrlich dekadenten Freuden, die sie ihm damit bereiten könnte, spürte er ein leichtes Ziehen in seinem Unterleib.

Es gab keinen Zweifel. Dieses Weibsbild hatte etwas an sich, das den Männern den Verstand raubte.

Sie war keine ausgemachte Schönheit, sie war nicht mehr jung, und sie pries ihre Vorzüge nicht wie billigen Tand auf einem Jahrmarkt an. Wenn er ihr bei einer ehrenwerten Soiree begegnet wäre statt auf diesem anrüchigen Fest, hätte er sie für ein Mitglied seiner eigenen Klasse halten können.

Was nach all der Aufregung im Vorfeld überraschend und enttäuschend für ihn war.

Doch noch während er die viel gerühmten Reize dieser Kurtisane abtat, lenkte er den Blick bereits auf dieses beinahe herbe, seltsam vornehme Gesicht zurück. Mit dem sündig vollen Mund. Dem prächtig vollen Haar. Und dem langen, geschmeidigen Körper, der in vollkommen entspannter Haltung auf dem Sofa saß, während sich um sie herum ein endloser Strom von Bewunderern ergoss.

Sie war die mächtigste Person im Raum. Selbst aus der

Distanz spürte er die sexuelle Energie, die um sie herum zu brodeln schien.

Spöttisch lächelnd blickte sie sich um, ihr stolz gerecktes Kinn zeugte von Verachtung, Trotz und gleichzeitigem Mut.

Er versuchte, sich der Lockung dieses Wesens zu entziehen. Doch sein leichtfertiges Herz schlug bereits mit dem Nachdruck eines Trommlers vor Beginn der Schlacht.

Er hatte etwas völlig anderes erwartet, doch er musste sich gestehen, dass sie ein ganz besonderes Niveau besaß.

Sie hob den Kopf, lächelte über etwas, was der Weichling von sich gab, der direkt neben ihrem Ellenbogen stand. Beim Anblick ihrer lässig verzogenen, vollen roten Lippen wogte die Erregung wie ein heißer Lavastrom durch Erith. Dieses Lächeln zeugte von Wissen, Intelligenz und einem sexuellen Selbstbewusstsein, wie es ihm, obwohl er seit fast sechzehn Jahren ständig mit gefallenen Frauen verkehrte, noch nie bei einem weiblichen Wesen begegnet war. Er musste mühsam schlucken, denn obgleich er dieses Spiels allmählich überdrüssig war, rief diese Frau heißes Interesse in ihm wach. Das begehrliche Summen seines Blutes nahm noch zu.

Oh ja, sie würde ihm gehören.

Nicht nur, weil sie die begehrteste Mätresse von ganz London war und seine Selbstachtung es nicht erlaubte, dass er sich mit weniger zufriedengab. Sondern weil er sie wirklich wollte.

Und zwar mehr als irgendetwas anderes seit langer, langer Zeit.

»Miss Raines, wie schön, dass wir uns hier begegnen. Ich hoffe, es geht Ihnen gut.«

Olivia blickte von der wilden römischen Orgie auf ihrem Seidenfächer auf. Vor ihr stand Lord Carrington. Er hatte jahrelang um ihre Gunst geworben. Worauf sie jedoch um seinetwillen niemals eingegangen war. Er war ein guter, anständiger Mann und hatte etwas Besseres als sie verdient. Trotzdem setzte sie – da er ein guter, anständiger Mann war – ein warmes Lächeln auf und reichte ihm die in einen langen, leuchtend roten Handschuh gehüllte rechte Hand.

»Sehr gut, Lord Carrington. Und Ihnen?«

Der alte gesellschaftliche Tanz. Sie konnte gar nicht sagen, wie leid sie dieses dümmliche Geplänkel war. Beinahe so leid wie ihr momentanes Leben.

Tapfer kämpfte sie gegen die Langeweile an.

Sie war hier, um einen neuen Liebhaber zu wählen. Schließlich konnte sie nicht ewig bei dem armen Perry bleiben, obwohl er kein Geheimnis daraus machte, dass er überglücklich über ihren Aufenthalt in seinem Stadthaus war. Auch jetzt stand er wie eine besorgte Gouvernante direkt neben ihr.

Olivia wünschte sich, es wäre ihr nicht vollkommen egal, wer als Nächster mit ihr schliefe. Sie brachte einfach nicht das mindeste Interesse dafür auf. Doch sie musste sich entscheiden. Schließlich hing ihr hart erarbeiteter Ruf als Beherrscherin des männlichen Geschlechts von ihrer Auswahl ab.

Auch diesen Ruf war sie inzwischen leid.

»Bestens, vielen Dank.« Carrington küsste ihr die Hand. »Darf ich Ihnen den Earl of Erith vorstellen, der vor Kurzem aus dem Ausland zurückgekommen ist und die Saison über in London bleibt?«

Ohne auch nur das mindeste Interesse – schließlich war

der Earl trotz seines Titels ein Mann wie alle anderen auch – zog sie ihre Hand zurück und hob den Kopf, um sich Carringtons Begleiter anzusehen.

Einen *riesengroßen* Mann. Sie riss die Augen auf, und ihr Blick wanderte an einem schlanken, muskulösen, hoch modisch gekleideten Leib hinauf, bis sie in zwei stahlgraue Augen sah. Vielleicht rührte ihre Farbe aber auch nur von der Kälte, die in diesen Augen blitzte, her. Wenn sie auch nur einen Bruchteil weniger selbstbewusst wäre, wäre sie unter dem eisigen Blick von diesem Fremden sicherlich erbleicht.

Aber sie war Olivia Raines, Londons berühmteste Kurtisane, und auch wenn sie ihren Ruf zum Teufel wünschte, wusste sie doch ganz genau, wie sie ihn am besten nutzte, um einen potenziellen Gönner anzuziehen.

Sie behielt ihre gebieterische Miene bei. »Mylord.«

»Miss Raines.«

Wie zuvor Lord Carrington küsste ihr auch der Earl galant die Hand, und selbst durch den Stoff des Handschuhs spürte sie die Kühle seiner Haut. Während eines seltsamen Moments nahm sie nur noch seine starken Finger wahr und seinen schimmernd dunklen Schopf, dessen leicht geneigte Haltung eher dominant als höflich war.

Ihr Puls fing an zu rasen, und das feine Haar in ihrem Nacken sträubte sich.

Was in aller Welt war plötzlich mit ihr los? Blinzelnd zwang sie sämtliche Gedanken in die Wirklichkeit zurück.

Sie musste sich einen neuen Gönner suchen. Das war die Wirklichkeit.

Lord Erith, das hatte sie sofort erkannt, wäre sicherlich kein schlechter Kandidat.

Er hielt ihre Hand nicht länger, als der Anstand es gebot.

Er ließ seinen Blick nicht lüstern an ihr herunterwandern, und in seinen Augen blitzten weder glühendes Verlangen noch Besitzgier oder Verachtung auf. Manche Männer sahen sie verächtlich an, als wäre es verachtenswert, dass sie über sich selbst bestimmte, während gleichzeitig die Freiheit dieser Männer Grund zum Feiern war.

Nein, der Earl of Erith sah sie völlig reglos an.

Nichts wies darauf hin, dass er entschlossen war, ihr Liebhaber zu werden. Weshalb also war sie fest davon überzeugt?

Mit seinem kantigen Kinn, der erhabenen Nase und dem dichten, schwarzen Haar war er ein Bild von einem Mann. Weshalb war er ihr nicht schon viel früher aufgefallen? Er war ohne jeden Zweifel schwer zu übersehen. Bereits aufgrund seiner beeindruckenden Größe sowie seines guten Aussehens hätte sie den Mann bemerken müssen, und dank der Autorität, die er verströmte, zog er sicher überall sämtliche Blicke auf sich.

Ob es etwas gab, was er hinter der Fassade der Autorität verbarg?

Sofort unterdrückte sie die aufsteigende Neugier. Weshalb sollte es sie interessieren, was dieser verwöhnte Gesellschaftslöwe verbarg? Er war nur ein weiterer Mann, den sie benutzen und dann fallen lassen würde. Dieses Muster änderte sich nie.

Mit einer Lässigkeit, die der Königin der Kurtisanen würdig war, hob sie ihren Fächer wieder an und schwenkte ihn sanft vor ihrem Gesicht. Dabei achtete sie sorgsam darauf, dass das Bild der beiden nackten Männer, die die Nymphe oben und unten gleichzeitig befriedigten, in seine Richtung wies. Ein Schachzug, der wahrscheinlich ziemlich kindisch war, doch irgendetwas an dem Earl forderte sie geradezu heraus, dafür zu sorgen, dass er aus dem Gleichgewicht geriet.

Lord Carrington errötete und blickte eilig fort. Lord Eriths Blick jedoch fiel erst auf den Fächer und dann wieder auf ihr Gesicht. Obwohl ihre demonstrative Geste ihn eindeutig amüsierte, zeigten seine silbrig grauen Augen unter den schweren Lidern keine Reaktion.

»Nun, Mylord, wie gefällt es Ihnen in der Hauptstadt?«, fragte sie in ruhigem Ton.

»Ich stelle gerade fest, dass es hier unerwartete Schönheiten zu entdecken gibt«, gab er tonlos zurück.

Aha. Das Spiel begann.

»Wie nett von Ihnen«, antwortete sie. Sie würde gar nicht erst so tun, als würde sie ihn nicht verstehen, denn falsche Scham hatte noch nie zu ihrem Handwerkszeug gehört. »Ich hoffe, Sie bekommen noch Gelegenheit, sie näher zu erforschen.«

»Das ist mein größter Wunsch, Miss Raines. Darf ich Sie vielleicht einmal besuchen?«

»Olivia ist sehr beschäftigt«, erklärte Perry scharf und legte eine Hand auf ihre nackte Schulter.

Sie bedachte ihren Freund und Gastgeber mit einem überraschten Blick. Wie feindselig er klang! Offen gestanden hatte sie über ihrem stummen Duell mit dem Earl of Erith beinahe vergessen, dass er in der Nähe stand.

»Ich glaube nicht, dass ich das Vergnügen schon hatte«, erklärte der Earl in demselben neutralen Ton und wandte seinen kalten Blick endlich von ihr ab.

»Lord Peregrine Montjoy«, Carrington sah unbehaglich zwischen beiden Männern hin und her. »Lord Peregrine, der Earl of Erith.«

Perry verstärkte seinen Griff um ihre Schulter und fuhr

den unglücklichen Mittler an: »Ich weiß schon, wer das ist.«

Was war nur mit ihm los? Er wusste ganz genau, was der Zweck dieser Versammlung war. Sie hatten sogar über potenzielle Kandidaten diskutiert. Der Name Erith war dabei nicht aufgetaucht, aber schließlich hatte sie auch bis vor wenigen Minuten nichts von seiner Existenz gewusst.

»Lord Peregrine.« Eriths Stimme blieb vollkommen ruhig, doch die beiden Worte kamen ihr trotzdem wie eine Warnung vor.

Sie fasste einen plötzlichen Entschluss. »Ich werde morgen Nachmittag um vier zum Tee hier sein.«

»Zum Tee.« Das Gesicht des Earls blieb völlig ausdruckslos, doch sie wusste ganz genau, dass sie den Kerl endlich aus dem Konzept gebracht hatte.

»Ja, zum Tee.«

Hatte er gedacht, er bräuchte nur darum zu bitten, und schon ginge sie mit ihm ins Bett? Aber schließlich war er erst seit Kurzem wieder hier und wusste deshalb vielleicht nicht, dass immer sie es war, die ihre Bettgenossen wählte, die die Regeln festlegte und die Verhältnisse beendete, wenn ihr danach zumute war. Sie war geradezu berüchtigt für ihr Maß an Unabhängigkeit. Gerade deshalb war sie auch so begehrt.

Es war nicht zu übersehen, dass auch Lord Carrington gern von ihr eingeladen worden wäre, doch sie ignorierte ihn. Er war für eine Frau wie sie einfach nicht gemacht. Wohingegen dieser Erith eindeutig ein völlig anderes Kaliber war.

»Vielen Dank. Da schließe ich mich gerne an«, meinte er mit einer Stimme, die so ausdruckslos wie seine Miene war, doch Olivia wusste instinktiv, dass er hinter der gelassenen Fassade ein Triumphgefühl verbarg.

»Dann also bis morgen.«

»Dann also bis morgen«, wiederholte er und beugte sich noch einmal über ihre Hand. »Miss Raines.«

»Mylord.«

Mit beeindruckender Leichtigkeit bahnte er sich einen Weg durch das Gewühl. In dem Saal drängte sich die Creme der Londoner Gesellschaft oder wenigstens die männliche Hälfte dieser Creme. Dem Earl of Erith machten selbst die Reichsten und die Mächtigsten von ihnen eilig Platz.

»Wie kannst du auch nur in Erwägung ziehen, dir diesen Schuft zu angeln?« Der in einen violetten Hausmantel gehüllte Perry warf sich auf ihr Bett und starrte die mit tanzenden Liebesgöttern verzierte Stuckdecke des Zimmers an.

»Ich habe mich ja noch gar nicht entschieden.« Olivia legte die schwere Silberbürste auf ihrem Frisiertisch ab und sah Perry im Spiegel an. Sie brauchte nicht zu fragen, wen er meinte, weil der Earl of Erith bereits unsichtbar im Raum zu schweben schien, seit ihr Freund vor wenigen Minuten durch die Tür gestürmt gekommen war.

»Er denkt aber, dass er dich für sich gewonnen hat«, stellte Perry schmollend fest.

»Auch wenn er das vielleicht denkt, ist das noch lange nicht der Fall.« Sie blickte forschend auf den attraktiven jungen Mann, der sich auf ihrem Laken räkelte und der aussah wie ein zum Leben erwachtes Gemälde von Caravaggio. »Warum magst du Erith nicht?«

»Er ist ein arroganter Arsch.«

»Stimmt. Aber das sind die meisten Männer der so genannten besseren Gesellschaft. Was weißt du über ihn?«

»Ich weiß, dass er entsetzlich eingebildet ist und dass er mehr als seinen Teil der Petticoat-Brigade verschlissen hat. Er ist seit sechzehn Jahren im diplomatischen Dienst im Ausland unterwegs und war seither nur selten hier. Wohin er auch geht, wählt er die populärste Kurtisane als seine Mätresse aus und lässt sie dann einfach sitzen, wenn er weiterzieht.«

»Das ist mir egal«, meinte Olivia ruhig. »Schließlich habe ich auch nicht die Absicht, diesem Typen bis ans Lebensende treu zu sein.«

»Er behandelt Frauen wie Trophäen.« Perry runzelte die Stirn, weil er mit seiner Empörung über den Mann offenbar alleine war. »Das schmeichelt seiner Eitelkeit. Jetzt ist er wegen der Hochzeit seiner Tochter hier …«

»Der Hochzeit seiner Tochter?« Ihr Griff um die Haarbürste verstärkte sich. Aus irgendeinem Grund hatte sie noch nicht an eine Ehefrau gedacht. Wie dumm. Schließlich ging Lord Erith auf die vierzig zu, und in dem Alter gab es kaum noch einen ungebundenen Mann. »Dann ist er also verheiratet?«

Vielleicht ließe sie sich doch nicht mit ihm ein. Das einzige Prinzip, von dem sie bisher niemals abgewichen war, war, dass sie nur Geliebte ohne Ehefrauen nahm. Trotz vieler extravaganter Angebote auch von verheirateten Herren hielt sie sich an ihren Schwur, niemals wissentlich das Herz von einer anderen Frau zu brechen.

Perry verzog unglücklich die vollen Lippen. »Nein, das ist er leider nicht.« Er kannte ihr Prinzip genauso gut wie sie. »Er hat jung geheiratet, aber seine Frau ist bei einem Reitunfall gestorben, nachdem sie ihm zwei Kinder, einen Jungen und ein Mädchen, geboren hat. Die geplante Hochzeit seiner Tochter ist eins der Hauptthemen der Saison. Ich weiß, dass du dich in den letzten Monaten von allem zurückgezogen hast, aber du hast doch sicher schon gehört, dass Lady Roma Southwood Thomas Renton, den Erben des alten Wainfleet, heiraten soll.«

»Nein, davon habe ich noch nichts gehört.« Sie hatte das Gefühl, als käme ihre Stimme irgendwo aus weiter Ferne, und atmete tief ein. War es etwa Erleichterung, was sie empfand? Schließlich waren alle Männer gleich, obwohl selbst sie gestehen musste, dass der Earl of Erith deutlich interessanter als die meisten anderen Männer war. Wenn auch vielleicht nur, weil er ein Fremder war.

Sie blickte in den Spiegel und bemerkte ihren sorgenvollen Blick. *Vielleicht.*

Sie ließ die Bürste los und drehte sich zu Perry um. »Du hast mir noch nicht gesagt, ob er vermögend ist.«

Obwohl sich Perrys unglückliche Miene noch verstärkte, log er nicht. »Er ist reich wie Krösus.«

»Dann ist er perfekt.«

Doch am Nachmittag hatte er noch nicht perfekt auf sie gewirkt. Seine attraktiven Züge mit den kalten grauen Augen und der zynische Gesichtsausdruck hatten sie aus dem Gleichgewicht gebracht.

Er hatte ausgesehen wie ein Mann, der schon alles erlebt hatte, doch niemals irgendetwas empfand.

»Er ist alles andere als perfekt«, stieß Perry wütend aus. »Er ist ein fürchterlicher Grobian, der einer Frau nicht die geringste Freundlichkeit zu bieten hat. Er steht in dem Ruf, gnadenlos zu sein. Auf dem Kontinent hat er sich regelmäßig duelliert und dabei mindestens drei Männer umgebracht. Wäre er nicht so verdammt brillant, hätte ihn das Außenministerium schon lange nach Hause geholt. Er ist eine Schande für sein Land und für seinen Namen. Großer Gott, Olivia, er hat seine eigenen Kinder seiner Schwester aufgehalst, kaum dass seine Frau unter der Erde war, und hat sie seither kaum gesehen. Er interessiert sich nur für sein eigenes Vergnügen, und Gnade jedem, der ihm dabei in die Quere kommt. Klingt das etwa nach einem Mann, dem du dich anvertrauen willst?«

Sie hatte Perry nie zuvor derart erbost erlebt. »Warum regst du dich so auf? Schließlich hältst du selbst dich auch nicht gerade an die herrschende Moral.«

Er presste die Lippen aufeinander und starrte sie böse an. »Aber ich kümmere mich zumindest um die Menschen, die mir wichtig sind. Früher hattest du einen größeren Selbsterhaltungstrieb. Nimm doch einfach Carrington, wenn du überhaupt jemanden nehmen musst. Er ist total verrückt nach dir und alles andere als arm. Oder bleib am besten einfach hier.«

»Ich kann nicht bis an mein Lebensende bei dir unterkriechen, Perry.« Sie hatten diesen Streit bereits des Öfteren ausgefochten. Doch auch wenn ihre gelegentlichen Aufenthalte in dem opulenten Stadthaus ihres Freundes ihnen beiden nützlich waren, zöge sie auf keinen Fall für immer bei ihm ein. Sie fing an, sich das Haar zu flechten, um ins Bett zu gehen. »Ich würde Carrington das Herz brechen, wohingegen dieser Erith sicher gar keins hat. Keine Angst, ich komme ganz bestimmt mit ihm zurecht.«

»Er ist clever, gnadenlos und egozentrisch, am Ende tut er dir wahrscheinlich furchtbar weh.«

Sie hielt im Flechten ihrer Haare inne. »Ist er etwa gewalttätig?« So hatte Erith nicht auf sie gewirkt, aber vielleicht hatte Perry – diese Klatschtante – ja wieder einmal irgendetwas aufgeschnappt, was ihr entgangen war.

»Nein«, räumte er widerstrebend ein. »Zumindest habe ich davon noch nichts gehört. Doch es gibt auch Möglichkeiten, Frauen zu verletzen, ohne sie zu schlagen.«

War sie dafür nicht der lebende Beweis? Bevor die same Erinnerung die Krallen in ihre Seele schlagen kon. erwiderte sie eilig: »Ich kann schon auf mich aufpassen. L schreibst dem Mann eine Macht zu, die er nicht hat.«

Der Ärger in Perrys Gesicht wurde durch einen Ausdruck schmerzlicher Sorge ersetzt. Sie liebte nur zwei Männer auf der Welt, und da er einer dieser beiden war, tat es ihr weh, ihn ihretwegen unglücklich zu sehen. Aber sie entschied allein, mit wem sie schlief.

»Was ich sage, stößt bei dir ja sowieso auf taube Ohren«, stellte Perry traurig fest. »Du hast dich schon entschieden, stimmt's?«

Zumindest ging sie davon aus. Obwohl die letztendliche Entscheidung davon abhing, wie das morgige Gespräch beim Tee verlief. Unweigerlich musste sie lächeln, als sie daran dachte, wie schockiert der Earl von ihrer Einladung zu diesem harmlosen Getränk gewesen war.

»Ja.« Sie band das Ende ihres Zopfs und schüttelte den Morgenmantel ab, unter dem sie noch das schlichte, weiße Nachthemd trug, in dem sie in ihren freien Nächten schlief. »Mein nächster Geliebter wird der Earl of Erith.«

»Dann bleibt mir nur noch zu sagen, behüt dich Gott.« Perry rollte sich vom Bett, küsste sie zärtlich auf die Wange und wandte sich zum Gehen. »Gute Nacht, Darling.«

»Gute Nacht«, murmelte sie und starrte ins Feuer, als Perry die Tür des Schlafzimmers hinter sich schloss.

Sie hoffte ebenfalls, Gott würde sie behüten, obwohl ihr Instinkt ihr bereits sagte, dass sowohl sie selbst als auch der Earl of Erith bereits unrettbar verloren war.

Sie hatte ihrem Freund den wahren Grund dafür verschwiegen, dass die Wahl des nächsten Gönners ausgerechnet auf den Earl gefallen war.

eine kalten Augen gesehen hatte, hatte sie darin
sen Mann entdeckt. Weshalb er für sie als see-
indeutig der passendste Geliebte war.

Uhr am nächsten Nachmittag tauchte Erith in Lord Peregrine Montjoys opulentem Stadthaus auf. Während er Hut, Handschuhe und Stock dem Butler überließ, sah er sich in der protzig dekorierten Eingangshalle um. Überall hingen und standen Spiegel, goldene Kandelaber, vergoldete und bunt bemalter Stuck sowie nackte, klassische, ausnahmslos männliche Statuen ohne auch nur ein Feigenblatt vor ihren übertrieben ausgeprägten Genitalien herum.

Hatte Lord Peregrine dieses Dekor vielleicht gewählt, um auf den Beruf seines weiblichen Gastes hinzuweisen? Falls ja, hätte er sich diese Mühe sparen können. Weil jeder Mann, der auch nur eine Spur von Leben in sich hatte, sowieso sofort von Olivia Raines' Sinnlichkeit gefangen war.

Mit seiner prachtvollen, wenn auch eindeutig übertriebenen Ausstattung hätte das Haus auch ein Bordell sein können, nur dass sämtliche Stücke eindeutig von höchster Qualität und deshalb sicher derart kostspielig gewesen waren, dass eine Puffmutter sie niemals hätte bezahlen können, egal, wie gut der Laden lief. Seltsamerweise hatte Erith angenommen, seine zukünftige Mätresse hätte einen etwas dezenteren Geschmack. Aber vielleicht hatte sie sich bei der Wahl des schlichten, roten Kleides, in dem er sie am Vortag angetroffen hatte, ja auch einfach nur vertan.

Während er eine halbe Ewigkeit auf einem teuflisch unbequemen Stuhl in der Eingangshalle saß – das Weib versuchte ganz eindeutig nicht seiner Eitelkeit zu schmeicheln, indem es ihm deutlich machte, dass er bereits sehnsüchtig erwartet wurde –, dachte er weiter über die berühmte Kurtisane nach.

Weshalb lebte sie hier bei Lord Peregrine? Weshalb stand sie offenkundig unter seinem Schutz? Und falls Montjoy ihr langjähriger Geliebter war, weshalb sah sie sich dann überhaupt nach einem anderen Gönner um?

Nach allem, was er gehört hatte, kehrte sie nach Ende jeder Liaison in dieses Haus zurück. Fungierte Montjoy etwa als ihr wohltätiger Zuhälter? Was hatte Lord Peregrine zu bieten, dass sie immer wieder zu ihm kam? Wonach suchte sie, dass sie ihn jedes Mal nach ein paar Wochen oder Monaten wieder verließ?

Vielleicht hielt sie ja einfach nichts von Treue? Obwohl sie den Gerüchten nach dem Mann, den sie als ihren Geliebten akzeptierte, gegenüber vollkommen loyal war, bis sie ihm den Laufpass gab. Bisher hatte er noch von keinem Mann gehört, von dem *sie* verlassen worden war.

Er hatte ein paar der Glücklichen getroffen, denen ihre Gunst zuteil geworden war. Wobei vielleicht der Ausdruck *Glückliche* nicht ganz richtig war. Eindeutig hätten alle diese Männer ihre Hoffnung auf ein Leben nach dem Tod gegen die Chance, noch eine Nacht in ihrem Bett zu liegen, eingetauscht. All ihre bisherigen Liebhaber hatten derart ehrfürchtig von ihr gesprochen, als besäße sie übernatürliche Kräfte, und ein sentimentalerer Mensch als Erith hätte wahrscheinlich gesagt, dass sie ihre Geliebten ein für alle Mal für andere Frauen verdarb.

Ihm war aufgefallen, dass anscheinend keiner dieser armen Tropfe *Mann* genug für sie gewesen war. Entweder hatte ihre Unersättlichkeit die armen Teufel ihrer Männlichkeit beraubt oder aber sie hatte von vornherein ein paar rückgratlose Exemplare seiner Gattung ausgewählt.

Falls Letzteres der Fall war, machte sie sich, falls sie ihn als Gönner akzeptierte, besser auf einiges gefasst. Er entdeckte sein grinsendes Gesicht in einem goldgerahmten Spiegel an der gegenüberliegenden Wand und richtete sich kerzengerade auf. Julian Southwood war ein durchaus selbstbewusster Mann, aber er *feixte* nie.

Trotzdem geriet sein Blut angenehm in Wallung, als er daran dachte, wie herausfordernd sie gestern aufgetreten war. Bei ihrer Begegnung hatten bereits Funken gesprüht. Bis er mit diesem Fräulein fertig wäre, hätte er auf alle Fälle jede Menge Spaß.

»Hier entlang, Euer Lordschaft.« Der Butler tauchte wieder auf und führte ihn in einen kleinen Raum im ersten Stock, der genauso kitschig eingerichtet war wie der große Salon, in dem Erith am Vortag gewesen war.

Erith erblickte einen von unzähligen zügellosen jungen Männern, die nackt und übertrieben gut bestückt durch die klassische Landschaft sprangen, die ihn als ausladendes Wandgemälde von drei Seiten umgab. Die vierte Wand bestand fast ausnahmslos aus bodentiefen Fenstern, durch die man in einen tadellos gepflegten Garten sah.

»Lord Erith.« Olivia Raines erhob sich elegant von ihrem Stuhl und machte einen Knicks, der einer Prinzessin würdig war.

Er trat höflich auf sie zu, ergriff ihre, wie er freudig bemerkte, nackte Hand und hob sie an seinen Mund. Ihre Haut war zart und kühl und verströmte einen schwachen Duft. Wahrscheinlich Seife, dachte er. Unter der blumigen Süße aber roch er ihre weibliche Essenz und sog sie begierig in sich ein. Auch wenn er nicht bereit wäre, das Leben nach dem Tod gegen eine Nacht in ihren Armen einzutauschen, duftete sie wie das Paradies.

»Miss Raines. Kein Lord Peregrine?«

»Diese Gespräche führe ich immer allein«, erklärte sie ihm kühl, zog ihre Hand zurück, glitt in Richtung eines voll beladenen Teetabletts und beraubte ihn auf diese Weise ihres wunderbaren Dufts. »Oder brauchen Sie vielleicht einen Anstandswauwau, Mylord?«

Er musste ein Lachen unterdrücken. Er hatte sie eindeutig richtig eingeschätzt. Sie war eine selbstbewusste Frau ohne jeglichen Respekt vor seinem gesellschaftlichen Rang. Sein Interesse nahm noch zu. Für eine solche Beute lohnte es sich, auf die Jagd zu gehen.

»Mein Ruf wird es wahrscheinlich überleben, wenn ich eine halbe Stunde in Ihrer Gesellschaft zubringe.«

Eine halbe Stunde jetzt. Dekadente Tage später. Bei diesem Gedanken wogte freudige Erwartung in ihm auf.

»Das freut mich zu hören.«

Sie verzog den vollen Mund zu einem kurzen Lächeln. Himmel, dieser Mund hatte ihn bereits in seinen Träumen heimgesucht. Dabei konnte er sich nicht erinnern, wann er überhaupt zum letzten Mal von einer Frau geträumt hatte. Das hieß von einer Frau, die noch am Leben war.

Sie drehte sich geschmeidig zu ihm um und wies auf einen Stuhl. »Bitte nehmen Sie doch Platz, Mylord.«

Er setzte sich auf den ihm angebotenen Stuhl, beantwortete ihre Fragen, wie er seinen Tee am liebsten trank und ob er ein Sandwich oder ein Stück Kuchen dazu wollte, und sah sie reglos an. Gestern hatte er sich noch gefragt, ob die Einladung zum *Tee* vielleicht eine Umschreibung für etwas Aufregenderes war. Offenkundig nicht. Ihm war klar, dass er in diesem beinahe bedrückend überladenen Raum sicher nicht einmal einen Kuss von ihr bekam.

Es war, als tränke er mit seiner Schwester Tee. Auch

wenn die sexuelle Spannung in der Luft mit Händen greifbar war.

Sie war weniger förmlich gekleidet als am Vortag, aber durch das helle Grün des Musselinkleids, das sie trug, wurden ihre seidig weiche Haut und das lohfarbene Haar äußerst vorteilhaft betont. Auch bezüglich ihrer Größe hatte er eindeutig recht gehabt. Als sie zu seiner Begrüßung aufgestanden war, hatte sie ihm bis zum Kinn gereicht. Es war außergewöhnlich, dass ihm eine Frau praktisch in die Augen sehen konnte.

Aber schließlich war sie auch eine außergewöhnliche Frau.

»Sie wissen, weshalb ich hier bin«, begann er, als er wusste, dass er ihre Aufmerksamkeit besaß. Die meisten Frauen, die dem Earl gefielen, arbeiteten hart, damit es auch so blieb. Olivia Raines hingegen saß ihm gegenüber wie eine taube alte Jungfer bei einem Wohltätigkeitskonzert. »Ich möchte Sie zu meiner Geliebten machen.«

Für gewöhnlich war er weniger direkt, aber etwas sagte ihm, dass diese Frau für heuchlerisches Werben nicht empfänglich war. Er erinnerte sich daran, wie sie ihm am Vortag geradezu herausfordernd den lächerlichen Fächer unter die Nase gehalten hatte. Sie wollte ihn schockieren, diese schamlose Person.

Zwar war er nicht schockiert gewesen, dafür aber fasziniert.

Wieder zuckten ihre Lippen, und er sah das kleine Muttermal direkt neben ihrem Mund. Glühendes Verlangen, diese samtig weiche Stelle zu liebkosen und ihr dann die Zunge in den Mund zu schieben, wogte in ihm auf.

Zum Teufel noch einmal. Der Gedanke an nicht mehr als einen Kuss hatte ihn zum letzten Mal erregt, als er als heranwachsender Junge lüstern hinter den Zimmermädchen hergestiefelt war.

Jetzt aber war er eindeutig erregt. Gott sei Dank verbarg der Tisch, *wie* erregend ihre kühle Distanziertheit für ihn war.

»Wie ich sehe, reden Sie nicht lange um den heißen Brei herum«, stellte sie nachdenklich fest.

Mit völlig ruhiger Hand hob sie ihre Teetasse an ihren Mund. Sie schien von dem großen Earl nicht beeindruckt zu sein. Eine ungewohnte Situation. Vor allem im Zusammensein mit einer halbseidenen Frau. Wenn auch vielleicht nicht seine Person, so hatte ihm bisher auf jeden Fall sein Reichtum das Interesse dieser Damen garantiert.

»Wäre Ihnen das etwa lieber?«

Er hasste es, dass ihm seine Verärgerung so deutlich anzuhören war. Was hatte dieses Weibsbild an sich, das ihn derart die Balance verlieren ließ? Denn obwohl er es sich nur sehr ungern eingestand, hatte sie ihn völlig aus dem Gleichgewicht gebracht.

»Nein. Ich finde Ihre Offenheit ... erfrischend.« Sie stellte ihre Tasse wieder auf der Untertasse ab und bedachte ihn mit einem beiläufig interessierten Blick. Er war deshalb ein brillanter Diplomat, weil er die Fähigkeit besaß, auch noch subtilste Hinweise zu deuten. Diese Frau jedoch war vollkommen unmöglich zu durchschauen. »Wie stellen Sie sich den Ablauf vor?«

Am liebsten hätte er mit einem langen, harten Fick gleich hier auf dem teuren Teppich angefangen. Wegen seiner Erektion rutschte er unbehaglich auf dem filigranen Mahagonistuhl herum. Wie zum Teufel hatte dieses Weib ihn derart erregt? Außer bei dem Handkuss hatte er sie bisher nicht berührt, und sie hatte nichts Zweideutiges gesagt. Trotzdem war sein Schwanz härter als eine Eisenstange, musste er sich eingestehen.

Er schluckte und kämpfte um seine berühmte Gelassenheit, doch seine Stimme klang ein wenig heiser, als er endlich sprach. »Ich werde bis Juli hier in London sein. Dann kehre ich wieder auf meinen diplomatischen Posten in Wien zurück. Solange ich vor Ort bin, miete ich Ihnen ein Haus, zahle das Personal und eine Kutsche sowie einen wöchentlichen Unterhalt an Sie.«

»Und im Gegenzug stehe ich Ihnen zur Verfügung.«

Ihm war nicht ganz klar, weshalb ihre Stimme bei dem Satz derart ironisch klang, deshalb ging er achtlos darüber hinweg.

»Und zwar ausschließlich mir.« Sie musste wissen, dass er niemals teilte, bevor sie weiter verhandelten.

Was, wenn sie damit nicht einverstanden war? Im Normalfall hätte er sich dann einfach der nächsten Kandidatin zugewandt. Nicht aber bei dieser Frau.

Verdammt. Wie stellte sie das an? Während eines kurzen Augenblicks sehnte er sich nach dem friedfertigen, willigen Gretchen aus Wien zurück. Sie war zwar strohdumm, hatte ihm aber nie auch nur die geringsten Scherereien gemacht.

Ihm war jetzt schon klar, dass Olivia Raines ein völlig anderes Kaliber als das gute Gretchen war. Anders als all seine bisherigen Geliebten, dachte er, und plötzlich wurde ihm bewusst, dass es in einer Katastrophe enden würde, ließe er sich tatsächlich auf dieses Wesen ein. Dann könnte er paddeln und strampeln, wie er wollte, würde schließlich aber untergehen.

Weshalb stand er nicht einfach auf und ging? Die Tatsache, dass er darauf keine schnelle Antwort fand, verstärkte seinen Ärger noch.

»Ich kann mir nicht vorstellen, dass Sie gestern hierhergekommen sind, ohne sich vorher über mich erkundigt zu haben«, erwiderte sie kühl. Ihre klaren, ungewöhnlich hellen blauen Augen gaben nichts von ihren Gedanken preis. »Dann haben Sie sicher auch gehört, dass ich meinen Liebhabern bisher immer treu war.«

»Ja.« Himmel, er reagierte wie ein grüner Junge, aber als sie mit ihrer vollen Altstimme von ihren *Liebhabern* sprach, fing er an zu schwitzen und hätte um ein Haar an seinem plötzlich viel zu eng sitzenden Halstuch herumgezerrt.

»Natürlich nur, solange die Verbindung währt.« Mit einer Gelassenheit, um die er sie beneidete, stellte sie abermals die Tasse auf der Untertasse ab und sah ihn kritisch an.

Bisher hatte der Earl of Erith ganz eindeutig keinen allzu großen Eindruck auf dieses leichte Mädchen gemacht. Der distanzierte, abwägende Blick aus ihren blaunen Augen war ganz sicher nicht verführerisch gemeint.

Trotzdem zog sie ihn damit in ihren Bann. Und zwar so stark wie keine andere Frau zuvor. Gott stehe ihm bei, falls sie je absichtlich etwas täte, um ihn zu bezaubern, dachte er. Dann brächte sein Verlangen ihn wahrscheinlich um.

Sie sprach noch immer so, als ginge es um irgendein gewöhnliches Geschäft. Was es für sie bestimmt auch war. Verdammt, er wünschte sich, er wäre auch nur halb so distanziert wie sie. »Außerdem haben Sie bestimmt gehört, dass ich alle Freiheiten behalte, wenn ich einen Beschützer akzeptiere. Ich entscheide, wann die Liaison beginnt und wann sie endet, und in meiner Freizeit kann ich tun und lassen, was ich will. Das einzige Versprechen, das ich gebe, ist, dass ich treu bin, solange die Affäre währt.«

»Klingt, als würde ich eine ganze Menge Geld dafür zahlen, dass Sie weiter tun und lassen können, was Sie wollen, Madam«, stellte er sarkastisch fest.

Sie zuckte mit den Schultern. »Die Entscheidung liegt bei Ihnen, Mylord. Es gibt in London schließlich jede Menge anderer Frauen.«

Aber keine wie Olivia Raines. Das wusste sie offenbar genauso gut wie er. Der Schmerz in seinen Eiern wurde unerträglich, denn durch ihre fürchterliche Gleichmut wurde sein Verlangen nicht geschmälert, sondern sogar noch verstärkt.

Als sie die Hände in ihrem Schoß zusammenlegte, hätte diese Geste züchtig wirken können, doch sie verströmte eine geradezu glühende Sinnlichkeit. Niemals vorher hatte eine Frau ihn derart gereizt. Von ihrem perfekt frisierten Haar bis hin zu den zartgrünen, seidenen Pantoffeln, deren Spitzen unter ihrem Kleid zu sehen waren, forderte dieses Weibsbild ihn heraus.

Er hoffte, sie bemerkte nicht, dass seine Finger zitterten, als er in die Innentasche seiner Jacke griff. »Ich habe Ihnen ein Zeichen meiner Wertschätzung mitgebracht.«

Er legte eine schmale Schachtel auf den Tisch, sie klappte sie auf und sah sich ihren Inhalt schweigend an.

Vielleicht hatte er ja jetzt endlich Eindruck auf sie gemacht. Er hatte am Morgen fast zwei Stunden bei Rundell und Bridge mit der Auswahl dieses Armreifs zugebracht. Sobald er die prachtvolle Reihe wie Blüten geformter Rubine auf dem diamantbesetzten Band gesehen hatte, hatte er gewusst, dass er fündig geworden war.

Der Armreif war genauso ungewöhnlich und spektakulär wie diese Frau. Seine anfänglichen Zweifel an Olivias Schönheit waren längst verflogen. Sie war eindeutig die schönste Frau der Welt.

Ihre Miene blieb vollkommen ausdruckslos, aber eine Kurtisane mit ihrer Erfahrung wusste ganz genau, wie teuer dieser Glitzerkram gewesen war.

Die Botschaft dieses Armbandes war klar. Er war ein reicher und auch großzügiger Mann, wenn sie ihn als ihren Gönner akzeptierte, würde sie von ihm mit Schätzen überhäuft.

Vorsichtig klappte sie die Schachtel wieder zu und sah ihn reglos an. »Ja, Lord Erith, ich werde Ihre Mätresse.«

2

Noch während sie die Worte sagte, die sie für die nächste Zeit zu seiner Bettgenossin machten, lehnten sich all ihre Instinkte vehement dagegen auf. Auch wenn ihr Verstand behauptete, dass das Risiko bei diesem Mann auch nicht größer als bei allen anderen Männern war, beharrte ihr Gefühl darauf, dass der Earl eine Gefahr für alles war, was sie sich erschaffen hatte, seit sie akzeptieren musste, dass die Hurerei ihr unausweichliches Schicksal war.

Vor lauter Furcht spannten sich ihre Muskeln an.

Furcht war ihr ältester und arglistigster Feind. Sie war mächtiger als jeder Mann.

Ich werde mich der Furcht auf keinen Fall ergeben.

Vor allem, da sie völlig grundlos war. Seit sie erwachsen war, hatte sie keinen Mann getroffen, der sich nicht von ihr beherrschen ließ. Auch Lord Erith würde ihr verfallen. Es wäre ihr eine Freude, das zu beweisen. Der Welt, ihm und auch sich selbst. Ihr momentanes Widerstreben rührte sicher einzig von der seltsamen Stimmung her, von der sie nach Beendigung ihrer letzten Affäre vor ein paar Monaten befallen worden war.

Ein stechender Schmerz in ihrem Handgelenk machte ihr deutlich, wie fest sie ihren Arm umklammert hielt. Sie lockerte den Griff, obwohl sie bereits wusste, dass ihm die verräterische Geste aufgefallen war.

Etwas – Befriedigung, Triumph, Besitzstolz – blitzte unter seinen schweren Lidern auf.

»Gut.« Er stand auf und blickte reglos auf sie herab. Zum ersten Mal wurden ihr seine beeindruckende Größe bewusst. »Dann sehen wir uns also heute Abend, Olivia.«

Es war das erste Mal, dass er sie mit ihrem Vornamen ansprach. Angesichts der Dinge, die sie miteinander treiben würden, sollte ihr diese kleine Vertraulichkeit vollkommen gleichgültig sein. Doch aus irgendeinem Grund war sie das nicht. Die dunkle Stimme, die *Olivia* sagte, zerstörte die schützende Förmlichkeit, sie hatte das Gefühl, als säße sie plötzlich vollkommen nackt auf ihrem Stuhl.

Ich werde mich der Furcht auf keinen Fall ergeben.

Sie reckte herausfordernd das Kinn und sah ihn böse an. »Ich unterhalte meine Liebhaber nicht in diesem Haus«, erklärte sie ihm kalt.

»Das habe ich auch nicht erwartet.« Er verzog seinen verführerischen Mund zu einem sarkastischen Lächeln. »Ich möchte, dass jeder Mann in London weiß, dass Sie mir gehören. Aber heute Abend möchte ich Sie einfach sehen. Dadurch wird die … *Vorfreude* … noch gesteigert.«

Wie stellte er es an, dass dieses harmlose Wort dekadenter als sämtliche Obszönitäten, die sie im Verlauf ihrer Karriere als Prostituierte vernommen hatte, klang? Die Temperatur ihrer Stimme nahm noch um ein paar Grad ab. »Ich gehöre keinem Mann, Lord Erith.«

»Mir werden Sie gehören«, erwiderte er ruhig, bevor sie sich bewegen konnte, beugte er sich bereits über den Tisch und legte eine Hand unter ihr Kinn.

Mit einem Mal nahm sie verschiedene Dinge wahr. Seinen frischen, sauberen Geruch. Die Wärme seiner Finger auf ihrer Haut. Die beinahe femininen Wimpern, die seine kalten grauen Augen rahmten. Das Beben seiner Nasenflügel, als er ihren Duft so tief wie möglich in sich einsog wie ein Hengst, der auf eine heiße Stute traf.

Sein fester Griff erstickte jeglichen Protest und jede Gegenwehr. Keuchend wie ein gefangenes Tier wartete sie darauf, dass sein Mund auf ihre Lippen niederkam. Ihr Herz klopfte so schnell, dass sie die Befürchtung hatte, es sprenge ihr die Brust. Während eines blinden, grässlichen Moments fühlte sie sich wie ein naives junges Mädchen, das im Netz eines Wüstlings gefangen war.

Dann umfingen seine festen, beinahe grausamen Lippen ihren vollen Mund. Der Druck war heiß wie Feuer und so hart wie Stahl.

Dann brach der schmerzliche Kontakt genauso plötzlich wieder ab.

Er zog seine Hand zurück, verbeugte sich und trat einen Schritt zurück. »Dann also bis heute Abend.«

Bevor sie irgendeine Antwort geben konnte, machte er schon auf dem Absatz kehrt und marschierte aus dem Raum.

Zitternd und verwirrt öffnete und schloss sie ihre Fäuste, als sie sich spontan die Lippen leckte, hätte sie am liebsten laut gestöhnt. Sie hatte ihren Mund während des aufdringlichen Kusses keinen Millimeter aufgemacht. Trotzdem schmeckte sie ihn noch. Voll. Verführerisch. Beinahe beschwörend.

Wieder wogte heiße Furcht in ihrem Innern auf.

»Fahr zur Hölle, Erith. Fahr zur Hölle«, wisperte sie in dem leeren Raum.

Erith blieb in der Tür des Raumes stehen, in dem er Olivia Raines zum ersten Mal begegnet war. Es war schon spät, nach Mitternacht. Der Salon war beinahe leer und kam ihm, da nur zwei Kandelaber angezündet waren, beinahe wie eine dunkle Höhle vor. Ein halbes Dutzend Männer lungerten dort mit ihren Zigarren und ihren Brandygläsern auf den beiden vergoldeten Sofas oder lehnten lässig am Sims des Kamins. Als sie jedoch seinen Namen hörten, richteten sie sich schlagartig auf.

Wo war Olivia? Der trotz seines mürrischen Gesichts unleugbar hübsche Peregrine bedachte ihn mit einem bösen Blick, die vier jungen Männer, die bei ihm gesessen hatten, sprangen alle eilig auf. Sie alle waren jung und derart attraktiv, dass sie für den schmollenden, nackten Ganymed hätten Modell stehen können, der auf einer der Fresken abgebildet war. Den jungen Herrn, der etwas abseits von der Gruppe stand, bedachte Erith nur mit einem beiläufigen Blick.

Dann aber trat der junge Mann mit einer geschmeidigen Bewegung aus dem Schatten. Er sah Erith aus schräg stehenden, strahlend blauen Augen an.

Schock rang mit Bewunderung, und während ihm der Atem stockte, ballte er die Fäuste, als müsse er sich gewaltsam dazu zwingen, nicht einfach auf seine Geliebte zuzutreten und sie eng an seine Brust zu ziehen.

Mein Gott, sie sieht einfach fantastisch aus.

Olivia war wie ein junger Mann der besseren Gesellschaft gekleidet. Sie trug eine beigefarbene Hose, einen eng sitzenden, extrafeinen Frack, eine weiße Brokatweste und ein reich besticktes Tuch. Ihre langen Haare waren eng um ihren Kopf geschlungen, weshalb sie nicht sofort als Frau zu erkennen war. Wie hätte er sie auch sofort erkennen sollen? Die Frauen in seinem Bekanntenkreis zogen sich niemals wie Männer an.

Das reine, weiße Halstuch brachte ihre makellose, leicht olivfarbene Haut vorteilhaft zur Geltung, und der gut geschnittene Frack lag so eng an ihrem Leib wie eine Männerhand. Erith spürte die aufsteigende Erregung und das wilde Pochen seines Herzens und ballte abermals die Fäuste. Er wollte sie endlich unter sich. Er wollte sie nackt und keuchend unter sich, während er sie kraftvoll nahm.

Du gehörst mir.

Beinahe hätte er die Worte laut geknurrt.

»Lord Erith«, grüßte sie ihn ruhig, bevor sie an einer schlanken Zigarre zog. Er musste ein Stöhnen unterdrücken, als sie ihre vollen Lippen um den Stumpen schloss. Er konnte keinen klaren Gedanken mehr fassen, denn vor seinem geistigen Auge stiegen dekadente Bilder davon auf, wie sie seinen Schwanz zwischen die Lippen nahm.

Das herausfordernde Blitzen ihrer Augen machte deutlich, dass sie wusste, wie er litt.

Natürlich wusste sie es, schließlich war sie ein verruchtes Weib.

Mit Mühe unterdrückte er das begehrliche Rauschen seines Bluts, verbeugte sich und grüßte mit etwas rauer Stimme: »Miss Raines. Meine Herren.«

Lord Peregrine wirkte noch feindseliger als am Tag zuvor. Olivia hatte ihm also erzählt, dass von jetzt an *er* ihr Gönner war. Erith hätte allzu gern gewusst, welcher Art ihre Beziehung zu dem hübschen Jungen war. Er spürte eine große

Nähe zwischen ihnen beiden, aber nicht den Hauch von sexueller Spannung, wenn er sie zusammen sah.

Er blickte noch einmal auf die jungen Männer und dann auf die Wandmalereien. Nirgendwo war eine weibliche Gestalt zu sehen. Nirgendwo im ganzen Haus, abgesehen von der Frau, die seine Mätresse war. Ihm kam ein Verdacht, den ein behüteter englischer Gentleman nicht haben sollte, der ihm, der in Europa und in weiten Teilen Asiens herumgekommen war, jedoch nicht allzu abwegig erschien. Wenn stimmte, was er dachte, erklärte das sehr viel.

»Brandy, Lord Erith?«, fragte ihn Olivia, als wären sie Mitglieder im selben Herrenclub und hätten sich zufällig dort getroffen. »Perry hat heute Abend eine wirklich gute Flasche aufgemacht.«

Am liebsten hätte er über ihr theatralisches Gebaren laut gelacht. Sie hoffte offenbar, dass er vor Empörung explodieren würde, wenn er sie in diesem Aufzug sähe, doch da hatte sie sich eindeutig den Falschen ausgesucht. Er konnte jedes Spiel mitspielen, deshalb war er ein so brillanter Diplomat.

»Warum nicht?«, meinte er gutgelaunt. »Lord Peregrine, ich glaube nicht, dass ich Ihren Freunden schon einmal begegnet bin.«

Während Montjoy die Vorstellung übernahm, verfolgte Erith aus den Augenwinkeln, wie Olivia nach der Karaffe auf dem Sideboard griff. Weshalb nur sah sie in dem strengen, maskulinen Aufzug beinahe noch femininer aus als sonst? Sein Blick wanderte in Richtung ihrer Beine. Seine Vermutung war richtig gewesen – sie waren lang und schlank. Er genoss die Vorfreude darauf, dass sie ihm diese Beine um die Hüften schlingen würde, wenn sie endlich unter ihm auf der Matratze lag.

Dann tauchte er aus seinem kurzen Tagtraum wieder auf,

denn sie reichte ihm sein Glas und strich dabei absichtlich sanft mit ihren Fingern über seine Hand. Es war das erste Mal, dass sie vorsätzlich etwas Verführerisches tat, wie geplant rief ihre Berührung ein heißes Kribbeln in ihm wach.

Er wollte sie sofort. Er verzehrte sich nach ihr, seit er ihr zum ersten Mal begegnet war. Jetzt steigerte sich sein Verlangen ins Unerträgliche.

Doch er müsste es noch eine Weile ertragen.

Wieder schob sie sich ihre Zigarre in den Mund, zog daran und blies eine blaue Rauchwolke um ihr kantiges Gesicht. Ein Gesicht, das wesentlich verführerischer als das jeder konventionellen Schönheit war. Kein Wunder, dass ihr die gesamte Männerwelt zu Füßen lag.

»Lord Erith, dies hier ist Sir Percival Martineau«, schnauzte ihn Lord Perry an. Er hatte eindeutig bereits gesprochen, während Erith in den Tiefen der Augen seiner Mätresse versunken war.

»Sir Percival.« Gott stehe ihm bei, falls er sich jemals an einen anderen Namen als den von Olivia erinnern müsste. Sie hatte ihn eindeutig verzaubert.

Verzaubert?

Verdammt, was war mit ihm los? Sie war nur eine von unzähligen Frauen. Er würde sie sich schnappen, sie flachlegen und feststellen, dass es weder zwischen ihren Beinen noch in ihrem Kopf irgendetwas Neues zu entdecken gab. Seit dem Tod seiner Frau hatte er Dutzende von Frauen gehabt, und keine hatte jemals an sein Herz gerührt. Egal, wie sehr sein Körper von ihnen entzückt gewesen war. Ein Körper, der augenblicklich derart summte, als hätte ein Kurpfuscher einen Zitteraal an seinen Arm gelegt. Er konnte sich nicht daran erinnern, dass seit seiner ersten Ballsaison irgendein weibliches Wesen eine derartige Reaktion bei ihm hervorgerufen hätte. Zu einer Zeit, als seine männliche Erregung noch von zärtlichen Empfindungen wie Liebe und Respekt gemildert worden war.

Großer Gott, wie konnte er diese Hure mit Joanna in Verbindung bringen? Diese hinterlistige Hexe riefe niemals zärtliche Gefühle in ihm wach. Sie sollte und sie würde seine Fleischeslust befriedigen.

Das allerdings auf jeden Fall.

Während ihm ein erwartungsvoller Schauder über den Rücken rann, wies sie kühl in Richtung einer Couch. »Würden Sie sich vielleicht gerne setzen?«

»Nein, ich will mit Ihnen reden. Und zwar unter vier Augen.«

Sie zuckte mit den Schultern, stellte ihr Glas auf dem Kaminsims ab und drückte die Zigarre in einem Aschenbecher aus. »Wie Sie wollen. Hier entlang.«

Er folgte ihr durch einen Flur in eine Bibliothek. Das warme Licht der Lampen tauchte die teuren Ledereinbände und die goldenen Lettern auf den unzähligen Büchern in ein weiches, gelbes Licht.

Olivia lehnte sich mit einer Grazie, die ihm den Atem raubte, rücklings gegen einen Schreibtisch und sah ihn fragend an. »Was ist?«

Er merkte, dass er lächelte. »Dieser Raum. Er ist der Einzige in diesem Haus, den ich ehrlich bewundere.«

Zu seiner Überraschung setzte auch Olivia ein Lächeln auf. Ein echtes Lächeln, das das Ausmaß ihrer Zuneigung zum Eigentümer dieses Raums verriet. Ein ungutes Gefühl stieg in Erith auf. Doch es war sicher keine Eifersucht. Denn er war niemals eifersüchtig. Weshalb sollte er auch eifersüchtig sein, nachdem seine Vermutung über ihren Gastgeber inzwischen Gewissheit war.

»Perry liest nicht gern, nur hat er es bisher ganz einfach nicht geschafft, auch dieses Zimmer umzudekorieren.«

»Aber Sie mögen diesen Raum so, wie er ist«, stellte er leise fest. Es war der erste Raum, der nicht in deutlichem Kontrast zu seinem Eindruck von ihr stand. Er lehnte sich lässig in den Türrahmen und sah sie fragend an.

»Ja.«

Als sie nickte, erhellte das Licht der Lampen ein paar bronzefarbene Strähnen in ihrem dichten Haar. Sie war wirklich eine ungewöhnlich schöne Frau. In diesem Augenblick noch schöner als sonst, denn sie war weniger gehemmt.

»In dem Haus, das ich gefunden habe, gibt es auch eine Bibliothek.« Als er den Raum voller Bücher in der York Street gesehen hatte, war er davon ausgegangen, dass seine Mätresse keine Verwendung dafür hätte. Aber vielleicht hatte er sich ja geirrt.

Sie hob den Kopf, sofort war der alte Argwohn wieder da. Das Bedauern, das er deswegen empfand, kam völlig überraschend. Während eines kurzen Augenblicks hatte er eine richtige Verbindung zu der Frau verspürt. Unabhängig von dem körperlichen Verlangen, das er empfand. Während eines flüchtigen Moments hatte die Ahnung einer anderen Verbindung zwischen ihr und ihm im Raum geschwebt, einer Verbindung, die zu einer wahren Freundschaft hätte erblühen können, nur dass eine Freundschaft unter den gegebenen Umständen und zwischen zwei Personen, deren Seelen jeweils hinter einem dicken Schutzpanzer verborgen waren, vollkommen unmöglich war.

»Sie haben bereits ein Haus gefunden?« Sie klang nicht gerade erfreut.

»Ich bin zufällig auf etwas Passendes gestoßen.« Er würde ihr ganz sicher nicht erzählen, dass er eine ganze Armee von Angestellten London nach einer passenden Residenz hatte durchforsten lassen, und zwar bereits, seit er ihr gestern zum ersten Mal begegnet war.

Das Haus, das er gemietet hatte, war einfach perfekt. Klein, luxuriös, ein wenig abgeschieden und vor allem nah genug bei seinem eigenen Haus, um ein Doppelleben führen zu können, ohne dass seine Familie etwas davon mitbekam. Nach dem jahrelangen Junggesellenleben war er es nicht mehr gewohnt, diskret zu sein. Doch auch wenn sie wirklich reizvoll war, sollte Olivia Raines nicht mehr als eine nette Abwechslung während seines Aufenthalts in London sein. Hauptsächlich war er hier, um sich mit seinen Kindern zu versöhnen, und das Vorhaben brächte er durch eine allzu offene Affäre in Gefahr.

Er fragte sich, ob die von ihm getroffene Wahl wohl klug war. Die Neuigkeit, dass Olivia Raines ihn als ihren Gönner auserkoren hatte, hatte sich schon überall herumgesprochen, und über dem Portwein nach dem Dinner in Erith House hatten seine Kumpane neiderfüllte Kommentare abgegeben, während er von Carrington mit vorwurfsvollen Blicken bedacht worden war. Wie lange würde es wohl dauern, bis die Geschichte von seinem Verhältnis auch an ehrenwertere Ohren drang?

Doch für einen Rückzieher war es bereits zu spät. Vor allem brächte er ganz sicher nicht den Willen auf, sich von diesem verführerischen Weibsbild zu befreien.

»Ich hoffe, dass Sie morgen dort einziehen werden«, durchbrach er die Stille.

Wenn möglich, hätte er sie auf der Stelle in das hübsche kleine Haus verfrachtet und die unpraktische Faszination, die von ihr ausging, noch in dieser Nacht enttarnt. Aber seine Männer nahmen noch ein paar kleinere Veränderungen an dem Häuschen vor, und deshalb wäre es erst morgen früh für sie bereit.

Sie riss überrascht die Augen auf. »Morgen?«

»Haben Sie etwas dagegen?«

»Ich hätte nicht gedacht, dass es so eilig ist.«

Sie sprach im weichen Tonfall und mit der Ironie einer gebildeten Frau. Stammte sie allen Ernstes aus der Gosse? Falls ja, ahmte sie das Gebaren der Frauen der besseren Gesellschaft geradezu vortrefflich nach.

Er zuckte mit den Schultern und bemühte sich um eine Distanziertheit, die er keineswegs empfand. »Ich liebe schnelle Entscheidungen.«

»Sieht so aus.« Wieder setzte sie das inzwischen vertraute ironische Lächeln auf.

»Morgen früh schicke ich meine Kutsche, um Sie in Ihr neues Haus zu bringen, und dann komme ich am Abend vorbei, um zu besprechen, wie es weitergehen soll. Vielleicht könnten wir dann übermorgen Tattersalls besuchen, damit Sie sich Ihre Pferde aussuchen. Ich dachte an eins zum Reiten und an zwei für Ihr Gefährt. Außerdem habe ich einen offenen Zweispänner für Sie bestellt, der sicher Ihre Zustimmung findet.«

»Sehr effizient, Mylord«, stellte sie abermals ironisch fest. »Werden Sie morgen Abend auch zum Essen bleiben?«

Sie wussten beide, dass sie mehr als bloßes Essen damit bot. Hitze wogte in ihm auf, die ihn hart wie eine Eiche werden ließ. »Danke. Es wird mir ein Vergnügen sein.«

Oh, auf jeden Fall.

Aber weshalb sollte er so lange warten? Bisher hätten nicht einmal die heiratswütigen jungen Mädchen, die man auf den Bällen traf, die Augenbrauen angesichts der Freiheiten, die ihm seine berüchtigte Geliebte gestattete, hochgezogen. Oder vielleicht doch. Sie hatte eindeutig das Talent, alles zweideutig wirken zu lassen, was sie sagte oder tat. Und der eine Kuss, den er ihr bisher aufgezwungen hatte, ging ihm nicht mehr aus dem Kopf.

Ein heißer, besitzergreifender, vor allem aber viel zu kurzer Kuss.

Als er sie geküsst hatte, hatte er heißen Zorn geschmeckt und ihr die Überraschung angemerkt. Sie wollte ihn nicht küssen, doch der kurze Augenblick hatte alle seine Zweifel und auch seine Unzufriedenheit mit sich und seinem Leben kurzfristig zerstreut. Selbst der beständige, dumpfe Schmerz über die alte Trauer und die alten Schuldgefühle hatte sich gelegt, und nur mit allergrößten Schwierigkeiten hatte er sich nach dem kurzen Kuss wieder von ihr gelöst.

Seither war ihr Schicksal besiegelt. Er würde sie bekommen, da sie allein ihm Ablass von den alten Sünden bot.

Er straffte seine Schultern, stapfte über den teuren rotblauen Teppich auf sie zu, und sie spannte sich an, als wäre sie ein Reh, dem der grässliche Geruch eines Raubtiers in die Nase stieg.

»Mylord, ich habe Ihnen meine Prinzipien in Bezug auf dieses Haus erklärt.« Sie umklammerte den Rand des Schreibtischs und sah ihn mit großen Augen an. Wie schön, dass sie nicht einmal annähernd so ruhig war, wie sie wirken wollten, dachte er. Dadurch war er ihren Reizen nicht mehr ganz so hilflos ausgeliefert.

Er lief weiter auf sie zu. »Ich kann es kaum erwarten, dass Sie mich morgen Abend endlich … befriedigen«, erklärte er und hätte dabei beinahe gesummt. »Aber vielleicht bekomme ich ja jetzt schon einen Kuss?«

Ihr trotzig gerecktes Kinn machte überdeutlich, was sie von dem Vorschlag hielt. »Ich hätte heute Nachmittag vielleicht genauer erklären sollen, was meine Liebhaber von mir bekommen und was nicht.«

»Ich bin ganz Ohr, Madam«, wisperte er, stützte seine Hände links und rechts von ihr auf der Schreibtischplatte ab und fing sie, auch wenn er sie nicht direkt berührte, wie in einem Käfig ein. »Sie genießen meine ungeteilte Aufmerksamkeit.«

Ohne auch nur zu erröten, blickte sie an ihm herab, dorthin, wo sein erigiertes Glied in seiner Hose lag. Sie war ganz eindeutig keine unschuldige Frau. Was ihm durchaus gefiel. Er selbst war einmal unschuldig gewesen, und die Tragik dieser Unschuld hätte ihn beinahe zerstört.

Zugleich war sie unsicher und gereizt, was ihm ebenfalls gefiel. Er kämpfte gegen das Bedürfnis an, sich an sie zu pressen, als ihm der zarte Duft von ihrer Haut entgegenschlug. Sie duftete nach Veilchen. Rosen. Honig. Es war ein warmer, weiblicher Geruch, der nicht aus einem gläsernen Flakon, sondern aus ihr selber kam. Seine Nasenflügel bebten, er sog den wunderbaren Duft so tief es ging in seine Lungen ein.

»Ich küsse nicht, Lord Erith.« Ihre raue Stimme hallte warm in seinem Inneren nach. »Zumindest nicht auf den Mund.«

Er beugte sich noch etwas weiter vor und sog ihren Duft noch einmal ein. Oh, sie war wirklich eine wunderbare Frau. »Mich werden Sie ganz sicher küssen.«

Ihr Mund bildete einen schmalen, starrsinnigen Strich. »Das werde ich ganz sicher nicht. Ich werde Ihnen erklären, wie eine Liaison mit mir vonstattengeht, Mylord: Ich bin vollkommen treu, aber in meiner freien Zeit kann ich tun und lassen, was ich will, und ich küsse nicht.«

Er war nur noch zwei Zentimeter von ihrer seidig weichen Haut entfernt. Eine Strähne hatte sich aus ihrer strengen Frisur gelöst, und als er sie mit einer Hand von ihrer Wange strich, spannte sie sich an.

»So viele Regeln, Olivia«, murmelte er missbilligend. »Aber Regeln sind vor allem dazu da, dass man sie bricht.«

»Meine nicht«, wollte sie nachdrücklich erklären, wobei ihre unsichere Stimme sie verriet. Er war ihr nah genug, dass ihr warmer Atem ihm entgegenschlug. Sie roch nach teurem Brandy und exklusivem Tabak. »Falls Ihnen meine Ansprüche zu hoch erscheinen, ist es früh genug, um alles rückgängig zu machen«, bot sie ihm mit ruhiger Stimme an.

»Das wäre wirklich schade.« Er strich mit seinen Fingern über ihren Hals. »Schließlich habe ich mir Ihretwegen bereits erhebliche Umstände gemacht.«

Er neigte seinen Kopf und legte seinen Mund an ihren Hals. Ihre Haut war weich wie Seide, und der süße Honigduft, den sie verströmte, hinterließ auf seinen Lippen einen zartsüßen Geschmack. Sie war einfach köstlich, er hatte noch keine Frau derart begehrt. Sein Herz setzte zu einem regelrechten Trommelwirbel an.

Er würde sich mit einer kleinen Kostprobe begnügen. Obwohl das Rauschen seines Bluts ihn dazu drängte, dass er dieses wunderbare Wesen ganz verschlang.

Er hob den Kopf und sah ihr ins Gesicht. Ihre leuchtend blauen Augen waren völlig ausdruckslos, doch ihre leicht geöffneten Lippen ließen die heiße Dunkelheit erahnen, die sich dahinter verbarg, und als er ihr leises Keuchen hörte, richtete sein Schwanz sich schmerzlich in der engen Hose auf.

Er umfasste ihren Hinterkopf.

»Ich habe noch nie eine Frau geküsst, die eine Hose trägt. Diese Dekadenz ist ungemein erregend.«

Er sah, wie sich ihr schlanker Hals bewegte, als sie mühsam schluckte. »Sie werden auch jetzt keine Frau küssen, die eine Hose trägt. Wie gesagt, ich küsse niemals auf den Mund. Und ich kann nicht glauben, dass Ihnen meine Wünsche gleichgültig sind.«

»Ah, Ihre Wünsche, Olivia. Ich freue mich bereits, mehr darüber zu erfahren.« Er lächelte, denn das Vergnügen an der Frau nahm wie seine Erregung tatsächlich noch zu. »Morgen Abend werde ich Sie ganz für mich alleine haben. Was kann es also schaden, mir jetzt schon eine kleine Kostprobe von Ihrer Gunst zu geben, damit ich, wenn ich nachher nach Hause komme, von Ihnen träumen kann?«

In ihren bemerkenswerten Augen nahm er ein vielleicht furchtsames Blitzen wahr. Doch dieser flüchtige Gedanke hielt ihn nicht von seinem Vorhaben ab. Zum Teufel mit ihren Regeln, dachte er. Irgendwie hatte sie es geschafft, sämtliche Männer Londons nach ihrer Pfeife tanzen zu lassen. Aber er war der Earl of Erith. Keine Frau nähme ihm je die Zügel aus der Hand.

Er presste seine Lippen fest auf ihren Mund. Er war herrlich süß, himmlisch weich und … fest verschlossen. Als hätte jemand ihm die Tür des Paradieses vor der Nase zugeknallt.

Nun, es gäbe mehrere Wege ins Paradies als den durch die Vordertür.

Obwohl sie innerlich vor Panik und Entsetzen schrie, blieb Olivia, während er sie küsste, völlig reglos stehen. Es wäre einfach zu erniedrigend, dem Kerl zu zeigen, welche Angst für sie mit diesem Kuss verbunden war. Tapfer kämpfte sie gegen die aufkommende Schwärze an. Sie könnte und sie würde diesen Kuss wie alles andere überleben. Und auch ihr Stolz bliebe intakt.

Dieser Mann würde sie nicht besiegen.

Großer Gott, sie war kein wehrloses Kind, sondern eine große, starke Frau. Aber gegenüber seiner überwältigenden Größe und seinem muskulösen Körper kam sie sich so klein und so verletzlich wie vor vielen Jahren vor. Der moschusartige Geruch des erregten Mannes raubte ihr die Luft. Sein Kuss quälte sie, machte ihr Angst, erinnerte sie an Ereignisse, die sie verzweifelt zu vergessen trachtete.

Die grauenhafte Atemnot hielt nur ein paar Sekunden an. Doch ihr Hirn erkannte das Gefühl, und ihr Herz zog sich mit dem Eindruck zusammen, dass sie wieder in einem endlosen Albtraum gefangen war.

Dabei tat er ihr noch nicht mal weh. Sein Mund war nicht brutal, die Hand an ihrem Hinterkopf fuhr beinahe zärtlich durch ihr Haar. Sein Griff war unerbittlich, aber sanft. Er nutzte seine Kraft nicht aus, um ihr die Hose herunterzuzerren und in sie einzudringen, während sie wehrlos auf dem Schreibtisch lag.

Doch das war vollkommen egal. Das Einzige, was zählte, war das Gefühl, dass sie von ihm überwältigt und gegen ihren Willen zu diesem Kuss gezwungen wurde. Ihr starrsinniger Stolz, der sie seit Jahren aufrecht hielt, bekam den ersten Riss, sie stand kurz davor zu schreien, doch plötzlich nahm der Druck des Kusses ab.

Plötzlich glitten seine Lippen zärtlich und anscheinend unschuldig über ihren Mund. Obwohl der Begriff der Unschuld für den Earl of Erith eindeutig ein Fremdwort war.

Nein, die sanfte Knabberei gehörte ganz einfach zur Taktik eines hartgesottenen Verführers. Eines Mannes, der genügend Selbstbewusstsein hatte, um zu wissen, dass er sich nur etwas Zeit zu lassen und sein Opfer in einem falschen Gefühl von Sicherheit zu wiegen brauchte, damit er alles von ihm bekam.

Nun, er hatte keine Ahnung, mit wem er sich hier eingelassen hatte.

Kein Mann machte ein hilfloses Opfer aus Olivia Raines. Plötzlich wogte heißer Zorn in ihrem Innern auf, sie hob beide Hände an, um ihn von sich fortzuschieben, und entwand ihm ihren Mund. »Nein!«

Sie drückte kraftvoll gegen seine breite Brust, doch erst nach einem letzten sanften Kuss auf ihren Mund trat er einen Schritt zurück und gab ihr dadurch zu verstehen, dass er nicht eher von ihr abließ, als es ihm selbst gefiel. Er atmete keuchend ein und aus, seine Augen glitzerten wie frisch poliertes Silber. Zum ersten Mal, seit sie ihn kannte, war sein Blick nicht kalt. Denn er war immer noch erregt.

Dann begehrte er sie also. Natürlich tat er das. Schließlich zahlte er ein Vermögen, damit sie ihm als Bettgenossin zur Verfügung stand. Die Männer hatten sie immer schon begehrt. Sogar, als sie noch ein Kind war. Aber sie hatte die Macht. Sie war es, die entschied.

»Dazu hatten Sie kein Recht«, fauchte sie ihn an.

Ihr Zorn kratzte noch nicht einmal an seiner Arroganz. »Regen Sie sich nicht unnötig auf«, bat er sie in ruhigem Ton. »Schließlich muss Ihnen doch klar sein, dass ich die Absicht habe, noch viel mehr zu tun, als Sie zu küssen, Olivia. Diese aufgesetzte Schüchternheit steht Ihnen gar nicht gut.«

»Es ist keine Schüchternheit«, erwiderte sie scharf und atmete tief ein, da die Panik immer noch nicht völlig überwunden war. Dann senkte sie ihre Stimme absichtlich ein wenig, damit sie wieder wie Olivia Raines, die Königin der Kurtisanen, und nicht mehr wie das verängstigte kleine Mädchen klang. »Ich küsse niemals auf den Mund. Dafür erfülle ich meinen Liebhabern in allen anderen Bereichen jeden Wunsch.«

Ihre verführerische Antwort konnte ihn nicht täuschen. Sie war ungewöhnlich bleich, und ihr voller, von den Küssen roter Mund bildete einen verletzlichen schmalen Strich. Der Kuss hatte große Wirkung auf sie gehabt. Auch wenn sie unglücklicherweise nicht von glühendem Verlangen überwältigt worden war.

Nein, es war etwas anderes passiert.

Er wünschte sich, er wüsste, was.

Würde sie wohl ähnlich reagieren, wenn er mit ihr schlief? Oh nein, ganz sicher nicht. Ihre bisherigen Gönner hatten in den höchsten Tönen von den Freuden ihres Leibs geschwärmt.

Aber unter seinem Kuss hatte sie sich wie eine warme, duftende Statue angefühlt. Sie hatte noch weniger auf die Liebkosung reagiert als am Nachmittag.

Er beugte sich ein wenig vor und sog ihr Aroma ein, berührte sie dabei aber nicht. Denn er konnte warten. Selbst wenn sein Schwanz in Flammen stand. »Wir sehen uns morgen, Olivia.«

Er stand ihr nahe genug, um das unsichere Flackern in ihrem Blick zu sehen. »Lord Erith …«

Sie hielt ihn am Arm zurück, und trotz der dicken Wolle und des Leinens, das dazwischenlag, spürte er die Hitze ihrer Hand. Bevor sie sie wieder zurückziehen konnte, hielt er sie entschlossen fest. »Ja?«

»Ich fürchte, dass ich etwas übereilt auf Ihren Vorschlag eingegangen bin.«

Beinahe geistesabwesend strich er mit den Fingern über ihren Handrücken und sah sie reglos an. »Ich hätte angenommen, dass Sie ein bisschen zäher sind, Miss Raines. Scheuen Sie etwa immer bereits vor dem ersten Hindernis zurück?«

Sie sah ihn aus dunklen, unglücklichen Augen an. Hinter der gelassenen Fassade toste eindeutig ein wilder Sturm.

»Dies ist kein Jagdausflug auf Ihrem Gut, Lord Erith«, antwortete sie schroff. »Sie bilden sich ein, Sie könnten mich kaufen wie ein Pferd oder ein Paar neuer Stiefel. Aber dabei geht es um mehr, das wissen Sie genauso gut wie ich. Und ich bin zu dem Schluss gekommen, dass wir beide nicht zueinanderpassen.«

Ah, sie kam allmählich wieder zu sich, Gott sei Dank. Er hatte schon befürchtet, er hätte sie erschreckt. Obwohl eine solche Reaktion bei einer starken Frau wie ihr verwirrend gewesen wäre. Schließlich war es nur ein Kuss gewesen, weiter nichts. Obwohl ihm die Berührung ihrer Lippen alles andere als harmlos vorgekommen war.

»Wir passen sogar ausgezeichnet zueinander«, widersprach er ihr.

»Das zu entscheiden, liegt bei mir.«

Er legte eine Hand unter ihr Kinn, sah ihr in die Augen und bewunderte sie dafür, dass sie seinem Blick nicht auswich und noch nicht einmal zusammenfuhr. »Sind Sie denn gar nicht neugierig darauf zu sehen, was ich Ihnen bieten kann?«

Wieder umspielte das bekannte ironische Lächeln ihren Mund. »Eine Frau mit meinem Beruf verliert sehr schnell die Neugier auf derartige Dinge, Mylord.«

»Dann führen Sie die Beziehung fort, weil Sie Frau genug sind, um mich zu zähmen. Es wäre ein Armutszeugnis, unsere Affäre zu beenden, bevor sie auch nur richtig angefangen hat.«

Ihr Lächeln wurde breiter, wieder fiel sein Blick auf das verführerische kleine Muttermal direkt neben ihrem Mund. Wieder spürte er das geradezu verzweifelte Verlangen, es zu küssen. Nur ihre eisige Reaktion auf seinen letzten Kuss hielt ihn davon ab. »Dies ist auch kein Ringkampf.«

Er lachte leise auf, doch selbst als er sie losließ, spürten seine Finger noch die Wärme ihrer Haut. »Ich habe durchaus die Absicht, ein bisschen mit Ihnen zu ringen.«

»Und zu fechten.«

»Auf jeden Fall. Mein Degen ist schon gezückt.«

»Das ist er wahrscheinlich immer.«

»Wenn ich auf einen würdigen Gegner treffe, ganz bestimmt. Aber die Gegnerin, die ich mir wünsche, gibt vor, dass sie nicht in meine Gewichtsklasse gehört.«

»Reden Sie jetzt wieder vom Ringen?«

»Vom Boxen, Olivia. Ich möchte dafür sorgen, dass Sie Sterne sehen.«

»Sie verlieren keine Zeit mit falscher Bescheidenheit, nicht wahr?«

»Ich verliere niemals Zeit.« Er machte eine Pause. »Also, werden Sie morgen zu mir kommen oder gibt die unabhängigste und kapriziöseste Frau von London zu, dass sie einem Mann begegnet ist, den sie nicht beherrschen kann?«

Sie zog verächtlich ihre Brauen in die Höhe. »Glauben Sie etwa, dass Sie mich mit kindischen Sticheleien ködern können?«

»Ich glaube, dass ich Sie ködern kann. Egal, auf welche Art. Nach allem, was ich sehe, haben Sie bisher nur einen

Haufen Weichlinge dazu gebracht, sich Ihrem Willen zu beugen. Versuchen Sie doch mal Ihr Glück bei einem würdigeren Gegner. Zwingen Sie den berüchtigten Earl of Erith in die Knie.«

Sie stieß ein amüsiertes Schnauben aus. »Ich glaube, die Chance, dass mir das gelingt, ist genauso groß wie meine Chance auf einen Flug zum Mond.«

»Aber ich freue mich bereits darauf zu sehen, wie Sie es versuchen. Sind Sie die leichten Eroberungen nicht allmählich leid?«

»Sie bilden sich ein, Sie wüssten über die Männer Bescheid, die bisher in meinem Bett gelandet sind.«

»Ein guter Sportler informiert sich eben über seine Konkurrenz.«

»Ich schwöre Ihnen, wenn Sie mir jetzt noch erzählen, wie gut Sie reiten können, bekommen Sie eine Ohrfeige von mir verpasst.«

Abermals lachte er auf. Seine Bewunderung für diese Frau nahm von Sekunde zu Sekunde zu. »So krass würde ich es niemals formulieren, Miss Raines.«

»Da Sie schließlich ein Ausbund an Tugend sind«, fügte sie trocken hinzu.

»Nicht immer. Wie ich Ihnen hoffentlich in Bälde demonstrieren darf.« Er zögerte, denn ihre Antwort auf die nächste Frage war ihm wichtiger, als er vor einem Tag oder auch nur vor einer Stunde angenommen hätte. »Also, werden Sie morgen kommen?«

In ihre Augen trat ein herausforderndes Blitzen. »Ja.«

3

Olivia stand auf der elegant geschwungenen Treppe und blickte in die Eingangshalle hinab. Es war schon relativ spät, und Lord Erith war gerade erst in dem hübschen kleinen Haus erschienen, das von ihm in der Nähe des Regent's Park für sie gemietet worden war.

Der Earl ging über den schwarz-weißen Marmorboden, drückte seinen Hut und seinen Stock dem Butler in die Hand und war mit dem im Licht der Lampe schimmernden, dichten, dunklen Haar wieder einmal teuflisch attraktiv.

In seiner Abendgarderobe – dem schwarzen Frack, der schwarzen Hose, dem gestärkten weißen Hemd und dem hochgebundenen Halstuch – sah er einfach prächtig aus. Die Stickerei auf seiner grauen Seidenweste glänzte warm im Licht, und als er dorthin sah, wo sie im Schatten stand, blitzte in seinen Augen silbriges Verlangen auf.

»Olivia.« Sein knurrender Bariton verriet große Selbstzufriedenheit.

Seine Haltung drückte seinen Besitzstolz aus. Über den Besitz an diesem Haus. Und den Besitz an ihr. Während ihr Magen sich furchtsam zusammenzog, reckte sie erbost das Kinn.

Zur Hölle mit ihrer Unsicherheit. Sie durfte nicht vergessen, wer sie selbst und wer der Earl of Erith war. Er war auch nur ein Mann wie jeder andere. Heute Abend würde nichts geschehen, was nicht auch vorher schon Dutzende Male geschehen war. Sobald der alte, banale Tanz begann, fände sie bestimmt auch ihre alte Sicherheit zurück, denn dann könnte sie endlich wieder die vertrauten Schritte tun.

Trotzdem hielt sie das Geländer derart fest umklammert, dass man das Weiß von ihren Knöcheln sah.

Der Butler zog sich diskret zurück, und als sie mit dem Earl allein war, unterdrückte sie das Zittern ihrer Stimme und grüßte knapp: »Mylord.«

»Tut mir leid, dass es so spät geworden ist. Es gab noch eine Krise in der Familie.«

Es überraschte sie, dass er sich bei ihr entschuldigte. Schließlich wurde sie von ihm dafür bezahlt, dass sie darauf wartete, bis er erschien. »Kein Problem.«

Sie stand über ihm wie Julia, die von ihrem Balkon aus mit ihrem geliebten Romeo sprach. Dieser flüchtige Gedanke hinterließ einen säuerlichen Geschmack in ihrem Mund. Weder sie noch Erith war jung, unschuldig, leidenschaftlich.

Oder gar verliebt.

Wahre Liebe zwischen Mann und Frau war genauso unwirklich wie die gemalten lüsternen Gottheiten in Perrys Haus. Das hatte das Zusammensein mit unzähligen »Gönnern« ihr gezeigt.

Er sah sie reglos an, und sein heißer Blick züngelte wie eine heiße Flamme über ihre Haut. Er vibrierte vor Verlangen. Es wäre falsch von ihr anzunehmen, er wäre unfähig zu Leidenschaft. Er konnte Leidenschaft entwickeln, zumindest in ihrer derbsten Variante. Das wusste sie genau, denn sie hatte diesen Blick bereits in allzu vielen männlichen Gesichtern ausgemacht.

Verzweifelt suchte sie die innere Ruhe, die sie bisher stets entwickelt hatte, wenn sie ihre Liebhaber empfing. Zu ihrem Entsetzen musste sie erkennen, dass diese wunderbare Ruhe kalter Angst gewichen war. Mit schweißnassen Fingern hielt sie sich an dem polierten Holzgeländer fest.

Vielleicht hatten seine unerwünschten Küsse sie nervös gemacht. Auf alle Fälle hatte sie infolge dieser Küsse schlecht geträumt und war mehrmals in der letzten Nacht zitternd und schweißgebadet aufgewacht.

Vielleicht war sie einfach ein wenig aus dem Gleichgewicht, weil er seit Monaten ihr erster Kunde war. Sie hatte zwischen den verschiedenen Verhältnissen immer längere Pausen eingelegt. Die Londoner Gesellschaft hielt ihre Zurückhaltung für einen Trick, um ihren Preis weiter in die Höhe zu treiben. In Wahrheit allerdings fand sie es einfach immer unerträglicher, mit einem Mann zusammen zu sein.

Vielleicht war es an der Zeit, dass die prachtvolle Olivia Raines ihren Feldzug gegen das männliche Geschlecht beendete. Sie hatte Geld genug und war dieses leere Leben einfach leid.

Vorher aber müsste sie die Nacht mit diesem Menschen überstehen, damit ihr Ruf als eiskalte Sirene keinen Schaden nahm. Und dann auch noch die nächsten Nächte, bis sie einen Schlussstrich unter die Affäre ziehen konnte, ohne als Verliererin daraus hervorzugehen.

Auch wenn sie im Begriff stand, sich aus dem Geschäft zurückzuziehen, würde sie ihre Karriere mit einem Triumph abschließen und sich nicht von dannen schleichen wie ein geprügelter Hund. Sie würde einen letzten Sieg über einen Liebhaber erringen und auf dem Höhepunkt des Ruhms verschwinden. Etwas anderes ließe ihr Stolz nämlich nicht zu.

Die von dunklen Strömen des Verlangens und des Widerstands erfüllte Stille dehnte sich gefährlich aus, sie zwang sich zu fragen: »Möchten Sie vielleicht heraufkommen?«

»Mit Vergnügen.«

Sie bemühte sich zu ignorieren, wie er das Wort *Vergnügen* in die Länge zog. Was für eine tiefe Stimme er doch hatte. Ihr Herz fing an zu flattern, als der weiche, aber durchdringende Klang an ihre Ohren drang.

Mit einem leisen Rascheln ihres karamellfarbenen Kleides drehte sie sich um und stieg die Stufen in den ersten Stock hinauf. Vor ihrer Ankunft in dem Haus hatte der Earl of Erith einen großen Kleiderschrank mit Stücken von ihrer Lieblingsschneiderin gefüllt. Er musste ein Vermögen dafür ausgegeben haben, dass alles so schnell angefertigt worden war.

Sie hörte, wie er die Stufen hinter ihr erklomm. Jeder Schritt mit seinen Stiefeln hallte laut in ihrem Ohr. Sie musste einen Schauder unterdrücken, weil er ihr mit jedem dieser schweren Schritte näher kam.

Sie trat vor eine Tür, er stand so dicht hinter ihr, dass ihr sein Geruch nach frisch gewaschenem Mann und Sandelholz entgegenschlug. Unter ihrem hochgesteckten Haar brach ihr der kalte Schweiß aus, und aus lauter Angst, dass er bemerkte, wie verletzlich sie urplötzlich war, wandte sie ihm ihr Gesicht nicht zu.

Offenbar verlor sie langsam, aber sicher den Verstand. So hatte sie sich gegenüber einem Mann nicht mehr gefühlt, seit sie ein Kind gewesen war. Großer Gott, sie wäre völlig wehrlos, wenn sie sich nicht umgehend zusammenriss. Und was Männer mit wehrlosen Frauen machten, hatte sie am eigenen Leib erlebt.

Sie atmete zitternd ein und verfluchte das verräterische Rasseln ihrer Lungen. Erith war einfach zu klug, um ein Anzeichen von Schwäche nicht zu sehen.

Er war der Feind. So wie alle Männer Feinde waren.

Nur Mut, Olivia.

Sie straffte ihre Schultern und drehte sich mit ausdrucksloser Miene zu ihm um. »Die Köchin hat ein wunderbares Abendessen vorbereitet.«

»Später.«

Seine Arroganz entfachte ihren Zorn. Endlich – dem Himmel sei Dank – klang sie wieder wie die gelassene, weltgewandte Kurtisane und nicht wie das verängstigte Mädchen, das sie einst gewesen war. »Wir sind keine Tiere, Mylord, die sich ohne großes Vorspiel einfach irgendwo auf einer Wiese paaren. Eine Affäre ist ein Kunstwerk.«

»Manchmal reden Sie ganz schönen Unsinn, Miss Raines.«

Jetzt rang sie ärgerlich nach Luft. »So gehe ich bei meinen Affären immer vor, Lord Erith«, klärte sie ihn auf. »Wir essen zusammen zu Abend, unterhalten uns ein wenig, musizieren vielleicht noch, dann ziehe ich mich zurück und bereite mich darauf vor, Sie zu befriedigen. Und zwar besser, als Sie jemals befriedigt worden sind.«

»Das ist ein ziemlich großartiges Versprechen«, erwiderte er ungerührt.

Zur Hölle mit diesem zynischen Teufel, dachte sie und senkte ihre Stimme zu einem verführerischen Schnurren. »Sie werden bei mir eine Ekstase finden, die noch Ihre kühnsten Träume übersteigt, wenn Sie mich diese Affäre so führen lassen, wie ich will.«

Ohne große Hoffnung, dass ihre extravaganten Versprechungen ihn überzeugt hätten, öffnete sie die Tür zu einem von warmem Kerzenlicht erhellten Raum. Die Luft war schwer vom Duft von Hyazinthen, Freesien und Kirschblüten. Frühlingsblumen, deren süßer, unschuldiger Duft in deutlichem Kontrast zu dem sündigen Grund ihrer Begegnung stand. Auf einer rot lackierten chinesischen Anrichte hatten die Angestellten ein üppiges kaltes Abendessen und eine Flasche Champagner in einem Eiskübel bereitgestellt.

Selbstbewusst trat sie über die Schwelle und wartete darauf, dass Lord Erith folgte. Ihr direkt gegenüber stand die Tür des Schlafzimmers weit auf, man sah weitere mit Blumen gefüllte Vasen und ein breites Bett, auf dem die Decke bereits zurückgeschlagen war.

Mitten im Zimmer blieb sie stehen und drehte sich mit straff gespanntem Rücken, stolz gerecktem Kopf und ruhiger Miene zu ihm um. Er kam durch die Tür marschiert und lief mit entschlossen blitzenden Augen auf sie zu.

Sie blieb reglos stehen, und erst, als sie die Befürchtung hatte, er rempele sie vielleicht einfach um, machte sie einen kleinen Schritt zurück.

Als sie merkte, dass ihr Schritt ein kleines Zugeständnis an den Kerl gewesen war, blieb sie sofort wieder stehen.

Er kam unaufhaltsam auf sie zu.

Mit jedem unwilligen Schritt, den sie nach hinten machte, kam die Tür des Schlafzimmers gefährlich näher.

»Was soll das?«, fragte sie ihn scharf.

»Was für eine dumme Frage, Olivia.«

Seine Stimme klang so gnadenlos, dass sich ihr die Nackenhaare sträubten. Sie hatte diese Seite seines Wesens auch schon vorher aufblitzen sehen, aber heute Abend waren sie allein, und er konnte mit ihr tun und lassen, was er wollte, selbst wenn sie damit nicht einverstanden war.

Er würde ganz bestimmt nicht warten, bis sie einverstanden war. Er hatte ein Vermögen für sie hingelegt, und sie hatte diesen Handel akzeptiert.

»Mylord, ich habe Ihnen doch bereits gesagt, wie ich die Sache angehen will.« Sie kämpfte um ihre gewohnte Autorität und versuchte, seitlich auszuweichen, doch er streckte einfach einen seiner muskulösen Arme aus und versperrte ihr den Weg.

»Ja, das haben Sie getan.«

Sie knirschte mit den Zähnen. »Ich werde nicht …« Sie versuchte, unter seinem Arm hindurchzutauchen, kam aber an seinem breiten Oberkörper nicht vorbei. »Verdammt, Mylord, ich bin kein Schaf! Also hören Sie endlich auf, mich vor sich her zu scheuchen, ja?«

Er verzog den Mund zu einem schwachen Lächeln. »Wenn Sie darauf bestehen.«

Sie hätte wissen müssen, dass sie mit einer direkten Herausforderung bei ihm nicht weiterkam. Er presste die Lippen aufeinander, kniff die Augen zusammen, packte sie mit beiden Händen und nahm sie, während ihre Röcke wirbelten, schwungvoll in den Arm.

Bereits als sie ihn inmitten des Gedränges in Perrys Salon über sich hatte aufragen sehen, war ihr aufgefallen, wie ungewöhnlich muskulös er war. Als er sie jetzt in seinen Armen hielt, waren die dicken Muskelstränge in seiner Brust und seinen Armen unübersehbar.

Genau wie seine Hitze. Er glühte wie ein Ofen.

»Lassen Sie mich runter«, krächzte sie empört.

»Nein.« Er neigte seinen Kopf und knabberte an ihrem Hals.

»Aua«, protestierte sie, obwohl er ihr nicht wehgetan hatte. Es ärgerte sie einfach, dass er selbst ohne Gewaltanwendung zweifellos der Überlegenere war.

»Darauf warte ich, seit ich Sie zum ersten Mal gesehen habe.« Er marschierte auf die offene Schlafzimmertür zu.

»Das ist doch erst seit vorgestern«, fauchte sie, während sie sich in seinen Armen wand.

»Also seit einer Ewigkeit.« Er verstärkte seinen Griff und trug sie dichter an das Bett heran. »Hören Sie endlich auf zu zappeln. Sie wissen ganz genau, dass ich Ihnen nicht wehtun werde.«

»Woher soll ich das wissen? Schließlich führen Sie sich auf wie ein Barbar.«

Olivia legte eine Hand um seinen Hals und zog kräftig an dem dunklen Haar, das über seinen hohen Kragen fiel. Sie hätte erwartet, dass so drahtiges und dichtes Haar sich rau anfühlen würde, aber es war seidig weich.

»Du kleine Wildkatze! Also gut, ich setze dich wieder ab.« Am Rand des Betts blieb er stehen und ließ sie so unsanft fallen, dass sie keuchend auf das feine Laken fiel.

Wütend versuchte sie sich fortzurollen, aber Erith schwang sich eilig über sie, fing sie unter seinem großen Körper ein, und sie hörte das Reißen der feinen Seide ihres Kleides, als sie einen zweiten vergeblichen Fluchtversuch unternahm.

Auch andere Männer hatten schon versucht, ihre körperliche Stärke auszunutzen, um sie zu beherrschen. Bisher jedoch hatte sie sich mit ihrer Gleichgültigkeit und ihrem gleichzeitigen Starrsinn immer gegen sie durchgesetzt. Wenn ein Mann mehr von ihr verlangte, als sie geben wollte, gab sie ihm den Laufpass. Das hatte bisher immer funktioniert. Ihre Distanziertheit verlieh ihr eine Macht über ihre Kunden, die kaum eine andere Kurtisane über ihre Liebhaber besaß.

Doch jetzt lag sie wütend und hilflos unter dem hünenhaften Earl. Wie hatte er es angestellt, dass sie so völlig seiner Gnade ausgeliefert war? Vor allem hatte er es mit einer vollkommen mühelosen Leichtigkeit erreicht.

Nach ihrem ersten Mann hatte sie bisher noch jeden ihrer

Liebhaber beherrscht. Und, bei Gott, sie würde auch den Earl beherrschen.

»Hören Sie sofort auf!«, wies sie ihn mit kalter Stimme an, während sie reglos wie eine Puppe auf dem Laken lag. »Sie werden mich nicht wie irgendeine kleine Nutte behandeln, die von Ihnen für ein paar Pence in Covent Garden aufgegabelt worden ist.«

»Das würde mir noch nicht einmal im Traum einfallen«, gab er seidig weich zurück. »Genau wie du mich nicht wie einen deiner Schoßhunde behandeln wirst.«

Olivia ersparte sich die Mühe, gegen diese beleidigende Beschreibung ihrer bisherigen Liebhaber zu protestieren. Denn, verdammt, er hatte recht, obwohl sie keine Ahnung hatte, wie in aller Welt er darauf gekommen war.

Er drückte einen Kuss auf die Stelle, die er zuvor gebissen hatte, und obwohl der flüchtige Kontakt wie ferne Musik durch ihre Adern rann, riss sie sich eilig von ihm los.

»Lassen Sie mich aufstehen, Lord Erith.« Wütend, überrascht, gereizt lag sie zitternd und keuchend im Schatten seines Leibs.

Er sah vollkommen unbeeindruckt aus. »Hat Ihnen schon mal jemand gesagt, dass Sie ganz schön herrisch sind, Miss Raines?«

»Niemand, der danach noch körperlich unversehrt gewesen wäre«, schnauzte sie zurück.

Er fing lauthals an zu lachen. Es war das erste Mal, dass sie ihn lachen hörte, sie war von der Freiheit seines Lachens überrascht. Sie kannte ihn nicht gut und hatte ernste Zweifel, dass sie ihn je gut kennen lernen würde. Bisher hatte sie ihn als beinahe übermenschlich beherrscht erlebt, doch dieses plötzliche Zeichen ungebremsten Humors legte die Vermutung nahe, dass ihr erster Eindruck von ihm falsch war.

»Sie können meinen Körper überall berühren, wo Sie wollen.« Er strich mit seinem erigierten Glied über ihren Bauch, und durch den Stoff seiner Hose und ihres Kleides hindurch hatte sie das Gefühl, als drücke er ihr sein Brandzeichen auf.

Er war ausnehmend gut bestückt. Natürlich war er das. Bereits sein wiegender Gang hatte verraten, dass er hinsichtlich seiner Männlichkeit keineswegs unter Minderwertigkeitskomplexen litt.

Sie drückte mit beiden Händen gegen seine breite Brust, doch sie konnte schieben, wie sie wollte, denn er ließ sich ebenso wenig bewegen wie ein sonnengewärmter Fels. Sein Duft hüllte sie in sich ein. Seife. Saubere Haut. Erregung. Körperlich war er überwältigender als jeder andere Mann, mit dem sie bisher im Bett gewesen war. Nicht nur seine Kraft und Größe, sondern vor allem die innere Energie, die er verströmte, ließ die Luft um ihn herum erbeben. Als mache er das Wetter selbst. Gleich, ob Sturm, Gewitter oder Sonnenschein.

Sie drückte noch ein wenig fester, und er stieß ein gereiztes Knurren aus. »Geben Sie auf, Olivia. Weder ich noch Sie werden dieses Bett so schnell wieder verlassen. Schließlich war es von Anfang an so vorgesehen, dass wir hier auf der Matratze landen. Sie brauchen nicht einmal eine spezielle Technik anzuwenden, um mich zu verführen. Denn Sie haben mich bereits in dem Moment, in dem ich Sie zum ersten Mal gesehen habe, verführt.«

Auf der Suche nach irgendeiner Schwäche sah sie ihm verzweifelt ins Gesicht. Doch sie sah nur einen stahlharten Willen und den brennenden Blick von einem Mann, der die feste Absicht hatte, die Frau zu bekommen, die in diesem Augenblick unter ihm lag. Sie konnte nichts dagegen tun, und sie war schlau genug, um einzusehen, dass dieser eine Kampf für sie verloren war.

»Also gut«, wisperte sie mit der Stimme, die ihr bisher immer die uneingeschränkte Macht über die Mitglieder des männlichen Geschlechts verliehen hatte.

»Also gut?«, fragte er mit leichtem Argwohn. »So leicht geben Sie auf?«

Was sie daran erinnerte, dass er zwar – wie das harte, suchende Organ in seiner Hose überdeutlich machte – ebenfalls ein Mann, aber deutlich komplizierter als die meisten anderen Männer war. Sie bewegte sich auf einem gefährlich schmalen Grat. Sie durfte seine Kraft nicht überschätzen und seine Intelligenz nicht unterschätzen, weil sie sonst verloren war. Der Umgang mit Lord Erith war wie die Überquerung eines Flusses voll hungriger Krokodile auf einer halb verfallenen Hängebrücke, musste sie sich grimmig eingestehen.

»Denken Sie besser nicht zu lange oder zu angestrengt nach, Mylord, sonst ziehe ich mein Angebot vielleicht zurück«, erklärte sie ihm säuerlich.

»Lange und anstrengend klingt gut«, murmelte er und strich erneut mit seinem Glied über ihren Bauch.

Glühende Hitze wogte in ihr auf, doch sie schnauzte ihn an: »Selbstlob ist keine besondere Empfehlung. Befreien Sie mich endlich aus dieser lächerlichen Position, und dann lassen Sie uns anfangen.«

Abermals stieß er ein lautes Lachen aus. »Sie klingen wie eine steife alte Gouvernante. Was seltsam erregend ist.«

Sie blickte in sein lachendes Gesicht und fasste einen Entschluss, der ihr schon seit geraumer Zeit durch den Kopf gegangen war. Er wäre der letzte Mann, mit dem sie für Geld ins Bett gehen würde. Da sie nichts als Verachtung für die männliche Spezies empfand, schliefe sie nach ihm überhaupt nie mehr mit einem Mann.

Sie würde das alte Spiel noch bis zu Ende spielen und zöge sich danach aus dem Geschäft zurück. Olivia Raines, die Königin der Kurtisanen, gäbe es dann nicht mehr.

Gott sei Dank.

Aber ihre Freiheit müsste warten, bis ihr Stolz befriedigt war. Erst einmal ging es darum, dass sie die Kontrolle über einen zügellosen, riesengroßen Kerl bekam.

Kontrolle. Ihr Lieblingswort. Sie ginge jede Wette ein, dass es auch das Lieblingswort des Earl of Erith war.

»Soll ich vielleicht einfach hier herumliegen, während Sie tun, wonach Ihnen zumute ist?«, fragte sie sarkastisch. »Dann wäre das Vermögen, das Sie für meine Dienste ausgegeben haben, eindeutig vergeudet. Aber das können Sie natürlich halten, wie Sie wollen, Mylord.«

»Ich weiß es zu schätzen, dass Ihr Pflichtgefühl von Ihnen verlangt, dafür zu sorgen, dass ich etwas für mein Geld bekomme.«

Mit einem amüsierten Grinsen beugte er sich über ihren Hals und küsste die sichtbare Ader, die ihr wilder Pulsschlag zucken ließ. Seine Geste machte deutlich, dass er wusste, wie nervös sie hinter der hart erarbeiteten, aber völlig künstlichen gelassenen Fassade war.

Immer noch grinsend blickte er sie an. »Sind Sie Ihren Liebhabern gegenüber immer derart kaltblütig? Analysieren Sie immer jede Handlung so genau, versuchen Sie immer zu verhindern, dass der andere irgendwann einmal die Oberhand bekommt?«

Nein, das tat sie nicht. Für gewöhnlich waren ihre Liebhaber so geblendet von der Aussicht darauf, mit der legendären Kurtisane ins Bett gehen zu dürfen, dass sie nur mit den Fingern zu schnippen brauchte, damit sie jeden Wunsch erfüllt bekam.

Es war eindeutig, dass auch Erith sie begehrte. Doch, verdammt, er war alles andere als geblendet. Und so fuhr er, ohne eine Antwort abzuwarten, fort: »Der Gedanke, Sie zu küssen, wird von Minute zu Minute verlockender.«

Sie musste einen Schauder unterdrücken. Nichts, was er heute Abend getrieben hatte, war so schmerzlich für sie gewesen wie der gestrige Kuss. »Sie können mich auch küssen. Nur nicht auf den Mund.«

»Das ist wirklich großzügig.« Er rollte sich auf die Seite und stand auf. »Kommen Sie her.«

Zum ersten Mal, seit er sie in den Arm genommen hatte, atmete sie wieder normal. »Schon wieder ein Befehl?«

»Natürlich.« Er nahm ihre Hand, und sie wartete darauf, dass er sie auf die Füße zerren würde, doch er zog sie vorsichtig hoch. Als sie sein Halstuch lösen wollte, hielt er sie zurück. »Ich möchte *Sie* ausziehen.«

»Wir haben nur bis Juli Zeit«, erklärte sie ihm bissig. »Vielleicht fangen Sie also langsam einmal an.«

»Ihre Ungeduld ist schmeichelhaft.«

Sein langer, schmaler Mund verzog sich zu einem vollen Lächeln. Bereits mit ernster Miene war er ein äußerst attraktiver Mann. Wenn er aber lächelte, war er atemberaubend schön. Während eines Augenblicks setzte der wilde Galopp ihres trügerischen Herzens aus.

Er hob die Hand, und mit einer atemlosen Spannung, für die sie sich in Grund und Boden schämte, wartete sie darauf, dass er anfinge, sie zu begrapschen. Doch er löste nur vorsichtig eine Nadel aus ihrer Frisur, sodass eine lange Strähne schimmernd braunen Haars wie eine Schlange über den tiefen Ausschnitt ihres Kleides fiel.

Er hob die Strähne an und rieb sie zwischen seinen Fingern. »Hübsch.«

Während eines flüchtigen Moments war sie wieder ein Kind und sah ihrem Vater beim Prüfen der Wolle der Schafe seiner Pächter zu. Traurigkeit und Wehmut erstickten die spöttische Bemerkung, die ihr auf der Zunge lag.

Langsam zog er ihr die nächste Nadel aus dem Haar. Worauf die nächste Strähne über ihre Brüste fiel. Und die übernächste. Und die überübernächste. Bis die komplizierte Frisur, die ihr Mädchen unter Qualen angefertigt hatte, nur noch eine ferne Erinnerung war.

Lord Erith streichelte die dichte braune Masse, entwirrte ein paar Knoten, strich ein paar Locken glatt. Seine Augen leuchteten, und er hob eine Handvoll ihrer Haare dicht vor sein Gesicht.

»Riecht nach Blumen.« Er ließ ihre Haare wieder fallen, vergrub die Nase dort an ihrem Hals, wo er sie auch schon geküsst und gebissen hatte, und stellte mit rauer Stimme fest: »*Sie* riechen nach Blumen.«

»Das sind sicher die Sträuße.«

»Nein.«

Er glitt mit seinen Händen zu den Haken, mit denen ihr Kleid in ihrem Rücken geschlossen war. Trotz all ihrer Erfahrung hatte die konzentrierte Aufmerksamkeit, mit der er sie entkleidete, einen ganz eigenen Reiz. Mit geübter Leichtigkeit öffnete er das Kleid, streifte es ihr von den Schultern, und trotz der Wärme der Kerzen und des Feuers fing sie an zu zittern, als die Luft auf ihre nackten Arme traf.

Vorsichtig schob er die Ärmel über ihre Hände, bis das Oberteil auf ihre Hüfte fiel und sie nur noch in ihrem leichten Korsett und dünnen Hemdchen vor ihm stand. Vielleicht weil sie nicht die Kontrolle über die Begegnung hatte, rief die Tatsache, dass sie halb nackt vor einem Fremden stand, ein leichtes Unbehagen in ihr wach. Sie hob das Kinn und schluckte, denn vor lauter Aufregung hatte sie plötzlich einen trockenen Hals.

Sein Blick fiel auf ihr mit Efeublättern und Tulpen besticktes Korsett und wanderte dann dorthin, wo sich ihre Brust über den spitzenbesetzten Rand des Kleidungsstücks erhob. Sein Atem war nicht mehr so ruhig wie noch einen Augenblick zuvor, und als sie in seine Augen sah, bemerkte sie, dass das Grau so weich und tief wie endloser Nebel war. Freudige Erregung glühte hinter diesem Nebel, der kleinste Funke würde reichen, damit er in Flammen stünde, dachte sie.

»Drehen Sie sich um«, wies er sie knurrend an. Er konnte sich eindeutig nur noch mühsam beherrschen.

Wortlos wandte sie ihm den Rücken zu, hob ihre Haare an, damit er ihr Korsett aufschnüren konnte, und als es in sich zusammenfiel, streifte sie es achtlos ab. Dann wandte sie sich ihm, nur noch in ihrem durchsichtigen Hemdchen, wieder zu. Die Seide war so fein, dass er ihre hellbraunen Nippel deutlich sah. Ihre Brüste waren klein und rund, doch obwohl sie bereits über dreißig war, waren sie noch herrlich straff. Sie schämte sich nicht für ihren Leib. Er war noch genauso schlank und wohlgeformt wie damals, als sie noch jung war.

Sie fragte sich, ob Erith wohl etwas fülligere Frauen lieber waren. Aber weshalb interessierte sie das überhaupt? Die aktuelle Mode verhüllte ihre Formen nicht. Er konnte also kaum erwarten, dass sich unter ihrer Kleidung eine üppige Brust verbarg.

Die kurze, untypische Unsicherheit legte sich, als ein erfreutes Lächeln über seine Züge huschte und ihn deutlich jünger wirken ließ. »Perfekt«, meinte er leise.

Sie hob den Saum von ihrem Hemd, doch wieder hielt er sie zurück. »Lassen Sie mich das machen, ja?«

Sie stand da wie eine Puppe, hob die Arme hoch, und er zog ihr das Hemd über den Kopf. Ob er zu allen seinen Geliebten so zärtlich war? Selbst sie, die gegen die Berührungen von Männern abgehärtet war, fand diese langsame Entkleidung ausnehmend verführerisch. Beinahe hätte sie sich einbilden können, dass die Frau, mit der er schlief, für ihn mehr als nur ein williger Körper war.

Es war wirklich ein Jammer, dass er seine Aufmerksamkeit an eine Frau verschwendete, die nicht in der Lage war zu würdigen, was er für sie tat.

Trotzdem widersetzte sie sich nicht, als er seine Hände auf ihre nackten Schultern legte und sie sanft, aber entschieden wieder auf die Matratze drückte, damit sie mit gespreizten Beinen vor ihm lag. Dann zog er ihr die Schuhe und die Strümpfe aus und sah sie aus schläfrigen Augen an. Doch sie ließ sich von seinem Blick nicht täuschen. Er war ungefähr so schläfrig wie ein hungriger Leopard, der einer Herde Antilopen auf den Fersen war.

Er zog seine Jacke aus und warf sie über den mit hübschen Schnitzereien verzierten Stuhl an der eleganten, limonengelb-marineblau gestreiften Wand. Dann zogen seine flinken Finger den Knoten seines Halstuchs auf, und nach ein paar sparsamen Bewegungen stand er barfuß und mit nackter Brust am Fußende des Betts.

Er hatte die Figur von einem Ringer. Nein, von einem geschmeidigen jungen Boxer, obwohl er schon fast vierzig war. Er war eindeutig ein Mann in seinen besten Jahren. Seine Brust war dicht behaart, und auch seine Bauchmuskeln waren mit dunklem Haar bedeckt, das in einer schmaler werdenden Linie in seinem Hosenbund verschwand. Seine

Schultern waren straff gespannt und breit, und seine Arme wölbten sich vor Kraft.

Als er sich auf sie schwang, legte sich seine Hitze wie eine dicke Decke über sie. Die Luft roch süß nach Blumen und würzig nach männlicher Erregung und war zum Schneiden dick. Sie ballte die Fäuste, und während sie darauf wartete, dass er sie endlich nähme, atmete sie mühsam aus und ein.

Doch er hatte es anscheinend immer noch nicht eilig, da er erst mit seinen Fingern über ihren Körper strich. Über ihre harten Schlüsselbeine, ihre geraden Schultern, ihre Rippen bis hinab zu ihrer Taille, und dann weiter über ihre Hüften, bis er schließlich zärtlich über ihre straffen Schenkel glitt.

Sie rutschte unruhig auf dem Laken hin und her. Diese langsame Verführung brachte sie aus dem Konzept. Weshalb berührte er weder ihre Brüste noch ihre Scham? Weshalb schob er ihr nicht einfach die Beine auseinander und drang in sie ein?

Als er seine Hände endlich über ihren Busen gleiten ließ, wurden ihre Nippel hart wie kleine Steine, und er neigte seinen Kopf und bedeckte eine ihrer Brustwarzen mit einem sanften Kuss. Sein Mund lag heiß auf ihrem Fleisch und wurde sogar noch heißer, als er die harte Knospe zwischen seine Zähne nahm. Dann schob er den Mund auf ihre andere Brust und saugte so genüsslich an dem festen Fleisch, als wäre es eine köstliche exotische Frucht.

Sie lag völlig reglos unter ihm. Das Gefühl von seinem Mund auf ihrer Haut war durchaus angenehm. Auf alle Fälle hatte sie bereits mit deutlich weniger geschickten Liebhabern das Bett geteilt.

Dann stand er plötzlich wieder auf und zog sich ohne großes Aufhebens auch noch die Hose aus.

Sie hätte darauf gefasst sein sollen, ihn nackt zu sehen. Doch selbst als erfahrene Kurtisane stockte ihr der Atem, als sie diesen Hünen unbekleidet vor sich stehen sah.

Er war einfach ein Prachtexemplar von Mann.

Er hatte nichts von einem Jungen an sich. Keine Stelle seines Körpers war nicht vollständig entwickelt oder ausgereift. Er bestand von Kopf bis Fuß aus Selbstbewusstsein, Männlichkeit und Kraft. Die meisten Männer schrumpfen ohne ihre Kleider. Wie Schnecken ohne Häuser. Der Earl of Erith wirkte noch vitaler als zuvor. Langsam wanderte ihr Blick von seinen großen Füßen über eins von seinen langen, muskulösen Beinen dorthin, wo sein dicker, großer Penis aus dem Nest von dunklen Locken stak.

Jetzt käme der unvermeidbare Moment. In dem ein Mann sie auf das Laken drückte und sein geschwollenes Glied in ihre Öffnung zwang. Mit einem Mal war es um die seltsame Ruhe geschehen, die sie empfunden hatte, während sie von ihm gestreichelt worden war. Ihr Herz fing an zu rasen, und ihre Muskeln spannten sich vor lauter Widerwillen an.

Sie hatte nicht die Chance gehabt, den undurchdringlichen Schutzpanzer anzulegen, den Olivia Raines, die Königin der Halbwelt, im Zusammensein mit Männern für gewöhnlich trug. Sie hatte nicht die Chance gehabt, Erith davon zu überzeugen, dass er sie niemals völlig besitzen würde, was auch immer er unternahm. Bisher hatte ihre letztendliche Unerreichbarkeit ihre Liebhaber stets dazu gebracht, das Verhältnis so zu führen, wie es ihr gefiel.

Heute Nacht jedoch war alles völlig anders als bisher.

Warum? Warum? Warum in aller Welt?

Nur mit Mühe widerstand sie der Versuchung, die Decke über sich zu ziehen. Sittsamkeit war ein Luxus, den sie zum letzten Mal genossen hatte, als sie noch ein Kind war. Das, was sie – gegen ihren Willen – urplötzlich empfand, gab ihr das ungute Gefühl, dass sie verletzlich war.

Dann wurde ihr bewusst, dass er nicht mehr auf ihr saß. Wenigstens könnte sie jetzt noch die wichtigste Vorbereitung treffen, dachte sie und atmete erleichtert auf. Auch wenn sie das für gewöhnlich bereits tat, bevor ihr Gönner kam. Sie rollte sich eilig auf die Seite und griff nach einem kleinen Keramiktopf, der auf dem Nachttisch stand.

Eine seiner Pranken schoss auf sie herab und packte ihren Arm. »Was machen Sie da?«

»Das … das ist eine Salbe, die das Vergnügen steigert.« Sie verfluchte sich für ihre Stammelei. Großer Gott. Bisher hatte noch kein Mann sie zum Stottern gebracht. Man könnte wirklich meinen, dass dieser Kerl ihr erster Kunde war.

»Die werden wir nicht brauchen.« Er drehte sie zu sich herum und beugte sich nackt, groß und kräftig über sie, sodass es kein Verstecken für sie gab.

»Die Salbe verhindert eine Schwangerschaft«, erklärte sie ihm tonlos. Auch wenn das gelogen war, war es doch auf jeden Fall ein überzeugendes Argument.

Oder hätte es sein sollen.

»Ich ziehe mich einfach rechtzeitig zurück«, antwortete er und sah sie aus brennenden grauen Augen an. »Wenn ich dich gleich ficke, möchte ich nichts anderes spüren als nur dich allein.«

Sie spürte, wie alles Blut aus ihren Wangen wich. Wegen seiner krassen Ausdrucksweise und der Entschlossenheit, die daraus sprach. »Mylord, ich verlange eine gewisse Freiheit bezüglich der Art, wie ich meine Affären führe.«

»Das hast du schon erwähnt«, meinte er in mattem Ton.

»Tut mir leid, wenn ich Sie langweile«, fuhr sie ihn an.

Er sah sie mit einem sarkastischen Lächeln an. »Ich gehe davon aus, dass es gleich ein wenig interessanter wird.«

Sie wollte sich das Töpfchen mit der Salbe schnappen, aber er war schneller und hielt es in die Höhe, wo es unerreichbar für sie war. »Nein, Olivia.«

»Dazu haben Sie kein Recht!«

»Ich nehme es mir einfach.« Er warf den Topf gegen die Wand, wo er zerbrach, sodass die nach Kräutern und Blumen duftende teure Salbe über die teure Seidentapete rann.

»Lord Erith …« Sie war weniger erbost als vielmehr vollkommen schockiert.

»Jetzt möchte ich dich endlich nehmen«, meinte er, als hätte sie gar nichts gesagt. Als hätte er sich nicht eben aufgeführt wie ein Barbar. »Bist du bereit, Olivia?«

Eine Frage, die nach seinem Auftritt eben völlig überraschend für sie kam. Sie verbarg ihr Widerstreben hinter einer reglosen Fassade und streckte sich unter ihm aus.

»Ja«, log sie ihn an.

Hoffentlich gab ihr der liebe Gott genügend Kraft und vor allem ausreichend schauspielerisches Talent.

Sie starrte in Lord Eriths düsteres Gesicht und streckte stumm die Arme nach ihm aus.

4

Erith starrte auf die Frau herab, die die Erfüllung aller Träume normal sterblicher Männer war, und fragte sich, warum ihm sein Instinkt trotz seines glühenden Verlangens eindringlich zur Vorsicht riet.

Aber, Himmel, er war schließlich nur ein Mann. Der laute Ruf der fleischlichen Begierde unterdrückte schließlich alle Zweifel an der Richtigkeit seines Tuns.

Als er sich zwischen ihre Beine kniete, donnerte sein Herz, und kalter Schweiß rann ihm über die glühend heiße Haut. Er neigte seinen Kopf, um an ihrem Hals zu nagen und zu lecken, und sog ihre süße Essenz tief in seine Lungen ein. Ihr warmer Duft war berauschender als Wein.

Sie stieß ein leises Stöhnen aus, und er ließ seine Hand über ihren Schenkel wandern, bis sie endlich die bronzeroten Locken auf ihrem Venushügel fand. Seine Handfläche zog sanfte Kreise über ihrer Scham, er nahm eine ihrer straffen, wohlgeformten Brüste in den Mund. Dabei wogte heiße Freude in ihm auf. Sie schmeckte süß wie Nektar, und während er hart an ihrem Nippel sog, klammerte sie sich an seinen Schultern fest und schrie leise auf. Dann schob er seine Hand ein wenig tiefer dorthin, wo sich bei Frauen der feuchte Beweis ihres Verlangens fand.

Sie war knochentrocken.

Ungläubiger Schock wogte in ihm auf. Seine Hand blieb völlig reglos zwischen ihren Schenkeln liegen, und er starrte entsetzt in ihr Gesicht.

In das Gesicht einer verzückten Frau.

Was zum Teufel war hier los?

Sie hatte die Augen geschlossen, die Lippen vor Ekstase halb geöffnet, atmete keuchend ein und stieß ein neuerliches Stöhnen aus. Ein Geräusch, das feminine Leidenschaft verriet. Gleichzeitig schlang sie ihm ihre schlanken Beine um den Leib, lag offen und willig unter ihm und flehte mit gutturaler Stimme: »Nehmen Sie mich, Mylord.«

Sie begehrte ihn. Alles, was sie tat, drückte ihr Begehren aus.

Verlor er vielleicht langsam den Verstand?

Wieder strich er zärtlich über ihre Scham.

Nicht die allerkleinste Spur von femininem Tau.

Abermals stöhnte sie auf und presste sich wollüstig gegen seine Hand.

Er ballte verwirrt die Faust. Verdammt, welche ihrer beiden Seiten war gelogen?

Sie lag wie eine Göttin unter ihm, war alles, was er wollte. Doch was wollte sie? Sie war nicht bereit, mit ihm zu schlafen, ungeachtet der zur Schau gestellten heißen Leidenschaft.

Er kämpfte gegen das Bedürfnis, sich in sie hineinzuschieben, obwohl er vor Verlangen regelrecht verging. Er hatte sie bedrängt, sein allzu großes Sehnen hatte das Tempo ihrer Zusammenkunft bestimmt. Musste sie sich länger vorbereiten? Er fand die kleine fleischige Erhebung und rieb sanft daran herum.

»Ja, oh ja«, bat sie verzückt.

Ihre trockene Spalte aber drückte nicht das mindeste Verzücken aus. Vorsichtig, um ihr nicht wehzutun, drang er mit einem Finger in sie ein. Sie reckte sich ihm entgegen, und als sie ihm in die Schultern biss, zog der leise Schmerz, den ihre Zähne hinterließen, geradewegs in seinen Unterleib. Er zuckte zusammen und holte, um nicht vollends die Beherrschung zu verlieren, mühsam Luft.

Denn noch immer war sie weder feucht noch heiß.

Verdammt, er konnte sich unmöglich irren. Verdammt, verdammt, verdammt. Die von dieser Frau zur Schau gestellte Leidenschaft war wirklich täuschend echt. In Wahrheit allerdings zeigte sie nicht die geringste körperliche Reaktion.

»Hör auf«, fuhr er sie an und zog seine Hand aus ihr

zurück. Sie wand sich unter ihm, als müsste sie vergehen, wenn er sie nicht sofort nahm, doch mit einem Mal widerte ihre Verlogenheit ihn derart an, dass er sich, wütend, splitternackt und – zur Hölle mit dem Weib – beinahe blind vor unbefriedigtem Verlangen, aufrichtete und schnauzte: »Ich habe gesagt, hör auf!«

So abrupt, als hätte er ihr einen Kübel Eiswasser ins Gesicht gekippt, hörte sie auf, sich unter ihm zu winden, schlug die Augen auf und blickte ihn aus völlig klaren, blauen Augen an.

Natürlich hatte sie keinen vor Verlangen verhangenen Blick. Weil die von ihr demonstrierte Leidenschaft schließlich nicht echt war.

Anders als der grauenhafte Schmerz in seinen Eiern und in seinem Schwanz, der so hart und heiß wie ein Brenneisen war. Er biss die Zähne aufeinander und bemühte sich verzweifelt, nicht vollends die Kontrolle zu verlieren.

Er war noch nie mit einer Frau ins Bett gegangen, die nicht heiß auf ihn war. Es kratzte stark an seiner Eitelkeit, dass Olivia so kalt wie ein Blechspielzeug in seinen Armen lag. Gleichzeitig jedoch rief ihre Kälte ein Bedauern in ihm wach, das stärker war als jedes andere Gefühl, das in den letzten Jahren von irgendeiner Frau in ihm wachgerufen worden war.

»Was ist los?« Sie lehnte sich gegen das Kopfbrett ihres Betts und zog die Beine unter sich. Dabei wirkte sie verärgert, aber nicht im Mindesten frustriert. Wohingegen er frustrierter als jemals zuvor in seinem Leben war.

Er ließ sich auf den Rücken fallen und rang zähneknirschend um Beherrschung. Er durfte sie auf keinen Fall berühren. Denn er würde explodieren, falls er noch einmal in Kontakt mit ihrem Körper kam. Er begehrte sie mit einer wilden Leidenschaft. Er wollte sie sofort. Verflucht, das Verlangen, das sie in ihm wachgerufen hatte, war so heiß, dass es ein kleines Häuflein Asche aus ihm machen würde, wenn er es nicht stillte, dachte er.

Doch er musste unbefriedigt bleiben, auch wenn dieser Gedanke unerträglich für ihn war.

»Sie brauchen mir nichts vorzuspielen«, stieß er mühsam aus und starrte dabei blind die Decke an. Sein Herz schlug derart krachend gegen seine Brust, als wolle es daraus entfliehen, er ballte ohnmächtig die Fäuste und atmete krächzend aus und ein.

»Vorzuspielen?«, fragte sie verwirrt, als ob er derjenige wäre, der sich seltsam benahm.

»*Gütiger Himmel, Olivia!*«

Sie unterdrückte ein erschrecktes Keuchen und presste sich gegen das Kopfteil des Betts. Großer Gott, er wollte sie ganz sicher nicht erschrecken. Er ballte so vehement die Fäuste, dass es ihn in den Armen schmerzte, holte so tief wie möglich Luft, wandte sich ihr zu und erklärte langsam, laut und deutlich: »Ich habe Ihr Spiel durchschaut. Sie brauchen mich nicht länger zu belügen.«

Sie wurde kreidebleich, und das hübsche kleine Muttermal in ihrem Mundwinkel hob sich wie ein schwarzer Punkt von einer weißen Leinwand ab. »Wenn ich Ihnen Vergnügen bereite, ist unser Vertrag erfüllt.«

»Ich habe für eine Liebhaberin bezahlt und nicht für eine talentierte Schauspielerin, die kein Interesse an der Rolle hat«, erklärte er in einem Ton, der seine Verbitterung verriet.

Obwohl er sie nicht verletzen wollte, zuckte sie zusammen, reckte dann aber erbost das Kinn und stellte bissig fest: »Ich bin doch sicher nicht die erste Frau, die nicht in den Armen des großartigen Earl of Erith schmilzt.«

»Sie sind die erste Frau, mit der ich ins Bett gehe, die einen Tiegel Salbe neben dem Bett stehen hat, um feucht genug für einen Mann zu sein.« Ohne auf ihr Keuchen zu achten, fuhr er unbarmherzig fort: »Dafür haben Sie die Salbe doch, nicht wahr? Sie spendet die Feuchtigkeit, die Ihr Leib nicht produziert.«

Sie richtete sich schnell wie eine Schlange auf und rutschte zum Rand des Betts, doch er packte sie am Arm und rollte sie wieder zu sich herum. »Ich bin noch nicht fertig.«

Sie zog die Brauen hoch und lenkte ihren verdammt wissenden Blick auf seinen harten Schwanz. »Das sehe ich.«

»Mögen Sie lieber Frauen? Ist es das?«

Sie stieß ein erbostes Lachen aus. »Es ist viel einfacher. Sie mag ich nicht.«

Statt ihn zu verärgern rief diese Erklärung Neugier in ihm wach. Vielleicht mochte sie ihn nicht, doch irgendetwas sagte ihm, dass mehr hinter der Sache steckte als die Antipathie, die sie ihm gegenüber angeblich empfand. »Sind Sie frigide?«

Er spürte, dass sie zusammenfuhr. »Kennt Ihre Arroganz eigentlich irgendwelche Grenzen?«

»Ich versuche einfach zu verstehen.«

»Sie machen das alles viel zu kompliziert. Und jetzt lassen Sie mich bitte gehen. Ich werde mich ankleiden und dann wieder zu Perry ziehen.«

»Gehen Sie nicht, Olivia«, bat er sie sanft. »Das Spiel hat doch gerade erst begonnen.«

Er spürte, dass sie zitterte. Vor Ärger? Oder eher aus Furcht?

»Sie haben also nicht genug für Ihr Geld bekommen?«, fragte sie in einem Ton, der vor Sarkasmus troff. »Dafür bitte ich Sie um Verzeihung. Aber es ist ja noch nicht alles verloren. Suchen Sie sich doch einfach eine andere Frau, die in dieses Haus einzieht.«

»Ich will aber keine andere Frau«, erklärte er ihr ruhig. »Ich will Sie.«

»Aber ich will Sie nicht.«

»Bis jetzt.«

»Die Arroganz der Männer der englischen Oberschicht ist immer wieder überraschend.« Sie bedachte ihn mit einem kalten Blick und stellte nüchtern fest: »Wenn Sie wollen, können Sie mich noch nehmen, bevor ich ausziehe.«

Glühende Erregung wogte in ihm auf, und er musste schlucken, weil sein Mund urplötzlich völlig trocken war.

Sie hatte sich ihm angeboten. *Ihm.*

»Nein, Olivia.« Er schüttelte unglücklich den Kopf. »Ich bin ein großer Mann, und Sie sind nicht bereit. Wenn ich Sie jetzt nehmen würde, täte ich Ihnen weh.«

Sie zuckte mit den Schultern. Was, wie er inzwischen wusste, eine typische Geste für sie war. Ihre Miene wurde hart und ihre Stimme völlig ausdruckslos. Während eines flüchtigen Moments hatte er einen Blick auf die echte Frau hinter der berückenden Schale erhascht, jetzt aber war sie wieder ganz die selbstbewusste Kurtisane, der er in Montjoys Salon begegnet war. »Dann müssen wir sehen, was wir sonst für Sie tun können.«

Sie zog an ihrem Arm, und er ließ von ihr ab. Weil er sicher wusste, dass sie nicht die Absicht hatte aufzustehen.

Wenn sie jetzt die Flucht ergreifen würde, sähe das zu sehr nach einer Niederlage aus, und wenn er sich nicht irrte, hatte sie denselben Stolz wie er. Sie hatte mit viel Aufwand, mit Geschick und jeder Menge Mut daran gearbeitet, als die unwiderstehliche und unbesiegbare Olivia Raines in die Londoner Gesellschaft einzugehen. Sie würde diesen hart erarbeiteten Ruf nicht einfach opfern, egal wie übermächtig das Bedürfnis war, aus seinem Bett zu fliehen.

»Legen Sie sich auf den Rücken«, wies sie ihn mit kühler Stimme an.

Er befolgte den Befehl, streckte sich auf der Matratze aus und sah ihr, erfüllt von einer quälenden Mixtur aus Neugier und Erregung, ins Gesicht.

Er hielt gespannt den Atem an. Was würde sie als Nächstes tun?

Sein Herzschlag setzte aus, als sie zwischen seine Beine kroch, einen ihrer Arme ausstreckte, ihre kühle Hand um sein glühend heißes Fleisch legte, und sein Blick wurde verschwommen, als auch noch der letzte Tropfen Blut aus seinem Körper in seine pochenden Genitalien floss.

Sie streichelte ihn sanft, verstärkte und verringerte den Druck, bis er die Augen schloss und nur noch Sterne sah. Sie spielte virtuos mit seinem Fleisch wie eine große Musikerin auf ihrem geliebten Instrument. Tosende Passagen. Donnernde Akkorde. Wilde Kadenzen. Erregende Tremoli. Die Welt um ihn herum versank, er stieß ein ersticktes Stöhnen aus und warf den Kopf zurück. Er bestand nur noch aus herrlichen Empfindungen, und wenn sie jetzt aufhörte, ihn zu berühren, stürbe er.

Etwas Warmes, Seidiges strich über seine Lenden. Eine Wolke Haar. Das herrliche Gefühl brachte ihn noch näher an den Höhepunkt, nur mit Mühe hielt er sich zurück, bevor er sich in ihre Hand ergoss. Er schlug seine verhangenen Augen auf und sah, wie sie mit quälerischer Langsamkeit ihren braunen Schopf an ihm heruntergleiten ließ.

Sie sah ihn mit einem spöttischen, provokativen, ja triumphalen Lächeln an. Als wüsste sie genau, dass sie in diesem Augenblick eindeutig im Vorteil war.

Natürlich war sie das. Er begehrte sie und konnte es unmöglich verbergen.

Ihre Miene wurde beinahe hämisch, als sie noch die letzten Zentimeter, die sie beide voneinander trennten, überwand. Dann hielt sie plötzlich inne. Er hielt gespannt den Atem an.

Sie wartete.

Ihr war eindeutig bewusst, dass jede Sekunde, die sie wartete, für ihn wie eine Stunde war. Dass jeder Augenblick ihn stärker in den Wahnsinn trieb.

Diese wunderbare Hexe.

Sie beugte sich so dicht über seinen Schwanz, dass ihr heißer Atem über seine Spitze strich. Sein hungriges, geschwollenes Fleisch reckte sich in Richtung ihrer Lippen.

Abermals verzog sie ihren Mund zu einem Lächeln und zog sich absichtlich langsam ein Stückchen zurück.

Oh ja, sie quälte ihn. Sie quälte ihn absichtlich, wurde ihm bewusst.

Ihre Finger kneteten ihn weiter, bis er sich verzweifelt wand. Jede einzelne Berührung traf ihn wie ein Blitz. Doch jetzt war ihre Hand allein nicht mehr genug.

Trotzdem blieb sie weiter unerreichbar.

Großer Gott, Olivia, wenn du mich nicht bald nimmst, verliere ich noch den Verstand.

»Verdammt.« Er kämpfte gegen das Verlangen, einfach ihren Kopf herunterzudrücken, bis ihr Mund auf ihn herniederkam. Doch er wusste instinktiv, dass er sie niemals zwingen würde und dass sie sich niemals von ihm zwingen ließ. Sie wollte ihn beglücken. Und ihn gleichzeitig quälen.

Wie groß das Maß der Freude und der Qualen für ihn wäre, lag allein in ihrer Hand.

»Verdammte landen in der Hölle«, murmelte sie sanft, wobei ihr leises Wispern glühend heiß auf seinen Unterkörper traf. »Sie aber, Mylord, führe ich ins Paradies.«

Damit senkte sie den Kopf vollends auf ihn herab. Zöge sie ihn jetzt wieder zurück, hätte er sich sicherlich nicht mehr in der Gewalt. Sie hatte ihn an den Rand des Abgrunds getrieben, und jetzt lag er zitternd da.

Sie schloss ihren vollen, heißen Mund zärtlich um die Spitze seines Glieds.

Er spürte eine wunderbare Hitze.

Herrliche Feuchtigkeit.

Glücklich klappte er die Augen zu und gab sich ganz ihren Verführungskünsten hin. Inzwischen war es vollkommen egal, dass sie ihn nur liebkoste, um ihm zu beweisen, dass sie nicht die Schwächere von ihnen beiden war.

Ihre Hand und ihre Lippen setzten einen betörenden Kontrapunkt. Sein Atem stockte, und sein Herzschlag sprengte ihm beinahe die Brust. »Olivia, du bringst mich um.«

Er vergrub die Hände blind in ihrem Haar. Die seidige Struktur machte das heiße, nasse Saugen ihrer Lippen erst perfekt. Er versank in samtig weicher Dunkelheit, spürte nur noch ihren verflucht geschickten Mund und hörte nur noch das leise, weiche Schnurren, das aus ihrer Kehle drang.

Dann ballte er die Fäuste in ihrer wirren Mähne, als sie den Druck verstärkte, denn seit er sie zum ersten Mal gesehen hatte, hatte er von diesem Augenblick geträumt. Doch nun, da ihre Lippen wirklich an ihm saugten, war es noch viel wunderbarer als in seinem Traum. Er reckte sich ihr in dem Wunsch nach mehr entgegen.

Plötzlich aber hielten ihre Finger mitten in der Bewegung inne, und sie glitt blitzschnell an ihm herauf. Sie würde ihn doch sicher nicht so zitternd und verzweifelt liegen lassen …

Gott. Gott. Gott. Er hielt es nicht mehr aus …

Ein unerträglich kühler Lufthauch wehte um sein geschwollenes, überempfindliches Fleisch, und ein dumpfes Knurren drang aus seinem zugeschnürten Hals.

Dann leckte sie vorsichtig die Spitze seines Glieds, und das kalkulierte Flackern ihrer Zunge brachte ihn beinahe um den Verstand. Er erschauderte, denn er stand dicht davor zu kommen. Allzu dicht davor …

»Nimm mich in den Mund.« Seine gutturale Stimme war ihm völlig fremd.

Als sie abermals mit ihrer Zunge nur über die Spitze seines Schwanzes glitt, vergrub er die Hände in den Laken, damit er sie nicht packte und gewaltsam dazu brachte, es endlich zu tun. Er konnte nicht riskieren, dass sie plötzlich innehielt. Denn das wäre sein Untergang.

»Nimm mich, Olivia«, flehte er, und es war ihm egal, dass sein Stolz darniederlag. Das Einzige, was ihn noch interessierte, war, dass sie das Vergnügen bis zum Ende brachte, bevor sie sich erhob.

Ein letztes verführerisches Flackern ihrer Zunge, dann gab sie plötzlich nach und nahm ihn in ihren dunklen, heißen Mund.

Er nahm nur noch ihren Mund und sein tosendes Verlangen wahr, mit einem erstickten Schrei bäumte er sich auf und kam.

Während eines endlos langen Augenblicks empfand er nichts als heißes Glück. Er war so verzweifelt, schwer und hart gewesen, dass er sich in einem nicht endenden Strom in ihren Mund ergoss.

Weiter und weiter und weiter. Bis ans Ende aller Zeit.

Als er endlich fertig war, fühlte er sich ausgewrungen, leer, erschöpft. Sie hatte ihm den letzten Tropfen Lebenssaft entlockt, sodass er nur noch eine leere Hülle war. Niemals vorher hatte eine Frau ihn allein mit ihrem Mund zu einem solchen Höhepunkt gebracht.

Niemals vorher hatte er einen solchen Höhepunkt gehabt.

Quälend langsam zog sie sich von ihm zurück, und er nahm jeden Augenblick des Rückzugs überdeutlich wahr.

Er ließ sie rücklings auf die Matratze fallen und rang erstickt nach Luft. Jeder noch so kleine Atemzug fiel seinem erschöpften Körper schwer. Sein Hirn hatte die Arbeit eingestellt, und er war ganz von einer herrlich animalischen Befriedigung erfüllt.

Irgendwann während dieser außergewöhnlichen Sekunden hatte er die Welt verlassen, war in ein Himmelreich mit Tausenden von Sonnen aufgestiegen, und dort hatten die Engel ein überirdisch schönes Loblied angestimmt.

Oder vielleicht waren es auch keine Engel. Sie hatte die verführerische Kraft einer Teufelin. Doch die Sünde hatte sich gelohnt. Wenn sie es noch einmal täte, würde er dafür mit Freuden durch das Fegefeuer gehen.

Als sie zu ihm aufsah, umspielte ein siegreiches Lächeln ihren roten und geschwollenen Mund, sie leckte sich die Lippen, als nähme sie genüsslich noch den letzten Rest von seinem Samen in sich auf. Sofort wogte das Verlangen, dass sie ihn noch einmal nähme, in ihm auf. Sowie das noch größere Verlangen, kraftvoll in sie einzudringen, weil er sie erst dann richtig besaß.

Denn sie gehörte ihm. Von ihrem weichen braunen Haar über ihren geschickten, heißen Mund bis zu ihren bleichen, eleganten Zehen. Er würde sie nicht gehen lassen. Weder heute Nacht noch in absehbarer Zeit.

In einer Geste des Triumphs warf sie sich das Haar über die Schultern und schüttelte den Kopf.

In Ordnung, diesen einen Wettstreit hatte sie gewonnen.

Doch auch er hatte nicht verloren. Denn sie war schließlich noch da.

Stille senkte sich über den Raum, er hörte nur noch seinen rasselnden Atem und das Wiehern eines Pferds, als draußen eine Kutsche an dem Haus vorüberfuhr. Seltsam, dass in der realen Welt alles noch genauso war wie vor einer Stunde, während doch sein eigenes Leben vollkommen verändert war.

Sie sah ihn wissend an. Als ob sie die Herrin über seine Seele wäre, seit er explosionsartig in ihrem Mund gekommen war.

Um Gottes willen, Erith, reiß dich zusammen, ja? Seelen haben nichts bei diesem Geschäft verloren. Und selbst wenn sie es hätten, du hast doch schon seit Jahren keine Seele mehr.

»Also gut, Sie haben mich beeindruckt«, knurrte er, obwohl es ihn fast umbrachte, sich derart nonchalant zu geben, denn – großer Gott – auch nur den Mund zu öffnen, kostete ihn bereits ungeahnte Energie.

»Konnte ich Sie davon überzeugen, dass es besser ist, wenn man mir meinen Willen lässt?« Mit einer Grazie, die sein Herz zum Stottern brachte, kreuzte sie die Beine und nahm am Fußende des Betts Platz. Sie war wirklich unverfroren. Oder wäre es gewesen, hätte ihre Nacktheit nicht derart natürlich ausgesehen.

Mit einem leisen Fluch sprang er vom Bett und schnappte

sich sein Hemd. »Hier, ziehen Sie das an«, schnauzte er und warf ihr das Hemd zu.

Sie fing es auf und starrte ihn mit großen Augen an, als ob er wahnsinnig geworden wäre. Was er wahrscheinlich auch war. Auf alle Fälle hatte er noch niemals eine Liaison auf diese Art begonnen. Plötzlich sehnte er sich nach dem süßen, unkomplizierten Gretchen. Auch wenn er bereits nach kurzer Zeit mit ihr vor Langeweile fast gestorben war.

»Würden Sie jetzt vielleicht endlich das verdammte Hemd anziehen?«, knurrte er erstickt.

Sie lächelte und lenkte seinen Blick auf das kleine Muttermal neben ihrem Mund. Nur mit Mühe widerstand er der Versuchung, ihr zu sagen, dass sie ihn noch einmal zwischen ihre vollen Lippen nehmen sollte. Auch wenn es nach dem gigantischen Höhepunkt, zu dem sie ihm verholfen hatte, kaum zu glauben war, hatte ihn ihr Anblick abermals erregt.

»Sie wirken ein wenig gereizt, Mylord.« Trotzdem zog sie sich das Hemd über den Kopf.

Es hätte seine Erregung dämpfen sollen, dass ihr wunderbarer Körper jetzt wieder vor seinem Blick verborgen war. Aber die natürliche Grazie, mit der sie die Masse ihrer Haare aus dem Kragen zog und über ihren Rücken warf, rief noch heißeres Verlangen in ihm wach.

Sie wollte ihn mit der Bewegung nicht verführen. Doch sie hatte es getan. Und auch mit dem Blumenduft ihrer Haut und dem dunklen, warmen Klang ihrer Stimme zog sie ihn – verdammt, selbst wenn sie mit ihm stritt – unweigerlich in ihren Bann.

Ihr breiter, sinnlicher Mund glitzerte vor Feuchtigkeit, ohne jede Affektiertheit hob sie eine Hand und wischte sich die Nässe ab.

Dieser Mund hatte enger gesessen als ein neuer Handschuh, dachte er und brannte bereits darauf, endlich zu entdecken, was für ein Gefühl es wäre, dränge er in ihren Körper ein. Ob sie sich dann auch so fest – oder sogar noch ein wenig fester – um sein Glied zusammenzog? Er musste mühsam schlucken, denn bei dem Gedanken, in sie einzudringen, wurde ihm die Kehle eng.

»Ich will das Spiel noch nicht beenden, falls es das ist, was Sie meinen.« Seine Stimme klang so rostig wie ein altes Gartentor. Eilig hob er seine Hose auf und zog sie über seine langen Beine und sein abermals geschwollenes Glied.

»Mein Verstand sagt mir, dass es am besten ist, wenn wir uns wieder trennen.« Ihre Stimme hatte einen ernsten Klang, sie schüttelte unglücklich den Kopf.

Sein Herz zog sich zusammen. Nein. Er konnte sie nicht gehen lassen. Nicht sofort. Nicht, nachdem er einen ersten Blick auf die Freuden werfen durfte, die Olivia Raines zu bieten in der Lage war. Er hielte es nicht aus, sie zu verlieren, nachdem er eben so von ihr befriedigt worden war.

Dann fiel ihm etwas ein, und obwohl sein Herz vor lauter Angst, dass ihm vielleicht ein Fehler unterlief, ihm bis in die Kehle schlug, fragte er in ruhigem Ton: »Was werden die Leute sagen, wenn ich Sie nach einer Nacht auf die Straße setze? Das wäre ein vielleicht tödlicher Schlag für das Ansehen der unwiderstehlichen Olivia Raines.«

Sie presste ihre vollen Lippen aufeinander. »Vielleicht kommen die Leute ja zu dem Ergebnis, dass Sie mir nicht gewachsen sind.«

»Ich bin als fantastischer Liebhaber bekannt, und ich gehe sicher davon aus, dass man, wenn die Gerüchte erst die Runde machen, eher von Ihren Unzulänglichkeiten sprechen wird.«

Sie runzelte die Stirn. »Es interessiert mich nicht, was sich die Leute über mich erzählen.«

»Lügnerin. Sämtliche Männer der besseren Gesellschaft liegen Ihnen zu Füßen, und Sie lieben es.«

Sie stritt es gar nicht ab. Ihr vollständiger Mangel an Bescheidenheit war eins der vielen Dinge an Olivia Raines, von denen er bezaubert war. »Sie habe ich mit meinem Charme bisher anscheinend nicht verhext.«

»Nehmen Sie mich noch einmal in den Mund, dann werden Sie ja sehen, wie verhext ich bin.«

Sie stieß ein unterdrücktes Kichern aus, was sie plötzlich deutlich jünger und vor allem viel menschlicher wirken ließ. In ihrer prächtigen Zerzaustheit saß sie wie ein arabischer Junge vor einem Teppichstand am Fußende des Betts. Nur, dass kein kleiner Araber so seidig weiches, dichtes braunes Haar und keine derart bemerkenswerten blauen Augen hatte. Und dass er kein Männerhemd aus teurem zerknittertem Leinen trug.

Ihre harten Nippel waren durch den feinen weißen Stoff sehr gut zu sehen, am liebsten hätte er sich einfach vorgebeugt und sanft an ihrer Brust genagt.

Das Blut rauschte in seinen Ohren.

Dies war ein subtiles Ringen um die Macht. Einmal hatte sie an diesem Abend schon die Oberhand gehabt. Beim nächsten Mal jedoch, nahm er sich vor, wäre er der Herrscher.

Zu seiner Überraschung stieg ihr plötzlich eine leichte Röte ins Gesicht. »Das eben war ein Abschiedsgruß, Lord Erith«, meinte sie.

Er hatte keine Ahnung, wann er je zuvor von einer Frau verlassen worden war. Wahrscheinlich noch nie. Kein Wunder, dass Olivia ihm vorhielt, dass er eingebildet war.

Verzweifelt suchte er nach einem Argument, um sie zum Bleiben zu bewegen. All sein Geld hülfe ihm nichts. Was bei einer Hure wirklich seltsam war.

Was wollte dieses Weib? Seine Seele? Die könnte sie gerne haben. Denn ihm selbst hatte sie nie etwas genützt. Obwohl ein so gewitztes Frauenzimmer sicher etwas wollte, was nützlich war.

Kein Geld. Und keinen Luxus. Und, verdammt, ganz eindeutig kein sinnliches Vergnügen.

Was wirklich schade war. Denn all diese Dinge hätte er ihr geben können, und es hätte ihm nicht im Geringsten wehgetan.

Ah, sie war wirklich eine komplizierte Frau.

Aber er war der Earl of Erith, und er hatte immer die Oberhand. Doch das brauchte sie ja nicht zu wissen. Er spürte instinktiv, dass sie einzig über ihren Stolz zu packen war. Und wenn sie stürzen würde, stünde er bereit und finge sie mit beiden Armen auf.

Sein Plan war hinterhältig. Manipulativ. Und einfach wunderbar. Beinahe hätte er vor lauter Freude laut gelacht.

»Lord Erith?«, fragte sie in argwöhnischem Ton. »Was haben Sie vor?«

»Anscheinend äffen Sie gern die Männer der besseren Gesellschaft nach.«

»Manchmal finde ich Männerkleidung einfach praktisch. Ob ich damit meine Freunde *nachäffe,* darüber lässt sich streiten.«

»Aber gegen eine Wette zwischen Gentlemen haben Sie doch sicherlich nichts einzuwenden, oder?«, fragte er in möglichst beiläufigem Ton. Gott sei Dank war er ein phänomenaler Kartenspieler. Wenn sie nämlich wüsste, wie verzweifelt er sich danach sehnte, sie als seine Geliebte zu behalten, nähme sie bestimmt die Beine in die Hand.

Sie sah ihn durchdringend an, er meinte beinahe zu hören, wie sich ihre Gedanken überschlugen, während sie erwiderte: »Ich wette nur sehr selten. Ich arbeite nämlich zu hart, um mein Geld einfach zum Fenster rauswerfen zu können.« Ihre Augen blitzten auf.

Er ignorierte die Beleidigung, die in diesem Satz enthalten war. »Hätten Sie vielleicht trotzdem Interesse an einer kleinen Wette?«

Noch immer drückte ihre Stimme einen gewissen Argwohn aus. »Ich kann mir nicht vorstellen, dass ich irgendetwas habe, was für Sie auch nur ansatzweise von Interesse ist.«

Er zog ungläubig eine Braue in die Höhe und stieß ein erbostes Knurren aus. »So naiv können Sie doch gar nicht sein.«

»Und was könnten Sie mir geben, wenn ich gewinne?«, schnauzte sie zurück.

»Sie würden gerne sehen, dass ich mich Ihnen unterwerfe«, erklärte er ihr brüsk.

Endlich hatte er laut ausgesprochen, dass es zwischen ihnen beiden darum ging, wer die Oberhand behielt. Olivia Raines hatte gerne die Kontrolle über alles. Doch die wollte er auch. Und er hatte sie in seinem Leben bisher auch stets gehabt.

»Und Sie hätten gern, dass ich mich Ihnen unterwerfe«, gab sie ruhig zurück. Er hatte sich bereits gedacht, dass sie nicht kneifen würde. Er hatte recht gehabt. Stolz war ihre wichtigste Eigenschaft.

Er sah sie mit einem triumphierenden Lächeln an. »Lassen Sie uns wetten, wer als Erster nachgibt.«

Sie atmete tief ein, und er bemühte sich zu ignorieren, wie sich ihre Brust hinter dem dünnen Stoff des Hemdes hob. Er brauchte seine gesamte Willenskraft, um sie nicht einfach wieder auf die Matratze zu drücken und über sie herzufallen wie ein wildes Tier. Doch wenn er sie nähme, während er geradezu schwach vor Verlangen nach ihr war, hätte sie für alle Zeiten über ihn gesiegt.

»Und weshalb sollte ich auf einen solchen Vorschlag eingehen?«, fragte sie in gleichmütigem Ton, doch das leise Blitzen ihrer blauen Augen wies auf ihr erwachendes Interesse hin.

»Weil Ihr Ruf als Europas größte Kurtisane, wenn Sie einen weltberühmten Lebemann wie mich erobern, für alle Zeiten sicher ist.«

Wieder stieß sie ein unterdrücktes Lachen aus. Gott, es war eindeutig schlecht um ihn bestellt, wenn er bereits, wenn er sie lachen hörte, vor Verlangen den Verstand verlor. »Sie stellen Ihr Licht nicht gerade unter den Scheffel.«

»Lichter sollen ja auch leuchten.«

»Ich bin an dieser Wette nicht halb so interessiert, wie Sie anscheinend glauben.«

»Wenn Sie mich jetzt verlassen, werden alle denken, mit einem Mann wie mir kämen Sie nicht zurecht. Was für ein Debakel für die berüchtigte, phänomenale, alles beherrschende Olivia Raines, von der ich so viel gehört habe, als ich nach London gekommen bin.«

Obwohl sie immer noch vollkommen unbeteiligt klang, blitzte eine gewisse Neugier in ihren glänzenden Augen auf. »Was schlagen Sie also vor, Mylord?«

»Geben Sie mir einen Monat Zeit. Wenn es mir bis dahin nicht gelingt, Sie zu befriedigen, gehe ich öffentlich vor Ihnen in die Knie und erkläre, dass ich zum ersten Mal von einer Frau bezwungen worden bin.«

Sie zog eine ihrer ebenmäßigen Brauen hoch. »Dass Sie von einer Frau bezwungen worden sind?«

»Über den genauen Wortlaut können wir uns später einigen. Wenn Sie gewinnen, können Sie gehen und alles behalten, was Sie von mir bekommen hätten, wenn Sie bis Juli geblieben wären.«

»Und wenn Sie gewinnen?«

»Dann geben Sie zu, dass Sie von mir bezwungen worden sind, und bleiben bis zu meiner Abreise nach Wien als meine willige Geliebte hier.«

Sie verzog den Mund zu einem Lächeln, das so echt war wie das Lächeln, mit dem er am Vorabend in der Bibliothek von ihr angesehen worden war. Dieses Lächeln wärmte ihn, als hätte sie ein Feuer in seinem Innersten entfacht. »Sie glauben, dass keinerlei Gefahr besteht, dass Sie diese Wette verlieren, stimmt's?«

»Genau wie Sie sich Ihrer Sache völlig sicher sind. Weshalb sollte man auch wetten, wenn man nicht überzeugt wäre, dass man gewinnt?« Seine Eingeweide zogen sich zusammen, denn anscheinend war sie immer noch nicht völlig überzeugt. »Also, gehen Sie auf meinen Vorschlag ein? Oder fehlt Ihnen dazu der Mut?«

Sie stieß ein kurzes Lachen aus. »Glauben Sie etwa allen Ernstes, dass man mich so leicht manipulieren kann?«

»Kann man es?«, fragte er mit einem ehrlichen Interesse, das sich nicht länger verbergen ließ.

Sie atmete tief ein und erwiderte in völlig ruhigem Ton: »Auf jeden Fall. Deswegen, Mylord, nehme ich die Wette an.«

5

In resigniertem Schweigen wartete Olivia darauf, dass Lord Erith sie auf die Matratze drücken und sie nehmen würde. Schließlich war seine zunehmende Erregung nicht zu übersehen.

Doch er stand immer noch völlig entspannt neben dem Bett und sah sie einfach durchdringend an.

Als ob er ihre Gedanken lesen könnte.

Was natürlich vollkommener Unsinn war. Kein Mann konnte ihre Gedanken lesen. Dafür war sie viel zu distanziert.

Sie hatte ihn mit ihrem Mund nicht vollkommen befriedigt. Dabei hatte sie ihr gesamtes Können auf diesem Gebiet zum Einsatz gebracht. Für gewöhnlich rief die zitternde Unterwerfung ihrer Gönner unter ihre geschickten Lippen kalte Verachtung in ihr wach. Hingegen hatte sie zwiespältig reagiert, als Lord Erith sich seinem Orgasmus hingegeben hatte. Eins musste sie sich eingestehen – sie hatte nie zuvor einen derart virilen Mann in ihrem Bett gehabt. Er hatte sich mit der Hitze eines Vulkans in ihr ergossen, so etwas hatte sie noch nie erlebt.

Jetzt war sie durch eine teuflische Wette einen Monat lang an diesen Mann gebunden.

Zur Hölle mit dem Kerl, er hatte ihr keine andere Wahl gelassen. Oder zumindest keine Wahl, unter der ihr Stolz nicht hätte leiden müssen. Und das ließe sie niemals zu. Bereits als junges Mädchen hatte sie sich zum Ziel gesetzt, das verachtete Geschlecht zu dominieren, denn schließlich hatte es ihr Leben ruiniert. Bisher hatte sich noch jeder ihrer Liebhaber unter ihr Joch gebeugt.

Sie hatte Lord Erith als letzten Gönner auserwählt, und sie wollte verdammt sein, ginge er nicht nur als ihr letzter Geliebter, sondern auch als einziger Vertreter des verabscheuten Geschlechts, dem sie unterlegen war, in die Geschichte ein. Nach so vielen Jahren des Erfolgs wäre eine solche Niederlage mehr, als sie ertrug.

Obwohl sie zu diesem Leben gezwungen worden war, hatte sie ihre Erniedrigung zu einer regelrechten Kunst erhoben, ihr Stolz verlangte es, dass sie die Londoner Halbwelt als Königin und nicht als Bettlerin verließ.

Wenn sie und Erith nach nur einer Nacht getrennter Wege gehen würden, zerfiele die glitzernde Fassade der legendären Kurtisane innerhalb von kurzer Zeit zu Staub. Dann sähe die Welt, die begierig mit verfolgte, was sie tat, vielleicht genauer hin. Und nähme sie als Frau mittleren Alters wahr, deren beste Zeit bereits vorüber war. Als Frau, die die Männer mit falschen Versprechungen von überirdischen sinnlichen Vergnügen an sich band. Als Frau, die selbst nicht in der Lage war, Gefühle zu entwickeln.

Das sollte niemand je erfahren.

Außer Erith.

Sie unterdrückte einen Schauder, als sie sich des grässlichen Moments entsann, in dem ihm aufgefallen war, dass ihr Körper ebenso gefühlvoll war wie ein Stück Holz. Sie hätte sich denken müssen, dass er diesen Mangel als Herausforderung sähe.

Jetzt hatte er sich vorgenommen, seiner gefühllosen Mätresse eine echte Reaktion auf seine Künste zu entlocken. Doch er hatte keine Ahnung, worauf er sich damit eingelassen hatte. Sie würde diese Wette eindeutig gewinnen, weil sie für körperliche Freuden völlig unempfänglich war. Das würde auch Lord Erith nicht ändern, ganz gleich, was für ein selbstbewusster und erfahrener Liebhaber er war.

Doch wenn er bereits in der ersten Nacht so viel über sie herausgefunden hatte, welche anderen Geheimnisse würde er wohl noch enthüllen, bevor dieser teuflische Handel abgeschlossen war?

Ein Gefühl der Kälte breitete sich in ihr aus.

Erith bedachte sie mit einem Lächeln und sah sie aus blitzenden Silberaugen an. Sie war immun gegen die Anziehungskraft von Männern, doch sie musste sich gestehen, dass der Earl – vor allem, wenn er die Maske des Zynismus fallen ließ – ein durchaus attraktives Wesen war. Augenblicklich sah er vollkommen entspannt und äußerst selbstzufrieden aus. Natürlich war er das. Schließlich ging er davon aus, dass er eine Wette abgeschlossen hatte, die für ihn unmöglich zu verlieren war.

»Nebenan wartet ein extravagantes Abendessen.« Er trat dichter an das Bett und sah auf sie herab.

Rein körperlich bot er nicht den geringsten Anlass zu Kritik. Er war hart und muskulös und generös bestückt. Und er kannte sich mit Frauen aus. Kein Wunder, dass er derart selbstbewusst durchs Leben schritt.

Perry hatte recht gehabt. Lord Erith war vielleicht kein Arsch, aber auf alle Fälle furchtbar arrogant.

»Essen, Olivia? Oder starren Sie mich lieber weiter an?«

Sie tauchte aus ihren Gedanken auf, merkte, dass er ihr die Hand anbot, um ihr beim Aufstehen behilflich zu sein, und räumte schulterzuckend ein: »Sie sind ein ausnehmend attraktiver Mann.«

Er wirkte so verblüfft, dass sie beinahe angefangen hätte zu lachen. Dann aber ergriff sie einfach seine Hand und stand mit einstudierter Grazie auf. Wenn sie erst ihren Sieg errungen hätte – was ihr zweifellos gelänge –, sollte er nicht nur bedauern, dass er die Wette verloren hatte, sondern auch erkennen, dass die Festung ihres wahren Ichs niemals auch nur von ihm erschüttert worden war.

Sie würde das Verlangen dieses Mannes immer weiter schüren, bis er ihr vollends erlag. Er hatte sie herausgefordert, und zwar nicht nur mit der Wette, sondern mit seiner ganzen Art. Sie wusste nicht, warum, doch die Provokation, die von seinem Wesen ausging, war ebenso real wie die Kommode aus schwerem Mahagoni an der Wand.

»Ich bin schließlich nicht blind, Mylord.«

»Ich auch nicht«, knurrte er, zog seine Hand zurück, marschierte ins Ankleidezimmer hinüber, tauchte wenige Sekunden später mit einem schimmernd roten Etwas wieder auf und warf es ihr rüde zu. »Wenn ich nicht den Verstand verlieren soll, ziehen Sie das besser an.«

Olivia musste ein Lächeln unterdrücken, als sie das Stoffstück ausschüttelte und sah, dass es ein Kimono mit aufgestickten kämpfenden Drachen war. Mit einer Langsamkeit, von der sie wusste, dass sie quälend für ihn war, zog sie das Stück über sein Hemd. »Sie haben ein Vermögen ausgegeben, um mich nackt zu sehen. Deshalb erscheint es mir widersinnig, dass Sie mich verhüllen.«

»Sie wissen ganz genau, warum ich das tue. Fordern Sie mich also nicht unnötig heraus.«

»Und warum nicht?« Sie band sich den Kimono locker um die Hüften, sodass er in schimmernder Pracht um ihre Beine fiel. Trotzdem stand sie abermals in Männerkleidung vor ihm. Dieses Mal in seinem eigenen Hemd. Das machte die Situation pikant. »Ich fordere Sie gern heraus.«

Er verzog den schmalen Mund zu einem müden Lächeln. »Wie eine Katze eine Maus. Aber ich warne Sie, ich bin ganz sicher keine Maus.« Er öffnete die Tür des Wohnzimmers und wartete, bis sie an ihm vorbeigegangen war. »Hören Sie also endlich auf, mich zu provozieren, und essen Sie etwas.«

Er zog ihr einen der eleganten Sheraton-Stühle zurück, trat dann vor das Sideboard und wählte ein paar der Delikatessen, die die französische Köchin zubereitet hatte. Sie war großzügige Liebhaber gewohnt – schließlich hatte sie noch nie einen Gönner ausgewählt, von dem sie hätte befürchten müssen, dass er geizig wäre. Auch Lord Erith hatte keine Kosten bei der Ausstattung seines Liebesnests gescheut.

Auch nicht bei der Wahl der Frau, die sein Bett wärmen sollte, während er in London war.

Deshalb war es wirklich seltsam, dass er offenkundig nicht in Eile war, sie in dieses Bett zu ziehen. Statt als verzweifelter Liebhaber trat er jetzt als reizender Gefährte auf. Doch sie war sich nicht sicher, ob ihr dieser Rollenwechsel unbedingt gefiel. Wenn er verzweifelt war, war sie eindeutig im Vorteil, denn dann hatte sie die Macht.

Er stellte einen Teller vor ihr auf den Tisch, füllte einen zweiten Teller für sich selbst, öffnete die Champagnerflasche, schenkte ihnen beiden ein und nahm ihr gegenüber mit nacktem Oberkörper Platz. Rein ästhetisch betrachtet, war er wirklich ein beeindruckender Kerl.

»Auf uns.« Er prostete ihr zu und lenkte ihren Blick mit einem wissenden Lächeln von seinem prachtvollen Oberkörper zurück auf sein Gesicht.

»Auf den Sieg«, erwiderte sie kühl, hob ebenfalls ihr Glas, trank den ersten Schluck und merkte, dass die Mischung aus dem prickelnden Champagner und dem salzigen Geschmack von Eriths Samen geradezu berauschend war.

Mit einem kurzen Lachen nahm er ebenfalls den ersten großen Schluck und schüttelte gut gelaunt seine Serviette aus. »Es gefällt mir, dass Sie sich nicht so schnell geschlagen geben.«

Sie erinnerte sich an seine entsetzte Miene, als ihm aufgegangen war, dass sie ihre Leidenschaft nur spielte, und gab süffisant zurück: »Ich nehme an, das Gegenteil würde Ihnen noch besser gefallen.«

Sie unterhielten sich, als hätte sie tatsächlich eine Wahl. Sie konnte nur hoffen, dass er nie erkennen würde, dass sie kein wirklich freier Mensch, sondern ein Opfer war.

Sie legte sich ihre Serviette in den mit roter Seide bekleideten Schoß und hob abermals ihr Glas an ihren Mund. Sie trank gern Champagner, denn die Blasen erinnerten sie daran, dass es trotz der Einsamkeit und Zügellosigkeit des Lebens, das sie führte, ab und zu auch kleine Freuden gab.

»Wollen Sie das vielleicht mal ausprobieren?« Er sah sie reglos aus seinen grauen Augen an.

Sie wusste, dass ihr Gesicht ebenfalls vollkommen ausdruckslos war. Bereits als junges Mädchen hatte sie sich antrainiert, so geheimnisvoll und rätselhaft wie eine Sphinx zu sein.

»Ich habe mich Ihnen nicht verwehrt, Mylord«, erklärte sie ihm ruhig und schob sich den ersten Bissen ihres Essens in den Mund. Sie hatte einen Bärenhunger. Was ein wenig überraschend für sie war. Sie hätte keinen Happen herunterbekommen dürfen, nachdem sie heute Abend derart aus dem Gleichgewicht geraten war.

»Sie haben mir das verwehrt, was ich am meisten wollte«, gab er genauso ruhig zurück, bevor er mit seinen starken weißen Zähnen in eine Hummerpastete biss.

Er war ein unglaublich körperbetonter Mann. Sie nahm

an, die meisten Frauen fanden ihn verführerisch, denn nicht einmal sie selbst konnte eine gewisse Erregung leugnen, wenn sie mit ihm zusammen war. Dabei hatte sie Männer bisher nie als aufregend empfunden. Sondern als beängstigend. Als lästig. Langweilig. Und dumm.

Was für eine traurige Erkenntnis. Doch sie konnte nun einmal nicht ändern, wie sie war. Ebenso wenig, wie Lord Erith etwas daran ändern könnte, ganz egal, wie selbstbewusst er war.

»Erwarten Sie immer, dass Ihre Mätressen Leidenschaft empfinden?«

»Ja.«

Er starrte nachdenklich in sein kristallenes Champagnerglas, und seine langen Finger spielten mit dem Stiel. Die unbewusste Sinnlichkeit dieser Bewegung erinnerte sie an das Spiel seiner Hand auf ihrer nackten Haut. Ihr stockte der Atem, und ein eigenartiger Schauder zog durch ihren Leib. Vielleicht war ihr ja trotz des Feuers im Kamin ein wenig kalt.

Dann sah er ihr direkt ins Gesicht, zum ersten Mal hob sich der Schleier des Zynismus vor seinen grauen Augen, als er ihr erklärte: »Wenn die Frau nicht reagiert, ist es eine wertlose Erfahrung.«

Diese schlichten Worte trafen sie mitten ins Herz.

Für sie war es immer völlig wertlos, mit einem Mann ins Bett zu gehen. Diesen essenziellen Teil des Lebens hatten ihr männliche Gier, Rücksichtslosigkeit und Grausamkeit geraubt. Sie hatte einen Kloß im Hals und nahm den Raum um sich herum nur noch verschwommen war. Zum ersten Mal seit Jahren hätte sie am liebsten rückhaltlos geweint.

Doch in Gegenwart eines Mannes bräche sie ganz sicher nicht in Tränen aus. Sie rang mühsam um Fassung und antwortete rau: »Sie sind völlig anders, als ich erwartet hätte.«

Ein Ausdruck der Belustigung huschte über sein Gesicht. Sein schwarzes Haar war wild zerzaust, die Stoppeln seines Barts warfen einen dunklen Schatten auf seinen festen Kiefer, und das warme Licht des Feuers tauchte seine harten Muskeln in ein goldenes Licht. Er war wirklich wunderschön, das wurde ihr mit einem Mal bewusst. Nicht so schön wie Perry und seine jungen Freunde, sondern wie ein wilder Hengst, ein tosender Sturm oder die raue See. Auf eine kraftvolle, vitale, vor allem aber gefährliche Art.

»Sie sind auch nicht so, wie ich erwartet hätte.«

»Die meisten Männer behandeln Huren wie eine bloße Ware.«

»Sie bezeichnen sich doch sicher nicht als Hure.«

Sie zuckte mit den Schultern. »Ich verkaufe meinen Körper für Geld. Als was sollte ich mich also sonst bezeichnen? Aber ich schäme mich nicht dafür.«

»Nein, und das ist eins der Dinge, die an Ihnen so ausnehmend attraktiv sind. Sie wählen Ihre Liebhaber sorgfältig aus und haben immer die Kontrolle über Ihre Verhältnisse. Sie haben mehr von einem Lebemann als von den traurigen Geschöpfen, die ihre Waren in Covent Garden feilbieten.«

Nur der Gnade Gottes war es zu verdanken, dass sie nicht eine dieser Frauen geworden war. Und ihrer starrsinnigen Entschlossenheit, dass sie, wenn sie schon eine Hure werden müsste, die Göttin unter den Huren würde. »Im Grunde unseres Herzens sind wir alle Schwestern.«

»Nein«, widersprach er ihr bestimmt, nahm einen erneuten Schluck aus seinem Glas und machte sich über sein Essen her. Olivia starrte ihn mit großen Augen an. Einen Mann wie ihn hatte sie noch nie getroffen.

Nackte Panik wogte in ihr auf, als sie sich fragte, ob sie diese Wette nicht möglicherweise doch ein wenig vorschnell eingegangen war. »Es überrascht mich, dass Sie nicht noch einmal geheiratet haben, Mylord. Sie stehen in der Blüte Ihres Lebens, und bei einer Ehefrau fänden Sie doch sicher eher Intimität als bei einer Kurtisane, die für Geld mit Ihnen schläft.«

Seine Miene wurde hart, und er ballte eine Faust auf der Tischdecke aus kostbarem Damast. »Natürlich haben Sie von meiner Frau gehört.«

Seine unausgesprochene Trauer war mit Händen greifbar, obwohl Lady Erith bereits vor vielen Jahren umgekommen war. Doch Olivia nahm auch noch andere Dinge wahr. Völlig ungewohnt für die weltgewandte, distanzierte Königin der Halbwelt, setzte sie zu einer unbeholfenen Entschuldigung bei ihrem Gönner an.

»Verzeihen Sie, ich habe nicht das Recht, von Ihrer Frau zu sprechen, Lord Erith. Es war nur so, als Sie ...« Obwohl sein Gesichtsausdruck noch immer zornig war, holte sie tief Luft und fuhr entschlossen fort: »... als Sie sagten, Sie wollten mehr als nur ein Kunde für die Frauen sein, die Sie bezahlen, kam mir der Gedanke, dass statt einer Reihe zeitweiliger Geliebter vielleicht eher eine Ehefrau das Richtige für Sie wäre.«

»Ich werde niemals wieder heiraten.«

Diese Worte drückten eine derart düstere Verzweiflung aus, dass ihr nichts mehr zu erwidern blieb. Das einzige Geräusch, das man noch hörte, war das Knistern des Feuers im Kamin. Gütiger Himmel, was war wohl der Grund für diese vehemente Reaktion? Liebe? Hass? Gleichgültigkeit?

Nein, Gleichgültigkeit ganz sicher nicht.

Wer wusste schon, wie er als junger Mann gewesen war?

Auf alle Fälle atemberaubend attraktiv. Sie versuchte vergeblich, sich Lord Erith als unschuldigen jungen Menschen vorzustellen. Sein finsteres Gesicht sah viel zu wissend aus, um sich ausmalen zu können, dass er jemals unschuldig war. Vielleicht hatte sein Gesicht ja früher einmal Hoffnung, Vertrauen … *Liebe* ausgedrückt.

Lord Erith präsentierte sich anscheinend gern als Mensch mit einem Herz aus Stein. Doch auch wenn es ihm gelang, die ganze Welt davon zu überzeugen, dass er hart und zynisch war, war dieses Bild doch Tausende von Meilen von der Wirklichkeit entfernt.

»Es tut mir leid, dass ich unglückliche Erinnerungen in Ihnen geweckt habe. Die einzige Entschuldigung, die ich dafür vorbringen kann, ist, dass dieser … dieser Abend bisher völlig anders verlaufen ist, als ich erwartet habe«, stellte sie mit leiser Stimme fest.

Er schüttelte den Kopf. »Manche Erinnerungen sind einfach immer viel zu dicht an der Oberfläche, selbst wenn man nicht darüber spricht.«

»Ja.« Sie senkte ihren Blick auf ihren Teller. Bisher hatte sie kaum etwas von ihrem Essen angerührt. Genau wie er. Zum ersten Mal, seit sie in London war, kam sie sich im Gespräch mit einem Mann entsetzlich unbeholfen vor; als sie endlich wieder sprach, hatte ihre Stimme einen unsicheren Klang. »Wollen Sie wieder ins Bett gehen?«

Sein Lächeln drückte ein gewisses Maß an Selbstverachtung aus. »Nein.«

»Nein?«, fragte sie verblüfft.

Er öffnete die Faust. »Seien Sie doch keine Närrin. Sie wissen ganz genau, wie sehr ich Sie begehre. Aber Sie sind noch nicht bereit, mir das zu geben, was ich will.«

»Als Sie mit dem spektakulären Rubinarmreif zu mir gekommen sind, haben Sie sich diesen Abend sicher völlig anders vorgestellt.« Plötzlich wurde ihr bewusst, dass sie den Armreif hätte tragen sollen, als er erschienen war.

»Kann sein. Aber so ist der Abend auf alle Fälle denkwürdig.«

Sie fing an zu lächeln. Ja, er hatte recht. Denkwürdig war ihr Zusammensein auf jeden Fall.

Er stand auf und ging so dicht an ihr vorbei ins Schlafzimmer, dass ihr sein Geruch nach Sandelholz und Moschus in die Nase stieg. Es war, als würde sie ihn noch einmal kosten, und sie verdrängte die Erinnerung an sein wild zuckendes, pralles Glied in ihrem Mund mit einem großen Schluck aus ihrem Glas. Plötzlich aber schmeckte das Getränk säuerlich und fade und nahm ihr vor allem nicht die Unruhe, von der sie plötzlich überfallen worden war.

Erith kam zurück und stellte einen viereckigen samtbezogenen Kasten vor ihr auf den Tisch. »Den wollte ich Ihnen eigentlich schon früher geben, aber ich konnte einfach nicht mehr denken, als ich Sie bei meinem Eintreffen oben auf der Treppe stehen sah.«

In der anderen Hand hielt er ein Hemd, das er sich über den Kopf zog, sodass er ebenfalls wieder bekleidet war. Irgendwo in ihrem Inneren lauerte anscheinend doch noch eine Spur der echten Frau, denn unweigerlich tat es ihr leid, dass sein phänomenaler Körper nicht mehr sichtbar war.

»Machen Sie den Kasten auf«, drängte er sie ungeduldig.

Sie war derart auf ihn konzentriert gewesen, dass ihr das Schmuckkästchen wieder entfallen war.

Dabei war sie doch nur deshalb hier – wegen des Schmucks, des Geldes, des Prestiges, das ihr ein Liebhaber wie er verlieh. Nicht wegen des Vergnügens, einem attraktiven Mann bei etwas so Banalem wie dem Anziehen seines

Hemdes zuzusehen. Heiße Röte stieg ihr ins Gesicht. Sie hatte jahrelang wie eine Hochseilkünstlerin das Gleichgewicht gehalten, und jetzt riskierte sie den Absturz.

Obwohl sie nach dem teuren Armreif ein weiteres extravagantes Schmuckstück erwartet hatte, setzte ihr Herzschlag aus, als sie die Schatulle öffnete und darin eine wie das Armband rubin- und diamantbesetzte Kette fand. In all der Zeit als Kurtisane hatte sie noch nie etwas so Prächtiges gesehen.

Sie starrte mit großen Augen auf das Collier.

»Gefällt es Ihnen?«, fragte er.

Sie hob unglücklich den Kopf. »Es ist wunderschön.«

»Ja, aber ich möchte wissen, ob es Ihnen gefällt.« Er sah sie mit seinem inzwischen vertrauten, etwas müden Lächeln an.

»Es ist ein Collier.«

»Ja«, stimmte er geduldig zu.

»Sie wollen, dass ich es als Zeichen dafür trage, dass Sie mein neuer Besitzer sind.«

Er stieß einen zufriedenen Seufzer aus, lehnte sich auf seinem Stuhl zurück, spielte mit dem Stil seines Weinglases, stellte es dann aber, ohne auch nur einen Schluck zu trinken, wieder fort. Er trank überraschend wenig Alkohol.

Heute Abend hatte sich der wilde, liederliche Erith, wie er von Perry wenig schmeichelhaft beschrieben worden war, weder im Sex noch im Alkohol verloren. Weil der wilde, liederliche Erith, wie sie allmählich begriff, nur eine schützende Fassade war. Genau wie die gefühllose, verruchte Olivia Raines.

Er zog eine seiner dunklen Brauen hoch und sah sie mit einem zufriedenen Lächeln an. »Es ist durchaus von Vorteil, wenn eine Frau über Intelligenz verfügt.«

Plötzlich lud sich die Luft mit sexueller Spannung auf. Wie hatte er das nur geschafft? Sie reagierte niemals körperlich auf ihre Liebhaber, doch jetzt stellten sich sämtliche Haare an ihrem Körper wie kurz vor einem Blitzschlag auf.

In unausgesprochenem Widerwillen spannte sie sich an. »Sie haben keinen Besitzanspruch an mir. Sie sind eindeutig etwas zu selbstgefällig, Mylord.«

Sein Lächeln wurde breiter, und in seinen schmalen Wangen tauchten interessante Grübchen auf. »Ob ich mir selbst gefalle, sei dahingestellt. Aber *Sie* gefallen mir auf jeden Fall. Doch das wissen Sie ja schon.«

Sie zuckte mit den Schultern. Weshalb sollte sie ihm widersprechen? Natürlich gefiel sie ihm. Weil sie einfach jedem Mann gefiel. Wenn sie normal, wenn sie wie andere Frauen wäre, gefiele er ihr sicher ebenfalls, flüsterte ihr eine leise, unwillkommene Stimme zu.

»Das habe ich nicht verdient«, erwiderte sie knapp.

Ihre schlechte Laune schreckte ihn nicht ab. »Sie werden es sich noch verdienen.« Dann stieß er ein leises Lachen aus. »Teufel noch einmal, Sie sind wirklich eine seltsame Person. Sie sind meine spektakuläre und berüchtigte Mätresse, und ich werde von sämtlichen Männern in London beneidet, weil ich Ihr neuer Liebhaber bin. Und als Ihr Liebhaber soll ich Sie mit Schmuckstücken überhäufen. Das gehört einfach zu diesem Spiel dazu.«

Die Großzügigkeit ihrer bisherigen Geliebten hatte sie problemlos akzeptiert. Und alles, was sie von diesem Mann bekäme, wäre ein nettes, zusätzliches Polster für den Ruhestand. Trotzdem klappte sie aus irgendeinem unlogischen Grund die Schachtel wieder zu und schob sie über den Tisch.

»Ich werde kein Halsband tragen, als wäre ich Ihr Hund.«

»Ein so teures Halsband wäre ein verdammt extravagantes Schmuckstück selbst für den schnellsten Hund«, erklärte er ihr amüsiert. »Schönere Rubine habe ich noch nie gesehen.«

Auch sie hatte noch nie ein so prächtiges Collier gesehen. Doch irgendwie erschien ihr dieses Geschenk verkehrt. »Sie sind nicht nach meinem Geschmack.«

Er nahm den Kasten in die Hand, klappte ihn auf, sah sich den glitzernden Inhalt an, klappte ihn wieder zu und schob ihn ihr wieder hin. »Nehmen Sie die Kette, selbst wenn Sie sie nicht tragen.«

Sie nickte widerstrebend, rührte die Schatulle aber nicht noch einmal an, weshalb sie als rätselhaftes Zeugnis eines rätselhaften Abends zwischen ihnen liegen blieb.

»Wie kann ich Ihnen eine Freude machen?«, fragte sie, wie sie es bei jedem ihrer zahllosen Geliebten tat.

Weshalb also erschien ihr diese Frage plötzlich so bedeutungsvoll? Vielleicht, weil sie zum ersten Mal in ihrem Leben keine Ahnung hatte, welche Antwort zu erwarten war.

»Indem Sie sich mit mir unterhalten, falls Ihnen das ebenfalls gefällt, Miss Raines.«

Vor lauter Überraschung brachte sie erst einmal keinen Ton heraus. Es dauerte einen Moment, bis sie wieder einen klaren Gedanken fassen konnte, und sie fragte krächzend: »Ich soll mich mit Ihnen *unterhalten?*«

Er lachte leise auf. Er hatte ein angenehmes Lachen, warm und tief. Es stieg grollend aus seiner Brust und hüllte sie in eine angenehme Wärme ein. »Sie wissen schon, wir könnten Konversation betreiben, wie es zivilisierte Menschen tun.«

Wenn sie ihm ihre Gedanken und Gefühle offenbarte, wäre das bedrohlicher für sie, als wenn sie ihm einfach ihren Körper überließ. Doch als sie ihm in die Augen sah, stieg in ihrem Inneren etwas auf, was sie seit ihrer Kindheit unterdrücken musste. Eine süße, verzweifelte Neugier, die sie vielleicht stillen könnte, wenn sie mit diesem Menschen sprach.

Sie atmete tief ein. »Als ich Perry nach Ihnen gefragt habe, hat er mir erzählt, Sie wären weit gereist.«

Ihre Stimme klang vollkommen fremd. Wie die des jungen Mädchens, das sie gewesen war, bevor das Leben sie den Wölfen vorgeworfen hatte.

»Ich bin Diplomat. Ich verdiene mit Reisen meinen Lebensunterhalt.« Obwohl seine Stimme unverbindlich klang, blitzten seine grauen Augen auf.

Doch er könnte sie nicht brechen, nur weil sie gestand, dass sie sich danach sehnte, durch die Welt zu ziehen und eine Freiheit zu genießen, die nur sehr wenigen Frauen je vergönnt gewesen war. Schließlich war die Freiheit, die sie sich in London erarbeitet hatte, keine echte Freiheit, ganz egal, wie unabhängig sie sich gab.

»Was Sie alles gesehen haben müssen …« Sie schob ihre Hand über den Tisch, als solle er sie nehmen, zog sie dann aber genauso schnell wieder zurück und legte sie zitternd in ihren Schoß.

»Wohin würden Sie am liebsten reisen?«

»In die ganze Welt.«

Wieder lachte er. Es gefiel ihr, wenn er lachte, doch gefiel ihr keineswegs, dass es ihr gefiel.

»Von welchem Land soll ich Ihnen erzählen?«

Sie würde ihre Seele dafür geben, um ein bestimmtes Land einmal mit eigenen Augen zu sehen. »Italien.«

Er lehnte sich auf seinem Stuhl zurück und kreuzte bequem die Arme vor der Brust. »Also dann, Italien.«

6

Am nächsten Abend saß Olivia am Klavier und klimperte eine Sonate. Es war schon spät, beinahe Mitternacht, ihre Gedanken waren nicht bei der Musik, sondern bei dem Mann, den sie als vorübergehenden Liebhaber genommen hatte, bei der bizarren Wette, die sie mit ihm eingegangen war …

… und bei dem noch bizarreren Ende ihrer ersten gemeinsamen Nacht.

Sie spielte eine falsche Note, fing noch einmal mit dem *Allegro* an, und als ihre Finger automatisch die richtigen Tasten fanden, fuhr sie entspannter fort. Einzig die Musik und die Literatur hatten ihr in all den turbulenten Jahren Trost gespendet, seit sie nach London gekommen war. Sie erinnerte sich an den seltsamen, beinahe vertraulichen Moment mit Lord Erith in Perrys Bibliothek. Es hatte so gewirkt, als würde er verstehen.

Oh nein, er verstand nicht das Geringste.

Aber er hatte überraschend geduldig auf ihre Fragen nach Italien geantwortet und noch nicht mal einen Abschiedskuss von ihr erzwungen, als er schließlich gegangen war. Er hatte sie auch nicht noch einmal ins Bett zurückgezerrt, wo er bebend unter ihrem Mund gekommen war.

Als sie merkte, dass sie sich die Lippen leckte, stolperten ihre Finger über eine Reihe falscher Töne. Was war nur mit ihr los? Sie hatte niemals Freude an den Dingen, die sie für ihre Gönner tat. Sie gaben ihr einzig ein Gefühl von Macht.

Seufzend kehrte sie noch einmal zum Anfang der Sonate zurück. Lord Erith würde sie auch heute Nacht besuchen, davon war sie überzeugt. Ihren geplanten Besuch bei Tattersalls hatte er mit der Begründung, dass ihm eine wichtige Familienangelegenheit dazwischengekommen wäre, abgesagt. Die Nachricht war kurz und zu ihrer Überraschung ohne die gewohnten Komplimente. Er hatte sich ihr nicht verbal zu Füßen geworfen, um sie anzubeten, hatte sie nicht als seine Göttin tituliert. Doch die wenigen, direkten Worte in der ausdrucksstarken, flüssigen Handschrift hatten sie erfreut.

Genau wie sie über sein Verhalten in der letzten Nacht größtenteils erfreut war.

Weshalb denn wohl auch nicht? Er war intelligent, unterhaltsam, weit gereist. Und er behandelte sie wie einen Menschen mit Verstand.

Sie hob ihre Hände an und ließ sie dann so heftig auf die Tasten krachen, dass es wie das Läuten eines Dutzends nicht gestimmter Glocken klang.

»Ich glaube nicht, dass dieser wuchtige Akkord in Herrn Haydns Noten steht.«

Sie hob den Kopf und sah, dass Erith, elegant im schwarzen Frack, in der Tür des Raums stand. Das machte er anscheinend immer so. Er legte immer eine kurze Pause ein, wie um die Lage zu sondieren, bevor er einen Raum betrat.

»Vielleicht sollte er dort stehen«, raunzte sie ihn übellaunig an. Sie war einfach zu überrascht, um daran zu denken, dass sie als geübte Verführerin ihre Liebhaber nie merken ließ, was sie empfand.

»Das klang aber mehr nach Beethoven.«

Wie schon in der letzten Nacht vergaß sie, dass sie nur die zeitweilige Geliebte dieses Mannes war. »Sie kennen Beethoven?«

»Wir sind uns mal begegnet. Aber ich würde nicht behaupten, dass ich ihn wirklich kenne.«

»Werden Sie mir von ihm erzählen?«

Sie konnte ihr Interesse einfach nicht verbergen. So, wie er Italien beschrieben hatte, hatte es wundervoll auf sie gewirkt, und sie hatte, selbst nachdem er längst gegangen war, immer noch in den Beschreibungen der Gemälde, der Palazzi, der Piazzen, der heißen Sommersonne, des dunkelblauen Mittelmeers und des kalten Schnees in den Dolomiten geschwelgt.

Jetzt konnte sie es kaum erwarten, dass er ihr von Wien erzählte. Denn das wollte er heute tun.

Er setzte das warme Lächeln auf, das ihr inzwischen beinahe so vertraut wie ihr eigenes Lächeln war. Wie in aller Welt hatte er das im Verlauf des kurzen Zusammenseins geschafft? Obwohl er letzte Nacht beinahe bis zum Morgengrauen geblieben war. Und er hatte die ganze Zeit erzählt. Sie hatte nie zuvor eine ganze Nacht mit einem Mann verbracht, ohne dass sie dabei nackt in seinen Armen lag.

Sie war hundemüde gewesen, als Erith gegangen war. Und gleichzeitig hellwach und angeregt. Viel mehr, als wenn sie einen Liebhaber auf die gewohnte Art und Weise unterhielt.

»Sie müssen sich Ihren Reisebericht verdienen, Olivia.«

Sofort platzte die kleine Blase des Glücks, die bei seinem Erscheinen in ihr aufgestiegen war.

Himmel, was für eine Närrin sie doch manchmal war.

Wie konnte sie vergessen, weshalb er hierhergekommen war? Die letzte Nacht war einfach eine Ausnahme. Außergewöhnlich und einmalig, wobei der Begriff einmalig sicher wörtlich zu verstehen war.

Sie bemühte sich um einen neutralen Gesichtsausdruck. Die meisten Männer hätten ihr den gleichmütigen Ausdruck sicher abgekauft. Wohingegen sie sich bei Lord Erith nicht sicher war. Trotzdem erhob sie sich mit der selbstbewussten Grazie, die sie von ihrem ersten Liebhaber – dem Mann, von dem sie mit dem Einverständnis ihres Bruders mehrfach vergewaltigt worden war – beigebracht bekommen hatte, von ihrem Platz vor dem Klavier und setzte das Lächeln der weltgewandten Kurtisane auf, die jeden Akt vollführte, damit ihr Gönner zufrieden war.

Das würde sie auch tun. Sämtlicher Widerstand war aus ihr herausgeprügelt worden, als sie noch beinahe ein Kind war. Es gab nichts, was sie nicht schon getan hatte, und nichts, was sie nicht täte.

Lord Erith hatte wirklich Glück.

Diese düsteren Gedanken hinterließen einen fauligen Geschmack in ihrem Mund. Dort, wo sie bald Lord Erith schmecken würde, wie schon in der Nacht zuvor.

»Hätten Sie gern ein Schlückchen Wein, bevor wir anfangen, Mylod?«

»Nein«, antwortete er sanft.

Abermals schalt sie sich eine Närrin, denn sie bildete sich allen Ernstes ein, dass so etwas wie Mitgefühl in seiner dunklen Stimme lag.

Erith stapfte hinter seiner Mätresse die Treppe zum Schlafzimmer hinauf. Ihr rosenfarbenes Abendkleid deutete darauf hin, dass sie ihn erwartet hatte, und ihr schlanker, kerzengerader Rücken und das weiche Wogen ihrer Hüften riefen freudiges Verlangen in ihm wach.

Natürlich hatte sie ihn noch erwartet. Denn irgendetwas zog sie beide magisch zueinander hin. Er wünschte sich, er wüsste, was das war. Sex wäre vielleicht später einmal der Grund, konnte es bisher aber nicht sein.

Ob sie vielleicht frigide war?

Auch wenn er das nicht glaubte, wusste er genau, dass er all seine Intelligenz und seine sinnliche Erfahrung aufzubieten hätte, damit sie ihm mit Glück irgendwann einmal mehr als bloß die Tricks einer Kurtisane bot.

Was eine würdige Herausforderung für einen berüchtigten Verführer wie den Earl of Erith war.

Er hatte ihrem Klavierspiel lange genug gelauscht, um überzeugt zu sein, dass sie trotz ihrer begrenzten körperlichen Reaktionen Leidenschaft besaß. Das hatte er ihrer Musik trotz der falschen Töne und der Neuanfänge deutlich angehört.

Sie spielte wie ein Mann, sie attackierte die Musik, als zöge sie in eine Schlacht. Auch andere Dinge tat sie wie ein Mann. Sein Blut geriet in Wallung, als er daran dachte, wie sie in Hosen vor ihm gestanden und den Brandy gekippt hatte wie ein junger Gentleman.

Seine Frau war äußerst feminin gewesen, außer auf dem Rücken eines Pferds. Sie war geritten wie der Teufel, genau diese Verwegenheit hatte sie getötet und ihn bereits als Zweiundzwanzigjährigen zu einem gebrochenen Mann gemacht.

Entgeistert blieb er stehen. Weshalb dachte er gerade jetzt an seine Frau? Es konnte keine unterschiedlicheren Frauen geben als Joanna und Olivia Raines. Die eine war so rein gewesen wie ein Engel, und die andere verkaufte ihren Körper jedem, der bereit war zu bezahlen, damit er sie bekam.

Doch das war nicht fair.

Den Gerüchten nach wählte Olivia die Männer, die sie in ihr Bett ließ, mit der allergrößten Sorgfalt aus. Sie hatte immer nur ein paar Liebhaber pro Jahr gehabt, wobei diese Zahl im Verlauf der letzten Monate noch zurückgegangen war.

Als sie die Tür erreichte, drehte sie sich fragend zu ihm um. »Mylord?«

Ein Wort in diesem rauen Alt, und sein Schwanz nahm Haltung an wie ein verdammter Soldat bei einer Parade. Er hatte schon so viele Frauen gehabt, doch auf keine – nicht einmal auf seine geliebte tote Ehefrau – hatte er derart reagiert.

Primitive Entschlossenheit wogte in ihm auf. Er würde Olivia Raines gewinnen. Er würde sie in eine Welt entführen, in der sie noch nie gewesen war. Er würde sie sich so unwiderruflich zu eigen machen, dass sie ihn niemals vergaß.

Er trat neben sie, und in der schmalen Tür waren sie nur wenige Zentimeter voneinander entfernt, doch weder sie noch er überbrückten diese Kluft. Er hörte ihren leisen, ungleichmäßigen Atem. Sie war nicht so gefasst, wie sie sich gab.

Doch wie sollte sie das auch sein? Beinahe hätte er sie letzte Nacht dazu gebracht, ihm zu vertrauen. Oder ihm zumindest so sehr zu vertrauen, wie es einem derart argwöhnischen Wesen möglich war. Jetzt dachte sie, er würde sie verraten, indem er sie ohne Umschweife einfach nahm.

»Ich habe mir neue Salbe besorgt«, erklärte sie ihm rundheraus.

»Die werden Sie nicht brauchen.«

Ohne zu erröten, sah sie dorthin, wo sein Schwanz wie der von einem verdammten Hengst gegen seine Hose stak. »Sie wird es mir leichter machen.«

Ihre Haut war kühl und glatt, als er seine Finger sanft ihren Arm hinuntergleiten ließ und ihre Hand ergriff. »Ich werde Ihnen nicht wehtun.«

Ein zynischer Ausdruck huschte über ihr Gesicht. »Ihr Vergnügen wird noch größer, wenn Sie mir meinen Willen lassen, Mylord.«

»Lassen Sie mich das einfach selbst beurteilen.«

»Was für eine typisch männliche Antwort.« Mit einem Geschick, das er bewundern musste, machte sie sich von ihm los und betrat den Raum.

»Ich bin ja auch ein typischer Mann.« Er folgte ihr in Richtung Bett, sie blickte über ihre Schulter und sah ihn mit einem leichten Lächeln an.

»Soll ich Sie entkleiden?«

Die blitzartigen Machtverschiebungen zwischen ihnen beiden waren ihm inzwischen schon vertraut. Sie waren unvermeidbar. Nach der letzten Nacht meinte sie offenbar, sie hätte ihn im Griff, aber sie würde nicht so leicht die Oberhand gewinnen, wie sie sich einzubilden schien. Denn er hatte einen Plan. »Nein, ich werde Sie entkleiden.«

Sie zuckte mit den Schultern, als wäre ihr das vollkommen egal. »Seien Sie vorsichtig mit dem Kleid. Es gefällt mir nämlich.«

Erith stieß ein Lachen aus, das seine widerstrebende Freude an ihrer Reaktion verriet. »Sie sind wirklich ein impertinentes Weib, Olivia. Sie behandeln mich, als ob ich eine verdammte Kammerzofe wäre.«

Sie senkte die Lider und bedachte ihn mit einem verführerischen Blick, der ihn um ein Haar hätte vergessen lassen, dass sie ihre Leidenschaft nur spielte. Oder dass sie nicht bewusste, echte Empfindungen hinter gespielter Leidenschaft verbarg.

Dieses verdammte Spiel wurde von Minute zu Minute rätselhafter für ihn.

»Wie soll ich Sie denn behandeln?«, schnurrte sie, drehte sich zu ihm um und strich ihm sanft über das Kinn. »Mmm, frisch rasiert.«

»Sie haben eine derart zarte Haut, dass ich keine Spuren darauf hinterlassen will.« Er legte eine Hand um ihren Nacken, und als die feinen Härchen, die aus ihrer Steckfrisur gewichen waren, seine Finger kitzelten, holte er tief Luft. »Ich muss Sie küssen.«

Ihr Gesicht erstarrte, und sie riss sich eilig von ihm los. »Nein.«

»Wir werden uns auf alle Fälle küssen, bevor ich mit Ihnen fertig bin.«

»Wir werden miteinander fertig sein, bevor es dazu kommt. Soll ich mein Haar herunterlassen?«

»Lassen Sie mich das machen.« Er hatte das Gefühl, als wäre er zum ersten Mal mit einer neuen Geliebten zusammen. Weil er in der letzten Nacht eindeutig nicht ihr Liebhaber gewesen war. Und das würde er, trotz all des sinnlichen Geplänkels und seines raubtierhaften Verlangens, sie zu nehmen, sicherlich auch heute Nacht nicht.

Es sei denn, er verlöre die Beherrschung.

Die glühende Erinnerung an seinen Schwanz in ihrem Mund legte seine Zuversicht in Schutt und Asche. Wie leicht es wäre, sich ihr einfach zu ergeben. Ihr die Kontrolle über sich zu überlassen. Das Vergnügen anzunehmen, auch wenn sie nicht wirklich daran beteiligt war.

Doch entgegen jeder Logik war er überzeugt, dass ihm

alle Sünden vergeben würden, wenn sich diese Frau von ihm zu echter Leidenschaft bewegen ließ.

Das war ein starkes, wichtiges, wenn auch völlig unvernünftiges Motiv.

Deshalb baute er sich vor ihr auf und zog, ohne sich seinen inneren Aufruhr anmerken zu lassen, vorsichtig die erste Nadel aus dem dichten, weich schimmernden Haar, worauf eine Strähne über ihre Schulter fiel. Er hatte keine Ahnung, wie er ihre Haarfarbe bezeichnen sollte. Ihr Schopf wies sämtliche Schattierungen von Blond über Bronze bis hin zu Kastanie auf. Eine Hymne auf den Herbst.

Noch einmal stellte er die Frage, die ihm einfach keine Ruhe ließ. »Mögen Sie Frauen?«

Natürlich war sie nicht schockiert. Wie hätte sie jemals Londons begehrteste Kurtisane werden können, ohne auch mit den weniger konventionellen Varianten menschlicher Leidenschaft konfrontiert worden zu sein? Wahrscheinlich gab es kaum etwas auf dem Gebiet der Sexualität, was ihr nicht schon irgendwann einmal begegnet war. »Als Bettgenossinnen? Nein.«

»Sie brauchen keine Angst zu haben, dass ich Sie dafür verurteile, wenn es so ist. Ich habe auf meinen Reisen so vieles gesehen, dass mir beinahe nichts mehr unnatürlich erscheint.«

Olivia lachte leise auf, und das Geräusch hüllte ihn wie ein warmes Feuer ein. »Männer und Kamele?«

Er begehrte sie seit dem Moment, in dem er sie zum ersten Mal gesehen hatte. Was nicht weiter überraschend war. Er war ein Mann mit überdurchschnittlichem Appetit, und sie war einfach atemberaubend schön. Was er nicht erwartet hätte, war, dass er sie immer *netter* fand, je öfter er mit ihr zusammen war.

Er lachte ebenfalls. »Vielleicht nicht unbedingt Kamele.« Dann aber wurde seine Stimme ernst. »Manche Kurtisanen ziehen Sex mit Frauen vor, weil das, was sie mit Männern erleben mussten, viel zu grausam war.«

Da er so dicht vor ihr stand, hörte er das Stocken ihres Atems. Was ein erster Hinweis war. Auch wenn er ihm nicht unbedingt gefiel. Irgendein Schwein hatte Olivia misshandelt. Aber das war sicher Jahre her. Die Männer, denen er begegnet war und die in ihrem Bett gelandet waren, empfanden ihr gegenüber eine derartige Ehrfurcht, sie hätten nie den Mumm gehabt, ihr etwas anzutun.

Sie presste die Lippen aufeinander und stieß leise aus: »Ich reagiere weder auf Männer noch auf Frauen ... noch auf Kamele.«

Er wusste, sie verabscheute dieses Gespräch. Nicht aus falscher Scham, sondern weil es eine Gefahr für den Schutzpanzer um ihre Seele war. Aber gerade deshalb führte er die Unterhaltung fort. Denn sie würde sich ihm nie ergeben, solange dieser Panzer noch vorhanden war.

»Ich habe Sie zusammen mit Lord Peregrine gesehen.«

Ihre Miene wurde völlig ausdruckslos. »Na und?«

Er zuckte mit den Schultern und zog ihr die zweite Nadel aus dem Haar. »Ich weiß über ihn Bescheid, Olivia.«

Sie hob ruckartig den Kopf, wodurch sich eine weitere schlangengleiche Strähne ihrer Haare löste, und wrang unglücklich die Hände. »Perry ist mein Freund.«

»Außerdem ist er ein Mann, der sein eigenes Geschlecht begehrt«, fügte Erith ruhig hinzu.

Sie wurde kreidebleich, und zum ersten Mal, seit er sie kannte, fielen ihm die leichten Sommersprossen auf ihrer aristokratischen Nase auf. Mit ihrem ungezähmten Haar und dem starken, drahtigen Körper musste sie als Kind ein echter Wildfang gewesen sein. »Sie beschuldigen ihn eines Kapitalverbrechens.«

Ihm fiel auf, dass sie nicht leugnete, was er behauptet hatte. »Ich beschuldige ihn überhaupt nicht. Aber wenn Sie Frauen mögen würden, wäre das eine Erklärung für die innige Beziehung zwischen Ihnen und Lord Peregrine.«

»Ich bin mit Lord Peregrine befreundet, weil er ein guter Mensch ist und immer sehr nett zu mir war.« Das offensichtliche *im Gegensatz zu Ihnen* fügte sie höflicherweise nicht hinzu. »Die Einzelheiten unserer Beziehung gehen Sie nichts an.«

»Ich bin Ihr offizieller Liebhaber. Deshalb gehen mich Ihre Beziehungen zu anderen Männern ganz eindeutig etwas an.«

»Auch wenn Sie mein offizieller Geliebter sind, sind Sie es faktisch doch bisher nicht«, fauchte sie ihn an. »Vielleicht haben Sie ja selber etwas zu verbergen und wählen deshalb in den Städten, die Sie besuchen, immer die berühmtesten Kurtisanen als Mätressen aus.«

Bisher hatte noch keine Frau gewagt, an seiner Männlichkeit zu zweifeln, dachte er und stellte lachend fest: »Netter Versuch, Olivia. Sie wissen genauso gut wie ich, dass ich Frauen mag. Vor allem eine ganz bestimmte Frau, so kratzbürstig und schwierig sie auch ist.«

»Mylord«, flehte sie mit eindringlicher Stimme, »bitte versprechen Sie mir, mit niemandem über Ihren Verdacht zu reden. Ich werde alles tun, um Perry zu beschützen. Alles.«

Diese Worte riefen heißen Widerwillen in ihm wach. »Ich werde Sie ganz sicher nicht erpressen, damit Sie sich mir unterwerfen«, knurrte er. »Das würde ich noch nicht mal tun, wenn es nötig wäre – was es eindeutig nicht ist. Und jetzt kommen Sie her.«

»Sie werden also mit niemandem darüber sprechen?«

Ihre Stimme klang noch immer angespannt, aber, wenn auch widerstrebend, trat sie auf ihn zu. Großer Gott, dachte sie etwa allen Ernstes, dass er ihren Freund verraten würde, wenn sie sich im Bett nicht leidenschaftlich gab? Nach der letzten Nacht musste sie doch wissen, dass er sich nicht täuschen ließ.

»Sein Geheimnis ist bei mir sicher.« Beinahe widerwillig richtete er seine Aufmerksamkeit wieder auf ihr Haar. »Darauf gebe ich Ihnen mein Wort.«

Neben seinem bereits wieder abnehmenden Ärger empfand er unglaubliche Erleichterung. Er hatte die Antwort bekommen, die er haben wollte. Olivia hatte keine Vorliebe für ihr eigenes Geschlecht. Und auch hinsichtlich ihrer Beziehung zu Montjoy hatte er recht gehabt. Ohne Zweifel lebten sie und Lord Peregrine wie Schwester und Bruder in dem schwülstig dekorierten Haus, er fragte sich flüchtig, was der Grund für ihre enge, beinahe familiäre Beziehung war.

Als ihr Haar in schimmernden Wellen über ihre schlanken Schultern fiel, machte er die Augen zu, neigte seinen Kopf und atmete ihren Duft so tief wie möglich ein. Als er die Augen wieder öffnete, war er ihr nahe genug, um zu sehen, dass sich ihre Pupillen derart geweitet hatten, dass man ihre veilchenfarbene Iris kaum noch sah. Sie hatte leicht gerötete Wangen und atmete leise keuchend ein und aus.

Sie zeigte alle Anzeichen von Leidenschaft. War das alles nur gespielt? Das konnte doch nicht sein. Vor allem, da sie wusste, dass er mit geheuchelter Erregung nicht zu täuschen war.

Wieder beugte er sich vor und spürte, wie ihr Atem frisch auf seine Lippen traf. Es war der Duft des Himmels. Der untrügliche Duft von Olivia Raines. Sie wirkte vollkommen gebannt, und Eriths Herzschlag setzte aus, bis sie plötzlich blinzelte und einen Schritt nach hinten trat.

Bei Gott, eines Tages würde sie ihn küssen. Willig. Endlos. Voller Leidenschaft.

Es war eine Sünde gegen die Natur, dass eine derart schöne, lebendige Frau nicht den geringsten Spaß am Sex zu haben schien.

»Ich stehe Ihnen zur Verfügung, Mylord«, erklärte sie ihm rau. »Was soll ich tun?«

Er trat hinter sie, schob ihr schweres, seidig weiches Haar zur Seite und machte mit geübten Fingern die Knöpfe ihres Kleides auf. »Sie sollen überhaupt nichts tun.«

»Sie wissen, was ich meine.«

Sie hob ihr Haar über den Kopf, was eine beinahe häusliche Geste war, und seine Finger zogen vorsichtig die Seidenbänder ihres Mieders und die Bänder ihres Unterrocks auf. Als er auf den Boden fiel, stand sie in weißen Strümpfen und in hübschen pinkfarbenen Satinpantoffeln, deren Bänder fest um ihre schmalen Knöchel lagen, da. Die straffen, bleichen Backen ihres Hinterteils hoben sich erkennbar unter ihrem durchsichtigen Hemdchen ab, am liebsten hätte er sofort die Hände auf das wohlgeformte Fleisch gelegt.

Stattdessen küsste er sie zärtlich auf die nackte Schulter, die unter dem herabgerutschten Kleid zutage trat. »Folg deinem Gefühl, Olivia.«

»Ich fühle nichts«, stellte sie tonlos fest.

»Dann tu einfach nichts.«

7

Sie sollte einfach nichts tun? Was war dies nur für ein Mann?

Da sie keine Ahnung hatte, wie sie sich verhalten sollte, ließ sich Olivia das Hemd von Lord Erith über den Kopf ziehen und blieb völlig reglos stehen, als er mit seinen Händen über ihren Körper strich. Sie waren herrlich kühl und vor allem trocken. Was ein wahrer Segen war. Denn Männer mit schweißnassen Händen waren ihr verhasst.

Dann küsste Erith ihren Hals, umfasste ihre Brüste, knetete sie sanft und zog sie langsam und genüsslich gegen seinen Leib. Sie spürte und sie hörte seinen beglückten Seufzer, als ihr nackter Rücken auf die Wolle und das Leinen, das seine breite Brust verhüllte, traf.

Er strömte eine Hitze aus wie eine sonnengewärmte Backsteinwand an einem Sommernachmittag. Während er mit ihren Brüsten spielte, klappte sie die Augen zu und gab sich ganz ihren Gefühlen hin.

Er zupfte sanft an ihren Nippeln, rollte sie zwischen seinen Daumen und Zeigefingern hin und her, und sie spürte die heiße Freude, die es ihm bereitete, dass sie seine Geliebte war. Zu ihrer Überraschung rief diese Erkenntnis auch in ihr ein Gefühl der Freude wach. Nicht die bekannte Freude darüber, dass wieder einmal ein Mann von ihr erobert worden war. Sondern eine völlig neue, sanftere Zufriedenheit.

»Wollen Sie Ihre Kleider nicht ebenfalls ausziehen, Mylord?« Es verblüffte sie, dass ihre Stimme plötzlich etwas heiser klang.

Er stieß ein leises Lachen aus, küsste weiter ihren Hals, und die flüchtige Berührung seines Mundes war so köstlich wie die zarten Flügelschläge eines Schmetterlings. »Ich will dafür sorgen, dass Sie vor Lust vergehen.«

»Und Sie selber bleiben völlig unberührt?«

»Ich kann nur hoffen, dass mir noch ein letzter Rest kühlen Verstandes bleibt. Dabei ist es sicherlich von Vorteil, wenn ich angezogen bin.«

Er presste seine heiße Erektion gegen ihr nacktes Hinterteil, stöhnte sanft an ihrem Ohr, rieb sich abermals an ihr und biss ihr in die Schulter.

Obwohl er ihr nicht wehtat, schrie sie leise auf. Genau wie alles andere an ihm waren auch seine Zähne groß und stark, doch als er sie in ihrer Haut vergrub, wirkte diese Geste zärtlich und intim. Vor ihrem geistigen Auge stieg das Bild von einem Hengst und einer Stute in ihr auf. Eine atemberaubende Mischung aus Kraft und Sinnlichkeit.

Sie drehte sich in seinen Armen um und sah ihm ins Gesicht. Ein silbriges Glitzern lag in seinen Augen, und in seinen scharf geschnittenen Wangenknochen stieg eine hektische Röte auf. Seine Hände aber blieben sanft, und er behielt auch weiter einen kleinen Abstand zu ihr bei.

Hitze und der Moschusduft männlicher Erregung erfüllten die warme Luft im Raum, sie sog den Duft seiner Erregung wie den Duft kostbaren Tabaks tief in ihre Lungen ein. Er roch einfach wunderbar. Das war ihr bereits aufgefallen, als er ihr zum ersten Mal nahe gekommen war. Sauber, maskulin und ohne auch nur einen Hauch des bei vielen Männern beliebten, betäubenden Parfüms. Freudig atmete sie seinen Duft noch einmal ein.

Es war ein seltsames Gefühl, völlig nackt zu sein, während er so elegant gekleidet wie für eine Abendgesellschaft vor ihr stand. Sie fragte sich flüchtig, was er wohl für ein Leben führte, wenn er nicht mit ihr zusammen war. Wahrscheinlich das typische Leben eines Bonvivants. Wahrscheinlich vertrieb er sich die Zeit mit Trinken, Spielen und der Jagd auf Frauen. Obwohl ihr Instinkt ihr sagte, dass er nicht der Schurke war, als der er sich ihr gegenüber ausgab, und dass er weder heute Abend noch am Vorabend bei einer anderen Frau als ihr gewesen war.

»Es wird nicht funktionieren. Weil mir etwas … fehlt.« Seltsamerweise tat es weh, dass die Mühe, die er sich ihr gegenüber gab, zweifellos vergeblich war. Sie leckte sich die Lippen. Bisher hatte sie noch nie mit einem ihrer Liebhaber darüber gesprochen, dass sie für seine Avancen völlig unempfänglich war. »Sie sind ein anständiger Mann.«

Er stieß ein verächtliches Schnauben aus. »Das ist mehr, als die meisten Leute von mir denken.« Er glitt mit seinen Fingern über ihre Arme bis zu ihren Händen und hielt sie beinahe zärtlich fest.

Da sie dem leisen Mitgefühl nicht traute, das sich zwischen ihnen zu entwickeln schien, erwiderte sie harsch: »Am besten legen Sie mich einfach flach und nehmen mich. Ich weiß, dass Sie Schmerzen leiden.«

»Der Schmerz macht das Vergnügen umso süßer.«

Er legte ihre rechte Hand auf seinen Unterleib, und sie spürte deutlich, wie lebendig und wie hart er war. Es gab keinen Zweifel daran, dass er sie begehrte, und als sie ihn durch die Hose streichelte, wuchs sein riesengroßes Glied noch weiter an. Erith schloss die Augen und presste sein geschwollenes Fleisch in ihre Hand.

»Gott, Olivia«, stöhnte er. »Du würdest selbst einen Heiligen in Versuchung führen.«

»Ich nehme an, dass Sie kein Heiliger sind.« Sie verstärkte den Druck ihrer Hand, testete seine Form und sein Gewicht und stellte sich vor, sie nähme ihn noch einmal in den Mund. Letzte Nacht hatte es ihr ein besonderes Vergnügen bereitet, Herrin über diesen virilen Mann zu sein. Dieses Vergnügen wollte sie noch mal empfinden. Weil es die größte Freude war, die ihr bisher beim Sex zuteilgeworden war.

Es war allerhöchste Zeit, die Sache in die Hand zu nehmen und die Fäden der zärtlichen Vertrautheit zu durchtrennen, die er langsam, aber sicher um sie wob. Denn zärtliche Vertrautheit war nichts für Frauen in ihrem Metier.

»Legen Sie sich hin, Mylord«, murmelte sie mit der Stimme, mit der bisher noch jeder Liebhaber von ihr bezwungen worden war.

Er holte mühsam Luft. »Ich bin kein dummes Tier.«

Sie kratzte mit ihren Fingernägeln über seine Brust, und seine Nippel wurden hart. »Nein, aber Sie sind Wachs in meinen Händen.«

Er presste seinen Unterleib gegen ihren Bauch. »Wachs ist nicht unbedingt das Wort, das ich gebrauchen würde«, antwortete er.

»Sie sind groß und hart. Ich habe noch nie einen größeren Mann gespürt.«

»Hör auf«, knurrte er, während er sich bereits von ihr in Richtung der Matratze ziehen ließ.

»Es stimmt.« Sie legte ihre Handflächen auf seine Brust und stieß ihn auf das Bett. »Sie sind einfach prachtvoll. Als ich Sie gestern Abend in den Mund genommen habe, haben Sie mich völlig ausgefüllt. Erinnern Sie sich noch?«

»Ich erinnere mich noch«, gab er heiser zu.

»Ich kann es noch einmal tun.« Sie leckte sich die Lippen und blickte auf den Mann, der rücklings auf der Matratze lag. Seine Hose wölbte sich über seinem Glied, und seine Miene drückte überwältigenden Hunger aus.

»Ich weiß, dass du das kannst.« Er runzelte die Stirn, doch drückte diese Geste weniger Verärgerung als vielmehr ehrliches Bedauern aus. »Aber was würde das beweisen?«

Sie zuckte mit den Schultern. »Weshalb sollte es irgendwas beweisen? Die körperliche Befriedigung ist schließlich Lohn genug.«

»Woher willst du das wissen?«

Sie erstarrte. Er sollte sich nicht wehren. Noch während sie ihren Blick von seinem phänomenalen Körper in Richtung seiner Augen wandern ließ, war ihr bewusst, dass sie dort nicht finden würde, was sie finden wollte – nämlich den Ausdruck besinnungsloser Gier.

Obwohl er sie begehrte, gab er nicht nach.

Wie erwartet, waren seine grauen Augen völlig klar. Diesen einen Kampf hatte sie also noch nicht gewonnen. Vielleicht müsste sie sich einfach mehr Mühe geben, überlegte sie. »Das war unfair.«

»Du spielst auch nicht gerade fair, Olivia.«

»Sehen Sie mich an.«

»Ich kann gar nichts anderes tun. Du bist die faszinierendste Frau, die mir jemals begegnet ist«, erklärte er in einem Ton, der alles andere als zufrieden klang.

Sie legte eins ihrer bestrumpften Knie neben seinem Schenkel auf das Bett und schwang sich über ihn, sodass sie rittlings auf ihm saß. »Soll ich dasselbe tun wie letzte Nacht?«

»Nein.«

»Nein?« Sie zog skeptisch die Brauen hoch und blickte in sein ausdrucksvolles Gesicht. Er hatte hohe, gerade Brauen, eine arrogante Hakennase, einen kantigen Kiefer, seine Lippen aber waren voller als gewöhnlich, und ein leicht rötlicher Schimmer lag auf seiner sonnenbraunen Haut. »Hat es Ihnen nicht gefallen?«

Er presste seine Lippen zu einem schmalen Strich zusammen, der seine Verbitterung verriet. »Das ist eine törichte Frage. Verdammt, du hast mir das Paradies gezeigt, das weißt du ganz genau.«

»Und dort wollen Sie nicht noch einmal hin?«

»Nein.«

Zu ihrer Überraschung freute sie sich über seinen Widerstand, doch sie lachte spöttisch auf. »Sie haben ein Vermögen dafür ausgegeben, mich zurückzuweisen. Was für eine Vergeudung. Als würde man einen Rubens kaufen, nur um ihn im Keller zu verstecken.«

Sein Gesicht blieb ernst. »Du weißt, was ich mir von dir wünsche.«

»Sie wissen, was Sie von mir bekommen werden.«

»Verdammt!«

Sein plötzlicher Ärger überraschte sie. Genauso überraschend richtete er seinen Oberkörper auf, packte ihre Schultern und warf sie rücklings auf das Bett. Sie klammerte sich automatisch an ihm fest, als er sich zwischen ihre gespreizten Schenkel kniete und grimmig auf sie heruntersah.

»Mylord!«, hauchte sie atemlos. Sie war weniger verärgert als vielmehr erregt, als sie ihm in der Hoffnung, ihn doch noch zu unterwerfen, in die silbrig grauen Augen sah. Sie versuchte ihn zu zwingen zu beweisen, dass er auch nicht anders als seine bösartigen Geschlechtsgenossen war.

Seine Hose rieb sinnlich an ihren Beinen, und nur um ihn zu quälen, zog sie ihre Knie an und rieb ihre Schenkel sanft an seinem Unterleib.

Sein Atem stockte, er packte ihren Brustkorb noch ein wenig fester als zuvor.

»Sirene. Hexe. Circe«, stöhnte er.

Dann fing er an, sich im vertrauten Rhythmus auf ihr zu bewegen, behielt aber, obwohl er heiß wie Stahl aus einer Schmiede war, weiter seine Kleider an. Unter dem Gewicht seines Körpers zog ihr Unterleib sich ungewohnt zusammen, und sie hatte das Gefühl, als dränge an einem sonnenhellen Tag fernes Donnergrollen an ihr Ohr.

Sie reckte sich ihm entgegen und bot sich ihm auf diese Weise wortlos an. »Sie können mich nennen, wie Sie wollen, aber deshalb höre ich bestimmt nicht auf.«

Er stieß ein abgehacktes Lachen aus, und als er sein Gesicht an ihre nackte Schulter presste, riefen die feuchte Wärme seines Atems und das Zittern seiner Schultern, während er lachend um Atem rang, ein Gefühl der Rührung in ihr wach. Während sie sich noch bemühte, die Fassade der kühlen Kurtisane aufrechtzuerhalten, glitten ihre Hände automatisch über seinen Leib. Dies war nicht die routinierte Zärtlichkeit der Hure, die Leidenschaft in einem Freier wecken wollte, weil das Teil ihres Geschäfts war.

Sie liebkoste ihn, als mache es ihr Spaß.

Großer Gott, was war nur mit ihr los?

Er schien ihre plötzliche Anspannung zu spüren, denn er hob den Kopf und sah sie fragend an. »Bin ich vielleicht zu schwer?«

»Nein.« Es fühlte sich gerade richtig an, wie er sie in die Matratze drückte. Doch wenn er dabei nackt gewesen wäre, hätte es sich sicherlich noch besser angefühlt.

Er stützte sich auf seinen Ellenbogen ab. »Irgendetwas stimmt doch nicht.«

Sie sah ihm ins Gesicht. Seine Augen glitzerten, und eine Locke seiner wild zerzausten schwarzen Haare fiel ihm in die Stirn. Auch wenn ihn niemand je für einen unerfahrenen

Jüngling hätte halten können, sah er plötzlich deutlich jünger als gewöhnlich aus. Ihr Herz schlug einen ungewohnten Purzelbaum.

Vorsicht, Olivia.

Die Warnung war so schmerzlich, als hätte jemand ihr ein Messer in den Bauch gerammt.

»Ich komme schon zurecht«, stellte sie beinahe knurrend fest. Ihre Hände, die zärtlich über seinen Leib gestrichen waren, rissen ihm jetzt das Halstuch ab, warfen es achtlos fort und zerrten grob an seinem Hemd, bevor sie fiebrig heiße Küsse auf die breite Fläche seines Oberkörpers regnen ließ.

»Kann ich dich küssen?«

»Nein.« Ihre für gewöhnlich so geschickten Finger nestelten an seiner Hose.

»Schade. Du brauchst es nämlich, dass man dich küsst.«

»Ich brauche es, dass man mich fickt.« Dieses Wort benutzte sie nur selten, denn egal, wie tief sie auch in dieser Welt gesunken war, hielt sie immer noch an ein paar Resten ihrer einstigen Erziehung fest.

»Obwohl du kein Vergnügen daran hast?«

Verflucht, sie wollte ihn schockieren. Doch er klang völlig ungerührt.

»Das glaube ich nicht.«

»Und was ist mit Ihrem Vergnügen?« Endlich hatte sie die Hose auf und zwang ihre zitternde Hand in den offenen Bund.

»Ich kann warten.« Doch der erstickte Ton, in dem er sprach, verriet, wie sehr er mit sich rang.

»Weshalb sollten Sie?« Sie fuhr an seinem Schwanz hinauf, und während er sich stöhnend auf ihr wand, berührte sie ganz vorsichtig die Spitze seines Glieds. Wieder zuckte er zusammen, sie strich erneut über die sensible Stelle und spürte den feuchten Beweis dafür, wie groß seine Begierde war.

»Verdammt, du machst mich wahnsinnig.«

Er richtete sich eilig auf, riss sich den Frack vom Leib und zerrte sich achtlos das Hemd über den Kopf. Mit den straff gebogenen Muskeln und dem dichten schwarzen Haar war seine Brust so prachtvoll, wie sie sie in Erinnerung hatte, sie genoss diesen kurzen Augenblick, in dem sie ihn bewundern konnte, während er aus seiner Hose stieg. Dann beugte er sich über sie, und jeder geschwollene Zentimeter seines Schwanzes drückte in das weiche Fleisch ihres Bauchs.

Er nahm die rhythmische Reibebewegung wieder auf. Es war ein seltsames Gefühl und tatsächlich durchaus angenehm, doch als sie sich ihm entgegenrecken wollte, damit er sie endlich richtig nähme, drückte er sie hart auf das Laken zurück.

»Ergeben Sie sich mir«, wies sie ihn keuchend an.

»Niemals. Ergib du dich mir.«

»Niemals.« Sie stieß ein atemloses Lachen aus. Das Duell erregte ihren Geist, obwohl ihr Körper ebenso gefühllos blieb wie jedes Mal, wenn sie mit einem Mann zusammen war.

Er war bereits erregt, seit er zu ihr gekommen war. Früher oder später musste er doch einfach die Kontrolle über sich verlieren. Er stand unmittelbar davor. Doch er hatte sie schon in der letzten Nacht verblüfft. Er war der erste Mann, den sie jemals getroffen hatte, der ihr an Willensstärke ebenbürtig war.

»Fühlst du irgendwas?«, fragte er sie heiser, hob den Kopf und sah ihr ins Gesicht. Er zitterte am ganzen Leib, seine

Haut glänzte vor Schweiß, und er atmete mühsam ein und aus.

»Sie sind ganz schön schwer.«

»Du weißt, was ich meine. Willst du mich?«

»Ja.«

Unsanft schob er seine Hand zwischen ihre Beine. Sie war genauso knochentrocken wie am Tag zuvor. Nichts, was er versuchte, machte sie zu einer echten Frau. Doch zu ihrem Entsetzen wünschte sie sich plötzlich, sie wäre eine echte Frau.

Gott Allmächtiger, für diesen Mann.

Sie hatte das Gefühl, dass sie mit jedem Augenblick, den sie mit ihm verbrachte, tiefer im Treibsand versank. Und dass sie keine Ahnung hatte, ob es noch eine Rettung für sie gab.

Er legte eine Hand unter ihr Kinn und zwang sie, ihm ins Gesicht zu sehen. Neben glühender Erregung drückten seine Augen plötzlich einen Hauch von Ärger aus. »Du hast anscheinend bisher jeden Mann belogen, mit dem du geschlafen hast. Aber mich belügst du nicht.«

»Was macht Sie zu jemand derart Besonderem?«, fragte sie ihn atemlos.

»Wenn du dich mir ergibst, wirst du es sehen.« Er verzog den Mund zu einem selbstbewussten Lächeln, bei dessen Anblick sich ihr Magen abermals zusammenzog.

»Ich kann mich nicht mehr ergeben, als ich es schon tue«, erklärte sie ihm schroff.

»Spanien würde dir gefallen«, meinte er plötzlich träumerisch. Der Rhythmus seines Streichelns wurde langsamer und träger, er fuhr mit schwärmerischer Stimme fort: »Die kalte, frische Luft auf den Kämmen der Pyrenäen. Die leidenschaftlichen Tänze der Zigeuner. Der Klang ihrer Gitarren. Wenn man am Mittelmeer spazieren geht, riecht man den Duft der Gewürze, den der Wind aus Afrika herüberträgt.«

Mehr noch als seine Worte rief seine dunkle Stimme einen sehnsüchtigen Schauder in ihr wach. Sie hatte ihm am Vorabend zu viel von sich enthüllt, denn er war schlau genug zu sehen, was bisher noch kein Mann gesehen hatte, und nutzte dieses Wissen einfach schamlos aus.

»Hören Sie auf.«

»Würdest du gern mit mir nach Spanien kommen, Olivia? Sie wissen schöne Frauen dort zu schätzen. Ich kann dich deutlich vor mir sehen, wie du in Spanien bist und lachend die Freiheit dort genießt.«

»Mylord.«

»Ich sehe dich im hellen Sonnenschein. All die Farben in deinem Haar schimmern in dem goldenen Licht. Du tanzt zu der wilden Musik, trinkst Rioja und isst frischen Fisch, der direkt vor deiner Haustür aus dem Meer kommt. Dem Meer, in dem du schwimmen kannst. Nackt, betörend schön. Als meine Frau.«

Seine Worte schmerzten sie. Wenn sie ihn nicht dazu brächte, endlich aufzuhören, wäre das ihr Untergang. »Ich bin nicht Ihre Frau. Und werde es auch niemals sein.«

Wenn sie sich nicht vorsah, bräche er das Herz, das bisher niemals in Gefahr gewesen war. Sie hob den Kopf, presste ihren Mund auf einen seiner Nippel und saugte fest daran.

Er stöhnte leise auf, sie spürte, wie ihm ein Schauder über den Rücken rann.

Ja!

Er packte ihre Arme, riss sich von ihr los, richtete sich auf, und sie breitete die Beine noch ein wenig weiter aus. Er war derart gut bestückt, dass sie sich allen Ernstes fragte, ob er nicht zu groß für ihre Spalte war. Sie hielt den Atem an, und als er seinen Kopf nach hinten warf, sah sie den gequälten Ausdruck in seinem Gesicht.

Zufrieden klappte sie die Augen zu.

O ja. Sie hatte gewonnen.

Sie spannte jeden Muskel an, denn endlich drang er in sie ein.

Dann aber rollte er sich plötzlich auf die Seite …

»Himmel«, stieß er zähneknirschend aus, während er sich wild zuckend auf dem Bettlaken ergoss.

8

Wortlos streckte sich Lord Erith neben Olivia aus und vergrub den Kopf im Kissen, sodass sie statt seines Gesichts nur seine feuchten schwarzen Haare und seinen schweißglänzenden Rücken sah. Sein riesiger Körper mit den ausgestreckten Gliedern wirkte angespannt, und das einzige Geräusch im Raum war das laute Keuchen, das aus ihren Mündern drang. Die Atmosphäre war geladen, und die Luft im Zimmer war erfüllt vom durchdringenden Geruch nach Sex und Schweiß.

Olivia hatte das Gefühl, als ob ein großer Stein in ihrem Magen läge. So hatte sie sich nie zuvor gefühlt. Gereizt. Unbehaglich. Unglücklich. Erbost. Ohne dass es einen konkreten Anlass dafür gab. Das ungewohnteste all dieser Gefühle, die in ihrem Inneren miteinander rangen, war eine gewisse *Unzufriedenheit.* Doch das war völlig lächerlich, schließlich war sie noch nie von einem Mann befriedigt worden.

Sie war müde, traurig und auf eine geradezu absurde Art betrübt. Eigentlich sollte sie juchzen, weil sie abermals als Siegerin aus einem Kampf mit diesem arroganten Kerl hervorgegangen war.

Nur, dass es eben kein echter Sieg war. Er hatte all ihren Verführungskünsten widerstanden und im letzten Augenblick die Kontrolle wieder an sich gerissen, bevor er gekommen war.

Genau in dem Moment, in dem sie angenommen hatte, er könne ihr genau wie alle anderen Männer ganz einfach nicht widerstehen, hatte er einen Pyrrhussieg errungen, der sie gemeinsam in die Finsternis gestürzt hatte. Was geschehen war, hatte ihn eindeutig nicht befriedigt. Der bebende, neben ihr ausgestreckte Körper drückte keine Freude, keine Häme, keinerlei Triumph über die erwiesene Selbstbeherrschung aus.

Sie kniff die Augen zu, doch dadurch wurde die Erinnerung an den grässlichen Moment nur noch lebendiger. Ihr Herz hatte sich vor Verzweiflung zusammengezogen, als er mit einem gequälten Blick und einem lauten Fluch neben ihr auf das Bett gefallen war. Aus irgendeinem Grund fühlte sie sich wegen dieses billigen und schmerzlichen Zusammenseins so einsam und benutzt wie in der grauenhaften Zeit, als sie ihrem ersten Freier überlassen worden war.

Dann drehte er den Kopf und sah sie reglos an. »Und, bist du jetzt zufrieden?« Der grimmige Ton, in dem er sprach, stimmte genau mit ihren säuerlichen Gedanken überein.

»Nein.« Sie machte die Augen wieder auf und kämpfte entschlossen gegen die aufsteigenden Tränen an. Solange sie nicht wieder ihren dicken Panzer trüge, hielte sie dem durchdringenden Blick der grauen Augen ganz bestimmt nicht stand.

Wieder dehnte sich gespannte Stille zwischen ihnen aus. Im Kamin zerbrach ein Scheit, und das Geräusch war ebenso erschreckend wie ein Schuss. Sie atmete unsicher ein, richtete sich in den Kissen auf und sah ihn endlich wieder an.

»Warum? Warum, Erith?« Bevor sie es verhindern konnte, sprach sie ihn mit seinem Namen an.

Trotz seiner Frustration fiel es ihm natürlich auf. »So hast du mich noch nie genannt.«

»Ich sollte es auch jetzt nicht tun.«

»Mein Gott, Frau, du liegst nackt neben mir. Also nenn mich Erith. Oder nenn mich Julian, wenn du willst. Mir würde es auf jeden Fall gefallen. Ich erwarte nämlich nicht, dass meine Mätresse erst noch einen ordentlichen Hofknicks macht, bevor sie mich befriedigt.«

»Sie erwarten offenkundig nicht mal, dass sie Sie befriedigt«, stellte sie bissig fest. »Meine Güte, warum machen Sie mit mir nicht einfach, was Sie wollen? Dieses edelmütige Getue ist doch lächerlich.«

Er reckte starrsinnig das Kinn. »Zwischen uns beiden kann es mehr geben als das.«

»Nein, das kann es nicht. Ich bin die Frau, die Sie dafür bezahlen, dass sie das Bett mit Ihnen teilt. Und Sie sind der Mann, den ich als Kunden angenommen habe, weiter nichts.«

»Letzte Nacht hast du an meinen Lippen gehangen.«

Etwas so Gefährliches wie Sehnsucht wogte in ihr auf. Während eines kurzen Augenblicks hatte sie vergessen, dass sie die kalte, distanzierte Kurtisane mit dem frei verfügbaren Körper, den geschickten Händen und den willigen Lippen war. Während eines kurzen Augenblicks hatte sie das Gefühl gehabt, als hätte er ihr die ganze Welt zu Füßen gelegt.

Eine lebensgefährliche Illusion.

Am liebsten hätte sie ihn angeschnauzt, dass das völlig bedeutungslos sei. Doch als sie ihn ansah, bemerkte sie seinen müden, beinahe unglücklichen Blick. Plötzlich sah er aus wie der Mann mittleren Alters, der er schließlich auch war. Die Haut um seine Augen und um seine Mundwinkel herum wies tiefe Falten auf, und von der grenzenlosen Energie, die sie für sein unauslöschliches Markenzeichen gehalten hatte, war plötzlich nichts mehr da.

Ohne nachzudenken, hob sie eine Hand an seine stoppelige Wange, und diese spontane Geste enthielt mehr Zärtlichkeit als alles, was zuvor in dieser langen, grauenvollen Nacht zwischen ihnen beiden vorgefallen war.

»Es tut mir leid, dass ich nicht die bin, die Sie wollen«, stellte sie mit ehrlichem Bedauern fest.

Seine Miene hellte sich ein wenig auf, er verzog den Mund zu einem kurzen Lächeln, schmiegte seine Wange gegen ihre Hand und machte die Augen zu. »Das habe ich nie gesagt.«

Gegen ihren Willen lächelte sie ebenfalls. Sie sollte ihn nicht auf diese Art berühren, doch es fühlte sich seltsam richtig an, und so ließ sie ihre Hand auch weiter, wo sie war. »Abgesehen von dem Offensichtlichen.«

Er schlug die Augen wieder auf und sah ihr ins Gesicht. »Dem allzu Offensichtlichen. Teufel noch einmal, noch nie hat mich eine Frau auf eine solche Art berührt wie du. Wenn ich mit dir zusammen bin, weiß ich kaum noch, wer ich bin. Und wenn ich nicht mit dir zusammen bin, kann ich an nichts anderes denken, als dass ich so schnell wie möglich wieder zu dir will. Und, glaub mir, es gibt jede Menge Dinge, an die ich denken sollte.«

Sie bezweifelte nicht, dass dieses Geständnis ehrlich war.

Auch wenn ihm deutlich anzuhören war, wie schwer ihm diese Worte fielen, waren sie bestimmt das schönste Kompliment, das ihr je durch einen Mann zuteilgeworden war.

Stirnrunzelnd zog sie ihre Hand zurück. Sie kribbelte noch von der Wärme seiner Haut. »Wenn Sie mich einfach nehmen würden, ließe die Besessenheit wahrscheinlich nach.«

Er verzog halb amüsiert und halb unglücklich das Gesicht, was sie gegen ihren Willen äußerst reizvoll fand. Leidenschaft war eine Waffe, mit der sich nichts bei ihr bewirken ließ. Humor jedoch machte sie wehrlos wie ein frisch geschlüpftes Küken gegenüber einem ausgehungerten Fuchs.

»Nie zuvor habe ich eine Frau getroffen, die mir derart damit in den Ohren liegt, dass ich mit ihr schlafen soll. Obwohl es ihr noch nicht einmal gefällt.« Er rollte sich wieder auf den Rücken, schob sich in eine sitzende Position und stellte mit dunkler Stimme fest: »Es tut mir leid, Olivia.«

Sie versuchte gar nicht erst, sich nicht anmerken zu lassen, wie unglücklich sie selbst darüber war. »Mir auch.«

Langsam beugte er sich über sie, während eines kurzen Augenblicks lag sie völlig reglos da und wartete auf seine Hand an ihrer Brust, ihrem Gesicht oder sogar ihrem Geschlecht. Erst nach einem Moment wurde ihr klar, dass er die Absicht hatte, sie zu küssen, und als sie eilig ihren Kopf zur Seite drehte, hatten seine Lippen ihren Mund schon beinahe erreicht.

»Nicht«, wisperte sie, als sein Mund auf ihre Wange traf.

»Oh, Olivia. Was hast du für eine fürchterliche Angst«, wisperte er zurück, drückte einen zarten Kuss auf jedes ihrer wild flatternden Lider und stand entschlossen auf. »Komm, meine wunderschöne Mätresse. Nebenan wartet ein herrliches Souper.«

Er streckte lächelnd eine seiner Hände nach ihr aus, und Olivias Herz öffnete sich ihm wie eine Blume im Sonnenschein. Dann aber fiel ihr wieder ein, was sie getan hatte und wer sie war, und die Blume verdörrte, bis nur noch die leere braune Hülle blieb.

Als Erith früh am nächsten Morgen lächelnd Richtung York Street ritt, tänzelte sein grauer Vollbluthengst leichtfüßig über das Kopfsteinpflaster, und das muntere Geklapper seiner Hufe spiegelte die fröhliche Erwartung seines Herrn.

Seltsam, dass er so gute Laune hatte, während doch die letzte Nacht noch unbefriedigender als die Nacht davor gewesen war. Der beschämende Moment, in dem er auf das Laken gespritzt hatte, hatte ihn erbost und unglücklich gemacht.

Aber seit er sie verlassen hatte, war er überzeugt, dass es ihm gelingen würde, ihr eine ehrliche Reaktion auf seine Avancen zu entlocken. Auch wenn es vielleicht seltsam war, hatte er inmitten all der Frustration, des Schmerzes und Bedauerns Hoffnung für Olivia und für sich selbst.

Letzte Nacht konnte er einen kurzen Blick hinter Olivias schützende, prachtvolle Fassade werfen und hatte dort schmerzliche Empfindsamkeit, Verletzlichkeit und – das süßeste Gefühl von allen – echte Zärtlichkeit entdeckt. Der Moment, in dem sie seine Wange sanft gestreichelt hatte, hallte wie das reine Läuten eines Silberglöckchens hell in seinem Herzen nach.

Es war eine Frage des Stolzes, die Frau zu entdecken, die sich hinter der Kurtisane verbarg. Egal, wie sehr Olivia auch versuchte, ihn daran zu hindern, gäbe er den Plan bestimmt nicht einfach auf.

Kein Liebhaber hatte sie je befriedigt. Jetzt aber teilte *er* ihr Bett.

Der wunderbare Preis, den er in diesem Bett erringen könnte, wäre jede Mühe wert.

Heute würde er den ganzen Tag mit Olivia verbringen und bliebe auch die ganze Nacht. Seine Tochter hatte mit der Zusammenstellung ihrer Aussteuer zu tun, und die nervtötenden Frauen, die ihn zu Hause plagten, gingen ihr dabei bereitwillig zur Hand.

Heute Abend würde er den wunderbaren Sieg erringen. Heute Abend würde sich Olivia der süßen Leidenschaft ergeben, die ihr bisher durch keinen Mann zuteilgeworden war.

Er wusste, dass sie tief in ihrem Inneren leidenschaftlich war. Das konnte er genauso deutlich riechen wie den säuerlichen Geruch des Flusses und des Kohlenstaubs in der morgendlichen Luft. Er hatte sich noch nie in einer Frau getäuscht, und er täuschte sich auch nicht in Olivia Raines. Sie war die Verkörperung fleischlichen Verlangens, es wäre ein Verbrechen, fände sie das selber nie heraus.

Mit jeder Straße, die er ihrem Häuschen näher kam, nahm sein Optimismus zu. Sein Pferd wieherte leise auf und vollführte einen Bocksprung, als wolle es seine Zufriedenheit mit der Welt unter Beweis stellen.

Er kam direkt von einem langen Ausritt durch den Park. Er war früh aufgewacht. Geradezu lächerlich früh, wenn man bedachte, dass er erst bei Morgengrauen eingeschlafen war. Er war lange bei Olivia geblieben. Und hatte ihr stundenlang *erzählt.*

Wann hatte er zum letzten Mal auf Schlaf verzichtet,

um sich mit einer Frau zu unterhalten, überlegte er. Wahrscheinlich irgendwann zu Anfang seiner Ehe. Seither hatte er kaum je ein längeres Gespräch mit einer Frau geführt.

Er bog um eine Ecke in der Nähe ihres Hauses, brachte dann aber sein Pferd abrupt zum Stehen und richtete sich kerzengerade auf.

Eine hübsche Kutsche mit vier prachtvollen schwarzen Rössern, die seinem eigenen Stall zur Ehre gereicht hätte, wartete vor ihrer Tür. Holzpaneele verdeckten die Wappen an den Seiten des geschlossenen Gefährts, und der Kutscher trug eine zwar ausnehmend elegante, aber nicht gekennzeichnete Livree.

Sofort war Eriths Selbstzufriedenheit verraucht. Obwohl die Sonne immer noch so strahlend schien wie vor ein paar Sekunden, schwebte plötzlich eine dunkle Wolke über ihm.

Für die Dauer ihrer Liaison hatte dieses Weibsbild ihm völlige Treue zugesagt. Gestern Nacht hatte sie mit keinem Wort verlauten lassen, dass sie ihm den Laufpass geben würde, weil es einen anderen für sie gab.

Großer Gott, er hatte sie doch erst vor ein paar Stunden verlassen.

Er lenkte sein Pferd in den Schatten des nächstgelegenen Gebäudes und blickte in der Hoffnung, dass ihm irgendetwas zeigen würde, dass sein grässlicher Verdacht vollkommen unbegründet war, zu ihrem Haus.

Weshalb sollte sie sich einen anderen Geliebten suchen? Schließlich war es ihr bisher noch nicht einmal gelungen, ihren momentanen Gönner zu befriedigen. Dann aber dachte er an ihren heißen Mund um seinen harten Schwanz und holte keuchend Luft.

Oh doch, sie konnte einen Mann befriedigen. Vor allem

einen Mann, dem das Vergnügen seiner Partnerin nicht allzu wichtig war.

Das hieß, so gut wie jeden Mann.

Die schimmernd schwarz lackierte Eingangstür wurde geöffnet, und Olivia kam heraus. Das Kleid, das sie an diesem Morgen trug, hatte er ihr nicht gekauft. Dabei hatte er mit Freuden ihre Kleider bei der besten Schneiderin in London ausgesucht. Der Schneiderin, die zufällig auch die Maße für das Brautkleid seiner Tochter nahm.

Es hatte ihn mit einer primitiven Befriedigung erfüllt, dass diese unabhängige und starke Frau nur von ihm bezahlte Dinge trug. Dieses elegante flaschengrüne Reisekleid stand ihr zwar wirklich gut, war aber nicht von ihm.

Er wartete auf die Schar von Angestellten, die ihr Gepäck zur Kutsche trügen. Denn wenn sie ihn verließe, nähme sie doch sicher alles, was ihr gehörte, mit.

Doch es folgte niemand, nicht einmal ein Mädchen, so blieb nicht einmal der Schein des Anstandes gewahrt.

Erfüllt von glühend heißem Zorn, musste er mit ansehen, wie sie in die Kutsche stieg und der Page die Tür hinter ihr schloss.

Erith versuchte sich einzureden, dass der Ausflug vielleicht völlig harmlos wäre. Ein Besuch bei einer Freundin oder eine Einkaufstour. Nur hätte sie dann sicher nicht diese verräterische, nicht markierte Kutsche ausgewählt. Vor allem würden ihm dann nicht sämtliche Instinkte sagen, dass sie ihn mit diesem Ausflug hinterging.

Der Kutscher ließ die Zügel auf die Pferderücken klatschen, und als sich die Kutsche rumpelnd in Bewegung setzte, zog Erith so heftig an den Zügeln seines eigenes Pferdes, dass dieses protestierend auf der Stelle tänzelte.

»Tut mir leid, mein Junge«, wisperte er rau, beugte sich

ein wenig vor und tätschelte dem Tier den schimmernd grauen Hals. Während sich das Pferd beruhigte, ballte er selbst erbost die Faust.

Verdammt, am besten ließe er sie einfach gehen. Am besten ritte er wieder nach Erith House zurück, schriebe ihr einen herablassenden Brief und kündigte darin ihre Beziehung auf. Sie könnte die Dinge behalten, die sie bisher erbeutet hatte, würde darüber hinaus jedoch keinen Penny mehr aus seiner Tasche sehen. Er war ein Idiot gewesen, aber das war jetzt vorbei.

Er wünschte ihrem unbekannten Liebhaber viel Spaß. Sie würde ihn bestimmt genauso hintergehen.

Zur Hölle mit dem Weib. Sie war ihm vollkommen egal. Schließlich gab es jede Menge anderer Fische in dem großen Teich, der London war. Fische, die sich leichter fangen ließen und genauso köstlich schmeckten.

Am besten, er vergäße diese Schlampe, die ihm nicht einmal drei Tage treu geblieben war.

In seinem ganzen Leben hatte er noch niemals Jagd auf eine Frau gemacht. Er finge ganz bestimmt nicht plötzlich damit an.

Er war der Earl of Erith. Gute Frauen, schlechte Frauen, junge Frauen, alte Frauen wetteiferten um seine Gunst. Großer Gott, er konnte kaum vor seine eigene Haustür treten, ohne dass er über irgendwelche Frauenzimmer fiel, die sich darum schlugen, in sein Bett kriechen zu dürfen.

Er überließe dieses Weib mit Freuden irgendeinem anderen armen Tropf. Sollte sie doch …

»Oh, verdammt«, murmelte er, stieß seinem Pferd die Fersen in die Flanken und nahm die Verfolgung der eleganten Kutsche auf.

Mit einigen Schwierigkeiten folgte er der Kutsche durch den dichten Verkehr. Er hatte gedacht, dass sie in London bleiben würde, und war deshalb überrascht, als das Gefährt die Stadt verließ und die Straße Richtung Dover nahm.

Anscheinend war ein Tête-à-Tête in ländlicher Idylle zwischen Obstbäumen und wilden Hyazinthen vorgesehen. Zähneknirschend kämpfte Erith gegen eine neue Woge blendend heißen Zorns.

Verdammt, wie konnte sie ihn so zum Narren halten? Sie hatte wie eine ehrliche Hure auf ihn gewirkt. Die ruhigen blauen Augen hatten nicht verlogen ausgesehen.

Doch inzwischen war eindeutig, dass sie durch und durch verlogen war.

Reagierte sie vielleicht auf diesen anderen Mann?

Bot sie ihm vielleicht die tief empfundene Leidenschaft, die Erith ihr noch nicht hatte entlocken können, obwohl sie doch deutlich zu spüren war?

Die Überlegung, dass sie irgendeinem anderen Kerl, irgendeinem *glücklichen* Verehrer gäbe, was ihm von ihr vorenthalten worden war, rief beinahe so etwas wie Verzweiflung in ihm wach.

Mit jeder Meile, die sie fuhr, fraß der von ihr begangene Verrat mehr an seiner kühlen Gelassenheit. Er hasste es, dass er derart … bedürftig und … verloren war.

Nach dem Tod seiner Frau hatte er diese chaotischen und komplizierten Emotionen aus seinem Innersten verbannt und seither angenommen, dass er vollkommen immun gegen derartige Gefühle war. Neben seinem Zorn empfand er eine Art enttäuschter Überraschung, weil er eindeutig genauso ein Idiot wie all ihre bisherigen Verehrer war.

Wie in aller Welt hatte Olivia das geschafft?

Sie hatten London bereits so weit hinter sich gelassen,

dass Erith sich fragte, ob sie vielleicht bis nach Dover fahren würde – vielleicht floh sie ja sogar auf den Kontinent –, als das Gefährt plötzlich in einen nur mit einem verblichenen Schild markierten schmalen Weg einbog.

Erith kannte diese Gegend nicht. Die Güter seiner Familie lagen entweder im Oxfordshire oder im Norden, den Namen *Wood End*, den er auf dem Holzschild las, hatte er nie zuvor gehört.

Da die Straße immer leerer wurde, wartete er, bis er von der Kutsche aus nicht mehr zu sehen war. Seine perfide Mätresse brauchte schließlich nicht zu wissen, dass er ihr dicht auf den Fersen war. Dann trieb er sein Pferd wieder ein wenig an und dachte angesichts des Staubs, von dem der schwarze Lack der Kutsche überzogen war, er sähe bestimmt genauso mitgenommen aus. Aber das war vollkommen egal. Er hatte schließlich nicht die Absicht, irgendwelchen Eindruck bei dem Weib zu schinden, wenn er nachher vor sie trat.

Offen gestanden hätte er nicht sagen können, welches Ziel er überhaupt verfolgte, seit er vorhin aufgebrochen war. Er kämpfte nie um eine Frau. Nicht zum ersten Mal ging ihm die Frage durch den Kopf, warum in aller Welt er diesem Weibsbild überhaupt hinterhergeritten war. Wenn sie ihn betrog, war das schließlich das Ende ihrer Liaison.

Er hoffte, Olivia würde ihre Untreue und den Verlust ihres großzügigen Gönners irgendwann bereuen. Doch sie würde sicher einfach lächelnd mit den Schultern zucken, zöge wieder zu Lord Peregrine Montjoy und suchte sich den nächsten armen Tropf, der sich wie er selbst von ihr zum Narren halten ließ.

Doch der Earl of Erith war kein Mann, der sich zum Narren halten ließ.

Um nicht seinen Ruf als kaltherziger, skrupelloser Lebemann aufs Spiel zu setzen, machte er am besten auf der Stelle kehrt und würfe diese kleine Hure aus dem Haus, das schließlich von ihm gemietet worden war. Geschähe ihr ganz recht, wenn sie nach dem Ausflug in die ländliche Idylle auf der Straße saß.

Mit einem leisen Fluch ließ er die Zügel seines Pferdes länger und folgte der Kutsche in einen Wald.

Im Schatten der Bäume stand er neben seinem Pferd und beobachtete das bescheidene kleine Haus, in dem Olivia vor einer halben Ewigkeit verschwunden war. Die Langeweile des inzwischen einstündigen Wartens war beinahe noch schlimmer als sein Zorn.

Es war ein schwüler Tag, er hatte Hunger und vor allem Durst. Er hatte die Absicht gehabt, ein üppiges Frühstück in dem reizenden Salon in der York Street einzunehmen, war dann aber ohne auch nur einen Tropfen Wasser bis hierher geritten und hatte dabei wahrscheinlich eine halbe Tonne Staub geschluckt.

Er streichelte die samtigen Nüstern seines Tiers. »Nicht mehr lange, Bey, dann bekommst du einen Eimer Wasser und ein Büschel Weizen, und ich bestelle mir ein großes Bier, Kartoffeln und ein Riesensteak.«

Das Pferd wackelte mit den Ohren, und Erith hoffte ohne allzu großen Optimismus, dass dieses Versprechen nicht gelogen war.

Als die Kutsche vor dieser bescheidenen Unterkunft gehalten hatte, hatte er sämtliche Muskeln angespannt. Sein Innerstes hatte sich zusammengezogen wie eine wütende Kobra, und er hatte darauf gewartet, dass gleich sein Rivale vor die Tür des Hauses trat.

Stattdessen waren eine Frau von vielleicht vierzig und ein ungefähr zehn Jahre älterer Mann an die Kutsche getreten, hatten Olivia lachend in den Arm genommen und sie ins Haus geführt.

Noch mehr hatte es ihn überrascht, dass der Mann offensichtlich ein Vikar war. Sicher der Vikar der Kirche, deren Turm er in ein paar Meter Entfernung über den Bäumen aufragen sah.

Das Wissen, dass er sich wie ein Idiot benahm, hinterließ einen schlechten Geschmack in seinem Mund. Trotzdem blieb er stehen. Obwohl nichts mehr passierte, seit Olivia mit dem Paar im Haus verschwunden war.

Sein Pferd ließ den Kopf sinken, und Erith hätte es ihm beinahe nachgemacht. Plötzlich aber wurde die Haustür wieder geöffnet, und er nahm eine gespannte Haltung wie ein Jagdhund ein, dem der Geruch des Fuchses in die Nase gestiegen war. Ruckartig zog er an den Zügeln, die er sich um eine behandschuhte Hand geschlungen hatte, und sein Pferd stieß ein protestierendes Schnauben aus. Die beiden Leute, die das Haus verließen, reagierten jedoch nicht auf das Geräusch, denn sie waren ganz in ein Gespräch vertieft.

Neben Olivia stand ein hochgewachsener junger Mann mit rabenschwarzem Haar. Das Gesicht des Tunichtguts konnte Erith aufgrund der Entfernung und des Winkels, in dem er zu ihm stand, nicht sehen. Aber der junge Mann war nicht wie ein Dienstbote gekleidet und ging offenkundig vollkommen entspannt mit seiner Begleiterin um. Sie legte eine Hand auf seinen Arm, blickte lachend zu ihm auf, und der unbekümmerte, verräterische Laut wehte bis dorthin, wo Erith kochend zwischen den Bäumen stand.

Sie trug den teuflisch schicken Hut, den sie schon in der

Stadt getragen hatte, und bewegte sich mit einer Leichtigkeit, die ein Zeichen völliger Entspannung war. Selbst ihr Gang war anders als in London. Dort schwang sie selbstbewusst die Hüften, als wäre ihr bewusst, dass die Blicke aller Männer auf ihr ruhten. Was, verdammt noch mal, natürlich auch so war.

Hier bewegte sie sich mit den großen, leichten Schritten der geborenen Landbewohnerin. Er hatte immer angenommen, sie wäre in den Gassen Londons aufgewachsen und hätte sich ihren gesellschaftlichen Glanz dort zugelegt. Jetzt überlegte er, ob sie vielleicht aus einer ländlichen Umgebung kam. Sie wäre nicht die erste junge Frau vom Land, die im Strudel der dekadenten Hauptstadt zu Fall gekommen war. Irgendwie fiel es ihm jedoch schwer, sich vorzustellen, dass sie irgendwann einmal ein dummes Milchmädchen oder eine naive Landarbeiterin gewesen war.

Dann verdrängte er das Rätsel ihrer Herkunft. Das Einzige, was für ihn von Bedeutung war, war, dass sie ihn belogen hatte und dass er sich das nicht gefallen ließ.

Vor allem musste er versuchen, sich nicht noch stärker zum Narren zu machen, als es bereits geschehen war.

Olivia und der junge Mann liefen um das Haus herum. Das war sein großes Glück, denn andernfalls hätten sie nur die Köpfe heben müssen, um ihn zu entdecken, nachdem er in seinem heißen Zorn aus dem Schutz der Bäume herausgetreten war.

Ohne zu überlegen, was er machen würde, wenn er die Liebenden erreichte – denn das waren sie auf jeden Fall –, zog er sein Pferd hinter sich her und nahm die Verfolgung auf.

Der vermaledeite Schuft war deutlich jünger als Olivia Raines. Er war zwar groß wie ein erwachsener Mann, hatte aber noch nicht die Reife des Erwachsenen erreicht; auch wenn er breite Schultern hatte, wies die Schlaksigkeit der Glieder deutlich darauf hin, dass er noch feucht hinter den Ohren war.

Vielleicht hatte sie ja eine Vorliebe für frisches Fleisch.

Vielleicht war sie die Gönnerin dieses Jungspunds, so wie er ihr Gönner war.

Zähneknirschend sah er auf den langen Burschen mit dem schlichten schwarzen Frack. Was zum Teufel machte sie mit diesem verdammten Jüngelchen? Sie brauchte einen ganzen Mann, um sie zu befriedigen, und kein junges Kalb. Sie war zu sehr Frau, als dass ein Junge ein geeigneter Geliebter für sie war.

Er ballte seine freie Hand zur Faust.

Am liebsten hätte er das Kerlchen grün und blau geschlagen. Seine Kurtisane schlüge er ganz sicher nicht. Sie hätte er am liebsten umgehend ins Gras gezerrt, ihr den eleganten Rock hinaufgeschoben und sie spüren lassen, was sie sich entgehen ließ, indem sie ihn auf Abstand hielt.

Ein dunkles Knurren stieg aus seiner Kehle, als er sah, wie sich Olivia auf die Zehenspitzen stellte und dem Knaben einen schnellen Kuss auf eine seiner glatten Wangen gab. Er hätte ihr sämtliche Rubine Burmas zu Füßen gelegt, wenn sie ihm auch nur ein Zehntel der Zuneigung entgegenbrächte, die dieser Grünschnabel von ihr geschenkt bekam.

Zur Hölle mit dem Weib.

Dafür, dass sie ihn belogen hatte. Und dafür, dass es ihm jetzt so erbärmlich ging.

Ein paar Enten schwammen lustlos auf dem kleinen Teich hinter dem Haus, andere Enten schlummerten am Ufer, und der junge Mann führte Olivia zu einer verwitterten alten Bank.

Wieder stieß Erith ein dumpfes Knurren aus. Die ländliche Idylle der Umgebung steigerte noch seinen Zorn.

Er hatte noch niemals einen Mann herausgefordert und sich schon seit Jahren nicht mehr duelliert. Jetzt aber wollte er das Blut dieses Jünglings sehen. Weil er ihm Olivia stahl, Olivia gehörte ihm.

Das besitzergreifende Verlangen, das sie schon bei ihrem ersten Treffen in ihm wachgerufen hatte, raubte ihm die Luft. Wie durch einen roten Schleier sah er zu, wie sich die beiden setzten und einander bei den Händen nahmen, vor lauter Ekel über diese unschuldige, süße Geste kam ihm regelrecht die Galle hoch.

Ein letzter Rest Verstand riet ihm zu gehen. Die Konfrontation so lange zu verschieben, bis er wieder Herr über seine Gefühle war.

Sein Pferd hatte jedoch etwas anderes geplant. Der Geruch des Wassers war derart verführerisch, dass es seinen Kopf nach hinten warf und heftig an den Zügeln riss.

»Verdammt«, murmelte er mit zusammengebissenen Zähnen, als Olivias Kopf herumfuhr und sie ihn erwischte, wie er heimlich auf der Lauer lag.

Er kam sich wie ein armes Kind vor einem Bonbonladen vor, und dieses jämmerliche Bild wühlte das Gefühl von Ärger und von Scham noch weiter auf. Er atmete tief ein, riss erbost am Zaumzeug seines Pferdes und verfluchte stumm das elendige Biest.

Dann trat er, wie er hoffte, selbstbewusst wie immer einen Schritt nach vorn.

»Olivia«, stieß er knarzend aus.

Da ihm die Sonne direkt in die Augen schien, sah er nicht sofort, dass sie bleich und verängstigt war, als sie sich von ihrem Platz erhob.

»Lord Erith, was machen Sie denn hier?« Ihre Stimme zitterte, sie rang unglücklich die Hände und war eindeutig nervöser als jemals zuvor in seiner Gegenwart.

Aber das sollte sie ruhig sein. Sie würde sicher noch nervöser, wenn erst eine Kugel in die schmale Hühnerbrust ihres jugendlichen Geliebten drang.

»Es erschien mir wie der perfekte Tag für einen Ritt aufs Land«, erklärte er ihr in gefährlich ruhigem Ton. Er war so eindeutig im Vorteil, dass er beinahe gegrinst hätte, hätten nicht die Hunde der Enttäuschung und der Eifersucht in seinem Innersten geheult.

»Sie haben mich verfolgt.«

Sie bedachte ihn mit einem bösen Blick, als hätte er ihr etwas angetan. Was bildete sich dieses unehrliche Weib nur ein?

»Ja.«

»Dazu haben Sie kein Recht.«

»Ich habe es mir einfach herausgenommen.« Er trat noch ein wenig dichter vor sie und sah ihr, ohne auf das Drängen seines Rosses in Richtung des Teichs einzugehen, in das verlogene Gesicht.

»Wir hatten eine Abmachung.«

»Die hatten wir auf jeden Fall«, schnauzte er sie an und baute sich drohend vor ihr auf. »Jetzt kommen Sie bitte wieder mit nach London, damit wir uns darüber unterhalten können, inwiefern diese *Abmachung* noch gilt.«

»Sie gilt überhaupt nicht mehr, Mylord.« Ihr plötzlich wieder kühler Ton war ihm wesentlich vertrauter als die raue, ängstliche Stimme, mit der sie gesprochen hatte, als er plötzlich auf sie zugetreten war.

Ah, sie hatte sich also von ihrem ersten Schreck erholt. Umso besser, dachte er. Er wollte mit Olivia streiten, doch mit einer Frau zu schelten, die sich ängstlich gab, war völlig unbefriedigend. Jetzt reckte sie das Kinn und spannte ihren ganzen Körper an. Kaum einer der Männer, die er kannte, hätte das gewagt. Sie war vielleicht nicht treu, aber es stand außer Frage, dass sie wirklich mutig war.

Er unterdrückte die Bewunderung, die er in diesem Augenblick für sie empfand, und packte den dunkelgrünen, eng sitzenden Ärmel ihres Kleides. »Darüber werden wir uns auf dem Rückweg nach London unterhalten, Madam.«

»Unterstehen Sie sich, Sir!« Der Jüngling machte einen Satz nach vorn, packte Eriths Hand und zog daran. »Sie haben nicht das Recht, so mit einer Dame umzugehen!«

»Ich rate dir um deinetwillen, Junge, halte dich aus dieser Sache raus«, fuhr ihn Erith zähneknirschend an.

»Ich bin kein Junge mehr«, gab der junge Mann zurück.

»Halt dich bitte raus, Leo. Diese Sache geht nur diesen Gentleman und mich selber etwas an«, mischte sich Olivia eilig ein.

»Oh nein. Denn dieser Kerl ist ganz bestimmt kein Gentleman, Miss Raines.«

»Ich bin also kein Gentleman?« Ohne von Olivia abzulassen, wandte Erith sich dem Jüngling zu …

… und erblickte einen jungen Mann, der Lord Peregrine Montjoy wie aus dem Gesicht geschnitten war.

9

In diesem schockierenden Moment lösten sich Eriths Überzeugungen in Wohlgefallen auf. Noch während sein Gehirn die plötzliche Erkenntnis leugnen wollte, stieg ein bitterer Geschmack in seiner Kehle auf.

Während eines absurden Augenblicks stand er völlig reglos da. Eine seiner Hände lag noch immer auf Olivias Arm, die andere umklammerte die Zügel seines Pferdes, während der Junge weiter seinen Oberarm umfasst hielt. Er riss sich gewaltsam los und atmete so schmerzlich ein, als hätte ihm jemand kraftvoll in den Unterleib geboxt.

Der Junge behielt seine drohende Haltung bei, blickte aber gleichzeitig beinahe arrogant zu dem wesentlich größeren Earl hinauf. Der hochmütige Gesichtsausdruck war ihm derart vertraut, dass sich Eriths Herz zusammenzog.

»Ich verlange Genugtuung, Sir. Sie haben sich wie ein kompletter Hornochse benommen. Nennen Sie mir Ihre Sekundanten.«

»Leo, nein!« Olivia schob sich vor ihn, bestätigte dadurch, was Erith bereits klar war, und fuhr mit drängender Stimme fort: »Er meint es nicht so, Erith. Er ist noch ein Kind. Sie duellieren sich doch sicher nicht mit einem Kind. Das kann ich mir einfach nicht vorstellen. Auch wenn Sie wahrscheinlich furchtbar wütend sind, sind Sie doch ein Ehrenmann und werden so etwas nicht tun.«

»Ich bin kein Kind mehr, Miss Raines!«, stotterte der Grünschnabel erbost, und seine klare olivfarbene Haut bekam vor lauter Zorn einen dunkelroten Ton.

»Nein, natürlich nicht.« Erith erinnerte sich schmerzlich daran, wie empfindlich der Stolz eines Heranwachsenden war. Dieser mutige und aufbrausende Bursche war nur unwesentlich jünger, als er selbst bei seiner Heirat und bei der Geburt seiner Kinder gewesen war. »Ich hoffe, Sie nehmen meine vorbehaltlose Entschuldigung an.«

»Erith …« Vor Verblüffung klappte Olivia die Kinnlade herunter.

Es störte ihn, dass sie so überrascht war, dass er sich von seinem Verstand beherrschen ließ. Doch in dem Moment, in dem er das Gesicht des Grünschnabels gesehen hatte, hatte der irrsinnige Wunsch, sich zu prügeln oder zu duellieren, dem verzweifelten Verlangen, der Wahrheit auf den Grund zu gehen, Platz gemacht.

Der Junge war noch immer nicht besänftigt. »Sie sollten nicht mich, sondern diese Dame um Verzeihung bitten, Sir. Schließlich ist sie diejenige, die von Ihnen beleidigt worden ist.«

»Sie haben recht«, antwortete Erith, wandte sich Olivia zu und verbeugte sich vor ihr. »Bitte verzeihen Sie, Miss Raines. Ich habe mich schändlich verhalten.«

Sie nickte graziös wie eine Königin. »Ich nehme Ihre Entschuldigung an, Mylord!«

»Mylord?« Der Junge sah erschüttert aus. Anscheinend hatte er nicht mitbekommen, was Olivia gesagt hatte, als Erith plötzlich auf der Bildfläche erschienen war.

Olivias Miene drückte leichtes Unbehagen aus, aber Erith hatte sie in eine Position gebracht, in der eine gegenseitige Vorstellung der beiden Männer unumgänglich war. Statt ihr jedoch zu helfen, sah er sie abwartend an.

Sie stieß einen abgrundtiefen Seufzer aus. »Lord Erith, darf ich Ihnen meinen Patensohn, Leonidas Wentworth, vorstellen?«

»Mr Wentworth«, sagte Erith und dachte eilig nach. Er

kannte keine Wentworths, doch das war vollkommen egal. Seine Herkunft war dem Jungen überdeutlich anzusehen. Kein Wunder, dass Olivia ihn in diesem Nest verbarg.

»Leo, dies ist der Earl of Erith. Er ist … ein Freund von mir.«

»Mylord.« Leonidas' Verbeugung war ein wenig steif, doch, wie Erith bereits aufgefallen war, war er ein hübscher junger Mann. Was bei seiner Abstammung kein Wunder war. »Bisher habe ich noch keinen von Miss Raines' Londoner Bekannten kennen gelernt. Abgesehen von Lord Peregrine!«

Erith empfand eine gewisse Achtung vor der steifen Art des jungen Kerls. Sie zeigte, dass dem Jungen seine Prinzipien mehr am Herzen lagen als die Chance, sich bei ihm einzuschmeicheln, obwohl er offenkundig reich und adlig war.

Doch die jugendliche Arroganz bekam den ersten Riss, als Leo an dem Earl vorbei in Richtung des teuren Pferdes sah, das ohne besonderes Interesse an einem Büschel grünen Grases schnupperte. Leos von dichten Wimpern gerahmte dunkle Augen leuchteten sehnsüchtig auf. Es waren dieselben von dichten Wimpern gerahmten dunklen Augen wie die, von denen Erith auch im Stadthaus von Lord Peregrine gemustert worden war.

»Würden Sie Bey vielleicht zum Wasser führen? Das arme Tier hat nichts zu trinken bekommen, seit wir in London losgeritten sind.«

Ein Lächeln erhellte Leonidas' Gesicht. Er war wirklich ein wunderhübscher Kerl. »Nichts lieber als das, Sir. Es ist ein Spanier, nicht wahr?«

Erith war beeindruckt. Der Bursche kannte sich mit Pferden aus. »Ja. Vor ungefähr zehn Jahren habe ich ein paar

Andalusier für meine Zucht geholt, um den Stammbaum zu verbessern. Bey war einer meiner ersten Erfolge.«

Wentworth vergaß den Groll gegen den Earl, nahm die Zügel in die Hand und führte das Pferd vergnügt zum Teich.

»Sie hätten mir nicht folgen sollen«, zischte Olivia Erith zu, obwohl der Junge schon so weit entfernt von ihnen war, dass er nichts mehr mitbekommen hätte außer vielleicht gellendem Geschrei. Und Erith konnte sich nicht vorstellen, dass seine Mätresse je hysterisch würde, ganz egal, wie wütend sie auch war.

»Nein, das hätte ich nicht«, räumte er unumwunden ein.

»Was in aller Welt haben Sie sich dabei gedacht?« Sie zitterte vor Wut, doch er bedachte sie mit einem kühlen Blick.

»Du weißt ganz genau, was ich gedacht habe. Dass du einen Geliebten hast.«

»Ich habe Ihnen doch gesagt, dass ich treu bin.«

»Frauen lügen.«

»Ich lüge niemals.«

»Oh doch.«

Während eines spannungsgeladenen Moments stieg die Erinnerung an die letzten beiden komplizierten, schmerzlichen, herausfordernden Nächte zwischen ihnen auf, und verbittert dachte er daran zurück, wie sie unglücklich und zitternd neben ihm gelegen hatte, als er erschaudernd gekommen war.

Ihr stieg dieselbe heiße Röte in die Wangen wie einen Augenblick zuvor ihrem angeblichen Patensohn. »Sie haben mir völlige Bewegungsfreiheit zugesagt, als ich mich bereit erklärt habe, Ihre Geliebte zu sein.«

Er zuckte mit den Schultern. »Was soll ich dazu sagen? Außer, dass ich eifersüchtig war.«

Verdammt, die Eifersucht hatte ihn fast um den Verstand gebracht. Was nicht nur an ihm nagte, sondern ihm vor allem völlig unverständlich war. Wie in aller Welt hatte sie ihn dazu gebracht, sich derart aufzuregen, als er entdeckt hatte, dass sie London verließ und sich dann auch noch mit einem jungen Burschen traf? Schließlich sollte sie ihm nur ein wenig Unterhaltung bieten, während er in London war. Als er aber angenommen hatte, dass sie ihn betrog, war er zu einem wilden Tier geworden, bereit, die Krallen auszufahren und um das zu kämpfen, was er als sein Eigentum ansah.

Dabei war es nicht mal eine Woche her, seit er ihr zum ersten Mal begegnet war.

Ob sich ihre Faszination vielleicht verlöre, je öfter er sie sähe? Er hatte das ungute Gefühl, dass er sich noch stärker zu ihr hingezogen fühlen würde, je länger er mit ihr zusammen war.

Ebenso schnell, wie sie errötet war, wich ihr jetzt alle Farbe aus dem Gesicht. Ihr war eindeutig bewusst, wie bedeutungsvoll dieses Geständnis war. »Ich glaube Ihnen nicht.«

»Ich habe selbst Probleme, es zu glauben.«

Sie presste die Lippen aufeinander und schob sich entschlossen ein paar lose Strähnen aus der Stirn. Selbst ihr Haar sah anders aus. Schlichter. Lockerer. Natürlicher.

Dann fuhr sie mit gedämpfter Stimme fort: »Ihnen ist doch wohl bewusst, dass dies das Ende unserer Affäre ist. Ich dulde es nämlich ganz sicher nicht, dass man mich verfolgt, einengt oder mir nachspioniert.« Sie machte eine Pause, und ihm wurde klar, dass es nicht einfach für sie war, von ihrem hohen Ross zu steigen und ihn um eine Gefälligkeit zu bitten. Doch sie hatte keine andere Wahl. »Mylord, ich vertraue auf Ihre Ehre und verlasse mich darauf, dass Sie nie ein Wort darüber verlieren werden, was Sie hier gesehen haben.«

Er stieß ein kurzes, ehrlich amüsiertes Lachen aus. Sie war es eindeutig gewohnt, ihre Liebhaber am Gängelband zu führen, und manchmal machte es ihm einfach Spaß, ihr zu widersprechen, um sie aus der Haut fahren zu sehen. In diesem Fall jedoch ging es nicht einfach um das kleine Machtspiel zwischen ihnen beiden, das inzwischen beinahe eine lieb gewonnene Gewohnheit war. »Oho, Olivia, mach dir keine Hoffnung. So leicht kommst du mir nicht davon.«

»Mylord …«

»Du kannst mich *Mylorden,* so viel du willst, Olivia. Die Förmlichkeit hilft dir jetzt auch nichts mehr. Es ist nämlich zu spät, um so zu tun, als ob wir beide beinahe Fremde wären.«

»Wir *sind* beinahe Fremde«, stellte sie beleidigt fest.

»Intime Fremde«, korrigierte er und blickte dorthin, wo der Junge mit dem grauen Pferd am Wasser stand. »Ich hole jetzt mein Pferd, falls der Junge es mir zurückgibt. Woran ich gewisse Zweifel habe. Es scheint Liebe auf den ersten Blick zu sein.«

»Was wissen Sie denn schon von Liebe?«, murmelte sie feindselig, woraufhin er ihr flüchtig über die Wange strich.

»Mehr, als du vielleicht denkst.«

Vor Überraschung klappte ihr die Kinnlade herunter, und er stellte lachend fest: »Ich weiß, du denkst, dass ich von Wölfen aufgezogen worden bin und seither lebe wie ein Wolf. Tut mir leid, dich zu enttäuschen. Ich bin genauso menschlich wie jeder andere.«

Bevor ihr eine Antwort darauf einfiel, schob er sich bereits an ihr vorbei. »Ich reite erst einmal ins Dorf. Ich gehe davon aus, dass es dort liegt, wo die Kirche ist, und dass es dort eine Wirtschaft gibt.«

»Ja, Wood End liegt gleich hinter den Bäumen.« Zufrieden fügte sie hinzu: »Es ist ein armseliges Nest. Es wird Ihnen sicher nicht gefallen.«

Er sah sie mit einem grimmigen Lächeln an. »Es soll mir gar nicht gefallen. Ich will nur irgendwo warten, bis du hier fertig bist. Ich gehe davon aus, dass du deinen verrückten, schlimmen Liebhaber kaum dem braven Vikar und seiner Gattin vorstellen willst.«

Ihr wich auch noch der letzte Rest von Farbe aus dem Gesicht, wieder fielen ihm die leichten Sommersprossen auf den Wangen und auf ihrer Nase auf. Sie wirkten wie der Geist des Mädchens, das sie irgendwann einmal gewesen war. Des Mädchens, das er entdecken wollte, obwohl sie sich die größte Mühe gab, vor ihm zu verbergen, dass es dieses Wesen gab.

»Nein. Nein, ich will ganz sicher nicht, dass Sie sie kennen lernen.«

»Dann komm nachher mit der Kutsche ins Dorf, damit ich mit dir zusammen nach London zurückfahren kann.«

»Wollen Sie nicht lieber reiten?«, fragte sie verzweifelt.

»Nein. Ich will lieber mir dir reden. Es gibt da ein paar Dinge, die wir klären müssen.«

»Das finde ich nicht.«

Mit einem neuerlichen Lächeln schob er die Schöße seines blauen Rocks zurück, nahm auf der verwitterten Holzbank Platz, lehnte sich zurück und kreuzte die Arme vor der Brust. »Meinetwegen reden wir sofort. Ich habe Zeit.«

Sie warf ihm einen mörderischen Blick unter ihren dichten braunen Wimpern zu, doch er wusste, dass er dieses Mal im Vorteil war. Sie wollte das Gespräch sicher unter vier Augen führen, denn selbst wenn sie nicht die Absicht hatte, ihm auch nur das Geringste zu gestehen, brächten ihr seine indiskreten Fragen hier an diesem Ort möglicherweise jede Menge Schwierigkeiten ein.

»Ich verfluche den Tag, an dem ich Ihnen begegnet bin«, stellte sie inbrünstig fest, presste abermals die Lippen aufeinander, und das kleine Muttermal hob sich schwarz von ihrer bleichen Wange ab.

Sein Lächeln wurde tatsächlich noch breiter. »Bilde dir nur nicht ein, dass es reicht, ein bisschen nett zu mir zu sein, damit ich dich vom Haken lasse.«

»Ich bin kein Fisch, Erith«, erklärte sie ihm eisig. »Ich komme in einer Stunde zu Ihnen ins Dorf. Wenn Sie dann nicht vor der Wirtschaft stehen, fahre ich ohne Sie. Dann können Sie mitsamt Ihren Drohungen zum Teufel gehen.«

Mit einem wütenden Rascheln ihrer Röcke stapfte sie in Richtung Haus. Erith sah ihr hinterher und hätte beinahe bewundert, wie straff sie ihre Schultern hielt und wie geschmeidig sie die Hüften schwang. Der Ärger verlieh ihrem Gang einen zusätzlichen Schwung, der ihm durchaus gefiel.

Erst nach gut neunzig Minuten fuhr die schwarze Kutsche vor der jämmerlichen Wirtschaft vor. Olivia hatte eindeutig nicht übertrieben, als sie behauptet hatte, Wood End wäre ein armseliges Nest. Erith hatte eine unangenehme Stunde in dem schmuddeligen Schankraum hinter sich, während der er wässriges Bier getrunken hatte und den argwöhnischen Blicken von verlumpten Bauerntrampeln ausgesetzt war.

Er war froh, als er schließlich wieder vor die Tür trat, um

mit Bey im Sonnenschein zu stehen. Obwohl das wunderbare Tier bei den Leuten aus dem Dorf auf noch größeres Interesse stieß als der elegante Earl in dem schäbigen Lokal.

Sein Unbehagen rührte nicht nur von der unwillkommenen Aufmerksamkeit der Dorfbewohner her. In diesem entlegenen Winkel des Königreichs hüllten ihn die Gerüche und die Geräusche des ländlichen Englands ein. Auf dem Ritt hierher hatte er vor lauter Zorn noch keinen Blick für all das Grün gehabt. Er war seit Jahren nicht mehr auf dem Land gewesen, seit den Tagen seiner Ehe, er hatte vollkommen vergessen, wie ergreifend süß und liebreizend der Frühling war. Hatte vollkommen vergessen, wie üppig die ausgedehnten Felder leuchteten. Hatte vollkommen vergessen, wie herrlich aus englischer Erde erwachsenes englisches Getreide roch.

Als junger Mann hatte er nichts lieber gewollt, als seine Güter zu verwalten und auf dem Land alt zu werden, das ihm von seinem Vater hinterlassen worden war. Dann aber hatte sein Leben die gewohnte, sichere Bahn verloren, als Joanna gestorben war.

Seltsam, ihm war gar nicht klar gewesen, wie sehr ihm die vertraute ländliche Umgebung fehlte. Doch sie fehlte ihm, und zwar mit einer Schmerzlichkeit, die ihm jetzt zu Bewusstsein kam.

Olivias Kutscher stieg von seinem Bock, kämpfte sich durch das Gedränge schmutzstarrender Gören und nahm Erith die Zügel seines Pferdes aus der Hand. »Soll ich ihn hinten an die Kutsche anbinden, Mylord?«

»Ja.« Erith marschierte in Richtung des Gefährts. Er hatte schon befürchtet, dass er die kleinen Racker vielleicht niedertrampeln müsste, doch sie erkannten offenbar seine Autorität und stoben eilig auseinander, als er näher kam.

Er öffnete die Tür und stieg in den Fahrgastraum. Wie erwartet, war das Innere der Kutsche von den rubinroten marokkanischen Ledersitzen über die mit Quasten verzierten Seidenkissen bis hin zu den schimmernden Holzbeschlägen ausnehmend luxuriös. Er setzte sich mit dem Rücken zu den Pferden und blickte nachdenklich auf seine Mätresse, die in stummer Eleganz in der gegenüberliegenden Ecke saß.

Nach dem hellen Sonnenschein erschien sie ihm wie ein Geschöpf der Dunkelheit. Er spürte ihren Blick auf sich, als er seine breiten Schultern gegen die Polster lehnte und seine langen Beine lässig in den Graben zwischen ihren Sitzen schob.

Inzwischen war sie wieder für die Stadt gekleidet. Sie trug wieder das modische kleine Hütchen und hatte sich Handschuhe über die Finger gestreift. Sie war nicht mehr die Xanthippe, die am Teich über ihn hergefallen war. Doch er hatte heute viel zu viel von ihr gesehen, um noch zu glauben, dass im Inneren nur die kalte Kurtisane existierte und nicht auch die heißblütige Frau.

Trotz ihrer zur Schau gestellten Ruhe verströmte sie neben einem süßen Blumenduft den Geruch der Angst. Wie eine gefangene Antilope, die auf den Sprung des Löwen wartete, machte sie sich auf seinen Angriff gefasst. Der Wilde, der in seinem Inneren lauerte, hätte sie am liebsten einfach in den Arm genommen und sie mitten auf den strengen Mund geküsst. Die erzwungene Nähe in der Kutsche erinnerte ihn daran, dass er noch immer nicht in ihrem straffen, wunderbaren Leib gekommen war.

Tapfer kämpfte er gegen das Animalische in seinem Wesen an. Doch das war alles andere als leicht, während sie ihm derart nahe war.

»Du kommst zu spät«, erklärte er, weniger um sie zu tadeln, als vielmehr, weil die Stille unerträglich war.

»Ja«, erwiderte sie knapp. Sie war immer noch erbost. Vielleicht sogar noch erboster als zuvor, nun, da sie keine Angst um Leonidas mehr haben musste und da nicht mehr zu befürchten war, dass es irgendwelche Zeugen für die Auseinandersetzung gab.

Sie brauchte Erith nicht zu sagen, dass sie absichtlich zu spät gekommen war. Hatte sie etwa gedacht, wenn sie sich verspäten würde, ritte er vielleicht alleine los? Bildete sich dieses Weibsbild etwa ein, seine Würde ließe es nicht zu, eine halbe Stunde irgendwo zu warten, bis sie endlich kam? Dann hatte sie sowohl seine Geduld als auch seine Neugier deutlich unterschätzt.

Die Kutsche setzte sich schwankend in Bewegung, und er sah, wie sie einen ihrer schlanken Arme hob, um sich an einem der Ledergurte festzuhalten, damit sie nicht das Gleichgewicht verlor.

Aha, Olivia, die Mühe ist vergebens. Ich werde dich nämlich sowieso aus der Balance bringen und dafür sorgen, dass es so bleibt.

Er breitete die Arme auf der Rückenlehne seines Sitzes aus und passte sich an die Bewegungen der Kutsche an. Seine äußere Gelassenheit brächte sie bestimmt aus dem Konzept. Inzwischen hatten seine Augen sich ans Halbdunkel des Fahrgastraums gewöhnt, und er sah die kühle Ablehnung in ihrem betörenden Gesicht.

All die Dinge, die sie noch nicht ausgesprochen hatten, hingen wie ein schwerer Nebel in dem engen Raum. Er hatte ihre Strategie bereits durchschaut. Sie hatte die Absicht, ihn auch weiter auf Distanz zu sich zu halten, bis sie wieder in London wären, und ihm dort zu erklären, sie zöge auf der Stelle wieder zu Lord Peregrine zurück. Wobei sie ihn vielleicht noch einmal darum bitten würde, Stillschweigen darüber zu bewahren, was der Grund für ihren Ausflug auf das Land gewesen war.

Doch sie hätte Pech, denn er hatte etwas völlig anderes mit ihr vor. Und er setzte seine Pläne immer durch.

Er atmete tief ein und setzte dann zum Angriff an.

»Leonidas Wentworth ist dein Sohn.«

10

Olivia wurde kreidebleich. Sie zuckte zusammen und presste eine zitternde Hand vor ihre Brust. Es war nicht zu übersehen, wie verängstigt und schockiert sie war.

In der gespannten Stille, die auf diese Worte folgte, überlegte Erith, ob sie vielleicht lügen und rundheraus leugnen würde, was doch nicht zu leugnen war.

Doch er hätte sich denken können, dass sie selbst in einem Augenblick wie diesem völlig ehrlich war.

Sie holte zitternd Luft, reckte dann aber den Kopf und erklärte trotzig: »Ja.«

Sie machte ein kaltes, verschlossenes Gesicht, presste ihre vollen Lippen aufeinander, ballte die Hand auf ihrer Brust zur Faust und wirkte derart feindselig, dass die angespannte Stimmung in der engen Kutsche beinahe mit Händen greifbar war.

Er bedauerte zutiefst, dass die Enthüllung ihres Geheimnisses derart schmerzlich für sie war. Doch während er im Dorf gewartet hatte, hatte er die Zeit genutzt und über die Dinge nachgedacht. Wenn er ihr helfen sollte, musste er erfahren, was damals geschehen war und was er unternehmen könnte, damit sie Gerechtigkeit erfuhr.

Seit dem einschneidenden Moment, in dem ihm klar geworden war, dass sie Leos Mutter war, hatten widerstreitende Gefühle in seinem Innersten gekämpft. Verblüffung. Entsetzen. Empörung. Das Bedürfnis, sie zu schützen. Traurigkeit. Rachedurst.

Und vor allem heiße Neugier, die ihn zu verbrennen drohte, wenn er nicht sofort alles erfuhr.

»Du musst selbst noch fast ein Kind gewesen sein, als du ihn geboren hast«, stellte er mit ruhiger Stimme fest, obwohl er den Gedanken an das Leid, das sie erlitten haben musste, beinahe nicht ertrug. Doch wenn er seine Trauer und den Zorn nicht weiterhin beherrschte, finge er wahrscheinlich an zu brüllen, und dann machte er ihr sicher Angst. Obwohl sein Zorn eindeutig nicht Olivia galt. Großer Gott, wie sollte er wohl zornig auf sie sein? »Wie alt bist du jetzt? Dreißig?«

»Einunddreißig«, schnauzte sie ihn an.

Älter, als er angenommen hatte. Doch in einer auch nur annähernd gerechten Welt eindeutig viel zu jung, um einen Sohn zu haben, der schon fast erwachsen war.

»Und wie alt ist er? Sechzehn? Siebzehn?«

Ursprünglich hatte Erith angenommen, dass der Junge ein paar Jahre älter war. Kein Wunder, denn Leonidas war groß, und er hatte ihn nur aus der Ferne und mit dem verzerrten Blick des eifersüchtigen Liebhabers gesehen.

Leo sah Olivia nicht besonders ähnlich, doch den herrschaftlichen Auftritt und den ausgeprägten Stolz hatte er von ihr geerbt. Es war derselbe Stolz, mit dem Olivia ihm jetzt kerzengerade, mit gerecktem Kinn und wild blitzenden Augen gegenübersaß.

»Das geht Sie nichts an, Mylord.« Ihre Stimme klang so eisig und so schneidend wie der Regen an einem windigen Wintervormittag im Moor.

Die brüchige Vertrautheit, die sie in den letzten Tagen mühselig entwickelt hatten, war dahin. Sie hatte eine hohe Wand um sich herum errichtet, unsichtbar, doch ebenso real wie der lederbezogene Sitz, auf dem er saß. Aber auch wenn es ihr nicht passte, hatte er die Absicht, diese Festung zu belagern und sie notfalls einzureißen, um zu sehen, was dahinterlag.

»Trotzdem interessiert es mich.« Seufzend fuhr er sich mit einer Hand durchs Haar. Er hoffte verzweifelt, dass seine Motive nicht nur egoistisch waren. Nein, wahrscheinlich nicht.

Seine Stimme wurde sanft. »Ich weiß, wie stur du bist, Olivia. Nach allem, was ich heute erfahren habe, musst du das auch sein. Aber tu mir bitte trotzdem den Gefallen und klär mich über diese Sache auf.«

Wieder presste sie die Lippen aufeinander und umklammerte das grüne Samttäschchen in ihrem Schoß. »Sie haben heute nicht das Mindeste erfahren.«

Er legte seinen Kopf zurück und betrachtete das komplizierte rot-blau-goldene Muster des brokatbezogenen Dachs. »Ach nein?«

Die Stille, die auf diese beiden kurzen Worte folgte, dehnte sich beinahe schmerzlich zwischen ihnen aus.

»Weshalb sollte Sie das interessieren?«, fauchte sie ihn schließlich über das Quietschen der Kutschenräder hinweg an. »Ich bin völlig unwichtig für Sie. Ich bin nur eine von unzähligen Frauen in Ihrem Bett. Es gab für Sie schon vor mir jede Menge Frauen, und es wird noch jede Menge Frauen für Sie geben, wenn ich längst aus Ihrem Leben verschwunden bin. Sie fragen doch aus reiner lasziver Neugier, aber dazu haben Sie kein Recht.«

Ganz sicher würde es noch andere Frauen für ihn geben. Aber keine dieser Frauen wäre so wie sie.

Er hatte keine Ahnung, woher das übermächtige Bedürfnis kam, die wahre Olivia hinter der spektakulären Fassade zu entdecken. Doch aus irgendeinem Grund war dies die letzte Möglichkeit, die sich ihm zur Rettung seiner Seele bot. Auch wenn es närrisch, unlogisch und sicher vollkommen vermessen war, ging er davon aus, dass sich dadurch auch ihre Seele retten ließ.

Wann war der Einsatz derart hoch geworden? Weshalb war ihm diese Frau so wichtig, während er in anderen nur warme Körper gesehen hatte, mit denen sich die kalte Leere, die in seinem Inneren herrschte, füllen ließ?

Er konnte es nicht sagen. Vielleicht würde er das Rätsel lösen, wenn er auch hinter das Rätsel von Olivia kam. Obwohl sie eindeutig die Absicht hatte, alles in ihrer Macht Stehende zu tun, damit das nie geschah.

Was er durchaus verstand. Denn wahrscheinlich trug sie furchtbare Geheimnisse mit sich herum. Geheimnisse, die zu enthüllen furchtbar schmerzlich für sie war.

Weshalb bedrängte er sie dann? Tat er es für sie oder eher für sich selbst? Waren seine Instinkte falsch, denen zufolge sie sich erst aus dem eisigen Käfig, in dem sie gefangen war, würde befreien können, wenn sie sich mit dem Unglück auseinandersetzte, das ihr schon in jungen Jahren widerfahren war?

Er sah in ihre gequälten blauen Augen und wollte von ihr wissen: »Was kann schon passieren, wenn du es mir erzählst?«

»Was kann schon passieren, wenn Sie es nicht wissen?«

»Das meiste kann ich mir schon denken.«

»Und wenn ich Ihnen nicht alles ausführlich erzähle, stellen Sie Leo bloß«, stellte sie verbittert fest.

Er wusste, er sollte ihr schwören, dass ihr schreckliches Geheimnis bei ihm sicher war und dass jeder Streit zwischen ihnen beiden eine rein private Sache war. Er wünschte weder ihr noch den Menschen, die sie liebte, irgendetwas Böses. Ganz im Gegenteil.

Doch er sagte nichts. Wodurch auch noch arglistige Täuschung auf die Liste der von ihm an ihr begangenen Sünden kam.

»Wie alt ist dein Sohn, Olivia?«, fragte er sie nochmals in neutralem Ton.

Sie wandte ihre Augen ab, und ihre Hände in den braunen Lederhandschuhen kneteten so fest an ihrem kleinen Täschchen, bis es vollkommen die Form verlor. »Im August wird er siebzehn.«

»Er weiß nicht, dass du seine Mutter bist.«

»Er darf es auch nie erfahren.« Neben Ärger drückte ihre Stimme Trauer aus. Und noch etwas anderes, von dem er niemals angenommen hätte, dass sie davon befallen war.

Selbstzerstörerische Scham.

Die Erkenntnis trieb ihm blutgetränkte Pfeile durch das Herz. Wenn seine Vermutung richtig war, hatte sie ganz sicher keinen Grund, um sich zu schämen, er unterdrückte mühsam seinen aufsteigenden Zorn. Er musste mehr herausfinden, bevor er Rache an dem Menschen nehmen konnte, von dem sie derart verwundet worden war.

Er ersparte sich die Mühe, sich zu fragen, weshalb er sich Olivias Angelegenheiten so zu eigen machte. Denn es war einfach geschehen.

Am liebsten hätte er sie einfach sanft umarmt, weil die

Wärme eines anderen Menschen tröstlicher als alles andere war, doch er hielt er sich zurück. Das war das Letzte, was sie von ihm wollte, das wusste er. Was überraschend schmerzlich für ihn war.

»Er liebt dich.«

»Ja.« Zornig strich sie ein paar unsichtbare Falten aus ihrem grünen Kleid. »Obwohl in jeder Beziehung, die für Leo wichtig ist, Margaret und Charles Wentworth seine Eltern sind.«

Was Erith bezweifelte. Es war nicht zu übersehen, wie groß die Nähe zwischen Sohn und Mutter war. Er hatte diese Nähe irrtümlich als Zeichen einer sexuellen Beziehung zwischen ihnen beiden angesehen. Denn, wenn es um Olivia ging, dachte er die meiste Zeit an Sex.

Sein Magen zog sich zusammen, am liebsten hätte er auf irgendetwas eingedroschen. Hart und ein ums andere Mal, bis es unter seinen Hieben barst. Um das Zittern seiner Hände zu verbergen, kreuzte er die Arme vor der Brust. »Dann warst du fünfzehn Jahre alt, als er auf die Welt gekommen ist.«

Sie hatte es ihm bereits indirekt erzählt, doch er musste es noch einmal hören. Musste einfach hören, wie sie die grauenhafte Wahrheit laut aussprach.

Der Bastard hatte sie gefickt, als sie praktisch noch ein Kind war. Der Ekel schnürte ihm die Kehle zu. Großer Gott, wie alt war Olivia wohl gewesen, als sie erfahren musste, zu welcher Grausamkeit ein Teil seiner Geschlechtsgenossen fähig war?

»Ja.« Sie weigerte sich immer noch, ihn anzusehen.

Verdammt, Olivia, dich trifft nicht die geringste Schuld.

Obwohl er seinen Zorn und seine Rachelust unterdrückte, hatte seine Stimme einen rauen Klang. »Trotzdem empfindest du noch Zuneigung für den verachtenswerten Kerl, der dich geschwängert hat.«

Sie runzelte die Stirn, sah ihm aber endlich wieder ins Gesicht. »Für den Kerl, der mich geschwängert hat?«

Ihre wunderschönen Augen sahen trüb und dunkel aus, Erith aber kämpfte gegen die Gewissensbisse an. Er musste einfach die Wahrheit wissen, und, verdammt, sie müsste sie ihm sagen, damit es noch eine Rettung für sie beide gab.

»Lord Peregrine«, stieß er den verhassten Namen aus.

Zu seiner Überraschung huschte ein Ausdruck von düsterer Belustigung über ihr Gesicht. »Sie denken, dass Perry Leos Vater ist?«

»Die Ähnlichkeit ist nicht zu übersehen.«

»Sie haben mir doch selbst erzählt, dass Perry eine Vorliebe für seine eigenen Geschlechtsgenossen hat.«

Weshalb leugnete sie es? Schließlich stand es dem hübschen Jungen ins Gesicht geschrieben, wer sein Vater war. »Da habe ich mich offenbar geirrt.«

Abermals zu seiner Überraschung stieß sie ein erbostes Lachen aus, blickte ihn verächtlich unter ihren langen Wimpern hervor an und starrte aus dem Fenster in den Himmel, an dem eine Wand aus dunklen Wolken aufgezogen war. »Das ist bestimmt das erste Mal, dass Sie einen Irrtum eingestehen.«

»Davon wäre ich an deiner Stelle lieber nicht so überzeugt.«

»Schluss mit dieser Inquisition.« Beinahe despektierlich fügte sie hinzu: »Ich habe Ihnen alles erzählt, was zu erzählen ich bereit bin. Mehr bekommen Sie ganz sicher nicht aus mir heraus.«

»Soll ich lieber Montjoy fragen?« *Und ihn dann langsam und qualvoll umbringen?*

»Sie Schwein«, wisperte sie, und ihre Augen blitzten zornig auf. »Lassen Sie Perry in Ruhe.«

Es war derart unglaublich und empörend, dass sie diesen Schurken noch in Schutz zu nehmen schien, dass er seine nächsten Worte wie die Kugeln aus einem Gewehr in ihre Richtung fliegen ließ: »Wie zum Teufel kannst du einen Kerl verteidigen, der dich vergewaltigt hat, als du noch ein junges Mädchen warst?«

»Perry hat mich nicht vergewaltigt.« Sie schob den Vorhang ein wenig zur Seite und sah abermals hinaus.

Das graue Licht, das durch das Fenster fiel, erhellte ihr Gesicht. Sie wirkte viel zu jung, um die Mutter eines beinahe siebzehnjährigen Sohns zu sein. Und gleichzeitig alt genug, um die Bewahrerin jahrtausendealter Geheimnisse zu sein.

»Lüg mich nicht an, Olivia. Der Junge ist das genaue Ebenbild von seinem Vater.«

»Ja, das ist er«, gab sie zu, und als sie ihm wieder ins Gesicht sah, hatte sie einen wachen, klaren, beinahe unbewegten Blick. »Aber Perry ist nicht Leos Vater. Perry ist Leos Bruder. Lord Farnsworth hat meinen Sohn gezeugt.«

Zum zweiten Mal an diesem Tag hatte Erith das Gefühl, als hätte ihm jemand in den Bauch geboxt.

Nicht der wunderhübsche, grundgütige Lord Peregrine, sondern sein schändlicher, verdorbener Vater hatte sie geschwängert. Unkontrollierbare Übelkeit stieg in ihm auf.

Oh, Olivia …

Frederick Montjoy, Lord Farnsworth, war ein berüchtigter Lebemann mit einer Vorliebe für das Exotische gewesen. Er hatte Frauen, Männer, Gerüchten zufolge sogar Tiere, Schmerzen und Sadomasosex geliebt. Von seiner Vorliebe für Kinder hatte bisher nie jemand erzählt.

Er hatte Lord Farnsworth kennen gelernt, als er noch ein junger Mann war. Damals war er in der Stadt gewesen, um Joanna zu hofieren, und hatte deshalb keinerlei Interesse an dem widerlichen alten Mann. Doch hätte er dem alten Schurken nicht mal einen Straßenköter anvertraut und noch weniger ein wehrloses Kind.

»Sie haben genug herausgefunden, Mylord. So viel habe ich noch nie jemand anderem erzählt.« Ihre Stimme brach, und als sie abermals ihr Täschchen malträtierte, fiel ihm das unkontrollierbare Zittern ihrer Hände auf. »Ich spreche nie von dieser Zeit. Also haben Sie Erbarmen und lassen das Thema auf sich beruhen.«

Lähmendes Mitgefühl stieg in ihm auf. Wie konnte er sie diesem Elend aussetzen? Es war nicht zu übersehen, wie sehr sie litt.

Dann aber erinnerte sich Erith an die Angst, die in ihren wunderschönen Augen flackerte, wenn sie vergaß, die Barrieren aufzubauen. Vielleicht würde ihr dieses schwierige Geständnis helfen, die Phantome zu besiegen, die sie peinigten.

»Erzähl mir, was passiert ist«, forderte er sie mit harter Stimme auf.

Trotz des Dämmerlichts, das in der Kutsche herrschte, war das zornige Blitzen ihrer blauen Augen nicht zu übersehen. »Können Sie mich nicht einfach in Ruhe lassen?«

»Erzähl es mir, Olivia.«

Sie spuckte die Worte aus, als würde sie ihn hassen. »Mein Bruder hatte Spielschulden bei ihm und hat mich deswegen an ihn verscherbelt, als ich vierzehn war. Sind Sie jetzt zufrieden?«

Gütiger Himmel, ihr verdammter Bruder hatte sie in die Prostitution verkauft. Kein Wunder, dass sie Männer derart verachtete.

»Das tut mir leid«, erklärte er, obwohl dieser Satz natürlich völlig unzureichend war.

Sie zuckte mit den Schultern und blickte wieder aus dem Fenster. Obwohl sie sich bemühte, die reglose Fassade der Kurtisane aufzusetzen, hatte er zu sehr an ihrer inneren Verletzlichkeit gerührt, unter der gefassten Maske war sie bleich und angespannt und verzog unglücklich ihren vollen Mund. Schmerzliche Schuldgefühle wogten in ihm auf.

Sie näherten sich London. Er war so sehr in die wenigen Dinge, die sie ihm von der Vergangenheit erzählt hatte, vertieft gewesen, dass ihm gar nicht aufgefallen war, wie die Kutsche Meile um Meile fraß.

»Wo ist dein Bruder jetzt?« Er ballte die Fäuste und stellte sich vor, er lege sie dem elendigen Schurken um den Hals und drücke langsam und genüsslich zu.

»Er hat sich vor zehn Jahren erschossen, als er seine Schulden nicht mehr bezahlen konnte«, klärte sie ihn tonlos auf.

»Weil er keine andere Schwester hatte, die er hätte verkaufen können«, stellte er zynisch fest.

Stirnrunzelnd wandte sie sich ihm wieder zu. »Erith, ich bin keine edle Prinzessin, die man retten muss.«

Da war er sich nicht so sicher. Aber wie könnte er ihr das erklären, während er es selbst doch kaum verstand? Er atmete tief ein und schluckte die Galle herunter, die in seiner Kehle aufgestiegen war. Nichts aber konnte die schrecklichen Bilder verdrängen, die er vor seinem geistigen Auge sah.

Er stellte sich vor, dass seine eigene Tochter in Olivias Situation gezwungen worden wäre, und legte seine Hände derart fest um seine Ellenbogen, dass es schmerzhaft war. Roma hatte eine Familie, einen Vater, einen Bruder, um sie zu beschützen. Die junge Olivia aber hatte offenkundig niemanden gehabt.

»Ich habe eine Tochter.« Dies war das erste Mal, dass er einer seiner Mätressen gegenüber von seiner Familie sprach.

»Aha.« Sie bedachte ihn mit einem verständnisvollen Blick.

Er wartete darauf, dass sie irgendwelche Fragen stellen würde, doch sie wandte sich abermals dem Fenster zu. Der Verkehr nahm zu, denn inzwischen hatten sie die Stadt erreicht, und die Kutsche kam nicht mehr so schnell voran.

Unbehagliche Stille senkte sich über das Innere des Gefährts. Die einzigen Geräusche, die sie hörten, waren das rhythmische Quietschen der Kutsche und der Lärm des Verkehrs. Während die Kutsche weiterrumpelte, stimmte Eriths Herz einen rachedurstigen Trommelwirbel an.

Gegenüber einem, nein zwei toten Männern.

Ihr Bruder und auch Farnsworth waren für ihn nicht mehr zu erreichen.

Er könnte also niemals Gerechtigkeit für Olivia erwirken, verdammt.

Er sah blind aus dem Fenster auf die Straße und versuchte den sinnlosen Zorn zu unterdrücken, der ihn in angespannter Haltung auf dem Polster sitzen ließ. Doch spürte er die Frustration wie einen körperlichen Schmerz.

Und jetzt tauchte ein viel drängenderes Problem als ihr vergangenes Elend vor ihm auf. Teufel noch einmal, er musste unbedingt einen Weg finden, um Olivia zu halten, dachte er.

Nach einer halben Ewigkeit erhob er abermals die Stimme. »Unsere Liaison ist nicht beendet.«

Sie fuhr zu ihm herum und sah ihn böse an. Der kurze Waffenstillstand war offenbar vorbei. »Natürlich ist sie das.

Ich hatte bestimmte Bedingungen an unser Arrangement geknüpft, und die haben Sie nicht erfüllt.«

»Trotzdem lasse ich nicht zu, dass du einfach einen Schlussstrich ziehst«, erklärte er ihr stur.

Doch was sollte er tun, wenn sie darauf bestünde, wieder zu Lord Peregrine zu ziehen? Er hatte den Ruf, ein skrupelloser Hund zu sein, doch selbst er schreckte davor zurück, sie in dem Haus in der York Street einzusperren wie eine Gefangene in einem Harem.

»Sie haben doch bestimmt nicht vor, das Geheimnis meines Sohns zu verwenden, um mich in Ihr Bett zu zwingen, Erith.« Ihre angespannten Züge drückten ehrliche Verzweiflung aus. »Dann würden Sie nicht nur mich verletzen, sondern auch Leo, meine Cousine und den braven Mann, mit dem sie verheiratet ist. Sicher ist doch nicht einmal Ihr Stolz es wert, dass unschuldige Menschen einen derartigen Schaden nehmen.«

Ihre Cousine? Das war interessant. Er erinnerte sich an die Frau mit dem freundlichen Gesicht, die er kurz vor dem Pfarrhaus gesehen hatte. Vielleicht stammte Olivia ja aus einer höheren gesellschaftlichen Schicht, als er vermutet hatte. Aber wenn ihr Bruder, wenn auch nicht von seiner Ehre, so doch von seiner gesellschaftlichen Stellung her ein Gentleman gewesen war, machte das das an ihr begangene Verbrechen noch grässlicher.

»Erith?« Inzwischen klang sie richtiggehend verängstigt, und ihr wich auch noch der letzte Rest von Farbe aus dem Gesicht.

Ihm wurde bewusst, dass er ihr noch eine Antwort schuldig war. »Anders als die Leute vielleicht denken, habe ich noch einen Funken Anstand im Leib.«

»Was bedeutet das?«

»Das bedeutet, dass ich weder dich noch Leo verraten werde.«

»Wie kann ich mir sicher sein, dass das wirklich stimmt?« Diese kurze Frage drückte heißen Ärger aus.

»Ich gebe dir mein Wort, Olivia. Dein Geheimnis ist bei mir sicher.«

Natürlich war es völlig sinnlos, sie zu bitten, ihm zu trauen. Sie traute keinem Menschen. Schon gar nicht einem Mann.

Sie bedachte ihn mit einem bösen Blick, denn sie war immer noch nicht überzeugt. »Selbst wenn ich Sie verlasse?«

Wie leicht es wäre, sie zu zwingen, dass sie weiter bei ihm blieb. Doch er hatte einen Punkt erreicht, an dem er sich klein und schäbig fühlte, wenn er sie belog.

»Selbst wenn du mich verlässt.« Er machte eine kurze Pause und führte dann das einzige Argument ins Feld, das ihm noch geblieben war. »Was ist mit unserer Wette? Gibst du wenigstens zu, dass du verloren hast?«

Sie verzog verächtlich ihren vollen Mund. »Ich finde nicht, dass ich mich Ihnen unterwerfe, falls wir uns in gegenseitigem Einvernehmen trennen.«

»Das hätte ich mir denken können.« Er stieß ein kurzes Lachen aus, lehnte sich zurück und legte ein Bein über das andere. »Aber trotzdem hast du dann verloren. Denn du läufst davon und nutzt mein schändliches Verhalten heute aus, um deine Feigheit zu rechtfertigen.«

Jetzt zog sie verächtlich ihre Brauen hoch. »Diese Taktik haben Sie schon einmal ausprobiert, Erith. Da hat sie funktioniert, aber jetzt, beim zweiten Mal, wird sie ein bisschen langweilig.«

Er zuckte mit den Schultern und meinte in beinahe gleichmütigem Ton: »Dann bleib einfach bei mir, weil es eine Herausforderung ist. Bleib, weil du bleiben willst. Bleib, weil ich nach der Hochzeit meiner Tochter sowieso verschwinde und du dann in der Erinnerung an die einzige Affäre, die nicht nach dem gewohnten Muster abgelaufen ist, wieder deiner Wege gehen kannst.«

Schwankend blieb die Kutsche stehen, und während der Kutscher jemandem eine Beleidigung zurief, senkte sich abermals gespannte Stille über das Innere des Gefährts.

Unglücklich blickte sie erst auf ihre Hände und dann in sein Gesicht.

»Tun Sie doch nicht so, als ob es so einfach wäre, Erith.« Sie winkte wütend ab. »Abgesehen von Perry wissen Sie bereits mehr über mich als jeder andere. Das verleiht Ihnen eine Macht, die ich nicht akzeptieren kann. Ich habe mein gesamtes Leben damit zugebracht, Männern, die mich beherrschen wollen, aus dem Weg zu gehen.«

Er dachte über die Bedeutung ihrer Worte nach, bevor er ihr eine Antwort gab. Es war eindeutig, dass sie sich zu ihm hingezogen fühlte, doch sie kämpfte mit aller Macht dagegen an. Was aufgrund ihrer Vergangenheit durchaus verständlich war.

»Ich will nichts über dich wissen, um Macht über dich zu haben«, stellte er mit ruhiger Stimme fest.

Sie runzelte verständnislos die Stirn und gab mit neuer Verbitterung zurück: »Männer haben immer die Macht über uns Frauen.«

»Über alle Frauen außer über dich.«

»Das war nicht immer so.«

Was, wie er inzwischen wusste, die tragische Wahrheit war. »Ich bin nicht dein Feind, Olivia.«

»Oh doch, das sind Sie.« Ein zynischer Ausdruck verhärtete ihr Gesicht, und er erinnerte sich kurz an die kalte, manipulative Kurtisane, der er in Lord Peregrines Salon begegnet war. Nie wieder würde er Olivia so sehen.

Ja, er war ihr Feind.

Das Organ in seiner Hose, seine übermächtige männliche Leidenschaft, die Tatsache, dass er sie mehr begehrte als den nächsten Atemzug, machte ihn dazu.

Die Kutsche setzte sich wieder in Bewegung, und er passte sich automatisch an das neuerliche Schwanken an. Schwerer Regen trommelte aufs Dach und untermalte die düstere Stimmung, in der er mit einem Mal gefangen war.

Zum ersten Mal im Leben hatte er keine Ahnung, wie er eine Frau gewinnen sollte. Doch je mehr er über sie erfuhr, umso mehr nahm sein Verlangen nach ihr zu. Und zwar nicht nach der wunderhübschen, trügerischen Hülle, sondern nach der echten Olivia Raines.

Es war einfach unglaublich, wie verzweifelt er inzwischen war. Durch alles, was er heute über sie erfahren hatte, wurde sein Sehnen noch verstärkt. Er erkannte sich nur noch mit Mühe selbst.

Aber wie könnte er bedauern, dass er ihr hinterhergeritten war? Er war unendlich froh über alles, was er über sie erfahren hatte. Weil er ihr dadurch viel näher gekommen war.

Zu denken, dass er so blasiert gewesen war, sich eine Mätresse zu suchen, damit sie ihm, solange er in London war, die Zeit vertrieb. Eine Frau, um ihn zu unterhalten, während er sich gedanklich auf die Sache konzentrierte, die ihm wirklich wichtig war. Die Annäherung an seine eigenen Kinder, für die er beinahe ein Fremder war.

Olivia Raines hatte in den letzten Tagen mehr Gefühle in ihm wachgerufen als alle Frauen in den letzten sechzehn

Jahren. Gefährliche und schmerzliche Gefühle, vor denen er ein halbes Leben lang davongelaufen war.

Weshalb in aller Welt hätte er am liebsten irgendwas gegen die Wand geworfen, wenn er daran dachte, dass sie ihn vielleicht verließ?

Durch die zunehmende Dunkelheit hindurch – inzwischen ging ein regelrechtes Unwetter über London nieder – fielen ihm die bekannten Hausfassaden auf. Sie waren nicht mehr weit von der York Street entfernt.

»Was wirst du tun?«, wollte er von ihr wissen und fügte dann, obwohl es ihm nicht leichtfiel, beinahe flehentlich hinzu: »Ich möchte, dass du bleibst.«

»Bis Juli«, erwiderte sie barsch.

»Olivia«, meinte er ein wenig schroff. »Im Augenblick versuche ich, dich dazu zu bewegen, dass du wenigstens die nächsten fünf Minuten bleibst. Es ist etwas verfrüht, um sich darüber Gedanken zu machen, was in ein paar Monaten passiert.«

Sie bekam den inzwischen vertrauten starrsinnigen Blick. »Trotzdem, Erith …«

Bevor sie die unwiderruflichen Worte sagen konnte, fiel er ihr ins Wort. »Nein.«

Dann schlug er vernehmlich gegen das Dach der Kutsche, bis der Kutscher das Paneel hinter seinem Kopf zur Seite schob. »Ja, Madam? Mylord?«

»Fahren Sie in den Park.«

11

»Was in aller Welt haben Sie vor?«, fragte Olivia ihn verblüfft. »Wir sind fast in der York Street.«

»Ich will noch mit dir reden.« Erith ignorierte den neugierigen Blick des Kutschers, der sich ihm in den Rücken zu bohren schien.

Sie runzelte erbost die Stirn, bekam dadurch aber endlich wieder ein lebendiges Gesicht. »Um Himmels willen, Sie haben während der gesamten Fahrt von Kent hierher kaum jemals den Mund zugemacht.«

»Ich will nicht, dass du wieder in das verdammte Haus von dem verdammten Peregrine Montjoy zurückziehst.«

»Aber wir haben gerade ein fürchterliches Unwetter.«

»Das ist mir vollkommen egal.«

»Madam?« Der Kutscher klang, als dächte er, dass die hohe Herrschaft vollkommen verrückt geworden war. Auch Olivia starrte Erith böse an, als wäre er völlig übergeschnappt. Und er selbst hätte nicht sagen können, ob er nicht tatsächlich wahnsinnig geworden war. Er wusste nur, dass er nicht tatenlos mit ansehen würde, wie sie aus seinem Leben verschwand.

Er hatte die Absicht, um etwas zu kämpfen, was ihm wichtig war. Vielleicht zum ersten Mal in seinem Leben.

Kein Wunder, dass die Sache völlig schiefzugehen schien.

Während eines langen Augenblicks sah sie ihm schweigend ins Gesicht. Nur der Teufel wusste, was sie darin sah. Plötzlich aber fasste sie einen Entschluss.

»Sherrin, Seine Lordschaft möchte im Park spazieren fahren.« Sie sah an ihm vorbei den Kutscher an. »Also fahren wir in den Park.«

»Ja, Madam.« Der Mann verzog unglücklich das Gesicht. Was ihm Erith nicht verdenken konnte, da sich ein regelrechter Wasserfall über seinem Öltuchumhang ergoss.

»Halten Sie beim ersten Zierbau an.«

»Sehr wohl, Mylord.« Sherrin zog das Paneel wieder hinter sich zu.

Als sich die Kutsche wieder in Bewegung setzte, bedachte Olivia Erith mit einem leidenden Blick. »Wir werden uns beide den Tod holen. Ganz zu schweigen von dem armen Sherrin, der nicht nur eine Frau, sondern auch sechs Kinder hinterlassen wird.«

»Wenn ich dich nach Hause bringe, wirst du mich verlassen«, stellte er starrsinnig fest. Ihm war bewusst, dass er sich hoffnungslos zum Narren machte. Er wünschte, er könnte es lassen, irgendein innerer Dämon aber trieb ihn immer weiter an.

»Ich kann Sie auch in einem Park verlassen.«

Bald hielt die Kutsche wieder an. Erith blickte durch das beschlagene Fenster und sah, dass das Gefährt direkt vor einem griechischen Tempel stand. Wieder öffnete sich das Paneel hinter seinem Kopf. »Hier, Mylord?«

»Ja, Sherrin. Warten Sie im Gebäude, bis wir nach Ihnen rufen.«

»Sehr wohl, Mylord.«

Die Kutsche wackelte, als Sherrin eilig vom Kutschbock kletterte, und Erith sah ihm hinterher, als er durch den dichten Regen rannte und in dem Gebäude verschwand. Dann sah er wieder Olivia an. »Sollen wir etwas spazieren gehen?«

Sie bedachte ihn mit einem ungläubigen Blick. »Draußen schüttet es.«

»Das ist nur ein leichter Frühlingsschauer, weiter nichts.«

Er öffnete die Tür, trat in das Unwetter hinaus und zog sie hinter sich her. »Du wirst schon nicht schmelzen.«

»Sie gehören eindeutig ins Irrenhaus.« Wider Erwarten jedoch setzte sie sich nicht zur Wehr, sondern stieg folgsam aus.

»Wahrscheinlich.« Er war erst seit ein paar Sekunden draußen, die Haare klebten ihm aber bereits am Kopf, er musste blinzeln, damit er trotz des Wassers, das ihm in die Augen lief, noch etwas sah, und die kalten Regentropfen stachen ihm wie kleine Nadeln in die Haut. Sie hatte recht. Er gehörte eindeutig ins Irrenhaus. Kein Mensch, der auch nur halbwegs bei Verstand war, ginge freiwillig in dieses Unwetter hinaus.

Er nahm ihren Arm und marschierte zielstrebig durch ein paar tiefe Pfützen auf ein paar tropfnasse Bäume zu. Sie musste beinahe rennen, um Schritt zu halten, und als sie endlich stehen blieben, blickte sie an ihrem Kleid herab, das wie ein nasser Sack an ihr herunterhing. Dann zog sie ihren Hut vom Kopf, blickte auf den Klumpen nassen Strohs, in den er sich verwandelt hatte, und warf ihn achtlos fort. »Der ist nicht mehr zu retten«, brüllte sie, damit Erith sie über den Lärm des Unwetters hinweg verstand.

»Genau wie ich.«

»Und wie ich.«

»Dann scheinen wir zueinander zu passen.«

»Aber das heißt nicht, dass wir zusammenbleiben sollten.« Sie zog die Schultern an, als sich ein Schwall eiskalten Wassers über ihr ergoss. »Aber wenn ich mich zu Tode friere, ist es vollkommen egal, ob ich beschließe zu bleiben oder nicht.«

»Heißt das, du denkst darüber nach?«

»Das Einzige, woran ich augenblicklich denken kann, ist

ein warmes Feuer, ein Satz trockener Kleider und vielleicht ein Brandy und eine Zigarre.«

Endlich hatten sie den kleinen Wald erreicht, Erith zog sie in den Schutz der Bäume und zog seine Hand zurück. Er wusste instinktiv, wenn sie so weit mitgekommen war, liefe sie nicht mehr davon.

»Du musst einfach bei mir bleiben, Olivia.« Zum Glück brauchte er hier nicht mehr zu schreien, damit sie ihn verstand. »Ich bin nämlich der einzige Mann auf Erden, der deine Exzentrik toleriert.«

»Das sagt gerade der Richtige. Wer hat denn wohl wen in dieses Unwetter hinaus gezwungen? Perry hat mir erzählt, Sie stünden in dem Ruf, kalt und berechnend zu sein. Davon habe ich bisher noch nichts bemerkt. Hätten wir dieses Gespräch nicht auch in der Kutsche führen können?«

Sie zitterte wie Espenlaub, und ihr Gesicht war kreidebleich. Er sollte verprügelt werden, weil er sie im kalten Regen stehen ließ. Starrsinn und Aberglaube aber zwangen ihn, sie von der Kutsche fernzuhalten, denn das Gefährt trüge sie von ihm fort.

»Du hast versucht, mich auf Distanz zu halten.« Er hasste es, dass seine Stimme regelrecht beleidigt klang.

»Und wenn Sie mich ertränken, fühlen Sie sich mir näher? Wenn das so ist, können wir uns vielleicht irgendwo weiter unterhalten, wo es eine Badewanne voll mit warmem Wasser gibt.«

Die Vorstellung von ihren langen, geschmeidigen, eingeseiften Gliedern in einer Wanne voll mit heißem Wasser rief eine Erregung in ihm wach, die sich nicht mal durch die Eiseskälte dämpfen ließ.

Dafür, dass sie von ihm in ein Unwetter hinausgezwungen worden war, klang sie erstaunlich ruhig. Vielleicht ein wenig irritiert, aber nicht wirklich erbost. Er fragte sich, was in ihrem komplizierten, faszinierenden, brillanten Hirn vorging. Und in seinem eigenen Hirn, dass er sie einfach zwang, mit ihm im Regen herumzustehen.

Sie fuhr sich mit der Hand durch das Gesicht. Doch es war völlig sinnlos, weil immer noch eiskalter, dichter Regen auf sie niederging. Ihr ursprünglich ordentlich geflochtenes Haar klebte in langen, wirren Strähnen an Gesicht und Hals, sie sah völlig anders aus als das glamouröse Wesen, das sie bisher immer gewesen war.

Trotzdem hatte er noch nie eine derart atemberaubend schöne Frau gesehen.

Sie bedachte ihn mit einem durchdringenden Blick. »Sagen Sie, was Sie zu sagen haben, damit ich endlich wieder ins Trockne kann.«

Teilweise, um sie vor dem Regen zu bewahren, und teilweise, weil er ihre Nähe brauchte, trat er dichter an sie heran. Es roch nach Regen und nach frischer Luft, darunter aber nahm er auch den Duft ihres Körpers wahr. Er hätte diesen Duft überall erkannt.

Er sah sie reglos an. Ein Gefühl völliger Bedeutungslosigkeit ließ ihn erbeben. Er fühlte sich verloren, ungeschützt, bedroht. »Wirst du mich verlassen?«, fragte er sie unverblümt.

Sie verzog unglücklich das Gesicht. »Nicht. Ich bin es nicht wert.«

»Natürlich bist du das«, schnauzte er sie plötzlich wütend an und packte unsanft ihren Arm. »Verdammt, Olivia, du hast gewonnen. Ich werde in aller Öffentlichkeit erklären, dass ich dir unterlegen bin. Wenn du dafür bleibst.«

»Die Wette ist mir vollkommen egal«, schnauzte sie zurück. »Weshalb ist es für Sie so wichtig, dass ich Ihre Mätresse bin?«

»Ich habe keine Ahnung«, antwortete er ihr mit vollkommener, verblüffender Ehrlichkeit.

»Ich auch nicht. Schließlich haben Sie Ihr Vergnügen nicht bekommen.«

Er dachte an das Vergnügen an ihrem wachen Geist. Ihrer Schönheit. Ihrem Temperament. Das Vergnügen an ihr *selbst.*

»Das ist nicht wahr.«

»Oh doch. Sie sind nicht bereit, das anzunehmen, was ich Ihnen bieten kann, und ich bin nicht in der Lage, Ihnen die Dinge zu geben, um die es Ihnen offenkundig geht. Trotzdem lassen Sie mich nicht in Ruhe.« Ihre Augen zwischen den dichten, nassen Wimpern sahen wie ausgewaschene Juwelen aus. Ihr Gesicht jedoch war vor Anspannung und Kälte kreidebleich. »*Was wollen Sie, Erith?*«

Während ihres Streits hatte der Regen etwas abgenommen und bildete nur noch ein sanftes Hintergrundgeräusch zu der trostlosen Stimme, mit der sie inzwischen sprach.

Er konnte nur das sagen, was ihm in die Seele eingemeißelt war. Die Seele, von der er angenommen hatte, sie wäre durch die jahrelange Einsamkeit und Trauer zu Granit erstarrt. »Ich will dich.«

In ihren weich schimmernden Augen blitzte nackter Schmerz. »Aber ich will Sie nicht.«

Er rang erstickt nach Luft, vor lauter Verzweiflung brachte er nur mühsam einen Ton heraus. »Ich kann dich dazu bringen, mich zu wollen.«

»Nein, das können Sie nicht.«

Sie legte eine Hand an seine Wange und strich sanft mit ihrem weichen, nassen Handschuh über seine Haut. Es war dieselbe Geste wie schon in der letzten Nacht. Nach all dem Zank und Hader hatte die plötzliche Zärtlichkeit ihn tief berührt, und auch jetzt hielt er beinahe ehrfürchtig den Atem an.

Er schloss die Augen und sog ihre Wärme dankbar in sich auf. Sie sagte, dass sie ihn nicht wollte, doch diese Berührung machte deutlich, dass er ihr alles andere als gleichgültig war.

Er sollte es nicht tun. Weil es jede Chance zunichtemachen würde, dass sie blieb. Trotzdem klappte er die Augen wieder auf, verstärkte seinen Griff um ihren Arm, damit sie vor ihm stehen blieb, und wisperte: »Olivia.«

Ihre bisher klaren blauen Augen nahmen die Farbe eines dunkel verhangenen Himmels an, und sie erbebte unter seiner Hand.

Vor Kälte? Furcht? *Verlangen?*

Er hätte es nicht sagen können, doch zumindest wich sie nicht vor ihm zurück.

»Nein, Erith«, stieß sie leise aus, wobei ihr heißer Atem über seine kalten Lippen strich.

»Doch«, meinte er genauso sanft, legte seine freie Hand unter ihr Kinn und hob es so weit an, bis sie ihm direkt in die Augen sah.

Während eines endlosen Moments nahm er weder Regen, Wind noch Kälte wahr. Es gab nur noch diese Frau und das Versprechen eines Kusses, das ihr Blick ihm gegen ihren Willen gab.

Sie stieß ein leises Wimmern aus, als sein Mund auf ihre Lippen traf. Er konnte es nur hören, weil er direkt vor ihr stand. Er sog die Kühle ihrer Haut und die Frische des Frühlingsregens in sich auf und zog sich dann ein kleines Stück zurück, damit der Geist des Kusses selbst nach Ende der Berührung weiter zwischen ihnen hing.

Der Regen, der wie ein Vorhang um sie beide fiel, verlieh dem, was sie beide taten, einen süßen, unschuldigen Rahmen. Trotzdem atmete sie zitternd ein, und er dachte, dass sie eilig einen Schritt nach hinten machen würde, wie die anderen Male, wenn er ihr zu nah gekommen war. Aber abgesehen von dem Schauder, der durch ihren großen, gertenschlanken Körper rann, blieb sie völlig reglos stehen.

Er musste aufhören. Dieser Kuss bedeutete viel mehr als alles andere, was ihm je von ihr geboten worden war. Mehr als die verächtliche Verführung seines Leibs durch ihren Mund in ihrer ersten Nacht.

Wenn auch widerstrebend ließ sie ihn gewähren. Er hatte nicht das Recht, noch mehr zu verlangen.

Aber er war nur ein Mann, und er wollte sie schon küssen, als er ihr zum ersten Mal begegnet war. Deshalb beugte er sich vor, strich mit seinen Lippen sanft über ihr kleines Muttermal und knabberte, bevor sie protestieren konnte, abermals an ihrem Mund. Er war weich und glatt wie feuchter Samt.

Er hatte sie auch vorher schon geküsst, aber nicht gewusst, wie hoch der Einsatz war. Damals hatte er den Kampf um diese Form der Zärtlichkeit als Spiel gesehen.

Bei diesem zögerlichen Kuss ging es jedoch um Leben oder Tod.

Vorsichtig berührte seine Zunge ihren Mund und genoss die Wärme, die ihr dort entgegenschlug. Aus ihrer Kehle stieg ein leises Summen auf, und sie bewegte beinahe unmerklich die Lippen, wobei ihr Atem über seine Zunge strich.

Er stieß einen Seufzer aus und streichelte ihr Kinn. Ihre zögerliche, ungeübte Reaktion machte ihn vor Erregung schwindelig. Gleichzeitig jedoch wurde die Erregung von beinahe schmerzlicher Zärtlichkeit gedämpft, und statt sie nur zu plündern hätte er ihr gern gezeigt, wie unendlich kostbar sie ihm war.

Er genoss den sanften Kuss, denn er wusste ganz genau, dass es zu einer Katastrophe führen würde, forderte er jetzt noch mehr.

Trotzdem verstärkte er den Druck. Er konnte einfach nichts dagegen tun.

Tatsächlich wurden ihre Lippen weich und gingen, wenn auch zögerlich, auf die Liebkosung ein.

Dann aber erstarrte sie und machte einen Schritt zurück. Allerdings so langsam, als erwache sie aus einem Traum. Sie hatte die Augen geschlossen, und als sie ihre schweren Lider wieder hob, erhaschte er einen flüchtigen Blick auf das junge Mädchen, das zu sein ihr nie erlaubt gewesen war.

Ihr träumerischer Blick wich einem Ausdruck des Entsetzens. »Sie haben mich geküsst.«

»Ja«, gab er hilflos zu. Er begehrte so sie sehr, dass er wahrscheinlich sterben müsste, wenn er sie nicht bald bekam.

»Nehmen Sie Ihre Hände weg.« Ihre Stimme zitterte, und als er mit einer ironischen Geste der Entschuldigung die Arme sinken ließ, richtete sie eilig wieder die Barrieren zwischen ihnen auf. Doch sie war wesentlich verletzlicher, als ihm bisher bewusst gewesen war.

Er konnte – zumindest für den Augenblick – ein großmütiger Sieger sein.

Seit er sie nicht mehr in den Armen hielt, nahm er wieder die Umgebung wahr. Der Regen war eiskalt. Der Wind wehte wieder stärker, und das Donnern seines Herzens hallte im Crescendo des Gewitterdonners nach. Es war feucht und schlammig in dem kleinen Wäldchen, und ein eisiges

Rinnsal lief an seinem Gesicht herab, bevor es in dem durchtränkten Tuch an seinem Hals verschwand.

»Ich kehre jetzt nach Hause zurück. Aber Sie kommen nicht mit.«

»Lass mich dich wenigstens noch bis zur Kutsche bringen.« An einem derart widerlichen Tag war der Park zwar menschenleer, aber der Gedanke, sie ganz ohne Schutz herumlaufen zu lassen, behagte ihm trotzdem nicht.

Mit einem Lachen, das wie ein gedämpftes Schluchzen klang, erklärte sie: »Ich will zu Fuß gehen.«

»Rede doch keinen Unsinn, Olivia.« Er streckte einen seiner Arme nach ihr aus, doch sie wich ihm eilig aus.

»Bitte seien Sie so nett und lassen Sie mir wenigstens in dieser Hinsicht meinen Willen, ja?« Sie machte auf dem Absatz kehrt, raffte ihren Rock, der aufgrund der Nässe nicht mehr grün, sondern eher schwarz aussah, und marschierte hoch erhobenen Hauptes los.

So konnte er sie nicht gehen lassen. Schließlich hatten sie noch immer nichts geklärt. Er packte ihren Arm und hielt sie fest. »Was wirst du tun, Olivia?«

Sie bedachte ihn mit einem unergründlichen Blick. »Zuerst ziehe ich mir trockene Kleider an.«

Jetzt war sie wieder Olivia Raines, die Königin der Kurtisanen. Auch wenn ihr Zustand eher erbärmlich war. Doch sein eigener Gemütszustand schien noch erbärmlicher zu sein, da er von ihr selbst in einem schmuddeligen Kleid und mit am Kopf klebenden Haaren völlig hingerissen war.

Er zog die Hand zurück. Und sagte einen Satz, der aus dem Mund des Earls of Erith geradezu unglaublich war. »Bitte verlass mich nicht, Olivia.«

Während eines flüchtigen Moments schmolz ihre Erhabenheit dahin, und er konnte tief in ihre gequälte Seele sehen. Dann aber wandte sie sich fluchend von ihm ab, raffte abermals die Röcke ihres Kleides und rannte durch den Regen und den Schlamm davon.

12

Die Tür des Schlafzimmers wurde so schwungvoll aufgerissen, dass die Fensterscheiben klirrten und sich die zugezogenen Vorhänge mit den aufgestickten bunten Pfingstrosen und Pfauen blähten, als hätte irgendwer das Unwetter von draußen mit hereingebracht.

Dann tauchte Erith im Eingang auf. Mächtig. Drohend. Erfüllt von derselben leidenschaftlichen Verzweiflung wie bereits im Park.

Olivia rang schockiert nach Luft, ließ sich tiefer in das abgekühlte Badewasser sinken und hielt ihr halb volles Brandyglas wie einen schützenden Schild vor ihre Brust. Das Mädchen, das ihr gerade das Haar ausspülen wollte, schrie erschrocken auf. Scheppernd fiel der Krug, den es über Olivias Kopf gehalten hatte, auf den Boden und zerbrach in tausend Teile, woraufhin sich eine wahre Sturzflut warmen Wassers über dem Parkett ergoss.

»Himmel, Miss!«, stieß Amy aus, blickte panisch zwischen ihr und Erith hin und her, machte einen unbeholfenen Knicks und murmelte: »Mylord.«

»Raus hier«, wies er das Mädchen an. Er stand noch immer in der Tür. Seine nassen schwarzen Haare klebten an seinem angespannten Gesicht, er sah aus, als wäre er in nasse Lumpen eingehüllt, und er starrte Olivia aus fiebrig glänzenden grauen Augen an.

Amy war viel zu verwirrt, als dass ihr aufgefallen wäre, wie drohend seine ruhige Stimme klang. Sie warf ein paar Handtücher auf den Boden, um das Wasser aufzuwischen, und stellte bekümmert fest: »Der Teppich ist wahrscheinlich ruiniert …«

»Ich habe gesagt, raus hier«, wiederholte er in noch ruhigerem Ton.

Dieses Mal verstand Amy die Drohung, richtete sich eilig wieder auf, versank erneut in einem unbeholfenen Knicks und flüchtete durch das Ankleidezimmer in den Korridor hinaus.

Olivia und der Earl blieben allein zurück.

Gespannte Stille senkte sich über den Raum, und während eines nervenaufreibenden Moments dachten sie beide an den wundersamen Kuss im Park zurück. Noch immer schmeckte sie die warme Würze seiner Lippen, spürte seine kalten Hände an ihrem Gesicht. Er hatte sie so vorsichtig und ehrfürchtig liebkost, als hätte er in seinem ganzen Leben niemals etwas derart Kostbares berührt. Ihre Lippen öffneten sich bebend, wie es auch unter seiner zärtlichen Erforschung ihres Mundes geschehen war.

Der bittersüße Kuss hatte sich in ihr Herz gebohrt wie ein spitzer Dolch.

Die Erinnerung war beinahe mehr, als sie ertrug.

Es war über eine Stunde her, dass sie wie eine Verrückte durch den Wolkenbruch davongelaufen war. Blind vor Schmerz hatte sie eine leere Kutsche herangewinkt, als sie auf die verregnete Straße gestolpert war; obwohl sie bis auf die Haut durchnässt gewesen war, war sie in der York Street in der festen Absicht, sofort auszuziehen, aus dem schäbigen Gefährt ins Haus gestürzt. In der festen Absicht zu verschwinden, bevor Erith auf der Bildfläche erschien. Seine Ansprüche und Fragen und vor allem die verdammte Zärtlichkeit, zu der er fähig war, verwirrten sie und riefen ein ungutes Gefühl des Verlorenseins, der Wehrlosigkeit und gleichzeitig eine unbekannte Sehnsucht in ihr wach.

Ihr Verstand, ihr Selbsterhaltungstrieb und ihre Erfahrung rieten ihr, die Affäre zu beenden. Jetzt. In diesem Augenblick. Bevor die seltsame Verbindung zwischen ihnen beiden die mächtige Frau zerstörte, die aus dem hilflosen, verängstigten, missbrauchten Kind erwachsen war.

Weshalb also war sie noch hier?

Sie begegnete dem wilden Blick des Earls und erschauderte. Vor Aufregung? Vor Angst? Vor Widerwillen?

Vor Erregung sicher nicht.

Sie umklammerte das schwere Glas und sah ihn weiter reglos an.

Er betrat den Raum und zog übertrieben vorsichtig die Tür hinter sich zu. »Du bist noch da«, stellte er leise fest.

»Ja.«

Er hob eine gebräunte Hand, knotete sein nasses Halstuch auf und warf es achtlos fort. »Warum?«

Gütiger Himmel, sie wollte und sie konnte keine Antwort darauf geben. Zumindest keine Antwort, die auch nur halbwegs plausibel war. Früher hätte sie vielleicht gesagt, sie wäre geblieben, um den Ruf als Londons größte Kurtisane aufrechtzuerhalten. Doch das wäre nicht mehr wahr. Vielleicht wäre es von Anfang an nicht wahr gewesen. Denn inzwischen war ihr klar, dass sie diesem Mann einfach verfallen war.

Ich bin noch da, weil Sie mich im Regen geküsst haben. Weil Sie mich geküsst haben, als bräche ich Ihnen das Herz.

Das war vollkommen lächerlich.

Also wandte sie sich erst mal praktischeren Dingen zu. »Erith, in diesen nassen Kleidern holen Sie sich noch den Tod. Warum bestellen Sie nicht erst einmal ein Bad? Falls Sie bleiben, lasse ich uns eine Kleinigkeit zu essen machen, sobald ich hier fertig bin.«

»Ich bleibe ganz bestimmt.« Er verzog seine verführerischen Lippen zu einer Grimasse, die kein echtes Lächeln war. »Warum bist du noch da, Olivia?«

Zur Hölle mit dem Kerl, er war so beharrlich wie ein Mastiff, der seinen Knochen verteidigte. Vielleicht wäre Angriff die beste Verteidigung? Viel Eindruck konnte sie momentan allerdings kaum machen, während sie, eingehüllt in lange Strähnen nasser Haare, nackt in lauwarmem Wasser kauerte.

Vielleicht wäre es ganz gut, wenn sie ein wenig sarkastisch war? »Nach dem Theater, das Sie im Park veranstaltet haben, dachte ich, dass mein Verbleib in Ihrem Haus vielleicht wichtig für Ihre geistige Gesundheit ist.«

Sie hätte es sich denken sollen, dass ihr kindischer Versuch, den Mann zu reizen, vollkommen vergeblich war. Seine Stimme blieb auch weiter völlig ruhig, obwohl sie ihn inzwischen so gut kannte, dass sie wusste, dass sich hinter der gelassenen Fassade ein regelrechter Ozean an Gefühlen verbarg. Sie erinnerte sich an sein Flehen, dass sie ihn nicht verließ. Die Verzweiflung dieses stolzen Mannes hatte sie beinahe zu hilflosen Tränen gerührt.

»Ich dachte, du wärst bereits am Packen. Oder vielleicht sogar schon verschwunden.« Er streifte seine enge Jacke ab, was aufgrund der Nässe nicht ganz einfach war, und warf sie zu seinem Tuch.

Irgendein Teufel brachte sie dazu zu sagen: »Ich habe gewisse Standards, Mylord. Und ich weigere mich einfach, Ihr Haus zu verlassen, während ich aussehe, als hätte mich jemand in die Nordsee getunkt.«

Inzwischen war ihr Badewasser ungemütlich kalt, und schließlich hatte er sie auch schon vorher nackt gesehen. Doch absurderweise hatte dieser Tag mit seinen erstaunlichen emotionalen Abgründen ein Gefühl der Scham in ihr geweckt.

Wie lächerlich. Schließlich hatte sie schon gegenüber ihrem ersten Mann sämtliche Schamgefühle abgelegt.

»Du wirst nirgendwo hingehen.«

»Ist das eine Drohung?«

»Nein, eine Feststellung.«

Wie um es zu beweisen, nahm er ihr den Brandyschwenker ab, trank einen großen Schluck und stellte ihn dann neben den noch trockenen Handtüchern auf dem Sideboard ab.

Sie zitterte nicht nur, weil das Wasser eisig war. Als er aus ihrem Glas getrunken hatte, hatte das wie eine Bestätigung seines Besitzanspruchs auf sie gewirkt.

Himmel, sie konnte unmöglich noch länger in der Wanne sitzen bleiben. Sie sah bereits so schrumpelig wie eine überreife Pflaume aus. »Geben Sie mir ein Handtuch, Erith«, schnauzte sie. »Falls Sie noch ein trockenes finden.«

Er schnappte sich ein Handtuch von dem Stapel auf dem Sideboard und warf es ihr lässig zu. »Hier.«

»Danke.« Sie fing das Handtuch auf und hüllte sich unbeholfen darin ein, bevor sie aus der Wanne stieg.

Nur noch knappe dreißig Zentimeter nassen Teppichs trennten sie von ihm. Sie machte einen Schritt nach hinten, stieß aber schmerzhaft mit den Beinen gegen den Wannenrand.

»Vorsicht.« Er legte eine Hand auf ihren Arm, damit sie nicht das Gleichgewicht verlor.

Und ließ sie sofort wieder los.

Was führte er im Schilde? Sie kannte sich mit Männern aus. Kannte ihre Impulse, ihre Schwächen und ihre verächtlichen Gedankengänge, mit denen sie alles rechtfertigten, wonach ihnen zumute war. Erith aber kam ihr wie ein Buch mit sieben Siegeln vor.

»Sie kennen mich nicht halb so gut, wie Sie anscheinend denken.« Verdammt, weshalb klang sie so beleidigt? Sie wollte herausfordernd und mutig klingen und nicht wie ein Kind, das keine Nachspeise bekam.

»Du hast meine Frage immer noch nicht beantwortet.«

Seine langgliedrigen Hände knöpften seine Weste auf. Sie erinnerte sich daran, dass das wunderbare Stück aus perlmuttfarbener Seide ihr am Morgen aufgefallen war. Es war wunderschön, ungewöhnlich und ein regelrechter Blickfang. Jetzt aber sah es wie ein teurer Lumpen aus.

Er streifte die Weste über seine Arme, ließ sie auf den Boden fallen und wandte sich den Knöpfen seines Hemdes zu. Durch den gnadenlosen Strip, den er vor ihr vollzog, nahm ihre Nervosität noch zu, und sie blähte ihre Nasenflügel so wie eine Stute ihre Nüstern, wenn ihr der Geruch von einem Hengst entgegenschlug.

»Ich bin noch hier, weil …«

Zum ersten Mal, seit er ins Schlafzimmer geplatzt war, blickte sie ihn richtig an. Unter seinem nassen Hemd zeichneten sich seine glatten Muskeln, seine Rippen und die breiten Schultern überdeutlich ab. Ihr Blick wanderte über sein gerecktes Kinn, den kantigen Kiefer, die erhabene Nase und die schwerlidrigen, täuschend verschlafenen Augen bis zu seinen dichten schwarzen Brauen.

Er wirkte weder hübsch noch sanft. Bis man seine dichten schwarzen Wimpern oder die plötzlich verletzlich zusammengepressten Lippen sah.

Er war der attraktivste, wunderbarste, bezauberndste Mann, den sie jemals gesehen hatte. Sein Körper war genauso stark wie er.

Vielleicht sogar genauso stark wie sie.

Was fiel ihr ein, von einem Mann zu schwärmen? Männer waren brutale Bestien.

Aber es gelang ihr einfach nicht, die alte, vertraute Bitterkeit hervorzurufen, während er sie ansah, als hinge sein Leben von ihr ab. Jegliche Feuchtigkeit verschwand aus ihrem Mund, sie leckte sich die plötzlich trockenen Lippen und meinte zu hören, dass er ein Stöhnen unterdrückte. Obwohl das Blut so laut in ihren Ohren rauschte, dass sie sich nicht sicher war.

»Verdammt, Olivia«, stieß er zähneknirschend aus und machte einen Schritt nach vorn, sodass sie zitternd im Schatten seines muskulösen Leibs stand. »Berühr mich.«

Sie verstärkte ihren Griff um das feuchte Baumwolltuch, in das sie eingewickelt war. Ihr stockte der Atem, sie nahm nur noch den Earl of Erith wahr, während der Rest des Raums in völliger Bedeutungslosigkeit versank.

Bei Gott, sie sehnte sich danach, sein straffes, muskulöses Fleisch mit ihren Fingern zu berühren. Sie sehnte sich danach, Hand an einen Mann zu legen, einfach weil sie neugierig auf die Berührung war. Weil es sie danach verlangte. Weil es eine Freude war. Diese Frau, die ihrem animalischen Verlangen hilflos ausgeliefert war, war ihr vollkommen fremd.

Doch sie konnte nicht leugnen, dass sie selbst dieses verruchte Wesen war.

Sie biss sich auf die Lippe, denn sie schwankte zwischen vernünftiger Furcht und verrücktem Wagemut. Bis schließlich der Wagemut gewann.

Vorsichtig, als ginge sie das größte Risiko in ihrem Leben ein, beugte sie sich vor und legte ihre flache Hand auf das behaarte Dreieck, das im Ausschnitt seines nassen Hemdes zutage trat. Die Berührung hallte bis in ihre Zehenspitzen nach. Er erbebte unter ihrer Hand, versuchte aber nicht, die Kontrolle über diesen zögerlichen ersten Schritt zu übernehmen, sondern blieb vollkommen reglos stehen.

Langsam und genüsslich presste sie die Handflächen auf seine nackte Brust und nahm seine Kraft und Hitze in sich auf. Die Berührung war intimer als der Augenblick, in dem sein Glied in ihrem Mund gewesen war. Beinahe so intim wie der kurze, sanfte Kuss im Regen, der die bisher süßeste Erfahrung im Zusammensein mit einem Mann für sie gewesen war.

Er atmete tief ein, und durch das Heben seiner Brust übertrug die Energie, die durch seine Adern floss, sich über ihre Hand auf sie. Durch diese züchtige Vereinigung verschmolz sie mehr mit einem anderen Menschen, als es ihr in ihrem ganzen Leben je vergönnt gewesen war.

Er schloss beinahe schmerzlich seine Augen, eine leichte Röte stieg ihm in die Wangen, und ein herrlich weicher, wunderbar entspannter Ausdruck umspielte seinen für gewöhnlich zynisch verzogenen Mund.

»Wie warm du bist«, murmelte sie.

Was nach dem Marsch durch den Regen wirklich überraschend war. Unbewusst schob sie sich näher an ihn heran. Sie fror bereits so lange, dass es ihr einfach unmöglich war, seiner Hitze dauerhaft zu widerstehen.

»Lass mich dich wärmen«, wisperte er sanft, während er

seine Hände über ihre nackten, feuchten Schultern gleiten ließ.

Ohne jeden Druck. Ohne jeden Zwang. Einfach, um die Kälte zu vertreiben. Und um ihr ein Gefühl von Sicherheit zu geben, das ihr bisher völlig fremd gewesen war. Wann hatte er die unsichtbare Grenze überschritten und war nicht mehr nur ein Mann und deswegen ein Feind, sondern … *was?* Geliebter? Freund? Verbündeter? Keines dieser Worte reichte als Beschreibung für das fremde, neue Territorium, auf dem sie sich mit einem Mal befand.

Als er seinen Kopf neigte, um sie zu küssen, blieb sie zitternd wie ein Reh beim Anblick des Jägers stehen. Dann aber breitete sich ein Gefühl der Wärme in ihr aus, und sie machte einen Schritt nach … vorn. Zum ersten Mal in ihrem Leben reckte sie den Kopf, damit der Mund eines Geliebten ihre Lippen fand.

Sie wartete auf das Gefühl des Ekels, des Erstickens, das sie sonst bei einem Kuss befiel, schmeckte aber nur dieselbe wunderbare Süße wie bei der Liebkosung in dem regennassen Wald. Und einen verführerischen Hauch des teuren Brandys, von dem er getrunken hatte, obwohl er in ihrem Glas gewesen war.

Er verlangte keine Reaktion. Er zog sie nicht eng an seine Brust, sondern ließ die Hände leicht auf ihren Schultern liegen, damit sie vor ihm flüchten konnte, falls sie es nicht mehr ertrug. Alles an seiner Haltung machte deutlich, dass sie selbst entscheiden konnte, wie es weiterging.

Der vorsichtige Kuss war rein wie der von einem Kind. Auch wenn die heiße Leidenschaft in seinen grauen Augen, als er seine Lippen von ihr löste und auf sie heruntersah, alles andere als kindlich war. Wie konnte sie jemals denken, diese Augen wären kalt?

Dieser Mann war ihr einfach ein Rätsel. Sie hatte keinen Grund, ihm zu vertrauen. Abgesehen davon, dass sein intelligenter Blick durch die prachtvolle Fassade der begehrten Kurtisane geradewegs in ihre einsame und sehnsuchtsvolle Seele einzudringen schien. Abgesehen davon, dass sie es unendlich leid war, immer nur der strahlende und harte Diamant der Londoner Demimonde zu sein.

Aber wenn sie nicht mehr die Kurtisane wäre, wer wäre sie dann?

»Soll ich aufhören?«, fragte er sanft.

Eine erstaunliche Frage aus dem Mund des Mannes, der dafür bezahlte, dass sie ihm zu Diensten war. Noch erstaunlicher war, dass sie glaubte, dass er einen Schritt nach hinten machen würde, wenn sie jetzt ja sagte. Einen Mann wie Erith hatte sie noch nie getroffen. Trotzdem war sie sich nicht sicher, wie sie reagieren sollte. Denn sie wusste aus schmerzlicher Erfahrung, wie fürchterlich die Macht der Männer war. »Ich weiß es nicht.«

»Olivia, ich schwöre dir, dass ich mich an alles halten werde, was du sagst.«

»Ich glaube dir.« Dabei hatte das Leben sie gelehrt, dass kein Mann ehrlich war.

Er beugte sich nach vorn und strich erneut mit seinen Lippen über ihren Mund. Während eines herrlichen Moments, der bereits vorüber war, bevor sie die Gelegenheit zu einer Reaktion bekam. Aber die Berührung rief das prickelnde Verlangen nach einer Vertiefung der Liebkosung wach.

Ein erstickter, sehnsüchtiger Schrei stieg in ihrer Kehle auf, und dann sprach sie die Worte aus, die sie niemals vorher ausgesprochen hatte und von denen sie niemals vermutet hätte, dass sie ihr je über die Lippen kommen würden. »Küss … küss mich noch mal.«

»Olivia …«, stieß er seufzend aus. Seine dunkle Stimme, die begehrlich ihren Namen murmelte, ging ihr durch Mark und Bein. Es klang, als hätte ihm ein Engel die Pforte eines Himmels aufgemacht, von dem er angenommen hatte, dass er unerreichbar für ihn war.

Alle Anspannung wich aus seinem Gesicht, und unter seinen schweren Lidern hervor blickte er auf ihren Mund.

Zitternd blieb sie direkt unter seinen Lippen stehen. Sie war wie gebannt, wie Dornröschen aus dem Märchen, das seit Jahren schlief und darauf wartete, dass endlich der Prinz erschien, weil sie sich nur durch seinen Kuss erwecken ließ.

Dann schüttelte sie unglücklich den Kopf. *Engel? Dornröschen? Prinzen?* Nichts davon war Teil von ihrer Welt. In ihrer Welt bezahlten Männer sie dafür, dass sie ihnen zu Diensten war, so wie sie den Barbier dafür entlohnten, dass er sie rasierte, oder den Stallburschen, weil er nach ihren Pferden sah.

Doch diese grimmige Warnung war nur ein schwaches Flüstern irgendwo in ihrem Hinterkopf. Sie konnte den geheimnisvollen Bann nicht brechen, der sie zwischen Sieg und Unterwerfung schweben ließ. Einer Unterwerfung, die sie bisher noch keinem Mann geboten hatte, wie verrucht und wild ihr Leben auch verlaufen war.

Erith verstärkte seinen Griff, und als er sie noch ein wenig enger an sich zog, rief die wunderbare Wärme seiner Hände auf dem weichen Fleisch von ihren Oberarmen einen Schauder in ihr wach. »Du riechst wie ein Garten im Regen. Nach Blumen und frischer Luft.«

Er blies sanft auf die Haut zwischen ihrem Hals und ihrer Schulter, durch seinen Atem auf dem nassen Fleisch wurde ihr Schauder noch verstärkt. Seltsam, aber nicht unangenehm. Alles andere als unangenehm.

»Mach das noch einmal«, bat sie ihn mit einem unsicheren Murmeln.

»Das?«

Er blies ihr noch einmal auf die nackte Haut, beugte sich ein Stückchen vor und knabberte an ihrem Hals. Ihr Puls fing an zu rasen, und an ihrem ganzen Körper bildete sich eine Gänsehaut. Sie rang erstickt nach Luft, umklammerte das Handtuch, das an ihr herabzugleiten drohte, und schmiegte sich enger an ihn.

Er knabberte und saugte abermals an ihrem Hals und sandte dadurch kleine Schockwellen durch ihren Leib. Das Blut rann schwer und dickflüssig durch ihre Adern, ihr Bauch zog sich zusammen, und sie trat unsicher von einem Bein aufs andere, denn zwischen ihren Beinen wurde es urplötzlich ungewöhnlich heiß.

War das vielleicht Verlangen? Woher sollte sie das wissen? Schließlich hatte sie noch niemals einen Mann begehrt.

Ihre Haut war ungewohnt sensibel und wirkte plötzlich viel zu eng. Sie zitterte wie Schilf in einem Sturm und atmete keuchend ein und aus.

Seine Zähne kratzten sanft an ihrem Hals, und sie stieß ein beglücktes Stöhnen aus.

Vor Überraschung wurde sie vollkommen starr. Sie hatte noch nie spontan gestöhnt.

»Was ist los?«, fragte er leise.

Irgendetwas stimmte nicht mit ihr, aber das wollte sie nicht sagen. Obwohl sie die Vermutung hatte, dass, falls irgendjemand sie verstünde, es der Earl of Erith war.

»Das … das ist völlig neu für mich.« Ihre Stimme klang gestelzt, und sie klammerte sich abermals nervös an ihrem Handtuch fest.

»Für mich auch.«

Er hob den Kopf und sah sie forschend an. Was in aller Welt sah er in ihrem Gesicht? Sein konzentrierter Blick selbst für die kleinste Kleinigkeit machte sie nervös. Schließlich stand sie in dem Ruf, dass sie unergründlich war. Auf dieser Unergründlichkeit beruhte ihre Sicherheit.

Wieder spürte sie das Quatschen des nassen Teppichs, als sie unbehaglich von einem Fuß auf den anderen trat. Da sie in seinem Gesicht jedoch keinerlei Verachtung, sondern einzig rührende Besorgnis und mühsam bezwungenes Verlangen sah, fuhr sie zögernd fort. »Du weißt, was sinnliches Vergnügen ist.«

»Ja. Aber ich musste es noch nie jemandem zeigen.« Ein Schatten von Traurigkeit verdüsterte sein Gesicht, sein Blick wurde verhangen, und er schränkte voller Wehmut ein: »Nein, das ist nicht wahr. Einmal. Einmal musste ich jemandem zeigen, was sinnliches Vergnügen ist. Ich denke voller Glück und Dankbarkeit daran zurück.«

Ihr Herzschlag setzte aus.

Endlich hatte er die Tür zu seiner Seele einen Spalt breit aufgemacht.

Sie warf einen vorsichtigen Blick hinein.

Und fand dort ewige Liebe.

Er hatte ganz eindeutig seine Frau gemeint, als er davon gesprochen hatte, dass ein anderer Mensch von ihm in die Freuden der körperlichen Liebe eingewiesen worden war. Der Earl of Erith hatte seine Frau geliebt. Mit einer Hingabe und Leidenschaft, die auch sechzehn Jahre nach Joannas Tod seinen Augen die Farbe der sturmumtosten See verlieh, wenn er voller Ehrfurcht von ihr sprach. Nur der Verlust wahrer Liebe rief eine derart schmerzliche und unendliche Trauer in einem Menschen wach.

Wie blind sie doch gewesen war. Wie dumm. Wie unsensibel. So vieles, was sie an ihm verwirrt hatte, ergab urplötzlich einen Sinn, einschließlich des ausschweifenden Lebens, für das er berüchtigt war. Es war einfach ein vergeblicher Versuch, die Trauer zu verdrängen, die ansonsten unerträglich für ihn war.

Er hatte ihr erklärt, er wüsste, was Liebe ist, sie hatte ihm nicht geglaubt. Jetzt aber wusste sie, dass es so war. Jeder Narr konnte hören, wie sehnsüchtig und liebevoll er selbst nach all der Zeit noch von Joanna sprach. Jeder Narr, außer offenbar der gewieftesten käuflichen Frau der ganzen Stadt.

Olivia gab alle Hoffnung auf, dass sich jetzt noch mal ein Schutzschild um ihr Innerstes errichten ließ. Weil sie diesem Mann bereits verfallen war.

Gegen einen Mann, der seine maskuline Kraft gegen sie verwendete, kam sie problemlos an. Gegen einen Mann, der sein gebrochenes Herz als Waffe gegen sie zum Einsatz brachte, hatte sie jedoch keine Chance.

Er täte ihr entsetzlich weh. Das war ihr ebenso bewusst wie, dass er ihr letzter Liebhaber wäre.

Der Letzte und der Einzige, den sie ganz sicher nie vergäße. Weil die Erinnerung an ihn schon jetzt in ihrem Herzen eingemeißelt war.

13

Olivia konnte einfach nicht länger auf Distanz zu Erith gehen. Nicht nach dem heutigen Tag. Nicht nach dem Kuss im Regen. Nicht, nachdem ihr klar geworden war, wie sehr er seine Frau geliebt hatte und dass sein zügelloses Leben seit Joannas Tod Ausdruck seiner unendlichen, abgrundtiefen Trauer war.

»Ich gehöre dir«, wisperte sie.

»Olivia …« Er nahm sie zärtlich in den Arm und ließ winzige Küsse auf ihre Schultern, ihre Wangen, ihre Nase, ihre Augenlider regnen, als könne er nur durch die Berührung seines Mundes in Erfahrung bringen, wer sie war.

Zögernd schmiegte sie sich enger an ihn. Sie hatte so viele Männer gehabt, dass sie hätte wissen sollen, was sie machen musste. Aber die Gefühle, die bebend in ihrem Inneren erwachten, machten sie so nervös wie eine unerfahrene junge Frau.

Es wäre sicherer davonzulaufen, da war sie sicher. Doch wenn sie ihn jetzt verließ, würde sie etwas verlieren, was unendlich kostbar und vor allem unersetzlich war.

Es war sowieso zu spät, um es sich noch einmal zu überlegen. Ihre Entscheidung war gefällt.

Er zupfte vorsichtig an ihrem Handtuch und bat rau: »Lass mich dich sehen.«

»Du hast mich schon gesehen.«

Sie hielt das Stofftuch weiter fest, denn es war die letzte Grenze, die es jetzt noch zwischen ihnen gab. Bisher hatte sie ihren Körper lediglich als Werkzeug zum Verdienen ihres Lebensunterhalts angesehen. Es hatte nicht das Mindeste bedeutet, wenn sie nackt war. Heute Abend aber war es etwas völlig anderes für sie.

Er machte einen Schritt zurück und blickte ernst auf sie herab. »Vertraust du mir immer noch nicht, Olivia?«

Ihr stockte der Atem, als sie die dunkle Schönheit seiner Züge sah. »Zieh dein Hemd aus.«

Sein Lächeln drückte helle Freude aus. »Wenn du darauf bestehst.«

»Das tue ich.«

Er zog sich das nasse weiße Leinenhemd über den Kopf, warf es achtlos hinter sich und sah sie fragend an. »Besser?«

»Besser.« Ungewohnte, freudige Erwartung wogte in ihr auf, und sie starrte ihn mit großen Augen an. »Und jetzt die Hose.«

Seine Hände zitterten so sehr, dass er linkisch an den Verschlüssen riss. Seine Aufgewühltheit rührte sie und gab ihr das Gefühl, dass sie dem Chaos ihrer eigenen Gefühle nicht mehr ganz so hilflos ausgeliefert war.

Plötzlich hielt er inne, als würde ihm erst jetzt bewusst, dass er noch seine Stiefel trug.

Sie stopfte die Enden ihres Handtuchs fest. »Setz dich auf die Bettkante, damit ich dir helfen kann.«

»Ich bin viel zu schmutzig. Lass mich lieber einen Pagen rufen.«

Doch sie schüttelte den Kopf. »Nein, ich will es selber tun.«

»Wenn du meinst.« Er nickte mit dem Kopf. Vielleicht glaubte auch er, dass ihr neu gefundenes Glück noch zu zerbrechlich war, um die Unterbrechung durch das Auftauchen eines Lakaien zu überstehen. Er marschierte Richtung Bett und runzelte die Stirn, als er sie plötzlich lächeln sah.

»Ich hoffe, du lachst mich nicht aus.«

»Nein.« Ein amüsiertes Kichern stieg in ihrer Kehle auf. Er wirkte einfach etwas lächerlich, wie er in schlammbespritzten Stiefeln und mit halb offener Hose vor ihr stand. Lächerlich und gleichzeitig verführerischer als sämtliche anderen Männer, mit denen sie je im Bett gewesen war. »Doch.«

»Warte nur, bis ich dich in die Finger kriege.«

»Warte lieber du.« Sie ging vor ihm in die Hocke und schwang einen seiner muskulösen Oberschenkel über ihre Knie.

Als sie ihm die Stiefel auszog, fühlte sie sich fast wie eine Ehefrau. Sie war nie verheiratet gewesen. Sie würde sich niemals auf Dauer dem Diktat eines Mannes unterwerfen, doch es hatten ihr schon jede Menge Männer Anträge gemacht. Männer, denen es egal war, dass sie in der Hierarchie weit unter ihnen stand. Oder Männer, die etwas zu verbergen hatten wie der gute Perry, für die eine Ehe eine gute Tarnung war.

Himmel, weshalb dachte sie mit einem Mal ans Heiraten? Lag es vielleicht daran, dass der Earl of Erith trotz seines Rufs als Frauenheld ihr wie ein möglicherweise guter Ehemann erschien?

Großer Gott, was dachte sie da nur? Kein anständiger Mann würde sie jemals nehmen. Und sie nähme keinen anständigen Mann. Spätestens nach einer Woche ginge sie mit ihm vor Langeweile ein.

Mit einem plötzlichen Übermaß an Energie zerrte sie an Eriths Stiefel, aber er war ziemlich eng, und sie musste so heftig ziehen, dass sie hörbar keuchte, ehe sie ihn endlich in den Händen hielt. Ihr von der Hitze des Kaminfeuers bereits halb trockenes Haar fiel ihr ins Gesicht, als sie sich über den zweiten Stiefel beugte und nach Kräften daran zog. Was machte es schon aus, dass ihr Eifer daher rührte, dass sie es bedauerte, ihm nicht bis an ihr Lebensende dergestalt zu Diensten zu sein?

Er legte eine Hand unter ihr Kinn und zwang sie sanft, ihm ins Gesicht zu sehen. »Olivia, du brauchst nichts zu tun, was du nicht willst.«

Sein Blick drückte Freundlichkeit und Sorge, aber auch

Begehren aus. Das glühende Verlangen, dass das Grau der Iris in geschmolzenes Silber verwandelte, war nicht zu übersehen.

Sie blinzelte den feuchten Schleier fort, der mit einem Mal vor ihren eigenen Augen aufgezogen war. Zur Hölle mit dem Kerl. Wie stellte er das an? »Du machst wirklich kein gutes Geschäft mit mir«, stieß sie mit rauer Stimme aus.

Seine grauen Augen blitzten auf. »Eine wunderschöne, halb nackte Frau kniet vor meinen Füßen und blickt bewundernd zu mir auf. Es gibt wahrscheinlich keinen Mann auf Erden, der nicht neidisch auf mich wäre, würde er uns beide sehen.«

»Ich blicke ganz bestimmt nicht bewundernd zu dir auf.« Sie richtete sich auf und atmete erschaudernd ein. »So tief würde ich niemals sinken.«

Er beugte sich zu ihr herab und hielt dabei ihr Kinn so sanft umfasst, dass sie sich ihm selbst dann nicht hätte entziehen können, wenn sie es gewollt hätte. Aber zum ersten Mal in ihrem Leben wollte sie es gar nicht.

»Forder mich ruhig weiter heraus, Olivia.« Er presste seine Lippen vorsichtig auf ihren Mund. Wieder einmal drückte diese Geste keinen Anspruch aus. Es war weniger ein Kuss als vielmehr eine zärtliche Berührung ihrer beiden Mundwinkel, der Nasenspitze und des Kinns.

Er wollte doch ganz sicher mehr als dieses süße Spiel. Sie wusste ganz genau, er wollte mehr. Er atmete hörbar ein und aus, und seine offene Hose trug nicht im Geringsten dazu bei, vor ihr zu verbergen, wie erregt er war.

Dennoch strich er abermals beinahe unmerklich mit seinen Lippen über ihren Mund, hob den Kopf und sah sie mit blitzenden Augen an.

Trotz der spielerischen Küsse wusste sie genau, was das

Ziel des Ganzen war. Der moschusartige Geruch seiner Erregung stieg ihr in die Nase, und sie erkannte, dies wäre die Nacht, in der er vollständig von ihr Besitz ergriff. Sie waren an einen Punkt gelangt, an dem Sex die einzig mögliche Antwort war.

»Ich wünschte mir, du könntest dein Gesicht im Spiegel sehen.«

Sie runzelte die Stirn. »Stimmt etwas nicht damit?«

»Alles in Ordnung. Nur habe ich dich noch nie so selig lächeln sehen.«

Kein Mann hatte je derart mit ihr gescherzt. Was selbst für eine Frau, die gar nicht wusste, was Erregung war, seltsam erregend war. »Ich habe in meinem ganzen Leben noch nie selig gelächelt.«

»Bis zu diesem Augenblick.« Zu ihrer zunehmenden Freude küsste er ihr abermals die Wangen, machte sich dann aber wieder von ihr los und wollte von ihr wissen: »Legst du jetzt das Handtuch ab?«

Sie zog es etwas höher. »Vielleicht. Ziehst du dafür die Hose aus?«

»Ah, du bist neugierig.«

Sie zuckte gespielt gleichgültig mit den Schultern. »Ich habe schon alles gesehen.«

»Aber du hast noch nicht herausgefunden, was das Ding, das du gesehen hast, alles bewirken kann.«

»Du bist unglaublich eitel.«

»Ich bin unglaublich gut.«

Sie lachte fröhlich auf. »Ich hoffe nur, dass du dich da nicht irrst.«

Er sah sie durchdringend an. »Oh nein, Madam. Ich habe ein konkretes Ziel. Und …« Seine dunkle Stimme drang ihr abermals durch Mark und Bein. »… ich weiß auch ganz genau, was ich machen werde, wenn ich dort angekommen bin.«

Eine heiße Röte stieg ihr ins Gesicht. Wahrscheinlich war er der einzige Mann auf Erden, der sie noch erröten ließ. Gleichzeitig nahm das ungewohnte Ziehen zwischen ihren Beinen zu. Sie verlagerte ein wenig ihr Gewicht, um die Anspannung zu lindern, und fing leise an zu fluchen, als sie Eriths hochgezogene Brauen sah.

Das Ziehen konnte unmöglich ein Zeichen von Erregung sein. Sie war niemals erregt. Jetzt aber war sie kurz davor, doch sie war sich nicht ganz sicher, ob ihr das Gefühl gefiel. Es war … beunruhigend und unbequem.

Eilig sprang sie auf, um ihm nicht mehr ins Gesicht sehen zu müssen, doch dabei ging das Handtuch auf und glitt an ihr herab.

»Oh nein.« Keuchend bückte sie sich nach dem Stoff.

Er aber streckte einen seiner Arme aus und packte ihre Hand. Die Berührung seiner Finger schien sich in ihr Handgelenk zu brennen, und der Geruch nach Sandelholz, den er verströmte, machte sie vor Verlangen schwindelig. »Lass es einfach liegen.«

Zitternd stand sie vor ihm und brachte keinen Ton heraus. Ein kühler Lufthauch wehte um ihr nacktes, feuchtes Fleisch und bildete einen beinahe schmerzlichen Kontrast zu der Hitze seiner Hand. Sie kämpfte gegen das idiotische Verlangen, sich mit ihren Händen zu bedecken. Schließlich hatte er sie bereits nackt gesehen. Hatte ihren Körper längst erforscht. Hatte bereits ihren räuberischen Mund um seinen Schwanz gespürt. Trotzdem hatte sie urplötzlich das Gefühl, als finge alles noch einmal von vorne an. Ihr Puls fing an zu rasen, und sie hielt gespannt den Atem an.

Mit seiner freien Hand streifte er sich die Hose von den

Beinen, trat sie achtlos fort, und ihr Herz schlug einen Purzelbaum, als er plötzlich völlig unbekleidet vor ihr stand.

Er war hart und stark. Wie ein riesengroßer Baum. Oder wie ein Gott aus einer uralten Legende. Von den breiten, geraden Schultern über die massive, dicht behaarte Brust, die langen Beine mit den straffen Schenkeln des geübten Reiters bis hin zu seinen riesengroßen Füßen, die ihm einen festen Halt verliehen, wo auch immer er stand.

Sie atmete erschaudernd ein, und während sie noch mühsam schluckte, fiel ihr Blick auf seinen Unterleib, wo sein Glied aus einem Nest von schwarzen Locken stak.

»Ja, ich begehre dich. Und ich empfinde keine Scham wegen der Gefühle, die du in mir weckst.« Er machte eine Pause und nahm zärtlich ihre Hand. »Die Frage ist, was für Gefühle ich in dir auslösen kann.«

Angst. Nervosität. Das Bedürfnis, die Beine in die Hand zu nehmen und zu fliehen. Als wäre sie mit einem Mal ein naives junges Mädchen und nicht mehr die Frau von Welt.

Sie reckte das Kinn und stellte einen Mut zur Schau, den ihr wehrloses Herz ganz sicher nicht empfand. Denn sie hatte bereits vor langer Zeit gemerkt, dass gespielte Tapferkeit sie retten konnte, wenn sie die echte Tapferkeit verließ. »Ich bin bereit«, erklärte sie ihm knapp.

Er zog seine schwarzen Brauen zusammen, und ein paar tiefe Falten gruben sich in seine makellose Stirn. »Olivia, du brauchst dich nicht mehr zu verteidigen. Ich habe meine Waffen heute abgelegt. Ich habe dir gesagt, dass ich mich dir unterworfen habe, das habe ich auch so gemeint. Du kannst tun und lassen, was du willst. Du bist frei.«

Sie fühlte sich aber nicht frei. Das Netz des Verlangens zog sich von Sekunde zu Sekunde fester um sie zu. Wäre sie am Schluss darin gefangen wie eine Lerche im Nest des Vogelfängers und könnte so viel flattern, wie sie wollte, bis sie vor Erschöpfung in sich zusammensank?

Als hätte er ihre Gedanken erraten, zog er sie sanft an seine Brust. Es war, als stünde sie an einem kalten Wintertag neben einem riesengroßen Ofen. Anheimelnd und tröstlich. Ihre Schreckhaftigkeit und Ruhelosigkeit hatten sich aber noch nicht gelegt.

Sie schlang ihm locker die Arme um die Taille, legte ihr Gesicht an seine Brust und nahm das angenehme Kribbeln seiner Haare wahr. Nur wenige Männer waren groß genug, dass sie sich problemlos an sie anlehnen konnte, dachte sie.

Während sie dem ruhigen, gleichmäßigen Schlagen seines Herzens lauschte, holte er zweimal nacheinander spürbar Luft. Dann fing er beinahe zögernd an, ihren nackten Rücken zu liebkosen. Mit langsamen, kreisenden, verlockenden Bewegungen, bis allmählich die Anspannung aus ihren Muskeln wich.

Langsam dehnte er die Kreise aus, bis er schließlich mit den Händen von ihrem wohlgeformten Hinterteil bis hinauf zu ihren Schultern glitt. Seine Hände waren warm, ein bisschen rau und einfach angenehm. Sie stand träumerisch an seine Brust gelehnt, und er setzte die lautlose, beinahe unpersönliche Anbetung ihres nackten Leibs fort.

Wie lange sie in dieser Vereinigung verharrten, die tiefer ging als jeder sexuelle Akt, den sie je begangen hatte, hätte sie nicht sagen können. Der Regen schlug gegen die Fenster, der Wind rüttelte an den Läden, und das Feuer knisterte im Kamin. Erith atmete genauso tief und gleichmäßig wie sie und erforschte ihre Haut mit einer süßen Zärtlichkeit, die sich nicht in Worte kleiden ließ.

Schließlich brach Olivia den Bann.

Sie war von Natur aus keine passive Person, und auch

wenn der Frieden, den sie momentan verspürte, einfach himmlisch war, war sie nicht für diese honigsüße Tatenlosigkeit gemacht. Inzwischen hatte sich ihre Unsicherheit gelegt, und jetzt war sie bereit, alles anzunehmen, was vielleicht in dieser Nacht geschah.

Sie schlang ihm die Arme fester um den Leib, und er spannte sich an. Er nahm alles an ihr überdeutlich wahr, und die unbeirrte Aufmerksamkeit, die er ihr schenkte, rief Nervosität und gleichzeitige herrliche Erregung in ihr wach.

Er war bereits stahlhart, und es sprach von seiner beinahe übermenschlichen Willenskraft, dass er sich immer noch bezwang. Sie fragte sich, wie lange er es ihr gestatten würde, das Tempo zu bestimmen. Denn schließlich war auch er keine passive Natur. Ihr zuliebe hielt er sich zurück, irgendwann jedoch wäre er mit der Geduld am Ende, und dann bräche der Vulkan der Leidenschaft, der in seinem Inneren brodelte, mit aller Macht hervor.

Sie rieb sich an seiner nackten Brust, und als sie über seine Haare strich, wurden ihre Nippel hart. Dann umfasste sie sein straffes Hinterteil, zog ihn noch enger an sich heran, presste sein Glied an ihren Bauch und spürte ein heißes, begehrliches Pochen an ihrem weichen Fleisch.

»Küss mich«, wisperte sie sanft, hob ihren Kopf und sah ihm ins Gesicht.

»Wenn ich dich jetzt küsse, höre ich möglicherweise nicht mehr auf«, gab er genauso sanft zurück.

»Dann mach einfach weiter.«

Sie reckte sich ihm entgegen, und ihr Mund ahmte die leichten Küsse nach, mit denen sie zuvor von ihm bezaubert worden war. Bevor sie den Kontakt beenden konnte, gab wieder er ihr einen Kuss, sie konnte deutlich schmecken, wie groß sein Verlangen nach ihr war. Dann warf er sie mit einer plötzlichen Bewegung auf das Bett und schob sich in der Absicht, sie endlich zu nehmen, über sie.

Dieses Mal küsste er sie härter und weniger rücksichtsvoll.

Sie konnte kaum von ihm erwarten, dass er sie behandelte, als wäre sie aus Glas. Unter seinem ungestümen Kuss nahm ihre benommene Freude jedoch etwas ab.

Sein Gesicht war angespannt und kreidebleich, er biss die Zähne aufeinander, und das Beben seines Körpers machte deutlich, wie viel Überwindung es ihn kostete, derart zurückhaltend zu sein. »Olivia, ich begehre dich zu sehr.«

Er wollte sich zurückziehen, doch sie hielt ihn fest, seine Schultern fühlten sich wie warme Felsen unter ihren Händen an. »Geh nicht.«

»Du weißt, was passiert, wenn ich nicht gehe.« Er schob sein Becken vor, sein harter Penis rieb sich leicht an ihrer Scham, und ihr Magen zog sich beinahe schmerzlich zusammen, denn sicher schöbe er sich gleich heiß und kraftvoll in sie hinein.

»Ja.« Sie holte zitternd Luft und vergrub die Finger tief in seinem Fleisch. »Ich möchte, dass du bleibst.«

»Oh, verdammt, Olivia.« Er stieß ein lautes Stöhnen aus, küsste zärtlich ihre Brüste, und wieder wurden ihre Nippel vor Begehren hart.

Seine Augen wurden dunkel, als er eine ihrer harten Knospen zwischen seine Zähne nahm und mit seiner Zunge über die Verhärtung strich.

Sie zuckte zusammen, als hätte er ihr einen Schlag verpasst. Nie zuvor in ihrem Leben hatte sie so etwas gespürt. Wieder zog ihr Magen sich zusammen, und sie holte keuchend Luft.

»Tue ich dir weh?«

Vielleicht geschähe ja ein Wunder, und sie fände tatsächlich noch Leben in der Wüste ihres Leibs. Lieber Gott, bitte lass das geschehen. Ihre Reaktion auf seine Liebkosung ihrer Brust war bereits mehr gewesen als alles, was ihr im Zusammensein mit einem Mann an ehrlichem Gefühl zuteilgeworden war. »Nein.«

Ein erfreutes Lächeln umspielte seinen sinnlichen, verführerischen Mund, und mit blitzenden Augen saugte er erneut an ihrer Brust, während er den zweiten Nippel sanft zwischen den Fingern rieb.

Sie vergrub die Hände tief in seinem dichten Haar und gab sich ganz seiner Erforschung ihrer Brüste hin.

Ihre Haut fühlte sich eigenartig an. Heiß, lebendig und vor allem unglaublich empfindlich. Nach einunddreißig Jahren war es seltsam zu entdecken, dass ihr eigener Körper ihr bisher anscheinend völlig fremd gewesen war.

Eine seiner Hände schob sich zwischen ihre Beine. »Öffne dich für mich, Olivia.«

Seine Stimme wirkte wie ein Zauber, der sie willenlos die Beine spreizen ließ.

»Ah, so ist's gut«, seufzte er an ihrem weichen Bauch.

Während er sie streichelte, bahnte er sich küssend einen Weg an ihr hinab. Anfangs reagierte sie auf diese Küsse nicht so deutlich wie auf die Liebkosung ihrer Brüste, und so bahnten seine Lippen sich noch einmal einen Weg an ihr hinauf, und er nahm nochmals einen ihrer Nippel in den Mund.

»Oh!« Statt seiner weichen Zunge setzte er jetzt seine harten Zähne ein, und sie verstärkte ihren Griff um sein seidig weiches Haar.

Während er sie zärtlich biss, rieb er gleichzeitig mit einer Hand an der Knospe zwischen ihren Beinen und fing an zu lächeln, als sie leise aufschrie und sich zitternd unter ihm wand.

»So ist's gut«, murmelte er an ihrer überhitzten Haut. »Gib alles, was du geben kannst.«

»Ich bin kein Pferd«, stellte sie lachend fest, rang aber erstickt nach Luft, als er ihr erneut die Hand zwischen die Beine schob.

Das triumphierende Lächeln, mit dem er sie bedachte, hätte sie ärgern sollen, machte sie stattdessen aber noch heißer als zuvor. Sie packte sein Gesicht mit beiden Händen und küsste ihn verwegen mitten auf den Mund.

Dann drückte er sie wieder auf das Kissen, presste seinen offenen Mund mit männlicher Leidenschaft auf ihre vollen Lippen und fuhr mit der Zunge die Konturen ihrer Zähne nach. Dabei drückte er sie so tief in die Matratze, dass sie nur noch mit Mühe Luft bekam.

Sie wollte sich entspannen, doch zum ersten Mal an diesem Abend wogte die alte Beklemmung in ihr auf, und sie klappte unglücklich die Augen zu. Ein Gefühl der Bitterkeit, das schärfer als eine geschliffene Klinge war, schnitt in ihre sehnsüchtige Unterwerfung und erinnerte sie an die dunkle Wahrheit, unter der sie schon seit Jahren litt.

Sie war einfach unfähig zu einer echten Reaktion auf einen Mann.

Sie hatte angenommen, Erith wäre zu verloren in seiner eigenen Lust, um etwas von ihrem Unglück zu bemerken, doch er hob sofort den Kopf, bedachte sie mit einem derart schmerzlichen und mitleidigen Blick, dass sie am liebsten in Tränen ausgebrochen wäre, und stellte leise fest: »Es tut mir leid, Olivia. Ich habe mich vergessen.«

Wo war die alte Olivia Raines geblieben, der die Männerwelt zu Füßen lag? Wo war die gefühllose Mätresse?

Die Herrscherin über das männliche Geschlecht? Die Frau, die sie augenblicklich war, war viel zu verletzlich und viel zu sentimental. Die Frau, die sie augenblicklich war, hatte nicht einmal sich selbst in der Gewalt. So wollte sie nicht sein.

»Warum bist du noch hier?«, fragte sie ihn beinahe erbost.

»Das weißt du ganz genau.«

»Warum?« Ihre Stimme zitterte vor Zorn und Schmerz.

»Weil ich nicht gehen kann.« Plötzlich schlang er sich gnadenlos ihre Beine um die Taille und kam entschlossen auf sie herab.

Er war unglaublich groß, und sie machte sich auf das Unbehagen gefasst, dass sie selbst, wenn sie ihre Salbe verwendete, unweigerlich bei diesem Akt befiel. Doch zum ersten Mal in ihrem Leben war sie feucht von eigenem Tau, er glitt völlig mühelos in sie hinein, dehnte sie mit einer wunderbaren Leichtigkeit, und ihr Herzschlag setzte vor Verblüffung aus.

Endlich war sie nicht mehr nur dem Namen nach die Geliebte dieses Mannes.

Ein Stöhnen drang aus seiner Brust, er vergrub den Kopf an ihrer Schulter, und sie schlang ihm automatisch ihre Arme um den Hals. Seine Haut glänzte vor Schweiß, und er zitterte vor Anstrengung, sich nicht in ihr zu ergießen, bevor nicht auch sie selber kam.

Doch diese Mühe war vergeblich. Sie spürte nicht mehr als sonst. Auch wenn das für sie selbst keine Enttäuschung war, wusste sie, er wäre auf jeden Fall frustriert, und das tat ihr in der Seele weh.

Dicht an ihrem Ohr atmete er krächzend aus, während seine feuchten Haare ihre Wange kitzelten, füllte er sie völlig aus. Inzwischen hatte sich ihr Körper an den Umfang seines Glieds gewöhnt. Er lag heiß auf ihrem Bauch, während sie seinem rasselnden Atem lauschte, wusste sie, er kämpfte tapfer gegen das Verlangen an, sich ein ums andere Mal in sie hineinzurammen, bis er kam.

Wenn er ein anderer Mann gewesen wäre, hätte sie einfach das routinierte Spiel gespielt, sich unter ihm gewunden und gestöhnt, als wäre sie vollkommen außer sich vor Lust. Doch Erith würde wissen, dass sie log.

Erith gegenüber wollte sie völlig ehrlich sein.

Was eine wirklich erschreckende Erkenntnis war.

Sie schmiegte sich noch tiefer in die Matratze, spürte, dass sein Glied ihr folgte, nahm das Donnern seines Herzens und sein zunehmendes Zittern wahr und streichelte ihn instinktiv. Sie berührte Erith gern. Zögernd ließ sie ihre Hände über seinen Rücken gleiten, erforschte die harten Muskelstränge in Höhe seiner Taille und die glatte Hitze seiner Haut und spürte, dass er kurz erstarrte, bevor er den uralten Tanz begann.

Sie klammerte sich an ihm fest, und er zog sich aus ihr zurück, schob sich erneut in sie hinein, zog sich zurück, schob sich in sie hinein, zog sich aus ihr zurück, schob sich in sie hinein.

Er versuchte möglichst sanft zu sein. Das war ihr bewusst. Zum ersten Mal in ihrem Leben passte sie sich vollkommen natürlich dem Rhythmus an. Doch sie hatte keine Freude an dem Akt. Verspürte nicht einmal dasselbe leise Glück wie als sie von ihm geküsst und zwischen den Beinen gestreichelt worden war.

Trotzdem schob sie sich zurecht, damit er noch ein wenig tiefer in sie dringen konnte, und stieß ein gebrochenes Stöhnen aus, das ihn jegliche Zurückhaltung vergessen ließ.

Inzwischen rammte er sich hart und schnell in sie hinein, und sie hatte das Gefühl, als wäre sie von einer starken Windböe ergriffen worden, die sie in den Gewitterhimmel trug. Wobei sie seltsam unberührt mitten im Auge des Sturms lag.

Nach einer gefühlten Ewigkeit erstarrte er, erschauderte, warf seinen Kopf zurück und kam. Sein Gesicht war kreidebleich, die Sehnen an seinem Hals traten hervor, er blähte die Nasenflügel und atmete hörbar ein.

Sie spürte, wie er sich in ihrem toten Unterleib ergoss und hatte das Gefühl, sein Klimax dauere unendlich an. Schließlich aber sackte er mit einem lauten Stöhnen über ihr zusammen, und sein Zittern drückte nicht mehr Anspannung, sondern völlige Ermattung aus.

Sie schlang ihm die Arme um den Rücken und zog ihn, obwohl er sie beinahe erdrückte, eng an ihre nackte Brust. Niemals vorher hatte ihr das Nachspiel auch nur den geringsten Spaß gemacht. Jetzt aber fand sie es wunderbar. Es bereitete ihr ein fast schmerzliches Vergnügen, dass er unleugbar und umfassend gekommen war. Der Geruch von Sex war ihr vertraut, die angenehme Wärme, die sie wegen des Zusammenseins verspürte, aber war ihr neu.

Es war unerträglich rührend, dass er vollkommen erschöpft in ihren Armen lag. Zu wissen, dass sie ihn befriedigt hatte, dass ihm jeder Tropfen Lebenssaft ausgesaugt worden war. In einer schützenden Geste schlang sie ihm die Arme noch ein wenig fester um den Leib.

So hatte sie sich nie zuvor gefühlt. Als hätte sie einem Mann freiwillig ein Geschenk gemacht.

Schweigend lagen sie beide da.

Allmählich atmete er ruhiger, und sein Herz schlug keinen Trommelwirbel mehr an ihrer Brust. Sie drehte ihren

Kopf und drückte einen sanften Kuss auf sein schweißglänzendes dunkles Haar.

Ehrliches Bedauern schnürte ihr die Kehle zu, als er sich schließlich von ihr löste, sich neben sie rollte und unter die Decke sah.

Er hatte noch kein Wort gesagt. Was sollte er auch sagen? Oder sie? Sie hatte keine echte Lust verspürt, das wusste er genau. Aber war ihm auch bewusst, dass seine ungezähmte Freude ihr ein Vergnügen bereitet hatte, wie es ihr niemals zuvor in den Armen eines Liebhabers zuteilgeworden war?

Er warf sich angewidert einen Arm über die Augen, denn er hätte es ganz einfach nicht ertragen, ihr jetzt ins Gesicht zu sehen. Sein Adamsapfel wippte, als er mühsam schluckte, und er stieß heiser aus: »Verflixt und zugenäht, Olivia, ich würde alles tun, um ungeschehen zu machen, was eben vorgefallen ist.«

14

»*Verflixt und zugenäht?*«, wiederholte Olivia drohend.

Erith spürte, wie sich der Körper anspannte, der dicht neben ihm lag. Der Körper, in dem er eben, von grenzenloser Leidenschaft erfüllt, gekommen war. Der Körper, der, während er sich tosend in ihm ergossen hatte, reglos wie ein Stein geblieben war. Durch ihre Reaktion wurden seine Schuldgefühle noch verstärkt.

Bitterer Selbsthass stieg in ihm auf. Was für ein verdammtes Schwein er war. Nach all seinen selbstgerechten Reden hatte er sie einfach genommen und nicht darauf gewartet, dass sie selbst Erfüllung dabei fand.

Er hatte sein Wort gebrochen, das er ihr und auch sich selbst gegeben hatte.

»Olivia …«, fing er an, bevor sie ihm unsanft in die Seite schlug.

»Du Schwein!« Sie krabbelte zum Rand des Betts.

»Was in Gottes Namen tust du da?« Er packte ihren Arm. Von ihrem Schlag taten ihm alle Rippen weh.

»Lass mich los«, fuhr sie ihn an und versuchte vergeblich, sich ihm zu entziehen.

»Hör auf!« Er kniete sich auf die Matratze und versuchte zu ignorieren, wie ihre nackten Brüste vor Empörung bebten, als er ihr die Arme um die Taille schlang. Ihre dunkelbraunen Nippel waren hart, und er brannte darauf, ihre Süße abermals zu kosten. Ihre Haut hatte wie warmer Honig auf seinen Lippen geschmeckt.

Er war etwas zu lange abgelenkt …

»Bastard!«, zischte sie und boxte ihm unsanft in den Bauch.

Er zuckte zusammen und atmete keuchend ein. »Olivia …« Er musste eine Pause machen, weil er kaum noch Luft bekam. »Olivia, ich weiß, dass ich ein Schurke bin. Aber deshalb willst du mich doch wohl nicht umbringen.«

»Doch«, antwortete sie stur.

Sie hätte ihn tatsächlich liebend gerne umgebracht.

Das sah er an ihren zusammengepressten Lippen und an dem animalischen Blitzen in ihren veilchenfarbenen Augen, deren Blick auf der verletzlichsten Stelle seines Körpers lag. Ihm wurde bewusst, dass er ihr Toben unterbinden müsste, denn sonst sänge er, wenn sie mit ihm fertig wäre, wahrscheinlich Sopran.

»Oh nein, das willst du nicht«, murmelte er und verstärkte seine Anstrengung, sie unter Kontrolle zu bekommen. Sie war wirklich stark, doch er war noch stärker, und so dauerte es nur ein paar Sekunden, bis er ihre Arme gepackt und sie auf die Matratze zurückgeworfen hatte und mit all seinem Gewicht auf ihrem sich windenden Körper lag.

»Lass mich los, du Hornochse.« Sie versuchte, ihm in den Unterleib zu treten, und er wich der unangenehmen Attacke gerade noch rechtzeitig aus. Ihr nackter Körper war geschmeidig wie der von einer Kobra. Außerdem war er genauso glitschig und verfügte über eine Kraft, die ungemein erregend war. Sie bäumte sich unter ihm auf, und seine Erregung nahm noch zu.

Bei Gott, sie hatte recht. Er war ein Hornochse. Sie wollte ihn töten, und das Einzige, woran er denken konnte, war der nächste Fick.

Er drückte sie aufs Bett und zog ihre Hände über ihren Kopf, sodass sie völlig hilflos war. Sie war ihm wehrlos ausgeliefert, und wenn er wirklich ein Schurke gewesen wäre, hätte er ihre Situation wahrscheinlich schamlos ausgenutzt. Er versuchte verzweifelt, nicht darauf zu achten, wie sich ihre nackten Beine an ihm rieben, als sie sich unter ihm wand.

Kaum zu glauben, dass er eben erst einen so mächtigen Höhepunkt genossen hatte, dass er vollkommen erschöpft gewesen war. Denn er war schon wieder knüppelhart.

Sie festzuhalten, ohne ihre Lage auszunutzen, war die reinste Folter. Deshalb klappte er die Augen zu und betete zum lieben Gott, dass der ihm Stärke gab. Wenn nicht unter ihren harten und erstaunlich effektiven Fäusten, so stürbe er bestimmt an Frustration.

Er konnte es ihr nicht verdenken, dass sie wütend war. Er hatte ihr versprochen, dass er sich beherrschen würde, doch das hatte sich als Lüge herausgestellt. »Es tut mir leid, dass ich mit dir geschlafen habe …«

»Ich weiß, du Hurensohn«, fauchte sie ihn an, lag aber endlich reglos unter ihm. Wodurch er sich jedoch nicht täuschen ließ. Denn der Kampf war eindeutig noch nicht vorbei. »Aber ich werde dafür sorgen, dass dir so etwas nicht noch einmal leidtun muss.«

»Es hat dir nicht gefallen.«

»Dir auch nicht. Wie hast du doch so schön gesagt? Du würdest alles tun, um es ungeschehen zu machen. Ein größeres Kompliment hat mir wirklich noch nie jemand gemacht.«

Sie atmete zitternd ein, und als sich ihre verführerischen Brüste hoben, hätte er am liebsten laut gestöhnt. Er begehrte sie schon wieder. Er hätte sich am liebsten sofort noch einmal in sie hineingerammt. Er hatte gedacht, es würde sein endloses Verlangen stillen, wenn er endlich mit ihr schlief, doch jeder quälende Moment dieser Auseinandersetzung bewies, dass diese Hoffnung falsch gewesen war.

»Wie kannst du es wagen, so etwas zu sagen, nachdem du mit mir geschlafen hast? *Wie kannst du es wagen?*«

Mit einem Mal erkannte er, worum es wirklich ging. Auf die Erkenntnis folgte ein Bedauern, das so heftig war, dass es selbst sein neuerliches Verlangen überwand.

Großer Gott, er war wirklich der größte Narr, den es auf Erden gab. Der Himmel mochte ihm verzeihen. Er hatte ihr gleich zweimal wehgetan. Einmal, indem er einfach selbstsüchtig mit ihr geschlafen hatte. Und dann mit seiner unsensiblen Reaktion. Sie hatte ihn vollkommen falsch verstanden, er hatte keine Ahnung, ob sich dieses Missverständnis klären ließ.

»Ich habe dir kein Vergnügen bereitet«, erklärte er ihr

dumpf. Diese erniedrigende Wahrheit hatte seinen Stolz verletzt.

»Nein, aber ich wollte *dir* Freude bereiten, und es tut mir leid, dass dieses Erlebnis derart abstoßend für dich war.« Ihr Sarkasmus konnte nicht verbergen, wie verletzt sie war.

»Du bist total verrückt. Ich bin gekommen wie ein verdammter Geysir«, erwiderte er flach. »Um Gottes willen, Olivia, hast du denn gar nicht mitbekommen, was eben geschehen ist?«

Noch immer war sie kreidebleich. Noch immer sah sie spinnewütend aus. Und alles andere als überzeugt. »Warum hast du dann so angewidert geklungen? Warum wolltest du ungeschehen machen, was wir getan haben?«

Er stieß einen ungeduldigen Seufzer aus. »Weil du recht hast – ich bin ein Schwein. Ich habe die Beherrschung verloren. Ich habe dich einfach schon zu lange, zu sehr und zu verzweifelt begehrt und mich deshalb benommen wie ein wildes Tier.«

Endlich wich die Anspannung aus ihrem langen, schlanken Körper, und als er den Griff um ihre Handgelenke etwas lockerte, nahm er das wilde Hämmern ihres Pulses wahr. Sie atmete noch immer keuchend ein und aus und sah ihn unglücklich an.

»Ich wollte dir etwas geben, und du hast mir dieses Geschenk einfach wieder vor die Füße geworfen. Als wäre es nicht das Geringste wert.« Ihre Stimme brach, und heiße Tränen rannen über ihr kreidiges Gesicht.

Erith verfluchte sich, weil er ein derart verdammter Idiot war. Er und seine maskuline Dummheit und sein endloses, unstillbares Verlangen hatten sie zum Weinen gebracht. Das schlechte Gewissen schnürte ihm die Kehle zu.

Sicher fand sie es entsetzlich, dass er sie jetzt auch noch

weinen sah. Er wusste instinktiv, dass sie bisher kaum je einmal vor einem Mann in Tränen ausgebrochen war. Die Frau, der er in Montjoys Salon begegnet war, war viel zu beherrscht gewesen, als dass sie sich derart vor anderen Menschen gehen ließ.

Normalerweise hätte er die Beine in die Hand genommen und wäre vor einer weinenden Frau davongerannt. Der Anblick der unglücklichen Olivia allerdings tat ihm aus Gründen, die er nicht hätte benennen können, in der Seele weh. Alles, was er wusste, war, dass er ihren Schmerz wie seinen eigenen Schmerz empfand. Er war aufgeregt, erschreckt, schuldbewusst, hilflos und verwirrt und hätte sich bereitwillig von seinem rechten Arm getrennt, um sie wieder lächeln zu sehen.

Obwohl er sicher war, dass sie dagegen protestieren würde, nahm er sie vorsichtig in den Arm. Abgesehen von ihren abgehackten Schluchzern brachte sie keinen Ton heraus. Er zog sie eng an seine Brust und presste ihr nasses Gesicht so sanft an seine Schulter, wie er es bei seinen Kindern gemacht hatte, als sie noch klein waren. Als er noch zu Zärtlichkeit fähig gewesen war. Bevor er vor dem Scherbenhaufen gestanden hatte, in den sein Leben urplötzlich verwandelt worden war.

»Es wird alles gut, Olivia«, wisperte er sanft. Dieselben bedeutungslosen Worte des Trostes, die er auch der kleinen Roma und dem jungen William gespendet hatte. »Es wird alles gut.«

»Nichts wird gut«, erwiderte sie rau und unternahm einen halbherzigen Versuch, sich aus seinen Armen zu befreien.

Er hielt sie weiter fest, lehnte sich zurück, bis sein Rücken gegen das Kopfteil des Betts stieß, zog sie, ohne auf ihren

Widerstand zu achten, sanft in seinen Schoß, legte eine seiner Hände vorsichtig auf ihren nackten Rücken, vergrub die andere in ihrem vollen Haar und flüsterte ihr weiter trostspendende Worte zu.

»Ich benehme mich wie eine Närrin«, stieß sie mit gedämpfter Stimme aus.

»Irgendwann benimmt sich jeder einmal wie ein Narr«, erklärte er ihr sanft.

Sie ballte zitternd die Fäuste an seiner Brust. »Ich weine normalerweise nie.«

»Das ist mir klar.«

Sie stieß ein unsicheres Lachen aus, dem weitere Tränen folgten, und mit jedem ihrer Schluchzer strichen ihre Brüste über seine Haut. Wieder wurde ihm ihre Nacktheit schmerzlich bewusst, und er spreizte seine Hände über ihrer blanken Haut. Ihre langen Beine lagen über seinen Schenkeln, er hätte sie mit Leichtigkeit wieder auf den Rücken rollen können, um sie abermals zu nehmen.

Denn sie hätte niemals nein gesagt.

Doch es bräche ihm das Herz, sich noch einmal brutal und rücksichtslos in sie hineinzuschieben, egal, wie schön und anziehend sie war. Es bräche ihm das Herz, selbst wenn das Tier in seinem Inneren das größte Vergnügen an dem Akt empfand.

Er war tatsächlich ein Schwein.

Er legte sein Kinn auf ihr zerzaustes braunes Haar. Die Form ihres Körpers passte geradezu perfekt zu seiner eigenen Statur. Sie hatte auch perfekt dazu gepasst, als sie unter ihm gelegen hatte und er in sie eingedrungen war. Die meisten Frauen hatten ein Problem mit seiner Größe, sie hingegen hatte ihn derart natürlich in sich aufgenommen, als wäre sie dafür gemacht. Und sie hatte auf ihn reagiert, zumindest, bis sie von ihm auf den Rücken geworfen worden war. Während eines flüchtigen Moments hatte sie sich ebenso in blinder Leidenschaft verloren wie er selbst.

Erith starrte in den düsteren Raum und spürte inmitten seines wirren Bedauerns einen winzig kleinen Funken Hoffnung. Mit Geduld und Rücksicht könnte er sie dazu bringen, dass sie noch einmal auf ihn reagierte. Er könnte diesen Funken nähren, bis er zu einer hellen Flamme wurde, die die Dunkelheit aus ihrer Welt vertrieb.

Anfangs hatte er ihre fehlende Reaktion als Herausforderung gesehen. Jetzt aber sah er die Erweckung ihrer Sinnlichkeit als wichtigste Aufgabe in seinem Leben an. Sie hatte so viel in ihrem Leben verloren, und tragischerweise war der Großteil des Schadens, den Männer bei ihr angerichtet hatten, nicht mehr zu beheben. Dies aber war etwas, was er ihr geben konnte. Vielleicht trüge dieser Akt ja auch zu seiner eigenen Rettung bei.

Das Feuer im Kamin war heruntergebrannt, und die flackernden Kerzen spendeten nur wenig Licht. Er sollte aufstehen und das Feuer schüren. Doch er ertrüge es nicht, sie jetzt sich selbst zu überlassen.

Ihr Schluchzen war verstummt, der zu Herzen gehende Tränenstrom versiegt. Nun, da der Sturm vorüber war, hatte sich ein erschöpfter Friede über sie gesenkt.

Plötzlich dachte er an das Problem, das ihn beschäftigte, seit er in ihr gekommen war. Er war sich der Tatsache bewusst, dass seine nächsten Worte die flüchtige Harmonie wieder zerstören würden, die zwischen ihnen entstanden war.

»Olivia, ich habe mich nicht rechtzeitig aus dir zurückgezogen.«

Er wartete auf ein neuerliches Aufflackern von Zorn.

Doch mit vom Weinen rauer Stimme meinte sie: »Das ist egal.«

Er starrte sie verwundert an. Sie wusste doch bestimmt, was es zu bedeuten hatte, dass er in ihr gekommen war. »Ich habe dich praktisch durch Sonne und durch Mond gefickt, ohne dass du deine Salbe oder irgendeinen anderen Schutz verwendet hast. Die Konsequenz könnte dramatisch sein.«

Nur fühlte es sich nicht dramatisch an.

Großer Gott, verlor er vielleicht langsam den Verstand? Was wollte ein Mann von beinahe vierzig mit einer schwangeren Mätresse? Er war bereits ein alles andere als vorbildlicher Vater für die Kinder, die er hatte.

Ihre Stimme drückte eine bittere Gewissheit aus. »Keine Sorge. Ich werde ganz bestimmt kein Kind bekommen.«

»Das kannst du nicht wissen.«

Sie runzelte die Stirn und versuchte vergeblich, sich seiner Umarmung zu entziehen. »Doch.« Ihre Stimme wurde wieder fester, doch die Tränenspuren in ihrem Gesicht standen in schmerzlichem Kontrast zu ihrem herausfordernden Ton. »Ich werde dir ganz sicher keinen Bastard präsentieren. Du kannst ohne Sorge gehen.«

Unglücklicherweise wusste er bereits, dass er niemals ohne Sorge gehen könnte, auch wenn sie nicht schwanger war.

Hinter ihrer gereizten Antwort spürte er eine abgrundtiefe Traurigkeit. Eine Traurigkeit, die völlig anders als das Unglück war, das er ihr an diesem Abend bereitet hatte. Eine Traurigkeit, die viel zu tief für Tränen war. »Wie kannst du dir da sicher sein?«

»Ich bin es eben einfach.«

Entsetzt erkannte er, was ihm bereits viel früher hätte klar sein sollen. Wahrscheinlich war er einzig deshalb so begriffsstutzig gewesen, weil er, seit er dieser Frau begegnet war, an nichts anderes mehr denken konnte als an sie allein. »Ist Leo dein einziges Kind?«

»Nein, ich habe überall von John O'Goats bis nach Land's End Bastarde verteilt«, klärte sie ihn sarkastisch auf und versuchte abermals, sich der Umarmung zu entziehen, doch er hielt sie weiter unbarmherzig fest.

»Erzähl mir mehr von Leo.«

»Verdammt, Erith!« Ihre Augen blitzten zornig auf.

»Erzähl mir mehr von ihm.«

Sie presste die Lippen aufeinander und verzog missbilligend den Mund. Einzeln sahen diese beiden Gesten beinahe männlich aus, zusammengenommen aber wirkten sie betörend feminin.

Sie sprach schnell und mit einer grimmigen Gereiztheit, die ihm zeigte, dass das Thema furchtbar schmerzlich für sie war. »Ich bin nicht zum Kinderkriegen gemacht.«

Dann riss sie sich entschlossen von ihm los und glitt vom Bett.

Er versuchte nicht, sie daran zu hindern, sondern dachte über die Bedeutung dieses kurzen Satzes nach.

Sie stapfte zum Schrank, wobei sich ihr Haar in wild zerzauster Pracht zwischen ihren Schulterblättern ergoss. Sie bewegte sich geschmeidig wie ein stolzes junges Pferd. Bestand fast ausschließlich aus langen Beinen, einem kerzengeraden Rücken und geschmeidiger Eleganz.

»Dann warst du also bisher nur einmal schwanger?«

»Lass mich doch endlich in Ruhe!« Sie riss wütend die Schranktür auf, zog den scharlachroten Seidenkimono daraus hervor und hüllte sich zu seinem Bedauern darin ein. Dann zog sie wütend den Gürtel um ihre schlanke Taille zu, zerrte einen zweiten Morgenmantel aus dem Schrank und warf ihn Richtung Bett, verfehlte allerdings ihr Ziel, worauf das gute Stück zu Boden fiel.

Er verzog den Mund zu einem herablassenden Lächeln und richtete sich in den Kissen auf. »Selbst wenn du mich unter einem ganzen Kleiderberg begraben würdest, könntest du dadurch die Fragen nicht verhindern.«

Sie bedachte ihn mit einem bösen Blick. Dann sah sie an ihm herab über seine Brust bis zu seinem vorwitzig gereckten Schwanz und richtete sich derart plötzlich auf, als wäre sie aus einem Traum erwacht. »Hör endlich auf, deine Männlichkeit derart zur Schau zu stellen. Du verschreckst mir noch die Mädchen.«

»Findest du meinen Körper etwa attraktiv?«, fragte er sie ehrlich überrascht. Und ehrlich interessiert.

»Himmel, was bist du doch für ein eitler Pfau.« Abermals zu seiner Überraschung verdunkelte eine leichte Röte ihre reine olivfarbene Haut, einen Augenblick sah sie jung und verletzlich aus. Dies war die Olivia, die ihn rührte. Die Frau, der man jede Unschuld und Freude gestohlen hatte und die trotzdem so mutig gewesen war, über ihre Peiniger zu triumphieren, indem sie die Königin der Londoner Salons geworden war.

Er lachte leise auf. »Also ja.«

Sie bedachte ihn mit einem herablassenden Blick, obwohl ihrem vollen Mund das unterdrückte Lächeln deutlich anzusehen war. »Du hast es doch bestimmt nicht nötig, Komplimente zu erbetteln.«

»Von dir schon, Olivia.« Er bückte sich nach dem schwarzen Seidenmorgenmantel, streifte ihn sich über die Schultern, schloss ihn aber nicht. Die Vorstellung, dass seine nackte Haut sie quälte, war ihm durchaus angenehm. Schließlich quälte ihre nackte Haut ihn auch.

»Also gut, rein äußerlich gefällst du mir durchaus«, erklärte sie so nüchtern wie ein Apotheker, der eine Dosierungsanleitung für eines seiner Pulver gab.

Erith lachte bellend auf. »Danke.« Dann ging er ein Wagnis ein, das keines hätte sein sollen, und streckte eine seiner Hände nach ihr aus.

Sie blickte erst auf seine Hand und dann in sein Gesicht. Ihre veilchenfarbenen Augen drückten Unsicherheit aus. Sie gab sich die allergrößte Mühe, die quälenden Gefühle, die sie zuvor in Tränen hatten ausbrechen lassen, zu verdrängen, doch ihm war bewusst, dass sie hinter der Fassade des trockenen Humors brüchig wie überhitztes Glas war.

Schmerzliches Mitgefühl schwang in seiner Stimme, als er leise bat: »Komm, setz dich zu mir, ja?«

Als wäre sie nicht sicher, ob sie bleiben oder flüchten sollte, nahm sie seine Hand und nahm vorsichtig auf dem Rand des Betts Platz. Er begehrte sie viel mehr als jemals vorher eine Frau. Doch was ihn wie einen jungen Burschen gegenüber seiner ersten Liebe zittern ließ, war das, was er, wenn er mit ihr zusammen war, empfand.

Sie hatte Hoffnung in ihm geweckt.

Er legte zärtlich einen Arm um ihre Schulter und zog sie eng an sich heran. Zu seiner Überraschung und Zufriedenheit wehrte sie sich nicht. Sie lag warm in seinem Arm und roch nach Sex und schlaftrunkener Frau. Der wunderbare Duft drang ihm in Mark und Bein.

Lange saßen sie einfach in seltsam tröstlichem Schweigen da. Das gleichförmige Rauschen des Regens bildete ein angenehmes Hintergrundgeräusch zu dieser süßen Untätigkeit. Sein Körper war schwer vor postkoitaler Befriedigung. Was auch immer er für Gewissensbisse hatte, hatte sein Körper es durchaus genossen, als er explosiv in ihr gekommen war.

»Du hast ausgesehen, als ob du mich ermorden wolltest, als du dachtest, dass ich eine Gefahr für deinen Jungen bin«, stellte er schließlich fest. Sie hatte ihren Kopf an seine Brust gelehnt, trotzdem wusste er genau, dass sie nicht schlief.

»Der inzwischen deutlich größer ist als ich und bald nach Oxford gehen wird.«

Er konnte eine leichte Eifersucht nicht unterdrücken. Ihre Stimme drückte so viel Liebe aus, und er wusste, dass sie lächelte, als sie von Leo sprach. Das wunderbare, weiche Lächeln, das er bisher nur ein-, zweimal an ihr gesehen hatte und das noch nie für ihn bestimmt war. Verdammt.

»So habe ich mich auch gefühlt, als ich Roma und William zum ersten Mal nach so vielen Jahren gesehen habe. Roma ist inzwischen achtzehn und wird im Juni heiraten. William ist schon neunzehn und hat bereits in Oxford mit dem Studium begonnen.«

Bald würden sich ihre Söhne im selben Milieu bewegen. Vielleicht würden sie sogar Freunde. Der Gedanke war beunruhigend. Als wären diese beiden Welten doch nicht so fein säuberlich voneinander getrennt, wie er immer angenommen hatte. Als wäre die Grenze, die er immer für unüberwindbar gehalten hatte, in Wahrheit so zerbrechlich wie die Vase aus rubinrotem Muranoglas, die auf der Mahagonitruhe stand.

»Erzähl mir, was passiert ist, als du Leo bekommen hast.«

Sie stieß einen beinahe unhörbaren Seufzer aus. »Du lässt das Thema einfach nicht auf sich beruhen, nicht wahr?«

Er verzog den Mund zu einem schwachen Lächeln. »Nein.«

»Ich war zu jung, er war zu groß, und ich wäre um ein Haar gestorben«, erklärte sie ihm schnell, als wären bereits diese Worte mehr, als sie ertrug. »Seither bin ich nie wieder schwanger geworden. Selbst wenn ich es jemals würde, trüge ich das Kind wahrscheinlich nicht neun Monate aus. Wenn Lord Farnsworth nicht für die besten Ärzte bezahlt hätte, hätte uns nichts mehr retten können. Dann wären ich und Leo tot.«

Ihr Schmerz und Mut schnitten ihm regelrecht ins Herz. »Oh, Olivia«, murmelte er rau, während er sie noch ein wenig enger an sich zog.

»Es ist ein Segen für eine Kurtisane, wenn sie unfruchtbar ist.«

»Nein, das ist es nicht.«

»Nein, das ist es nicht«, stimmte sie ihm traurig zu, und als sie zu ihm aufsah, schwamm in ihren blauen Augen abgrundtiefe Traurigkeit. »Es ist praktisch. Aber ein Segen ist es nicht.«

Er versuchte sich vorzustellen, wie ihr Leben gewesen war, als sie Leo bekommen hatte. Sie war so furchtbar jung gewesen und hatte die Verantwortung für ein Baby gehabt. »Was ist dann passiert?«

»Lord Farnsworth hatte keine weitere Verwendung für ein Kind, das Mutter geworden war.« Ihr säuerlicher Ton verriet eine ganze Welt an müdem Groll.

»Das kannst du ja wohl nicht bedauert haben.«

»Ich habe es bedauert, das einzige Zuhause zu verlieren, das ich damals hatte. Ich habe es bedauert, Perry verlassen und mein Kind aufgeben zu müssen.«

Er verstärkte seinen Griff um ihre Schulter, während das vergebliche Verlangen, ihren ersten Peiniger mit seinen eigenen Händen zu erwürgen, das Blut wie dickflüssige Säure durch seine Adern rinnen ließ. Dafür war es zu spät, verdammt. »Farnsworth hat dich doch wohl nicht auf die Straße gesetzt, oder?«

»Nein, er hat mich an einen seiner Freunde verkauft«, erwiderte sie tonlos und beinahe ohne Gefühl.

Wie zum Teufel hatte sie all das ertragen? Wie in aller Welt war sie zu der wundervollen Frau geworden, die hier bei ihm saß? Ein junges Mädchen, das wie eine Ware von einem spielsüchtigen Bruder an einen Mann verschachert worden war, dessen Name gleichbedeutend mit dem Bösen war? Das weggeworfen worden war wie ein ausgelatschter Schuh, als es für diesen verbrecherischen Kerl nicht mehr interessant gewesen war.

Falls es auch nur einen Hauch Gerechtigkeit in der Welt gab, würde dieser Bastard Farnsworth bis in alle Ewigkeit in der heißesten Ecke der Hölle schmoren, dachte er. Vor Entsetzen brachte Erith nur mit Mühe einen Ton heraus. »Gütiger Himmel, Olivia, das ist einfach barbarisch.«

»Ich habe es überlebt«, stellte sie noch immer tonlos fest.

Allmählich ahnte er, weshalb sie trotz des Grauens ihrer Jugend ein so stolzes Wesen war. Nur ihr Stolz hatte sie aufrecht gehalten, während sie in diesem jahrelangen Albtraum gefangen war.

»Und Farnsworth wollte Leo nicht?«

Sie stieß ein harsches Lachen aus. »Gott sei Dank. Farnsworth hat seine Kinder nämlich ebenso missbraucht wie seine Frauen. Mit Perry ist er noch grausamer umgegangen als mit mir. Er dachte, Folter würde einen *Mann* aus Perry machen. Ich habe Leo zu meiner Cousine Mary gegeben. Sie und Charles hatten keine eigenen Kinder, er hat sich extra eine neue Pfarrstelle am anderen Ende des Landes gesucht, weil schließlich niemand zu wissen brauchte, dass Leo nicht ihr Baby war.«

»Einschließlich Leo selbst.«

Sie setzte sich auf ihre Knie und starrte ihn mit großen Augen an. In diesem Augenblick hatte er kein Problem damit, sich vorzustellen, wie sie als verletzliches Kind gezwungen worden war, sich einem widerlichen alten Mann zu unterwerfen. Doch bereits bei dem Gedanken wogte Übelkeit in seinem Innern auf.

»Er darf es nie erfahren. Mary und Charles lieben ihn abgöttisch und haben ihn zu einem Menschen erzogen, auf den ich stolz sein kann. Selbst wenn *ich* niemals eine Mutter sein werde, auf die *er* stolz sein kann.«

»Du unterschätzt ihn und auch dich selbst«, antwortete er ehrlich. »Du bist eine Frau, auf die jeder stolz sein kann.«

Sogar ein verlorener, hartgesottener Schurke wie er selbst.

15

Olivia fuhr zusammen, als hätte er ihr einen Schlag verpasst. »Hör auf«, bat sie in scharfem Ton.

Er runzelte verständnislos die Stirn. »Womit?«

»Mit …« Ihre linke Hand fuhr durch die Luft, wie um die Atmosphäre der Vertrautheit zu durchschneiden, in die sie langsam, aber sicher ähnlich einer Fliege in einem feinen Spinnennetz eingewoben worden war. »Mit diesem Versuch, mich zu verstehen. Mit diesem Versuch, Nähe zwischen uns zu schaffen.«

Seufzend lehnte er sich gegen das Kopfteil des Betts. Er

wusste, hinter ihrem Zorn verbarg sich abgrundtiefe Furcht. Nach all dem Grauen, das sie durchmachen musste, schien die Furcht ihr ständiger Begleiter zu sein.

»Ich kann nichts dagegen tun«, erklärte er wahrheitsgemäß. Sie faszinierte ihn. Mit jedem Augenblick, den er mit ihr verbrachte, zog sie ihn noch stärker in ihren Bann. Eine Frau wie sie hatte er nie zuvor gekannt.

Wohin würde seine Verzauberung führen? In eine Katastrophe oder in wahres Glück? Bereits bei dem Gedanken, ihr im Juli Lebewohl zu sagen, zog sich sein Magen schmerzlich zusammen, er sah sie unglücklich an.

»Meine Güte, Erith, ich dachte, ich hätte es mit dem Schrecken sämtlicher Weibsbilder von Wien zu tun.« Sie sprang auf und starrte böse auf ihn herab. »Wo ist der berüchtigte Frauenheld geblieben? Der Mann, der jeden Morgen bereits vor dem Frühstück mindestens ein halbes Dutzend leichter Mädchen vernascht?«

Er musste einfach lachen, weil sie derart angewidert klang. »Ich kann für diese Mädchen nur hoffen, dass es ein möglichst spätes Frühstück war.«

Ihre Miene verriet nicht die mindeste Belustigung. Sie runzelte die Stirn und sah wie eine wütende Göttin aus. Unvorstellbar schön. Entschlossen ballte er die Fäuste, denn sonst hätte er sie begehrlich nach ihr ausgestreckt.

Teufel noch einmal, er musste sich zusammenreißen, bevor er in seinem endlosen Verlangen nach dieser Frau etwas völlig Verwegenes tat.

Denn dadurch würden die auch so schon schwachen Bande zu seiner Familie für alle Zeit durchtrennt.

»Das habe ich ganz sicher nicht scherzhaft gemeint.«

Sofort wurde er wieder ernst. »Ich weiß. Und du hast auch nicht versucht, mich zu beleidigen, selbst wenn dir das gelungen ist. Ich weiß, was für Gerüchte über mich in Umlauf sind. Kannst du dir nicht einfach selbst ein Bild von dem Mann machen, der ich bin?«

Sie ging nicht auf diese Frage ein. »Bevor ich dein Angebot angenommen habe, habe ich Perry nach dir gefragt.«

»Natürlich ist Lord Peregrine ein echter Experte, was mein Leben und meine Gewohnheiten betrifft«, erwiderte er knapp.

»Er hat mir erzählt, was ihm über dich zu Ohren gekommen ist.«

»Jede Menge Blödsinn, nehme ich an.«

»Streitest du etwa ab, dass du Männer beim Duell getötet hast?«

Sein Magen zog sich schuldbewusst zusammen. Diese Männer hätten nicht sterben sollen. »Großer Gott, das ist beinahe zwanzig Jahre her. Damals war es mir egal, ob ich den nächsten Tag erleben würde oder nicht. Und ob jemand anderes den nächsten Tag erleben würde, war mir ebenfalls egal.«

Es war das erste Mal, dass er diese Dinge eingestand, obwohl sie ihm bereits bewusst gewesen waren, als er die Herausforderungen angenommen hatte. Jedes Mal war es um eine Frau gegangen. Obgleich er sich an die Frauen selbst nicht mehr erinnern konnte, war ihm der Grund dieser Duelle immer noch bewusst.

Die empörte Anspannung wich aus ihrem Körper wie die Luft aus einem angestochenen Ballon. »Oh.«

»Ja, oh.« Er machte eine Pause. »Willst du nicht wissen, warum ich so empfunden habe?«

»Nein.« Obwohl er sich nicht rührte, trat sie einen Schritt zurück, als hätte er sie körperlich bedroht, stieß dann aber gegen die Mahagonitruhe, die in ihrem Rücken stand.

»Nein?«

»Du bist nicht der Einzige, der Augen im Kopf hat, Erith.« Unter ihren dichten dunkelgoldenen Wimpern hervor bedachte sie ihn mit einem Blick, der ihre Verärgerung verriet. Ihre Stimme jedoch hatte einen ernsten Klang. »Du hast deine Frau geliebt und warst nach ihrem Tod am Boden zerstört.«

Die Worte trafen ihn wie eine Reihe kleiner, harter Kieselsteine, unter denen er schmerzlich zusammenfuhr.

»Woher weißt du das?«, fragte er sie leise, als er die angespannte Stille, die auf ihre Worte gefolgt war, nicht mehr ertrug.

»Ich habe es erraten. Und plötzlich ergab sehr vieles einen Sinn. Der Mann, von dem ich gehört hatte, hat zu dem Mann, den ich allmählich kennen lerne, einfach nicht gepasst. Du hast den Ruf, ein kalter und herzloser Mensch zu sein. Aber …« Sie blickte in Richtung des zugezogenen Vorhangs vor dem Fenster, als suche sie dort nach einer Inspiration. Dann wurde ihre Miene noch ernster als zuvor, und sie wandte sich ihm wieder zu. »Mir gegenüber hast du dich alles andere als herzlos gezeigt.«

»Meine Frau war das Licht meines Lebens.« Es überraschte ihn, wie leicht ihm dieser Satz über die Lippen kam.

Er hatte noch nie mit einem Menschen über Joanna gesprochen. Das war eine ebenso eherne Regel wie die, dass man nicht beim Kartenspiel betrog und auch ansonsten immer ehrlich blieb. Sie lebte in einem von Kerzen erleuchteten Schrein in seinem Herzen weiter, blütenrein, geliebt und unbeschmutzt von all den Sünden, derer er inzwischen schuldig war.

Noch mehr erstaunte ihn, dass er mit einer Kurtisane wie

Olivia Raines über Joanna sprach. Und dass er wusste, dass sie ihn besser verstehen würde als jeder andere Mensch. Obwohl er genauso sicher wusste, dass Joanna alles verachtet hätte, wofür seine momentane Mätresse stand.

»Du liebst sie immer noch.« Diese Worte waren nicht als Frage formuliert.

»Ja.«

»Das bewundere ich.« Sie drehte sich um und schenkte zwei Gläser Wein aus der Karaffe auf dem Sideboard ein. »Sie muss eine bemerkenswerte Frau gewesen sein. Du hattest wirklich großes Glück.«

»Ja, das hatte ich.«

Was für eine Erkenntnis. Er war mit einer wunderbaren Liebe gesegnet gewesen und war jahrelang vor der Tatsache davongelaufen, dass ihm dieses Geschenk für eine viel zu kurze Zeit zuteilgeworden war.

Er nahm das Glas entgegen und blickte in den Wein, der dieselbe Farbe wie der Seidenkimono hatte, den Olivia trug. Sie setzte sich im Schneidersitz aufs Bett. Zu weit von ihm entfernt, als dass er sie hätte berühren können.

Ihre mühelose Grazie, die Art, wie sie die Beine kreuzte und züchtig den schimmernden Stoff des Kimonos über ihre erregend bleichen Schenkel schob, erinnerte ihn an die Frauen in einem Serail. Sie war unendlich verführerisch. Unendlich erotisch. Unendlich exotisch. Wo auch immer sie geboren war.

Sie nahm einen vorsichtigen Schluck von ihrem Wein, sah ihm aber weiter reglos ins Gesicht. »Also, warum hast du deine Kinder im Stich gelassen?«

Er verschluckte sich an seinem Wein und musste husten. »Verflucht, Olivia!«

Dann hielt er den Atem an und starrte sie entgeistert an.

Während eines Augenblicks hatte sie ihn in einem sentimentalen Traum gewiegt. Er hätte wissen sollen, dass sie ihn nicht darin schwelgen lassen würde. Dafür war sie einfach viel zu nüchtern und pragmatisch.

Dann fand er seine Stimme wieder. »Der verdammte Montjoy scheint eine echte Schwatztante zu sein.«

»Perry hat mir nur erzählt, was er wusste.«

»Was er *dachte*, dass er wusste.«

»Dann hat er sich also geirrt?«

Am liebsten hätte er gelogen. Verdammt, am liebsten hätte er gesagt, sie solle mit ihrer anmaßenden Neugier bleiben, wo der Pfeffer wuchs, bis sie bereit wäre, endlich die Mätresse zu sein, als die sie in Montjoys Salon aufgetreten war.

Nur, dass ihm trotz ihres spektakulären Aussehens und ihrer füchsischen Schläue nichts mehr an der kühlen, selbstbeherrschten Schönheit lag. Er wollte die zerzauste Frau, die ihm über den Rand ihres Weinglases hinweg reglos in die Augen sah und ihm Fragen stellte, deren Beantwortung unendlich schmerzlich für ihn war.

Verflucht, er wollte sie, und zwar nicht nur als zeitweilige Gefährtin für sein Bett. Er hatte keine Ahnung, was er dagegen machen könnte.

Nichts. Die traurige Wahrheit war, er konnte einfach nichts dagegen tun.

Weshalb er ihr gegen seinen Willen und wider besseres Wissen einzig auf Verlangen seines kalten, leeren Herzens eine Antwort gab. »Ich hätte es einfach nicht ertragen, hierzubleiben, nachdem Joanna gestorben war. Ich habe auch den Anblick meiner eigenen Kinder nicht ertragen, denn jedes Mal, wenn ich sie angesehen habe, sah ich meine Frau. Roma hat ihrer Mutter schon als Baby schmerzlich ähnlich gesehen. Sie hat mich jedes Mal daran erinnert, dass meine Frau nicht mehr am Leben war.«

Er erinnerte sich nur noch an wenige Details der ersten Monate nach dem Unfall seiner Frau, er dachte möglichst nie bewusst an jene Zeit zurück. Weshalb sie ihn verfolgte wie ein böser Geist.

Olivia beugte sich vor und legte eine schlanke Hand auf sein nacktes Knie. Auch wenn er nicht verstand, warum, gab ihm die Berührung das Gefühl, zum ersten Mal seit jenem grauenhaften Tag vor sechzehn Jahren, in denen seine Welt zerfallen war, vollkommen ganz zu sein.

»Es tut mir leid, Erith.«

Sogar ihre Stimme linderte seinen Schmerz. Wie machte sie das nur? Wie sollte er jemals wieder ohne Olivia leben, wenn er nur durch sie zu trösten war? Er hatte das Gefühl, als liefe alles immer schneller auf eine unvermeidliche Katastrophe zu.

Langsam, als hätte diese Geste eine Bedeutung für eine Zukunft, die sich bisher nicht einmal erahnen ließ, hob er seine freie Hand, legte sie auf ihre Finger und spürte, wie sie leicht zusammenfuhr. Dann aber entspannte sie sich wieder, als hätte sie seine Berührung akzeptiert. Als wäre zwischen ihnen mehr als nur ein nüchterner Vertrag zwischen einem betuchten Mann und einer käuflichen Frau.

Er hielt ihre Finger sanft umfasst, und als er weitersprach, fielen ihm auch diese Sätze überraschend leicht. »Es war nicht Romas und Williams Schuld, dass ich das Gefühl hatte, als ob ich mit Joanna gestorben wäre. Es war alleine meine Schuld, außer vielleicht noch der von meiner Frau, weil sie so entsetzlich stur gewesen ist.«

»Was ist passiert?«

Er nahm einen stärkenden Schluck aus seinem Glas, spürte, wie die aromatische Flüssigkeit durch seine Kehle rann, und verstärkte seinen Griff um Olivias Hand. Die Berührung war wie eine Rettungsleine, die ihn mit der Gegenwart verband.

Olivia blickte Erith reglos an, während er sich bemühte, die Worte zu finden, mit denen sich der Tod seiner Frau beschreiben ließ. Seltsam zu denken, dass er ihr vor ein paar Tagen noch wie ein Übermensch erschienen war, beinahe wie eine fremde Spezies, weil er so völlig anders als sämtliche anderen Männer war. Ein kalter Automat mit einer Intelligenz, die schneidend und verletzend war.

Eindeutig attraktiv. Eine Herausforderung. Eine Verlockung für ihre angeborene Neugier. Ein Ansporn, ihren Ruf als ewig unwiderstehliche Verführerin zu festigen. Mehr nicht.

Der Mann, der ihr jetzt gegenübersaß, war müde und traurig und hatte bereits zu viel Verlust und Schmerz erlebt. Meistens wirkte er dank seiner Kraft und seines brillanten Geistes deutlich jünger, als er war. Jetzt aber sah er plötzlich älter aus.

Sie hatte tapfer gegen die Erkenntnis angekämpft, dass sie etwas für diesen Mann empfand. Ein Kampf, den sie in einem regennassen Hain im Hyde Park endgültig verloren hatte. Gefühl war ein Luxus, den sich eine Frau nicht leisten konnte, wenn sie käuflich war.

Beinahe grimmig fing er an: »Wir hatten uns gestritten. Sie wollte einen Ausritt unternehmen, nachdem sie mir gerade erst erklärt hatte, dass sie unser drittes Kind erwartete. Joanna war eine phänomenale Reiterin. Ich habe noch keine Frau so reiten sehen wie sie. Wenn man sie in einem Salon getroffen hat, hat sie immer wie eine perfekte Lady auf einen gewirkt. Aber sobald sie in einem Sattel saß, war sie die reinste Amazone. Doch die Geburt unserer ersten beiden Kindern war sehr schwer für sie. Deshalb war ich in Sorge um ihre Gesundheit und habe versucht, sie in Watte einzupacken, als sie wieder schwanger war.«

Seine Stimme drückte aus, was für Vorwürfe er sich deswegen machte, und zu den Empfindungen, die Olivia so gern geleugnet hätte, gesellte sich schmerzliches Mitgefühl. Sie hätte sich gleich denken sollen, dass er Schuldgefühle hatte. Sonst hätte ihn der Tod seiner Frau nach all den langen Jahren sicher nicht mehr derart gequält. Sie zuckte innerlich vor Scham zusammen, als sie daran dachte, wie unbekümmert Perry ihr von Lady Eriths Tod berichtet hatte und dass sie, ohne auch nur einen Moment nachzudenken, einfach zur Tagesordnung übergegangen war.

Allerdings war sie zum Zeitpunkt des Gesprächs noch eine andere Frau.

»Natürlich hat sie rebelliert und ist trotzdem ausgeritten«, stellte sie mit ruhiger Stimme fest.

»Sie ist wütend aus dem Haus marschiert, hat sich ihre Lieblingsstute satteln lassen und …« Inzwischen hielt er ihre Finger derart fest umklammert, dass es zwar nicht wehtat, der Druck aber deutlich zu spüren war.

Sie sah, dass er schluckte und dass seine grauen Augen trüber waren als die Nordsee an einem bedeckten Wintertag. »Idiotischerweise habe ich ihr eine halbe Stunde Zeit gelassen, um sich zu beruhigen, und mich dann erst selber auf den Weg gemacht. Sie ist immer dieselbe Strecke durch den Park geritten, deshalb wusste ich, wo sie zu finden war.« Wieder unterbrach er sich und fuhr nach einem Augenblick mit leiser, unsicherer Stimme fort: »Zumindest dachte ich, ich wüsste, wo Joanna ist.«

»Erith …«, wisperte sie. Sein Unglück schnürte ihr die Kehle zu, sie drückte ihm mitfühlend die Hand.

Er beugte sich ein wenig vor und stellte sein Glas auf den Tisch neben dem Bett. Seine Finger zitterten so sehr, dass sich ein Teil der Flüssigkeit über den Rand des Glases auf der Holzplatte ergoss; beim Anblick dieses starken Mannes, der vor Trauer und vor Schuldgefühlen bebte, hätte sie am liebsten stumm geweint.

Er hatte seine Frau abgöttisch geliebt.

Sie hatte in ihrem Leben derart viele menschliche Fehler und Verrücktheiten erlebt, dass sie nicht geglaubt hatte, dass es eine solche Liebe wirklich gab. Die Reinheit des Gefühls, das sein angespanntes Gesicht zum Ausdruck brachte, schnitt ihr geradewegs ins Herz.

Es schmerzte mehr als alles andere, was ihr nach dem Verrat durch ihren eigenen Bruder vor so vielen Jahren widerfahren war.

Niemals würde sie von einem Menschen so geliebt. Niemals. Angesichts des Leuchtens in Lord Eriths Augen, die sie einmal für kalt und emotionslos gehalten hatte, hätte sie vor lauter Neid auf eine tote Frau am liebsten geheult. Wieder einmal kam ihr schmerzlich zu Bewusstsein, wie grundlegend, unvermeidbar und vor allem dauerhaft isoliert sie selber war.

»Ich bin ihr hinterhergeritten, und als ich nach einer Viertelstunde an eine Biegung auf den Waldweg kam …« Er atmete erschaudernd ein. »Ihre Stute hat anscheinend vor irgendwas gescheut. Wir haben nie genau herausgefunden, was geschehen ist. Das Pferd war ziemlich launisch. Joanna wollte immer möglichst wilde Pferde, weil sie das aufregender fand.«

Sie hatte offenbar auch einen wilden, aufregenden Ehemann gewollt. Als junger, bis über beide Ohren verliebter Mann musste er atemberaubend gewesen sein. Auch dieser Gedanke tat ihr weh.

Es fiel ihr schwer, ihn sich als unschuldigen jungen Menschen vorzustellen. Deutlich leichter war es, ihn verliebt vor sich zu sehen – schließlich betete er seine tote Ehefrau noch immer an, egal, mit wie vielen gefallenen Mädchen er seither ins Bett gestiegen war. Inzwischen war ihr klar, dass er dadurch lediglich versuchte, ein Leben auszufüllen, das durch den Zusammenbruch der tragenden Säule bedeutungslos geworden war.

Seine grauen Augen waren so verhangen wie ein Silberspiegel, als er sich des längst vergangenen Nachtmittags entsann. Er stieß krächzend aus: »Ich habe das Pferd schreien hören. Das arme Tier hatte ein Bein gebrochen und litt fürchterliche Schmerzen.«

Dann brach er wieder ab, öffnete und schloss die Finger, die sie zärtlich hielt, und sie merkte, trotz der grauenhaften Bilder, die er vor seinem inneren Auge sah, wusste er genau, wo und mit wem er zusammen war. Er hatte sie nicht verlassen, wie mächtig die grässliche Erinnerung auch war.

Dieses Wissen bedeutete ihr mehr, als es einer Frau wie ihr hätte bedeuten dürfen, doch sie konnte nichts dagegen tun. »Und Joanna?«

Er erschauderte unmerklich, sein Blick wurde vollkommen leer. »Ich glaube, sie war sofort tot, als die Stute auf sie fiel. Ich kann es nicht mit Bestimmtheit sagen, aber ihr Gesicht war völlig friedlich, und ich habe immer wieder gebetet, dass sie nicht leiden musste, bevor sie … bevor sie gestorben ist. Ich ertrage den Gedanken einfach nicht, dass sie vielleicht nach mir gerufen hat, dass sie von mir im Stich gelassen worden ist. Genau wie ich den Gedanken nicht ertrage, dass die letzten Worte, die wir miteinander gewechselt haben, Worte des Zorns waren.«

»Sie wusste, dass du sie liebst.« In ihrem tiefsten Inneren spürte sie, dass dieser Mann eine Beziehung niemals wieder lösen würde, wenn er sich an einen anderen Menschen band.

»Ja«, stimmte er ihr trübe zu. »Ich habe den Boden unter ihren Füßen angebetet, und das hat sie gewusst.«

»Dann war sie ein glücklicher Mensch, und das Letzte, was sie gewollt hätte, wäre, dass du dich mit Schuldgefühlen quälst.«

Sein Blick wurde wieder klarer, die erschreckende Leere wich aus seinem Gesicht, und er klang, als wäre er aus einem langen Albtraum aufgewacht. »Ich habe noch nie einem Menschen von Joanna erzählt.«

Sie wunderte sich, dass die Menschen, die ihm nahestanden, ihn niemals gezwungen hatten, diese Dinge auszusprechen, so wie man in eine infizierte Wunde stach, damit der Eiter die Gelegenheit zum Abfließen bekam. Wahrscheinlich ließ ein stolzer Mann wie Erith niemanden so dicht an sich heran.

Sie blickte nachdenklich auf ihre verschränkten Hände, bemerkte den deutlichen Kontrast zwischen seiner gebräunten Haut und ihrem hellolivfarbenen Teint und suchte verzweifelt nach Worten, mit denen er sich trösten ließ.

»Es ist entsetzlich traurig, wenn wir die Menschen, die wir lieben, in unseren Herzen gefangen halten und nie von ihnen sprechen. Durch unser Schweigen bringen wir sie noch mal um.«

»Die Art, wie sie gestorben ist, hat mich jahrelang verfolgt. Dabei sollte ich dem lieben Gott auf Knien danken, weil ich sie überhaupt kennen lernen durfte. Sie war wunderschön, temperamentvoll und voller Leben. Trotzdem habe ich sie wie eine Gefangene im Dunkeln eingesperrt.«

»Oh, mein Lieber«, platzte es aus ihr heraus, spontan beugte sie sich zu ihm vor und nahm ihn in den Arm.

Bisher hatte sie in ihrem Leben nur zwei Männer getröstet. Oder eher Jungen, dachte sie. Perry, als er vor Jahren wegen der Quälereien seines Vaters beinahe wahnsinnig geworden war. Und Leo als Kind.

Weshalb also fühlte es sich so natürlich an, als sie Eriths Kopf an ihre Schulter zog, ihn an ihren Körper drückte und versuchte, die eiskalte Trauer dadurch zu vertreiben, dass sie ihm etwas von ihrer Wärme gab?

Statt sich wie erwartet eilig von ihr loszumachen, nahm er die Umarmung dankbar an.

Stille senkte sich über den Raum. Selbst als sie an ihrem Hals die Nässe seiner Tränen spürte, brach sie das Schweigen nicht.

16

Erith hielt sein Pferd in der Nähe eines kleinen Eichenhains im Hyde Park an und wartete auf Roma, die schwer wie ein Kartoffelsack im Sattel ihres leidgeprüften Pferdes hing und mehrere hundert Meter hinter ihn zurückgefallen war. Neben ihrem Pferd trottete ein Bursche mit einer stoischen Gelassenheit, die deutlich machte, dass das Ungeschick der jungen Reiterin nichts Neues für ihn war.

Seine Tochter hatte ganz eindeutig weder seine noch Joannas Sportlichkeit geerbt. Seltsam, dass ihm das bisher nicht aufgefallen war. Aber woher hätte er auch wissen sollen, ob sie reiten konnte oder nicht? Schließlich war sie ihm ja auch in allen anderen Dingen völlig fremd. Wieder einmal wurde ihm bewusst, dass er mit seinem Vorhaben bisher gescheitert war.

Dieser Besuch in London hatte ihm bereits eine heilsame Lektion in Bescheidenheit erteilt. Er hatte sich allen Ernstes eingebildet, seine Kinder würden Tränen der Dankbarkeit vergießen, sobald er auch nur einen Funken Interesse an den beiden zeigte. Genau, wie er sich eingebildet hatte, die von ihm gewählte Mätresse würde sich so mühelos erobern lassen wie bisher jede andere Frau.

Es war geradezu lächerlich, wie tief der Graben zwischen seiner Vorstellung und der harten Wirklichkeit war.

Er hatte Olivia bei Anbruch der Dämmerung verlassen. Obwohl er knüppelhart gewesen war, hatte er nicht noch einmal mit ihr geschlafen, denn er hätte es ganz einfach nicht ertragen, hätte sich seine Befriedigung auf die Erfüllung seiner körperlichen Lust beschränkt.

Trotzdem hatte er bei seinem Aufbruch das Gefühl gehabt, als hätte sie das Gift von sechzehn Jahren aus ihm herausgespült. Es gab unendlich viel, wofür er ihr zu Dank verpflichtet war. Bereits, als er sie zum ersten Mal gesehen hatte, hatte er gewusst, dass sie eine außergewöhnliche Erscheinung war. *Wie* außergewöhnlich sie in Wahrheit war, war ihm jedoch erst jetzt klar. Natürlich fehlte ihm Joanna immer noch. Sie würde ihm bis an sein Lebensende fehlen, und er würde allzeit darüber trauern, dass sie derart tragisch umgekommen war. Genau, wie er allzeit bedauern würde, dass die letzten Worte, die sie miteinander gesprochen hatten, Worte des Zorns waren und dass er ihr Leben nicht mehr retten konnte, als sie unter ihrem Pferd begraben worden war.

Im Verlauf der Zeit hatte sich die Erinnerung an seine tote Frau auf jenen grauenhaften Nachmittag beschränkt. Seit er jedoch das Haus in der York Street im Morgengrauen verlassen hatte, hatte eine regelrechte Flut von Erinnerungen einen großen Teil des alten Grolls hinweggespült.

Jetzt erinnerte er sich an die goldenen Wochen seines Werbens, an die Süße ihres ersten wirklichen Zusammenseins, an die Freude, als erst William und dann Roma auf die Welt gekommen war. An Nachmittage voll Gelächter. Abende des Tanzes. Nächte beinahe unschuldiger Freude.

Und auch manches andere, was er entweder vergessen oder vor lauter Schuldgefühlen verdrängt hatte, fiel ihm jetzt wieder ein. Dass Joanna furchtbar stur und auch ein wenig arrogant gewesen war. Dass er sich manchmal gewünscht hatte, sie würde einen Scherz schneller verstehen und hätte ein besseres Gespür für irgendeine Situation.

Seit dem unbeschreiblich süßen Augenblick, in dem er von Olivia in den Arm genommen worden war, hatte er Joannas liebe Gegenwart gespürt. Ihr Geist war weder rachsüchtig noch anklagend, sondern hüllte ihn in Liebe und Vergebung ein.

Vor lauter Freude und Erleichterung hatte er seine Tochter, die wie immer in beleidigtem Schweigen mit ihm am Frühstückstisch gesessen hatte, eingeladen, ihn zu dem Ausritt zu begleiten, den er jeden Vormittag im Hyde Park unternahm. Sie hatte nicht gerade begeistert darauf reagiert, aber schließlich war sie nie wirklich begeistert, wenn er mit ihr sprach. Sie hatte ihn säuerlich begrüßt, als er aus Wien gekommen war und war ihm gegenüber immer noch sehr kühl und reserviert.

Bisher hatten seine Schuldgefühle ihn daran gehindert, sie in ihre Schranken zu verweisen, wenn sie ihn mit feindseligen Blicken maß und nur widerwillig reagierte, wenn er mit ihr sprach.

Doch das wäre jetzt vorbei.

Er war nach London zurückgekommen, um sich mit seiner Familie zu versöhnen. Er würde alles in seiner Macht Stehende tun, damit es dazu kam.

Es war falsch von ihm gewesen, sich über all die Jahre die Schuld am Tod seiner Frau zu geben. Es war einfach ein tragischer, grauenhafter Unfall gewesen, weiter nichts.

Aber dass er seine Kinder einfach abgeschoben hatte, würde er sich nie verzeihen. Weil es einfach unverzeihlich war. Es war allerhöchste Zeit für eine Verständigung zwischen ihm und seinen Kindern. Vielleicht wäre es zu viel verlangt, dass sie ihm plötzlich mit echter Zuneigung begegneten, obwohl er seine Seele dafür gäbe, nur einen Bruchteil der Liebe und des Respekts von William und Roma zu bekommen, den Olivia von ihrem Sohn entgegengebracht bekam.

Unglücklicherweise ging er davon aus, dass sich die Situation zwischen ihm und seiner Tochter erst noch verschlechtern würde, bevor sich eine Einigung erzielen ließ. *Falls* sich eine Einigung erzielen ließ. Bisher herrschte ein unbehaglicher Waffenstillstand zwischen ihm und seinem Kind. Aber vielleicht käme es ja noch zu einem offenen Krieg, bevor er London wieder verließ.

Keuchend holte Roma ihn ein. Sie war deutlich plumper, als Joanna es jemals gewesen war. Nach allem, was er bisher mitbekommen hatte, vertrieb sie sich die Zeit hauptsächlich damit, dass sie in ihrem Zimmer auf dem Sofa lag, Bonbons in sich hineinstopfte und Liebesromane verschlang. Es war ihm ein Rätsel, wie es ihr gelungen war, einen unvergleichlichen jungen Mann wie Thomas Renton zu becircen. Obwohl Erith hin und wieder mitbekommen hatte, wie sie mit irgendeiner Freundin lachte und sich dabei von einer Seite zeigte, die sich noch nicht einmal erahnen ließ, wenn sie mit ihm zusammen war. Auf den endlosen Bällen, aus denen ihre abendliche Unterhaltung zu bestehen schien, war sie anscheinend recht beliebt.

»Kannst du dich noch an deine Mutter erinnern, Roma?«, fragte er, als sie ihr Pferd neben ihm zum Stehen brachte.

Er hatte absichtlich ein kleineres Pferd als Bey für sich gewählt, ragte aber immer noch beinahe drohend neben seiner Tochter auf. Der Pferdeknecht hatte ein wenig abseits haltgemacht, ließ aber die junge Frau keine Sekunde aus den Augen, und plötzlich wurde Erith klar, dass der arme Bursche Roma sicher schon des Öfteren gerettet hatte, wenn sie wieder mal vom Pferd gefallen war.

Der Gedanke hätte schmerzliche Erinnerungen an Joannas Unfall in ihm wecken sollen, aber Roma war eine so vorsichtige Reiterin und ritt kaum je auch nur im Trab, daher gab es sicher keinen Grund zur Sorge um sie. Statt Angst empfand er eher etwas wie Scham, weil eines seiner Kinder derart ungeschickt im Sattel saß.

Der feindselige Blick, mit dem sie ihn bedachte, war ihm nach Wochen des Zusammenlebens hinlänglich bekannt. »Tante Celia hat mir von ihr erzählt. Ich war erst zwei, als sie gestorben ist«, erklärte sie, als ginge sie nicht davon aus, dass ihm das in Erinnerung geblieben war.

»Ich weiß, wie alt du warst«, erwiderte er milde. »William war drei. Wenn du möchtest, kann ich dir von ihr erzählen.«

Ein Ausdruck der Verletzlichkeit trat in ihre leuchtend blauen Augen. Es brach ihm beinahe das Herz, wenn er diese Augen sah, denn sie erinnerten ihn schmerzlich an die

Augen seiner toten Frau. Dann aber zog Roma wieder den bekannten Schmollmund, und er fragte sich, ob der kurz aufflackernde Schmerz in ihrem Blick vielleicht nur seiner Einbildung entsprungen war.

»Meine Mutter war dir doch vollkommen egal. Genau wie wir. Du bist doch nur wegen meiner Hochzeit hierhergekommen, weil du dann vor aller Welt den treusorgenden Vater herauskehren kannst. Danach fährst du nach Wien zurück zu deinen Mätressen, deiner Trinkerei, deiner Spielerei und vergisst erst einmal wieder, dass du eine Familie hast.«

Erith war von dieser verbitterten Tirade ehrlich überrascht. Einen derartigen Kampfgeist hätte er dem Mädchen niemals zugetraut. Sie stieß ihrem Pferd die Fersen in die Flanken, doch sie war eine derart schlechte Reiterin, dass sie ihm unmöglich entkommen konnte.

»Ich habe deine Mutter geliebt, Roma. Und deine Mutter hat mich ebenfalls geliebt.«

»Das tut mir leid für sie«, stellte das Mädchen mit dumpfer Stimme fest. »Du bist es nämlich eindeutig nicht wert, dass dich jemand liebt.«

Das hatte Joanna nicht gefunden, und um ihretwillen musste er sich weiter um sein Kind bemühen. Vielleicht kam sein Bemühen etwas spät, doch er musste eine Beziehung zu dieser jungen Frau bekommen, die er liebte, die jedoch zugleich eine völlig Fremde für ihn war.

Mit William stand ihm derselbe Kampf bevor. Nachdem er als kleines Kind von ihm im Stich gelassen worden war, tat sein Sohn jetzt so, als existiere Erith nicht. Seit sein Vater wieder in London war, war er nur einmal kurz aus Oxford heimgekommen, und das eindeutig unter Zwang.

Erith konnte deutlich sehen, dass er entsetzlich selbstsüchtig gewesen war, als er seine Kinder seiner Schwester überlassen hatte und davongelaufen war. Sein Magen zog sich schmerzlich zusammen, als er erkennen musste, dass sich diese Schuld wahrscheinlich niemals tilgen ließ.

Aber, bei Gott, er musste wenigstens versuchen, den Schaden zu beheben, der von ihm angerichtet worden war.

»Ich wünschte, dass du einfach wieder verschwinden würdest«, erklärte Roma starrsinnig. »Ich wünschte, dass du nie zurückgekommen wärst.«

Die Worte mochten kindisch sein, aber sie taten trotzdem weh. »Du und William seid das Kostbarste in meinem Leben«, antwortete er.

Ihr sarkastisches Lachen klang in seinen Ohren wie das Echo seines eigenen bitteren Humors. »Deshalb hast du uns bestimmt bei Tante Celia gelassen, als wir klein waren, und dich seither nie auch nur in unsere Nähe zurückgewagt.«

Diese Worte brachen ihm das Herz, doch er konnte unmöglich tun, als liebe er das Mädchen nicht. Er würde für sie sterben. Was unglücklicherweise deutlich leichter wäre, als das schlimme Unrecht wiedergutzumachen, das von ihm an ihr begangen worden war.

»Dafür bitte ich dich um Verzeihung«, stieß er leise aus.

Sie runzelte die Stirn. »Ich verstehe nicht …«

Er brachte sein Pferd zum Stehen. »Willst du vielleicht absteigen und etwas laufen?«

»Nein, ich will wieder nach Hause«, antwortete sie, wobei aber die Bitterkeit in ihrer Stimme nicht mehr ganz überzeugend klang.

»Wirklich?«, fragte er.

Sie bedachte ihn mit einem hasserfüllten Blick. »Würdest du mich denn wieder nach Hause reiten lassen?«

Ihre Stimme hatte einen beinahe eindringlichen Klang; obwohl er keine Ahnung hatte, was an dieser Frage so bedeutsam war, erwiderte er ernst: »Ja, natürlich. Schließlich bin ich kein Ungeheuer, Roma.«

»Nein, du bist einfach ein Mann, der nie auch nur einen Gedanken darauf verwendet, was jemand anderem als ihm selber wichtig ist.«

»Das ist nicht wahr.« Er sollte wütend sein, doch er war vor allem überrascht. Seit er wieder in London war, hatte Roma kaum ein Wort mit ihm gewechselt, außer wenn sie gejammert hatte, weil sie irgendeinen neuen Hut nicht rechtzeitig bekam oder weil sich der Termin von irgendeinem Ball mit dem Termin von einer anderen Einladung überschnitt.

»Doch, das ist es. Hast du William oder mich auch nur ein einziges Mal gefragt, was wir beide wollen? Hast du mir jemals eine Wahl gelassen, als es darum ging, wo oder wie ich leben will?«

»Du warst damals noch ein Baby, Schätzchen.«

Er hatte diesen Kosenamen ganz spontan hinzugefügt, was jedoch eindeutig falsch gewesen war. Denn sie lief vor lauter Zorn beinahe lila an. »Inzwischen bin ich achtzehn Jahre alt.«

»Willst du wieder nach Hause?«, kehrte er zum Anfang des Gesprächs zurück.

Sie sah ihn reglos an, und er überlegte, ob sie stur genug wäre, um darauf zu bestehen.

Dann aber schüttelte sie resigniert den Kopf. »Nein.«

Sie fügte mit einer Spur von Bitterkeit hinzu: »Ich habe mein Leben lang darauf gewartet, dass du mir endlich etwas Aufmerksamkeit schenkst. Da wäre es doch schade, die Zeit zu verkürzen, in der ich endlich mal mit dir zusammen bin.«

Sie hatte eindeutig mehr Rückgrat, als er angenommen

hatte. Plötzlich war sie nicht mehr das verhuschte Mädchen, das ihm bisher möglichst aus dem Weg gegangen war.

Er stieg von seinem Pferd, und als er ihr aus dem Sattel half, fiel ihm wieder einmal auf, dass Roma zwar kleiner und auch rundlicher als ihre Mutter war, ihr aber trotzdem schmerzlich ähnlich sah. In ihrem Zorn war sie ihr noch ähnlicher als sonst. Schockiert stellte er fest, dass seine Tochter eine wahre Schönheit war. Eine junge Frau mit eigenen Wünschen, eigenen Zielen, einem eigenen Geschmack. Für ihn eine völlig Fremde.

Was für ein verdammtes Chaos er doch angerichtet hatte, als er einfach fortgegangen war.

Schweigend führten sie die Pferde an den Zügeln durch den Park. Es war ein angenehmer Morgen, und das frische Frühlingsgrün der Büsche und der Bäume war in warmes Sonnenlicht getaucht. Obwohl er kaum geschlafen hatte, war er nach den aufwühlenden letzten vierundzwanzig Stunden immer noch hellwach. Es war allerhöchste Zeit, dass der Streit mit seinem Kind ein Ende nahm.

»Darf ich dir erzählen, warum ich dich und William bei meiner Schwester gelassen habe?«, fragte er nach einem Augenblick. Roma wirkte nicht mehr ganz so kämpferisch wie zu Beginn ihres Gesprächs, doch er hatte keine Ahnung, wie lange es dauern würde, bis sie wieder nach den Waffen griff. Wenn das keine Ironie des Schicksals war! Er war für sein Geschick als Diplomat berühmt, wusste aber nicht, wie sich ein verletztes, wütendes Mädchen besänftigen ließ. »Es lag ganz sicher nicht daran, dass ich euch nicht geliebt habe.«

»Warum bist du mit einem Mal so nett?«, fragte Roma ihn in argwöhnischem Ton.

Er sah sie lächelnd an. Ihr Argwohn erinnerte ihn an

Olivia. »Weil ich dein Vater bin und dir das Gefühl geben möchte, dass du meine geliebte Tochter bist.«

»Dafür ist es zu spät.«

Bei dieser leisen Antwort schlug das Herz ihm schmerzlich in der Brust. Großer Gott, wenn stimmte, was sie sagte, war sein Leben ruiniert.

Wie schrecklich, dass sie glaubte, dass ihre Beziehung unrettbar verloren war. Er wusste, sein Verhalten hatte den Eindruck bei ihr erweckt, als wäre sie ihm vollkommen egal. Dabei war tragischerweise das genaue Gegenteil der Fall.

»Ist es das?«

Wieder starrte sie ihn böse an und nahm ihren Hut vom Kopf. Ihr braunes Haar war platt und wild zerzaust, ein paar Strähnen hatten sich gelöst und rahmten ein noch immer kindlich fülliges Gesicht. »Du wolltest noch nie mit mir reden.«

»Ich hoffte, du würdest mich wenigstens erklären lassen.«

»Weshalb solltest du dir diese Mühe machen? Du gehst ja doch nach Wien zurück. Außerdem bin ich im Begriff zu heiraten. Ich habe also ein eigenes Leben.«

»Bist du denn kein bisschen neugierig auf deinen Vater?«

»Früher war ich es. Aber jetzt bin ich erwachsen, und ich habe andere Dinge, über die ich mir Gedanken machen muss. Du spielst keine Rolle mehr für mich.«

Was, da eine verschämte Röte ihre zuvor so klaren, bleichen Wangen überzog, eindeutig eine Lüge war.

»Nun, sei bitte trotzdem so geduldig, und hör dir an, was ich zu sagen habe, ja?«

Er wartete darauf, dass sie ihn rüde anfuhr, er hatte bereits viel zu viel Geduld von ihr verlangt. Doch sie bedachte ihn mit einem unglücklichen Blick und nickte mit dem Kopf. »Wie du willst.« Dann aber konnte sie der Versuchung nicht widerstehen und fügte zynisch hinzu: »Obwohl ich mich frage, was das nützen soll.«

Er stieß ein halb belustigtes und halb erbostes Knurren aus. »Ein Geständnis ist gut für die Seele. Wenn es dir nicht hilft, hilft es vielleicht wenigstens mir.«

Obwohl sie nicht lächelte, wusste er, sie hörte zu, während sie weiter neben ihm den schattigen Weg hinunterlief. Das gedämpfte Klappern der Pferdehufe auf dem Laub, das leise Klirren der Kandaren und der Gesang der Vögel in den Bäumen besänftigten das Rauschen seines Bluts.

»Weißt du, dass du deiner Mutter unwahrscheinlich ähnlich bist?«, wollte er leise von ihr wissen. »Sie hatte dieselben Augen und dieselben Haare, manchmal hast du einen Gesichtsausdruck, der mir das Gefühl gibt, als wäre Joanna noch einmal zum Leben erwacht.«

»Ich weiß. Das sagt Tante Celia auch immer. Außerdem habe ich das Porträt von eurer Hochzeit gesehen.«

Natürlich hatte sie das Bild gesehen. Er hatte den großen Raeburn extra in das Haus seiner Schwester schicken lassen, bevor er zu seinem ersten diplomatischen Posten aufgebrochen war. Obwohl er vor Trauer beinahe wahnsinnig gewesen war, hatte er sich eingebildet, dass das Bild den Kindern einen gewissen Bezug zu den abwesenden Eltern geben könnte.

Rückblickend betrachtet kam ihm das Gemälde wie ein ziemlich ärmlicher Ersatz für die tatsächliche Nähe eines Vaters vor. Vielleicht hatten seine Kinder es sogar als Grausamkeit empfunden, dass dieses Porträt wie eine beständige Erinnerung an das, was sie nicht hatten, von ihm zurückgelassen worden war.

Er fragte sich, weshalb ihm das damals nicht schon bewusst gewesen war. Er war schließlich nicht dumm. Aber erst, nachdem Olivia ihm von ihrer Vergangenheit erzählt hatte, dachte er über diese Dinge wirklich nach.

Inzwischen war ihm klar, was für ein schlechter Vater er für Roma und für William gewesen war. Er hatte sich selbst, Joanna und vor allem seine Kinder schändlich im Stich gelassen, als er einfach fortgelaufen war. Er fragte sich erneut, ob sich der Schaden noch beheben ließ, obwohl der von ihm begangene Verrat unermesslich war. Er musste es auf jeden Fall versuchen. Einen neuerlichen Rückzieher verziehe er sich nie.

»Bereits als ich deine Mutter zum ersten Mal auf einem Ball gesehen habe, habe ich mein Herz an sie verloren. Sie war damals noch jünger als du jetzt. Gerade mal siebzehn Jahre alt. Ich selbst war gerade achtzehn. Die Verbindung hat unseren Familien gefallen, und es gab weder bezüglich unseres Standes noch bezüglich des Vermögens der beiden Familien irgendwas, was gegen die Beziehung sprach. Wir waren beide jung, geradezu erschreckend unschuldig, hoffnungslos ineinander verliebt und wollten schnellstmöglich heiraten.« Er und Joanna hatten sich während dieses ersten Höhenflugs der Liebe geradezu leidenschaftlich nacheinander verzehrt.

Romas Blick verriet vorsichtige Neugier. »Ich kann mir nicht vorstellen, dass du je so jung wie ich warst.«

Er stieß ein kurzes Lachen aus. »Glaub mir, ich war es trotzdem.«

Trotz der Ernsthaftigkeit ihres Gesprächs amüsierte ihn, wie zweifelnd ihre Stimme klang. Er konnte sich daran erinnern, dass es ihm damals genau wie ihr ergangen war. Als sein Vater Zweifel an der überstürzten Heirat angemeldet hatte, hatte er ihm beinahe mit denselben Worten vorgehalten, dass er offenkundig niemals jung gewesen war. Er hatte gewusst, dass seine Angebetete die Liebe seines Lebens war. Er war sich über seine Gefühle völlig klar gewesen. Vielleicht deutlich klarer als in all den Jahren seit Joannas Tod.

»Wir haben beinahe vier Jahre zusammengelebt und zwei Kinder bekommen, in die wir beide hoffnungslos vernarrt waren.«

Roma fuhr zusammen, und als sie dabei an den Zügeln ihres Pferdes riss, warf das Tier den Kopf zurück und schnaubte protestierend auf. Er rechnete damit, dass sie ihm widersprechen würde, doch sie sagte keinen Ton. Er hatte keine Ahnung, was ihr durch den Kopf ging.

»Als deine Mutter starb, wäre ich am liebsten ebenfalls gestorben. In vielerlei Hinsicht bin ich das wohl auch. Deine Tante bot mir an, sich um dich und William zu kümmern. Auch alle anderen meinten, dass das das Beste für euch wäre …«

»Und du wolltest sowieso weglaufen«, fiel die Tochter ihm ins Wort.

»Ja, ich wollte weglaufen.« Wie ließ sich einem Mädchen in ihrem Alter am besten erklären, wie lähmend, egoistisch und vor allem allumfassend seine Trauer damals war? Er hatte es einfach nicht ausgehalten, seine Kinder auch nur anzusehen, denn sie hatten gelebt, während seine geliebte Frau gestorben war. Dann aber wurde ihm bewusst, dass er Roma die schändliche Wahrheit schuldig war. »Ich war einfach ein Feigling.«

Sie bedachte ihn mit einem ruhigen Blick, den er nicht wirklich deuten konnte. Er drückte eindeutig Verachtung aus. Aber auch noch etwas anderes, was mit ein wenig Glück vielleicht ein Ansatz von Verstehen war. »Du warst damals erst zweiundzwanzig, das heißt gerade mal vier Jahre älter als ich jetzt.«

»Ich war noch jung. Aber das ist keine Entschuldigung dafür, dass ihr von mir im Stich gelassen worden seid.«

»Nein, aber das macht es etwas leichter zu verstehen.«

Sie war noch weit davon entfernt, ihm zu verzeihen. Der von ihm an ihr begangene Verrat war derart groß, dass er es vielleicht nicht verdiente, dass sie ihm verzieh.

Es war falsch gewesen, seine Kinder einfach aufzugeben, inzwischen wusste er das. Vielleicht war es noch verzeihlich, dass ein junger Mann mit gebrochenem Herzens sich aus der Verantwortung für seine Kinder stahl. Celia hatte recht gehabt, als sie ihm die beiden damals abgenommen hatte. In seiner Trauer nach Joannas Tod hätte es ihn völlig überfordert, für zwei kleine Kinder zuständig zu sein. Doch er zuckte zusammen, als er daran dachte, wie viel Zeit seither vergangen war. Und nie war er zurückgekommen, niemals hatte er sich der Verantwortung für die Familie gestellt.

Das war die wahre Schuld, an der er trug.

Überwältigende Schuldgefühle hinterließen einen schlechten Geschmack in seinem Mund. Er gäbe seine Seele für die Möglichkeit, die Vergangenheit zu ändern und die unzähligen Fehler wiedergutzumachen, die ihm unterlaufen waren, aber dafür war es zu spät. Alles, was ihm jetzt noch blieb, war, blind vorwärtszustolpern und dabei zu hoffen, dass sich noch irgendeine Verbindung zu seinen Kindern schaffen ließ.

»Ich bin froh, dass wir diese Unterhaltung hatten«, stellte Roma, als sie aus dem Schatten der Bäume in die Sonne traten, widerstrebend fest.

Erith schwoll vor lauter Glück die Brust. Dieser kurze Satz war ein enormes Zugeständnis, vor lauter Rührung brachte er nur mühsam einen Ton heraus, als er erwiderte: »Ich auch.«

Er konnte nicht so tun, als hätte er den Kampf um Romas Liebe und Respekt bereits gewonnen. Dafür bräuchte er noch jede Menge Zeit, Einfühlungsvermögen und vor allem all die Liebe, die den beiden Kindern bisher von ihm vorenthalten worden war. Vielleicht aber hatte er an diesem Morgen einen ersten kleinen Schritt in Richtung seines Ziels getan, und vielleicht folgten mit Geduld und beidseitigem gutem Willen diesem ersten kleinen Schritt weitere kleine Schritte nach.

Tausend Dank, Olivia, du hast mich unendlich viel gelehrt.

Sie gelangten in einen belebteren Bereich des Parks, und die Zeit für vertrauliche Gespräche war vorbei.

Er wandte sich seiner Tochter zu. Seltsam, wie viel sich in einer Stunde verändern konnte, dachte er. »Lass mich dir wieder in den Sattel helfen. Wir sind schon ziemlich lange unterwegs. Tante Celia denkt bestimmt, wir hätten uns verirrt.«

Zu seiner Überraschung fing das Mädchen fröhlich an zu kichern, und ihm wurde schmerzlich klar, dass sie zum ersten Mal in seiner Gegenwart wirklich unbekümmert war. »Sie wird denken, dass ich vom Pferd gefallen bin und du das Tier quer durch den Park verfolgen musst, bis es sich endlich fangen lässt. Das ist schon des Öfteren passiert.«

»Ich kann dir Reitunterricht geben, wenn du willst.«

Sofort wurde die wunderbare Offenheit in ihrem Blick durch den alten Argwohn ersetzt. »Versuch am besten gar nicht erst, mich zu verändern. Ich kann nicht gut mit Pferden umgehen. Das konnte ich noch nie.«

»Ich will dich nicht …«, setzte er ungeduldig an. Dann

aber wurde ihm bewusst, dass sie ihn vielleicht mit diesen Worten auf die Probe stellen wollte und dass er diese Probe sicher nicht bestünde, führe er sie böse an. »Die Entscheidung liegt bei dir. Ich reite jeden Morgen aus, falls du mich begleiten willst, bist du jederzeit willkommen.«

Die Verwunderung in ihrem Blick hielt auch noch an, als er sie mühsam in den Sattel hob. Es war für ihn die reinste Qual, sie nicht anzuweisen, ihren Rücken durchzubiegen und die steifen Arme zu entspannen, irgendwie schaffte er es, keinen Ton zu sagen, während er zu seinem eigenen Pferd hinüberstapfte und sich in den Sattel schwang.

Er rief den Pferdeburschen, der halb schlafend auf dem Rücken seines rot-braunen Ponys saß, wendete sein Pferd und bemerkte eine Frau, die auf einem temperamentvollen kastanienbraunen Vollblüter den Weg hinunterritt.

Olivia.

Obwohl sie am anderen Ende der Lichtung ritt, ihm den Rücken zuwandte, die schwarze Kluft einer ernsthaften Reiterin trug und ihr unverkennbar braunes Haar unter einem eleganten, beinahe maskulinen Hut verborgen war, erkannte er sie sofort.

Das Pferd, auf dem sie saß, war ein echter Blickfang. Frisch, geschmeidig, langbeinig, mit einem sanft geschwungenen Hals. Es tänzelte nervös, doch mit einer lässigen Bewegung einer wohlgeformten Hand brachte sie es sofort unter Kontrolle und richtete sich wieder kerzengerade auf. Joanna war eine phänomenale Reiterin gewesen. Olivia aber nahm sich im Vergleich zu ihr wie die Sonne gegenüber einer Kerze aus. Sie bildete eine perfekte Einheit mit dem Pferd, hatte einen tadellosen Sitz, und ihre elegante Haltung drückte größtes Selbstbewusstsein aus. Vor allem aber schmiegte sich ihr schwarzes Reitkostüm so eng an ihre wohlgeformten Rundungen, als hätte es die Schneiderin ihr direkt auf den Leib genäht.

Erith hielt beinahe ehrfürchtig den Atem an.

Aus dem Augenwinkel nahm er wahr, dass sich Roma nur mit Mühe auf dem Rücken ihres braven Pferdes hielt, starrte aber weiterhin Olivia an.

Sie unterhielt sich gerade mit zwei jungen Burschen. Einen von den beiden hatte er schon einmal irgendwo gesehen. Wahrscheinlich bei Lord Peregrine. Der andere war ihm fremd. Hübsch, blond wie ein nordischer Gott, jung und offensichtlich reich, da er auf einem Rotschimmel ritt, der beinahe so edel war wie Olivias kastanienbraunes Tier.

Nutzte sie vielleicht ihren morgendlichen Ausritt, um sich einen neuen Liebhaber unter den jungen Männern auszuwählen, die man um diese Stunde durch den Park flanieren sah? Der Gedanke brannte sich wie Säure in sein Hirn, er umklammerte die Zügel seines Pferdes so fest, dass es erschrocken auf der Stelle tänzelte.

Er versuchte, die sofort aufflackernde, wilde Eifersucht zu unterdrücken. Er konnte das Gefühl einfach nicht akzeptieren, da es völlig unvernünftig und vor allem völlig untypisch für den Earl of Erith war.

Was war nur mit ihm los? Ihm war von Beginn an klar gewesen, dass Olivia eine Kurtisane war. Damit verdiente sie sich ihren Lebensunterhalt. Natürlich sah sie sich allmählich nach dem nächsten Gönner um. Schließlich blieb er nur bis Juli hier.

Erwartete er etwa allen Ernstes, dass sie dann in ein verdammtes Kloster ginge und bis an ihr Lebensende lamentierte, weil er sie verlassen hatte, wie eine der rückgratlosen Heldinnen, die man in der Oper sah?

Sie hatten beide einen Beruf, und aufgrund ihrer Tätigkeiten wären sie bald wieder Hunderte von Kilometern voneinander entfernt.

Keine dieser unleugbaren Tatsachen besänftigte den heißen Zorn, der in seinem Inneren loderte, oder löste den dicken Kloß in seinem Hals.

Olivia wendete ihr Pferd, selbst über die Entfernung wusste er, sie hatte ihn erkannt.

Trotzdem ließ sie sich nicht anmerken, dass sie ihm schon einmal begegnet war.

Und, verdammt noch mal, so sollte es schließlich auch sein.

»Ich verstehe nicht, warum alle Welt so ein Trara um die Geschichte macht«, stellte Roma neben ihm tonlos fest.

»Wie bitte?«, fragte er, weil er keine Ahnung hatte, wovon seine Tochter sprach.

Sie nickte in Richtung von Olivia. »Diese Frau. Deine Geliebte. Ich verstehe nicht, weshalb alle Welt ein solches Aufhebens um dieses Weibsbild macht.«

Diese Feststellung kam derart überraschend, dass sie Erith aus seinen Gedanken riss. »Woher zum Teufel …« Er atmete tief ein und kämpfte mühsam gegen den wütenden Schock, von dem er befallen worden war. »Entschuldige, Roma.«

Sie schob die Unterlippe vor, was eine inzwischen bedauerlich vertraute Geste war. »Du wirst mir jetzt bestimmt erzählen, ich sollte mich nicht für solche Dinge interessieren. Aber natürlich tue ich das. Ich bin weder dumm noch taub, und die gesamte bessere Gesellschaft spricht kaum noch von etwas anderem als von deiner peinlichen Affäre mit dieser halbseidenen Frau. Dabei war es bereits schlimm genug für die Familie, als du deine Mätressen auf der anderen Seite des Ärmelkanals hattest.«

»Dies ist kein Thema, über das ich mit dir rede«, erklärte er ihr sanft, fluchte jedoch innerlich das Blaue vom Himmel herab. Weshalb in aller Welt wusste sie so gut über seine Frauengeschichten Bescheid?

»Nun, ich finde das alles widerlich«, schnauzte sie ihn an, während sie ihrem Pferd die Fersen in die Flanken stieß.

Mit sorgenvoller Miene trabte ihr der Pferdebursche eilig hinterher. Offensichtlich war es ungewöhnlich, dass die ungeschickte Lady Roma in einem derart hohen Tempo ritt, und es war ihm deutlich anzusehen, dass er die Befürchtung hatte, dass sie sich nur kurz im Sattel hielt. Erith sah den beiden nach und war ebenfalls in Sorge um sein ungeschicktes Kind. Roma hüpfte ohne jegliches Gefühl für den Laufrhythmus des Tiers in ihrem Sattel auf und ab. Das arme Pferd musste sich fühlen, als hätte man ihm einen prall gefüllten Weizensack auf den Rücken geschnallt.

Dann hob er den Kopf und merkte, dass Olivia ihn aufmerksam betrachtete. Anscheinend hatte sie erraten, was geschehen war. Als Frau vom Rande der Gesellschaft konnte sie sich sicher denken, dass das junge Mädchen, das ihn während seines morgendlichen Ritts begleitete, seine Tochter war.

Er hatte das Gefühl, als schicke sie ihm wortlos Kraft. Obwohl ihre wunderschöne, ausdrucksvolle Miene völlig reglos blieb.

Ein Beobachter hätte von diesem stummen Zwiegespräch wahrscheinlich nicht einmal etwas geahnt.

Dann tat sie wieder so, als wäre er ein völlig Fremder, und wandte sich erneut den beiden jungen Männern zu.

Aus irgendeinem Grund traf ihn ihre abweisende Haltung mehr als alles andere an diesem vermaledeiten Vormittag. Mehr als die Erkenntnis, dass der kurze Waffenstillstand zwischen ihm und seinem Kind beendet war. Mehr als das Bewusstsein, dass ihn noch ein Gespräch mit seinem feindseligen Sohn erwartete. Mehr als die Erfordernis, der Tochter hinterherzujagen, damit sie nicht auf ihren aristokratischen Hintern fiel. Mehr als die Tatsache, dass Olivia mit anderen Männern flirtete.

Nein, am meisten schmerzte ihn, dass sie nicht an seiner Seite war, dass er nicht hoch erhobenen Hauptes neben ihr spazieren reiten konnte als stolzer, offizieller Gönner dieser wunderbaren Frau.

17

Der Page öffnete Olivia die Tür. Sie war seit ihrem morgendlichen Ausritt in den Hyde Park unterwegs gewesen, jetzt war es bereits nach neunzehn Uhr. Perry wollte bei den letzten Vorbereitungen zum Ball anlässlich seines dreißigsten Geburtstags mehr Hilfe als erwartet, und dann hatte er noch darauf bestanden, dass sie zu einem ausgedehnten Plauderstündchen blieb.

Er fühlte sich vernachlässigt. Das konnte sie verstehen. Trotzdem kam es ihr so vor, als hätte er sie absichtlich so lange festgehalten, damit sie möglichst spät zu Erith kam.

Natürlich hatte er sie vorsätzlich so lange mit Beschlag belegt. Denn seine feindselige Haltung gegenüber ihrem Gönner hatte sich noch immer nicht gelegt.

Jetzt war sie müde und gereizt. Bereits den ganzen Nachmittag hatte die Ungeduld an ihr genagt. Sie war es so wenig gewohnt, einen Geliebten freudig zu erwarten, dass sie dieses Gefühl als schockierender empfand als jeden noch so verruchten Akt, der bisher von ihr begangen worden war. Aber was konnten ihre leichten Schritte anderes bedeuten, als dass die Vorstellung sie glücklich machte, dass sie Erith heute Abend wiedersah?

Gott sei Dank würde er nur bis Juli bleiben, denn sie würde sich wahrscheinlich hoffnungslos zur Närrin machen, dauerte ihr Verhältnis länger an.

Ihr wild klopfendes Herz beruhigte sich und setzte seine Arbeit in einem langsameren, fatalistisch gleichmäßigen Tempo fort. Denn anders als erhofft, hellte ihre Stimmung sich bei dem Gedanken an die Abreise des Earls nicht auf.

Nachdenklich nahm sie ihren Hut vom Kopf und drückte ihn dem Butler in die Hand. »Ich hätte gern ein Bad und eine leichte Mahlzeit, Latham. Keinen Wein, sondern nur Tee.«

»Seine Lordschaft ist hier, Madam. Er wartet im Salon im ersten Stock.«

Sie wollte sich gerade die Handschuhe ausziehen, hielt aber mitten in der Bewegung inne und sah Latham verwundert an. Gestern hatte Erith beinahe den ganzen Tag mit ihr verbracht, es überraschte sie, dass er heute nicht bei seiner Familie war. »Wartet er schon lange?«

»Seit vier Uhr, Madam.«

Seit vier? Das erschien ihr ungewöhnlich früh. »Danke, Latham. Dann warten Sie wohl besser mit dem Einlassen des Wassers für mein Bad.«

»Sehr wohl, Madam.« Der Butler machte eine höfliche Verbeugung und zog sich diskret zurück.

Obwohl Erith schon seit über drei Stunden wartete, blieb sie noch kurz in der Eingangshalle stehen. Nach den gefährlichen emotionalen Stürmen, die sie gestern hin und her geworfen hatten, wollte sie ganz sicher sein, dass sie vollkommen gefasst erschien, wenn er sie wiedersah.

Sie blickte in den Spiegel und bemerkte ihren sorgenvollen Blick. Die Frau, die ihr aus dem blank polierten Glas entgegensah, war keine souveräne, selbstbeherrschte Königin der Kurtisanen, sondern ein verletzlicher und unsicherer Mensch. Vielleicht hatte sie ja schon zu viel von sich verraten, als dass der Rückgriff auf die alte Rolle jetzt noch möglich war?

Wie sollte es nach gestern zwischen ihr und Erith weitergehen?

Mit ihm zusammen hatte sie etwas empfunden, was ihr im Zusammensein mit einem Mann noch nie zuteilgeworden war. Ein seltsames Gefühl von Vertraulichkeit. Mehr als bloße Freundschaft. Etwas völlig anderes als die mütterliche Liebe, die sie mit ihrem Sohn verband.

Sie hätte alles dafür gegeben, um ihm auch nur eine der schmerzlichen Tränen zu ersparen, die er vergossen hatte, als er tröstend von ihr in den Arm genommen worden war. Nicht die weltgewandte Königin der Halbwelt hatte dergestalt mit ihm gelitten, sondern das verlorene junge Mädchen, das in ihrem Inneren verborgen war. Leos sehnsüchtige Mutter.

Sie hatte keine Ahnung, was dieses Gefühl bedeutete. Doch sie erkannte seine Macht. Und die grässliche Gefahr, die sich für sie damit verband.

Niemals vorher hatte sie eine Verbindung zwischen sich und einem Liebhaber gespürt. Der Earl of Erith aber hatte es sich offenbar von Anfang an zur Aufgabe gemacht, ein Band zwischen ihnen beiden zu knüpfen, das sich nicht so leicht wieder zerreißen ließ.

Zur Hölle mit dem Kerl. Es war, als hätte er sie in Treibsand gelockt, in dem sie unweigerlich versank. Dabei musste er doch wissen, dass jedes ehrliche Gefühl zwischen ihnen beiden zu nichts anderem als gebrochenen Herzen und schmerzlichem Verlust führen konnte.

Er war ein Aristokrat, stand an der Spitze der Gesellschaft und hatte eine Familie, der er verpflichtet war.

Während sie nur eine Hure war.

Deshalb könnte ihr Verhältnis für sie beide niemals etwas anderes als ein kurzes Zwischenspiel sein.

Langsam ging sie die Treppe hinauf und baute mit jedem Schritt ihren inneren Schutzwall etwas höher auf. Sie war eine starke, selbstbewusste Frau. Kein Mann könnte ihr auf Dauer schaden. Dafür hatte sie schon viel zu viele grauenhafte Dinge überlebt.

Trotzdem zitterte sie wie in dem Moment, in dem er sie im Regen geküsst hatte, als sie den Salon betrat.

Erith bot ein Bild vollkommener Entspannung, wie er mit leicht zerzaustem Haar in einem schwarzen Seidenmorgenmantel, in einer Hand ein Buch und in der anderen ein halb volles Rotweinglas, mit dem Rücken zum Feuer in einem bequemen Ledersessel saß.

Sie versuchte, die heiße Freude zu verdrängen, die sie bei seinem Anblick überkam. Womit sie allerdings ähnlich erfolgreich war, als hätte sie sich gegen ein Gewitter oder eine Flutwelle gestemmt.

Als sie den Raum betrat, hob er den Kopf und blickte sie mit einem warmen, etwas schiefen Lächeln an.

Sie hatte ihn schon wüst erlebt. Arrogant. Sarkastisch. Oder amüsiert.

Dieses Lächeln aber war so sanft, dass sich ihr Herz in ihrer Brust zusammenzog und sie ein für alle Mal die Maske der kalten Kurtisane fallen ließ.

Hör auf, Olivia. Er ist ein Mann. Alles, was er dir bieten kann, sind Schmerz, Zerstörung, Sklaverei.

Doch selbst für diese Warnung war es zu spät. Unter seinem Lächeln entfaltete sich ihre kalte, ausgedörrte Seele wie eine Blume in der Frühlingssonne.

Gäbe es wohl bald noch einmal Frost, oder war dieses Gefühl ein Zeichen dafür, dass die kalte Jahreszeit vorüber war?

»Guten Abend, Olivia.« Sogar seine Stimme hatte einen herrlich sanften Klang.

»Guten Abend, Lord Erith.« Verflucht, warum zitterte ihre eigene Stimme so? Sie drückte die Tür hinter sich ins Schloss und trat ein paar Schritte auf ihn zu.

»Plötzlich wieder so förmlich?« Er stellte sein Weinglas auf dem Mahagonitischchen neben seinem Sessel ab.

Ihre Augen folgten der Bewegung und fielen auf das Bündel farbiger Seide, das auf der blank polierten Oberfläche neben seinem Weinglas lag.

Bänder? Dann vergaß sie dieses kleine Rätsel und konzentrierte sich wieder auf sein Gesicht.

»Erith.«

»*Julian.*«

Sie wusste nicht, warum, aber die Verwendung seines Vornamens kam ihr wie eine Geste der Unterwerfung vor. Trotzdem nickte sie. »Julian.«

Sein Lächeln wurde breiter. »Danke«, sagte er, als hätte sie ihm seinen größten Wunsch erfüllt.

Sie ließ sich ebenfalls in einen Sessel sinken, doch obwohl sie ihn keine Sekunde aus den Augen ließ, konnte sie nicht erkennen, in was für einer Stimmung Erith war. Was sie erkannte, war, dass er ebenso vertraulich mit ihr umging wie am Tag zuvor.

Nachdem sie ihm im Park begegnet war, hatte sie sich gefragt, ob er vielleicht bei ihrem nächsten Wiedersehen so tun würde, als ob sie sich die Geständnisse während der langen, regnerischen Nacht nur eingebildet hätte. Das hätte alles einfacher gemacht. Doch er wählte offenkundig nicht den einfacheren Weg.

Er hatte sie noch nicht berührt, aber seine spärliche Bekleidung zeugte von einem hohen Maß an Intimität, und seine körperliche Nähe zog sie derart stark in ihren Bann, als hätte er sie eng an seine Brust gezogen und hielte sie dort fest.

Als sie in seine weichen nebelgrauen Augen sah, konnte sie nicht mehr verstehen, dass ihr sein Blick einmal stahlhart und unemotional erschienen war.

Gott steh ihr bei, allmählich wurde grau zu ihrer Lieblingsfarbe.

»Du hast den ganzen Nachmittag gewartet.« Eine dämliche Bemerkung. Sie verfluchte sich dafür, dass sie eine solche Närrin war.

Er nickte zustimmend. »Ja.«

»Ich war bei Perry.«

Noch so eine dämliche Bemerkung. Sie war Erith keine Erklärung schuldig. So hatten sie es schließlich abgemacht.

Trotzdem war sie sich der Tatsache bewusst, dass das, was zwischen ihnen hing, nichts mit einem Geschäft zu tun hatte, sondern ausschließlich in einem gefährlichen Gefühl begründet war, das sie noch nicht einmal sich selber eingestehen durfte, weil dadurch ihre Welt vollkommen aus dem Gleichgewicht geriet.

Die letzte Nacht hatte so vieles verändert. Ach, wäre er ihr doch niemals nach Kent gefolgt. Wenn er ein Fremder für sie geblieben wäre, könnte sie noch eine schwache Hoffnung haben, dass sich dieses wilde Feuer, das in ihrem Herzen brannte, löschen ließ.

Immer noch sah er sie lächelnd an. In all den Jahren, in denen sie ein Objekt der Begierde für die Männerwelt gewesen war, hatte noch kein Mann sie derart aufmerksam angesehen. Es brachte sie völlig aus dem Konzept.

Trotzdem blickte sie ihn weiter reglos an.

»Egal. Ich habe sowieso Zeit zum Nachdenken gebraucht.«

Sie fragte nicht, worüber, denn sie wollte gar nicht wissen, was für eine Antwort es auf diese Frage gab. »Hast du schon gegessen?«

»Später. Und du?«

Sie hatte am späten Nachmittag nur ein paar kleine Törtchen und Sandwiches gegessen und deshalb bei ihrer Rückkehr ein leichtes Hungergefühl gehabt. Vor allem hatte sie sich stärken wollen vor der nächsten Nacht mit ihm. Inzwischen aber war ihr Nahrung vollkommen egal.

»Danke der Nachfrage, aber ich habe auch noch keinen Hunger.«

Er legte sein Buch neben dem Weinglas und den Bändern auf den Tisch. »Gut.«

Sie beugte sich ein wenig vor. »Auch wenn ich es nur ungern zugebe, machst du mich einfach nervös.«

Wieder blickte er sie lächelnd an, wobei dieses Lächeln ehrliche Belustigung verriet. »Du brauchst keine Angst zu haben.«

Sie ballte die Fäuste auf den Sessellehnen und erklärte angespannt: »Jetzt habe ich wirklich Angst.«

»Möchtest du ein Glas Wein?«

»Warum?«, fragte sie in argwöhnischem Ton. »Werde ich ihn brauchen?«

Er lachte leise auf, und sie hatte das Gefühl, als ob der warme Ton wie warmer Honig über ihren Rücken rann. »Vielleicht. Ich möchte nämlich ein Spiel spielen.«

Wieder fiel ihr Blick auf den anscheinend unschuldigen Haufen bunten Stoffs. Sie merkte, dass es kein Sortiment an zarten Bändern, sondern eher an festen Seidenkordeln war.

»Du willst mich fesseln«, stellte sie tonlos fest.

Er war die Schmeicheleien, die Überredung und das Warten leid. Jetzt wollte er versuchen, sie zu einer Reaktion zu zwingen.

Sie hätte angenommen, dass er fantasiebegabter wäre. Offenkundig hatte sie ihn überschätzt. Seine Fantasie war ebenso begrenzt wie die von jedem anderen Mann.

Sie nahm an, dass es ihr schmeicheln sollte, dass er sich solche Mühe machte, sie dazu zu bringen, dass sie ebenfalls etwas empfand. Auch wenn es sicher seltsam war, war sie von dieser neuen Strategie gerührt und gleichzeitig enttäuscht.

Sie unterdrückte einen Seufzer, lehnte sich zurück und spürte, wie ihre Anspannung verflog. Zumindest war ihr dieses wenn auch langweilige Spiel vertraut.

Er sah sie reglos an. »Du hast nichts dagegen?«

Sie knöpfte ihre kurze Jacke auf. Natürlich wollte er sie nackt haben. Das wollten all die anderen Männer, die sie als Gefangene aufmarschieren ließen, ebenfalls. »Nein, ich habe nichts dagegen.«

Obwohl sie dann noch immer nicht befriedigt wäre. Obwohl ihm wieder deutlich anzusehen wäre, wie verletzt, verwirrt und unglücklich er deshalb war.

Sie konnte sich von ihm fesseln lassen, aber, Himmel, sie wollte es ganz sicher nicht.

»Gut. Dann probieren wir das später einmal aus.«

Sie hielt im Aufknöpfen der Jacke inne und stand, obwohl sie sich nicht sicher war, dass ihre wackeligen Beine sie auch trügen, auf. »Wie bitte?«

Erith griff nach den Kordeln, spielte damit herum, und sie verfolgte wie gebannt das beunruhigende, eindeutig verführerische Spiel seiner starken braunen Hand.

»Ich habe gesagt, dann probieren wir das später einmal aus«, wiederholte er in ruhigem Ton.

Die nüchterne Gewissheit von vor wenigen Sekunden verflüchtigte sich wie eine Schar von Krebsen, wenn sich der Stein bewegte, unter dem sie saß.

»Und was willst du jetzt?«, stieß sie krächzend aus.

Er erhob sich ebenfalls und trat auf sie zu. Er überragte sie und gab ihr als erster Mann auf Erden das Gefühl, klein und feminin zu sein. Plötzlich rief die Vorstellung, dass er sie fesseln und versuchen würde, körperliche Lust in ihr zu wecken, eine ungeahnte Neugier in ihr wach.

Immer noch hielt er die Kordeln in der Hand. »Ich will von dir gefesselt werden.«

Sie zog sich einen Schritt zurück. Er war ihr nicht wie jemand vorgekommen, dem es Spaß machte, wenn eine Frau ihn dazu zwang, dass er sich unterwarf. Einer ihrer vorherigen Geliebten hatte Schmerz gebraucht, damit er Lust empfinden konnte, weshalb diese Affäre vorzeitig von ihr beendet worden war. Es hatte ihr Übelkeit bereitet, die Gewalt des Unholds nachzuahmen, von dem sie als junges Mädchen vergewaltigt worden war.

»Nein.«

Erith legte die Kordeln vorsichtig wieder auf den Tisch. »Wie du willst.«

Ihr Blick fiel auf die leuchtend bunten Stricke auf dem dunklen Holz. Selbst einer Frau, die nichts empfinden konnte, erschien es ungeheuer sinnlich, wie er die dünnen bunten Kordeln aus seinen geschmeidigen Fingern gleiten ließ.

Ein seltsames Gefühl wogte in ihr auf, und sie erschauderte, als hätten diese langen Finger ihre nackte Haut berührt. Dann wurde ihr bewusst, was er gesagt hatte.

»Du willst nicht, dass ich dich schlage?«, fragte sie verblüfft.

Er starrte sie entgeistert an. »*Willst* du mich denn schlagen?«

»Nein.« Sie runzelte die Stirn. Sie verstand immer weniger, was hier vor sich ging. »War das denn nicht das, worum du mich gebeten hast?«

Wieder fing er an zu lächeln, ergriff zärtlich ihre Hand und hielt sie, als sie versuchte, sich ihm zu entziehen, weiter fest. Die Wärme der Berührung dehnte sich von ihrer Hand über den Arm in ihrem ganzen Körper aus und schmolz noch etwas von dem Eis, aus dem ihr Inneres bestand.

Bald wäre auch das letzte Eis geschmolzen. Aber, der Himmel steh ihr bei, was bliebe dann?

»Du hast mich heute Morgen mit meiner Tochter ausreiten sehen.«

»Ja.«

»Sie hat mir klargemacht, dass meine größte Sünde ihr gegenüber nicht gewesen ist, dass ich sie im Stich gelassen habe, sondern dass ich ihr keine Wahl gelassen habe zu entscheiden, was mit ihr passiert.« Er machte eine Pause, und sie bemerkte in seinem Gesicht einen Rest der Traurigkeit der letzten Nacht. »Auch Joanna habe ich verloren, weil ich versucht habe, ihr meinen Willen aufzuzwingen.«

Sie legte ihren Kopf ein wenig schräg und zog die Brauen hoch. »Du bist ein Mann. Männer kommandieren andere Menschen eben gern herum.«

»Heute Abend aber nicht. Und dich auf keinen Fall.« Er löste seinen Griff um ihre Hand, richtete sich zu seiner ganzen Größe auf und bedachte sie mit einem ernsten Blick. »Ich habe gründlich nachgedacht, Olivia, und ich bin zu dem Schluss gekommen, dass mein Verhalten dir und allen anderen Frauen in meinem Leben gegenüber unverzeihlich war.«

Sie verschränkte die Hände und versuchte, sich nicht danach zu sehnen, dass er sie abermals ergriff. »Mir gegenüber hast du dich durchaus anständig verhalten. Schließlich habe ich mich selbst dir gegenüber nicht unbedingt ins beste Licht gerückt.«

Er strich ihr beinahe unmerklich über die Wange, als hätte eine Schwalbe sie mit einem kurzen Flügelschlag gestreift. Trotzdem breitete sich ein wohliges Gefühl der Wärme bis in ihre Zehen aus. »Red doch keinen Unsinn, Olivia. Du hast dich mir gegenüber in das allerbeste Licht gerückt.«

Sie blinzelte die ärgerliche Feuchtigkeit zurück, die ihr in die Augen stieg, wenn er derart zärtlich zu ihr sprach. Sie wünschte sich, er wäre nicht so rücksichtsvoll. Denn eines allzu nahen Tages wäre er nicht mehr da, um so mit ihr zu sprechen. Selbst wenn er in London bliebe, wäre er es vielleicht irgendwann einmal leid, derart nett zu ihr zu sein.

Immer, wenn er solche Worte zu ihr sagte, fühlte sie sich wie eine Opiumsüchtige, die ihre tägliche Dosis Gift bekam. Und wie jeder andere arme drogenabhängige Teufel wollte sie ständig mehr.

»Ich habe mich nicht gerade als vorbildliche Mätresse erwiesen«, stellte sie heiser fest.

»Wir sind noch nicht miteinander fertig, meine Liebe.«

Sie riss überrascht die Augen auf. Es war ihm offenbar gar nicht bewusst, dass sie von ihm als »seine Liebe« angesprochen worden war.

Perry nannte sie manchmal so, was nichts weiter zu bedeuten hatte. Doch aus dem Mund von Erith hatten diese beiden Worte einen völlig anderen Klang.

Auch wenn sie sich eine sentimentale Närrin schalt, blähte sich ihre Seele unter der Liebkosung wie ein Segel im Wind auf.

»Ich kann dir nicht geben, was du willst.« Sie musste ihm begreiflich machen, dass er seine süße, schmerzliche Zärtlichkeit bei ihr vergeudete.

»Gib mir einfach, was du geben kannst.«

Sie fuhr sich mit der Zunge über die trockenen Lippen und straffte ihre Schultern. »Es gibt nichts, was ich dir geben kann.«

»Ich weiß, dass das nicht stimmt, Olivia. Weil du mir schon so viel gegeben hast.«

Abermals umspielte ein weiches Lächeln seinen Mund. Großer Gott, sie wünschte sich, er sähe sie nicht so an. Jedes Mal, wenn er es tat, bohrte er ihr einen flammenden Speer ins Herz. Er brachte sie an ihre Grenzen, zwang sie, ihr Versagen zu gestehen, bedrohte die Fassade der Gleichgültigkeit, hinter der sie sicher war.

Es würde in einer Katastrophe enden, wenn sie mit ihm zusammenblieb.

Doch sie hätte um keinen Preis darauf verzichten wollen, ihm begegnet zu sein. Wenn er in diesem Augenblick vor ihr auf die Knie sinken würde und ihr die ganze Welt dafür, dass sie ihn gehen ließ, anbieten würde, hätte sie abgelehnt.

Was fürchterlich erschreckend war.

Sie begann zu zittern, und ihr Herz fing an zu galoppieren wie ein wild gewordenes Pferd. »Was habe ich dir denn gegeben?«, fragte sie ihn kämpferisch.

»Ist dir denn nicht klar, dass du mir meine Seele zurückgegeben hast?«

Wie ein Messer durch ein Stück Butter schnitten diese Worte durch ihren gereizten Zorn.

Trotzdem fauchte sie ihn an: »Dann bin ich das Geld ja vielleicht wert, das du für mich ausgegeben hast.«

Sie hätte sich denken müssen, dass er nicht wütend reagieren würde. Stattdessen sah er plötzlich unermesslich traurig aus. Was sie stärker traf als jeder noch so heiße Zorn.

»Nicht, Olivia.«

Zwei leise gesprochene Worte reichten, und die tosenden Bestien der Scham, des Trotzes und der Einsamkeit legten sich so friedlich zur Ruhe wie ein Kind nach einem langen Tag im Sonnenschein.

»Ich möchte dir deine Seele auch zurückgeben«, erklärte er so leise, dass sie sich nach vorne beugen musste, damit sie ihn verstand. Der warme Moschusduft, der ihr von ihm entgegenschlug, rief schwindelerregendes Verlangen in ihr wach.

Verlangen? Sie hatte noch nie Verlangen nach einem Mann verspürt. Selbst wenn sie es jetzt verspürte, was brächte ihm das schon? Schließlich war ihr Körper für jede Berührung völlig unempfänglich und ihr Herz gegen jegliches Gefühl vollkommen immun.

Was unmöglich stimmen konnte, da ihr Herz zu ihrer Überraschung augenblicklich an schmerzlichen Gefühlen übervoll war.

»Du meinst sexuelle Erfüllung«, stellte sie mit dumpfer Stimme fest.

Was sollte all das bringen? Er musste wissen, dass sie nicht befriedigt werden konnte, ganz egal, wer wen mit bunten Seidenkordeln an die Pfosten ihres Bettes band. Stärker als letzte Nacht hatte sie noch keinen Mann begehrt. Wobei auch die letzte Nacht ein elendiger Misserfolg gewesen war.

»Es war ein unverzeihliches Verbrechen, dass man dir die Fähigkeit zu körperlicher Lust gestohlen hat.«

»Ich habe es überlebt.«

»Überlebt vielleicht, aber richtig *gelebt* hast du seither nicht.«

Wieder blinzelte sie gegen heiße Tränen an. Ebenso wenig, wie sie leugnen konnte, dass sie gern die Frau wäre, die er haben wollte, konnte sie so tun, als rührten seine Worte sie nicht an. Als wäre das, was er ihr vorhielt, nicht auf tragische Weise wahr.

»Es ist zu spät, um das zu ändern.«

Er schüttelte den Kopf. »Oh nein, das ist es nicht.«

Sie hatte das Gefühl, als blicke er direkt in sie hinein. Doch es erfüllte sie mit Furcht, sich vorzustellen, was er vielleicht in ihr sah.

»Vertraust du mir?«

Sie bedachte ihn mit einem unsicheren Blick. »Ich vertraue niemandem.«

»Ich weiß.« Er machte eine Pause. »Aber könntest du mir vielleicht, wenn schon nicht für immer, so doch heute Nacht vertrauen?«

»Für Menschen wie uns gibt es kein für immer«, stellte sie unglücklich fest.

»Oh doch.« Seine dunkle Stimme klang vollkommen überzeugt. »Lass mir wenigstens das Privileg zuteilwerden, dass du mir gegenüber ehrlich bist.«

Wie gerne hätte sie ihn klein gemacht, genau so klein wie jeden anderen jämmerlichen Kerl, der je in ihrem Bett gelandet war. »Ich bin eine Hure. Ehrlichkeit ist ein Luxus, den ich mir einfach nicht leisten kann.«

»Fühlst du dich wie eine Hure, wenn du mit mir zusammen bist?«

Was sollte sie darauf erwidern? »Was willst du?«, fragte sie verzweifelt, wie schon zu Beginn ihres Gesprächs.

»Ich will, was du willst.«

»Das ist totaler Unsinn.«

»Vielleicht ist es ungewohnt.«

»Das hat noch nie ein Mann zu mir gesagt.«

»Ich weiß.« Sein Blick verriet ein solches Mitgefühl, dass sie ihn am liebsten tröstend in den Arm genommen hätte. Gerade noch zur rechten Zeit hielt sie sich zurück.

Wenn sie jetzt auch noch den letzten Schutzschild sinken ließ und er sie anschließend verriet – was bei einem Mann nicht anders zu erwarten war –, wäre das ihr endgültiger Untergang.

Entschlossen ignorierte sie die leise innere Stimme, die erklärte, dass die letzte Barriere schon vor langer Zeit gefallen war.

Ohne hinzusehen, griff er wieder nach den Kordeln und hielt sie ihr hin. »Fessel mich. Und dann mach mit mir, was du willst.«

Vor lauter Überraschung und vor allem Argwohn brachte sie kein Wort heraus.

Aus irgendeinem Grund widerstrebte ihr die Vorstellung, dass er sich ihr vollkommen in die Hand zu geben schien. Eine alarmierende Erkenntnis, denn schließlich hatte sie seit ihrem vierzehnten Lebensjahr die Herrschaft über Männer angestrebt.

Dann aber wogte der alte Zynismus in ihr auf, und sie wurde wieder die Olivia, die im Verlauf so vieler turbulenter, unglücklicher Jahre von ihr erschaffen worden war. »Kann ich dir etwa nicht vertrauen, solange du nicht gefesselt bist?«

»Natürlich kannst du das.« Wieder sah er sie mit diesem Lächeln an. Himmel, weshalb hörte er nicht endlich damit auf? »Aber wenn du mich fesselst, weißt du, dass du die Macht über mich hast.«

Sie versuchte gar nicht erst, ihren Sarkasmus zu beherrschen. »Und gleichzeitig wirst du befriedigt. Gott, was für ein Opfer du da bringst.«

»Tu, was immer dir beliebt.«

»Darf ich dich auch schlagen?«

»Wenn du willst.«

Natürlich täte sie das nie.

»Dich einfach ignorieren?«

»Ja.«

»Dich verlassen?«

Ein Muskel zuckte in seiner schmalen Wange, und ihr wurde klar, dass ihm ihre Entscheidung bei aller zur Schau gestellten Ruhe alles andere als gleichgültig war. »Wenn du mich verlassen musst.«

»Warum tust du das?«

Er zuckte mit den Schultern und erklärte ernst: »Wir müssen den Stillstand überwinden, denn sonst machen wir uns gegenseitig kaputt.«

»Die einfachste Lösung wäre eine Trennung.«

»Willst du es dir einfach machen?«

Sie hatte nicht den Mut, ihm diese Frage zu beantworten, deshalb meinte sie: »Dann soll ich dich also fesseln und dann machen, was ich will?«

»Ja.«

Sie streckte ihre Hand nach den Kordeln aus. Zu ihrer Überraschung war sie völlig ruhig.

18

Er konnte, verdammt noch mal, nur hoffen, dass er wusste, was er tat, und dass er das, was käme, überleben würde, dachte Erith, während er Olivia die Seidenkordeln gab.

Seit sie begriffen hatte, was er wollte, war sie überraschend ruhig. Als sie vorhin hereingekommen war, war sie sichtlich unsicher gewesen, nervös und überrascht. Dann hatte sie versucht, die schützende Fassade der weltgewandten Kurtisane zu errichten. Was ihr zu seiner großen Freude nicht gelungen war.

Er hatte es als ermutigendes Zeichen angesehen, denn es hatte doch sicher etwas zu bedeuten, dass sie derart aus dem Gleichgewicht geraten war.

Und was fühlte sie jetzt? War sie wütend, widerstrebend, resigniert? Fühlte sie sich *abgestoßen*? Oder triumphierte sie vielleicht?

Teufel noch einmal, er hatte keine Ahnung. Nicht zum ersten Mal kamen ihm leise Zweifel an der kühnen Strategie, auf die er nach seinem schwierigen Gespräch mit Roma verfallen war. In der Theorie bot sie einen Ausweg aus einem unmöglichen Dilemma. In der Praxis allerdings kam es ihm so vor, als hätte er den Kopf in das Maul eines hungrigen Tigers gesteckt.

Dabei hatte ihn Olivia bisher noch nicht einmal gefesselt.

Doch für einen Rückzieher war es zu spät.

Gebieterisch wie eine Königin winkte Olivia mit der Hand. »Zieh den Morgenmantel aus.«

Er hatte ihr geschworen, alles zu tun, was sie von ihm verlangte. Und, bei Gott, das würde er auch tun. Egal, wie sehr sein Stolz darunter litt.

Kommentarlos streifte er den schwarzen Seidenmantel ab, ließ ihn auf seine nackten Füße gleiten und sagte kein Wort, während sie seinen splitternackten Körper einer endlosen Musterung unterzog.

Ihr Blick glitt über seine Schultern, seine Brust und seinen Bauch hinab zu seinem Schwanz. Der sich, wie nicht anders zu erwarten, der unausgesprochenen Herausforderung stellte wie ein Mann.

Er hätte tot sein müssen, um sie nicht zu wollen. Trotzdem fühlte er sich unbehaglich, als er unbekleidet vor ihr stand. Sie studierte ihn wie einen Gegenstand. Wie eine Marmorstatue in einer Galerie.

Langsam ging sie um ihn herum und begutachtete ihn mit dem kühlen Blick der Kunstkennerin. Dabei hatte sie die Arme vor der Brust gekreuzt, als wäre das Werk, das sie betrachtete, keine besondere Anerkennung wert.

Am schlimmsten war es, als sie hinter seinem Rücken stand. Er hatte das Gefühl, als starre sie ihn eine halbe Ewigkeit lang an. Sämtliche Muskeln in seinen Beinen, seinem Hinterteil und seinem Rücken waren angespannt, er musste sich zwingen, sich nicht zu ihr umzudrehen und sich auch nicht wie eine nervöse Jungfrau in der Hochzeitsnacht nach dem Morgenrock zu bücken, der zerknüllt um seine Füße lag.

Verdammt, er war ein berüchtigter Frauenheld, ein Virtuose der sinnlichen Künste. Unzählige Frauen hatten ihn schon nackt gesehen.

Nur hatte er sich bisher noch nie so … *nackt* gefühlt.

Er hasste das Gefühl. Hasste es von ganzem Herzen.

Das wusste diese Hexe ganz genau.

Doch er hielte diese Musterung auch weiter aus. Wenn er dadurch den Eispanzer brechen könnte, der Olivia umgab, hielte er mit Freuden auch die allerschlimmsten Qualen aus, denen sie ihn unterwarf.

Inzwischen war er an einen Punkt gelangt, an dem ihre Befreiung aus dem Gefängnis der Frigidität wichtiger für ihn war als der nächste Atemzug.

Er könnte sie befreien.

Und er würde es auch tun.

Auch wenn er gelernt hatte, dem Schicksal zu misstrauen, war es eindeutig Schicksal, das sie beide aneinanderband.

Wie war es dazu gekommen, dass ihr Wohlergehen von größerer Bedeutung für ihn war als sein Stolz und auch sein Selbsterhaltungstrieb? Er hatte das Stadium längst hinter sich gelassen, in dem es noch ein Zurück von dem dunklen Weg, den er beschritten hatte, gegeben hätte. Inzwischen hatte er sich hoffnungslos verirrt und konnte nur noch hoffen, dass ihm sein Instinkt in Bezug auf diese Frau den Weg nach Hause wies.

Die Erinnerung an ihren Blick, als sie ihm von ihrer Vergangenheit berichtet hatte, gab ihm Kraft. Er würde sich ihr weiter schweigend unterwerfen. Eine andere Wiedergutmachung für all das Leid, das sie so tapfer ertragen hatte, konnte er nicht bieten. Er hoffte, das Opfer, das er brachte, wäre Entschädigung genug.

Ihre Augen brannten sich von seinem Hintern über seinen Rücken bis in seine angespannten Schultern, er wartete darauf, dass sie mit einer Hand über seinen Körper strich. Sie aber trat einfach wieder hinter ihm hervor und baute sich direkt vor ihm auf.

»Leg dich aufs Bett.« Ihr Gesicht war glatt und ausdruckslos wie Alabaster. Und auch genauso kalt.

Er konnte deutlich spüren, wie gefährlich sie ihm werden könnte. Vielleicht fügte sie ihm sogar körperlichen Schaden zu. Der Blick aus ihren schrägen Augen versprach Vergeltung, Strafe … *Lust.*

Trotzdem stapfte er, ohne zu protestieren, ins Schlafzimmer und streckte sich auf der Matratze aus. Es war so leise in dem Zimmer, dass er das Rascheln ihrer Röcke hörte, als sie hinter ihm den Raum betrat. Unterwegs hatte sie seinen Morgenmantel aufgehoben, den sie achtlos über einen Stuhl in einer Ecke warf.

Sein Herz raste in einer seltsamen Mischung der Gefühle. Er war eindeutig erregt. Aber auch ein wenig ängstlich. Er verspürte einen typisch maskulinen Widerwillen gegen diese Unterwerfung, der sich einfach nicht völlig unterdrücken ließ.

Obwohl er niemand anderem einen Vorwurf machen konnte als sich selbst, weil er in dieser Lage war.

Keine Frau hatte ihn jemals herumkommandiert. Vor allem nicht im Bett. Er hatte immer die Oberhand gehabt. Und, verdammt, er hatte gern die Oberhand.

Diese Unterwerfung unter eine Frau war völlig neu für ihn. Und sie war in höchstem Maß beunruhigend.

Doch irgendwo in seinem tiefsten Inneren wusste er, dass er ihr nur die wahre Freiheit schenken könnte, wenn er seinen Stolz herunterschluckte und sich ihr zu Füßen warf. Wenn sie ihn kurzfristig erniedrigte – er konnte, verdammt noch mal, nur hoffen, dass sie nicht Schlimmeres im Schilde führte –, hielte er das aus.

Wenn sie nur ein einziges Mal wirkliches Verlangen zeigen würde, ginge er dafür durch die Feuer der Hölle und würde sogar noch lächeln, während er sich von den Flammen rösten ließ.

Die Erinnerung an das, was auf dem Spiel stand, löste seine Anspannung, trotzdem zuckte er zusammen, als sie seine Handgelenke packte und in Richtung der Pfosten am Kopfende des Bettes zog.

Als sie ihn derart hart und völlig unverführerisch berührte, wogte heißer Widerwillen in ihm auf, und er musste die Zähne zusammenbeißen, denn sonst hätte er erbost geknurrt.

Sie war ihm nah genug, dass er sie einfach packen könnte, um sie eng an seine Brust zu ziehen. Doch wenn er sich jetzt wehrte, wäre das Vertrauen zwischen ihnen ein für alle Mal zerstört.

»Entspann dich, es tut bestimmt nicht weh«, murmelte sie, während sie die dunkelblaue Kordel fest um eines seiner Handgelenke schlang und dann an den Pfosten band.

»Du hast gut reden.«

Er versuchte sich dadurch zu beruhigen, dass sie sich anscheinend sicher genug fühlte, um mit ihm zu scherzen. Vielleicht würde ja doch noch alles gut. Ein Funke Hoffnung glomm in seinem verzweifelten Herzen auf.

»Schließlich ist das hier das reinste Kinderspiel für mich.« Mit beeindruckendem Geschick band sie sein anderes Handgelenk an dem zweiten Pfosten fest.

»Du hast so was schon mal gemacht.«

»Auf dem Gut meines Vaters haben wir gelernt, ausgerissene Tiere einzufangen und gut festzubinden, denn sonst wären sie schließlich sofort noch einmal ausgebüxst.«

Auf dem Gut ihres Vaters? Dieser kleine Ausrutscher bestätigte Eriths Vermutung über ihre Herkunft, abermals empfand er sinnlosen, doch glühend heißen Zorn auf ihren toten Bruder, von dem sie aus ihrem behüteten Umfeld herausgerissen worden war.

Trotzdem fragte er in leichtem Ton: »Vergleichst du mich etwa mit einem Tier?«

»Lass mich gucken.« Quälend langsam glitt sie mit der Hand über seine nackte Brust und seinen flachen Bauch. Sämtliche Muskeln seines Körpers zogen sich zusammen, als er darauf wartete, dass sie ihre Hand endlich an die Stelle gleiten lassen würde, an der er sie schmerzlich erwartete.

Doch kurz vor seinem erigierten Glied hielten ihre Finger inne.

Er knirschte mit den Zähnen, unterdrückte ein ersticktes Flehen und wartete in zitterndem Verlangen darauf, dass sie ihre Hand noch einen Zentimeter weiterschob. Nur einen kleinen Zentimeter.

Großer Gott, er hatte das Gefühl, als wäre er seit hundert Jahren hart.

Doch ihre kühle Hand lag immer noch auf seinem Bauch. Nah. Aber nicht nah genug.

Er hob ruckartig die Hüften an.

Der Hauch eines Lächelns huschte über ihr Gesicht, mit blitzenden Katzenaugen zog sie ihre Hand zurück, er dachte nicht zum ersten Mal, dass das samtig schwarze Muttermal in ihrem Mundwinkel das Mal von einer Hexe war. Sie hatte ihn auf jeden Fall verzaubert. Und zwar seit dem Augenblick, in dem er ihr zum ersten Mal begegnet war.

»Musst du mich so quälen, du kleine Teufelin?«, stieß er keuchend aus.

Sein Herz pumpte, als wäre er soeben einen steilen Berg hinaufgerannt. Er war bereits vollkommen am Ende, obwohl dies erst der Anfang seiner Qualen war.

Wie zum Teufel sollte er dieses Martyrium überleben?

»Mmm.«

»Was hast du mit mir vor?« Vor lauter Anstrengung, sein titanisches Verlangen zu bezähmen, hatte seine Stimme einen rauen Klang.

»Das habe ich noch nicht entschieden«, erwiderte sie nachdenklich, während sie ans Fußende des Bettes trat und nach einem seiner Knöchel griff. Wieder raste unter der Berührung ihrer Hand ein Schauder durch seinen gesamten Leib.

»Ich glaube, doch.«

Auch wenn er mit den Frauen in seinem Leben bisher schändlich umgegangen war, kannte er sich gut genug mit ihnen aus, um ihre Gesichtsausdrücke zu erkennen. Sie hatte jetzt denselben Ausdruck wie die Stallkatzen in Selden, wenn ihnen eine Maus zwischen die Krallen gelaufen war. Er musste also davon ausgehen, dass eine Reihe mörderischer Qualen und danach seine vollkommene Zerstörung zu erwarten waren.

Trotzdem wehrte er sich nicht, als sie seine Füße an die beiden Holzpfosten am Fußende des Bettes band, sodass er mit gespreizten Gliedern hilflos vor ihr lag.

Bevor er die Kordeln erstanden hatte, hatte er sie eingehend getestet, er wusste, dass sie trotz des seidig weichen Aussehens entsetzlich fest waren. Er war sich nicht sicher, ob er sie zerreißen könnte, sollte es nötig sein.

Was ein Zeichen des Vertrauens war, das er Olivia schenkte. Seit sie ihn gefesselt hatte, war er wirklich wehrlos.

Als ob sie seine Gedanken hätte lesen können, bat sie ihn mit einem Mal: »Versuch mal, ob du dich befreien kannst.«

Seit er sich ihr unterworfen hatte, sagte sie weder »bitte« noch »danke« noch sprach sie ihn mit seinem Titel an.

»Wie du willst.« Er riss heftig an den Fesseln an seinen Handgelenken, doch sie öffneten sich nicht. Dann versuchte er, die Beine zu bewegen. Doch auch das gelang ihm nicht. Die Tiere auf dem mysteriösen Gut in ihrer Kindheit hatten es wahrlich nicht leicht gehabt.

»Nichts?«

Sie stand am Fußende des Bettes und bedachte ihn mit einem nüchternen Blick. Trotzdem spannte er sich an. Er versuchte, nicht erbost zu sein, weil sie ihn derart kühl betrachtete. Während er selbst vor Hitze fast verging.

»Nichts.«

»Gut.« Sie glitt mit einem Finger über seinen Spann, seinen Knöchel und das Schienbein bis zu seinem Knie. Wo sie wieder endlos innehielt.

Jeder Tropfen Feuchtigkeit verschwand aus seinem Mund.

Höher, höher.

Das Wort hallte wie ein Schrei in seinem Kopf, und er biss so fest die Zähne aufeinander, dass sie schmerzten. Er hatte ihr versprochen, sich ihr vollkommen zu unterwerfen. Hatte ihr geschworen, alles zu akzeptieren, was sie tat.

Bereits als er seinen Plan geschmiedet hatte, hatte er es für unwahrscheinlich gehalten, dass sich sein Ziel erreichen ließ. Und nun, da er wie ein Bulle vor der Schlachtung gefesselt war, fragte er sich, ob das Ziel vielleicht unerreichbar war.

Ohne ihre Hand von seinem Bein zu nehmen, trat sie neben das Bett. Ihr verführerischer warmer Honigduft mischte sich mit seinem eigenen Geruch und rief ein Gefühl des Schwindels in ihm wach. Ihm brach der kalte Schweiß aus, als sie seinen nackten Leib erneut mit kühlen Blicken maß. Jedoch war nur der Schweiß auf seinem Körper kalt. Er hatte ein Feuer im Kamin entfacht, bevor sie heimgekommen war, deshalb war es in dem Zimmer warm. Noch heißer aber war das Blut, das durch seine Adern schoss.

Sie malte mit ihrem Zeigefinger einen spielerischen kleinen Kreis auf seinem Knie, und bei dem Gedanken, dass sie diesen Finger etwas höher gleiten ließe, richtete sein Schwanz sich zu seiner ganzen Größe auf.

»Olivia«, stieß er heiser aus, da er wusste, dass seine Gedanken genau in die von ihr gewünschte Richtung gingen.

»Ja?«, fragte sie in gleichmütigem Ton. »Soll ich dich wieder losbinden?«

Ja.

»Nein.«

»Gut.«

Wie um ihn für diese Antwort zu belohnen, glitt sie, immer noch mit einem Finger, ein Stück an seinem Oberschenkel hinauf, und in der Erwartung, dass ihr Finger endlich weiterwandern würde, setzte Eriths Herzschlag aus.

Sie wusste doch bestimmt, wo er sie haben wollte. Sein Mund war knochentrocken, und sein Kiefer schmerzte, weil er immer noch die Zähne aufeinanderbiss.

Bitte, Olivia …

Sie zog ihre Hand zurück und machte einen Schritt nach hinten. »Ruf, wenn du etwas brauchst. Ich bin sicher, dass das Personal dich hört.« Sie machte eine Pause. »Zumindest irgendwann.«

»Wo gehst du hin?« Er hasste es, dass seine Stimme derart flehend klang.

Sie hatte schon fast die Tür erreicht, blieb aber noch einmal stehen und sah sich mit einem verächtlichen Lächeln zu ihm um. »Auf Wiedersehen, Erith.«

Auf Wiedersehen? Was zum Teufel war hier los?

»Verdammt, Olivia!« Jetzt kämpfte er ernsthaft gegen seine Fesseln an, doch sie hielten seinem Zerren stand. »Olivia! Was …«

Ohne ein weiteres Wort öffnete sie die Tür und glitt aus dem Raum.

19

Nachdem Erith in einen unruhigen, erschöpften Halbschlaf versunken war, wurde plötzlich die Tür des Zimmers wieder aufgemacht. Er hob seine schweren Lider und starrte mit blinden Augen in das Halbdunkel des Raums. Durch den Nebel des emotionalen und körperlichen Elends hindurch nahm er trübe an, dass endlich ein Dienstbote gekommen war, um ihn zu befreien.

Das Feuer im Kamin war heruntergebrannt, weshalb er kaum noch etwas sah. Seine Arme brannten aufgrund der unnatürlichen Position, in der Olivia sie über seinem Kopf an die Bettpfosten gebunden hatte, er lag schon so lange reglos auf dem Rücken, dass seine Muskeln vor Schmerz und Steifheit schrien, und außerdem war ihm eiskalt.

Nach dem schockierenden Moment, in dem Olivia ihn verlassen hatte, hatte er sinnlos Energie vergeudet und wie ein Wahnsinniger gegen seine Fesseln angekämpft. Alles, was ihm sein Bemühen jedoch eingetragen hatte, waren aufgescheuerte Handgelenke und eine überdehnte Muskulatur. Durch sein verzweifeltes Winden hatte er die Fesseln nur noch fester angezogen. Sie hatte eindeutig nicht übertrieben, als sie sich damit gebrüstet hatte, dass sie ihn fesseln würde wie ein wildes Tier.

Schließlich hatte Logik seinen kranken Zorn verdrängt,

und er hatte eingesehen, dass sein Kampf völlig vergeblich war.

Die Hoffnung allerdings war viel später gestorben als der Zorn.

Anfangs konnte er nicht glauben, dass sie tatsächlich gegangen war und ihn hilflos zurückgelassen hatte. Sein Herz hatte vor Unglauben geheult, als die Tür hinter ihr zugefallen war.

Sie käme ganz bestimmt zurück. Natürlich käme sie zurück.

Sie hatte sich nur einen Scherz mit ihm erlaubt. Ihm war immer klar gewesen, dass sie ihn ein wenig quälen würde, bevor sie sich geschlagen gäbe. Verdammt, er hatte praktisch darauf bestanden, sich von ihr quälen zu lassen, als er sie darum gebeten hatte zu tun, was ihr gefiel.

Dann aber hatten sich die ersten quälenden Minuten zu Stunden ausgedehnt, als sie noch immer nicht zurückgekommen war, hatte er gesehen, was er schon viel früher hätte sehen müssen.

Er hatte ihr die Freiheit angeboten, und sie hatte sie als kluge Frau genutzt.

Er hätte um Hilfe rufen können, wie sie ihm verächtlich vorgeschlagen hatte. Doch irgendein starrsinniger Rest von Stolz hielt ihn davon ab. Stolz und – was noch jämmerlicher war – ein letzter Rest von Hoffnung, dass sie vielleicht doch noch kommen und entdecken würde, dass er unerschütterlich geblieben war.

Was für ein verdammter Narr er war. Natürlich käme Olivia nicht zurück.

Er machte die Augen wieder zu, als die Verzweiflung wie ein Strom aus Eis durch seine Adern kroch.

»Erith?«

Sein Herzschlag setzte aus und dann in einem wilden Rhythmus wieder ein. Hatte er vielleicht tatsächlich den Verstand verloren? Er hätte nie gedacht, dass er diese süße Stimme je noch einmal hören würde.

Ruckartig drehte er den Kopf und wollte sich eilig aufrichten, bevor ihm wieder einfiel, dass er an das Bett gefesselt war. Durch die Finsternis hindurch starrte er sie verschwommen an.

Sie hatte die Tür hinter sich geschlossen und sich gegen den Türrahmen gelehnt. Ihr roter Seidenmorgenmantel schimmerte geheimnisvoll wie ein kostbarer Rubin, während ihr wunderbares Haar wie eine weiche, bronzefarbene Wolke über ihre Schultern fiel.

Wusste der Himmel, was sie jetzt im Schilde führte. Doch zumindest war sie wieder da. Alles andere war vollkommen egal.

Angespannte Stille dehnte sich zwischen ihnen aus.

Eine Mischung aus wilder Freude und Verwunderung schnürte ihm die Kehle zu. »Du bist zurückgekommen«, krächzte er, da sein Mund so trocken wie die Sahara war.

»Ja.«

»Ich dachte, du hättest mich verlassen«, stieß er heiser aus.

»Das tut mir leid.«

»Oh nein, das tut es nicht.« Endlich nahm sein noch vor wenigen Sekunden vor Verzweiflung taubes Hirn die Arbeit wieder auf. Die Erkenntnis, dass Olivia ihn nicht im Stich gelassen hatte, erfüllte ihn mit neuer Energie. »Schließlich wolltest du, dass ich das denke.«

»Vielleicht«, erwiderte sie rätselhaft, im Halbdunkel des Raums war nicht zu erkennen, welcher Ausdruck in ihren Augen lag.

Dann aber wurde ihm plötzlich alles klar. »Bei Gott, du hast mich auf die Probe gestellt.«

»Ja.« Sie trat näher an den Kamin heran, endlich sah er ihr Gesicht. Es war vollkommen ruhig, beinahe ausdruckslos.

»Und ich habe versagt.«

Sie spitzte kurz die Lippen, am liebsten hätte er sie umgehend geküsst.

Ob er sie jemals wieder küssen würde?

Urplötzlich kam ihm die Gewissheit, dass sie am Ende dieser Nacht entweder untrennbar miteinander verbunden wären oder aber dass diese Nacht das Ende aller Dinge zwischen ihnen war.

»Das würde ich nicht sagen.« Sie glitt dichter an das Bett heran. »Du willst doch sicher aufstehen.«

»Ich hätte einen der Dienstboten rufen können.«

»Aber du hast es nicht getan«, gab sie in neutralem Ton zurück.

»Es hätte bestimmt nicht mehr lange gedauert. Meine Beine sind inzwischen völlig taub.«

Mit einem leisen Rascheln ihres Morgenmantels trat sie eilig so dicht neben ihn, dass ihm ein süßer Seifenduft und darunter der warme Duft ihrer Haut entgegenschlugen. Sie schien gerade erst aus der Badewanne gestiegen zu sein.

Er hätte angenommen, dass er viel zu müde, unglücklich und geschunden wäre, um auf sie zu reagieren. Trotzdem durchzuckte ihn sofort wieder glühendes Verlangen, als sie so dicht vor ihm stand.

»Ich werde dich jetzt losbinden.« Inzwischen klang ihre Stimme besorgt und schuldbewusst. »Ich habe dich viel zu lange hier liegen lassen.«

»Heißt das, ich habe versagt?«

Sie stieß ein verächtliches Schnauben aus. »Wäre es dir lieber, wenn ich dich bis zum Tag des Jüngsten Gerichts hier liegen lasse?«

»Wenn es sein muss.« Die Erkenntnis, dass Olivia ihn nicht verlassen hatte, hatte ihn in seiner Entschlossenheit bestärkt, dass diese Nacht entweder ein neuer Anfang oder aber das Ende jeder Hoffnung war.

Diesen Entschluss hatte er während der langen, gnadenlosen Stunden der Selbstreflexion gefasst, bevor Olivia von Montjoy zurückgekommen war. Er hatte sich allen Ernstes eingebildet, dass er für die Risiken dieses letzten Versuchs, den Stillstand zwischen ihnen zu beenden, ausreichend gewappnet war.

Doch da hatte er sich geirrt.

»Du bist wirklich ein sturer Hammel.« Drückte ihre dunkle Stimme so etwas wie Bewunderung für seinen Starrsinn aus?

Er zwang sich, die grausamen Worte auszusprechen, ohne die es keinen Ausweg aus ihrem Dilemma gab. »Hat dir der heutige Abend Spaß gemacht? Hat es dich befriedigt, mich zu quälen? Gibt es irgendetwas, womit sich wiedergutmachen lässt, was dir widerfahren ist? Ich weiß, die Welt schuldet dir eine Wiedergutmachung, und du kannst deinen Zorn über die grauenhaften Dinge, die du erleiden musstest, gern an mir auslassen, wenn es etwas nützt. Aber, Olivia, dir muss doch wohl klar sein, dass nichts das fürchterliche Unrecht ungeschehen machen kann, das dir in der Vergangenheit zugefügt worden ist.«

Sie atmete zischend ein, dann fiel ihr frisch gewaschenes Haar seidig weich auf seine Brust, als sie sich vornüberbeugte und entschlossen an den Knoten zog, mit denen sein linkes Handgelenk gefesselt war.

»Du bildest dir anscheinend ein, du wüsstest ganz genau, was in mir vorgeht.« Es war nicht zu überhören, dass sich kalte Furcht hinter dieser trotzigen Feststellung verbarg.

»Ich wüsste ganz genau, was in dir vorgeht?« Er stieß ein verächtliches Knurren aus. »Du bist rätselhafter als die Weiten der Arktis oder die Tiefen des Pazifischen Ozeans.«

»Und wahrscheinlich auch genauso kalt und nass«, wehrte sie ihn wie immer, wenn er ihr zu nahekam, humorvoll ab. »Ich bin mir nicht ganz sicher, ob dieser Vergleich als Kompliment gewertet werden kann.«

»Dann vielleicht so geheimnisvoll wie die Dschungel von Peru?«

Sie nestelte noch immer an den Knoten herum. »Feucht und ... verdammt! Ich brauche mehr Licht.«

Zu seinem Bedauern entzog sie ihm ihre duftende Wärme, marschierte durch den Raum und zündete nacheinander mehrere Lampen an, wobei mit jeder Lichtquelle, die sie beschien, ein weiteres Detail ihrer Schönheit wie ein am nächtlichen Himmel aufblitzender Stern zum Vorschein trat.

Die Lampen verliehen ihrer dichten Mähne abwechselnd einen bronzeroten, goldenen oder kastanienbraunen Glanz. Die Farbe wechselte mit jeder Bewegung, die sie machte, je nachdem, in welchem Winkel Licht auf ihre Haare fiel.

Schließlich beugte sie sich vor, stocherte zwischen den glimmenden Scheiten im Kamin herum, bis der Schein einer hellen, goldenen Flamme auf ihre gleichmäßigen Züge fiel, und drehte sich wieder zu ihm um. »Bestehst du etwa nicht darauf, dass ich dich endlich losmache?«

»Du hast heute Nacht das Sagen.«

»Selbst wenn du nicht mehr gefesselt bist?«

Er blickte reglos zu ihr auf. »Was glaubst du?«

Er hatte das Gefühl, als schaufelten Dämonen aus der

Hölle glühend heiße Kohlestücke auf seine bloßen Nervenenden und stächen ihm Dreizacke in die tauben Glieder. Doch all das könnte er ertragen, wenn sich dadurch sein Ziel erreichen ließ.

Sie sah ihn mit einem derart strahlenden Lächeln an, dass sich sein Innerstes vor Verlangen zusammenzog. »Du hast dir die Freiheit verdient.«

Damit beugte sie sich wieder über ihn und machte mit ein paar kräftigen Zügen seine Fesseln los.

»Danke«, stieß er heiser aus. Er versuchte, sich nach vorn zu beugen, um auch seine Füße loszubinden, aber seine Muskeln hatten ihre Arbeit eingestellt, und vor allem rief das Blut, das ihm plötzlich wieder in die Glieder schoss, schwindelerregende Schmerzen in ihm wach.

»Oje«, rief sie erschrocken aus. »Es tut mir leid.« Eilig machte sie auch seine Knöchel los. »Ich hatte nicht das Recht, so etwas zu tun.«

»Doch, das hattest du.« Knurrend kämpfte er sich in eine sitzende Position. In den letzten Stunden hatte er sich verzweifelt danach gesehnt, sich endlich wieder bewegen zu können, aber nun, da es ihm möglich war, tat es unbeschreiblich weh. »Ich habe dir das Recht dazu gegeben.«

»Trotzdem war es nicht fair.« Sie runzelte unglücklich die Stirn, reichte ihm seinen Morgenrock und fing an, ihm die Beine zu massieren. »Es war ekelhaft von mir, dich für die Sünden anderer Männer bezahlen zu lassen.«

Unter der süßen Sorge und der sanften Pflege, die Olivia ihm angedeihen ließ, fühlte er sich urplötzlich … *geliebt.*

Dieser Gedanke hätte ihn erschrecken sollen, weil es bei ihrem Geschäft niemals um Liebe oder auch nur etwas Ähnliches gegangen war. Doch nach diesem Abend wäre nichts mehr so wie vorher.

»Ich habe mich selber oft genug versündigt.« Unbeholfen zog er sich den Morgenmantel an.

»Aber nicht an mir.« Sie lief eilig zum Sideboard, und er hörte das Klirren von Glas. »Hier. Du musst doch furchtbar durstig sein.«

»Danke.« Mit zitternder Hand nahm er das Wasserglas entgegen und hob es an seinen Mund. In seinem ganzen Leben hatte ihm niemals etwas so gut geschmeckt wie diese kühle Flüssigkeit. Abgesehen von den hart erarbeiteten Küssen von Olivia.

Sie starrte ihn unglücklich an. »Was ich getan habe, ist einfach unverzeihlich. Ich weiß nicht, was in mich gefahren ist. Nachdem ich dich gefesselt hatte, habe ich plötzlich nicht mehr dich gesehen, sondern all die anderen Männer, von denen ich in meinem Leben missbraucht und misshandelt worden bin.« Sie rang verzweifelt ihre Hände. »Du musst denken, ich bin total verrückt.«

»Ich denke, du bist wunderschön.« Es erfüllte ihn mit Dankbarkeit, dass seine Kehle nicht mehr trocken und er nicht mehr heiser war. »Aber das ist dir ja wohl klar.«

Sie nahm das Glas aus seiner Hand und stellte es wieder auf dem Sideboard ab. »Du bist ebenso verrückt wie ich«, stellte sie müde fest.

»Wahrscheinlich.«

Sie trat wieder neben das Bett und schob ihre Schulter unter seinen Arm. »Komm, ich helfe dir beim Aufstehen.«

Er akzeptierte ihre Hilfe, bis er aufrecht stand, kaum aber hatte sie ihn losgelassen, fing er an zu schwanken, und sie hielt ihn eilig wieder fest. Tränen schnürten ihr die Kehle zu und schimmerten in ihren Augen, sie stellte traurig fest: »Du müsstest mich doch hassen.«

Er legte eine zitternde Hand an ihre Wange, denn seit er

die verdammten Fesseln endlich wieder los war, fühlte er sich von Minute zu Minute stärker und vor allem wieder mehr wie er selbst.

»Red doch keinen Unsinn.« Er atmete tief ein, zuckte dabei aber zusammen, denn als er seine Rippen dehnte, zog ein heißer Schmerz durch seine Brust. »Aber jetzt brauche ich einen Moment für mich.«

Zu seiner Überraschung stieg seiner erfahrenen Mätresse eine leichte Schamesröte ins Gesicht. »Selbstverständlich.«

Auch wenn er noch genügend Arroganz besaß, um es zu verabscheuen, so leidend auszusehen, schlurfte er so langsam wie ein alter Mann in den angrenzenden Raum.

Als er wiederkam und plötzlich schwankte, war Olivia sofort da. Wenn auch vorsichtiger als beim ersten Mal, holte er erneut tief Luft und sog ihren frischen, warmen, femininen Duft in seine Lungen ein.

Sie schlang ihm einen ihrer starken, schlanken Arme um die Taille und hielt ihn mit der anderen Hand am Ellenbogen fest.

»Willst du dich noch mal hinlegen? Oder dich zumindest setzen?«, fragte sie in sorgenvollem Ton.

»Ich muss den Blutkreislauf wieder in Gang bringen«, klärte er sie knurrend auf.

Verdammt, er war eben nicht mehr so jung, wie er einmal gewesen war.

»Ich werde dir dabei helfen.«

»Danke.«

Doch er war so schwach, dass er trotz ihres festen Griffs um seine Taille beinahe das Gleichgewicht verlor.

Er geriet ins Schwanken.

Sie verstärkte ihren Griff.

Er fing an zu stolpern.

Sie verstärkte ihren Griff noch mehr.

Er streckte beide Arme nach ihr aus, doch seine tauben Finger glitten einfach von dem glatten Seidenstoff an ihren Schultern ab.

»Verdammt.« Er ruderte verzweifelt mit den Armen und riss sie mit sich, als er fiel.

Während eines kurzen Augenblickes fühlte er sich völlig schwerelos. Olivia schrie erschrocken auf, er selber stieß ein lautes Knurren aus, als seine malträtierten Sehnen gegen diese plötzliche Bewegung protestierten, und dann landeten sie beide unsanft auf dem Bett.

Da sie unter ihm gelandet war, blickte sie aus großen, wunderschönen, klaren Augen entgeistert zu ihm auf und rang erstickt nach Luft.

Sein Oberkörper zerquetschte ihre Brüste, seine Hüfte drückte unsanft ihren Unterleib in die Matratze, und er stützte sich mit beiden Händen links und rechts von ihrem Kopf auf ihrer luxuriösen Mähne ab.

»Erith«, hauchte sie atemlos.

»Julian«, korrigierte er mit einem Verlangen in der Stimme, das sich einfach nicht unterdrücken ließ.

Sie fuhr sich mit der Zunge über die Lippen, und er hätte beinahe laut gestöhnt.

Dann sprach sie mit einer weichen Stimme, die sie nie zuvor verwendet hatte, seufzend seinen Namen aus.

»Julian.«

Er sollte sich von ihr herunterrollen, bevor er sie erdrückte, aber er war vollkommen erstarrt. Sie hatte sich bei ihrem Sturz verzweifelt an ihm festgeklammert, jetzt glitten ihre Hände über seinen Rücken bis hinauf zu seinen Schultern und zu seinem Hals.

»Julian«, sagte sie noch einmal mit mehr Nachdruck, vergrub ihre Finger tief in seinem dichten dunklen Haar und zog beinahe unsanft seinen Kopf zu sich herab.

20

Erith presste seine offenen heißen Lippen fest auf ihren Mund.

Hungrig. Fordernd. Hart.

Obwohl sie den Kuss begonnen hatte, übernahm er sofort die Kontrolle, und sie schloss die Augen und wartete darauf, dass wie bisher jedes Mal das dunkle Wasser über ihr zusammenschlug. Doch aus irgendeinem Grund blieb das alte, Übelkeit erregende Gefühl des Erstickens diesmal aus.

Alles, was sie spürte, waren eine erstaunliche Hitze, die Nähe ihrer beiden Leiber und der scharfe, betörende Geschmack von diesem Mann.

Dies war etwas völlig anderes als die sanften, schmeichlerischen Küsse, mit denen sie gestern von ihm im Regen angebetet worden war. Und auch etwas völlig anderes als die harten Küsse, die er ihr zu Beginn ihrer Bekanntschaft aufgezwungen hatte und an denen sein Besitzanspruch an ihr deutlich geworden war.

Dies waren die Küsse eines Mannes, der mit allen Mitteln darum kämpfte, dass er nicht auch noch den letzten Rest Verstand verlor.

Es kam ihr vor, als küsse sie ihn mit derselben wilden Begierde zurück.

Wie seltsam. Wie einmalig.

Wie unendlich wunderbar.

Seine freie Hand hielt ihren Kopf umfasst, als würde sie verschwinden, hielte er sie nicht gewaltsam fest. Was für ein fürchterlicher Narr. Er hatte eine ungeahnte Wildheit, Lust und Weiblichkeit in ihr geweckt, er wusste doch bestimmt, dass sie durch die geteilte Leidenschaft ebenso an ihn gebunden war wie er an sie.

Er schob eine zitternde Hand in ihren Morgenmantel und umfasste ihre Brust. Sofort reckte sich ihr Nippel seiner Handfläche entgegen, und sie ließ hilflos die Hüften kreisen, denn seine Härte brannte sich regelrecht in sie hinein.

»Oh ja«, hauchte er in ihren Mund, presste sie in die Matratze und ließ sie überdeutlich spüren, wie schwer, wie groß und wie erregt er war. Nur zwei Lagen dünner Seide trennten ihre Leiber, und die glühende Hitze seiner Männlichkeit drang ungehindert durch den zarten Stoff.

Das Blut rauschte in ihren Ohren, außer ihrem tosenden Verlangen nahm sie nichts mehr wahr. Ihre Hände bahnten sich einen willkürlichen Weg über seinen Rücken, und ihre Finger zerdrückten den Stoff von seinem Morgenrock.

Sie hungerte nach seiner nackten Haut, und Instinkte, die ihr bisher völlig fremd gewesen waren, gewannen die Kontrolle über alles, was sie tat. Sie zog seine Zunge tief in ihren Mund und genoss seinen Geschmack. Er war so vollmundig und so berauschend wie der allerbeste Wein.

Wer hätte je gedacht, dass ein Mann so köstlich schmecken konnte?

Als er seine Zunge über ihre Zähne gleiten ließ, flackerte in ihrem Bauch ein heißes Feuer auf, und als sie sich erneut unter ihm wand, stieß er ein dumpfes Stöhnen aus und bewegte seine Zunge in einem Rhythmus hin und her, der ihr zwar vertraut, zugleich aber so fremd wie das erste Frühlingsgras für ein neugeborenes Lämmchen war.

Auch ihr Herz vollführte eine Reihe wilder, ausgelassener Sprünge wie ein neugeborenes Lamm, bevor es plötzlich stehen blieb, als seine Hand den Druck auf ihre Brust etwas verstärkte und dann in der Bewegung innehielt.

Ein Stöhnen stieg in ihrer Kehle auf, sie reckte sich seiner Hand entgegen, knabberte an seinen Lippen, leckte sanft an seinen Zähnen, schob ihm leidenschaftlich ihre Zunge in den Mund.

Keuchend machte er sich von ihr los und glitt mit seinem Mund über ihre Wangen, ihren Kiefer, ihren Hals.

Schwindelig vor lauter Atemnot schlug sie die Augen auf.

Sie wollte keine Luft. Sie wollte seine Küsse. Denn sie reichten ihr zum Leben aus.

»Hör nicht auf«, wisperte sie.

»Ich höre ganz bestimmt nicht auf.« Verzweifelt fügte er hinzu: »Bei Gott, selbst wenn ich aufhören wollte, könnte ich es nicht.«

Sie glitt mit ihren Fingern über seine Schultern und fuhr die Konturen seiner schweren Muskeln und der straffen Sehnen nach. Angesichts all dieser maskulinen Stärke sollte sie sich wehrlos fühlen und bedroht. Stattdessen war sie wunderbar erregt. Er hatte seine Kraft vollständig in ihren Dienst gestellt und den Beweis erbracht, dass er sich um ihretwillen beherrschen konnte, ganz egal, wie sehr er selbst darunter litt.

Vertrauen.

Ein einziges Wort hatte ihre Welt vollkommen auf den Kopf gestellt.

»Küss mich.« Nie zuvor hatte sie einen Mann um irgendwas gebeten. Jetzt aber würde sie vor Erith auf die Knie gehen, wenn er ihr dafür weiter derart aufwühlende Küsse gab.

»Du treibst mich in den Wahnsinn«, stöhnte er, stützte sich auf beiden Händen ab und starrte sie begehrlich an.

»Dann werde wahnsinnig«, gab sie beinahe unbewusst zurück.

In all den dekadenten Jahren ihres Lebens hatte sie noch niemals einen Mann begehrt.

Aber, grundgütiger Himmel, jetzt war es geschehen. Sie begehrte Erith. Er hatte tatsächlich echte Leidenschaft in ihr geweckt.

Das grollende Rumoren in ihrem Bauch und das tosende Rauschen ihres Blutes drückten ganz eindeutig instinktives, elementares, körperliches Verlangen aus. Es war erschütternd und erregend und vor allem echt.

Die Vehemenz ihres Verlangens war ein regelrechter Schock für sie. War dieses wilde, gierige Geschöpf wirklich Olivia Raines?

Sein Kuss drückte nicht mehr die geringste Sanftheit aus. Der zurückhaltende Gentleman, der zu Herzen gehende Rücksicht auf ihre Verletzlichkeit genommen hatte, fiel jetzt mit Zähnen, Zunge, Lippen über sie her, als ob er halb verhungert wäre und als wäre sie die feinste Speise, die es gab.

Die verschreckte und verkrüppelte Olivia, die sie jahrelang war, wäre vor dieser Leidenschaft zurückgeschreckt. Jetzt aber genoss sie ihre Macht.

Ohne sie aus den Augen zu lassen, richtete er sich auf seine Knie auf. Seine beeindruckenden Muskeln wölbten sich, als er ihre Hüften packte und sie über das Bett in seine Richtung zog. Nach der stundenlangen Fesselung bewegte er sich noch ein wenig ruckartig, und sie hatte Gewissensbisse, weil sie an seinen Schmerzen schuld war.

Sie packte sein Handgelenk, und als er ein Stöhnen unterdrückte, sah sie sich den Arm etwas genauer an. Dort, wo er an den Fesseln gerissen hatte, wies er dicke rote Striemen auf.

Wieder wogten Schuldgefühle in ihr auf. Wie schändlich sie mit diesem guten Menschen umgesprungen war! In ihren Augen stiegen heiße Tränen auf.

»Es tut mir leid«, flüsterte sie erstickt.

»Es ist egal«, gab er unsicher zurück.

»Oh nein, das ist es nicht.« Möglichst sanft hob sie sein Handgelenk an ihren Mund und bedeckte die leuchtend roten Schürfwunden mit einem ehrfürchtigen Kuss.

»Olivia ...« Seine Stimme zitterte, als würde er genau verstehen, was sie ihm dadurch sagen wollte, dass sie ihre Lippen über seine dicken Striemen gleiten ließ.

Dann hob sie den Kopf und sah ihm ins Gesicht. Seine Augen sahen aus wie flüssiges Silber. Sie schienen von innen heraus zu leuchten. Sie waren einfach wunderschön.

Als er abermals den Mund auf ihre Lippen presste, tat er es mit Leidenschaft, aber auch mit einer Zärtlichkeit, die ihr zu Herzen ging. Er gab ihr das Gefühl, geschätzt und rein zu sein.

Es war, als würde sie durch die Berührung dieses Mannes eine völlig neue Frau.

Es war geradezu rührend, wie er sich bemühte, die Liebkosung ihres Mundes fortzusetzen und gleichzeitig seinen Morgenmantel auszuziehen. Ihre Lippen klammerten sich aneinander fest, glitten auseinander, klammerten sich wieder aneinander fest. Er atmete keuchend ein und aus und murmelte ein paar leise Flüche dicht an ihrem Ohr.

Nie im Leben ließe sie jetzt von ihm ab. Als er sich auf seine Fersen setzte und die Arme aus den Ärmeln seines Morgenmantels zog, folgte sie ihm eilig in die Vertikale, schlang ihm ihre Arme um den Hals, vergrub ihre Finger in dem warmen, weichen Haar in seinem Nacken und setzte die Liebkosung seines Mundes fort.

»Du musst mich schon loslassen, Olivia«, bat er atemlos, als sein Morgenmantel leise raschelnd auf den Boden fiel und er sie eng an seinen nackten Körper zog. Er war groß, begierig und bereit. Er roch einfach wunderbar nach Moschus, Sandelholz und Mann.

»Niemals«, erwiderte sie schamlos, während sie sich an ihm rieb wie ein heißes, wildes Tier. Schließlich war sie auch ein heißes, wildes Tier. Doch bei aller Wildheit hatte sie sich einen Rest der anfänglichen süßen Zärtlichkeit bewahrt, die auch mit zunehmender Leidenschaft nicht vollständig verschwand.

Sie war heiß, feucht, ruhelos und schwindelig. Nie zuvor in ihrem Leben hatte sie auch nur etwas Ähnliches erlebt. Sie presste ihre Schenkel zusammen, um den zunehmenden Druck ein wenig zu verringern, doch durch diese Bewegung wurde ihr Verlangen, Erith endlich in sich zu spüren, noch verstärkt.

»Olivia, ich muss dich aus diesem Morgenrock bekommen. Und zwar jetzt sofort.« Er klang, als wäre er am Ende der Geduld.

»Ich will dich aber nicht loslassen«, murmelte sie rau.

»Also gut«, stieß er zähneknirschend aus. »Aber vergiss nicht, du hast es nicht anders gewollt.«

»Da hast du, verdammt noch einmal, recht«, stimmte sie ihm lächelnd zu, rang aber erstickt nach Luft, als er den dünnen Stoff einfach von ihrem Körper riss.

Genauso gnadenlos packte er sie um die Taille und drückte sie aufs Bett zurück.

Alles um sie herum fing an, sich zu drehen, und während ihr das Herz in freudiger Erwartung bis zur Kehle schlug, klammerte sie sich an seinen Schultern fest.

»Was für eine schockierende Ausdrucksweise, Miss Raines.« Er kniete sich zwischen ihre Beine und sah sie mit einem schiefen Lächeln an.

Sie hatte nie zuvor mit einem Liebhaber gelacht. Dadurch wurde der Reiz des Ganzen sogar noch erhöht. »Ich bitte um Verzeihung, Lord Erith.«

»Ich habe dir gesagt, dass du mich Julian nennen sollst.«

Dann gab er ihr einen harten Kuss, und wie ein schwüler Sommerabendhimmel von einem Gewitterblitz wurde sie von einem heißen Wohlgefühl durchzuckt, die pochende Hitze in ihrem Unterleib steigerte sich beinahe ins Unerträgliche.

»Du bist plötzlich ganz schön herrisch.« In der Hoffnung, dass er sie noch einmal küssen würde, reckte sie herausfordernd das Kinn. Für eine Frau, die ihr Leben lang Küssen ausgewichen war, entwickelte sie ein erstaunliches Interesse an dieser Aktivität.

Fordernde Küsse. Sanfte Küsse. Küsse voller Zärtlichkeit. Küsse voller Leidenschaft.

Wer hätte gedacht, dass es eine derart köstliche Vielfalt gab? Sie bekäme sicher nie genug von Eriths Lippen auf ihrem Mund.

»Julian«, wiederholte er und schob seine Hände von ihren Hüften bis zu ihrem Brustansatz hinauf. In verführerische Nähe zu der Stelle, an der sie sie haben wollte. Ihre Nippel sehnten sich geradezu schmerzlich danach, dass er sie noch einmal zwischen seinen Fingern rieb.

»Man könnte sogar sagen, dass du ganz schön aufdringlich geworden bist«, fügte sie heiser hinzu, während sie sich unter ihm wand, damit er seine Hände noch ein wenig höher schob.

»Das könnte man bestimmt.«

Sie erinnerte sich an das herrliche Gefühl von seiner Hand auf ihrer Brust. Das wollte sie noch einmal spüren. Das und noch viel mehr. Mit jeder Sekunde, die Erith sie warten ließ, spannten ihre Brustwarzen sich stärker an. Sie stieß ein erbostes Knurren aus und zog die Beine an, bis sie mit den Innenseiten ihrer Schenkel über seine Hüften strich.

Er neigte den Kopf, glitt mit seinen starken weißen Zähnen über ihren Hals, und sie stieß ein gequältes Wimmern aus. Sie war derart gereizt, dass bereits die unmerkliche Berührung ihrer Haut durch eines seiner Haare sie erbeben ließ.

»Sei nicht so starrsinnig«, wies er sie mit rauer Stimme an. »Gib einfach nach und nenn mich Julian.«

»Ich habe dich bereits Julian genannt.«

»Tu es noch einmal.«

Als er ihr vorsichtig in die Schulter biss, wogte ein erregter Schauder in ihr auf. Es raubte ihr den Atem, als sein erigiertes Glied über die Stelle ihres Körpers glitt, für die es geschaffen war. Er war ungemein erregt und verströmte eine solche Leidenschaft, dass etwas in ihrem Inneren schmolz und sich ein Strom heißer Feuchtigkeit zwischen ihren Schamlippen ergoss.

Zum ersten Mal in ihrem Leben war sie heiß und nass für einen Mann. Dieses seltsame Gefühl riss sie aus dem sinnlichen Nebel, in dem sie gefangen war.

Zitternd versuchte sie, die Beine zusammenzupressen,

um die verräterische Feuchtigkeit vor Erith zu verbergen, doch sein muskulöser Körper war im Weg.

Heiße Schamesröte stieg ihr ins Gesicht. Obwohl ihr das Recht zu erröten vor beinahe zwanzig Jahren genommen worden war.

Er riss den Kopf zurück, starrte sie aus seinen leuchtend grauen Augen an, und seine Nasenflügel bebten, als wolle er erschnuppern, wie erregt sie war.

»Olivia.«

Weiter nichts. Er sprach nur ihren Namen aus, und zwar mit einer Stimme, die sie noch stärker erbeben ließ.

Dann verzog er seinen Mund zum wunderbarsten Lächeln, das sie je gesehen hatte, und bei seinem Anblick löste sich der Knoten in ihrer Brust, und ihr Herz schlug einen aufgeregten Purzelbaum.

Durch die schmerzliche Mischung aus Freude und aus Trauer, die sie mit einem Mal empfand, wurde ihr Leben völlig auf den Kopf gestellt.

»Du erweist mir zu viel Ehre«, wisperte er rau und küsste zärtlich ihre rechte Brust.

Ihr stockte der Atem, und ihr Puls fing an zu rasen, denn noch nie hatte ein Mann ihr eine derart sanfte Ehrerbietung entgegengebracht.

»Oh, Julian.« Sie merkte kaum, dass sie ihm willig gab, was er ihr die ganze Zeit hatte entlocken wollen.

Er zupfte sanft an ihren Brustwarzen, rollte sie zwischen seinen langen Fingern hin und her, und bei jeder noch so flüchtigen Berührung wurde sie von wilder Leidenschaft durchzuckt.

»Bitte, oh, bitte«, schrie sie mit gebrochener Stimme auf. »Ich halte es nicht länger aus.«

Sie hatte das Gefühl, als ob sie in einem Meer aus hilflosem Verlangen unterging. Oder als galoppiere sie auf einem ungezähmten Pferd durch einen dichten Wald.

Es war einfach … *wunderbar.*

Sie hob ihre Hüften an und strich mit ihren feuchten Schamlippen über sein hartes Glied. Seine Rückenmuskeln spannten sich unter ihren Händen an, und erschaudernd stützte er sich auf den Armen ab.

Die Venen und die Sehnen seiner Arme traten wie Reliefs hervor, sein Rücken wurde hart, und mit einem lauten Zischen drang er in sie ein.

Sie wartete auf die gewohnten Schwierigkeiten und das altbekannte Unbehagen, doch er glitt vollkommen mühelos in sie hinein, verharrte völlig reglos in den Tiefen ihrer Weiblichkeit und sah sie zärtlich an.

Niemals vorher hatte sie sich einem Mann so nah gefühlt.

Nach einer halben Ewigkeit schob sie eine ihrer Hände über seinen Rücken, spürte das Zucken seiner Muskeln und nahm das beinahe unmerkliche Wiegen seiner Hüften wahr.

Verwundert starrte sie in sein Gesicht. Seine Augen sahen wie zwei blank polierte Silberspiegel aus. Sie hatte angenommen, dass er schon so tief wie möglich in sie eingedrungen war, doch mit den leichten Stößen dehnte er sie noch ein wenig aus und schob sich noch weiter hinein.

Bereits seine Größe war Teil der Magie, die sie beide aneinanderband. Er füllte sie besser aus als jeder andere Mann.

Er bewegte sich erneut, und zu ihrer Überraschung drang er noch ein wenig tiefer in sie ein. Ein kaum hörbares Stöhnen stieg in ihrer Kehle auf und zerriss die goldene Stille, in der sie gefangen gewesen war.

Mit der Stille schwand auch die Erstarrung. Langsam, um sie die wunderbare Reibung bis zum letzten Millimeter auskosten zu lassen, zog er sich aus ihr zurück. Und schob sich nach einer quälend langen Pause abermals in sie hinein.

So tief, als wolle er ihr Herz berühren. Als ergreife er Besitz von ihrer Seele, als würden sie durch die Berührung eins.

Er verharrte reglos und führte die Bewegung dann noch einmal, noch langsamer aus. Sie reckte ihm ihre Hüften entgegen, und die Lust, die sie empfand, war derart unerträglich, dass sie beinahe schon schmerzlich war.

Er zog sich aus ihr heraus und schob sich dann wieder in sie hinein. Unerbittlich wie die Flut. Hart. Gnadenlos. Dominant.

Und gleichzeitig unglaublich sanft.

Am Ende jedes Stoßes hielt er an. Wiegte sie in einem Augenblick perfekter Ewigkeit. Perfekter Stille. Perfekter Kommunikation.

Die Verbindung war elektrisch, mächtig und gleichzeitig weniger körperlich als vielmehr emotional.

Sie krallte sich in der schweißglänzenden Haut an seinem Rücken fest, ein ums andere Mal drang er auf diese Weise in sie ein. Er berührte weder ihre Brüste, noch streichelte er sie zwischen ihren Beinen, noch küsste er sie auf den Mund.

Als verlange die Intensität ihrer Vereinigung diesen schlichten, primitiven, sexuellen Tanz. Den ruhigen, gleichmäßigen Rhythmus. Das gleichzeitige Schlagen ihrer Herzen. Das leise Keuchen und das dumpfe Stöhnen, das seit Anbeginn der Zeit die Melodie der Paarung war.

Sie schloss die Augen und gab sich ihm vollkommen hin.

Wurde sein Geschöpf. Er könnte sie mit dieser Leidenschaft zerstören, sie würde nicht dagegen protestieren. Weil sie ihm inzwischen völlig ausgeliefert war.

In der dunklen Welt hinter ihren Lidern gab es nur noch ihn. Diese Welt schmeckte, klang und duftete ausschließlich wie er. In dieser Welt wurde sogar der Lauf der Sonne einzig von seinen ruhigen, kontrollierten Bewegungen bestimmt.

Mit jedem tiefen Stoß legte er eine neue Fessel um ihr Herz, und sie wusste mit schicksalsergebener Sicherheit, dass sie niemals wieder frei wäre, wenn er mit ihr fertig war.

Das endlose Wiegen seines Körpers verwirbelte ihr Blut, und als er sich wieder in sie hineinschob, verstärkten sich die Wirbel zu einem Strudel der Empfindungen, in dem sie vollends unterging.

»Komm für mich, Olivia«, bat er mit einer ihr unbekannten, dunklen, rauen Stimme, sie spannte unwillkürlich ihre Muskeln an.

»Oh ja«, stöhnte er immer noch in dem ihr fremden, dunklen Ton. »Tu es noch einmal.«

»Das?« Dieses Mal zog sie sich absichtlich zusammen und spürte, wie ein Schauder durch seinen Körper rann.

»Mehr«, stieß er so keuchend aus, als bekäme er nur noch mit Mühe Luft.

Er veränderte den Winkel der Penetration und drang noch härter und höher in sie ein. Jetzt war sie es, die erschauderte und die sich an seine Schultern klammerte, als böte nur noch er ihr Halt in einer sich auflösenden Welt.

Was passierte nur mit ihr? So hatte sie noch nie empfunden. Jeder seiner Stöße führte sie näher an einen unbekannten, geheimnisvollen Gipfel heran.

Zitternd näherte er sich ebenfalls dem Gipfel des Vergnügens und legte einen immer schnelleren, härteren und drängenderen Rhythmus an den Tag. Hinein. Heraus. Hinein. Heraus. Sie hatte die Befürchtung, dass das Universum enden würde, hörte Erith jemals auf.

Der Druck in ihrem Inneren nahm immer weiter zu.

Seine Stöße wurden abgehackt, unkontrolliert und wild. Ihre Muskeln zogen sich zusammen, sie bog den Rücken durch, reckte sich ihm entgegen, und er schob sich ein letztes Mal, entschlossener und sicherer als je zuvor, in sie hinein.

Sie stieß ein lautes Schluchzen aus, denn sie hatte das Gefühl, hilflos auf dem offenen Meer zu treiben und ganz sicher zu ertrinken, bevor sie ans rettende Ufer kam. Das eiskalte Wasser würde sie in die Tiefe ziehen, und sie wäre für alle Zeit verloren.

Ein unendlicher Augenblick des Wartens.

Bevor die schwarze Welle über ihr zusammenschlug.

Und sie schreiend in der Dunkelheit versank.

Wie durch einen Schleier hörte sie sein dumpfes, langgezogenes Stöhnen und spürte, wie er seinen Samen ähnlich einer heißen Flutwelle in ihrem Schoß vergoss.

Die Dunkelheit machte sie blind, erschreckte sie und löschte alles aus. Trotzdem hielt sie ihre Augen weiterhin geschlossen, als die Kraft ihrer Gefühle sie aus der Wirklichkeit in eine Welt katapultierte, in der es nur noch sie und Erith gab.

Erst gab es nur Dunkelheit.

Dann aber explodierten hinter ihren geschlossenen Augen eine Million Sterne, und ihre neue Welt wurde von einer Million Sonnen gleichzeitig erhellt.

Diese neue Welt war wunderschön. Etwas so Schönes hatte sie nie zuvor gesehen.

Während einer gefühlten Ewigkeit schwebte sie zwischen den hell blinkenden Sternen. Die Erde hatte keinerlei Bedeutung mehr für sie. Sie hatte die Sterblichkeit hinter sich gelassen und war jetzt ein Wesen, das nur noch aus Sternenglanz und Leidenschaft bestand.

Zitternd brach Erith über ihr zusammen, langsam gingen die Sterne aus, Olivia kehrte vom äußeren Himmelsrand zurück, und auch ihre Fähigkeit, zu hören und zu sehen, stellte sich allmählich wieder ein.

Eine lange Zeit blieben sie einfach reglos liegen.

Erith hatte sich erschöpft in ihren Arm geschmiegt. Er hatte ihr einen Moment des ungetrübten Glücks geschenkt. Sie hätte nie gedacht, dass es eine solche Form des Glückes gab.

Schmerzliche Zärtlichkeit stieg in ihr auf, ihre Hände glitten sanft über seinen schweißglänzenden Leib.

Er stieß ein dunkles Knurren wie ein gesättigter Löwe aus, und als er seinen Kopf an ihrer Schulter rieb, kitzelten seine feuchten Haare sie angenehm am Hals.

Immer stärker wurde ihr die Wirklichkeit wieder bewusst, die in ihrer Verzückung vollkommen bedeutungslos gewesen war. Der Wind rüttelte an den Fensterläden. Im Kamin prasselte ein Feuer. Die Luft im Zimmer roch nach Schweiß und Sex.

Sie nahm Erith noch fester in den Arm und zog ihn eng an ihren Leib. Noch waren sie vereint.

Dann hob er den Kopf, während eines langen Augenblicks sah sie ihn reglos an und prägte sich seine Züge ein. Die gerade Stirn, die lange Nase, die gebogenen schwarzen Brauen.

Den entspannten, sanften Mund. Die grauen Augen, die so klar waren wie nie zuvor. Es war, als blicke sie ihm geradewegs ins Herz.

Er beugte sich zu ihr herab und drückte einen Kuss auf ihre Stirn. Einen süßen, unschuldigen Kuss, der nach den Dingen, die sie eben erst getrieben hatten, geradezu schockierend war.

Obwohl auch die eben geteilte Leidenschaft bei aller Wildheit beinahe unschuldig gewesen war.

Er richtete sich auf und bedachte sie mit einem ernsten Blick: »Was wird jetzt aus uns?«

21

»Aus uns kann nichts werden«, gab sie mit herzerweichender Traurigkeit zurück.

Ihre Stimme klang ein wenig rau. Denn schließlich hatte sie erst vor wenigen Minuten in blinder Ekstase laut und durchdringend geschrien.

Erith zog sich vorsichtig aus ihr zurück. Seine plötzliche Abwesenheit rief ein schmerzliches Gefühl des Verlustes in ihr wach, doch er legte sich mit einem langen, zufriedenen Seufzer auf den Rücken, drehte seinen Kopf und sah sie mit blitzenden silbrigen Augen an.

»Nach dem, was eben zwischen uns geschehen ist?« Er stieß ein halb erbostes und halb amüsiertes Knurren aus und schüttelte den Kopf. »Gütiger Himmel, Frau, was für einen Unsinn du doch manchmal redest.«

Was für eine Närrin sie doch war. Sie bildete sich allen Ernstes ein, aus seiner Stimme dieselbe Ehrfurcht vor dem, was sie in seinen Armen gefunden hatte, herauszuhören, wie sie sie selbst empfand. Doch es tat unendlich weh, sich der düsteren Realität ihres Verhältnisses zu stellen, während sie noch ganz erfüllt war von dem Glück, das ihr eben zuteilgeworden war.

Sie bemühte sich, wieder die schützende Fassade der kühlen Mätresse um sich zu errichten, wieder vernünftig, praktisch, unemotional zu sein. Was jedoch vollkommen ausgeschlossen war, während sie noch von Eriths Samen nass war und die Freude über das Erlebte warm und weich durch ihre Adern rann.

»Was eben geschehen ist, ändert überhaupt nichts«, stellte sie tonlos fest.

Was eine dreiste Lüge war. Er hatte eine völlig andere Frau aus ihr gemacht.

Die argwöhnische, stolze, einsame Olivia Raines, den glamourösen Mittelpunkt der Demimonde, gab es nicht mehr. Dieses harte, eiskalte Geschöpf war aus den Höhen unvorstellbarer Ekstase abgestürzt und in so viele Einzelteile zerbrochen, dass es nicht mehr zu retten war.

An ihrer Stelle hatte Erith eine Frau geschaffen, die mit angenehm erschlafften Gliedern und tragisch offenem und dadurch verletzlichem Herzen neben ihm auf der Matratze lag.

Sie fürchtete sich vor dem bevorstehenden Gespräch. Erith würde sich damit brüsten, dass er das Ziel erreicht hatte, das er sich in ihrer ersten Nacht gesetzt hatte. Er hatte jedes Recht dazu, sich über seinen Sieg zu freuen, doch nach der Erhabenheit ihres Zusammenseins täte seine Selbstgefälligkeit ihr in der Seele weh.

Sie wollte nicht darüber sprechen, was eben zwischen ihnen vorgefallen war. Was könnte sie schon sagen? Es gab einfach keine Worte, um zutreffend zu beschreiben, was ihr eben widerfahren war.

Als er sich in sie hineingeschoben hatte, hatte sie sich zum ersten Mal in ihrem Leben vollständig gefühlt. Darüber hinaus hatte sie das Gefühl gehabt, als wären sie gemeinsam in eine Sphäre eingedrungen, die von dieser Welt aus für gewöhnlich nicht erreichbar war.

Eine Illusion?

Vielleicht.

Aber eine starrsinnige Illusion, die sich einfach nicht aus ihrem Hirn vertreiben ließ.

Worte würden das erlebte Wunder schmälern, das wusste sie.

Doch er brüstete sich nicht mit seinem Sieg. Sein Gesicht war völlig ernst, als er sie durch die gespannte Stille hindurch betrachtete. Statt eines Ausdrucks des Triumphs nahm sie in den Tiefen seiner grauen Augen ehrliche Verblüffung, Dankbarkeit und *Frieden* wahr.

Das war sicher ebenfalls eine gefährliche Illusion.

Er verzog den Mund zu einem kurzen Lächeln, bei dem sich ihr Herz vor Sehnsucht nach etwas, was sie niemals haben könnte, zusammenzog. Sie wollte für immer so neben ihm liegen. Wollte ihm gehören, ohne jede Scham und ohne jeden Zwang. Wollte wieder das unschuldige Mädchen sein, das auf dem Gut des Vaters aufgewachsen war und davon geträumt hatte, eines Tages einen Mann wie den Earl of Erith zu heiraten. Wollte ein anderes Leben als das, zu dem sie gezwungen worden war.

Keiner ihrer Wünsche würde sich jemals erfüllen. Es war zu spät für sie. Unter dem Gewicht erdrückenden Bedauerns klappte sie die Augen zu.

Großer Gott, sie musste gegen diese Schwäche kämpfen. Sie musste gegen Erith kämpfen. Aber zuallererst musste sie gegen sich selbst und ihre Wünsche kämpfen, auch wenn ihr das am schwersten fiel.

»Komm her, Olivia.« Er drehte sich zu ihr um, um sie an seine Brust zu ziehen. Seine Stimme war so sanft wie dicker Samt und hüllte sie wie ein wärmender Umhang an einem kalten Tag im Winter ein. »Streite einfach morgen früh mit mir.«

Es war eine lange, nervenaufreibende Nacht voll wirrer, überraschender Emotionen, sie war erschreckend wehrlos und vollkommen erschöpft, und seine süße Fürsorge trieb einen noch tieferen Keil in ihr bereits wundes Herz.

»Ich will nicht mit dir streiten«, gab sie mit tränenerstickter Stimme zurück.

»Oh doch, das willst du.« Ohne darauf zu achten, dass sie sich versteifte, zog er sie an seinen großen, warmen Leib. »Auch wenn du verlieren wirst.«

»Das werde ich ganz sicher nicht«, erklärte sie, obgleich ihr Widerspruch selbst in ihren eigenen Ohren bedeutungslos und völlig kraftlos klang.

Sie empfand feige Erleichterung, als er ihr keine Antwort darauf gab, sondern ihren Kopf unter seinem Kinn vergrub und sie mit seiner Hitze und mit seinem Moschusduft umgab.

Es war tödlich dumm, dass sie sich so sicher fühlte, wenn er sie in seinen Armen hielt. Erith war eine Gefahr für alles, was sie sich in ihrem Leben aufgebaut hatte. Trotzdem machte sie die Augen zu und prägte sich jedes Detail dieses Moments für die Zeit nach seinem Fortgehen ein.

Als sie sich entspannte, stieß er einen tiefen Seufzer aus, strich ihr das wirre Haar aus dem Gesicht und rückte ein wenig neben ihr herum, bis sie vollkommen natürlich an ihm lag. All das waren unwichtige, ganz normale Gesten, doch sie durchlöcherten den Schutzschild, den sie abermals um sich herum errichtet hatte, sodass sie völlig wehrlos war.

Sie vergrub die Nase in dem schwarz gelockten Haar auf seiner Brust, sog sein betörendes Aroma in sich auf und wollte gerade die Augen schließen, aber plötzlich fiel ihr etwas ein.

»Morgen Abend ist Perrys Geburtstagsball.«

»Mmm«, knurrte er verschlafen und schnupperte an ihrem Haar.

Sie versuchte, ihrer sentimentalen Seite zu erklären, dass sich eine abgebrühte Frau wie sie von dieser Geste liebevoller Zuneigung bestimmt nicht rühren ließ. Doch ihre sentimentale Seite hörte ganz einfach nicht zu.

Sie hatte eindeutig ein riesiges Problem.

Die träge Zufriedenheit, die ihre Glieder lähmte, war ein deutlicher Beweis für ihr Verlangen, einfach dort liegen zu bleiben, wo sie gerade lag. Trotzdem zwang sie ihr abtrünniges Hirn zu dem Thema zurück, das sie angeschnitten hatte. »Ich werde also nicht hier sein.«

»Ich auch nicht.«

»Hast du eine Verpflichtung im Familienkreis?«

»Nein, ich werde auf Montjoys Geburtstagsfeier sein. Und zwar mit dir.«

Die Bestimmtheit, die bei diesen Sätzen in seiner verschlafenen Stimme lag, rief eine dunkle Freude in ihr wach. Trotzdem meinte sie: »Ich frage mich, weshalb du meinst, dass du immer alles bestimmen kannst, Erith.«

Er zog sie noch dichter an sich heran, und unter seinen Händen schmiegte sie sich eng an seine nackte Brust, in der sein Herz in einem gleichmäßigen Rhythmus schlug. »Mein Name ist Julian.«

In einem letzten Versuch, die Festung zu halten, die schon

längst gefallen war, ging sie achtlos über den Einwand hinweg. »Wir haben uns noch nie zusammen in der Öffentlichkeit gezeigt.«

Er lachte leise auf, und als sein warmer Atem ihre Kopfhaut kitzelte, wogte widerstrebende Freude in ihr auf. »Schämst du dich etwa, wenn du mit mir gesehen wirst, Olivia?«

»Nicht, wenn du dich benimmst.«

»Das kann ich nicht garantieren.« Seine Stimme wurde immer leiser, denn er schlief langsam, aber sicher ein. »Und mein Name ist Julian.«

Nach all den großen Zugeständnissen, die sie ihm an diesem Abend schon gemacht hatte, machte ein weiteres kleines Entgegenkommen sicher nichts mehr aus. »Julian.«

»Meine Liebe«, hauchte er so leise in ihr Haar, dass sie so tat, als hätte sie die Worte nicht gehört.

Doch sie hatte sie gehört. Und sie hämmerten so nachdrücklich gegen die Tür ihres Herzens, bis sie sich geschlagen gab und ihnen öffnete.

Erith stand auf dem Bürgersteig und ließ Olivia den Vortritt in das hell erleuchtete Stadthaus, in dem Lord Peregrine Montjoy seinen dreißigsten Geburtstag feierte. Von drinnen hörte er entfernte, seltsam disharmonische Musik und fröhliches Stimmengewirr, das mal lauter und mal leiser an seine Ohren drang. Es war eindeutig ein großes Fest.

Er erinnerte sich an das letzte Mal, als er in diesem Haus gewesen war. So viel war seit der Nacht passiert, in der ihm Olivia als Mann verkleidet entgegengekommen war. Er hoffte, dass sie zu ihrem gemeinsamen Vergnügen irgendwann noch einmal in Männerkleidern vor ihm stehen würde. Oder splitternackt.

Ihr ungehemmter Schrei, als sie letzte Nacht gekommen war, hallte bereits den ganzen Tag in seinem Herzen nach. Es war nicht zu überhören gewesen, als sie gekommen war. Bis an sein Lebensende dächte er wahrscheinlich jeden Tag an diesen Schrei zurück. Er würde dabei jedes Mal so glücklich lächeln wie bei der Erinnerung an ihre feuchte Hitze, als er in sie eingedrungen war. Wie sie sich fest um ihn zusammengezogen hatte, als umarme sie ihn innerlich!

Olivia wirkte wie ein Zauber, sobald sie in seinen Armen lag. Sie war wie ein greller Blitz. Wie eine hell lodernde Flamme. Wie eine Blume, die sich öffnete und ihren betörenden Duft in die Abendluft entließ. Sie hatte ihm explosive Freude und prickelnde Lust geschenkt. Sie hatte ihm das Gefühl gegeben, lebendiger zu sein als zu irgendeinem anderen Zeitpunkt seit dem Tod seiner Frau.

Am befriedigendsten war für ihn gewesen, dass sie sich vollständig der Anziehungskraft ergeben hatte, die schon bei ihrem ersten Zusammentreffen zwischen ihnen aufgeflackert war.

Bereits damals hatte er vermutet, dass sie hinter ihrem kühlen Äußeren glühende Leidenschaft verbarg. Trotzdem hatten ihn die Tiefe und die Kraft der Reaktion, die er ihr entlocken konnte, überrascht. Beschämt. Mehr gerührt als alles, was ihm jemals widerfahren war. Sie hatte eine geradezu vulkanische, verwegene, uneingeschränkte Leidenschaft gezeigt. *Gott sei Dank.*

Er wollte sie um jeden Preis erneut in seine Arme locken. Möglichst bald. Sofort.

Hoffentlich hatte sie nicht die Absicht, allzu lange auf dem Fest zu bleiben, er blickte auf ihre wiegenden Hüften in dem voluminösen mitternachtsblauen Umhang, als sie vor ihm die Stufen in Richtung der offenen Eingangstür erklomm. In dem weich fallenden Umhang wirkte sie ausnehmend verführerisch. Groß. Gertenschlank. Geheimnisvoll. Erith sah eilig zu Boden, als er daran dachte, was für ein Gefühl es war, wenn sie ihm in verzweifeltem Verlangen ihre Hüften entgegenreckte, während sie unter ihm lag.

Sie blickte über ihre Schulter und sah, dass er noch immer auf dem Gehweg stand. »Mylord?«

Er bedachte sie mit einem vielsagenden Blick, damit sie wusste, was ihm gerade durch den Kopf ging. Sie hatte die Kapuze ihres Umhangs aufgesetzt, und im Licht der Fackeln war ihr prachtvolles Gesicht nur undeutlich zu sehen. Trotzdem hätte er einen Sack voll Gold darauf verwettet, dass sie rot geworden war.

Am liebsten hätte er gegrinst. Er hatte sie durchschaut. Was er dabei entdeckt hatte, war wie für ihn gemacht.

Er erklomm ebenfalls die Stufen, bot ihr seinen Arm, führte sie durch das Gedränge im Foyer und war einen Moment lang abgelenkt, als er seinen Hut und seinen Mantel einem Pagen gab.

Dann wandte er sich abermals Olivia zu.

Und rang erstickt nach Luft.

Die Worte, die er gerade sagen wollte, erstarben auf seinen Lippen, sein Herz schlug schmerzhaft gegen seine Rippen, er ballte die Fäuste an den Seiten und hörte nichts mehr von dem Lärm, der ihn umgab.

Immer noch starrte er sie mit großen Augen an.

»Bei Gott, ich hätte nicht gedacht, dass du es jemals tragen würdest«, stellte er mit rauer Stimme fest.

»Ich auch nicht.«

Sie hob nervös eine ihrer schlanken Hände und berührte mit ihren langen aristokratischen Fingern das kunstvoll gearbeitete Rubincollier, das sein Tribut an sie war, das sie aber zurückgewiesen hatte. Denn sie hatte noch nie ein Schmuckstück getragen, mit dem ein Mann sie als sein Eigentum markierte.

Bis zu diesem Tag.

Die Botschaft war eindeutig.

Sein Herz schlug einen dumpfen Takt. Sie gehörte ihm. Sie würde ihm auch weiterhin gehören, ganz egal, was auch geschah.

Er marschierte auf sie zu, zog sie an seine Brust und gab ihr einen harten, schnellen Kuss. Er war ein Zeichen dafür, dass sie ihm gehörte, und als er in ihre weit aufgerissenen blauen Augen sah, erkannte er, dass das Signal von ihr verstanden worden war.

»Mylord …«, stammelte sie und geriet spürbar aus dem Gleichgewicht.

Gut. Er wollte sie genauso durcheinanderbringen wie sie ihn. Seit der letzten Nacht waren sie ebenbürtig. Und so sollte es auch bleiben.

Schließlich wünschte er sie sich als gleichwertige Partnerin.

Er verdrängte diese schockierende Erkenntnis, denn er dächte besser irgendwann in aller Ruhe über die Bedeutung dieses Satzes nach.

Mit einem Mal bemerkte er die plötzliche Stille in der Eingangshalle, riss den Blick von ihren wunderschönen, überraschenden und überraschten Zügen los und nahm die entsetzten Blicke aller anderen Gäste wahr. Die Freundinnen und Freunde von Montjoy gehörten ausnahmslos den höchsten Kreisen an. Halbweltdamen, Schauspieler, Künstler, Musiker sowie ein paar wildere Mitglieder der besseren Gesellschaft. Sie alle waren ausnahmslos schockiert.

Flüchtig nahm er Carringtons unglückliche Miene wahr.

Der Mann sah aus, als wäre dies das Ende seines größten Traums.

Sie war immer für mich bestimmt.

Nachdem Erith sich vergewissert hatte, dass sein Freund aus Kindertagen seine stumme Botschaft richtig deutete und akzeptierte, wandte er sich wieder seiner spektakulären Mätresse zu.

»Du kannst mich jetzt loslassen«, wisperte Olivia mit einem leisen Lachen. »Wir haben inzwischen für genug Aufheben gesorgt.«

»Ich habe dich doch nur geküsst«, murmelte er gespielt verständnislos, obwohl das ungläubige, missbilligende und gleichzeitig lüsterne Interesse der Menschen, die sie umgaben, nicht zu übersehen war.

»Ich küsse nie«, erklärte sie ihm ruhig.

Dann aber stellte sie sich auf die Zehenspitzen, küsste ihn zurück, und er zuckte zusammen, als ihre heiße, verführerische Zunge über seine Lippen strich.

Er hieße nicht mehr Julian Southwood, wenn das keine direkte Einladung zu sinnlichen Freuden war. Mühsam kämpfte er gegen die wilde Leidenschaft, die sein Blut in Wallung geraten ließ. Er stand gefährlich nah davor, sie einfach zu schnappen und an irgendeinen Ort zu schleifen, an dem er über sie herfallen konnte, ohne dass dabei halb London zugegen war.

Dann hätten die verdammten Plaudertaschen endlich etwas, worüber sie sich die Mäuler zerreißen könnten, oder etwa nicht?

Sie beendete den Kuss, bevor er reagieren konnte, glitt mit einem leisen Lachen auf die Treppe zu, und wie in Trance lief er ihr hinterher.

Morgen wüsste ganz London, dass der Earl of Erith dieser hinreißenden Hexe hoffnungslos verfallen war. Und auch wenn es tragisch war, hätte ganz London recht.

Er nahm wieder ihren Arm und legte seine Finger um den langen schwarzen Seidenhandschuh, der ihr beinahe bis zur Schulter ging. Das Material war von ihrem Fleisch warm. Wieder wogte glühende Begierde in ihm auf. Wenn er sich nicht beherrschte, würde die ganze Welt darüber reden, dass er auch noch offen zur Schau stellte, dass er vollkommen liebestrunken war.

»Bist du mit meiner Garderobe einverstanden?«, fragte sie ihn spöttisch, während sie neben ihm an grinsenden Gips-Amoren vorbei die Marmortreppe mit dem vergoldeten Geländer erklomm.

»Wie sollte ich wohl nicht damit einverstanden sein? Du siehst einfach fantastisch aus.«

Ihr Seidenkleid war von einer beinahe klösterlichen Einfachheit. Nachtschwarz und ohne irgendwelche Spitze, Bänder oder Stickerei, denn sie hätten den Betrachter nur unnötig abgelenkt. Es hatte einen tiefen, viereckigen Ausschnitt, in dem ihr cremig weiches Dekolleté vorteilhaft zur Geltung kam und in dem die rubinbesetzte Kette funkelte wie ein barbarisches Zeichen der Sklaverei.

Dann dachte er wieder an ihren gutturalen, ungehemmten Schrei, als sie letzte Nacht gekommen war, und ihm wurde bewusst, dass sie das Collier zur Feier ihrer Freiheit und als Siegeszeichen trug.

Als er das extravagante, ungewöhnliche Schmuckstück erstanden hatte, hatte er gewusst, dass es ihr stehen würde. Doch er hatte nicht geahnt, wie gut.

Sie trug keinen anderen Schmuck, und unter ihrem im strengen griechischen Stil hochgesteckten Haar zog die rot glitzernde Kette den Blick magnetisch an.

Bis man die Frau bemerkte, die die wunderbare Kette trug. Sie war atemberaubend schön. Eine lodernde Flamme der Verführung. Liebe in menschlicher Gestalt. Die blitzenden Rubine und Diamanten in ihrem Collier konnten unmöglich heller strahlen als die schrägstehenden Katzenaugen, aus denen sie über ihre Schulter auf ihn heruntersah.

»Olivia …«, fing er an, doch inzwischen hatten sie den oberen Treppenabsatz erreicht und Montjoy kam zu ihrer Begrüßung aus dem Ballsaal gerannt.

Als der eitle Fratz Olivia auf die Wange küsste und vertraulich in die Arme nahm, holte niemand hörbar Luft, es runzelte auch niemand missbilligend die Stirn. Wahrscheinlich wussten die meisten Leute hier über seine sexuellen Vorlieben Bescheid.

Es war ein halbseidener Haufen, zynisch, mondän und übersättigt. Bereit, alles zu akzeptieren, außer zur Schau gestellter echter Leidenschaft. Wie amüsant, dass diese Menge sich von einem simplen Kuss zwischen einem Mann und einer Frau bis in die Sohlen ihrer Tanzschuhe schockieren ließ.

Während Olivia und Montjoy ihr Wiedersehen genossen, hielt er sich diskret im Hintergrund. Seit er wusste, dass Montjoy Olivia in ihrem größten Elend beigestanden hatte, empfand er beinahe so etwas wie Sympathie für den eitlen jungen Mann.

Das Grauen, das die meisten Frauen zerstört hätte, hatte sie stark und selbstbewusst gemacht. Vielleicht sah die sogenannte ehrenwerte Welt auf sie herab, ihm aber war bewusst, dass sie bis in die Tiefen ihrer couragierten Seele ein bewundernswertes Wesen war.

»Erith«, grüßte Montjoy ihn kühl und bedachte ihn mit einem Blick, der seine Geringschätzung verriet.

»Montjoy.« Erith verbeugte sich vor dem Geburtstagskind. »Meinen Glückwunsch.«

Montjoy warf ihm einen mörderischen Blick aus seinen großen, kaffeebraunen Augen zu. Nicht zum ersten Mal fiel Erith auf, was für ein wunderhübscher junger Bursche er war. Kein Wunder, dass er und Olivia die Leute glauben machen konnten, sie wären ein Paar. Mit ihrer schmalen, kantigen Schönheit und ihren warmen, wildkatzenhaften Farben bildete sie den perfekten Kontrast zu Montjoys dunkler, südländischer Attraktivität.

»Danke.« Montjoy wandte sich wieder an Olivia. »Die Walzer hast du doch wohl alle für mich reserviert?«

Es war Olivia anzusehen, dass ihr der stumme Schlagabtausch zwischen ihrem Freund und ihrem Liebhaber nicht verborgen geblieben war. »Vielleicht einen, Perry.«

Erith nahm ihre Hand und legte sie besitzergreifend auf seinen Unterarm. »Tut mir leid, mein Guter, aber Miss Raines tanzt ausschließlich mit mir.«

»Heute ist sein Geburtstag, Erith«, protestierte sie, zog die Hand aber nicht zurück. Was ein weiteres Zeichen dafür war, dass sie nicht mehr so auf ihrer Unabhängigkeit bestand wie noch einen Tag zuvor. Vor lauter Stolz schwoll ihm das Herz. Doch er verspürte auch noch etwas anderes als Stolz, was viel gefährlicher für seinen Seelenfrieden war.

Einen primitiven Besitzanspruch, von dem er bereits beim Anblick des Colliers an ihrem Hals befallen worden war. Er hob demonstrativ ihre Hand an seinen Mund, küsste sie und legte sie auf seinen Arm zurück. »Die Walzer gehören mir.«

»Olivia?« Montjoy wirkte vollkommen überrascht.

Das konnte er auch sein. Erith hatte bereits eine ungefähre Vorstellung davon, wie sie mit ihren bisherigen Geliebten umgesprungen war. Sie hatte sie wie Schoßhündchen behandelt, nach Gutdünken getätschelt oder ignoriert und am Ende ihrer Liaison entlassen, ohne ihnen ein Wort des Abschieds mitzugeben oder sich auch nur noch einmal umzudrehen.

Er hatte den festen Vorsatz, kein solches Schoßhündchen zu sein.

»Meine Walzer sind anscheinend schon vergeben.« Sie lachte heiser auf, und Erith hörte eine weibliche Zufriedenheit aus ihrem Lachen heraus. »Meinst du, dass du es erträgst, wenn du nur einen Kontertanz von mir bekommst, Perry?«

Montjoy blickte zwischen Olivia und Erith hin und her, seine bleiche Miene machte deutlich, dass er gleichzeitig erbost, verblüfft, vor allem aber in großer Sorge um die Freundin war. »Oh, verdammt, Olivia. Ich habe dir von Anfang an gesagt, dass es in einer Katastrophe enden würde.«

Olivias spöttisches Lächeln verflog, und Erith konnte spüren, dass sie hin und her gerissen war.

Nach dem, was letzte Nacht geschehen war, mussten sie dringend miteinander reden. Doch direkt nach ihrem Zusammensein war er zu erschöpft und zu beschwingt gewesen, um das schwierige Thema anzusprechen, wie es jetzt zwischen ihnen weiterging. Heute hatte er den ganzen Tag mit seiner Familie zu tun gehabt, und auf der Fahrt hierher hatte sie ihn auf Distanz gehalten und es tunlichst vermieden, irgendeine auch nur ansatzweise ernste Äußerung zu tun.

Jetzt wünschte er sich innig, er hätte das unausgesprochene Verbot, irgendein wichtiges Thema anzuschneiden, einfach ignoriert. Die Ungewissheit machte ihr offenkundig ebenso zu schaffen wie ihm selbst.

»Es tut mir leid, Perry«, wisperte sie, wobei sie die Maske der weltgewandten, souveränen Frau für eine Sekunde fallen ließ. »Ich konnte einfach nichts dagegen tun.«

Was letzte Nacht geschehen war, rief eindeutig großes Unbehagen in ihr wach. Eriths Verlangen nach einem klärenden Gespräch wurde immer größer, wie eine Horde hungriger Ratten nagte die Frustration an ihm, weil er gezwungen war, erst noch die Geburtstagsfeier ihres besten Freundes durchzustehen.

»Oh, Schätzchen«, meinte Montjoy, wobei seine Stimme erschütterndes Mitgefühl verriet.

»Du solltest dich für mich freuen.« Ihre Stimme brach. Sie streckte ihre freie Hand in Richtung ihres Freundes aus; als Montjoy sie nahm, stellte Erith unglücklich fest, dass ihre Finger zitterten.

»Das kann ich nicht«, antwortete Montjoy so leise, dass keiner der Umstehenden ihn verstand. »Aber wenn alles vorbei ist, bin ich zur Stelle, um die Scherben aufzusammeln.«

»Verdammt noch mal, das hier ist keine griechische Tragödie«, fuhr ihn Erith an.

Montjoy bedachte ihn mit einem hasserfüllten Blick. »Nein, es ist eine Tragödie, Sie Schwein. Eine, nach deren Ende Sie mit einem gleichgültigen Schulterzucken Ihrer Wege gehen werden, ohne sich dafür zu interessieren, was Sie für einen Schaden angerichtet haben.«

»Nicht, Perry«, bat Olivia mit leiser, unglücklicher Stimme. »Das hier soll ein fröhlicher Abend werden.«

Montjoy hob ruckartig den Kopf, als würde ihm mit einem Mal bewusst, dass dies wohl kaum der rechte Ort und kaum die rechte Zeit für eine private Unterhaltung war. Doch sein Blick verriet, dass er die Absicht hatte, das Thema wieder aufzugreifen, sobald er die Gelegenheit dazu bekam.

Erith zog Olivia entschlossen mit sich fort, bedachte den Gastgeber mit einem herablassenden Blick und erklärte ruhig: »Das alles geht Sie gar nichts an, Montjoy.«

»Olivia geht mich sehr wohl etwas an«, fuhr ihn Perry giftig an.

»Sie geht vor allem mich was an.«

»Aufhören, alle beide«, zischte sie. »Ihr benehmt euch wie zwei kleine Jungen. Ich bin kein Spielzeug, um das man sich streiten kann. Und auch kein Knochen, um den sich zwei Hunde balgen. Ich bin eine unabhängige Frau, die ihre Entscheidungen selber trifft.«

Erith wurde bewusst, dass er sich tatsächlich aufgeführt hatte wie ein gereizter Mastiff, der ein Mutterschaf aus seiner Herde gegen einen hungrigen Wolf verteidigte. Doch was immer er und Montjoy füreinander empfanden, hatten sie im Grunde nur das Beste für Olivia im Sinn.

Er wandte sich ihr zu und räumte leise ein: »Du hast recht, Olivia. Ich bitte um Verzeihung. Wir sollten heute Abend einfach feiern und fröhlich sein.«

Er verbeugte sich vor ihr, und als er wieder aufsah, fiel ihm auf, dass Montjoys wütender Blick einem Ausdruck des Erstaunens gewichen war.

»Mein Gott«, entfuhr es ihm. »Ich fasse es nicht.«

»Was?«, fragte Olivia ihn verwirrt.

Ein warmes Lächeln erhellte Montjoys Gesicht, er beugte sich ein wenig vor und drückte einen Kuss auf ihre Stirn. Keinen fröhlichen, aufgeregten Kuss, wie er ihn ihr gegeben hatte, als sie angekommen war, sondern einen Kuss, der ihr eine Botschaft übermittelte, auch wenn Erith keine Ahnung hatte, was der Inhalt dieser Botschaft war.

»Nichts, Schätzchen. Ich komme nachher bei dir vorbei und hole dich zum Tanzen ab.«

»Perry?«

»Geh. Du hast so hart bei den Vorbereitungen zu diesem Fest gearbeitet. Da ist es ja wohl das Mindeste, dass du dich heute Abend amüsierst.«

Froh, dass die peinliche Konfrontation beendet war, führte Erith Olivia in den riesigen Salon, in dem er ihr zum ersten Mal begegnet war. Er hätte ihn kaum wiedererkannt, denn mit all dem glitzernden Kristall und den meterlangen Bahnen weißer Musseline, die aussehen sollten wie Schnee, ähnelte er heute einem russischen Winterpalais. Unweigerlich verzog er seinen Mund zu einem Lächeln, da die stilvolle Eleganz der Dekoration einfach typisch für Olivia war.

Sämtliche Pagen – ausnahmslos wunderschöne junge Männer – waren in Kosakenkostüme gehüllt. Montjoy hatte wirklich Glück. Es war ein warmer Abend, deshalb froren die Männer in den losen weißen Hemden und den Reithosen nicht. Zitternde Dienstboten hätten die Atmosphäre eines russischen Winterabends möglicherweise noch verstärkt, aber sie hätten sich wahrscheinlich nicht derart geschmeidig mit den Tabletts voller Champagnerflöten und Tellerchen mit Kaviar zwischen den Gästen bewegt.

In einer Ecke spielte ein Balalaika-Orchester auf, obwohl es über den Lärm der Gespräche hinweg kaum zu hören war. Erith hörte ein paar Mal im Vorbeigehen seinen Namen, ignorierte aber sämtliche Versuche, ihn von Olivias Seite fortzulocken, damit er sich mit jemand anderem unterhielt.

Im Ballsaal spielte ein konventionelleres Ensemble eine fröhliche Quadrille. Bei seinen bisherigen Besuchen war ihm nicht aufgefallen, dass eine Wand aus Falttüren bestand, die heute Abend geöffnet worden waren.

»Mach dir keine Gedanken wegen Perry«, sagte Olivia neben ihm. Gleichzeitig sah sie sich interessiert um.

Erith drückte ihre Hand, die auf seinem schwarzen Ärmel lag. »Er versucht, dich zu beschützen, weil er dich liebt. Dafür bewundere ich ihn, auch wenn es mir natürlich furchtbar auf die Nerven geht, wie viel Aufmerksamkeit er von dir verlangt.«

Anscheinend reagierten die Menschen an diesem Abend selbst auf die normalsten Bemerkungen verblüfft, denn sie riss schockiert die Augen auf.

»Was?«, fragte er Olivia wie sie zuvor Montjoy.

»Nichts«, murmelte sie und wandte sich eilig ab. »Gefällt dir der Frosteffekt? Es war unglaublich mühsam, es so hinzukriegen, dass es halbwegs echt aussieht.«

»Olivia«, knurrte er. Er hatte das Gefühl, dass sie im Begriff gestanden hatte, etwas wesentlich Bedeutsameres zu sagen.

Seufzend wandte sie sich ihm wieder zu. »Himmel, Erith, du kannst wirklich ein furchtbar sturer Hammel sein.«

»Das bin ich. Und ich habe dir gesagt, dass du mich Julian nennen sollst.«

»Nicht in der Öffentlichkeit.«

Ein verführerisches Lächeln umspielte ihre vollen Lippen. Sie war diskret geschminkt, doch wurden durch die Farbe ihre phänomenalen Züge vorteilhaft betont. Sie hatte sich die Brauen und die Wimpern nachgedunkelt, einen Hauch Rouge auf die Wangen aufgetragen und die Lippen dunkelrot gefärbt. Lippen, die von ganz alleine dunkler wurden, wenn er sie küsste, dachte er, und abermals stieg glühendes Verlangen in ihm auf.

»Dann sag mir, warum du eben so verwundert warst.«

Sie zuckte mit den Schultern. »Es überrascht mich einfach immer wieder, mit welcher Leichtigkeit dir das Wort Liebe über die Lippen kommt. Als wäre sie ein normaler Bestandteil des Lebens, wie ein Stuhl oder ein Tisch oder deine Kutsche, die vor deinem Haus steht, damit du dich in deinen Herrenclub fahren lassen kannst.«

Er erwiderte ihr Lächeln und fragte sich, wie eine derart kluge Frau wie sie es schaffte, derart blind zu sein. »Sei doch keine Närrin«, bat er sie. »Natürlich ist Liebe ein normaler Bestandteil des Lebens.« Er drückte ihre Hand. »Aber wenn du nicht willst, dass ich sämtliche Lebemänner und Lebedamen der Londoner Gesellschaft schockiere, indem ich dich für eine kurze Nummer ins Nebenzimmer schleife, mischen wir uns besser unters Volk.«

»Unters Volk«, wiederholte sie verständnislos und sah ihn so verzweifelt an, als ertrüge sie es nicht, woandershin zu sehen.

Er legte eine Hand unter ihr Kinn und drückte ihr sanft die Kinnlade herauf. »Ja, unters Volk. Auch wenn ich mich dazu zwingen muss, werde ich es sicher schaffen, noch ein bisschen zu warten, bis ich endlich über dich herfallen kann.«

Sie sah sich um, bemerkte, dass sie wie schon im Foyer im Mittelpunkt des allgemeinen Interesses standen, straffte ihre Schultern mit einer würdevollen Grazie, die einer Prinzessin zur Ehre gereicht hätte, und setzte wieder die makellose Maske kühler Schönheit auf.

Er sollte sie regieren lassen, denn sie war die Königin dieser ganz speziellen Welt. Die Macht, die sie über ihn hatte, war ihre ganz private Angelegenheit.

Er nahm zwei Gläser Champagner von einem Tablett,

drückte ihr eins der Gläser in die Hand und prostete ihr zu. »Auf die Frau, die mich gefangen hält.«

»Und warum komme ich mir, wenn ich dich gefangen halte, wie ein Opfer vor?«

Lächelnd nippte er an seinem Getränk und hoffte vergeblich, dass die Kühle des Champagners die Hitze in seinem Inneren etwas milderte. »Du bist kein Opfer, Olivia.«

Er erkannte das entschlossene Blitzen ihrer wunderschönen Augen. »Offen gestanden bin ich froh, dass du mich heute Abend hierher begleitet hast. Dann sind wir nachher endlich quitt.«

Er runzelte die Stirn, denn ihr Ton machte ihm deutlich, dass ihre Stimmung plötzlich umgeschlagen war. Seine Instinkte warnten ihn davor, dass ihm nicht gefallen würde, was gleich käme, und so fragte er:

»Wovon zum Teufel redest du?«

»Von letzter Nacht. Davon, dass du unsere Wette gewonnen hast.« Sie wandte sich der Menge zu. »Meine Freunde, ich habe euch eine Mitteilung zu machen.«

Nicht, weil ihre Stimme in dem Lärm zu hören gewesen wäre, sondern weil so viele Leute sie im Auge hatten, nahm der Geräuschpegel im Raum ein wenig ab. Selbst diejenigen, die sie nicht beobachtet hatten, drehten sich neugierig um, um zu erfahren, was die prachtvolle, berühmt-berüchtigte Olivia Raines zu ihrer Unterhaltung geplant hatte.

Die Augen der Menschen glitzerten erwartungsvoll. Olivia sorgte, wo sie ging und stand, für Aufregung. Da sie heute Abend zum ersten Mal mit ihrem neuesten Liebhaber öffentlich aufgetreten war, waren die Leute noch gespannter als sonst.

Plötzlich tauchte Montjoy neben ihr auf und fragte sie in sorgenvollem Ton: »Was ist los, Olivia?«

»Ich habe Lord Erith etwas versprochen.«

Eriths gesamter Körper spannte sich an. »Was soll das?«

Sie konnte unmöglich vorhaben, was er befürchtete. Sie musste doch wohl wissen, dass die schwachsinnige Wette längst nicht mehr galt. Spätestens seit der letzten Nacht.

Er packte sie am Arm, doch sie schüttelte ihn ab und sah ihn mit blitzenden Augen an. »Du weißt, was das soll. Ich begleiche meine Schulden.«

Sie drückte Montjoy ihr Glas mit einer Grazie in die Hand, die Eriths Atem stocken ließ, und wandte sich wieder der Menge zu. Erwartungsvolle Stille hatte sich über den Raum gesenkt, selbst das russische Orchester hatte aufgehört zu spielen, auch wenn aus dem Nebenraum noch immer die Musik des Tanzorchesters an ihre Ohren drang.

»Als ich Lord Eriths *carte blanche* akzeptiert habe, haben wir eine Wette abgeschlossen.«

Großer Gott, das war totaler Wahnsinn. Sie musste doch wohl wissen, dass es ihn inzwischen keinen Deut mehr interessierte, was mit der verdammten Wette war.

Doch als er ihr in die Augen sah, wurde ihm bewusst, dass ihre Selbstachtung verlangte, dass sie ihre Wettschulden beglich. Seltsam, diese berüchtigte Hure war der ehrenwerteste Mensch, dem er jemals begegnet war.

Doch obgleich sie ihm den Atem raubte, konnte er unter keinen Umständen erlauben, dass sie sich derart erniedrigte. Auch wenn ihre befremdliche Vorstellung von Ehre das vielleicht verlangte, ließe sein eigenes Ehrgefühl das niemals zu.

»Olivia, nicht«, stieß er entgeistert aus. Er versuchte immer noch, einen ausgewachsenen Skandal dadurch zu verhindern, dass er möglichst leise sprach. »Tu es nicht.«

Doch seine Mühe war vergeblich, denn sie beugte ihre

Knie, und die neugierige Menge schob sich noch näher an sie heran.

»Eine Wette ist etwas Heiliges«, erklärte sie in ruhigem Ton, als ergäbe die grauenhafte Selbsterniedrigung, der sie sich unterziehen wollte, irgendeinen Sinn. »Dieses Wissen hast du doch bestimmt genau wie ich bereits mit der Muttermilch aufgesaugt.«

»Olivia, um Gottes willen, das Collier genügt«, flehte er sie an.

»Ich habe es versprochen.«

»Teufel noch einmal, hör auf.« Er drückte Montjoy seine Champagnerflöte in die Hand, es war ihm vollkommen egal, ob der verweichlichte Jüngling sie möglicherweise fallen ließ. Dann packte er Olivias Arme, riss sie mit brutaler Gewalt wieder auf die Füße und stieß zwischen zusammengebissenen Zähnen aus: »Ich will das nicht. Das habe ich niemals gewollt. Nicht einmal am Anfang.«

Sie hing schlaff in seinen Armen und starrte ihn verwundert an. »Ich habe die Wette verloren, Erith. Du weißt, dass ich sie verloren habe.«

Die ungestillte Neugier der Menge war eine beinahe körperliche Kraft. Die Leute fingen an zu wispern und rangen schockiert nach Luft.

»Du hast sie nicht verloren. Niemand hat sie verloren. Und niemand hat sie gewonnen.« Er senkte seine Stimme auf ein Flüstern, denn nur so bliebe ihnen wenigstens ein Teil des unvermeidlichen Tratschs erspart. »Die verfluchte Wette ist mir vollkommen egal. Sie war nur ein Trick, damit du bleibst. Du warst im Begriff, mich zu verlassen, und sie war alles, was mir einfiel, um dich daran zu hindern, dass du gehst.«

»Ich habe diese Wette gutgläubig angenommen. Ich habe

gesagt, dass ich vor dir auf die Knie fallen werde, falls du mich besiegst.«

Er versuchte verzweifelt sich daran zu erinnern, was er in jener längst vergangenen Nacht gesagt hatte, als er vor lauter Angst, dass sie ihn verlassen würde, halb wahnsinnig gewesen war. Er konnte ganz einfach nicht glauben, dass er – obgleich in jenem Augenblick jedes Wort und jede Geste Teil eines Machtspieles gewesen war – darauf bestanden hatte, dass sie sich derart vor ihm erniedrigte. Schließlich hatte er von Anfang an bewundert, was für eine stolze Frau sie war.

In dem verzweifelten Verlangen, der grauenhaften Szene endlich ein Ende zu bereiten, fauchte er sie an: »Ich habe gesagt, dass ich vor dir auf die Knie fallen würde. Du solltest lediglich eingestehen, dass du dich mir ergeben hast. Ich hätte nie gewollt, dass du dich öffentlich erniedrigst. Nie.«

Sie sah ihn unsicher an. »Du wolltest, dass ich zugebe, dass du mich beherrschst.«

»Verdammt, das tue ich ganz sicher nicht. Ist dir das noch nicht klar geworden? Keiner von uns beiden beherrscht den anderen. Ich will keine verdammte Sklavin haben. Ich will eine Geliebte, sonst nichts.«

Sie reckte starrsinnig das Kinn, aber auch wenn sie elend zitterte, blieb sie endlich selbst auf ihren Füßen stehen. »Du wolltest, dass ich mich dir unterwerfe.«

»Aber doch nicht so. Falls du dich mir in irgendeiner Weise unterwirfst, geht das außer uns beiden keinen Menschen etwas an.«

Er sah sich um und merkte, dass das Interesse der Leute noch größer geworden war. Er musste irgendetwas tun, um diese peinliche Szene zu beenden.

Mit lauter Stimme fuhr er fort: »Miss Raines möchte Sie

alle wissen lassen, dass sie ab Juli keinen Londoner Ballsaal mehr zieren wird. Sie wird mir nämlich die unvergleichliche Ehre zuteilwerden lassen, mich nach Wien zu begleiten, wenn ich auf meinen Posten zurückkehre.«

Sie wurde kreidebleich, ihre Augen wurden riesengroß, und das Rouge hob sich in zwei dicken roten Linien von ihren Wangenknochen ab. Die Gesichter der umstehenden Leute wirkten nicht weniger erstaunt. Sie drückten Nachdenklichkeit und Verwirrung sowie im Falle von Montjoy unverhohlenes Entsetzen aus.

Die intelligenteren der Gäste fragten sich bestimmt bereits, weshalb sie ihre Absicht, Erith zu begleiten, auf eine derart dramatische Weise verkünden musste und weshalb sie so ausgesehen hatte, als würde sie jeden Moment vor ihm auf die Knie gehen. Doch auch wenn Erith deshalb wütend mit den Zähnen knirschte, konnte er nicht viel dagegen tun. Etwas anderes, als dass sie ihn nach Wien begleiten würde, war ihm auf die Schnelle einfach nicht eingefallen.

Montjoy starrte sie entgeistert an. »Olivia? Was hat das zu bedeuten? Ist das wahr?«

»N… nein, Perry«, stammelte sie, starrte dabei aber immer noch Erith an.

»Doch«, erklärte er. »Und jetzt bitte ich dich um diesen Tanz, Olivia. Um Himmels willen, findest du nicht auch, dass dieser verdammte Schwachsinn weit genug gegangen ist?«

Um sie aus ihrer Erstarrung zu befreien, zog er sie beinahe grob an seine Brust. Es hatte ihn mit Übelkeit erfüllt, sein Privatleben in aller Öffentlichkeit breittreten zu müssen. Innerhalb von weniger als einer Stunde hatten er und Olivia für genügend Aufhebens gesorgt, um die Gerüchteküche über Wochen in Gang zu halten, dachte er erbost.

Am liebsten hätte er sie auf der Stelle von diesem dekadenten Pack entfernt. Er wollte sie für sich allein. Durch einen plötzlichen Aufbruch aber würde der Skandal nur noch größer gemacht.

»Wenn du so versessen darauf bist, vor mir zu knien, tu es lieber nachher, wenn ich deine Position ausnutzen kann«, murmelte er wütend, denn er war am Ende seiner Geduld.

Auf diesen derben Vorschlag hin sprühten ihre Augen Funken, sie bekam wieder ein wenig Farbe ins Gesicht. Froh, dass sie wieder zu sich gekommen war, führte er sie durch die wogende Menge in Richtung des Ballsaals, in dem gerade ein Walzer angestimmt worden war.

22

Erith schob Olivia vor sich in das von Kerzen erhellte Schlafzimmer, drückte die Tür hinter sich zu und lehnte sich mit vor seiner breiten Brust gekreuzten Armen an die Wand. Er wirkte so unzerstörbar wie ein basaltener Monolith.

Sie versteckte ihre Nervosität hinter Empörung und wirbelte zu ihm herum: »Du hast es ernst gemeint, als du mir diese Wette angeboten hast.«

Mit ruckartigen Bewegungen streifte sie sich die langen schwarzen Handschuhe ab und schleuderte sie, ohne darauf zu achten, ob sie dadurch vielleicht ein paar der Porzellantiegel und -töpfe auf den Boden warf, achtlos auf den Ankleidetisch.

Sie hätte nicht mal sagen können, weshalb es ihr so wichtig war, die Wette zu erfüllen. Vielleicht musste sie sich einfach ein für alle Mal daran erinnern, dass der Earl ein Kunde war und sie seine Hure, die dafür bezahlt wurde zu tun, was ihm gefiel.

Als er sie daran gehindert hatte, öffentlich ihre Niederlage einzugestehen, hatte er die Bedingungen ihres Vertrags geändert, jetzt kam sie sich hintergangen, verloren und völlig hilflos vor.

Worte, die nicht mehr auf sie zugetroffen hatten, seit sie fünfzehn gewesen war.

Worte, die sie auch jetzt nicht im Zusammenhang mit sich verwenden wollte.

»Ich habe es ernst gemeint, als ich gesagt habe, ich würde alles tun, um zu verhindern, dass du mich verlässt.« Er starrte sie unter seinen schweren Lidern hervor an, sodass nur ein schmaler Streifen glänzenden Silbers zwischen seinen dichten Wimpern zu sehen war. »Das würde ich immer noch tun.«

Ihre Gefühle waren hoffnungslos verwirrt. In letzter Zeit verstand sie sich selbst nicht mehr. Und das war alleine Eriths Schuld. Mit vergeblicher Inbrunst wünschte sie, sie hätte ihn niemals kennen gelernt.

Sie hatte sich immer eingebildet, sie wüsste, was er wollte. Nämlich ihre Unterwerfung.

Wenn er das nicht wollte, was wollte er dann?

Sie ertrug es kaum, sich die Antwort darauf vorzustellen.

Vor lauter Zorn zog ihr Magen sich zusammen. Sie war verwirrt. Sie war frustriert. Unter dem Zorn, der Verwirrung und der Frustration lauerte die Angst.

Stirnrunzelnd und mit laut raschelnden Kleidern lief sie im Zimmer auf und ab. Sie war derart erregt, dass sie sich bewegen musste, denn sonst wäre sie wahrscheinlich explodiert. »Hör auf.«

Er behielt seine lauernde Stellung bei. »Womit?«

»Solche Dinge zu sagen. Herzlose Frauenhelden sollten einfach … herzlose Frauenhelden sein.«

Er antwortete nichts, und so blieb sie zitternd stehen, lehnte sich mit einer Schulter gegen einen Bettpfosten und legte eine Hand um das polierte Holz. Um den tosenden Sturm in ihrem Innern zu besänftigen, atmete sie zwischen zusammengebissenen Zähnen so tief wie möglich ein.

Sie hatte sich stark gefühlt, als sie das prachtvolle Rubincollier angelegt hatte. Sie hatte sich sogar noch stark gefühlt, als sie entschieden hatte, vor ihm in die Knie zu gehen. Denn schließlich hatte sie diese Entscheidung gefällt, und durch diese ehrerbietige Geste wäre sie wieder die Frau geworden, die sie bisher war. Eine stolze Frau, die auch diesen Liebhaber auf Abstand hielt, der sich standhaft weigerte, sie weiter den ausgetreten, sicheren Weg gehen zu lassen, den sie bisher gegangen war.

»Letzte Nacht …« Dann brach sie ab. Ein Gespräch über die wunderbaren Stunden wäre sicher nicht der beste Weg, um erneut zu diesem Menschen auf Distanz zu gehen.

Einen höllischen Moment lang sah er ihr ins Gesicht, und sie nahm seine innere Erregung und die gleichzeitige Entschlossenheit in seinen grauen Augen wahr. Dann stieß er einen Seufzer aus und blickte wieder auf den farbenfrohen türkischen Teppich, als hielte der die Antworten auf die wichtigsten Fragen der Welt parat.

Sie umklammerte die schlanke Mahagonisäule noch ein wenig fester. »Es war abgemacht, dass ich dich öffentlich als meinen Herrn anerkenne.«

»Nein, das war es nicht.« Er machte eine wegwerfende Geste mit der Hand, bedachte sie mit einem bösen Blick, und zum ersten Mal enthielt auch seine Stimme einen Hauch von Zorn. »Großer Gott, ich kann mich nicht mehr an die genauen Bedingungen dieser verdammten Wette erinnern. Ich bezweifle, dass wir irgendwelche Details besprochen haben, aber ich kann mich nicht erinnern, und vor allem ist es mir auch vollkommen egal. Ich habe ganz bestimmt niemals von dir verlangt, vor halb London vor mir auf die Knie zu gehen. Dass du das Collier getragen hast, war bereits mehr als genug.«

»Du wolltest, dass ich mich dir ergebe«, wiederholte sie stur.

Bereits den ganzen Tag hatte sie sich dafür gescholten, dass sie gegenüber einem Mann derart verletzlich geworden war. Dabei waren ihr der Egoismus, die Arroganz, die Schwäche und die gedankenlose Grausamkeit der Männer hinlänglich bekannt. Im Grunde seines Herzens war Erith auch nicht anders als irgendein anderer Mann.

Seit sie am Morgen wach geworden war, hatte sie Stunden damit zugebracht, sich gegenüber seinem Charme immun zu machen.

Dann war er gekommen, um sie zu Perrys Feier abzuholen, und ohne auch nur die geringste Gegenwehr war sie ihm sofort wieder verfallen.

»Zum Teufel noch einmal, hör endlich mit diesem Quatsch auf. Das hier ist schließlich kein Krieg zwischen zwei Feudalreichen. Um Himmels willen, das hier sollte eine Liebesbeziehung sein. Ich wollte, dass die Frau, die ich begehre, mich ebenfalls begehrt. Ich wollte, dass du endlich zugibst, dass du dich zu mir hingezogen fühlst. Ich wollte, dass du es genießt, wenn ich mit dir schlafe. Was ja wohl ausnahmslos völlig private Ziele sind.«

Sie stieß sich vom Bettpfosten ab und stapfte, als könnte sie auf diese Art vor seinen Worten flüchten, weiter durch den Raum. »Und was sollte dieser Unsinn, dass ich dich nach Wien begleiten soll? Bist du völlig übergeschnappt?«

»Das ist die beste Lösung.« Sein Ärger hatte sich genauso schnell wieder gelegt, wie er aufgeflackert war. »Vor allem nach der letzten Nacht.«

Durch seine zur Schau gestellte Ruhe wurde ihr Widerwillen noch verstärkt. »Die letzte Nacht hatte nicht das Geringste zu bedeuten! Wir hatten eine Abmachung, an die du dich allerdings nur dann zu halten scheinst, wenn es dir gerade passt. Ich bin deine Mätresse, bis du England wieder verlässt. So hatten wir es besprochen, bevor diese katastrophale Liaison begann.«

»Sie ist alles andere als katastrophal.« Er sah sie reglos an, als wäre er aus Stein gehauen. »Sie ist das reinste Wunder.«

Ihr Herz fing an zu galoppieren, kalter Schweiß rann ihr über den Nacken, ihre Brust zog sich zusammen, und zitternd blieb sie am anderen Ende des Raumes stehen.

Seine Miene wurde tatsächlich noch ernster, und er fügte in ruhigem Ton hinzu: »Seit ich mich in dich verliebt habe, ist nichts mehr, wie es vorher war.«

Erith hörte, dass diese Erklärung die angespannte, kämpferische Stille wie ein Schuss durchbrach. Olivia fuhr zusammen, als hätte er ihr einen Schlag versetzt, sie wurde kreidebleich, und ihr bemerkenswertes Gesicht sah aus, als wäre es aus kaltem Marmor gehauen.

»Nein …«, keuchte sie entsetzt. »Das kann nicht sein. Das meinst du doch bestimmt nicht ernst.«

Ein stechender Schmerz durchzuckte seine Eingeweide, als sie so ablehnend reagierte. Schließlich hatte er die Worte nur mit allergrößter Mühe herausgebracht.

Sie wich vor ihm zurück, als wäre seine Liebe eine ansteckende Krankheit; als sie gegen die Wand in ihrem Rücken stieß, stützte sie sich mit ihren flachen Händen an der eleganten blau-gelb gestreiften Tapete ab.

»Natürlich meine ich es ernst«, erklärte er ihr immer noch in ruhigem Ton. Er wollte sie schließlich nicht noch mehr erschrecken.

Hatte er sich etwa allen Ernstes eingebildet, die schwierige, stolze Olivia würde sich ihm überglücklich in die Arme werfen und ihm atemlos erklären, sie liebe ihn auch und wolle für alle Zeit mit ihm zusammen sein?

So etwas geschah vielleicht im Märchen, aber nicht in der realen Welt.

Entgegen seiner vorherigen Behauptung wusste er, zwischen ihnen herrschte tatsächlich so etwas wie Krieg. Nachdem er den ersten Schuss in ihre Richtung abgefeuert hatte, konnte er wohl kaum erwarten, dass sie die weiße Flagge hisste, bevor es auch nur den ersten Verletzten gab.

Er hegte keinen Zweifel daran, dass sie die Absicht hatte, gegen ihn zu kämpfen, und zwar stärker als jemals zuvor in ihrem Leben gegen irgendeinen Mann.

Infolge ihrer vehementen Ablehnung hatte er das Gefühl, als hätte sie sein Herz unter den Absätzen ihrer Pumps zerstampft.

Trotzdem nähme er die Worte nicht zurück. Er hatte sich seine Gefühle gegen seinen Willen und unter Schmerzen eingestanden. Er hatte sie bereits geliebt, bevor es ihm bewusst gewesen war. Was ihn nicht weiter überraschte, nachdem er über Jahre vor jedem Gefühl davongelaufen war.

Als er gestern alleine im Salon gesessen und darauf gewartet hatte, dass Olivia käme und ihn wie ein wildes Tier an die Pfosten ihres Bettes fesselte, hatte er sich widerstrebend eine Reihe unangenehmer Wahrheiten eingestanden. Einschließlich der Tatsache, dass er hoffnungslos in seine Mätresse verliebt war.

Seit er Olivia zum ersten Mal begegnet war, hatte sie einen beispiellosen Sturm in seinem Leben ausgelöst. Eine wilde Mischung von Gefühlen, denen er seit Jahren nicht mehr ausgeliefert gewesen war.

Verlangen. Eifersucht. Schmerz. Ärger. Besitzgier. Zärtlichkeit. Freude. Leidenschaft.

Liebe war die einzige Erklärung für die extremen Gefühle, die ihn gepeinigt hatten, als er überstürzt nach Kent geritten war. Als er sinnlos darauf gebrannt hatte, ihre Peiniger zu töten. Als er jedes Gramm ihrer Schmerzen auf sich genommen hätte, damit sie einen Augenblick der Ruhe fand.

Erith war nicht dumm. Er war schon einmal verliebt gewesen. Er wusste also, was dieser Aufruhr in seiner Seele zu bedeuten hatte.

Nur Liebe brachte ihn dazu, seine Dominanz im Schlafzimmer abzugeben.

Nur Liebe brachte ihn dazu, sein verletzliches Herz derart zu öffnen, wie er es augenblicklich tat.

Olivia hatte ihn für alle Zeit verändert. Sie hatte einen toten Mann zum Leben erweckt und ihm gezeigt, dass es auch für ihn noch Hoffnung gab.

Er wollte, dass sie ein Teil seines Lebens würde. Und zwar nicht nur bis Juli, sondern für alle Zeit.

»Du sagst, dass du mich liebst?« Trotz ihres zynischen Lächelns verriet das Beben ihrer Mundwinkel, dass sie völlig aus dem Gleichgewicht geraten war. »Diese Worte habe ich schon oft gehört. Es haben sich schon jede Menge Männer eingebildet, in mich verliebt zu sein.«

»Das ändert nichts an dem, was ich für dich empfinde.« Jeder Zorn über ihre spöttische Erwiderung verflog, als er ihr Zittern sah. Die funkelnden Rubine und Diamanten in ihrem Collier blitzten mit jeder Zuckung auf.

In ihren Augen glitzerte bittere Feindseligkeit, und sie fuhr mit hässlicher, verächtlicher Stimme fort: »Du liebst doch nur die Tatsache, dass du der Erste bist, bei dem ich gekommen bin. Das schmeichelt deiner grenzenlosen Eitelkeit.«

Auch seine Liebste war nicht dumm. Sie wusste, wohin sie das Messer stecken musste, damit es am schmerzhaftesten für ihn war. Mit jedem ihrer Worte schnitt sie ihm ein Stück aus seinem Leib.

Sein Herz schlug in einem verrückten Rhythmus, er musste sich bemühen, ihr in ruhigem Ton zu antworten, während sich sein Bauch in kaltem Schmerz zusammenzog. »Glaubst du, ich sähe in mir den edlen Ritter und in dir das hilflose Opfer, das gerettet werden muss?«

»Ist es denn nicht so?«

Mit einer ungeduldigen Bewegung zog er sich die enge schwarze Jacke aus und warf sie über einen Stuhl. Er war so aufgewühlt, dass die Einengung durch dieses Kleidungsstück einfach unerträglich für ihn war. »Nein.«

Diese schlichte Antwort brachte sie aus dem Konzept.

Oh, Olivia, mein Liebling …

Sie hasste ihn dafür, dass er sie wehrlos machte. Ihm war durchaus bewusst, was für ein sicherer Kokon die Taubheit war. Nur verkümmerte durch diese Taubheit auch das Herz, das an diesem versiegelten Ort gefangen war.

Auch noch der letzte Rest von Farbe wich aus ihrem lieblichen Gesicht. »Ich werde nicht länger hierbleiben«, stieß sie zwischen zusammengebissenen Zähnen aus.

»Oh doch, das wirst du.« Er fing an, seine Weste aufzuknöpfen. Aus irgendeinem Grund breitete sich diese Gewissheit langsam und süß wie Sirup in ihm aus. Bei Gott, er würde diese Schlacht gewinnen. Egal, auf welchem Weg. »Wenn du mich wirklich verlassen wolltest, wärst du schon seit Tagen fort.«

»Wir hatten eine Wette.«

»Verdammt, du bist nicht wegen einer Wette hiergeblieben. Es wirkt ziemlich überzeugend, wenn du sagst, dass es dir nur um diese verdammte Wette geht. Nur schade, dass du mich damit nicht überzeugst. Und ich bezweifle, dass du dich selber überzeugen kannst, auch wenn du dir ganz eindeutig alle Mühe gibst.«

Bei seinen bösen Worten spannte sich ihre Miene an. Er wartete grimmig darauf, dass sie ihm widersprechen würde, doch sie reckte einfach herausfordernd das Kinn.

»Weshalb bin ich hier, wenn es mir nicht um die Wette geht?«, fragte sie in harschem, sarkastischem Ton. »Vielleicht, weil du so schöne Augen hast?«

»Ich weiß, weshalb du hier bist.« Er zog sich die Weste aus schwerer französischer Seide aus und warf sie über seine Jacke auf den Stuhl. Dann holte er tief Luft, nahm allen Mut zusammen und ging das allergrößte Wagnis ein: *»Du bist hier, weil du mich liebst.«*

Sie warf den Kopf zurück, brach in lautes Lachen aus, das verächtliche Geräusch hallte von den Wänden wider und bohrte sich schmerzlich in sein Herz.

»Es ist einfach unglaublich, wie eingebildet du bist. Ich liebe Männer nicht. Ich lasse sie zu mir ins Bett, bin ihnen zu Diensten und verachte sie.« Jede Spur von Belustigung wich aus ihrem Gesicht, sie starrte ihn an, als würde sie ihn hassen, und fügte nachdrücklich hinzu: »Alle, ohne Ausnahme.«

Sie war derart verletzt und so ungeheuer mutig, dass er wünschte, er könnte es ihr leichter machen. Nur, dass das leider unmöglich war. Wenn sie nur dadurch gerettet werden konnte, dass er ihr Herz in Fetzen schnitt, würde er es tun.

Er sehnte sich verzweifelt danach, sie an seine Brust zu ziehen. Doch er wusste, es wäre ein riesengroßer Fehler, nähme er sie jetzt in den Arm. Sie war so angespannt, dass sie vielleicht zerbräche, triebe er sie zu weit.

»Perry verachtest du nicht. Leo verachtest du nicht.« Er machte eine Pause und nahm das unsichere Flackern ihrer wunderschönen Augen wahr. »Und auch mich verachtest du nicht.«

»Doch«, widersprach sie ohne große Überzeugung.

»Lügnerin.« Er zog sich sein Hemd über den Kopf und ließ es auf den Boden fallen.

»Es reicht, Erith.« Sie raffte ihre Röcke und marschierte Richtung Tür. Sie ging wie eine Königin zur Guillotine, kerzengerade, trotzig, stolz.

Mutterseelenallein.

Er packte ihren Arm, als sie an ihm vorbeimarschieren wollte, und auch wenn er den flehenden Klang seiner Stimme hasste, konnte er nichts dagegen tun. »Lauf nicht davon, nur weil du Angst hast, Olivia.«

»Ich habe keine Angst«, fauchte sie, obwohl sie zitternd wie ein neugeborenes Fohlen vor ihm stand und ihr glasiger Blick verriet, dass sie vollkommen panisch war.

»Ich habe auch Angst, Olivia.« Es verletzte seinen Stolz, ihr diese Schwäche zu gestehen. »Geh nicht.«

»Niemand wird mich jemals wieder kontrollieren«, schnauzte sie, versuchte, sich von ihm loszureißen, und fügte erbost hinzu: »Ich werde mein Schicksal nie wieder in die Hände eines Mannes legen. Das habe ich mir mit fünfzehn geschworen, und ich werde diesen Schwur bis an mein Lebensende halten, was auch immer geschieht.«

Während eines kurzen, wunderbaren Augenblicks hatte er angenommen, er könnte die richtigen Worte finden, um sie davon zu überzeugen, dass sie blieb. Er hatte gedacht, er könnte sie dazu bringen, ihm ihre Gefühle zu gestehen.

Doch auch wenn das für einen Mann, der mit Worten seinen Lebensunterhalt verdiente, sehr beschämend war, hörte sie ihm offenbar noch nicht mal zu.

Ein Gefühl des Elends fraß an seinen Eingeweiden, und mit einer entschuldigenden Geste ließ er von ihr ab. Er wusste, was ihr ihre Freiheit bedeutete, und sie zu beschneiden, brachte er einfach nicht über sich.

Außerdem, was würde er mit Zwang bei ihr erreichen? Er wollte keine Geliebte, die sich ihm nur widerwillig hingab, deshalb stieß er heiser aus: »Dann geh.«

Sie starrte ihn verwundert an. »Du wirst mich ja doch nicht gehen lassen.«

»Doch. Du bist frei.«

»Ja, ich bin frei«, bestätigte sie ihm, wobei ihre Stimme eine absurde Unsicherheit verriet. Abermals sah Erith eine Spur des Mädchens, das sie vor der Zerstörung ihrer Unschuld durch eine grausame Welt gewesen war.

Während er die Tür freigab, verfiel sein Traum zu Staub. Wie bitter, dass er sich noch vor wenigen Sekunden eingebildet hatte, er wäre stärker als ihr Schmerz und ihre Angst.

Noch war sie nicht gegangen.

Plötzlich wogte neue Hoffnung in ihm auf.

Sie hatte nicht bestritten, dass sie ebenfalls etwas für ihn empfand.

Er brauchte seine gesamte Nervenstärke, um zu testen, ob seine Vermutung richtig war. Er beugte sich ein wenig vor und öffnete die Tür. »Leb wohl, Olivia.«

»Du bestehst auf meiner vollkommenen Unterwerfung.«

Seine Stimme wurde etwas schroff. »Jeder, der uns beide sehen kann, weiß, dass ich vor dir auf den Knien liege, dass du die Siegerin dieses Scharmützels bist.«

»Dann gewinne ich also, wenn ich gehe?«

Sie verstand ihn absichtlich falsch. Nun, aber dieses Spiel konnten sie beide spielen.

Er schob die Tür noch weiter auf.

»Wenn du das glaubst, dann geh.«

Sie starrte reglos auf die offene Tür. Ihr Gesicht war völlig ausdruckslos, als wäre ihre Seele aus ihrem Leib geflohen.

Sie machte einen Schritt, und sein Herzschlag setzte aus.

Verflixt und zugenäht. Verflixt, verflixt, verflixt. Sein verzweifelter, letzter Versuch, Olivia zu halten, hatte sich nicht bezahlt gemacht.

Sie machte den zweiten Schritt.

Bald wäre sie im Flur.

Dann verschwände sie aus seinem Haus.

Aus seinem Leben.

Er ballte die Fäuste und kämpfte gegen das Verlangen, sie zurückzuziehen. Er durfte Olivia zu nichts zwingen. Das hatten schon zu viele Männer in ihrem Leben getan.

»Das ist doch sicher nur ein Trick.« Sie klang, als beschuldigte sie ihn eines Mordes. »Du wirst mich doch bestimmt verfolgen.«

»Ist es das, was du willst?«

»Natürlich nicht«, fuhr sie ihn an. »Du täuschst dich, wenn du dir einbildest, dass du auch nur die geringste Bedeutung für mich hast. Du bist ein weiterer Kunde, weiter nichts.«

»Dass du mit einer ganzen Reihe von Männern im Bett gewesen bist, heißt noch lange nicht, dass du es nicht wert bist, geliebt zu werden.«

Urplötzlich verließ sie der Mut der Verzweiflung, er sah, wie unglücklich sie war. »Doch, das heißt es«, gab sie tonlos zurück.

»Ich war auch schon mit einer ganzen Reihe von Frauen im Bett, Olivia. Bin ich es deswegen nicht wert, dass eine Frau mich liebt?«

»Natürlich nicht«, erklärte sie mit einem Nachdruck, der einen kleinen Funken Hoffnung in seinem armen, geschundenen Herzen aufflackern ließ. »Du bist schließlich ein Mann. Das ist etwas völlig anderes.«

Ein sarkastisches Lächeln umspielte seinen Mund. »Das sagst ausgerechnet du? Die große Olivia Raines? Die brillante, prachtvolle, starrsinnige Frau, die bisher noch jedes männliche Mitglied der besseren Gesellschaft mit seinen eigenen Waffen geschlagen hat?«

»Dich habe ich niemals geschlagen.«

»Nein, ebenso wenig wie ich dich. Findest du nicht auch, dass die Gleichberechtigung zwischen uns beiden etwas Wunderbares ist?«

»Wir sind nicht gleichberechtigt«, schnauzte sie. »Du bist ein Earl, und ich bin eine Hure.«

Er konnte nur das sagen, was ihm in die Seele eingemeißelt war. »Ich bin ein verliebter Mann.«

»Hör auf!« Mit zitternden Händen hielt sie sich die Ohren zu und schloss auch noch die Augen, als könnte sie es nicht ertragen, ihn noch länger anzusehen. »Hör auf, hör auf, hör auf!«

Er spreizte die Hände in hilflosem Verlangen und sprach aus der Tiefe seines wehen Herzens: »Womit soll ich aufhören, Olivia? Damit, dich zu lieben? Das kann ich nicht. Du bist ein Teil von mir. Ebenso gut könntest du von mir verlangen, dass ich mir den rechten Arm abschneide. Du bist für mich der Himmel und die Erde. Wie könnte ich dich jemals nicht lieben?«

Als sie die Hände wieder sinken ließ und ihn wieder anblickte, nahm er zu seinem Entsetzen schimmernde Tränen in ihren Augen wahr. »Dabei kann nichts Gutes herauskommen.«

Diese Worte und vor allem, dass sie nicht gegangen war, kamen einem stummen Eingeständnis gleich. Er zog die Tür entschlossen wieder zu.

Heute Abend ginge seine Liebste nirgendwo mehr hin.

23

Erith sah, wie sie zusammenfuhr, als sich die Tür des Schlafzimmers mit einem lauten Klicken schloss. Er wartete auf ihren Protest, auch wenn sie ihn vielleicht nur äußern würde, damit sie nicht noch den letzten Rest ihres Stolzes verlor. Doch sie blieb stumm und sah ihn weiter argwöhnisch aus ihren wunderschönen Augen an.

Sie zitterte noch immer, und ihr kreidiges Gesicht und der glasige Blick verrieten ihm, wie groß ihre Erschöpfung war. Er wusste, dass der friedliche Moment nur eine kurze

Unterbrechung ihrer Kämpfe war. Doch nur jemand ohne jedes Mitgefühl würde in diesem Augenblick Geständnisse von ihr erzwingen, die weitergingen als die Tatsache, dass sie geblieben war.

Als er ihre Hand ergriff, widersetzte sie sich nicht, ging aber auch nicht darauf ein.

Er zog sie vorsichtig zum Bett. Er wollte ihr seine Wertschätzung und Liebe zeigen, er hoffte, sie ließe es auch zu.

»Hör endlich auf zu kämpfen, Olivia«, bat er sie sanft.

»Ich weiß nicht, wie das geht.« Sie folgte ihm bereitwillig, obwohl er wusste, dass sie es nicht aus Vergnügen, sondern aus Verzweiflung tat.

»Vertrau mir.« Nachdem er letzte Nacht gedacht hatte, er hätte den Kampf gewonnen, stellte er jetzt fest, dass er die Schlacht noch einmal schlagen musste. Da seine einzigen Waffen seine sinnlichen Fähigkeiten waren, nutzte er sie am besten so gut wie möglich aus.

»Ich werde dich nicht nach Wien begleiten«, meinte sie, während sie neben dem Bett stand und die lange Reihe mit Seide überzogener Knöpfe am Rücken ihres Kleides von ihm öffnen ließ. Neben trostloser Dumpfheit schwang müder Trotz in ihrer Stimme mit.

»Darüber werden wir morgen reden«, erwiderte er ruhig und öffnete weiter Knopf um Knopf, bis er über ihrem schwarzen Seidenhemd und dem Korsett ihren bleichen Rücken und die weißen Schultern sah. Er beugte sich vor und küsste eine Schulter, die unter dem hauchzarten Träger ihres Hemds zutage trat.

»Du kannst furchtbar anstrengend sein«, stellte sie ohne jede Gehässigkeit fest.

Er knabberte an ihrer Haut, und wie um zu beweisen, dass sie alles andere als immun gegen seine Verführungskünste war, atmete sie zischend ein. Also hatte er zumindest einen Teil des letzte Nacht errungenen Sieges retten können, Gott sei Dank.

Das schimmernd schwarze Seidenkleid glitt lautlos auf den Boden, er hielt ihre Hand, als sie aus den wogenden Röcken stieg. Zumindest vorübergehend akzeptierte sie es, wenn er sie berührte. Auch wenn sie dieses Zugeständnis vielleicht einzig aus Erschöpfung machte, nutzte er die Chance, solange sie sich ihm bot.

Als sie ihren Kopf zur Seite legte, konnte er der Einladung unmöglich widerstehen und küsste hart die Sehne, die von ihrer Schulter in Richtung Hals lief. Morgen hätte sie dort sicher einen blauen Fleck, und er war Heide genug, um sich an dem Wissen zu erfreuen, dass sie sein Brandzeichen tragen würde, wenn er sie morgen früh verließ.

Inzwischen wandte er in seinem Bemühen, sie zu gewinnen, die reinste Guerillataktik an. Sie hatte es nicht akzeptiert, als er ihr seine Liebe mit Worten versichert hatte, doch er würde dafür sorgen, dass sie es akzeptierte, wenn seine Leidenschaft ihr deutlich machte, was er für sie empfand.

Er hatte ihre Strategie durchschaut. Sie wollte ihn ins Paradies der Sinnlichkeit entführen, damit er seine Gefühle für sie vergaß. Doch das gelänge ihr niemals. Weil das überwältigende Verlangen, das er nach ihr verspürte, ein unauslöschlicher Bestandteil seiner Liebe war.

Sie hüllte ihn in ihren verführerischen Duft. Sie roch warm, rauchig und erregt, er legte ihr von hinten die Hände auf die Brüste und berührte sie zärtlich durch den dünnen Stoff ihres Hemdes. Jede seiner Berührungen verriet, wie sehr er sie verehrte, und er hoffte, dass sie für die Bedeutung seiner Gesten offen war.

Sie atmete erschaudernd ein, und als sich ihre Brüste unter seinen Händen hoben, füllten sich seine Handflächen mit süßem femininem Fleisch.

Ehrfürchtig strich er mit den Daumen über ihre straffen Nippel. Er hatte die Absicht, ihr zu zeigen, welche Lust er ihr bereiten könnte. Ihr zu zeigen, dass sich das herrliche Vergnügen, das sie letzte Nacht empfunden hatte, tatsächlich noch steigern ließ.

Sie erschauderte erneut. »Mmm.«

Ihr dunkles Summen hallte in ihm nach und machte ihn hart.

»Ich muss dich ausziehen«, wisperte er.

»Wer oder was hält dich davon ab?« Sie klang nicht mehr halb so müde und auch nicht mehr halb so desinteressiert wie noch vor einem Augenblick. Eilig hob sie ihre Arme über ihren Kopf, schlang sie ihm um den Hals und füllte seine Hände noch umfassender mit ihren Brüsten an.

»Du.«

»Mmm.«

Sie begann sich verführerisch an ihm zu reiben, er konnte nichts dagegen tun, als sich sein erigierter Schwanz zwischen ihre Hinterbacken schob und sich genießerisch an den beiden Kugeln festen Fleisches rieb.

Langsam. Langsam, mahnte er sich.

Erst ein wenig unsicher, dann aber entschlossen, passte sie sich an seine Bewegungen an und begann den alten, vertrauten Tanz. Vor, zurück, vor, zurück. Die wunderbare Reibung bereitete ihm grauenhafte Qualen, weil sich aufgrund der Kleider, die sie beide noch trugen, keine wirkliche Verbindung schaffen ließ.

So sanft, dass es eine Liebkosung war, löste sie die Arme hinter seinem Nacken und glitt mit ihren Händen über sein

Gesicht. Die wunderbare Zärtlichkeit trieb ihm die Tränen in die Augen, mit einem dumpfen Stöhnen vergrub er sein Gesicht in ihrem Haar.

Es dauerte ein paar verlorene Momente, bis er merkte, dass Olivia ihr Hemd ein wenig höher zog.

»Ich will es richtig machen«, protestierte er halbherzig, aber sie lachte ihn aus.

Dieses anmaßende Weibsbild lachte ihn tatsächlich aus.

Der Klang ihres Gelächters hallte wie der dunkle Ton eines Cellos in ihm nach. »Oh, das wirst du ganz bestimmt.«

Keine Spur mehr von der verlorenen, verzweifelten, erbosten Frau, die ihn verlassen wollte, dachte er und freute sich darüber, dass sie ihren alten Kampfgeist wiedergefunden zu haben schien.

Er wollte sie auf keinen Fall besiegen. Oh nein. Er wollte sie als gleichwertige Partnerin.

Das Blut rauschte durch seine Adern, als Olivias raue Stimme an seine Ohren drang. Inzwischen hatte sie ihr Hemd bis zu ihrem Hinterteil heraufgezogen, ihr Slip bildete noch eine letzte dünne Barriere zwischen seinem Glied und ihrer Scham.

Die Luft war schwer von femininem Moschusduft. Sie war mehr als bereit für ihn.

Plötzlich packte er gnadenlos ihre schlanke Taille und drehte sie herum, bis sie mit dem Gesicht zum Bettpfosten stand.

»Halt dich gut fest.«

Sie umklammerte den Pfosten, beugte sich nach vorn und reckte ihm verrucht ihr Hinterteil entgegen, wodurch das durchsichtige schwarze Hemd wieder über ihre Hüften fiel.

Er riss an den Verschlüssen seiner Hose, hart und fordernd sprang sein Schwanz heraus, mit zitternden Händen schob er ihr Hemd zur Seite und zerriss mit einem zufriedenen Knurren ihren seidenen Slip.

Dann hielt er verzaubert inne und starrte auf die straffen, bleichen Rundungen ihres Hinterteils. Sie war einfach an jeder Stelle ihres Körpers wunderschön; um sie so anzubeten, wie sie es verdiente, bräuchte er wahrscheinlich eine Ewigkeit.

Er beugte sich vor, drückte heiße Küsse auf die beiden perfekten Backen, aus der Nähe war der warme Duft ihrer Erregung berauschender als Wein.

»Beeil dich.« Ihr Zittern machte deutlich, wie groß auch ihr Verlangen war.

Er knabberte an einer ihrer Pobacken und sah, wie sie erschauderte. Sie hielt es kaum noch aus, wenn er gewollt hätte, hätte er sie allein durch zärtliche Berührungen zum Höhepunkt gebracht.

Dafür aber war er zu egoistisch. Er wollte wissen, dass sie ihm ganz und gar gehörte. Wollte in ihr sein.

Er liebte sie. Das musste er ihr auf die ursprünglichste Art beweisen, die es gab.

Vielleicht weigerte sie sich zu erkennen, dass jede einzelne Berührung eine Liebeserklärung war. Doch das änderte nichts an der Echtheit seines Gefühls. Zärtlich drückte er sie auf die Matratze, das wilde Tier in seinem Inneren frohlockte, weil sie gleich von ihm genommen würde wie die Löwin von einem Löwen oder die Stute von einem Hengst.

»Spreiz die Beine«, forderte er sie mit rauer Stimme auf, und zu seiner Freude ging sie wie eine Rose vor ihm auf. Sie war nass, geschwollen, überreif. Er umfasste ihre Hüften und zog sie zu sich heran.

Langsam, beinahe ehrfürchtig, schob er sich in sie hinein. Es gab einen herrlichen Moment des Widerstands, dann aber war die Spitze seines Schwanzes in sie eingedrungen, und sie spannte die Muskeln an, um ihn tiefer in sich hineinzuziehen.

Er aber widerstand dem verführerischen Sog, weshalb sie sich stöhnend noch mehr zusammenzog. Millimeterweise schob er sich in sie hinein, und als sie ihre Scham weiter zusammenpresste, zuckten blendend grelle Blitze vor seinen geschlossenen Augen, sein Herz fing vor Erregung an zu rasen, und eine glühende Hitze wogte in ihm auf.

Da er sich wie in Zeitlupe bewegte, nahm er jede noch so winzige Bewegung ihrer Muskeln wahr. Sie war so nass und heiß, dass das Verlangen, sich in sie hineinzurammen, beinahe unerträglich war. Seine Finger gruben sich in ihre Hüften, und sein Schädel dröhnte vor Anstrengung, sich zu beherrschen, da sein Schwanz inzwischen härter als eine Eisenstange war.

Trotzdem hielt er sich noch zurück und drang möglichst langsam in sie ein.

»Julian ...«, stieß sie heiser aus, holte schluchzend Luft, drückte sich an seinen Unterleib und zog ihn tiefer in sich hinein. »Spann mich nicht noch länger auf die Folter.«

Er schlang einen Arm um ihre Taille und zog sie so eng an sich heran, bis er von oben, von unten und von innen mit ihr verbunden war.

»Jetzt«, stöhnte er.

»Jetzt«, stimmte sie ihm beinahe wehklagend zu, als er sich vollständig in der feuchten, geheimnisvollen Tiefe ihrer Weiblichkeit vergrub.

Er spürte das Beben ihres Bauchs an seinem Unterarm. Ihre inneren Muskeln spannten und entspannten sich in einem verführerischen Rhythmus, der hinter seinen Augen glühende Funken sprühen ließ.

Er rang erstickt nach Luft, doch sie ließ die Hüften kreisen, zog ihn noch tiefer in sich hinein, und mit einem neuerlichen Stöhnen beugte er sich über sie, presste seine Brust an ihren Rücken, drückte einen harten Kuss auf ihre Schulter und wünschte sich, die herrliche Vereinigung ihrer beider Leiber hielte ewig an.

»Julian«, seufzte sie, wobei sein Name so natürlich über ihre Lippen kam wie der Gesang einer Drossel an einem süßen Frühlingstag.

Jetzt war es endgültig um ihn geschehen. Er zog sich aus ihr zurück, genoss es, dass sie versuchte, sich an seinen Schwanz zu klammern, und schob sich erneut in sie hinein. Die Wucht des Stoßes ließ Olivia erbeben; während er seinen Griff um ihren Unterleib verstärkte, drückte sie ihr straff gespanntes Hinterteil begehrlich gegen seinen Bauch.

»Ja«, wisperte sie und reckte sich ihm entgegen, als könnte sie nicht genug von ihm bekommen. »Noch einmal.«

Wieder zog er sich aus ihr zurück, schob sich noch einmal in sie hinein, spürte, wie sie sich erst dehnte und dann fest um ihn zusammenzog, schloss die Augen und versank in samtig weicher Dunkelheit.

Abermals ließ sie die Hüften kreisen, veränderte den Druck, den Winkel, das Gefühl.

Oh ja.

Mit gleichmäßigen Stößen arbeitete er sich ein ums andere Mal in sie hinein und aus ihr heraus; obwohl sie keuchend schluchzte und leise wimmerte, schonte er sie nicht. Denn das hätte sie, wie er sicher wusste, nicht gewollt.

Zitternd näherte sie sich dem Höhepunkt. Er unterdrückte das überwältigende Verlangen, sich in ihr zu verlieren, und biss dabei so fest die Zähne aufeinander, dass ein lautes Knirschen an seine eigenen Ohren drang.

Letzte Nacht hatte er sie einmal kommen lassen. Heute Nacht jedoch würde er sie völlig sättigen.

Er zog sich beinahe ganz aus ihr zurück, genoss ihr langgezogenes Stöhnen, rammte sich wieder in sie hinein, schob ihr dabei eine Hand zwischen die Beine und rieb fest an ihrer Scham.

Mit einem gutturalen Schrei löste sie sich in ihrer Ekstase auf, zog sich wild zuckend um ihn zusammen, molk ihn, nahm ihn völlig in Besitz. Sie bog den Rücken durch, bis ihre Schulterblätter seine Brust berührten, und trotz des wilden Sturms der Leidenschaft, von dem sie hin und her geworfen wurde, beherrschte er sich immer noch und hielt die klammernden Zuckungen ihres Unterleibs aus, ohne dass er sich in ihr ergoss.

Obwohl ihn Dämonen mit heißen Zangen quälten und Teufel durch seine Eingeweide wirbelten, bezwang er seine Lust, kämpfte mit blindem Starrsinn gegen seine eigene Leidenschaft und spannte seine Muskeln schmerzlich an.

Heute Abend würde er ihr alles geben.

Diese Nacht gehörte ihr allein. Sie war sein Geschenk für sie, ein Beweis der Liebe, die er für sie empfand.

Die endlosen Schauder, die durch ihren Körper zuckten, die heiseren Schreie und die keuchenden Atemzüge waren für ihn die reinste Folter, denn sie riefen das verzweifelte Verlangen, selbst zu kommen, in ihm wach. Sie zog sich noch fester um ihn zusammen und verbrannte ihn mit ihrer Lust.

Unmittelbar bevor er die Grenze zum Wahnsinn überschritt, unmittelbar bevor er an die Grenze seiner Selbstbeherrschung stieß, ebbte der Sturm ein wenig ab.

Er spürte, wie ihr Körper sich veränderte, wie sie wie ein

Seidenbanner an einem windstillen Tag schlaff in sich zusammensank. Ihre Lungen rasselten, während sie um Atem rang, nachdem sie wie ein Vulkan gekommen war.

Er zog sie erschöpft an seine Brust, vergrub sein Gesicht in ihrem warmen, dichtem Haar, das sich aus der förmlichen Hochsteckfrisur befreit hatte und ihr wirr über die Schultern fiel, legte eine Hand um ihre Taille und hielt sie fest, während ihr Zittern verebbte.

»Julian«, sagte sie noch einmal.

Er bekäme nie genug davon zu hören, wie sein Name über ihre Lippen kam.

»Mein Liebling.« Er schob ihr Haar zur Seite und bedeckte ihren Nacken mit einem sanften Kuss.

Sie war feucht vom Schweiß, er atmete den Duft ihrer Befriedigung so tief wie möglich ein. Es war der süßeste Geruch der Welt.

Sie zitterte immer noch ein wenig, und jedes Mal, wenn sie sich leicht um ihn zusammenzog, wurde seine Selbstbeherrschung gnadenlos auf die Probe gestellt. Doch er kämpfte tapfer gegen das Verlangen, sich weiter in ihr zu bewegen, bis er kam.

»Ich hatte keine Ahnung, dass man so etwas empfinden kann«, stellte sie schluchzend fest.

Er verlor erneut sein Herz an sie, als sie ihre Finger mit den Fingern verschränkte, mit denen er sie hielt. Die Berührung enthüllte eine Zärtlichkeit, die ihm durch ihre ungezügelte Leidenschaft nicht zuteilgeworden war. Sie zeigte, dass sie in diesem Moment noch etwas anderes als animalische Befriedigung empfand.

Genau wie er. Bei Gott, er betete sie an. Worte der Liebe schnürten ihm die Kehle zu. Bevor die Nacht vorüber wäre, würde er sie dazu bringen, ihm richtig zuzuhören.

Allmählich erwachte sie aus dem Dämmerzustand befriedigter Erschöpfung und setzte zögernd an. »Julian, du bist gar nicht …«

»Gekommen?«, beendete er den Satz.

Wie herrlich, dass sie plötzlich derart schüchtern war. Er lächelte in die feuchten Strähnen, von denen ein Teil an ihrem Nacken klebte und ein anderer Teil in ihrem Rubincollier gefangen war.

»Du lächelst.« Die Hand, die auf seinen Fingern ruhte, streichelte ihn in perfektem Einklang mit der Liebkosung seines harten Glieds durch ihre Scham.

»Woher weißt du das?«

»Ich höre es deiner Stimme an. Es klingt unglaublich nett.« Es war nicht überraschend, dass sie nach dem gewaltigen Höhepunkt, der sie geschüttelt hatte, etwas schläfrig klang.

Vorsichtig schob er seinen Schwanz noch etwas tiefer in sie hinein. Er sehnte sich verzweifelt danach, die rhythmischen Stöße wieder aufzunehmen, bis er endlich käme. Doch im Augenblick ertrug er den Gedanken nicht, die kostbare Vertrautheit zu zerstören, die zwischen ihnen entstanden war. Erst vor Kurzem hatte er sich noch gefragt, ob er sie jemals wieder in den Armen halten würde. Deshalb hatte er die Absicht, jede Sekunde der hart erarbeiteten Nähe zu genießen.

Mit ihrer freien Hand hielt sie noch immer den Bettpfosten umklammert. »Es gefällt mir, wenn du in mir bist.«

»Mir gefällt es auch, wenn ich in dir bin.« Er spannte sich an, schob sich unendlich sanft tiefer in sie hinein, und ein hilfloser Schauder durchzuckte ihren Leib.

Er machte die Augen zu, hielt sie in seinen Armen und genoss ihre spontane, überwältigende Reaktion. Die Empfindlichkeit, mit der sie auf jede Berührung einging, überraschte ihn.

»Steh auf, damit ich dich ausziehen kann.«

Sie bewegte sich ohne Protest, veränderte dabei den Druck ihres Unterleibs um seinen Schwanz, und er betete um Kraft. Hinter seinen Lidern zuckten wilde Blitze, während er dagegen kämpfte, sich ihr auf dieselbe Weise zu ergeben wie sie sich eben ihm.

Bevor sie sich vollends aufrichtete, zog er sich aus ihr zurück, und sie stieß ein unterdrücktes Wimmern aus.

Vielleicht hatte er ihr wehgetan. Schließlich hatte er einen großen, langen, dicken Schwanz und war nicht besonders rücksichtsvoll gewesen. Das hatte sein Verlangen einfach nicht erlaubt.

Er legte ihr die Arme um die Schultern und schnupperte an dem zarten Fleisch unter ihrem Ohr. »Habe ich dir wehgetan?«

»Nein.« Als er zärtlich an ihr knabberte, stockte ihr der Atem, dann aber stellte sie noch einmal nachdrücklich fest: »Nein.«

»Ich war nicht gerade sanft.«

Sie umfasste seine beiden Handgelenke und rieb ihren Kopf an seinem Oberarm. Es war eine Geste natürlicher Zärtlichkeit, die sein schmachtendes Herz ins Straucheln geraten ließ. »Ich bin nicht so zerbrechlich, wie du vielleicht denkst. Außerdem ist deine Leidenschaft unglaublich erregend. Du hast ja keine Ahnung, wie begehrenswert ich mich fühle, wenn du mit mir schläfst.«

»Alle Männer begehren dich.«

»Sie begehren die Kurtisane. Während du *mich* begehrst.« Sie schüttelte den Kopf, wobei sie mit den Haaren über seine Unterarme strich.

Obwohl sie vor Enttäuschung wimmerte, machte er sich von ihr los und begann an den Bändern ihres mit roten Rosen bestickten schwarzen Seidenkorsetts zu ziehen. Seine Hände waren völlig taub. Was jedoch kein Wunder war. Schließlich hatte sich sein Blut ausschließlich in einem anderen Körperteil gestaut.

»Zur Hölle mit diesem verdammten Ding. Macht es dir etwas aus, wenn ich es zerreiße?«

»Es ist sehr hübsch und hat dich ein Vermögen gekostet«, erwiderte sie amüsiert.

Er liebte sie, wenn sie mit ihm scherzte. Und er liebte sie auch, wenn sie ernst war.

Oh, verdammt, er liebte sie, egal, in welcher Stimmung sie auch immer war.

»Ich kaufe dir einfach ein anderes Korsett.« Er packte die beiden Seiten des teuren Stücks, riss es ruckartig auseinander, und gleichzeitig mit dem Reißen des Stoffs stieß sie ein leises Keuchen aus.

»Steh still«, wisperte er. Auch ihr Hemd war wirklich hübsch und passend zu dem Korsett.

»Ich kann es einfach ausziehen«, bot sie ihm halb schockiert und halb lachend an.

»Warum soll ich aufhören, wenn ich schon mal dabei bin?«

Er schob seine Hände von oben in das Hemd, zog es kraftvoll nach unten, die Seide war so fein, dass sie mit einem leisen Wispern riss.

Endlich konnte er ihren geschmeidigen Rücken bis hin zu ihrer gertenschlanken Taille sehen.

»Ja, warum?«, fragte sie ironisch und warf das ruinierte Kleidungsstück mit einem Schulterzucken ab.

»Du bist einfach wunderschön«, murmelte er ehrfürchtig, während er seine Hände über ihren Rücken gleiten ließ. Ihre Haut war warm und seidig weich.

Dann drehte er sie zu sich um, sie drückte ihre Hände gegen seine Brust, er ahmte ihre Geste nach, als sie noch auf dem Bett gelegen hatten, und hielt ihre Hände an seinem Oberkörper fest.

Dann unterzog er ihren Leib einer genauen Musterung. Die perfekt geformten Brüste, den langen, geraden Oberkörper, den flachen Bauch, die sinnlich runden Hüften und die braunen Locken, hinter denen ihr Geschlecht verborgen war.

Fordernd ragte sein steinhartes Glied zwischen ihnen auf, sie schob eine Hand an seinem Bauch herab und umfasste vorsichtig das prall geschwollene Organ.

Feuer loderte in ihm auf, er konnte nichts mehr sehen und presste sich erschaudernd gegen ihre warme Hand.

Sie küsste ihn, zog seine Unterlippe vorsichtig in ihren Mund, nagte sanft daran herum, verstärkte ihren Griff um seinen Schwanz, und zitternd kämpfte er gegen die glühende Begierde an.

Schließlich löste er den Mund von ihren Lippen, setzte die Liebkosung allerdings durch eine Reihe sanfter Küsse auf Olivias Wange, Nase und Kiefer fort. Am liebsten hätte er sie mit Haut und Haaren aufgefressen. Am liebsten hätte er sie so für alle Zeit zu einem Teil von sich gemacht.

»Leg dich aufs Bett«, wies er sie heiser an.

»Gibst du etwa immer noch Befehle?« Ihre Finger setzten den teuflischen Tanz auf seinem heißen Schwengel fort.

»Du liebst es doch, wenn ich Befehle gebe.« Er umfasste ihre Taille, warf sie schwungvoll auf das Laken, und sie landete so krachend auf dem Bett, dass ihre Brüste wackelten.

»Vielleicht habe ich nichts dagegen.« Vor Lachen, Überraschung und Erregung klang ihre Stimme völlig atemlos. »Zumindest hin und wieder. Einmal alle Jubeljahre. Damit du Ruhe gibst.«

Lachend kniete er sich über sie. »Nein, du liebst es.«

Du liebst mich.

Davon war er von Minute zu Minute überzeugter. Denn auch wenn sie die Worte vielleicht niemals sagen würde, machten ihre Reaktionen überdeutlich, was sie für ihn empfand.

»Was für ein arroganter Pinsel du doch bist.«

Er schob sich zwischen ihre gespreizten Beine, und sie schlang ihm einladend die Arme um den Hals. Wie konnte sie jemals glauben, sie wäre kalt, während doch in ihrem Inneren ein ewiges Feuer loderte?

Trotz seiner zunehmenden Erregung erzwang er eine Antwort: »Nächstes Mal werde ich mir Zeit lassen und dir zeigen, warum mir sämtliche Frauen in Wien verfallen sind.«

»Das glaube ich erst, wenn ich es sehe.« Ihre spöttische Erwiderung endete mit einem Stöhnen, denn plötzlich schob er sich kraftvoll in sie hinein.

Er stützte sich auf seinen Ellenbogen ab und starrte ihr ins Gesicht. Sie hatte den Kopf zurückgeworfen, rang mit offenem Mund nach Luft, schloss flatternd ihre Lider, und kleine Schweißperlen traten ihr auf die Brauen und die Stirn.

Etwas Schöneres als sie hatte er noch nie gesehen.

Er bewegte seine Hüften, schob sich noch tiefer in sie hinein, suchte den süßesten Ort der Welt, sie stieß ein neuerliches Stöhnen aus, als sie in der dunklen Welt der Lust versank.

Jetzt legte er den Rhythmus fest, lotete mit jedem Stoß die

Grenzen und das Ausmaß ihrer Freude aus, und das Muster ihrer Seufzer zeigte ihm, wann er das Gesuchte fand.

»Sieh mich an, Olivia«, knurrte er.

Sie öffnete die Augen und konzentrierte sich auf sein Gesicht. Ihre Pupillen waren riesengroß, verschluckten fast das volle Blau der Iris, und in ihren feuchten Wimpern blitzten helle Tränen auf.

Keine Spur mehr von der spöttischen, koketten Frau, die sie eben noch gewesen war. Stattdessen hatte Erith das Gefühl, dass er ihr direkt in die Seele sah.

Die ergreifende Ehrlichkeit dessen, was er für sie empfand, erschütterte ihn bis in seine Grundfesten. Sie war sein wahrer Gegenpol. Sie war für ihn bestimmt. Sie gehörte für immer ihm. Sein Körper eignete sie sich für alle Zeiten an.

»Halt dich dieses Mal nicht zurück«, bat sie ihn ruhig. »Dieses Mal will ich dich ganz.«

»Ich will dir die ganze Nacht lang Freude bereiten«, erwiderte er rau. Gleichzeitig zog er sich aus ihr heraus, schob sich in sie hinein, zog sich aus ihr heraus, schob sich in sie hinein. »Ich will dir all die Freuden zeigen, die es gibt.«

»Zeig mir nur, dass du mich willst.« Sie zog ihre Knie an und hielt ihn zwischen ihren Schenkeln fest.

»Ich will dich, Olivia«, sagte er und rammte sich ein letztes Mal mit aller Kraft in sie hinein. Er konnte die Flut von seinem Samen nicht mehr bändigen. Ebenso wenig wie den fatalen Satz: *»Ich liebe dich.«*

Während diese Worte in ein dunkles Stöhnen übergingen, ergoss er sich in ihrem Leib. Ein grelles weißes Licht tanzte vor seinen Augen, und das Donnern in seinen Ohren blendete alle anderen Geräusche aus. Die überwältigende Wahrheit seiner Gefühle für Olivia katapultierte ihn aus Raum und Zeit.

Sie grub ihm ihre Fingernägel in den Rücken, als sie selbst den Höhepunkt erreichte, spannte ihren ganzen Körper an und sog auch noch den letzten Tropfen Liebe aus ihm heraus. Selbst nachdem er gekommen war, zog sie sich rhythmisch um ihn zusammen, als würde sie es nicht ertragen, wenn die herrliche Vereinigung ein Ende nahm.

Er brach erschöpft auf ihr zusammen, vergrub den Kopf an ihrer Schulter, rang erstickt nach Luft und kämpfte um die Rückkehr in eine Welt, die in den letzten Sekunden ein für alle Mal verändert worden war.

»Ich liebe dich, Olivia«, wiederholte er mit unsicherer Stimme.

»Und ich liebe dich, Julian.«

Trotz des wilden Tosens seines Bluts war nicht zu überhören, wie verbittert und verzweifelt ihre Stimme bei diesem Geständnis klang.

24

Es war früher Abend, als Olivia von ihrem wöchentlichen Besuch bei Leo nach Hause kam. Endlich hatte der Frühling Einzug gehalten, weshalb es noch hell war, als sie die Stufen zur Eingangstür des Hauses in der York Street erklomm.

Zwei Wochen waren vergangen seit jener außergewöhnlichen Nacht des Unglücks, der Konflikte und der grenzenlosen Ekstase, in der sie und Julian einander gestanden hatten, dass mehr als ein bloßer Vertrag sie aneinanderband. Zwei Wochen der Leidenschaft, die ihre wildesten Fantasien übertroffen hatte. Zwei Wochen, in denen ihr bewusst geworden war, dass sie ihn nicht mehr daran hindern konnte, ihr das Herz zu brechen. Zwei Wochen, in denen sie ihr verzweifeltes Bemühen aufgegeben hatte zu verbergen, wie wichtig Julian ihr war.

Auf einem Strom sexueller Befriedigung trieb sie widerstandslos auf ihre Zerstörung zu. Eine Frau wie sie durfte sich nicht verlieben. Eine Frau wie sie durfte sich nicht so verletzlich machen, wie sie es Julian gegenüber war. Das hatte ihr Leben als Kurtisane sie gelehrt.

Für das kurzfristige Glück, das sie im Augenblick erlebte, müsste sie bezahlen. Aber, bitte, lieber Gott, nicht jetzt, nicht jetzt sofort.

Die Flüchtigkeit der Liebeswonnen, die sie mit dem Earl genoss, machte jeden herrlichen Moment ihres Zusammenseins zu einer kleinen Kostbarkeit für sie. Jeder Tag, den sie mit ihm verbrachte, bestärkte noch ihre verzweifelte Entschlossenheit, jeden Augenblick der Freude zu genießen, den dieser Mann ihr bot.

Sie wusste, er hatte immer noch die Absicht, sie nach Wien mitzunehmen. Den Streit darüber hatten sie verschoben, doch vergessen war er nicht. Denn auch wenn sie glaubte, dass er sie im Augenblick tatsächlich liebte, hatte die Erfahrung sie gelehrt, keinem Mann je völlig zu vertrauen.

Nicht einmal Julian.

Warum in aller Welt sollte sie mit ihm gehen? Sie hatte sich hier ein eigenes Leben aufgebaut, und auch Leo lebte hier. Sie hatte kein Interesse daran, dem Earl of Erith hinterherzureisen, solange sie für ihn nur die gehorsame Mätresse war. Sie hatte keine Lust, immer nur darauf zu warten, dass er abends aus seiner Welt, in der sie keinen Platz hatte, zu ihr nach Hause kam.

Halb verärgert und halb trotzig reckte sie das Kinn. Zur

Hölle mit der Zukunft. Statt darüber zu grübeln, was morgen vielleicht wäre, dachte sie lieber daran zurück, wie zärtlich, sanft und atemberaubend talentiert ihr Liebster letzte Nacht gewesen war. Kein Wunder, dass ihm sämtliche Frauen in Wien, Paris und Konstantinopel zu Füßen lagen, dachte sie. Schließlich war auch sie vollkommen verrückt nach diesem wunderbaren Mann.

Als sie das Haus betrat, das sie als ihr privates Paradies betrachtete, trat der Butler mit besorgter Miene auf sie zu. »Sie haben einen Gast, Madam.«

»Wer ist es denn, Latham?« Sie befreite sich von ihrem pelzbesetzten Umhang, ihren Handschuhen und ihrem Hut, trat vor den Flurspiegel und begutachtete kritisch ihre Frisur. Es war ein windiger Tag, und da sie lange mit Leo auf den Feldern spazieren gegangen war, hatte sie gerötete Wangen und zerzaustes Haar.

»Eine junge Dame. Sie hat mir ihren Namen nicht genannt.«

Olivia riss überrascht die Augen auf. Für gewöhnlich suchten junge *Damen* nicht die Häuser berüchtigter Kurtisanen auf, und Lathams Miene machte deutlich, dass er ebenso erschüttert war wie sie.

»Wo ist sie?« Sie versuchte eilig ihre Haare glatt zu streichen, doch das war verlorene Liebesmüh.

»In der Bibliothek, Madam.«

»Ich ziehe mich nur noch schnell um.« Sie war staubig von der Reise, und da sie während des Spaziergangs dicht an einer Hecke voller pollenhaltiger Blüten vorbeigegangen war, wies ihr Rock eine Reihe leuchtend gelber Flecken auf.

»Die junge Dame wartet schon seit über einer Stunde, Madam.«

Olivia wandte sich vom Spiegel ab und blickte in Lathams ernstes Gesicht. Auch wenn er zu diskret war, um es direkt auszusprechen, war dem für gewöhnlich unerschütterlichen Butler deutlich anzusehen, dass er durch den Besuch eines jungen Mädchens hier in ihrem Haus ein wenig aus dem Gleichgewicht geraten war.

»Ah. Danke. Wenn das so ist, muss sie meine Aufmachung eben ertragen, dann werde ich wohl besser sofort zu ihr gehen.«

Er verbeugte sich. »Ich glaube auch, dass das das Beste ist, Madam.«

Eine böse Vorahnung mischte sich in Olivias Neugier, als sie in Richtung des reizenden Zimmers im Erdgeschoss des Hauses ging, das sie nur selten nutzte, da sie sich meistens in den dekadenten Salons der Sünde im oberen Stock aufhielt.

Als sie die Bibliothek betrat, sprang eine dicht verschleierte Gestalt in einem schwarzen Kleid von dem Stuhl neben dem kalten Kamin. Unter all dem schweren Stoff war nur zu erkennen, dass sie klein und rundlich war.

»Ich bin Olivia Raines. Sie wünschen mich zu sehen?« Olivia versuchte, etwas durch die dicken Lagen Stoffs hindurch zu erkennen.

Wie in aller Welt hatte Latham herausgefunden, dass diese Frau nicht hier sein sollte? Sie könnte alles von der Herzogin von Kent bis hin zu einer kleinen Waschfrau sein. Nun, vielleicht nicht gerade eine Dienstbotin. Ihre pompöse Aufmachung verströmte den Geruch von Geld.

Die Frau warf sich theatralisch den Schleier aus dem Gesicht, und um ein Haar hätte Olivia vor Schock und vor Entsetzen leise aufgeschrien.

Latham hatte recht gehabt, besorgt zu sein.

Das Mädchen reckte stolz den Kopf und bedachte sie mit einem hasserfüllten Blick. »Ich bin Roma Southwood, die Tochter von Lord Erith.«

Ohne auf die Feindseligkeit des Mädchens einzugehen, versank Olivia in einen kurzen Knicks. Schließlich konnte sie nichts anderes erwarten, als dass die behütete Tochter einer angesehenen Familie Verachtung für eine Hure wie sie empfand. Das waren eben die Regeln der Welt, in der sie lebten. Aber was um Himmels willen tat dieses behütete junge Mädchen hier in ihrem Haus? Und wie in Gottes Namen sollte es Olivia gelingen, sie wieder hier herauszuschaffen, ohne dass sie jemand sah?

»Ich weiß, wer Sie sind, Mylady«, erwiderte sie ruhig.

»Dann werden Sie auch wissen, weshalb ich hier bin.« Die zitternde Stimme drückte glühende Verachtung aus.

»Nein. Aber ich weiß, dass Sie sofort wieder gehen müssen. Sie sind schon viel zu lange hier in meinem Haus.«

»Es ist nicht Ihr Haus, sondern das meines Vaters. Und Sie sind seine Hure. Die Frau, die er dafür bezahlt, damit er in ihrem Bett seine widerlichen Leidenschaften befriedigen kann.«

Trotz des Ernstes der Situation musste Olivia ein amüsiertes Lächeln unterdrücken. Wie die meisten jungen Menschen hatte offenbar auch Lady Roma einen ausgeprägten Sinn für das Dramatische. Die dicke schwarze Trauerkleidung und das streng zurückgekämmte Haar machten deutlich, dass sie ausstaffiert wie eine Operndiva vor dem letzten Akt hierhergekommen war.

»Wagen Sie es ja nicht, mich auszulachen.« Das Mädchen ballte die Fäuste und trat drohend auf Olivia zu. »Sie sind schließlich nichts weiter als eine … eine kleine Hure von niedrigem Stand, die die Beine für jeden Lumpen breit macht, der über genügend Geld verfügt, damit er für dieses zweifelhafte Privileg bezahlen kann.«

»Stimmt genau«, ging Olivia in ruhigem Ton über die theatralische Rhetorik ihrer Besucherin hinweg.

Als Olivia diese Beleidigung derart problemlos akzeptierte, errötete die junge Frau und wurde dadurch plötzlich wunderschön. Lady Roma war hübsch auf eine typisch englische Art, mit einem fein gemeißelten Gesicht, leuchtend blauen Augen und schimmernd braunem Haar. Da Julian so dunkel wie ein Zigeuner war, schlug sie wahrscheinlich ihrer Mutter nach.

»Ich …«

Olivia bekam Mitleid mit der jungen Frau. Sie erinnerte sich daran, dass sie ihr all ihre Fürsorge und ihren Schutz angedeihen lassen musste, weil sie Julians geliebte, unglückliche Tochter war.

»Lady Roma, falls irgendjemand mitbekommt, dass Sie die Mätresse Ihres Vaters besucht haben, ist Ihr Ruf dahin. Sie müssen sofort wieder gehen. Meine Bediensteten werden eine Kutsche bestellen, die Sie hinter dem Haus abholen und nach Hause bringen wird. Am besten steigen Sie bereits ein Stück von Erith House entfernt aus der Kutsche aus, damit niemand Sie mit dieser Adresse in Verbindung bringt.«

Roma presste starrsinnig die Lippen aufeinander, einen flüchtigen Moment sah sie ganz genau wie Julian aus, wenn er schlechter Laune war. »Ich werde dieses Haus nicht eher wieder verlassen, als bis ich die Dinge gesagt habe, derentwegen ich gekommen bin.«

»Bitte hören Sie mir zu«, drängte Olivia sie. »Vielleicht haben Sie die Risiken eines Besuchs in diesem Haus ganz einfach nicht bedacht. Bitte verzeihen Sie meine Offenheit, aber es war einfach absolut dumm, dass Sie hierhergekommen sind. Sie sind der Liebling der Gesellschaft, Sie stehen kurz vor der Hochzeit mit einem wunderbaren jungen Mann. All das könnten Sie verlieren, wenn öffentlich bekannt würde, dass Sie mit mir gesprochen haben. Je länger Sie bleiben, umso gefährlicher wird es für Sie.«

»Ich begehe ja wohl kein Verbrechen, indem ich gekommen bin«, stellte das Mädchen schmollend fest.

»Das werden die Menschen in Ihrer Welt ganz sicher anders sehen. Um Ihrer selbst und auch um Ihres Vaters willen, bitte gehen Sie. Schreiben Sie mir doch einfach einen Brief. Ich verspreche Ihnen, ich werde ihn ganz sicher lesen.«

»Ich will Ihnen ins Gesicht sagen und will, dass Sie verstehen, dass Sie mein Leben ruinieren. Das Leben meines Bruders. Das Leben meines Vaters.«

Olivia wurde bewusst, dass sie das Mädchen nicht eher von hier fortbekommen würde, als bis diese geschmacklose Unterredung abgeschlossen war. Sie konnte nur noch dafür sorgen, dass es so schnell wie möglich ging, und ansonsten hoffen, dass dieser Besuch keine negativen Konsequenzen hätte, weder für sie selbst noch für die aufgebrachte junge Frau.

»Wollen Sie sich nicht setzen?« Sie wies auf einen der eleganten Stühle vor dem Fenster.

Lady Roma sträubte sich. »Warum?«

Olivia stieß einen leisen Seufzer aus. Wenn ihr Leben anders verlaufen wäre, hätte sie als junges Mädchen vielleicht eine gewisse Ähnlichkeit mit der egozentrischen Roma Southwood gehabt. Ihr Vater war ein Gentleman gewesen und wohlhabend genug, um seine einzige Tochter nach Strich und Faden zu verwöhnen. Doch aufgrund der Dinge, die seither geschehen waren, lagen inzwischen Welten zwischen ihr und dieser verwöhnten, starrsinnigen jungen Frau.

»Weil ich seit heute Morgen unterwegs bin. Und wenn ein Mädchen, das jung genug ist, um meine Tochter zu sein, mir Vorhaltungen machen will, hätte ich es dabei zumindest gern bequem«, klärte sie ihre Besucherin gelassen auf.

»Ich bleibe lieber stehen.«

»Ach ja?« Olivia nahm entschlossen Platz. »Dann verzeihen Sie bitte meine Unhöflichkeit.«

Wie es aussah, war das Mädchen völlig unempfindlich gegenüber jeder Form der Ironie.

In diesem Augenblick wurde die Tür geöffnet, und Latham kam mit einem Teetablett herein. »Ich habe mir die Freiheit herausgenommen, Tee und ein paar Sandwiches zubereiten zu lassen, Madam.« Dann verbeugte er sich vor dem Gast. »Mylady.«

»Ich will keinen Tee, Latham«, schnauzte die junge Frau und bestätigte dadurch Olivias Verdacht, dass Latham gut mit der unwillkommenen Besucherin bekannt war.

»Danke, Latham. Ich hätte gerne eine Tasse. Die Kutschfahrt war sehr lang, und vom Staub der Straße habe ich einen ziemlich trockenen Hals.«

»Sehr wohl, Madam.« Er ging achtlos über Lady Romas Unhöflichkeit hinweg, und während sie mit böser Miene neben dem Kaminsims stehen blieb, stellte er das Teegeschirr vor Olivia auf den Tisch.

Nachdem Latham wieder gegangen war, schenkte sich Olivia eine Tasse ein und blickte Roma fragend an. »Sind Sie sicher, dass Sie nicht doch ein Tässchen möchten?«

Roma runzelte die Stirn. »Ich bin nicht gekommen, um mit Ihnen Tee zu trinken.«

Wieder musste Olivia lächeln. War sie selbst jemals so jung und starrsinnig? Nein, wahrscheinlich nicht.

»Nein, Sie sind gekommen, um mit mir zu streiten.«

»Ich bin gekommen, um Sie darum zu bitten, sich ehrenvoll zu verhalten. Auch wenn einer Frau wie Ihnen der Begriff der Ehre natürlich nicht das Geringste sagt.«

»Es überrascht mich, dass Sie wissen, wie Frauen wie ich sind«, erwiderte Olivia ruhig, füllte, ohne auf Romas bösen Blick zu achten, eine zweite Tasse Tee und hielt sie dem Mädchen hin. »Möchten Sie vielleicht ein paar Tropfen Zitronensaft hinein?«

Roma schüttelte widerstrebend den Kopf. »Nein danke. Nur ein bisschen Zucker und einen Schuss Milch.«

Mit einem Schmollmund, der bestimmt Gewohnheit war, nahm sie die Tasse an und setzte sich, ohne zu merken, was sie tat, Olivia gegenüber an den Tisch. Sie setzte sogar ihren Hut ab und zog die schwarzen Handschuhe aus.

Olivia nahm einen Schluck von ihrem Tee und wünschte sich, sie hielte statt der zarten Tasse einen schweren Brandyschwenker in der Hand. Wäre das nicht ein Riesenschock für die wohlerzogene junge Frau, die ihr gerade gegenübersaß? Aber wahrscheinlich würde dadurch einfach ihr Verdacht bestätigt, dass die verruchte Mätresse ihres Vaters für alle Laster anfällig war.

»Woher wissen Sie etwas von mir? Ein anständiges junges Mädchen sollte gar nichts davon wissen, wenn sein Vater ein Verhältnis hat.«

»Ich bin nicht dumm«, erklärte Roma ihr beleidigt und trank einen großen Schluck von ihrem Tee. »Sie sind berühmt-berüchtigt, und nach der schändlichen Darbietung, die Sie und mein Vater auf Lord Peregrine Montjoys Geburtstagsball geboten haben, spricht die ganze Stadt kaum noch von etwas anderem als von Ihrer Affäre mit dem Earl.«

Olivia hatte gewusst, dass ihr Auftritt mit Erith in ihrer eigenen verruchten Welt für Furore sorgen würde. Dass aber sogar eine behütete junge Frau aus den allerbesten Kreisen etwas davon mitbekommen würde, hätte sie beim besten Willen nicht gedacht.

»Dafür bitte ich Sie um Verzeihung.« Sie stellte ihre Tasse ab und runzelte die Stirn. »Ihr Vater wird äußerst unglücklich darüber sein, dass die Menschen irgendwelche Geschichten über uns erzählen.«

Sie hielt Roma den Teller mit den Sandwiches hin, und zu ihrer Überraschung griff das Mädchen gierig zu. Aber nachdem es über eine Stunde auf sie gewartet hatte, musste es schließlich auch halb verhungert sein.

»Ich wollte es einfach wissen.« Lady Roma verschlang das erste Sandwich, nahm sich gleich das zweite und trank einen Schluck von ihrem Tee. »Ich habe die Dienstboten gefragt.«

Olivia erstarrte. »Das gehört sich aber nicht.«

Roma stellte die hauchdünne Porzellantasse so krachend auf den Tisch, dass sich ein Teil der Flüssigkeit über der Untertasse ergoss. »Woher wollen Sie das wissen? Sie sind schließlich nur eine kleine Hure, weiter nichts.«

»Trotzdem kenne ich mich ein wenig mit gutem Benehmen aus«, erwiderte Olivia ruhig. Dieses Mal drang der Tadel durch den Zorn der jungen Frau, weshalb ihr zum zweiten Mal eine leichte Röte in die Wangen stieg.

»Ganz London weiß, dass Sie ihn nach Wien begleiten werden.«

Olivia seufzte leise auf. »Bitte verzeihen Sie, Lady Roma, aber all das geht Sie nicht das Geringste an. Falls ich Ihnen einen guten Rat geben darf – fahren Sie nach Hause zurück, bereiten sich auf Ihre Hochzeit vor und vergessen, dass Sie mir jemals begegnet sind. Vor allem kommen Sie nie wieder hierher.«

»Weshalb sollte es Sie interessieren, ob ich mich durch diesen Besuch in Schwierigkeiten bringe? Schließlich haben Sie mir und meiner Familie, seit Sie meinem Vater begegnet sind, nichts als Schwierigkeiten gemacht.«

»Unglücklicherweise sieht er das wahrscheinlich genauso«, versuchte Olivia vergeblich, die Stimmung aufzuhellen, und fuhr mit ernster Stimme fort: »Bitte sagen Sie mir, was Sie mir sagen wollen, und dann müssen Sie wirklich gehen. Ich nehme an, dass Sie nicht nur hierhergekommen sind, um mir vorzuhalten, was für eine Sünderin ich bin.«

»Nein. Ich wollte ...« Das Mädchen hob den Kopf, bedachte Olivia mit einem verletzten, unglücklichen Blick, atmete tief ein und führte eilig aus: »Wenn Sie auch nur noch einen letzten Rest von Anstand haben, schicken Sie meinen Vater zu seiner Familie zurück.«

Sie war so jung und so verletzlich, dass Olivia unweigerlich an Leo denken musste. »Ich habe Ihnen Ihren Vater nicht weggenommen, meine Liebe.« Sie beugte sich ein wenig vor und tätschelte der jungen Frau die Hand. Sie hätte angenommen, Roma zöge ihre Hand entsetzt zurück, doch die junge Frau blickte sie einfach weiter derart elend an, dass sich Olivias Herz vor Mitgefühl zusammenzog. »Er liebt Sie nämlich sehr.«

»Nein, das tut er nicht. Er liebt Sie. Aber Sie können ihn nicht haben. Er ist zurückgekommen, um sich mit seiner Familie zu versöhnen. Sie sollten ihn uns überlassen. Was hat ein Mann mehr oder weniger für Sie schon zu bedeuten? Sie finden bestimmt sofort einen neuen Liebhaber. Aber einen anderen Vater finde ich ganz sicher nicht.«

Es war das Jammern eines verwöhnten Kindes. Aber auch eines Kindes, dessen Herz vor lauter Unglück brach. »Er hat ein Recht auf ein eigenes Leben, Lady Roma.«

»Nein, er gehört zu uns. Zu William und mir.«

»Sie stehen im Begriff zu heiraten und eine eigene Familie zu gründen.«

»Ich will, dass meine Kinder ihren Großvater kennen. Und zwar besser, als ich meinen Vater je gekannt habe.«

»Er wird so oder so wieder nach Wien zurückkehren.«

»Nur weil wir noch nicht die Chance hatten, ihn zu bitten, dass er bleibt. Weil er nämlich ständig hier bei Ihnen ist.«

»Das ist nicht wahr.« Doch obwohl sie Roma widersprach, war sich Olivia bewusst, dass Julian in Gedanken wirklich meistens bei ihr war. Denn wenn man einen Menschen liebte, war das schließlich normal.

»Natürlich ist es wahr. Ich finde es entsetzlich, dass mein Vater sich mehr für seine Geliebte als für seine eigenen Kinder interessiert. Ich finde es entsetzlich, dass er seine Zeit mit Ihnen und nicht mit der Familie verbringt, die sich schon seit vielen Jahren danach sehnt, dass er endlich nach Hause kommt. Denn jetzt ist er hier und trotzdem nicht bei uns.« Roma brach in Tränen aus.

»Oh, Kindchen, nimm es doch nicht so furchtbar schwer.« Mit ihrer freien Hand fischte Olivia in der Tasche ihres Rocks und drückte dem unglücklichen Mädchen ein zerknittertes Tüchlein in die Hand.

Lady Romas zitternde Finger schlossen sich um das pollenbefleckte Spitzentuch, pressten es vor ihr Gesicht, und sie stieß mit erstickter Stimme aus: »Ich musste einfach kommen, um Ihnen zu sagen, dass Sie ihn gehen lassen müssen.«

Olivia kniete sich neben den Stuhl, auf dem das Mädchen saß, und nahm tröstend seine Hand. »Es wird alles gut, du wirst sehen.«

Lady Roma atmete erschaudernd ein und starrte Olivia aus geröteten Augen an. »Wie sollte es jemals gut werden? Er wird wieder fortgehen und kommt dann sicher jahrelang nicht mehr zurück. Genau wie er es gemacht hat, nachdem Mama gestorben ist.«

»Ich weiß, wie schwer das für dich ist.«

Genau wie sie es bei Leo getan hätte, wenn er so unglücklich gewesen wäre, schlang sie Roma die Arme um die bebenden Schultern und zog sie sanft an ihre Brust. Sie hatte nicht das Recht, dieses Mädchen zu berühren. Doch sie konnte ganz unmöglich tatenlos mit ansehen, wie das Kind vor Trauer und vor Leid verging.

»Ich will nur meinen Vater wiederhaben. Das ist alles, was ich jemals wollte.« Schluchzend klammerte sich Roma an Olivia fest.

»Ich weiß, ich weiß, mein Schatz«, wisperte Olivia, wie sie mit Leo gewispert hatte, als er noch ein Baby war.

Angesichts der Schluchzer, die das Mädchen schüttelten, wäre auch Olivia am liebsten in Tränen ausgebrochen. Das arme Kind hatte die Mutter viel zu früh verloren, bevor es auch noch von seinem Vater im Stich gelassen worden war. Julian war sich der Tatsache bewusst, dass er sich der Familie gegenüber falsch verhalten hatte, doch er hatte sicher keine Ahnung, wie groß das von ihm verursachte Unglück war.

Wie konnte sie ihm verdenken, was er getan hatte? Er war selbst noch ein halbes Kind und vor Trauer halb wahnsinnig gewesen, als Joanna gestorben war. Er wäre einfach nicht in der Verfassung gewesen, sich um zwei Kleinkinder zu kümmern. Wohingegen seine Schwester damals bereits verheiratet und eine erfahrene Mutter war.

Schließlich ebbte Lady Romas wilde Trauer etwas ab, sie löste sich aus Olivias Armen und wischte sich die Augen mit den Händen ab. Es war eine derart kindliche Geste, dass sich Olivias Herz erneut zusammenzog.

Wie konnte dieses Mädchen auch nur in Erwägung ziehen, in ein paar Wochen zu heiraten? Sie wirkte kaum alt genug, um nicht mehr in die Schule zu gehen.

Olivia griff hinter sich und umfasste die Tasse mit dem inzwischen kalten Tee. »Hier, trinken Sie einen Schluck. Der Tee tut Ihnen sicher gut. Ich werde gleich frischen bestellen.«

Das Mädchen hatte jeden Kampfeswillen verloren. Und, Gott sei Dank, auch das Verlangen, die Frau zu beleidigen, die in ihren Augen eine Konkurrenz im Buhlen um die Aufmerksamkeit des Vaters war.

Lady Roma nickte, nahm die Tasse und hob sie an ihren Mund. Dabei zitterte sie allerdings so sehr, dass Olivia eine Hand um ihre Finger legte und ihr beim Trinken half.

Die junge Frau trank einen Schluck, fing grässlich an zu husten, und eilig stand Olivia auf und legte einen Arm um ihre Schultern, bis sie wieder Luft bekam. »Langsam. Ich habe das Gefühl, dass Sie ein ziemlich ungestümes Wesen sind, Mylady.«

Romas gedämpftes Kichern klang vom vielen Weinen noch ein wenig rau. »Sie klingen wie Tante Celia. Ich gerate ständig in irgendwelche Schwierigkeiten, weil ich erst springe und dann gucke, wo ich gelandet bin.« Dann wurde sie wieder ernst und sah Olivia durchdringend aus ihren blauen Augen an. »Ich hatte Sie mir ganz anders vorgestellt.«

Lächelnd nahm Olivia wieder Platz. »Grell geschminkt, mit einer schrillen Stimme und mit einem Kleid, das nicht einmal bis zu den Knien reicht?«

Abermals stieß Lady Roma ein ersticktes Kichern aus. »Ich habe noch nie eine verruchte Frau getroffen. Tja, oder zumindest keine, von der öffentlich bekannt ist, was sie treibt. Natürlich weiß ich auch über andere Affären in der besseren Gesellschaft Bescheid.«

Olivia versuchte vergeblich, die Stirn zu runzeln, als sie tadelte: »Sie geben zu viel auf irgendwelchen Klatsch und Tratsch, Mylady.«

»Ich weiß einfach gern, was um mich herum passiert.« Sie stellte ihre Tasse wieder auf der Untertasse ab und hob den Kopf. »Danke. Sie sind viel freundlicher zu mir, als ich es verdient hätte. Schließlich habe ich mich Ihnen gegenüber vollkommen unmöglich aufgeführt.«

»Sie waren einfach aufgeregt. Und das aus gutem Grund Aber ich kann nicht …

»Gütiger Himmel, Roma. Was zum Teufel machst du hier?«

25

In einer Hand seinen Zylinder, in der anderen seinen Stock, stand Julian in der Tür. Ein Ausdruck unaussprechlichen Entsetzens verdüsterte sein anziehendes Gesicht.

Olivias Kehle war wie zugeschnürt. Sie fühlte sich wie ein kleines Mädchen, das sich dabei hatte ertappen lassen, wie es heimlich an die Keksdose ging. Doch sein glühend heißer Zorn vertrieb dieses harmlose Bild aus ihrem Kopf.

Er sah aus, als hätte er am liebsten auf der Stelle jemanden umgebracht.

»Papa …« Lady Roma sprang so ungeschickt von ihrem Stuhl, dass Olivia flüchtig daran dachte, wie unbeholfen sie auf ihrem Pferd gesessen hatte, als sie ihr im Hyde Park begegnet war. Bei ihrem Sprung warf sie das kleine Tischchen um, und das zarte Teegeschirr flog durch den Raum.

Olivia machte einen Satz zur Seite, denn Teekanne und Tassen, Milchkännchen, Zitronenpresse und Teller mit trockenen Essensresten schossen an ihr vorbei, bevor das Porzellan laut klirrend auf dem Fußboden zerbrach.

»Gütiger Himmel!« Das Mädchen rang unglücklich die Hände und starrte panisch erst seinen Vater und dann die Überreste ihrer Mahlzeit an.

»Egal.« Olivia stürzte auf sie zu, legte einen Arm um ihre Schulter und bedachte den großen, wutschnaubenden Mann, der noch immer reglos in der Tür stand, mit einem bösen Blick. »Lord Erith, Sie machen dem Mädchen Angst. Kommen Sie, um Himmels willen, endlich rein und setzen sich.«

»Ich mache ihr Angst?« Vor mühsam unterdrücktem Zorn hatte seine dunkle Stimme, die so warm und weich wie ein Zobel sein konnte, einen eiskalten Klang. »Ich würde sie am liebsten übers Knie legen und ihr den Hintern dafür versohlen, dass sie sich derart verantwortungslos benimmt.«

»Papa, bitte …« Lady Romas Augen füllten sich mit Tränen, und sie schmiegte sich enger an Olivia an.

»Würde das vielleicht irgendetwas besser machen?«, fragte Olivia ihn gebieterisch und nahm die junge Frau noch etwas fester in den Arm. »Lassen Sie das Mädchen in Ruhe, bis Sie sich beruhigt haben.«

»Bis ich mich beruhigt habe?« Das verächtliche Beben seiner Nasenflügel schnitt ihr wie ein Rasiermesser ins Herz, und er kam drohend auf sie zumarschiert. »Ich treffe meine Tochter bei einem netten Plausch mit meiner Mätresse an, dem berüchtigtsten Weibsbild von ganz London, einer käuflichen Frau, über deren Eroberungen man sich in sämtlichen Tavernen des Landes die Mäuler zerreißt, und du erwartest, dass ich mich beruhige? Verdammt, Olivia, jetzt gehst du eindeutig zu weit.«

Sie zuckte zusammen und ließ das zitternde Mädchen los. Er war außer sich vor Zorn, da war es zu erwarten, dass er Dinge sagte, die er nicht so meinte, trotzdem tat es furchtbar weh.

Er sprach mit ihr wie mit einer Hure. Einer verachtenswerten Hure.

Sie kämpfte um ihr Gleichgewicht und versuchte sich zu sagen, dass sein Zorn durchaus berechtigt war. Sie war eine berühmte Kurtisane. Sie hatte schändliche, verruchte Dinge getan. Seine Tochter hätte nie auch nur in ihre Nähe kommen sollen.

Doch das hieß noch lange nicht, dass es ihr gefiel, wenn er diese Dinge laut aussprach. Und dann auch noch vor Publikum.

Trotz der Taubheit ihrer Lippen stieß sie tadelnd aus: »Dadurch, dass Sie brüllen, ändern Sie die Dinge nicht.«

»Wie zum Teufel ist sie überhaupt hierhergekommen?« Er bedachte Olivia mit einem mörderischen Blick. *»Du verfluchtes Weib, hast du sie etwa eingeladen?«*

Olivia spürte, wie das Blut aus ihren Wangen wich, und tastete Hilfe suchend nach der Lehne eines Stuhls. Ihre Beine alleine trugen sie nicht mehr, denn das Entsetzen über seine Worte hatte sie schwindelig gemacht.

Er hatte keine Ahnung, wer sie war.

Wie konnte er behaupten, sie zu lieben, wenn er sie für ein derart indiskretes und verantwortungsloses Wesen hielt? Wenn er ihr zutraute, den Ruf seiner Tochter vorsätzlich zu gefährden? Wenn er derartige Verachtung für sie empfand?

Sie umklammerte die Stuhllehne, rang mühsam um Beherrschung und stieß krächzend aus: »Natürlich nicht.«

Er warf seinen Mantel und den Stock aufs Sofa und fuhr, ohne auch nur auf ihre Antwort einzugehen, mit zornbebender Stimme fort: »Ich kann einfach nicht glauben, dass du meine Tochter zu diesem haarsträubenden Verhalten noch ermutigt hast. Dir muss doch bewusst sein, was für katastrophale Konsequenzen diese Sache haben kann. Oder es hätte dir bewusst sein müssen, nur hast du anscheinend keine Sekunde darüber nachgedacht. Aber auch wenn du in meinem Leben eine Rolle spielst, gestatte ich dir nicht, dich in meine privaten Familienangelegenheiten einzumischen.«

»Das ist nicht fair, Papa«, mischte sich Roma mit unsicherer Stimme ein. »Ich …«

»Du wirst diese Frau nicht auch noch verteidigen, Roma.« Die Worte *diese Frau* sprach er derart angewidert aus, als beschriebe er damit eine Kreatur, die weniger wert war als ein Stück Dreck. »Du wirst sie mir gegenüber nie wieder erwähnen.«

»Aber Papa …«

»Nicht, Mylady«, bat Olivia in dem Versuch, seinen Ärger von dem Mädchen abzulenken, obwohl sie, da ihr Herz gebrochen war, unendliche Schmerzen litt. »Dies ist eine Sache zwischen Ihrem Vater und mir.«

Ihr Plan ging auf. Der Blick seiner zornig blitzenden Silberaugen brannte sich in sie hinein, und er herrschte sie mit kalter Stimme an: »Du hast nicht nur die Grenzen der Schicklichkeit, sondern auch die Grenzen dessen, was noch akzeptabel ist, weit überschritten, Olivia.«

Kaum zu glauben, dass er sie sanft im Arm gehalten hatte, während sie wegen des an ihr begangenen Verrats ihres eigenen Bruders in unglückliche Tränen ausgebrochen war. Kaum zu glauben, dass er einmal so tief in sie eingedrungen war, dass sie sich eingebildet hatte, er berühre ihre Seele. Kaum zu glauben, dass sie einmal miteinander gelacht und eine Verbundenheit empfunden hatten, die beinahe so etwas wie Freundschaft war.

»Hören Sie mir zur, Mylord«, flehte sie ihn an. »Ich habe Lady Roma nicht eingeladen. Sie ist aus freien Stücken hier erschienen, doch inzwischen ist ihr klar, wie dumm das war. Sie wird so etwas nie wieder tun. Es ist also völlig sinnlos, sie noch dafür zu bestrafen.«

Er zog so verächtlich die Brauen hoch, als hätte er sie einer Lüge überführt. »Und woher hat sie gewusst, wo sie dich findet?«

Er war kreidebleich vor Zorn, und einer seiner Wangenmuskeln zuckte leicht. Doch obwohl Olivia wusste, dass sich hinter seiner Wut die Sorge um sein Kind verbarg, war dies keine Entschuldigung für die Anschuldigungen, die er gegen sie erhoben hatte, oder für seine plötzlich derart ablehnende, herablassende Art.

Wenn dies seine Liebe war, war sie nicht das Geringste wert.

Sie besann sich auf den Stolz, der sie so lange getragen hatte, und richtete sich zu ihrer ganzen Größe auf.

»Das Mädchen hat Ohren, Mylord.« Bissig fügte sie hinzu: »Und offensichtlich hat sie sie dazu benutzt, um irgendwelchem unpassenden Klatsch und Tratsch zu lauschen, der über uns in Umlauf ist.«

Julian selbst war so erbost, dass weder ihr beißender Ton noch die förmliche Anrede, die sie plötzlich wieder verwendete, auch nur den geringsten Eindruck auf ihn machte. Er war völlig blind und taub für alles außer seiner Wut. Drohend baute er sich vor den beiden Frauen auf und sah seine Tochter mit zornblitzenden Augen an. »Wir werden auf der Stelle gehen.«

Das Mädchen wich ungelenk vor ihm zurück. »Ich will aber nicht gehen.«

»Was du willst, ist mir egal. Jetzt geht es nur noch darum, was du brauchst. Nach allem, was ich sehe, brauchst du vor allem einen Aufpasser.« Er ballte die Fäuste und fuhr mit rauer Stimme fort: »Großer Gott, Mädchen, du wirst in ein paar Wochen heiraten. Du wirst bald eigene Kinder haben, aber du benimmst dich selbst noch wie ein Kind.«

Abrupt blieb Lady Roma stehen, straffte ihre Schultern und funkelte ihren Vater böse an. »Du hast doch gar keine Ahnung, wie ich mich als Kind benommen habe. Du warst schließlich nie da.«

»Pass auf, was du sagst, Roma.« Er runzelte erbost die Stirn. »Ich bin ganz bestimmt nicht in der Stimmung, um jetzt auch noch darüber zu streiten.«

»Wirst du jemals in der Stimmung dazu sein?«

Olivia hatte bereits erlebt, was für einen närrischen Mut die junge Frau entwickeln konnte, wenn sie wütend war. Wenn sie den ausbrechenden Streit nicht sofort unterband, würden Vater und Tochter jede Chance zunichtemachen, die es auf eine Versöhnung zwischen ihnen gab.

»Lady Roma, Lord Erith, bitte setzen Sie sich«, bat sie in

demselben Ton, in dem sie auch schon mit Perrys wildesten Gefährten fertig geworden war.

Julian starrte sie unter seinen zusammengezogenen Brauen hervor an und stieß die Antwort aus, als wäre ein Gespräch mit ihr inzwischen mehr, als er ertrug. »Ich nehme meine Tochter mit nach Hause.«

»Aber nicht in dem Zustand, in dem sie augenblicklich ist«, gab Olivia nicht weniger bestimmt zurück. »Lord Erith, Sie benehmen sich wie ein Idiot.«

»Hüte deine Zunge, Weib. Ich benehme mich so, wie sich jeder Vater benehmen würde. Sie ist meine Tochter. Und, verdammt, was ich mit meiner Tochter mache, geht dich nicht das Geringste an.«

Ein Gefühl der Übelkeit stieg in ihr auf. Wie konnte er nur so herablassend und so verächtlich mit ihr reden? Er hatte sie angefleht, ihm zu vertrauen, doch jetzt verriet er sie mit jedem giftigen Wort, das über seine Lippen kam.

Sie schluckte und zwang eine Erwiderung durch ihren zugeschnürten Hals. »Wahrscheinlich nicht. Aber jeder Narr kann sehen, dass Sie beide sich erst einmal beruhigen müssen, bevor jemand anderes Sie sieht.«

»Teufel noch einmal, ich werde diese Angelegenheit bestimmt nicht auf die leichte Schulter nehmen«, schnauzte er sie an.

Sie wies auf das Sofa an der Wand, das am weitesten von dem durch den umgestürzten Tisch verursachten Schlachtfeld entfernt stand, und fauchte Julian an: »Lord Erith, bitte beherrschen Sie sich. Ich dulde es nicht, dass jemand in meinem Haus derart ausfallend wird.«

Schweren Herzens wartete sie darauf, dass er ihr erklären würde, er wäre der Herr in diesem Haus, denn schließlich hätte er dafür bezahlt. Doch so weit ging er nicht.

Sie sah, dass er tatsächlich um Beherrschung rang, und wenn er ihre Gefühle nicht derart in den Staub getreten hätte, hätte sie vielleicht Mitleid mit ihm gehabt. Er wollte wirklich nur sein Kind beschützen. Was ganz sicher keine Sünde war.

Die Sünde, die er begangen hatte und die nicht wiedergutzumachen war, war, dass er Olivia hatte glauben lassen, er würde sie lieben und respektieren, obwohl das eindeutig nicht so war.

Nach einer langen Pause erklärte er, auch wenn er seinen Zorn noch nicht wirklich bezwungen hatte, in ruhigem Ton: »Entschuldige, Olivia. Natürlich hast du meine Tochter nicht eingeladen. Romas Gedankenlosigkeit hat dich in die Probleme, die ich mit meiner Familie habe, hineingezogen. Aber mir ist klar, dass du da nicht hineingezogen werden willst.«

Er machte alles nur noch schlimmer. Natürlich war sie involviert, und das wollte sie auch sein. Denn sie liebte ihn. Und er hatte gesagt, er liebe sie.

Sie verbarg den aufsteigenden Schmerz und bedachte ihn mit dem verächtlichen Blick der Kurtisane, von dem bisher noch jeder Mann eingeschüchtert worden war. »Ihre Tochter ist mir jederzeit willkommen. Sie darf mich besuchen, wann immer sie will.«

Roma klappte vor Überraschung die Kinnlade herunter. »W…wirklich?«, fragte sie.

»Ich erwarte nicht, dass Sie die Einladung annehmen«, Olivia bedachte sie mit einem aufmunternden Lächeln und wandte sich dann mit zusammengekniffenen Augen wieder Julian zu. »Ich weigere mich, ein unglückliches junges Mädchen vor die Tür zu setzen, nur weil ein Tyrann wie Sie darauf besteht.«

»Ein Tyrann wie ich?« Vor lauter Empörung bekam er einen puterroten Kopf. »Was zum Teufel soll das heißen, ein Tyrann wie ich?«

»Das heißt, dass ich meine Bediensteten bitten werde, *Sie* vor die Tür zu setzen, wenn Sie sich nicht endlich hinsetzen, Mylord.«

Er zuckte zusammen, doch der Ausdruck überwältigenden, gedankenlosen Zorns wich aus seinem Gesicht, und zum ersten Mal, seit er hereingekommen war, sah er sie wirklich an. Sie merkte ganz genau, in welchem Augenblick ihm klar wurde, was er getan hatte. Schock und Bedauern verwandelten das Silber seiner Augen in ein mattes Grau.

Sie behielt absichtlich eine neutrale Miene bei, aber, zur Hölle mit dem Kerl, er kannte sie gut genug, um sie zu durchschauen. Sie konnte nur zu Gott beten, dass er nicht sah, wie groß ihr Unglück war. Denn die Befriedigung zu wissen, dass er sie tödlich verwundet hatte, gönnte sie ihm nicht.

Gütiger Himmel, warum war er so grausam mit ihr umgegangen? Hatte er ihre Seele unbedingt in kleine Fetzen reißen müssen? Musste er ein Mann wie alle anderen Männer sein?

Er hatte allen Grund zum Zorn, doch er musste wissen, dass sie niemals etwas täte, um ihm oder den Menschen, die er liebte, wehzutun. Er musste wissen, dass er, indem er sie wie eine Hure behandelte, jegliches Vertrauen zerstörte, das je zwischen ihnen entstanden war.

Mit der Selbstgerechtigkeit verließ ihn auch der Zorn, weshalb er schlaff in sich zusammensank. »Oh, verdammt, Olivia. Es tut mir leid. Das hast du wirklich nicht verdient. Ich habe mich aufgeführt wie ein Barbar.«

Er klang todunglücklich. Er klang wie der wunderbare, rücksichtsvolle, leidenschaftliche Liebhaber, der ihre Nächte heller machte als der Sonnenschein den Tag.

Bitterkeit stieg in ihr auf und schnürte ihr die Kehle zu. Wie konnte er jetzt noch so tun, als ob ihm etwas an ihr läge? Er hatte ihr erklärt, er liebe sie, doch es war offensichtlich, dass er in seinem tiefsten Innern nichts als Verachtung für sie empfand.

Er raufte sich das Haar und wirkte mit den wild zerzausten Strähnen ausnehmend charmant. Aber sie hatte ihr Herz inzwischen wieder mit dem Stahlmantel umgeben, der sie Schrecknisse hatte überleben lassen, an denen die meisten anderen Frauen zugrunde gegangen wären, und war deshalb immun gegenüber diesem Reiz.

Sie wandte sich wieder dem Mädchen zu, das mit einer Mischung aus Angst und wilder Neugier zu ihnen herübersah. »Lady Roma, würden Sie sich bitte setzen? Ich werde das zerbrochene Geschirr forträumen lassen und dann Latham bitten, dass er uns frischen Tee serviert.«

»Der Teppich ist ruiniert«, stellte Roma tonlos fest.

Der Teppich, das Teeservice und ohne Zweifel auch ihr Leben, hätte Olivia ihr am liebsten erklärt, doch sie unterdrückte diesen Satz. Da der Nachmittag auch so bereits theatralisch genug verlaufen war.

»Das ist egal.« Olivia winkte mit der Hand in Richtung Sofa, endlich nahm das Mädchen Platz, und während sie noch um Beherrschung betete, wandte sich Olivia wieder Julian zu. »Mylord?«

Mit unverhohlener Ungeduld stapfte er durch die Bibliothek und warf sich neben seiner Tochter auf die Couch.

Olivia läutete nach Latham – den sie vermissen würde –, und während er eilig das zerbrochene Porzellan aufsammelte und die Essensreste, Tee und Milch vom Boden wischte, breitete sich angespannte Stille zwischen ihnen aus.

Doch bis Latham fertig war, hatte Julian sich beruhigt, und auch Lady Roma sah nicht länger aus, als bräche sie jeden Augenblick in wildes Schluchzen aus oder griffe ihren Vater mit einem der Schürhaken an.

Olivia wünschte sich, ihr wäre danach zumute, Julian etwas anzutun. Während die Zeit verging, gewann ihr Zorn an Kraft. Doch noch stärker als ihr Zorn war der stechende Schmerz über den erneut an ihr begangenen Verrat.

Er hatte etwas Kostbares geschaffen und dann, ohne auch nur einen Gedanken an die Konsequenzen zu verschwenden, achtlos wieder zerstört.

Sie wünschte, sie hätte ihn niemals kennen gelernt.

»Wir hätten gerne frischen Tee, Latham«, bat sie, als das Chaos endlich beseitigt war.

»Nein.« Äußerlich hatte sich Julian wieder völlig unter Kontrolle und stand entschlossen auf. Während er darauf wartete, bis der Butler den Raum verlassen hatte, erinnerte er sie mit seiner Kälte und der stählernen Emotionslosigkeit wieder an den Mann, der ihr bei Perry die *carte blanche* angeboten hatte. Einen Mann, der ihr in höchstem Maße unsympathisch gewesen war. »Olivia, ich muss Roma nach Hause bringen«, meinte er. »Je länger sie hier ist, umso größer ist das Risiko, dass jemand darüber spricht. Die Angestellten sind loyal, aber …«

Olivia bemühte sich verzweifelt, die Fassade der Zivilisiertheit aufrechtzuerhalten. Was würde es schon nützen, laut herauszuschreien, dass ihr Leben ruiniert war, weil er ihr das Herz gebrochen hatte? Sie konnte jetzt nichts anderes mehr tun, als die Reste ihrer Existenz zusammenzuklauben und weiterzuziehen.

»… es sind eben nur Dienstboten«, beendete sie seinen Satz.

Julian wandte sich seiner Tochter zu. »Bist du tatsächlich nur aus dummer Neugier hierhergekommen? Wenn ja, kostet sie dich vielleicht mehr, als du dafür bezahlen willst.«

Jetzt klang er nicht mehr wütend, sondern abgrundtief enttäuscht. Eine verlegene Röte stieg Lady Roma in die Wangen, und sie bedachte Olivia mit einem unbehaglichen Blick. »Ich wollte mich einfach einmal mit Miss Raines unterhalten, weiter nichts.«

Olivia zog überrascht die Brauen hoch. Dass eine junge Frau von ihrem Stand so respektvoll von ihr sprach, verblüffte sie. Vor allem, nachdem sie zu Anfang des Gesprächs von Roma als *kleine Hure* bezeichnet worden war.

Olivias Respekt vor der jungen Frau nahm noch ein wenig zu. Ja, sie war verwöhnt und vollkommen gedankenlos, aber es war nicht zu übersehen, dass sie auch gute Eigenschaften besaß. Olivia hoffte nur, dass Julian sie nicht brechen würde und dadurch all das Positive, das sie aufzuweisen hatte, ein für alle Mal verloren ging.

»Ich kann mir nicht vorstellen, worüber du mit ihr reden solltest«, meinte Julian knapp.

Olivia fuhr innerlich zusammen. Natürlich gab es keinerlei Gemeinsamkeiten zwischen einer Schlampe wie ihr und seinem süßen, unschuldigen Kind. Außer der, dass sie ihn beide liebten. Doch das bezog er sicher nicht in seine Rechnung ein.

»Lassen Sie sie in Ruhe, Mylord«, bat sie ihn kalt. »Sie weiß, dass sie nicht hätte kommen sollen, und wird es ganz bestimmt nicht wieder tun.« Sie trat vor die junge Frau. »Ihr Vater hat recht, Mylady. Ich bringe Sie kurz nach oben, damit Sie sich das Gesicht und die Hände waschen können, aber dann müssen Sie wirklich gehen.«

»Danke.«

Roma stand gehorsam auf, und Olivia blickte wieder Julian an und erklärte in frostigem, doch ruhigem Ton: »Ich schlage vor, wir schmuggeln Sie durch die Hintertür in Ihre Kutsche, und dann bringen Sie sie heim, Mylord.«

Er bedachte sie mit einem durchdringenden Blick, sagte aber nichts zu der Förmlichkeit, in der sie plötzlich wieder mit ihm sprach. »Ja. Niemand wird sich etwas dabei denken, wenn er meine Kutsche hinter diesem Haus stehen sieht.«

Olivia führte das schweigende Mädchen aus der Bibliothek und die Treppe hinauf. Das schmerzliche Bedauern über das vorzeitige Ende ihres Glücks hatte ein Gefühl der Übelkeit in ihr geweckt. Doch sie hätte Zeit genug, um sich in ihrem Elend zu ergehen, wenn das Mädchen sicher auf dem Weg nach Hause war. Bei Gott, dann hätte sie bis an ihr Lebensende Zeit. »Sie brauchen sich nicht extra zu beeilen. Auf ein paar Minuten kommt es nicht mehr an.«

»Vor allem bekommt Papa dadurch noch ein wenig Zeit, um sich zu beruhigen.«

Ironischerweise verspürte Olivia das Bedürfnis, ihren oberflächlichen Geliebten zu verteidigen. »Er ist nur deshalb so erregt, weil er Sie liebt.«

Als sie vor der Tür des Gästezimmers standen, sah die junge Frau sie fragend an. »Er ist nicht besonders gut darin, Sympathie zu zeigen, finden Sie nicht auch?«

Olivia stieß ein leises, sarkastisches Lachen aus. »Er ist ein Mann. Natürlich ist er nicht gut darin zu zeigen, was er fühlt. Aber er würde sein Leben dafür geben, Ihnen auch nur eine Unze Schmerzen zu ersparen.«

»Ich weiß. Es sind die alltäglichen Dinge, die er noch üben muss.« Dann wurde Romas Miene ernst. »Als ich heute hierhergekommen bin, habe ich Sie gehasst.«

Olivias müdes Lächeln schwand. »Es tut mir leid, dass Sie auch nur erfahren haben, dass es mich gibt.«

Eine Spur von Humor blitzte in Romas blauen Augen auf, wodurch sie ihrem Vater plötzlich überraschend ähnlich sah. »Oh, ich habe schon vor Jahren zum ersten Mal etwas von Ihnen gehört. Schließlich sind Sie eine Berühmtheit, von der ganz London spricht. Alle meine Freundinnen wünschten sich, sie hätten auch nur die Hälfte Ihrer Eleganz und Ihres Schneids. Ich würde alles dafür geben, so auf einem Pferd zu sitzen wie Sie. Sie sehen aus, als wären Sie im Sattel aufgewachsen.«

»Das bin ich auch.« Obwohl das pferdeverrückte Kind eine Million Meilen von der des Lebens überdrüssigen Frau, die sie geworden war, entfernt war.

»Ich reite wie ein Kartoffelsack. Mein Vater schämt sich, wenn er mit mir gesehen wird.«

»Vielleicht könnten Sie ihn fragen, ob er Ihnen Stunden gibt. Manchmal muss man den ersten Schritt machen, selbst wenn der andere im Unrecht ist.«

»Ich wünschte, ich könnte Sie besser kennen lernen«, stellte Lady Roma leise fest.

»Oh, Schätzchen.« Olivia biss sich auf die Lippen, um die närrischen Tränen zu unterdrücken. Denn Tränen halfen nie. Das hatte sie bereits vor langer Zeit gelernt. »Das wollen Sie nicht wirklich. Aber ich weiß trotzdem zu schätzen, dass Sie es gesagt haben.«

Sie beugte sich vor, nahm das Mädchen in den Arm und spürte hinter der Fassade des Trotzes, wie verzweifelt und zerbrechlich Julians Tochter war. Während eines flüchtigen

Moments erstarrte Lady Roma, dann aber ließ sie sich in Olivias Arme sinken und umarmte sie beinahe liebevoll zurück.

Wenn ihr Leben so verlaufen wäre, wie es ihre Eltern bei der Einstellung von Gouvernanten, Zeichen- und Tanzlehrern für ihre kostbare Tochter vorgesehen hatten, hätte sie ein Kind wie Roma haben können. Eine Tochter, die sie hätte führen und vor allem lieben können, wenn sie so verletzt und unglücklich gewesen wäre, wie es diese junge Frau eindeutig war.

Olivia aber hatte nichts. Keine brillante Ehe. Keine süße Tochter. Keinen ihr ergebenen Ehemann. Nicht einmal einen Liebhaber, um ihr sehnsüchtiges Herz zu wärmen. Einzig einen Sohn, den sie vergötterte, aber niemals anerkennen könnte, und der sich immer mehr von ihr entfernen würde, je mehr die Welt ihm zuwinkte, aus der sie verstoßen worden war.

Doch sie würde überleben. Denn sie hatte bereits andere Grauen überlebt.

Selbst wenn es ihr im Augenblick nicht einmal erstrebenswert erschien.

Sie nahm all ihren Mut zusammen und machte sich vorsichtig aus der klammernden Umarmung los. »Kommen Sie einfach herunter, wenn Sie fertig sind.«

»Papa wird auf dem gesamten Weg nach Hause mit mir schelten.«

»In einer Sache hat er recht – Sie hätten niemals kommen dürfen.«

»Trotzdem tut es mir nicht leid.«

Bevor Olivia eine Antwort darauf geben konnte, glitt Lady Roma in den Raum und machte die Tür hinter sich zu.

Olivia straffte ihre Schultern und reckte den Kopf. Während eines kurzen, herrlichen Moments hatte sie geglaubt, sie müsste nicht für alle Zeit die harte, herzlose Kurtisane sein, in die sie sich im Lauf der Zeit verwandelt hatte. Inzwischen aber wusste sie, sie hatte keine andere Wahl.

Als sie wieder nach unten kam, stand Julian vor dem Kamin und starrte mit grüblerischer Miene auf den leeren Rost. Sie blieb in der Tür des Lesezimmers stehen, beobachtete ihn einen Augenblick und kämpfte vergeblich gegen ihr Unglück an.

Wie konnte sie sich derart von ihm täuschen lassen? Wie konnte sie so dumm sein, sich in einen arroganten Sprössling der besseren Gesellschaft zu verlieben? Schließlich hatte sie diese Kerle über Jahre hinweg abgrundtief gehasst.

Er hob den Kopf und sah sie an, seine maskuline Schönheit traf sie wie ein Messerstich ins Herz. Durch den leuchtend blauen Frack und das schneeweiße Hemd und Halstuch wurden seine dunklen Züge noch betont.

»Es tut mir leid, dass Roma dir solche Schwierigkeiten gemacht hat, Olivia.« Das Silber seiner Augen blitzte zwischen seinen dichten Wimpern auf, und er strich mit einer seiner langgliedrigen Hände über den marmornen Sims des Kamins.

»Sie hat mir keine Schwierigkeiten gemacht, Lord Erith.« Als sie den Raum betrat, achtete sie sorgfältig darauf, dass sie ihm nicht zu nahe kam. »Ich bete nur, dass niemand etwas von ihrem heutigen Ausflug hierher erfährt. Sie darf nicht noch mehr leiden, als sie bereits gelitten hat.«

Er machte ein schiefes Gesicht. »Diese Bemerkung habe ich verdient.«

Olivia ließ sich auf einen der Stühle neben dem nassen Teppich sinken. »Ja, das haben Sie.«

»Verdammt, ich weiß, dass ich mich falsch verhalten habe. Aber als ich Roma hier gesehen habe …« Er machte eine Pause und winkte unglücklich ab. »Wir können jetzt nicht darüber reden. Ich muss Roma nach Hause bringen, und dann findet noch ein verfluchtes Abendessen mit der Familie und den Rentons statt. Es wurde bereits vor Wochen geplant und ist wirklich wichtig. Ich komme also erst ziemlich spät zurück.«

»Meinetwegen brauchen Sie sich nicht zu beeilen, Lord Erith.«

Er verzog den Mund zu einem sarkastischen Lächeln. »Du brauchst mich nicht extra Lord Erith zu nennen. Ich weiß auch so, dass du unzufrieden mit mir bist.«

»Ich bin nicht unzufrieden mit Ihnen.«

Er stapfte zum Sofa zurück, setzte sich und sah sie unter seinen schweren Lidern hervor nachdenklich an. Er sah aus wie irgendein östlicher Potentat, der überlegte, welche Frau aus seinem Harem er an diesem Abend wählen sollte, und nur seine zusammengebissenen Zähne machten deutlich, dass seine Entspanntheit geheuchelt war. »Du siehst aber äußerst unzufrieden aus.«

»Unzufriedenheit würde ja voraussetzen, dass ich etwas für Sie empfinde«, erwiderte sie ruhig.

Ein spöttisches Lächeln umspielte seinen Mund. »Während ich dir in Wahrheit völlig gleichgültig bin.«

»Es wird uns auch nichts nützen, wenn wir weiter miteinander streiten. Als wir unsere Übereinkunft getroffen haben, habe ich Ihnen erklärt, dass ich mir das Recht vorbehalte, die Beziehung zu beenden, wann ich will. Nun, heute mache ich von diesem Recht Gebrauch.«

Zorn blitzte in seinen Augen, und er stieß ein dumpfes Knurren aus. »Und das sagst du mir jetzt, während ich auf dem Weg zu einer Verlobungsfeier bin, vor der ich mich unmöglich drücken kann?«

Sie verschränkte die Hände im Schoß und kämpfte gegen die kalte, harte Gewissheit an, die sie verspürte, seit sie derart rüde von ihm wegen seiner Tochter angegangen worden war. Sie war das Einzige, was zählte. Nicht das subtile Spiel mit der gegenseitigen Anziehungskraft.

»Huren können sich nicht immer aussuchen, wann der beste Zeitpunkt für das Ende einer Beziehung ist.«

»Ich habe dich nie wie eine Hure behandelt«, erklärte er ihr hitzig, ehe er erneut die Zähne aufeinanderbiss.

»Heute hast du es getan.«

Er ballte die Faust auf der Sofalehne und herrschte sie an: »Das ist nicht fair. Kein Mann will, dass seine Tochter ihre Zukunft riskiert.«

»Auch wenn du ziemlich aufbrausend warst, gereicht dein Verhalten als Vater dir zur Ehre. Dein Verhalten als Geliebter jedoch nicht.«

Seine Augen nahmen die Farbe von Gewitterwolken an einem Sommerhimmel an. Er beugte sich ruckartig zu ihr vor, hielt dann aber inne und stieß mit vor Bedauern krächzender Stimme aus: »Mein Gott, Olivia. Es tut mir leid. Als ich Roma hier angetroffen habe, habe ich ganz einfach rotgesehen. Ich habe mich wie ein verdammter Idiot benommen. Aber dir muss doch wohl klar sein, dass ich es nicht so gemeint habe, wie es geklungen hat. Verdammt, ich habe dich verletzt. Aber ich gebe dir mein Wort, dass das niemals meine Absicht war.«

»Davon bin ich überzeugt.« Die Worte kamen ihr wie aus Glas geschnitten aus dem Mund. »Trotzdem hat mir dein

Verhalten einige Dinge klargemacht, unter anderem, dass diese Liaison weit genug gegangen ist.«

»Um Gottes willen, nenn das, was wir beide haben, nicht einfach eine Liaison.« Sofort gab er jeden gespielten Gleichmut auf, stürzte durch das Zimmer auf sie zu, sank vor ihr auf die Knie und packte mit zitternden Fingern ihre Hände. »Ich liebe dich. Und du liebst mich.«

Sie hatte von Anfang an gewusst, dass das, was sie beide miteinander hatten, nicht von Dauer wäre. Dass eine Trennung früher oder später unvermeidlich war. Nichts aber hatte sie auf den Schock der Trennung vorbereitet. Es war, als würde ihr eins von ihren Gliedern amputiert.

Ein von Wundbrand befallenes Glied.

Sie sah ihm direkt in die Augen und entzog ihm ihre Hand. »Ich bin froh, dass ich es geschafft habe, diesen Eindruck zu erwecken. Schließlich haben Sie ein Vermögen dafür ausgegeben, dass jede Ihrer Fantasien von mir befriedigt wird. Und Sie hatten eindeutig davon geträumt, derjenige zu sein, dem es gelingt, einer frigiden Frau dazu zu verhelfen, dass sie die Freuden der Lust entdeckt.«

Die Muskeln in seinen Armen zuckten, er wurde kreidebleich. Selbst seine Lippen verloren jede Farbe, und einen grässlichen Moment lang hatte sie die Befürchtung, er schlüge sie vielleicht.

Zitternd wich sie vor ihm zurück, dann aber hielt ihr Stolz sie davon ab, vor ihm zu fliehen, und sie blieb wieder stehen.

Er legte eine zitternde Hand neben ihrer Schulter auf die Lehne ihres Stuhls, und das Zucken eines Muskels in seinem Mundwinkel verriet, wie sehr er um Beherrschung rang. »Verdammt, du lügst.«

»Denken Sie das ruhig, wenn Ihnen das lieber ist«, erwiderte sie ruhig, während in ihrem Inneren eine wilde Bestie schrie. »In einer Hinsicht habe ich offenbar gelogen. Jetzt liegt es an Ihnen zu entscheiden, was wahr und was gelogen war.«

»Verflucht, Olivia. Ich kann jetzt nicht bleiben und die Sache mit dir auskämpfen.« Er schüttelte den Kopf und blickte sie aus umwölkten Augen an. »Ramm mir meinetwegen heute Nacht ein Messer in den Bauch, aber geh nicht einfach fort.«

»Mein Entschluss steht fest.«

»Vielleicht kann ich dich ja noch dazu bewegen, dass du es dir noch einmal überlegst.« Er sprang wieder auf die Füße und sah sie stirnrunzelnd an. »Ich werde mich so früh es geht von diesem Abendessen stehlen, aber ich kann Roma nicht im Stich lassen und gar nicht erst hingehen. Schließlich habe ich sie schon zu oft enttäuscht.«

Mit der bewussten Geschmeidigkeit der Kurtisane erhob sich auch Olivia von ihrem Platz. »Leben Sie wohl, Lord Erith.«

»Verdammt, du kannst mir jetzt nicht einfach Lebewohl sagen.« Er riss sie in seine Arme und zog sie eng an seine Brust, in der sein Herz so kräftig hämmerte, als dresche ein Verrückter mit einem dicken Knüppel von innen auf ihn ein. »Warte wenigstens bis heute Abend. Das bist du mir schuldig.«

Sie stand so steif wie eine Puppe in seiner Umarmung, obwohl die Hitze seiner Hände beinahe die dicke Schicht aus Eis um ihre ach so kalte Seele schmolz. »Sie haben nicht mehr das Recht, mich zu berühren.«

»Tu mir das nicht an.«

»Es ist bereits geschehen.« Sie versuchte sich ihm zu entwinden, dafür aber hielt er sie zu fest, und sie fragte sich, ob er wohl auch ihr Herz so fest umklammert hielt, dass es sich nie mehr befreien ließ.

»Den Teufel ist es.« Er umfasste ihren Kopf mit beiden Händen und presste seine Lippen hart auf ihren Mund. Der Besitzanspruch, den er mit diesem gnadenlosen Kuss verband, war beinahe beleidigend. Doch sie klammerte sich wie eine Ertrinkende an seinen Schultern fest und küsste ihn mit wütender Leidenschaft zurück.

Während eines endlosen Moments setzten sie ihren Kampf mit Zähnen, mit Zungen und mit Lippen fort. Keiner von ihnen beiden unterlag. Keiner von ihnen beiden siegte. Es war ein Kampf auf Leben und auf Tod.

Glühende Hitze breitete sich von ihrem Kopf bis in ihre Zehenspitzen aus. Sie erwiderte den Kuss, doch ihr Entschluss, die Affäre auf der Stelle zu beenden, stand fest. Sie gäbe ganz bestimmt nicht nach.

Bis sich plötzlich der Kuss veränderte.

Ganz allmählich löste Zärtlichkeit die Hände, mit denen er ihr Gesicht gefangen hielt, und der Mund, der ihre Lippen plünderte, wurde beinahe sanft. Er forderte nicht mehr, sondern er warb um ihre Gunst, wurde zu einem Instrument verbotener Freude, weshalb sie in einem Strom hilfloser Lust versank. Ihr Körper wurde weich, ihre Muskeln gaben nach, und eine wunderbare Wärme breitete sich zwischen ihren Schenkeln aus.

Sie wollte sich von ihm lösen, ihn zurechtweisen, die Magie des Augenblicks zerstören. Doch obwohl jede Bewegung seiner Lippen oder Zunge überdeutlich machte, wie gefährlich er noch immer für sie war, setzte sie den Kuss beinahe gegen ihren Willen fort.

Schließlich war es Erith, der sich von ihr löste. In seinen Augen blitzten Hunger, Zorn und etwas, von dem sie nicht erkennen wollte, dass es Unglück war. Das leichte Zucken eines Muskels in seiner schmalen Wange zeigte ihr, wie aufgewühlt er war.

»All das hier wirfst du einzig deines Stolzes wegen fort?«, fragte er erbost.

»Es ist vorbei«, erwiderte sie rau. Ihre Beine zitterten, sie konnte kaum noch stehen. Die Kraft seines Kusses hallte in ihr nach, wie wenn jemand mit einem Hammer auf einen Amboss schlug. Sie ballte ohnmächtig die Fäuste und trommelte auf seiner Brust herum. »Um Gottes willen, lass mich in Frieden.«

Bevor sie ernsthaften Schaden anrichten konnte, fing er ihre fliegenden Hände auf. »Du wirst deinen Frieden niemals finden, solange du dich nicht damit arrangierst, dass du mich liebst.«

»Ich liebe dich nicht«, fuhr sie ihn an und spannte in dem Bemühen, sich zu befreien, ihre Arme an.

»Warum bist du dann so erregt?«

»Weil du mich nicht gehen lassen willst.«

»Du willst doch gar nicht, dass ich dich gehen lasse.«

»Doch.«

Ein Ausdruck des Zorns huschte über sein anziehendes Gesicht, seine Augen blitzten silbrig auf, und er verstärkte seinen Griff um ihre Arme, ohne ihr dabei wehzutun. Sie wünschte sich, er täte ihr nach Kräften weh, denn sie brauchte einfach einen anderen Grund, um ihn zu hassen, als die unleugbare Tatsache, dass sie einfach keine passende Gefährtin für ihn war.

»Rede doch keinen Unsinn, Olivia. Du weißt, dass ich jetzt gehen muss.«

»Dann geh«, bat sie ihn stur.

»Wenn ich jetzt gehe, bist du vielleicht nicht mehr hier,

wenn ich nachher wiederkomme.« Er legte eine Hand in ihren Nacken und zwang sie, ihm ins Gesicht zu sehen. »Wenn du auch nur einen Hauch von Gefühl für mich hast, dann bleibst du hier.«

»Es gibt nichts mehr zu sagen.«

»Tja, dann gib mir wenigstens die Chance, mit dir zu schweigen. Ich schulde Roma diesen Abend. Es ist meine Schuld, dass sie dieses dumme Wagnis eingegangen ist. Sie hat sich wie eine Närrin verhalten, aber sie ist meine Tochter, ich kann sie nicht im Stich lassen.«

»Julian …«, fing sie an, brach dann aber unsicher wieder ab.

»Ich bin fertig, Papa.« In diesem Augenblick trat Lady Roma durch die Tür.

Olivia hätte angenommen, dass Erith verlegen einen Satz nach hinten machen würde, denn schließlich hatte seine Tochter ihn dabei überrascht, wie er seiner Mätresse leidenschaftlich die Arme um den Nacken schlang.

»Die Kutsche steht hinter dem Haus.« Noch immer starrte er Olivia an und zog nur widerstrebend seine Hände zurück. Trotz allem, was vorgefallen war, machte es sie traurig, dass dies die letzte Berührung von ihm war. Denn obwohl sie sich während eines trügerischen Augenblicks dank seiner Berührungen geschätzt, lebendig, rein vorgekommen war, ließe sie nicht zu, dass er je wieder auch nur in ihre Nähe kam. »Ich bin sicher, dass Miss Raines dir einen Hut und einen Schleier borgen wird.«

»Ich habe selber einen Hut und einen Schleier mitgebracht.« Roma trat vor den Stuhl, auf dem ihre Kleidungsstücke lagen. Von der empörenden Missachtung der Konvention durch ihren Vater wirkte sie erstaunlich unberührt.

»Leben Sie wohl, Lady Roma«, verabschiedete sich Olivia mit einem Bedauern in der Stimme, das für sie selber überraschend war.

Das Mädchen hob den Kopf und sah sie mit einem warmen Lächeln an. »Leben Sie wohl, Miss Raines. Ich bin Ihnen sehr dankbar dafür, dass Sie so freundlich zu mir waren.«

»Ich wünsche Ihnen alles erdenkliche Glück in Ihrer Ehe«, fügte Olivia mit erstickter Stimme hinzu und wich Lady Romas neugierigen Blicken aus.

»Nun komm schon, Roma«, wies Erith seine Tochter ungeduldig an, scheuchte sie vor sich durch die Tür, drehte sich noch einmal zu Olivia um und erklärte streng: »Wag ja nicht, von hier zu verschwinden. Wir sind noch nicht miteinander fertig.«

»Oh doch, das sind wir«, fauchte sie, reckte trotzig das Kinn und bedachte ihn mit einem Blick, unter dem er in einer gerechten Welt blutend zu Boden gegangen wäre.

Aber leider blieb er stehen.

»Nie im Leben«, fauchte er zurück, machte, bevor sie ihm noch einmal widersprechen konnte, auf dem Absatz kehrt und marschierte mit dem schnellen, entschlossenen Schritt, der so typisch für ihn war, seiner Tochter hinterher.

Ein paar Sekunden später fiel die Haustür hinter ihm ins Schloss, und er war nicht mehr da.

26

Erith kehrte früher als erwartet, aber später als erforderlich in das Haus in der York Street zurück. Auf den ersten Blick hatte sich dort nichts verändert. Trotzdem eilte er, von einer bösen Vorahnung erfüllt, mit wild klopfendem Herzen die Treppe in das dekadente Schlafgemach hinauf und riss die schwere Eichentür des leeren Zimmers auf.

Der scharlachrote Seidenmorgenrock, den Olivia von ihm hatte, lag noch auf dem Bett, die Tiegel und Töpfe mit ihren Kosmetika standen noch auf dem Tisch, ohne nachzusehen wusste er, dass auch die opulente Garderobe, für die er ein Vermögen ausgegeben hatte, noch in dem großen Schrank hing.

Ebenso wusste er mit Bestimmtheit, dass sie gegangen war. Endlich hatte sie die Drohung wahr gemacht. Nachdem sie von ihm zu weit getrieben worden war. Die Tatsache, dass sie ihren gesamten Besitz zurückgelassen hatte, war vollkommen bedeutungslos. Sie hatte ihn verlassen, jetzt war sein Leben trivial und leer.

Zur Hölle mit seinem verdammten, ungestümen Jähzorn.

Schmerzliches Bedauern verwandelte sein Blut in Eis. Er hatte Stunden Zeit gehabt, um zu bereuen, welcher Schaden durch seine wütende Reaktion auf den Anblick seiner Tochter hier in diesem Haus entstanden war. Er gäbe seinen rechten Arm dafür, die Anschuldigungen ungesagt zu machen, die er Olivia entgegengeschleudert hatte. Er wusste um das empfindliche Gleichgewicht aus Empfindsamkeit und Stolz, das sie aufrecht hielt. Und er wusste auch, dass sie all ihren Mut zusammennehmen musste, um beides zu überwinden und ihm ihre Liebe zu gestehen. Seine gedankenlosen Worte waren ein Angriff auf alles, was Olivia war.

Nach dem, was er ihr vorgehalten hatte, konnte er ihr nicht verdenken, dass sie fortgelaufen war. Bei Gott, es gab keine Entschuldigung für seine hässliche Tirade. In seinem Herzen war ihm immer klar gewesen, dass sie Roma nie dazu ermutigt hätte, das Risiko eines Besuches einzugehen.

Ohne auch nur einen Hauch von Leben im toten Garten seines Herzens wanderte er durch den Salon. Natürlich war sie auch nicht hier. Er fühlte sich leer, taub, beraubt.

Er stapfte ins Schlafzimmer zurück. Den Raum, der Zeuge von verzweifelten Emotionen, Momenten größten Glücks und der innigen Verbundenheit zweier Menschen geworden war.

Das Bett. Die Tür. Der Fußboden. Die Wände. Sie alle enthielten die Erinnerung daran, wie Olivia erschaudernd in seinen Armen gekommen war.

Nach all den Frauen während all der wilden, inhaltsleeren Jahre hatten nur die wenigen Wochen mit Olivia sich in sein Herz gemeißelt. Und blieben für alle Zeiten unauslöschlich dort.

Trotzdem hatte sie ihn am Schluss verlassen.

Er riss ihren Morgenrock vom Bett, als könnte der ihm sagen, wohin sie geflüchtet war. Dem dünnen Stoff entströmte noch ein Hauch ihres verführerischen Dufts, und als er ihn an seine Nase hob, sah er, dass das extravagante Rubincollier in all seiner glitzernden Pracht auf der Bettdecke lag.

Die Botschaft war eindeutig.

Sie wollte nichts mehr mit ihm zu tun haben.

Plötzlich legte sich das Gefühl der Taubheit, mit einem erstickten Stöhnen vergrub er sein Gesicht in dem weichen, roten Stoff, schloss unglücklich die Augen, atmete tief ein und versuchte sich davon zu überzeugen, dass Olivia wiederkommen würde. Weil sie ein Leben ohne ihn ganz einfach nicht ertrug.

Als er aufsah, merkte er, dass Latham in der Tür des Raumes stand und ihn – weniger wie ein Bediensteter als wie ein echter Freund – voller Mitgefühl betrachtete. Ohne jegliche Verlegenheit ließ Erith den Morgenmantel sinken und sah den Butler fragend an. »Wo ist sie?«

»Madam hat das Haus ungefähr eine Stunde nach Eurer Lordschaft verlassen, aber wohin sie wollte, hat sie nicht gesagt.«

Leise Hoffnung wogte in ihm auf. »Hat sie die Kutsche genommen?«

Dann könnte er den Kutscher nach seiner Rückkehr fragen, wohin sie sich hatte fahren lassen. Vielleicht bekäme er ja dadurch einen Hinweis darauf, wohin sie verschwunden war.

Aber Latham schüttelte den Kopf. »Nein, Mylord. Sie ist zu Fuß gegangen.«

Zu Fuß? Wohin konnte sie gegangen sein? Dann fiel es ihm plötzlich ein. Es war geradezu lächerlich offensichtlich, nur hatte er in seiner Verzweiflung einfach nicht mehr klar gedacht.

Mit einem unterdrückten Fluch schleuderte er den Morgenmantel fort und marschierte aus dem Raum.

Erith schob sich an Peregrine Montjoys Butler vorbei in den von Kerzen erhellten Salon, in dem er das herzlose Geschäft mit Olivia eingefädelt hatte. Damals war er ein völlig anderer Mann gewesen. Er hoffte, dass auch sie eine andere Frau gewesen war.

Sie hatte ihm erklärt, dass sie ihn liebte. Auch wenn ihr dieser Satz nur äußerst widerstrebend über die Lippen gekommen war. Er würde sein Leben darauf verwetten, dass sie dabei nicht gelogen hatte, obwohl sie heute Nachmittag versucht hatte, ihm mit dieser Behauptung wehzutun. Wenn sie ihn liebte, würde er sie ohne Zweifel zurückgewinnen. Denn dann hätte er eine Waffe, gegen die sie völlig wehrlos war.

Als Erith brüsk den Raum betrat, hob Montjoy schockiert den Kopf, zog aber nur langsam den Arm zurück, der um die Schulter des gertenschlanken Jünglings zu seiner Rechten lag. Erith sah sofort, dass in dem kleinen Kreis vor dem Kamin, der gerade Pikett spielte, keine prachtvolle braunhaarige Sirene saß.

»Lord Erith«, grüßte Montjoy, wobei ihm seine Überraschung deutlich anzuhören war. Er stand auf und warf seine Karten auf den Tisch. Wie seine drei Besucher war auch er in Hemdsärmeln. Denn zu dieser späten Stunde hatte er nicht damit gerechnet, dass noch ein Besucher kam. »Welchem Umstand verdanke ich das Vergnügen?«

»Wo ist sie?«, fragte Erith ohne Umschweife, es war ihm vollkommen egal, falls morgen ganz London über seine verzweifelte Suche nach seiner Mätresse sprach. Ein weiterer Skandal, von dem Roma erfahren könnte, wenn sie wieder heimlich lauschte, während sich das Personal im Haus der Tante unterhielt.

»Sie?«

»Verdammt, spielen Sie keine Spielchen mit mir, Mann.«

Montjoy runzelte die Stirn. »Olivia?«

»Natürlich Olivia. Ich muss sie dringend sprechen.«

Montjoy wandte sich kurz an seine Freunde, bevor er den Kartentisch verließ. »Ich bin sofort wieder da. Guck mir bloß nicht in die Karten, Freddie!«

»Sie brauchen Ihr Spiel nicht extra zu unterbrechen.« Erith ballte ohnmächtig die Fäuste. Er stand kurz davor, Montjoy zu würgen, damit er ihm endlich verriet, wo seine elegante Freundin war. »Sagen Sie mir einfach, wo sie ist.«

»Mylord, wir sollten dieses Gespräch unter vier Augen führen«, ging Montjoy achtlos über Eriths Ungeduld und den drohenden Klang seiner Stimme hinweg und marschierte vor ihm in den dämmrigen Flur.

Sobald sie alleine waren, wandte Erith sich ihm wieder zu. Wenn er Olivia nicht sofort fand, entglitt sie ihm möglicherweise völlig. Sie hatte Beziehungen und Geld und könnte überall hingehen. »Ist sie oben? Ich schwöre, ich will nur mit ihr reden. Sie müssen doch wissen, dass ich ihr niemals wehtun würde.«

Trotz des trüben Lichts war Montjoy sein Unbehagen deutlich anzusehen, als er die Tür des Salons hinter sich schloss. »Natürlich würden Sie ihr niemals wehtun. Schließlich sind Sie in sie verliebt.«

Erith erstarrte vor Entsetzen, denn er hasste die Verletzlichkeit, die er mit einem Mal empfand. Heiße Schamesröte stieg ihm ins Gesicht. Verdammt, hatte sie gegenüber Montjoy etwa aus ihrem Nähkästchen geplaudert?

»Großer Gott, hat sie Ihnen das erzählt?«

»Nein, natürlich nicht.« Ein schwaches Lächeln umspielte Montjoys volle Lippen, und er fügte hinzu: »Aber nur Liebe könnte einen Earl, der für seine Arroganz berüchtigt ist, dazu bewegen, sich einer berüchtigten Kurtisane gegenüber zu entschuldigen.«

Eriths Feindseligkeit legte sich. Montjoy hatte recht. Und

was hätte es ihm schon genützt zu leugnen, was er für Olivia empfand? »Ich bin nicht der Einzige, der sie jemals geliebt hat.«

Montjoys Lächeln wurde nachdenklich. »Nein, aber Sie sind der Einzige, dessen Liebe sie jemals erwidert hat.«

Montjoy kannte sie besser als jeder andere Mensch. Sämtliche Zweifel an ihren Gefühlen, die noch an ihm genagt hatten, verflogen, sodass er wieder mit normaler Stimme sprach. »Ich weiß über Sie und Ihren Vater und darüber, dass Sie und Olivia sich gegen ihn verbündet haben, Bescheid.«

Montjoys hübsches Gesicht wurde vor Entsetzen kreidebleich. »Das hat sie noch nie jemandem erzählt. Dann ist Ihnen ja klar, dass ich keiner ihrer Geliebten bin.«

Erith zuckte mit den Schultern. Dieses Wissen nützte ihm leider nichts.

»Das hatte ich mir bereits gedacht.« Er sah Montjoys Miene an, dass der Mann wusste, was ihm sonst noch alles durch den Kopf gegangen war. Die sexuellen Vorlieben des jungen Kerls waren ihm vollkommen egal. Ihm ging es nur darum herauszufinden, wo seine Geliebte war. »Um Himmels willen, Mann, spannen Sie mich nicht länger auf die Folter.«

»Sie hat Sie verlassen.« Montjoys Stimme klang nicht triumphierend, sondern eher besorgt.

»Vorübergehend.« Er hoffte bei Gott, dass dies kein übertriebener Optimismus war.

Montjoy schüttelte in grimmiger Endgültigkeit den Kopf. »Wenn sie einen Gönner verlässt, kehrt sie nicht zu ihm zurück.«

»Ich habe einen Vorteil gegenüber ihren anderen Gönnern – sie liebt mich. Ich weiß es zu schätzen, dass Sie sie so lange treu beschützt haben. Ich weiß, dass Sie mich nicht mögen, aber trotzdem flehe ich Sie an – und das habe ich noch bei keinem Mann getan –, schicken Sie nach ihr. Ich muss und will mich jetzt um sie kümmern.«

Montjoy bedachte ihn mit einem nachdenklichen Blick und stellte dann mit einem kurzen Nicken fest: »Ich glaube, Sie lieben sie wirklich. Aber ich habe keinen blassen Schimmer, wie ich Ihnen helfen kann.«

»Lassen Sie mich mit ihr reden.« Erith erblickte sein Gesicht in einem der Spiegel, die die Wände der Eingangshalle zierten, und merkte, dass er wild, verzweifelt und halb wahnsinnig aussah.

»Das würde ich gerne tun, Mylord. Ich bin nämlich genauso sentimental wie jeder andere Mensch. Die Vorstellung, dass eine Frau den berüchtigten Earl of Erith in die Knie zwingt, geht mir regelrecht zu Herzen.« Er machte eine Pause. »Aber sie ist nicht hier.«

»Wo ist sie dann?«

»Ich habe keine Ahnung.« Montjoys Stirnrunzeln vertiefte sich. »Ich hoffe nur, es geht ihr gut.«

Erith, der seinen Zorn, seit er von ihr verlassen worden war, nur mühsam im Zaum gehalten hatte, packte Montjoy am Kragen seines Hemdes und zog ihn auf die Zehen. »Sagen Sie mir, wo sie hingegangen ist.«

»Glauben Sie mir, Mann, das würde ich liebend gern tun. Aber sie hat sich mir nicht anvertraut.« Montjoy wirkte völlig unbesorgt, obwohl er Erith hilflos ausgeliefert war. »Sie hat sich hinsichtlich ihrer Affäre erstaunlich zugeknöpft gezeigt. Mir hätte schon viel früher klar sein müssen, dass das ein schlechtes Zeichen ist.«

»Wenn Sie mich belügen, *Mann,* schwöre ich, dann bringe ich Sie um.«

»Schlagen Sie mich ruhig zu Brei, dadurch kommen Sie Ihrem Ziel allerdings keinen Millimeter näher.« Montjoy klang noch immer völlig ungerührt. »Sie ist irgendwo abgetaucht. Das hat sie auch schon vorher ab und zu gemacht. Sie werden sie nicht eher finden, als bis sie gefunden werden will. Ich nehme an, dass sie in diesem Fall niemals gefunden werden will.«

Erith wurde klar, dass er einen vollkommenen Narren aus sich machte, mit einer Geste der Entschuldigung ließ er Perry los. »Ich benehme mich wie ein Idiot.«

»Was ich ziemlich beruhigend finde.« Montjoy strich sich mit bewundernswerter Ruhe seine Kleider glatt. »Der Mann, dem ich vor ein paar Wochen in meinem Salon begegnet bin, war nämlich ein eiskalter Fisch.«

»Könnte sie zu Leo geflüchtet sein?«

»Großer Gott, Sie haben wirklich jede Menge rausgefunden, stimmt's? Sie erzählt niemandem von Leo. Er ist ihre letzte Bastion.«

»Nein, das ist ihr Herz«, murmelte Erith und wurde puterrot.

»Ja. Und das ist eine Festung, die bisher noch niemand eingenommen hat. *Viel Glück, mein Freund.*« Montjoy verbeugte sich vor ihm, als hätte sein Gegenüber einen Punkt bei einem Fechtturnier erzielt. Dann aber fuhr er ernster fort: »Vielleicht fährt sie tatsächlich zu ihm. Ich hätte gedacht, dass sie eher hierherkommen würde, wenn auch nur zur Vermeidung eines Skandals. Aber möglicherweise befürchtet sie ja, ich würde versuchen, sie dazu zu überreden, zu Ihnen zurückzukehren und um die Dinge zu kämpfen, die sie will.«

»Das wäre ausnehmend großherzig von Ihnen«, meinte Erith verblüfft.

Montjoy zuckte mit den Schultern. »Sie hat es verdient, geliebt zu werden. Und wenn Ihr gewagtes Vorgehen etwas zu bedeuten hat, lieben Sie sie ganz bestimmt. Nun, meinen Segen haben Sie. Sie ist schon viel zu lange allein. Wissen Sie, wo Sie Leo finden?«

»Ja.« Erith wandte sich zum Gehen, blieb dann aber noch einmal stehen und sah Montjoy an. »Danke.«

Er reichte dem attraktiven jungen Mann die Hand, doch Montjoy runzelte die Stirn: »Sie wissen über mich Bescheid, trotzdem sind Sie bereit, mir die Hand zu geben?«

»Selbstverständlich.«

Er ergriff die angebotene Hand und drückte sie mit einer Kraft, die für einen Mann, der aussah wie ein eitler Geck, überraschend war. Doch er war nicht nur stark, sondern hatte auch Charakter. Vor allem empfand er ehrliche Zuneigung zu der Frau, die Erith wichtiger als jeder andere Mensch auf Erden war.

Schließlich marschierte Erith aus dem übertrieben dekorierten Haus. Inzwischen kam ihm das Dekor weniger bedrückend als vielmehr auf charmante Art exzentrisch vor. Er war wirklich nicht mehr der Mann, der vor ein paar Wochen einzig mit dem Ziel hierhergekommen war, Londons angesehenste Kurtisane zu erobern und auf diese Art erneut zu demonstrieren, dass jedes Weibsbild seinem Charme erlag.

Nur hatte diese auf den ersten Blick unwichtige Entscheidung sein Leben völlig auf den Kopf gestellt.

Bei Anbruch der Dämmerung erreichte er die kleine Pfarrei, in der Olivias Cousine mit ihrem Ehemann und dem Kind, das seine Geliebte niemals anerkennen könnte, zu Hause war. Er wusste ganz genau, wie sehr dieses Wissen an ihr nagte. Sie musste in ihrem Leben bereits so viel ertragen. Und sie hatte es mit Grazie, Mut und Stil getan.

Er hoffte bei Gott, dass er sie dazu bringen könnte, eine Zukunft mit ihm genauso mutig und entschlossen anzugehen.

Er brachte sein müdes, staubiges Pferd zum Stehen – es war das Pferd, das Leo so bewundert hatte –, schwang sich aus dem Sattel und sah sich erst mal um.

Bitte, lieber Gott, lass mich Olivia finden. Lass dies das glückliche Ende meiner überstürzten Jagd nach meiner Liebsten sein.

Er band Bey an einem Holzpfosten neben dem Küchenfenster fest. Von drinnen drang leises Klappern an sein Ohr. Anscheinend waren die Bediensteten schon wach.

»Sir?«

Das junge Mädchen, das mit einem Wasserkrug in seine Richtung kam, starrte ihn erschrocken an. Was er ihr nicht verdenken konnte. Es kam bestimmt selten vor, dass ein vom langen Ritt erschöpfter Earl mit wildem Blick vor dem Eingang dieses abgeschiedenen Häuschens stand, während sich die Sonne gerade erst am Horizont erhob.

Wenigstens hatte er nicht mehr seine Abendgarderobe an. Nachdem er Montjoy verlassen hatte, war er eilig heimgefahren und hatte sich etwas angezogen, was für den langen Ritt durch die Dunkelheit ein wenig angemessener war.

Irgendein Rest von Diskretion hielt ihn davon ab, sofort zu verlangen, dass das Mädchen nach Olivia rief. »Ist Mrs Wentworth schon aufgestanden?«

»Ja, Sir.«

»Vielleicht wäre sie bereit, mir die Ehre eines Gesprächs zuteilwerden zu lassen. Würdest du ihr bitte sagen, dass der Earl of Erith vor der Haustür steht?«

Das Mädchen wurde bleich, versank in einen unbeholfenen Knicks und drückte den groben weißen Krug wie einen Schutzschild gegen ihre Brust. »Sehr wohl, Mylord. Sofort, Mylord. Vielleicht würden Sie ja gerne reinkommen und in der Küche warten, Mylord.«

»Danke.« Erith folgte dem Mädchen in die Küche, wo es ihn vor dem Feuer warten ließ und losrannte, um ihrer Herrin Bescheid zu geben, dass hoher Besuch gekommen war. An einem ehemaligen Kartentisch stand eine schwergewichtige ältere Frau und knetete den Brotteig für die Familie. Sie sprach kein Wort mit ihm, füllte aber wenigstens einen Krug mit Bier und hielt ihn ihm schweigend hin.

Er wusste die Geste zu schätzen, denn während des Essens am Abend zuvor hatte er sich nur eilig ein paar Gabeln in den Mund geschoben; seit er entdeckt hatte, dass Olivia fortgelaufen war, hatte er weder die Zeit noch die Muße zum Essen gehabt.

Er zwang sich mühsam zu Geduld. Das Verlangen, den Haushalt zu durchsuchen, um seine Geliebte zu finden, war überwältigend.

Er hörte, dass jemand hereinkam, und hob in der Erwartung, dass es Olivias Cousine war, den Kopf. Stattdessen blickte ihn Leonidas Wentworth aus seinen dunkelblauen Augen an.

Sein Blick drückte Argwohn und offene Feindseligkeit aus, und als er ihn begrüßte, fiel seine Verbeugung denkbar bescheiden aus. »Lord Erith«, sagte er. Er trug ein schlichtes weißes Hemd, eine Büffellederhose, und seine langen, eleganten Finger wiesen schwarze Tintenflecke auf.

»Leo.« Erith sprang auf und stellte seinen leeren Krug auf den Tisch zurück. »Ich hatte gehofft, dass ich mit deiner Mutter sprechen könnte.«

»Sie ist noch nicht angezogen, deshalb hat sie mich gebeten rauszufinden, was Sie zu uns führt. Ich war gerade am Lernen.«

»Ah, Oxford.«

»Ja.« Nach einer kurzen Pause trat der Junge einen Schritt zur Seite und wies in Richtung der Tür, durch die er eben erst gekommen war. »Kommen Sie mit ins Wohnzimmer. Sie wollen sich doch sicher nicht hier in der Küche mit mir unterhalten.«

Am liebsten hätte Erith den Jungen so lange geschüttelt, bis er ihm seine Mutter überließ. Seine wahre Mutter, nicht die Frau, die diesen Titel trug. Sein Herz klopfte wie wild in dem verzweifelten Verlangen, sie endlich zu finden, doch er folgte dem Burschen in einen kleinen, aber ordentlichen Raum, der um diese frühe Stunde kalt und dunkel war.

Sobald er durch die Tür getreten war, baute er sich beinahe drohend vor dem Jungen auf. »Wo ist sie?«

Leos Miene drückte weder Überraschung noch Verwirrung aus. »Ich nehme an, Sie meinen meine Patentante, Miss Raines?«

»Natürlich. Sie ist nicht bei Montjoy. Ist sie hier?«

»Nein.«

Erith winkte zornig ab. »Das glaube ich dir nicht.«

»Meinetwegen durchsuchen Sie das Haus, Mylord.« Nach den Wochen mit Olivia war ihm die Ironie im Ton des jungen Mannes wohl bekannt. »Schließlich können wir Sie schwerlich daran hindern.«

Erith wurde klar, in was für einem herrischen Ton er mit dem Jungen sprach. Dabei war es nicht Leos Schuld, dass Olivia Reißaus genommen hatte. Er atmete tief ein und unterdrückte seinen aufsteigenden Zorn. »Ich bin nicht hier, um dich unter Druck zu setzen.«

»Seltsam. Denn genau das tun Sie, Mylord.«

»Weißt du, wo sie ist?«

»Nein. Sie war gestern hier, ist dann aber wieder nach London zurückgefahren.« Plötzlich dämmerte es Leo, und er stellte nüchtern fest: »Sie hat Sie verlassen.«

Erith raufte sich das Haar. Der gestrige lange Tag hatte zu einer genauso langen Nacht geführt, er war inzwischen vollkommen erschöpft. Die Enttäuschung darüber, dass er vergeblich einen stundenlangen Ritt auf sich genommen hatte, hinterließ einen üblen Geschmack in seinem Mund. Er wusste, dass Leo ihn nicht belog. Olivia hatte sich nicht zu ihrer Cousine geflüchtet. Er hätte sich denken sollen, dass sie nicht bei ihrem Sohn zu finden war. Denn dadurch hätte sie den Ruf des Jungen in Gefahr gebracht.

»Ja.« Es kränkte seinen Stolz, diese Niederlage zu gestehen.

»Gut.«

Die kurze Antwort klang bedeutungsschwer. Erith hob den Kopf und sah Leo forschend an. »Du weißt es, nicht wahr?«

Leo trat vor den Kamin und lehnte sich gegen den Sims. Da die Vorhänge geschlossen waren und auch kein Feuer brannte, war es zu dunkel im Raum, um seinen Gesichtsausdruck ganz sicher zu erkennen. Trotzdem wusste Erith instinktiv, dass seine Vermutung richtig war.

»Dass Miss Raines meine leibliche Mutter ist? Natürlich weiß ich das.«

»Sie denkt, dass es ein Geheimnis ist. Wann hast du es herausgefunden?«

Der Junge zuckte mit den Schultern. »Ich wusste es schon immer. Die Ähnlichkeit zwischen Lord Peregrine und mir ist nicht zu übersehen. Und weshalb sonst sollte ein Mann wie er ein solches Interesse an meinem Wohlergehen zeigen?«

Erith klärte Leo nicht darüber auf, dass Peregrine Montjoy nicht sein Vater war. Dieses Geheimnis zu lüften, stand ihm nicht zu, und vor allem war der Junge deutlich besser dran, solange er nicht wusste, dass der Mann, der ihn gezeugt hatte, ein widerlicher Kinderschänder gewesen war. »Es stört dich nicht?«

»Nein. Denn ich liebe sie alle beide.«

Erith stellte widerwillig fest, dass Leo mit einer Leichtigkeit von Liebe sprach, die ganz eindeutig nicht das Erbe seiner Mutter war. »Sie haben ihr Möglichstes für mich getan. Und meine Adoptiveltern waren immer äußerst liebevoll und großzügig zu mir.«

»Du bist stolz auf sie«, stellte Erith leicht verwundert fest.

Leo richtete sich zu seiner ganzen schlaksigen Größe auf, und Erith spürte trotz des Halbdunkels im Raum seinen bösen Blick. »Natürlich bin ich stolz auf sie. Denn egal, was alle Welt von ihr behauptet, sie ist eine bemerkenswerte Frau.«

»Das ist sie allerdings. Und sie liebt mich.«

»Behaupten Sie.«

»Sie hat es mir gesagt.«

Leo trat einen Schritt näher, und endlich sah Erith sein Gesicht. Er wirkte unglücklich. Und schockiert. »Gott steh ihr bei.«

»Ich will sie mit nach Wien nehmen.«

»Wie ein Souvenir von Ihrer Londonreise?«

Der Junge hatte wirklich eine scharfe Zunge.

»Du bist ein ziemlich vorlauter Bengel«, stellte er mit ruhiger Stimme fest.

»Wollen Sie mich vielleicht herausfordern?«

»Nein. Biete lieber nicht so schnell jemandem an, dich mit ihm zu duellieren. Wenn dir etwas passieren würde, bräche es deiner Mutter das Herz.«

»Verdammt, ich glaube eher, Sie brechen ihr das Herz.«

»Nicht, wenn ich es vermeiden kann«, erklärte er in feierlichem Ton. »Kannst du mir sagen, wo sie ist?«

»Nein, das kann ich nicht. Sie ist gestern Nachmittag nach London zurückgefahren, und abgesehen von dem bisschen Klatsch, das bis in dieses Nest vordringt, habe ich keine Ahnung, was sie dort macht oder wen sie dort kennt.« Der Junge sah Erith mit einem Lächeln an, das seine Zufriedenheit verriet. »Sieht aus, als wäre sie Ihnen entwischt, Mylord.«

»Nie im Leben«, erwiderte Erith, seine Mutlosigkeit und Erschöpfung wurden von einer neuen Entschlossenheit verdrängt. »Ich werde sie finden, selbst wenn es ewig dauert.«

»Lord Erith? Was führt Sie zu dieser frühen Stunde her?«

Mary Wentworth hatte sich mit einer solchen Eile angezogen, dass ihr das notdürftig aufgesteckte Haar wahrscheinlich jeden Augenblick in einer dichten graubraunen Masse über die Schultern fiel. Als sie in einem Knicks versank, fiel es Erith schwer, sich vorzustellen, dass diese kleine graue Maus die Base der prachtvollen Olivia war. Oder dass sie überzeugend die Mutter des attraktiven jungen Mannes spielen konnte, der zum Schutz vor dem großen, bösen Earl dicht neben sie getreten war.

»Ein Versehen, Mrs Wentworth.« Er verbeugte sich vor ihr. »Ich hatte gehofft, Miss Raines bei Ihnen zu finden.«

»Olivia?«, fragte sie verwirrt. »Aber sie ist in London.«

»Das weiß ich inzwischen.« Am besten ritte er sofort in die Hauptstadt zurück und setzte dort die Suche nach seiner Geliebten fort. »Ich bitte um Verzeihung wegen der Störung.«

»Aber weshalb haben Sie gedacht, dass Sie sie hier finden?« Die Frau sah nicht so aus, als ließe sie so schnell von diesem Thema ab.

Leo legte eine Hand auf ihren Arm. »Schon gut, Mutter. Es war nur ein Missverständnis, weiter nichts.«

»Dass Sie in aller Herrgottsfrühe hier erscheinen und nach meiner Cousine suchen ...« Mrs Wentworth runzelte die Stirn. »Mein Mann ist gerade unterwegs. Er hätte sich bestimmt ziemlich gewundert, Sie um diese Zeit bei uns zu sehen.«

Sicher hatte der Vikar bereits wegen der Beziehung seiner Frau zu Londons berühmtester Kurtisane mehr als genug Schwierigkeiten gehabt. Ein besseres Beispiel für christliche Nächstenliebe, als Leo wie sein eigenes Kind großzuziehen, gab es sicher nicht.

»Ich kann nur nochmals um Verzeihung bitten, Madam. Ich werde mich auf der Stelle wieder verabschieden.« Mit einer nochmaligen Verbeugung wandte er sich zum Gehen. Er dache fieberhaft darüber nach, wo Olivia sein könnte. Montjoy hatte eindeutig recht gehabt. Sie war abgetaucht, Teufel noch einmal.

»Ich bringe Sie noch hinaus«, bot ihm Leo an.

»Danke.«

In unerwartet angenehmem Schweigen marschierten sie zu Bey, der gierig aus einem Wassereimer trank, der ihm von einer guten Seele gebracht worden war.

»Ein prachtvolles Tier«, stellte der Junge fest. Er streichelte Beys muskulösen Hals, der aufgrund des staubigen

Ritts nicht so seidig wie gewöhnlich war, dabei drückte sein Gesicht unverhohlene Sehnsucht aus.

»Du kannst ihn haben, wenn du mir verrätst, wo deine Mutter ist.« Er gäbe sogar seinen ganzen Stall, wenn er dafür Olivia fand.

Leo riss die Hand zurück, als hätte er sich an dem Pferd verbrannt. »Ich habe Sie nicht belogen, Lord Erith. Ich habe keine Ahnung, wo sie ist. Aber selbst wenn ich es wüsste, würde ich es Ihnen niemals sagen. Auch nicht für das allerschönste Pferd der Welt.«

Der Junge war außergewöhnlich mutig. Kaum ein ausgewachsener Mann hätte es gewagt, ihm gegenüber derart feindselig zu sein. Leo war klug genug, um zu erkennen, welche Macht der Earl besaß, aber seiner Mutter zuliebe legte er sich offen mit ihm an. Eriths Bewunderung für ihn nahm noch ein wenig zu. Sie hatte ganz eindeutig recht, wenn sie stolz auf ihren Jungen war.

»Ich meine es gut mit ihr.« Erith schwang sich in den Sattel und nahm Beys Zügel in die Hand.

Leo blickte zu ihm auf, zum ersten Mal drückte sein Gesicht weder Feindseligkeit noch Argwohn aus. »Werden Sie ihr sagen, dass ich weiß, dass sie meine Mutter ist?«

Erith schüttelte den Kopf und beruhigte Bey, der, seit er einen Reiter im Sattel hatte, nervös auf der Stelle tänzelte. »Das steht mir nicht zu.«

»Aber Sie denken, ich sollte es ihr sagen.«

»Sie leidet sehr darunter, dass sie dir zuliebe nicht die Wahrheit sagen darf.« Erith beugte sich ein wenig vor und tätschelte dem Pferd den Hals. »Guten Tag, Leo.«

Mit lautem Hufgeklapper wendete er Bey und galoppierte eilig los. Er würde nach London zurückreiten, aber wo er sie als Nächstes suchen sollte, wusste allein der liebe Gott.

27

Erith ließ den Messinglöwenkopf gegen die frisch lackierte schwarze Tür des prachtvollen Hauses am Grosvenor Square krachen und trat einen Schritt zurück. Es war spät. Zu spät für einen unangekündigten Besuch bei Leuten, für die er beinahe ein Fremder war.

Er war hundemüde, jeder Knochen tat ihm weh, und sein Herz war von der dunklen Vorahnung der drohenden Niederlage schwer. Er war genauso unglücklich und hilflos wie in den grauen, verlorenen Tagen nach Joannas Tod.

In seinem ganzen Leben hatte er nur zwei Frauen wahrhaftig geliebt. War das Schicksal wirklich derart grausam, dass es ihm beide stahl?

Das nähme er nicht hin, verdammt noch mal.

Er hatte einen höllischen Tag gehabt und die ganze Stadt nach Olivia abgesucht. Doch trotz aller Mühen hatte er sie immer noch nirgendwo entdeckt.

Für eine schöne und berühmte Frau hatte sie sich mit beeindruckender Effektivität unsichtbar gemacht. Niemand hatte sie gesehen, niemand hatte auch nur eine Ahnung, wohin sie vielleicht verschwunden war.

Inzwischen wusste alle Welt, dass sie den Earl verlassen hatte und dass er verzweifelt auf der Suche nach ihr war.

Er war das Mitleid in den Augen der Männer leid, wenn sie erfuhren, dass er von der großartigen Olivia fallen gelassen worden war. Die meisten von ihnen hatten ihm versichert, dass er keine Chance mehr bei ihr hatte, wenn sie gegangen war. Hatte sie einmal Lebewohl zu einem Liebhaber gesagt, blickte sie niemals zurück. Das war Teil ihrer Faszination.

Anfangs hatte Erith mit angemessener Verachtung auf derart unbegründete Skepsis reagiert. Schließlich aber hatte die Einförmigkeit der Antworten selbst an seinem beachtlichen Selbstbewusstsein gekratzt.

Ihr Ruf, dass sie ihre Gönner an der Nase herumführte, war geradezu legendär. Er wusste, dass ihre fehlende sexuelle Reaktion echt gewesen war, doch mit der gespielten Lust hatte sie zahllose Männer vor ihm erfolgreich hinters Licht geführt, und während sich der Tag quälend in die Länge gezogen hatte, war ihm der verstörende Gedanke gekommen, dass vielleicht auch er von ihr zum Narren gehalten worden war.

Er liebte sie, und sie hatte gesagt, sie liebe ihn.

Teufel noch einmal, hatte sie vielleicht gelogen?

Während er erfolglos in Geschäften, in den Häusern ihrer Freunde und auf sämtlichen Feiern, zu denen er sich Einlass verschaffen konnte, nach Olivia gefragt hatte, war es ihm immer schwerer gefallen, seinen Optimismus zu bewahren. Er hatte sogar seine Bediensteten in die Hotels und Pensionen geschickt, um zu erfragen, ob vielleicht irgendwo ein Zimmer von ihr angemietet worden war. Auch diese Suche hatte nichts erbracht.

Sie hatte sich so vollständig aufgelöst wie eine Rauchschwade im Wind.

Falls Olivia die Absicht hatte, ihn für seine Arroganz und Eitelkeit leiden zu lassen, hatte sie mit diesem Vorhaben eindeutig Erfolg. Sein legendärer Stolz war inzwischen so geschrumpft, dass kaum noch etwas von ihm übrig war.

Inzwischen war Mitternacht vorbei. Es war die dunkle Stunde größter Hoffnungslosigkeit. Er hatte sie inzwischen überall gesucht und keinen blassen Schimmer, wohin er noch gehen könnte.

Außer in dieses Haus.

Wütend ließ er noch einmal den Klopfer gegen die dicke Haustür krachen und hörte den lauten Widerhall des Schlages im Foyer.

Nach einer halben Ewigkeit wurde die Tür von einem Butler einen Spalt breit aufgemacht, der sich offenbar in aller Eile angezogen hatte. Dem Mann klappte vor Schreck die Kinnlade herunter, als er ein Mitglied des Adels um diese späte Stunde auf den Stufen stehen sah. »Mylord?«

Infolge der stundenlangen Suche waren Eriths Kleider zerknittert und verschmutzt, er hätte dringend eine Rasur gebraucht. Hätte er darüber nachgedacht, hätte er sich vor seinem Besuch erst einmal zurechtgemacht. Doch es wäre die reinste Folter für ihn gewesen, die Suche auch nur für einen Augenblick zu unterbrechen. Das ließ seine Verzweiflung ganz einfach nicht zu.

»Sagen Sie Seiner Hoheit, dass der Earl of Erith ihn zu sprechen wünscht.« Rüpelhaft schob er sich an dem Mann vorbei, nach kurzer Gegenwehr trat der Butler stolpernd einen Schritt zurück und ließ ihn in das düstere Foyer.

»Wer ist es, Gaveston?«

Erith hob den Kopf und sah eine Frau, die mit einer Kerze in der Hand auf der gewundenen Treppe stand. Trotz des Halbdunkels, trotz seiner Erschöpfung und obwohl sie hochschwanger war, nahm er ihre atemberaubende Schönheit wahr. Sie war derart perfekt, dass es beinahe überirdisch war.

Er zwang sich zu einem Rest von Höflichkeit, was er nur mit Mühe schaffte, da sein Leben schließlich nur noch ein einziger Scherbenhaufen war.

»Euer Hoheit, ich bitte um Verzeihung, dass ich ohne Vorwarnung um diese Zeit hier hereinplatze.«

Anscheinend wollte sich Verity Kinmurrie, die Herzogin von Kylemore, gerade schlafen legen. Sie trug einen dunkelblauen chinesischen Seidenkimono, unter dem ihr dicker Bauch deutlich zu sehen war, und hatte sich das dichte schwarze Haar zu einem Zopf geflochten, der wie eine Schlange über ihre Schulter fiel.

Er hatte sie nur einmal vor Jahren in Paris gesehen, als sie noch die Mätresse eines älteren englischen Baronets gewesen war. Doch er hatte sie niemals vergessen. Das tat kein Mann. Die einzige Frau, die sich mit ihr vergleichen ließ, war die, von der er verzweifelt hoffte, dass sie in dieses Haus geflüchtet war.

»Wer zum Teufel taucht denn um diese Uhrzeit noch hier auf?« In Hemdsärmeln und mit wild zerzaustem dunklem Haar kam der Herzog von Kylemore aus dem hinteren Teil des Hauses in das Foyer gestapft. Tintenflecke an seinen Fingern wiesen darauf hin, dass er bei der Arbeit unterbrochen worden war.

Die Hochzeit von ihm und Verity vor zwei Jahren hatte einen Skandal verursacht, über den selbst in Wien gesprochen worden war. Wahrscheinlich auch in Moskau, nahm er an. Die Ankunft der Kylemores in London wegen der bevorstehenden Niederkunft der Herzogin hatte die Gerüchte, die seit ihrer Hochzeit nie wirklich verstummt waren, noch einmal angeheizt.

Die meisten Männer der besseren Gesellschaft waren richtiggehend krank vor Neid, weil Kylemore die prachtvolle Soraya als Bettgenossin hatte. Obwohl keiner dieser Kerle den Mut besessen hätte, sich von aller Welt dafür verurteilen zu lassen, dass er seine Mätresse heiratete und dadurch der illegitimen Leidenschaft den offiziellen Segen einer Ehe gab.

»Ich habe nicht das Recht, hier einzufallen, Euer Hoheit«, entschuldigte Erith sich.

Der Butler schloss die Tür und blieb in der Erwartung weiterer Instruktionen neben dem Eindringling stehen.

Kylemore trat drohend näher. »Lord Erith, nicht wahr?«

»Ja.«

Erith wandte sich an die Herzogin, die in den schwarzweiß marmorierten Flur heruntergekommen war. Aus der Nähe sah sie mit ihren klaren grauen Augen und der makellosen weißen Haut noch atemberaubender aus. »Euer Hoheit, wir wurden einander noch nicht vorgestellt. Ich bin Julian Southwood, der Earl of Erith.«

»Mylord«, grüßte sie mit dunkler, rauer Stimme und mit dem Akzent der Oberklasse, sie sprach genauso wie Olivia.

»Verity, es gibt keinen Grund für dich, noch auf zu sein. Ich ziehe mich mit Seiner Lordschaft in die Bibliothek zurück.« Kylemore trat neben seine Frau, und Erith erkannte die liebevolle Fürsorge, die sich hinter seinem ungeduldigen Ton verbarg.

Dann erkannte er noch etwas viel Wichtigeres.

Keiner der beiden wirkte überrascht, ihn hier zu sehen. Obwohl er beinahe ein Fremder für sie war. Obwohl Mitternacht bereits vorüber war. Obwohl er unangekündigt und unaufgefordert hier erschienen und ohne Erlaubnis eingedrungen war.

Gewissheit wogte in ihm auf, und mit einem Mal war er wieder hellwach. Olivia war in der Nähe. Er konnte sie beinahe riechen.

»Sie ist hier, nicht wahr?«, stellte er tonlos fest.

Ihre Hoheit bedachte ihren Ehemann mit einem verzweifelten Blick, der alles sagte, und wandte sich ihm dann wieder zu. »Ich weiß nicht …«

»Sie wissen sehr wohl, von wem ich spreche«, antwortete Erith, es war ihm vollkommen egal, dass dies wohl kaum der rechte Ton gegenüber einer Herzogin und einem Herzog war. »Ich will nur mit ihr reden.«

»Verity, geh wieder nach oben und leg dich ins Bett. Die Ärzte haben gesagt, dass du Ruhe brauchst. Mylord, wenn Sie mich bitte in die Bibliothek begleiten würden …«

Kylemore bedachte ihn mit einem kühlen Blick, doch unglücklicherweise war er mindestens drei Zentimeter kleiner als der Earl, der nicht in der Stimmung war, sich der Autorität eines anderen Mannes zu beugen, selbst wenn dieser ein Herzog war.

»Wenn es sein muss, durchsuche ich das ganze Haus nach ihr«, drohte er seinem Gegenüber grimmig an.

»Kommen Sie wieder, wenn Sie etwas Benimm gelernt haben.« Kylemore trat drohend auf ihn zu.

»Aufhören, alle beide.«

Eriths Kopf schoss hoch, er blickte auf die Frau, die im Schatten am oberen Rand der Treppe stand, die beiden anderen Menschen versanken in völliger Bedeutungslosigkeit.

»Olivia?« All seine Liebe, seine Sehnsucht und sein Zorn lagen in diesem einen Wort, weshalb es wie eine Symphonie schmerzlichen Verlangens klang.

»Ja.«

Die knappe Antwort gab ihm keinen Hinweis auf ihre Verfassung, und er konnte ihr Gesicht aufgrund des trüben Lichts nicht sehen. Dann aber kam sie langsam die Treppe herunter, und er sah ihr ihr Widerstreben überdeutlich an.

Sie trug ein weiches blaues Kleid, das er noch nie gesehen hatte, ihr Haar hing wie ein brauner Vorhang über ihre Schultern, und als sie ins Licht der Kerzen trat, sah sie bleich, jung und unendlich verletzlich aus. Gleichzeitig jedoch hatte sie den ihm vertrauten starrsinnigen Ausdruck im Gesicht.

Erith ballte die Fäuste an den Seiten und kämpfte gegen das Verlangen, sie sich einfach zu schnappen und dorthin zurückzuschleifen, wohin sie gehörte. Das hier war grundverkehrt. Sie sollte nicht hier bei Kylemore sein, sondern sicher in seinen Armen liegen. Verdammt noch mal, sie gehörte schließlich ihm.

Er nahm undeutlich wahr, wie Kylemore mit dem Butler sprach. »Das ist alles, Gaveston.«

Während der Mann mit der Dunkelheit verschmolz, trat Erith wie benommen an den Fuß der Treppe. Olivia stand noch immer ein paar Stufen über ihm, war ihm aber nah genug, dass er die Tränenspuren auf ihren Wangen sah. Sie sah bleich und unglücklich aus, ein Gefühl der Schuld und des Bedauerns schnürte ihm die Kehle zu.

»Komm nach Hause, meine Liebe.« Jetzt brauchte er seine gesamte Beredsamkeit, doch sein Herz quoll über, und er brachte nur diese schlichte Bitte heraus.

Sie erstarrte und umklammerte das Geländer derart fest, dass alles Blut aus ihren Knöcheln wich. Gleichzeitig schüttelte sie vehement den Kopf, und ihre braune Mähne wogte wolkengleich um ihr Gesicht. »Nein.«

»Bitte.« Er streckte beide Hände nach ihr aus, doch sie fuhr zurück, als böte er ihr einen Schierlingsbecher an. Großer Gott, hatte sie etwa Angst vor ihm? Den Gedanken ertrüge er ganz einfach nicht.

Der unsichere Trotz, mit dem sie ihren Kopf nach hinten warf, brach ihm beinahe das Herz. »Es ist vorbei, Erith.«

»Niemals.« Er ließ die Hände wieder sinken und war derart verletzt, dass es ihm beinahe egal war, dass es für seine Erniedrigung auch noch zwei beinahe fremde Zeugen gab. Die einzige Person, die zählte, war die Frau, die vor ihm stand. Wie es aussah, brachte sie es nicht einmal über sich, ihn auch nur flüchtig zu berühren, denn sie wahrte immer noch große Distanz.

»Kommen Sie mit in die Bibliothek«, bat die Herzogin ihn leise. »Dies ist kein Gespräch, das man hier draußen in der Eingangshalle führen sollte.«

Olivia blickte sie verzweifelt an. »Es gibt nichts zu reden.«

»Oh doch, das gibt es«, widersprach ihr Erith mit grimmiger Entschlossenheit. Sämtliche Dämonen aus der Hölle brächten ihn nicht noch einmal von ihr fort. »Entweder wir klären diese Sache hier oder woanders. Die Entscheidung liegt bei dir, Olivia.«

»Keine Frau verlässt mein Haus gegen ihren Willen«, erklärte Kylemore scharf.

»Danke, Euer Hoheit«, sagte Olivia ruhig.

»Geh zu Bett, Verity.« Der Herzog klang immer noch ungeduldig, doch um seine Gattin zu beruhigen, fügte er hinzu: »Ich werde verhindern, dass etwas passiert.«

Seine Frau bedachte ihn mit einem ungläubigen Blick. »Red doch keinen Unsinn, Justin. Das ist das Aufregendste, was ich seit Wochen erlebe.«

Kylemore raufte sich die Haare. »Du brauchst keine Aufregung. Schließlich erwartest du ein Kind.«

»Ich bin stark wie ein Pferd. Also reg dich bitte nicht auf.«

Erith wartete darauf, dass der autokratische Herzog seine Gattin für die Widerrede tadeln würde, doch er presste lediglich die Lippen aufeinander und wies in die Richtung, aus der er gekommen war.

Olivia zögerte, bevor sie auch noch die letzten Stufen herunterkam. Erith überlegte, ob sie vielleicht in Erwägung zog, wieder in den oberen Stock zu fliehen. Aber falls sie dachte, dass sein Stolz es ihm verbot, sie auch dorthin zu verfolgen, hatte sie sich eindeutig geirrt.

Zur Hölle mit ihren mächtigen Freunden, dachte er, er stand kurz davor, sie sich einfach zu schnappen, als sie endlich herunterkam und hinter den Kylemores den Flur hinunterging. Dabei sah sie Erith absichtlich nicht an und ging in einem weiten Bogen um ihn herum.

Sie behandelte ihn wie einen räudigen Straßenköter. Keine Frau hatte ihm je zuvor das Gefühl gegeben, derart verachtenswert zu sein. Verdammt, er hasste das Gefühl. Beinahe blind, zornbebend, verzweifelt und vor allem voll schmerzlichen Verlangens stapfte er hinter ihr her.

Wie der Rest des höhlenartigen Hauses war auch die Bibliothek nur spärlich erleuchtet. Trotzdem fand Kylemore seinen Weg zu einem kleinen Tisch, auf dem eine Karaffe stand. »Brandy, Erith?«

»Lord Erith wird sofort wieder gehen«, erklärte Olivia kalt.

»Wenn Sie wollen, dass er geht, werfen Sie den Kerl am besten selber raus, Miss Raines. Wenn ich mich nämlich mit ihm schlage, regt das meine Gattin auf.« Kylemore wies mit der halb vollen Karaffe auf den unerwünschten Gast. »Mylord?«

Da Erith seit den frühen Morgenstunden unterwegs war, war der Gedanke an etwas zu trinken ungemein verführerisch. Außerdem wusste er zu schätzen, dass Kylemore offenbar die Absicht hatte, die angespannte Atmosphäre zu entschärfen, und so nickte er dankbar mit dem Kopf. »Ja, gern.«

»Gut.«

»Setz dich zu mir, Olivia«, meinte die Herzogin und nahm auf der Couch neben dem Schreibtisch Platz.

Olivia ließ es zu, dass sie sie neben sich aufs Sofa zog. Das Licht einer der Lampen fiel auf ihr braunes Haar und verlieh ihm einen geheimnisvollen bronze-goldfarbenen Glanz. Vielleicht, weil er sich nicht sicher war, ob er sie jemals wiedersehen würde, schnürte ihr Anblick Erith die Kehle zu.

»Mylord.« Kylemores dunkle Stimme klang beinahe sanft, und Erith merkte, dass der Herzog mit einem Glas vor ihn getreten war. Verlegene Röte stieg ihm in die Wangen, als ihm klar wurde, dass er seine Mätresse mit den Augen verschlang wie ein junger Bursche, der noch nicht ganz trocken hinter den Ohren war.

»Danke.« Er nahm das Glas entgegen und hob es eilig an seinen Mund, um seinen inneren Aufruhr zu verbergen.

Der brennende Alkohol verursachte in seinem leeren Magen eine regelrechte Explosion, er ließ sich in einen Ledersessel sinken, der dem Sofa gegenüberstand. Inzwischen war er so erschöpft, dass er jedes Detail des Raumes mit kristallener Klarheit sah. Das weiche Licht. Den großen Herzog. Die wunderschöne Herzogin. Seine geliebte, prachtvolle, verwundete Olivia, die ihn ansah, als wäre er ein Fremder und als mache er ihr fürchterliche Angst.

»Ich hätte nicht hierherkommen sollen«, stellte sie mit leiser Stimme fest, ließ den Kopf sinken und blickte reglos auf die zitternden Hände in ihrem Schoß.

»Doch.« Soraya – wie sie früher geheißen hatte – hob den Kopf und bedachte den Herzog mit einem feindseligen Blick. »Ich schäme mich nicht für das, was ich einmal war.«

»Aber ich habe euch Schwierigkeiten gemacht.«

»Oh nein, das hast du nicht. Lord Erith möchte nur kurz mit dir reden, dann wird er wieder gehen.« Der Blick ihrer bemerkenswerten Augen wurde durchdringend. »Nicht wahr, Mylord?«

Er nickte kurz. »Euer Hoheit.« Damit stimmte er nicht wirklich zu, sondern stellte einfach fest, dass es ihr gutes Recht war zu verlangen, dass er nach der Unterhaltung wieder ging. »Ich würde gern unter vier Augen mit Olivia sprechen.«

Soraya wandte sich Olivia zu, als Erith die beiden Frauen nebeneinander sah, konnte er verstehen, weshalb ihnen ganz London zu Füßen gelegen hatte. Selbst müde, schwanger und im Morgenrock strahlte Soraya die bleiche, perfekte Schönheit einer Perle aus. Wohingegen Olivia vor Leben sprühte. Sie war erregt und angespannt, trotzdem spürte Erith, dass er nur die Hände auszustrecken brauchte, damit etwas von ihrer warmen Vitalität auf ihn überging. Diese lebendige Hitze wollte er bis an sein Lebensende spüren. Der Gedanke, wieder in die kalte Isolation zurückzukehren, in der er über Jahre gefangen gewesen war, erschien ihm so erschreckend wie der Gedanke an den Tod.

»Was willst du, Olivia?«, wollte Soraya von ihr wissen. »Du bist unser Gast. Deine Wünsche gehen vor.«

Olivia starrte Erith an, ihre blauen Augen waren völlig ausdruckslos. Zwei Wochen lang waren sie sehr vertraut miteinander umgegangen, aber heute Nacht hatte er keine Ahnung, was hinter ihrer Stirn vorging.

Schließlich nickte sie. »Ich werde mit ihm sprechen. Ich

habe eure Freundlichkeit bereits überstrapaziert. Mit dieser Sache komme ich alleine klar.«

Kylemore reichte seiner Frau die Hand, und säuerlich verfolgte Erith, mit welcher Natürlichkeit Soraya die Berührung ihres Mannes akzeptierte. Denn es erinnerte ihn unweigerlich daran, wie Olivia im Foyer vor seiner Hand zurückgewichen war.

»Sie stehen unter meinem Schutz, Miss Raines«, erklärte Kylemore ernst.

»Sie braucht keinen Beschützer«, schnauzte Erith und war sich der doppelten Bedeutung dieser Worte bitter bewusst.

Kylemore bedachte ihn mit einem strengen Blick. »Trotzdem sehe ich jede Beleidigung gegenüber Miss Raines als Beleidigung mir gegenüber an.«

Leise lachend zog Soraya ihren Mann hinter sich her. »Komm, mein Lieber. Das bringt uns nicht weiter.« Dann wandte sie sich noch einmal an Olivia. »Wir sind gleich nebenan im Frühstückszimmer, falls du uns brauchst.«

»Danke.« Olivia blickte sie mit einem zitternden Lächeln an, und Erith empfand kalte Abscheu, weil sie tat wie eine christliche Märtyrerin, die am Rand der Löwengrube stand. Großer Gott, mehrere Wochen lang hatte sie nicht nur willig, sondern geradezu enthusiastisch das Bett mit ihm geteilt und ihm mehr Dinge anvertraut als jemals vorher einem Mann.

Auch wenn sie vielleicht leugnete, dass sie ihn liebte, verflogen seine Zweifel, nun, da er sie sah. Sie liebte ihn auf jeden Fall. Nur machte es ihr eine verzweifelte Angst.

Er war so damit beschäftigt, seine Liebste zu betrachten, dass er nur am Rande mitbekam, wie die spektakuläre Herzogin mit ihrem Mann den Raum verließ. Seine Aufmerksamkeit galt ausschließlich der Frau, die alleine, mit trotzig gerecktem Kinn, herausfordernd blitzenden Augen und von getrockneten Tränen glänzenden Wangen auf dem Sofa sitzen geblieben war.

Er rieb sich nachdenklich das Kinn und spürte die rauen Stoppeln seines Barts. Gütiger Himmel, er sah sicher wie ein fürchterlicher Raufbold aus. Sofort fühlte er sich noch stärker im Nachteil, als er ohnehin schon war.

Wie zum Teufel sollte er die Sache angehen? Der Rest seines Lebens hing von den nächsten Momenten ab.

»Du hast geweint«, stellte er leise fest, als sie alleine waren.

Errötend wandte sie sich ab. »Das hat nichts zu bedeuten.«

Plötzlich rastlos stand er auf, setzte sich neben sie und wollte ihre Hand ergreifen, als ihm wieder einfiel, was im Flur geschehen war, worauf er mitten in der Bewegung innehielt.

Verdammt, was war nur mit ihm los? Er hatte sich, vor allem Frauen gegenüber, noch nie unsicher gefühlt.

Es war furchtbar lange her, seit ihm eine Frau wirklich wichtig gewesen war.

Und diese eine Frau war ihm wichtiger als sein eigenes Leben.

Immer noch mit leiser Stimme fuhr er fort: »Es bedeutet, dass du unglücklich bist, und ich hasse den Gedanken, dass ich der Grund für dieses Unglück bin, mein Herz.«

Sie presste ihren Rücken gegen die dicken goldfarbenen Polster. »Nenn mich nicht so.«

»Wenn ich dich nicht so nenne, ändert das nichts daran, dass du mein Herz und meine Liebe bist.«

Sie ballte eine Faust und trommelte damit auf ihrem Bein herum. »Ich will aber nicht deine Liebe sein.«

Oh ja, das glaubte er. Ebenso wie er glaubte, dass sie ihn nicht lieben wollte. Obwohl sie es eindeutig tat.

Er suchte verzweifelt nach Worten, mit denen er sie dazu überreden könnte, dass sie wiederkam und, noch wichtiger, dass sie auch blieb. »Zwing mich nicht dazu, ohne dich zu leben. Ich will, dass wir weiter zusammen sind. Ich will, dass du mich nach Wien begleitest.«

Sie spitzte die Lippen, als hätte sie einen säuerlichen Geschmack im Mund. »Als deine Mätresse.«

»Natürlich. Als meine kostbare Mätresse.« Plötzlich wurde ihm bewusst, was wahrscheinlich ihre größte Sorge war. »Hast du etwa Angst, dass ich dir untreu werden könnte? Dir ist doch wohl klar, dass all die anderen Frauen nur die Leere füllen sollten, die nach Joannas Tod Einzug in mein Leben gehalten hat. Das klingt hartherzig, und das war es sicher auch. Aber es hat ihnen nicht zum Nachteil gereicht, dass sie mich kannten, wir haben uns immer als Freunde getrennt. Ich war Joanna treu, und ich werde auch dir treu sein. Du hast nichts von anderen Frauen zu befürchten.«

»Ich bin eine Hure.«

Er runzelte die Stirn. Was sollte die Bemerkung? Anfangs hatte er gedacht, sie hätte vielleicht Schuldgefühle wegen der Dinge, die sie tat. Inzwischen aber kannte er sie gut genug, um zu wissen, dass ihre Einstellung zu ihrem Beruf wesentlich komplexer war.

»Du wurdest zu diesem Leben gezwungen«, stellte er mit ehrlicher Überzeugung fest. »Erwartest du etwa, dass ich dir Vorhaltungen mache, weil du die bist, die du bist? Wie könnte ich das tun? Schließlich war auch mein eigenes Verhalten nicht gerade vorbildlich.«

Sie verschränkte ihre Hände noch fester in ihrem Schoß,

blickte sie unter ihren dichten goldenen Wimpern hervor an und stieß mit unglücklicher Flüsterstimme aus: »Trotzdem bist du eindeutig der Überzeugung, dass ich kein passender Umgang für deine Tochter bin.«

Er hätte auf dieses Argument gefasst sein sollen. Der Gedanke, dass ein paar süße Worte und das Versprechen lebenslanger Treue auf dem Kontinent sie zurückgewinnen würden, erschien ihm plötzlich richtiggehend lächerlich. Sein zusammengezogener Magen machte deutlich, dass er diesen Streit verlöre, wenn er nicht die allergrößte Vorsicht walten ließ.

Am liebsten hätte er sie einfach eng an seine Brust gezogen und bis zur Besinnungslosigkeit geküsst. Aber sie war intelligent und stark, er könnte sie nur haben, wenn sie freiwillig zu ihm kam. Deshalb bemühte er sich, als er ihr eine Antwort gab, um einen ruhigen, vernünftigen Ton.

»Olivia, du weißt genau wie ich, wie diese Dinge laufen. Wahrscheinlich sogar noch besser, weil du viel mehr als ich unter den Vorurteilen der Gesellschaft gelitten hast. Für mich muss das Wohlergehen meiner Tochter an erster Stelle kommen, zumal ich über all die Jahre ein so selbstsüchtiger Schuft war. Etwas anderes kannst du doch unmöglich von mir erwarten.«

Sie sah ihn aus vor lauter Elend trüben Augen an. Er hatte sich gewünscht, dass sie nicht mehr wütend auf ihn wäre, musste jetzt aber erkennen, dass ihr Unglück viel schlimmer war.

»Nein, natürlich *erwarte* ich nichts anderes von dir.«

Jetzt war er ernsthaft besorgt. »Was soll das heißen?«

Sie antwortete nicht sofort, sondern starrte in eine dunkle Ecke der Bibliothek und verzog unglücklich das Gesicht.

Er sah sie so forschend an, dass ihm weder die Bewegung

ihres schlanken Halses, als sie mühsam schluckte, noch das angespannte Zittern ihres Körpers verborgen blieb.

»Mein Vater war Sir Gerald Raines, ein Baronet mit einem Gut in der Nähe von Newbury.«

Es dauerte einen Moment, bis er verstand.

Schock und Mitleid wegen all des Grauens, das sie erleiden musste, wallten in ihm auf. »Mein Gott. Ich wusste die ganze Zeit, dass du aus einer guten Familie stammst. Aber ich hatte ja keine Ahnung, dass du …«

»Dass ich dir hinsichtlich meiner Herkunft ebenbürtig bin?« Sie verzog den Mund zu einem verbitterten Lächeln und fügte rau hinzu: »Wenn mein Bruder mich nicht verhökert hätte, wäre ich auf jeden Fall der passende Umgang für dein Kind.«

Er runzelte die Stirn. »In meinen Augen bist du das auch jetzt. Du darfst das, was ich denke, nie mit dem verwechseln, was die Mehrheit der Gesellschaft denkt.«

»Du bist kreidebleich geworden, als du mich und Roma zusammen gesehen hast.«

»Du weißt, warum.«

»Leider ja.«

Er raufte sich frustriert das Haar. Weshalb hatte er nur das ungute Gefühl, dass sie ein Gespräch in einer Sprache führten, die er nicht verstand?

»Olivia, was willst du mir damit sagen? Du weißt, dass deine Herkunft, obwohl sie sogar noch edler ist, als ich vermutet hatte, nichts mit dem zu tun hat, was ich für dich empfinde.«

»Wenn mein Bruder mich nicht an Lord Farnsworth verhökert hätte, nachdem er bereits sein gesamtes Erbe zur Begleichung seiner Spielschulden verkauft hatte, hätten du und ich uns unter völlig anderen Umständen kennen gelernt.«

Obwohl er wusste, welches Risiko er damit einging, ergriff er eine ihrer Hände und hielt sie zwischen seinen Händen fest.

»Es ist zu spät, um diese Dinge jetzt noch zu bedauern«, erklärte er ihr eindringlich. »Du kannst die Uhr nicht zurückdrehen. Bei Gott, wenn dein Bruder nicht schon gestorben wäre, würde ich ihn zum Duell herausfordern und sein wertloses Leben mit einer Kugel auslöschen. Aber selbst wenn ich das täte, könnte ich dir nicht das Leben zurückgeben, das du hättest führen sollen. Das ist ein für alle Mal verloren. Also bau dir ein neues Leben auf. Zusammen mit mir.«

Er spürte das leise Zittern, das durch ihre Finger rann, und nahm auch das Flattern einer Ader an der Seite ihres bleichen Halses wahr, doch obwohl er dachte, sie würde sich ihm abermals entziehen, ließ sie ihre Hand dort liegen, wo sie lag.

»Ich weiß«, erklärte sie mit einer solchen Trauer, dass sich sein Herz zusammenzog. »Aber als ich noch ein Mädchen war, wurde mir großes Unrecht zugefügt.«

»Ja, das stimmt.« Er drückte ihre Hand noch fester und hoffte, dass sich durch die innige Berührung ein wenig von seiner Wärme auf ihre eiskalten Finger übertrug.

»Früher einmal wäre ich die passende Ehefrau für einen Mann vom Range eines Earls gewesen.«

»Doch das Leben hat dir …« Plötzlich verblassten die Worte, die er sagen wollte, zu völliger Bedeutungslosigkeit. Mit einem Mal wurde ihm klar, wohin diese seltsame, schwierige Unterhaltung führte, und jetzt wurde ihm eiskalt. »Ah.«

»Du erzählst mir die ganze Zeit, wie wunderbar ich bin und dass es dir egal ist, was ich getan habe. Du behauptest, was du mir gestern an den Kopf geworfen hast, hat nichts zu bedeuten, weil du mich als Frau respektierst und ehrst.« Ihre Augen brannten sich in ihn hinein. »Beweis es mir.«

»Indem ich dich heirate.« Diese vier kurzen Worte versetzten seinen größten Hoffnungen den Todesstoß.

Dass sie bei diesem schockierenden Satz nicht einmal blinzelte, bestätigte seine Befürchtungen, dass dieser völlig unrealistische Wunsch die wahre Ursache für ihre Probleme war.

»Ja.«

Er sprang auf und starrte sie mit ungläubigem Entsetzen an. »Du stellst mich auf die Probe. Genau wie damals, als du mich an dein Bett gefesselt hast.«

»Vielleicht.«

»Du weißt, dass das unmöglich ist.« Eine Eiseskälte kroch durch seinen Körper und gefror sein Herz.

»Ach ja?« Mit ihrer freien Hand wies sie auf die Bibliothek, die sie umgab. »Der Herzog von Kylemore hat Soraya auch geheiratet.«

Kylemore war eben ein verdammter Narr.

Doch das sagte er nicht laut. Sie meinte es tatsächlich ernst, aber er konnte das Risiko nicht eingehen, sie dadurch zu vertreiben, dass er ihren Vorschlag mit der Verachtung behandelte, die angemessen war.

»Olivia, meine Liebe, wähl doch bitte irgendeinen anderen Weg, auf dem ich dir meine Liebe beweisen kann.«

Sie presste unglücklich die Lippen aufeinander und schüttelte den Kopf. »Es gibt keinen anderen Weg.«

Wütend wandte er sich von ihr ab und starrte auf die Buchreihen an der Wand. »Du weißt, dass ich dich nicht heiraten kann. Jetzt bist du zu weit gegangen.«

Sein plötzlicher Gefühlsausbruch erschütterte sie nicht.

Sie sprach mit einer ruhigen Stimme, die nicht den geringsten Zweifel an ihrer Überzeugung ließ: »Dann ist es zwischen uns vorbei.«

28

»Du bist total unvernünftig.« Er wirbelte wieder zu ihr herum. In seinen Augen blitzten Zorn, Entschlossenheit und – der Himmel steh ihr bei – verletzte Fassungslosigkeit. Vor allem der Ausdruck der Verwunderung traf sie bis ins Mark. »Du verlangst zu viel.«

»Ich weiß.« Sie reckte das Kinn und blickte ihm, während sie innerlich vor Elend schrie, reglos ins Gesicht.

Natürlich konnte er sie nicht heiraten.

Er war der Earl of Erith, und sie war eine berüchtigte Hure. Die einzige Zukunft, die die Welt ihnen gestatten würde, war die Zukunft, die er ihr bot. Gütiger Himmel, Soraya war inzwischen eine Herzogin und wurde trotzdem nicht von der Gesellschaft akzeptiert.

»Wenn du es weißt, warum verfolgst du dann weiter diesen hanebüchenen Plan?« Noch immer starrte Julian sie so böse an, als ob sie den Verstand verloren hätte. Vielleicht hatte sie das ja auch.

Sie atmete zitternd ein und suchte nach Worten, um es ihm zu erklären, obwohl sie sicher wusste, er würde sie niemals verstehen. »In jeder außer in einer Hinsicht wäre ich die passende Ehefrau für dich. Nicht einmal meine Unfruchtbarkeit wäre ein Problem, weil du schließlich bereits zwei gesunde Kinder hast.«

»Ich habe zwei gesunde Kinder, die es wahrlich nicht

brauchen können, dass ihr Vater einen Riesenskandal verursacht, indem er seine berüchtigte Mätresse ehelicht.«

Er hatte recht, doch trotzdem tat ihr seine Antwort furchtbar weh. Sie blinzelte verzweifelt gegen die bitteren Tränen an. Während der langen unglücklichen Nächte, in denen sie wach in dem riesengroßen Gästezimmer oben gelegen hatte, war ihr klar geworden, was sie wollte. Doch sie hatte gleichzeitig gewusst, dass es vollkommen unmöglich war. Es war völlig ausgeschlossen seit dem rabenschwarzen Tag, an dem sie von ihrem verabscheuungswürdigen Bruder verschachert worden war.

Es war ungerecht von ihr, ein derartiges Zugeständnis von ihm zu verlangen. Das sagte ihr der Rest Intelligenz, der noch nicht in ihrer Trauer untergegangen war. Doch ihr zerrissenes, wehmütiges Herz folgte weder kalter Logik noch den Regeln der Gesellschaft. Ihr zerrissenes, wehmütiges Herz würde niemals etwas anderes akzeptieren, als dass er sie zum Beweis seiner Gefühle heiratete. In ihrer ersten Verletztheit infolge der grausamen Worte, die er ihr am Vortag an den Kopf geschleudert hatte, hatte sie gedacht, er würde sie nicht lieben. Dann aber hatte sie in Ruhe nachgedacht und war zu dem Schluss gekommen, dass er natürlich etwas für sie empfand. Die Frage war nur, war seine Liebe groß genug?

Entweder er tötete die Drachen, die ihr Leben erschüttert hatten, und bereitete ihrem jahrelangen Leid ein märchenhaftes Ende. Oder seine Liebe war so billig und so brüchig wie der Flitterkram, den man auf Jahrmärkten gewann.

»Verdammt, Olivia«, stieß er knurrend aus und raufte sich erneut das Haar. Diese profane Reaktion machte ihr deutlich, dass er mühsam um Beherrschung rang. »Tu mir das nicht an.«

»Ich kann nicht anders.« Als junges Mädchen wäre sie es wert gewesen, seine Frau zu sein. Das war sie in ihrem tiefsten Innern immer noch. Solange er das nicht ohne Scham und Zögern anerkannte, wäre ihr Zusammensein nicht das Geringste wert. »Was mein Bruder und Lord Farnsworth mir angetan haben, war ein schreckliches Verbrechen. Dafür habe ich mich auf meine Art an sämtlichen Männern gerächt. Bis ich dir begegnet bin. Dem ersten Mann, dem gegenüber ich jemals Respekt empfunden habe. Dem ersten Mann, der mir ein ebenbürtiger Partner war. Weil du nicht nur genauso stark, sondern sogar noch stärker bist als ich.«

»Nein. Stärker bin ich nicht.« Seine Stimme klang gedämpft, er starrte auf den Boden, einer seiner Wangenmuskeln zuckte, und er ballte und öffnete die Fäuste, als kämpfe er gegen den Wunsch, sie so lange zu schütteln, bis sie endlich Vernunft annahm.

»Du bist der erste Liebhaber, den ich nicht verachte.«

»Ich bin der erste Liebhaber, bei dem du etwas empfindest.« Er blickte wieder auf, und sie hatte ein schlechtes Gewissen, als sie sah, wie unglücklich er war. Sie hatte ihn verletzt, und das tat ihr selber weh.

»Ja.« Mit diesem einen Wort räumte sie so viele Dinge ein.

»Dann hast du mich gestern also belogen«, stellte er mit angespannter Stimme fest.

»Du hattest mich verletzt, deshalb wollte ich dich ebenfalls verletzen. Aber das war kindisch.« Sie biss sich auf die Lippen und zwang sich zu der nötigen Entschuldigung. »Das tut mir leid.«

»Du liebst mich.«

Das war keine Frage, sondern eine Feststellung, und sie nickte mit dem Kopf.

»Ja.«

»Ist das nicht genug? Ich liebe dich, und du liebst mich.« Er fuhr mit der Hand durch die Luft, als wische er dadurch all ihre Bedenken aus. »Was hat ein verdammtes Stück Papier schon zu bedeuten? Es gibt nichts, was uns daran hindern kann, uns bis ans Lebensende zu lieben und bis ans Lebensende zusammen zu sein. Du verzichtest auf dein Glück, nur weil du eine großartige Geste von mir verlangst, von der du sicher weißt, dass ich sie niemals machen kann.«

»Vielleicht kann nur die Größe dieser Geste mich davon überzeugen, dass du mich wirklich glücklich machst«, wisperte sie verzweifelt.

Wieder wogten heiße Schuldgefühle in ihr auf. Sie hasste es, ihm wehzutun. Doch nicht einmal sein Elend konnte ihre Entschlossenheit ins Wanken bringen, dass er ihr durch diese extravagante Geste deutlich machen musste, dass er wirklich glaubte, dass sie seiner würdig war.

Er ließ sich auf das Sofa fallen, ergriff ihre zitternden Hände, drückte sie an seine Brust, und unter ihren Handflächen nahm sie das wilde Klopfen seines Herzens wahr.

»Olivia, wenn es nur um mich ginge, würde ich es tun. Aber ich muss auch an Roma und an William denken.« Er hielt ihre Hände derart fest, dass es beinahe schmerzhaft war. »Und auch an Joanna.«

Mit einem leisen Aufschrei versuchte sie ihm ihre Hände zu entziehen, doch er ließ sie nicht los. »Du denkst, dass du ihr Andenken beschmutzt, wenn du mich heiratest.«

»Die Welt würde es so sehen.« Sein gerötetes Gesicht drückte verständnislosen Ärger aus.

»Ist dir die Welt so wichtig? Du sagst, dass du mich nicht als Hure siehst, aber jedes Mal, wenn du den Mund aufmachst, wird klar, dass ich genau das für dich bin.«

»Nur weil ich nicht bereit bin, meine Familie zu ruinieren, indem ich dich heirate?« Vor lauter Widerstand gegen ihre Worte spannte sich sein ganzer Körper an. »Das würdest du nicht von mir verlangen. Nicht du. Nicht die Frau, die Leo all die Jahre beschützt hat, die Perry liebt, obwohl sie über ihn Bescheid weiß, und die sich gestern noch alle Mühe gegeben hat, Roma vor einem Skandal zu bewahren.«

»Aber ich muss glauben, dass du denkst, ich wäre dieses Opfer wert«, stieß sie mit erstickter Stimme aus. »Solange du nicht bereit bist, die Welt für mich zu opfern, will ich nicht mit dir zusammen sein.«

Sie zuckte zusammen, als er wütend die Stirn in Falten legte und erklärte: »Du verlangst mehr von mir, als ein Mann geben kann.«

Zwischen zusammengepressten Lippen stieß sie die Worte aus, von denen sie wusste, dass er sie nicht hören wollte. »Kylemore hat es für Soraya getan.«

Ein frustriertes Knurren drang aus seiner Kehle, er gab erbost zurück: »Bei allem gebührenden Respekt für Seine Hoheit sind wir gezwungen, in der Welt zu leben, die du unbedingt aufgeben willst. Oder zumindest ich. Schließlich bin ich Diplomat.«

»Eine Tätigkeit, die du inzwischen leid bist. Ich habe dein Gesicht gesehen, als wir zusammen über Land gefahren sind, Julian. Du bist dort groß geworden. Im Grunde deines Herzens gehörst du immer noch dorthin.«

»Vielleicht. Aber das heißt nicht, dass ich meine Kinder erniedrigen kann. Gütiger Himmel, Roma steht im Begriff, einen der begehrtesten jungen Männer dieser Saison zu heiraten. Wie würde wohl ihre neue Familie darauf reagieren, wenn ihr Vater die Königin der Halbwelt ehelicht?«

Natürlich lag auch ihr etwas am Wohlergehen seiner Kinder, an seinem guten Ruf und vor allem an ihm selbst. Der Preis des Opfers, das sie von ihm verlangte, wäre für ihn und für die Menschen, die er liebte, furchtbar hoch. Trotzdem gab ihr Herz seinen starrsinnigen Kreuzzug immer noch nicht auf.

Es nützte ihr nichts mehr, gegen die Tränen anzublinzeln, denn inzwischen strömten sie ihr ungehindert über das Gesicht. »Und was ist mit mir, Julian?«

»Komm mit nach Wien.« Sein Griff um ihre Hände wurde sanft. »Außer dem Namen nach wirst du dort leben wie meine Ehefrau, geliebt, sicher und durch das Gesetz geschützt. Ich werde einen Vertrag aufsetzen lassen. Du wirst ein eigenes Haus von mir bekommen und monatlichen Unterhalt. Es wird dir nie an irgendetwas fehlen.«

»Außer der einen Sache, die mir wirklich wichtig ist«, stellte sie tonlos fest. »Nämlich einem Mann, der mir und aller Welt erklärt, dass ich seiner Liebe würdig bin.«

»Wirf nicht fort, was wir beide miteinander haben, nur weil du nicht alles haben kannst.« Das dunkle Timbre seiner Stimme ging ihr durch Mark und Bein. Sie liebte seine Stimme, wie sollte sie in Zukunft leben, ohne sie zu hören?

»Ich werde dich bis ans Ende meiner Tage lieben, aber ich kann die Vergangenheit nicht ändern«, fügte er eindringlich hinzu, und ihr wurde bewusst, dass sie sich in Richtung des honigsüßen Baritons gebeugt hatte wie ein verhungernder Vogel, der wegen einer kleinen Krume Brot auf die Hand des Jägers flog. Sie fuhr erschreckt zurück, und dieses Mal ließ er sie los.

Eilig wischte sie sich die Tränen aus dem Gesicht, doch sofort strömten neue Tränen nach. Zur Hölle mit dem Kerl.

Sie hatte keine Ahnung, wann sie zum letzten Mal geweint hatte, bevor sie ihm begegnet war.

»Ich will das, was mir von Geburt wegen zusteht«, erklärte sie hartnäckig, obwohl ihr verräterisches Herz ihr zuflüsterte, sie solle die Liebe akzeptieren, die er ihr freiwillig bot. Solle sie akzeptieren und vergessen, dass er bei diesem letzten Test durchgefallen war.

»Auf Kosten des Glückes meiner Kinder? Das kann ich nicht von dir glauben, Olivia. Dafür kenne ich dich einfach zu gut.«

Mit jedem seiner Worte entrückten ihre Träume weiter, doch sie hielt in blinder, vernunftloser Entschlossenheit an ihnen fest. Sie war einfach nicht bereit, sich mit dem Zweitbesten zu begnügen, nachdem ihr endlich wahre, dauerhafte Liebe zuteilgeworden war. Wenn sie sich von Julian als zweitrangiger Mensch behandeln ließe, würde sie es immer bleiben. Und zwar für ihn und für sich selbst. Wenn sie Tag für Tag mit diesem Wissen leben müsste, würden sie und das, was sie füreinander empfanden, unweigerlich daran zugrunde gehen.

»Ich will niemanden sein Glück kosten«, stieß sie zwischen tauben Lippen aus. Warum nur musste es so schwer sein, lieber Gott? Sie hatte das Gefühl, als zöge ihr jemand bei vollem Bewusstsein die Haut vom Leib. »Ich weiß nur, dass ich nicht dauerhaft im Schatten leben kann. Ich und unsere Liebe haben etwas Besseres verdient. Wenn du mich besitzen willst, musst du so stolz darauf sein, mich zu besitzen, dass es alle Welt erfahren darf.«

»Ich werde mich nicht von dir erpressen lassen«, schnauzte er sie an.

»Ich habe nicht vor, dich zu erpressen«, gab sie unglücklich zurück. »Aber wenn du mich nicht heiraten kannst zum Zeichen dafür, dass du mich in Ehren hältst, komme ich nicht zu dir zurück.«

Er sah sie aus zusammengekniffenen Augen an. »Verdammt, Olivia, du weißt ganz genau, dass ich das nicht machen kann.«

Auch sein glühender Zorn schüchterte sie nicht ein, als sie ihm eine Antwort gab, war ihr deutlich anzuhören, dass sie fest entschlossen war. »Ich weiß, dass du der Mann bist, den ich liebe, und dass du alles kannst. Ich weiß, wie intelligent, entschlussfreudig und stark du bist.« Ihre Stimme bekam einen drängenden Klang. »Wenn du es wirklich wolltest, könntest du es, Julian. Du könntest es so einrichten, dass deine Kinder nicht darunter leiden. Du könntest es so einrichten, dass wir beide glücklich sind.«

Er schüttelte entsetzt und ungläubig den Kopf. »Du verlangst etwas Unmögliches von mir.«

»Wenn du mich liebst, wirst du es tun.« Sie wusste bereits, dass sie auf taube Ohren stieß, aber trotzdem fügte sie hinzu: »Ich bitte dich, dich zu verhalten wie ein echter Ehrenmann.«

Er bedachte sie mit einem beinahe hasserfüllten Blick. »Indem ich alles andere entehre, was mir wichtig ist.«

Eilig wandte sie sich ab. Sie war keine Närrin, sie wusste, dass nichts ihr ihre Unschuld oder ihr gesellschaftliches Ansehen wiedergeben konnte. Doch wenn Julian sie gegen jede Vernunft, gegen seine eigenen Interessen und möglicherweise sogar gegen seinen Wunsch zur Frau nähme, könnte sie ihm für alle Zeit vertrauen. Sie schluckte und stieß mühsam aus: »Wenn du so empfindest, gibt es nichts mehr zu sagen.«

»Dann ist es also aus?«, fragte er sie tonlos.

»Ja.«

Zitternd vor Elend wartete sie darauf, dass er aufstand, um zu gehen, doch er packte ihre Arme, drehte sie unsanft zu sich herum und sah sie mit herausfordernd blitzenden Augen an.

»Und was ist hiermit?«, fragte er beinahe drohend, riss sie auf die Füße und küsste sie mit einer Mischung aus unstillbarem Verlangen und schmerzlicher Leidenschaft.

Gegen ihren Willen ging sie geradezu begierig darauf ein. Dies war das letzte Mal, dass er sie so berührte. Das wusste sie bestimmt.

Seine Lippen rieben sich an ihrem Mund. Niemals vorher, nicht mal auf der Höhe seiner Leidenschaft, hatte er sie derart hart geküsst. Wieder fing sie an zu weinen, denn die aufsteigende Traurigkeit war mehr, als sie ertrug.

»Oh, mein Liebster«, stöhnte sie, als er sie gegen die Sofalehne drückte und unbeholfen ihr blaues Kleid nach oben schob.

»Ja«, hauchte er an ihrem Mund.

Tragisch zu denken, wie selten Küsse in ihrem Leben gewesen waren, bevor sie ihm begegnet war. Noch tragischer zu wissen, wie sehr ihr die Verschmelzung ihrer Münder fehlen würde, wenn sie ihn verließ.

Sie setzte sich auch nicht zur Wehr, als er ihre Beine spreizte und ihr Geschlechtsteil streichelte. Denn sofort zog ihr Magen sich zusammen, und warme Feuchtigkeit strömte aus ihr heraus. Wie schnell er sie erregte. Wobei jeder Augenblick der Leidenschaft ein neues Stück aus ihrem Herzen riss. Bevor sie Erith getroffen hatte, hatte sie niemals ein solches Glück empfunden. Wenn sie nicht mehr mit ihm zusammen wäre, bliebe ihr dieses Glück auch weiterhin für alle Zeit verwehrt.

Seine Augen waren vor Verlangen und überwältigenden

Gefühlen beinahe schwarz, er zitterte vor Begierde und in dem verzweifelten Bedürfnis, sie mit seinem Leib zu überzeugen, nachdem er mit Worten kläglich gescheitert war. Sie wusste ganz genau, weshalb er sie noch einmal lieben wollte. Da jedoch ihr eigenes Verlangen wie eine heiße Flamme durch ihren Körper züngelte, hatte sie einfach nicht die Kraft, um ihm zu widerstehen.

Dies war das letzte Mal.

Er starrte sie durchdringend an, schob sich bewusst langsam seine feuchten Finger in den Mund, saugte daran und genoss den Geschmack ihrer Leidenschaft. Es schockierte sie, dass er sich so ungeniert an ihrem Nektar labte, sie spannte sämtliche Muskeln an, als ihr Blut so heiß wie Lava durch ihre Adern schoss.

Das Glitzern seiner silbergrauen Augen drückte Wissen und unerträgliche Sehnsucht aus. Es brachte stumm zum Ausdruck, dass sie beide Gefangene ihres Verlangens waren und sie auf eigene Gefahr versuchte, vor ihm zu fliehen.

»Nein«, wimmerte sie, während sie sich ihm zugleich begehrlich entgegenschob.

»Doch«, widersprach er unerbittlich, schob ihr Kleid noch etwas höher und tauchte mit dem Kopf zwischen ihren Beinen ab. Das hatte er auch vorher schon getan, in den wilden, hemmungslosen Nächten, in denen sie der Liebe verfallen war.

Doch etwas an seiner ruhigen Entschlossenheit, an dem elegant geneigten dunklen Schopf und der Härte seines Mundes an ihrem Venushügel erfüllte sie mit einer völlig neuen, verzweifelten Leidenschaft.

Er glitt mit seiner Zunge in die feuchte Hitze, nahm sie in den Mund und fing an zu saugen, bis ihr Körper vor Verlangen zuckte und sie eine ihrer Hände zwischen ihre Zähne schob, um nicht laut zu schreien. Dann gab sie sich ganz dem Licht ihrer Gefühle hin. Sie wünschte sich, die eine wahre Liebe, die sie je empfunden hatte, würde einfach explodieren wie ein Stern. Doch als sie ihre Augen schloss, sah sie strahlend helle Sonnen, die sich um sich selber drehten, tanzten und verbrannten, während heiße Lust durch ihren Körper zuckte wie ein sommerlicher Gewitterblitz.

Sie bebte immer noch, als er abermals mit seiner Zunge über ihre Genitalien strich. Sie war derart empfindlich, dass sie bereits bei der zärtlichsten Berührung kam.

Beim nächsten Mal kam sie so heftig, dass ihr Herz die Arbeit unterbrach; ohne zu wissen, was sie tat, vergrub sie ihre zitternden Finger tief in seinem dichten Haar, biss sich auf die Lippen und stieß statt unglücklicher Schluchzer oder glückseliger Schreie ein gleichmäßiges Knurren aus. Zu leise, um außerhalb der Bibliothek gehört zu werden, aber laut genug, um Julian dazu zu inspirieren, sie im Rhythmus ihres Stöhnens zu befriedigen.

Er ließ seine Zunge kreisen, machte eine Pause, ließ sie kreisen, machte eine Pause, sie bewegte ihre Hüfte, als wäre sein Schwanz in ihr vergraben.

Er umfasste ihre Schenkel etwas fester, spreizte sie ein wenig mehr, schob seine Zungespitze sanft in sie hinein, und sie spannte die Muskeln an, damit er sie ihr nicht wieder entzog.

Der Duft ihres Verlangens hüllte sie in eine betörende Wolke ein, und ehe das Nachbeben des letzten Höhepunkts vollkommen verklungen war, katapultierte sein teuflisch guter Mund sie noch einmal in den Himmel der Glückseligkeit hinauf.

»Julian!«, stieß sie krächzend aus, als sie erschaudernd kam. »Oh, Julian.«

Irgendwo hinter dem strahlend hellen Nebel der Gefühle lauerte wie ein Schatten in der Sonne die grausame Gewissheit, dass nach der Ekstase die Zerstörung kam.

Dies war das letzte Mal.

Während eines endlosen Moments klammerte sie sich wie eine Ertrinkende an seinen Schultern fest. Sie hatte keine Ahnung, wo sie sich befand. Doch sie wusste ganz genau, mit wem sie zusammen war.

Mit ihrer Liebe. Ihrer einzig wahren Liebe. Ihrer verlorenen Liebe.

Verschwommen nahm sie wahr, dass er sich bewegte, seine Position veränderte, und dann spürte sie einen wunderbaren Druck, als er sich zwischen ihren geschwollenen, cremigen Schamlippen hindurch in ihre Öffnung schob.

»Mach die Augen auf, Olivia«, befahl er ihr atemlos. Er klang wütend. Er klang eindringlich. Er klang, als ob die Liebe ihn allmählich an den Rand des Wahnsinns trieb.

Schweigend folgte sie seinem Befehl.

Er hatte weit aufgerissene Augen, bleckte die Zähne, als litte er Höllenqualen.

Als er aber ihrem Blick begegnete, presste er entschlossen die Lippen aufeinander, wiederholte knurrend: »Ich will, dass du mich ansiehst, während ich dich nehme. Ich will, dass du mich spürst, und dann will ich, dass du mir erklärst, dass du mich verlässt.«

Er beugte sich über sie, und unter seiner breiten Brust und seinen muskulösen Schultern nahm sie sich wie eine Zwergin aus. Er stützte sich auf seinen straff gespannten Armen ab, starrte sie aus wild glitzernden Augen an und schob sich mit gnadenloser Zielgerichtetheit bis zum Schaft in sie hinein.

Ihr blieb eine benommene Sekunde, um sich an seine

Größe zu gewöhnen, bevor er begann, sich hart, arrogant und herrisch auf ihr zu bewegen.

Wodurch er ihr deutlich machte, dass sie ihm gehörte, dass es kein Entrinnen für sie gab.

Sie klammerte sich an seinen Rücken, als sie unter seinen Stößen unsanft gegen die Sofalehne stieß, vergrub die Hände in der feinen Wolle seiner Jacke, zog die Knie an, um ihn noch tiefer in sich hineinzuziehen, und rieb sich die Innenseiten ihrer Schenkel an dem festen Stoff seiner Hosenbeine auf.

Ein regelrechtes Trommelfeuer der Gefühle stürmte auf sie ein. Die kraftvolle Virilität, mit der Julian sie nahm. Der beißende Geruch von Schweiß und Lust. Ihre eigene vehemente, unkontrollierbare Reaktion. Sein keuchender Atem, als er sich in ihr bewegte, sie sich abermals zu eigen machte.

Sie reckte sich ihm entgegen und stieß ein dunkles Stöhnen aus, als er noch tiefer drang. Er hatte sie bereits so oft genommen, nie zuvor hatte er dabei ihren Körper zu einer Erweiterung seines eigenen Leibs gemacht.

Die ganze Zeit bohrte sich der Blick aus seinen grauen Augen tief in sie hinein. Nahm jede Steigerung ihres Verlangens wahr.

Während ein Teil von ihr sich daran störte, wie leicht sie sich ihm abermals ergab, saugte ihre dürstende Seele das Vergnügen, das er ihr bereitete, gierig in sich auf. Ein derartiges Glück hatte sie nie zuvor empfunden. Jede Sekunde war unersetzlich, kostbar und perfekt.

Gnadenlos trieb er sie immer weiter an.

Nach ihrer Reaktion auf die Liebkosung ihrer Scham durch seinen Mund hätte sie nicht gedacht, dass sie ihm noch irgendetwas geben könnte. Doch da hatte sie sich eindeutig geirrt.

Der Druck in ihrem Inneren nahm immer weiter zu, bis sie die Befürchtung hatte, daran zugrunde zu gehen.

Sie stieß ein erstickeltes Schluchzen aus und krallte sich so fest in seinen Rücken, dass er sicher geblutet hätte, hätte er nicht seine dicke Jacke angehabt. Gleichzeitig kniff sie die Augen zu, reckte sich ihm abermals entgegen und suchte blind die ultimative Verbindung, die zwischen zwei Menschen möglich war.

Er zog sich wieder ein Stück aus ihr zurück, und sie machte sich darauf gefasst, dass er sich noch tiefer in sie schöbe.

Aber es passierte nichts.

Sie klappte die Augen wieder auf. »Julian?«

»Sieh mich an, verdammt.« Seine Stimme hatte einen rauen Klang, und ihr Zittern machte deutlich, welch übermenschliche Beherrschung es ihn kostete, nicht einfach so oft zuzustoßen, bis er kam.

»Ich sehe dich doch an«, gab sie atemlos zurück und ballte die Fäuste in seinem Jackett, denn das Verlangen, ihn erneut in sich zu spüren, raubte ihr beinahe den Verstand.

»Du liebst mich.«

»Ich liebe dich«, stieß sie verzweifelt aus. »Hör nicht auf.«

»Niemals.« Er schob sich abermals in sie hinein, und alles um sie herum zerbarst in einem blendend weißen Licht.

Mit einem leisen Schrei klammerte sie sich an seinem Rücken fest, denn ein größeres, reineres, helleres Glücksgefühl als je zuvor breitete sich in ihrem Innern aus.

Durch die Feuersbrunst hindurch, die in ihrem Körper wütete, hörte sie sein Stöhnen, spürte, wie er erschaudernd kam, und die Perfektion dieses Moments rief ein Gefühl der Freude und der gleichzeitigen Trauer in ihr wach, während sie ihn molk.

Sie schlug ihre tränennassen Augen auf, sah seinen zurückgeworfenen Kopf, das schweißglänzende Haar, das angespannte Gesicht; während sie sich derart eng um ihn zusammenzog, als wolle sie ihn nie mehr gehen lassen, prägte sie sich dieses Bild für alle Zeiten ein.

Oh nein, sie wollte ihn nicht gehen lassen.

Während sie noch immer hilflos zitterte, zog er sich aus ihr heraus, ließ sich gegen die Sofalehne sinken und stieß ein langgezogenes Stöhnen aus.

Sie selbst blieb einfach völlig reglos liegen. Jeder Knochen ihres Leibs hatte sich in heißen Honig aufgelöst. Ihr Gesicht war tränennass und brannte von den Stoppeln seines Barts.

Ihr tat alles weh. Er war nicht gerade sanft gewesen. Doch wie könnte sie bedauern, was geschehen war? Schließlich hatte sie einen schmerzlich süßen, herzzerreißenden, einfach unglaublichen Höhepunkt erlebt.

Er rang keuchend nach Luft, und sie sah das wilde Pochen der geschwollenen Ader in seinem offenen Hemdkragen. In ihrer Leidenschaft hatte sie ihm das Halstuch abgerissen. Auch wenn sie nicht mehr hätte sagen können, wann.

Sein schwarzes Haar war wild zerzaust, eine Locke fiel ihm in die Stirn. Seine Kleidung war zerknittert und schweißnass, und aus seinem offenen Hosenschlitz quoll dicht gelocktes schwarzes Haar.

Keiner von ihnen sprach ein Wort. Sie war sich nicht sicher, ob sie jemals wieder sprechen oder sich jemals wieder bewegen könnte, nachdem sie von ihm bis an ihre Grenzen getrieben worden war.

Dann blickte er dorthin, wo sie mit gespreizten Beinen und um den Leib geschlungenem blauem Kleid ermattet auf der Sofalehne lag. »Du wirkst total entrückt.«

Er klang träge und zufrieden. Er klang wie der aufregende Liebhaber, der sie gelehrt hatte, was echte Freude war.

»So fühle ich mich auch«, gab sie rau zurück. »Ich glaube, wir haben das Sofa ruiniert.«

»Kylemore kann sich ein neues leisten.« Julian verzog seinen wunderbaren Mund zu einem verführerischen Lächeln. »Wenn nicht, kaufe ich ihm mit Freuden hundert neue Sofas.« Er machte eine Pause, und das warme Lächeln wurde durch einen durchdringenden Blick ersetzt. »Also, kommst du mit nach Wien?«

Die giftige Realität löschte ihre Freude aus wie eine Welle kalten Wassers Fußspuren an einem Strand. Sie presste die Lippen aufeinander und stieß tonlos die alles entscheidende Frage aus: »Als deine Mätresse oder als deine Ehefrau?«

Er runzelte die Stirn. »Du kennst die Antwort auf diese Frage. Es ist die einzige Antwort, die ich dir geben kann. Aber nach dem, was wir eben erlebt haben, kannst du mich doch unmöglich einfach fortschicken.«

Sie streckte wenig elegant die Beine aus und richtete sich auf. Die Trauer lag bleischwer in ihrem Magen, und ihr Herz schlug den grimmigen Takt des Lebewohls. Sie hatte die Antwort auf ihre Frage bekommen. Er liebte sie, aber er liebte sie ganz einfach nicht genug. Deshalb war der unvermeidliche Moment gekommen. Die geteilte Leidenschaft hatte ihn noch kurz hinausgezögert, doch verhindern konnte sie ihn nicht.

Sie hatte das Gefühl, als stünde sie zitternd am Rande eines Abgrunds, doch sie atmete krächzend ein und trat einen Schritt zurück. »Doch, das kann ich«, erklärte sie leise, aber bestimmt. »Leb wohl, Julian.«

Mit erboster Miene sprang er auf und knöpfte wütend seine Hose zu. »Verdammt, Olivia. Ich bin es leid, dich anzuflehen. Ich bin es leid, vor dir im Staub zu liegen, nur damit du mich treten kannst.«

Sie starrte ihn entgeistert an. Er klang, als ob sie ihm ein Loch ins Herz gerissen hätte. Wie sollte sie standhaft bleiben, wenn er derart litt? War irgendetwas dieses Elend wert? Sie streckte eine zitternde Hand in seine Richtung aus. »Julian …«

Er schien sie nicht zu hören. »Lass es mich wissen, wenn du deine Meinung änderst. Denn das wirst du auf alle Fälle tun. Aber sei gewarnt – ich werde nicht ewig auf dich warten.«

Es schmerzte, den dicken Klumpen herunterzuschlucken, der sich in ihrem Hals gebildet hatte, doch sie gab zurück: »Ich gehe gar nicht davon aus, dass du auf mich wartest.« Obwohl sie sich bei dem Gedanken an ihn mit einer anderen Frau am liebsten laut heulend auf ihn gestürzt hätte wie eine verwundete Tigerin, fügte sie hinzu: »Ich habe dir bereits vor diesem denkwürdigen Abschied gesagt, dass es vorbei ist.«

Er bedachte sie mit einem Blick, der ihr das Blut in den Adern gefrieren ließ. Wie konnten Augen, die nur wenige Sekunden vorher noch so warm waren, plötzlich derart frostig sein? Auch seine Stimme war erschreckend kalt. »Ich habe dich wiederholt angefleht. Das werde ich ganz sicher nicht noch einmal tun. Dein Stolz hat alles ruiniert. Ich hoffe, dass dieser verdammte Stolz dich in Zukunft glücklich macht.«

Er machte auf dem Absatz kehrt und marschierte Richtung Tür.

Sie ließ unglücklich die Arme sinken, als er seine Hand auf den Türgriff legte und noch einmal stehen blieb.

Er wandte ihr den Rücken zu, doch sie brauchte ihm

nicht ins Gesicht zu sehen, um zu wissen, dass er darauf wartete, dass sie nach ihm rief. Unüberlegte Kompromissangebote schossen ihr durch den Kopf, doch sie presste die Lippen aufeinander und zwang sich mit eiserner Willenskraft, keins der Zugeständnisse an ihn zu machen, nach denen ihre wunde Seele schrie.

Das Unglück schnürte ihr die Kehle zu, doch nach einer weiteren Sekunde angespannter Stille drehte er den Knauf der Tür und stapfte in den Korridor hinaus.

Von draußen drangen leise Stimmen an ihr Ohr. Anscheinend hatte Kylemore wirklich nebenan im Frühstückszimmer ausgeharrt.

Ein ätzendes Gefühl der Scham stieg in ihr auf. Trotz ihrer hehren Worte hatte sie sich wie eine Hure aufgeführt. Obwohl sie Erith mutig widerstanden hatte, war sie einsam und allein und sehnte sich verzweifelt danach, dass er sie noch einmal in die Arme nähme und die Kälte aus ihrem Inneren vertrieb.

Er würde sie nie wieder in die Arme nehmen …

In diesem Augenblick trat Soraya durch die Tür und bedachte sie mit einem mitfühlenden Blick. »Oh, meine Liebe. Ist der Earl gegangen?«

»Ja.« Obwohl ihr Herz in tausend Stücke sprang, tischte sie der Freundin eine jämmerliche Lüge auf: »Und ich bin froh, dass er gegangen ist.«

»Oh, Olivia. Mir gegenüber brauchst du dich nicht zu verstellen.« Soraya eilte auf sie zu.

»Doch«, erwiderte Olivia rau, brach in elendiges Schluchzen aus, und während die Welt um sie herum in überwältigendem Schmerz versank, spürte sie es kaum, als ihre Freundin sie in dem vergeblichen Bemühen, sie zu trösten, zärtlich in die Arme nahm.

29

Olivia schleppte den schweren Eimer durch die Küchentür und schüttete das schmutzige Wasser an den pinkfarbenen Rosenbusch, der neben dem ordentlich gekalkten Häuschen wuchs. Es war ein warmer Abend im August, und der süße Duft der Blumen stieg wie ein Dankgebet zum Himmel auf.

Sie richtete sich ächzend wieder auf, blickte flüchtig in Richtung des imposanten gusseisernen Gartentors und sah, dass ein Mann auf einem großen grauen Pferd den von Linden gesäumten Weg heraufgeritten kam.

Die langen Strahlen der untergehenden Sonne hüllten Ross und Reiter in ein goldfarbenes Licht.

Ihr Herz fing an zu rasen, sie umklammerte den Henkel ihres Eimers derart fest, dass ihre Knöchel weiß hervortraten, und rang erstickt nach Luft. Zitternd vor Aufregung und Angst wartete sie ab.

»Erith«, grüßte sie mit aufgesetzter Ruhe, als er in Hörweite war.

Denn natürlich war es Julian. Die lockere, selbstbewusste Art, wie er im Sattel saß, seine große, aufrechte Gestalt und der kesse, etwas schief sitzende Hut hatten ihn bereits identifiziert, bevor sein Gesicht zu erkennen gewesen war.

Sie hatte gewusst, dass er nach der eindeutigen Demonstration gemeinsamer Leidenschaft und einem Lebewohl, das er nicht als endgültig akzeptiert hatte, auf der Suche nach ihr war. Nachdem sie sich hierher geflüchtet hatte, hatte sie minütlich damit gerechnet, dass er wie der Held aus einem Gedicht angaloppieren würde, um sie zu sich in den Sattel zu ziehen und sie zu entführen. Doch die Minuten hatten sich zu Tagen und die Tage zu Wochen ausgedehnt, ohne dass er erschienen war.

Jetzt war er hier.

Ohne zu lächeln, zog er seinen Hut vom Kopf und verbeugte sich vor ihr wie vor einer feinen Dame. »Olivia.«

Ihr Herz zog sich zusammen, als sie daran dachte, wie ihre letzte Begegnung verlaufen war. Als sie von ihm zu unvorstellbarer Ekstase gebracht, dann aber in ebenso gewaltigem Elend von ihm zurückgelassen worden war.

Während eines angespannten Moments bohrte sich ihr die Erinnerung an ihr leidenschaftliches Zusammensein in der Bibliothek des Herzogs von Kylemore scharf wie eine frisch geschliffene Klinge in das wunde Herz.

Dann aber hob sie ihren leeren Eimer wie einen schützenden Schild vor ihre Brust.

Was sah er, wenn er sie jetzt anblickte? Nichts an ihrem Aussehen erinnerte mehr daran, dass sie einst der elegante, dekadente, schillernde Mittelpunkt der Demimonde gewesen war.

Sie hatte Marmelade eingekocht und war sich der beschämenden Flecken auf ihrem verblichenen, zerknitterten Leinenkleid und der Schürze darüber bewusst. Ihre Füße steckten in groben Arbeitsschuhen, ihre Hände wiesen von der körperlichen Arbeit Schwielen auf, die Tage im Garten hatten die Sommersprossen, die sie jahrelang bekämpft hatte, deutlich zum Vorschein gebracht, und vom Kosten der Süßspeise hatte sie einen klebrigen Mund.

Sie wünschte sich von Herzen, es wäre ihr egal, was für einen Eindruck sie auf Erith machte. Doch bevor sie es verhindern konnte, strich sie sich verlegen mit der Hand über das zerzauste Haar. Sie hatte es zu einem unordentlichen Knoten aufgesteckt, aber aufgrund der sommerlichen Hitze klebten feuchte Strähnen an ihrem schweißglänzenden Hals und in ihrem Gesicht.

Sie sah wie eine Schlampe aus, während er wie immer tadellos gekleidet war. Der dunkelblaue Rock und die braune Hose saßen wie angegossen, und selbst nach dem heißen, staubigen Ritt von London bis hierher glänzten seine hohen Stiefel und lag sein Halstuch faltenlos und strahlend weiß um seinen sonnengebräunten Hals.

Der Kontrast zwischen ihnen hätte nicht größer sein können. Wahrscheinlich fragte er sich jetzt, was in aller Welt er je an ihr gefunden hatte.

Sie reckte das Kinn und versuchte, gelassen zu erscheinen, was jedoch wegen ihres wild klopfenden Herzens und des nervösen Kribbelns ihrer Haut nicht gerade einfach war.

»Was willst du?«, fragte sie in feindseligem Ton, obwohl es nur einen Grund dafür geben konnte, dass er hier erschienen war. Er wollte sie wieder zu sich ins Bett locken, was sonst? Unter seinem konzentrierten Blick bewegte sie sich wie ein nervöses junges Fohlen hin und her und hätte sich am liebsten wie ein Gassenjunge den klebrigen Mund mit dem Handrücken abgewischt.

»Du hast es mir wirklich nicht leicht gemacht«, stellte er mit ruhiger Stimme fest.

Er wirkte vollkommen entspannt. Die Hand, die seinen Hut hielt, lag locker auf seinem muskulösen Oberschenkel, die milde Abendbrise zerzauste ihm das dichte schwarze Haar, und unter seinen sinnlich schweren Lidern hervor sah er sie aus seinen silbrig glitzernden Augen an.

Ein Gefühl des Zorns stieg in ihr auf. Es war einfach nicht fair, dass er ohne Vorwarnung hier auftauchte und den Frieden zerstörte, dessentwegen sie hierhergekommen war. Obwohl sie den gesuchten Frieden, wenn sie ehrlich war, nie wirklich gefunden hatte. Seit sie aus London geflüchtet war, hatte sie das Gefühl, als hätte ihr jemand das Herz herausgerissen, wäre gnadenlos darauf herumgetrampelt und hätte es am Schluss achtlos in einem eiskalten Fluss entsorgt.

Zur Hölle mit dem Kerl, dafür, dass er sie gefunden hatte. Jetzt finge der lange, schmerzliche Kampf um das Vergessen noch einmal von vorne an. Ein Kampf, den sie bisher geradezu spektakulär verloren hatte, obwohl sie bis an die Zähne bewaffnet in die Schlacht gezogen war. »Hat Kylemore dir gesagt, wo du mich findest?«

Das Gut, auf dem sie lebte, hatte der Herzog von Kylemore letztes Jahr von einem entfernten Vetter geerbt.

Nachdem Erith wutschnaubend die Bibliothek verlassen hatte, hatten Soraya und ihr mutiger Ehemann ihr angeboten, sich hierher zurückzuziehen. Denn auch ihnen war bewusst gewesen, dass sie niemals wieder richtig zu sich käme, solange sie in London war, wo sie stets Gefahr liefe, Erith zu begegnen, oder wo sie – schlimmer noch – vielleicht auch weiter seinem Liebeswerben ausgeliefert war.

Seine Lippen bildeten einen schmalen Strich. »Am Ende, ja. Aber erst, nachdem ich es selbst herausgefunden hatte.«

Das Echo seines warmen Baritons vibrierte bis in ihre Zehen.

Sie klappte die Augen zu und erinnerte sich daran, wie diese Stimme Worte der Liebe gewispert hatte. Dann aber schlug sie die Augen wieder auf und sah das wissende Glitzern seiner Augen, als hätte er erraten, wo sie in Gedanken gewesen war.

Natürlich wusste er es ganz genau. Denn obwohl ihre Affäre nach ein paar kurzen Wochen geendet hatte, kannte er sie besser als jeder andere Mensch.

Er fuhr fort, als hätte es diesen seltsamen Moment gemeinsamer Erinnerung niemals gegeben. »Mir hätte klar sein sollen, dass du in der Nähe deines Sohnes bist. Ich bin sicher, dass er dir erzählt hat, dass ich auf der Suche nach dir auch in Wood End war.«

»Das hat er mit keinem Wort erwähnt.« Dabei hatte Leo sie während des Sommers regelmäßig in ihrem kleinen Haus besucht. »Er weiß, dass ich seine Mutter bin.«

Seine grauen Augen blieben völlig ruhig. »Ich habe es ihm nicht gesagt.«

»Er hat behauptet, er hätte es immer schon gewusst.« Unweigerlich verzog sie ihren Mund zu einem sanften Lächeln. Seit sie nicht mehr lügen musste, war ihre Beziehung zu ihrem Sohn inniger und tiefer als jemals zuvor.

»Er ist ein cleverer Bursche.«

»Du bist sicher nicht hierhergekommen, um dich mit mir über Leo zu unterhalten.« Sie richtete sich kerzengerade auf und bedachte ihn mit einem kalten Blick.

Doch ihre strengen Blicke hatten ihr Erith gegenüber noch nie etwas genützt. Er zog einfach spöttisch eine Braue in die Höhe und erklärte gut gelaunt: »Ich unterhalte mich gerne über Leo. Ich bin nämlich nicht in Eile.« Das Glitzern seiner Augen nahm noch zu. »Obwohl der Ritt von London bis hierher ziemlich lang und staubig war. Willst du mich nicht ins Haus bitten und mir etwas zu trinken anbieten?«

»Seit wann wartest du höflich ab, bis man dich einlädt?«, fragte sie ein wenig säuerlich.

Sie wollte ihn hassen oder zumindest wütend auf ihn sein. Doch das war unmöglich, während er mit verrucht blitzenden Augen auf dem Rücken seines Pferdes saß. Denn er sah aus wie die Antwort auf all die verzweifelten Gebete, die sie während der zahllosen Nächte gewispert hatte, in denen an Schlaf nicht zu denken war.

»Vielleicht habe ich ja in der langen, unglücklichen Zeit, seit du mich verlassen hast, etwas dazu gelernt.«

Er machte nicht den Eindruck, als hätte er lange, unglückliche Zeiten hinter sich. Seine Stimme klang so gleichmütig und nett, als plaudere er mit einem entfernten Bekannten, dem er zufällig begegnet war. Dann aber sah sie den Schmutz und Schweiß im Fell des Pferdes und erinnerte sich daran, wie weit es bis nach London war.

»Wann hast du herausgefunden, wo ich bin?«

»Heute Nachmittag.«

Dann war er fast den ganzen Weg bis hierher galoppiert. Weshalb seine gleichmütige Haltung nur eine Fassade war. Er war es gewohnt, seine Gefühle zu verbergen. Doch das war sie auch. Während eines kurzen, herrlichen Moments waren sie ehrlich zueinander gewesen. Doch dieser Augenblick war längst vorbei.

»Dein Pferd hat sicher Durst.« Damit er nicht bemerkte, wie unglücklich sie war, trat sie entschlossen vor die Pumpe und schob den Eimer unnötig gewaltsam unter das Rohr.

»Wenn es sein muss, kümmere dich ruhig erst um das Pferd«, stellte er ironisch fest, doch als sie wieder aufsah, zeigte ihr sein schmaler Mund, dass seine Gelassenheit nur eine Maske war. »Warum hat Kylemore dich nicht im Herrenhaus untergebracht?«

Sie fing an zu pumpen, bis sich ein dicker Wasserstrahl in den Holzeimer ergoss. »Das wollte er, aber ich hatte das Gefühl, dass das unangemessen wäre.«

»Himmel, was für eine bescheidene Seele du doch bist.«

Sie sah ihn böse an. »Wenn du selbst auch eine Erfrischung willst, hütest du besser deine Zunge.«

»Ich könnte sie ja auch einfach für erfreulichere Zwecke nutzen«, murmelte er.

Sie tat, als hätte sie es nicht gehört, doch die verräterische Röte, die ihr in die Wangen stieg, machte überdeutlich, dass sie sich daran erinnerte, was er mit ihr getrieben hatte, als sie zum letzten Mal mit ihm allein gewesen war.

Auch jetzt war sie mit ihm allein. Ihr Mädchen war bereits heimgegangen, und das Häuschen lag ein wenig abseits von den anderen Häusern des Dorfs.

Sie schob dem Pferd den Eimer vor die Nase, und während das Tier geräuschvoll trank, starrte sie Erith wieder böse an. »Meinetwegen komm mit rein. Ich könnte dich ja sowieso nicht daran hindern.«

»Nein.« Ihre Gereiztheit war ihm offenkundig vollkommen egal, selbst die kurze Unsicherheit, die sie an ihm bemerkt hatte, hatte sich gelegt.

Mit einer Geschmeidigkeit und Eleganz, die ihr verräterisches Herz deutlich schneller klopfen ließen, schwang er sich aus dem Sattel und baute sich neben ihr auf.

Ihr wurde bewusst, dass sie völlig reglos stehen geblieben war und seinen wundervollen Duft tief in ihre Lungen sog. Er roch nach Pferd, Staub und frischem Schweiß.

Auch er schien es nicht eilig zu haben, sich wieder zu bewegen. Noch immer starrte er sie an, und sie starrte zurück, als wäre sie mit einem Mal aus einem tiefen Schlaf erwacht. Wenn sie sich nicht vorsah, würde er erkennen, wie furchtbar verletzlich sie ihm gegenüber auch nach all der Zeit noch war.

Natürlich weiß er das, du Närrin. Deshalb ist er schließlich hier.

Bevor sie Julian für alle Zeit verloren hatte, hätte sie niemals gedacht, dass Liebe manchmal derart grausam war. Und wie schmerzlich und gleichzeitig glücklich es sie machte, dass sie ihn noch einmal sah. Weil sich nichts verändert zu haben schien. Die Luft war elektrisch aufgeladen, das Licht war deutlich heller als noch einen Augenblick zuvor, und zum ersten Mal seit Monaten kam sie sich wirklich lebendig vor.

Wie entsetzlich tragisch, wie unendlich ärgerlich, dass ein *Mann* der Grund für diese Gefühle war.

»Komm rein«, forderte sie Julian tonlos auf. »Im Vorratsschrank steht noch ein Krug mit Bier. Ich nehme an, dass du auch Hunger hast.«

Er bedachte sie mit einem seelenvollen Blick aus seinen teuflischen grauen Augen und zog sich die ledernen Reithandschuhe aus. »Es war ein langer Ritt …«

»Ich weiß, dass du aus London kommst. Das hast du bereits erwähnt.« Mit wogenden Röcken und wiegenden Hüften marschierte sie auf die Küche zu. »Du kriegst was zu essen, und dann kannst du wieder deiner Wege gehen.«

Ein Blick über die Schulter zeigte, dass er ihr nicht hinterhergekommen war. Er stand noch immer neben seinem Pferd, klopfte sich lässig mit den Handschuhen gegen seinen Oberschenkel und bot – zur Hölle mit dem Kerl – das Bild perfekter Männlichkeit.

»Wohin soll ich denn gehen?«, fragte er sie ruhig.

Sie blieb auf der Schwelle stehen und erwiderte verächtlich: »Zurück nach London. Nach Maidstone. Nach Dover. Oder meinetwegen auch zum Teufel. Mir ist es egal.«

»Aber es wird bald dunkel. Und ich bin ebenso erschöpft wie Bey. Ein gutherziger Mensch würde mir ein Bett anbieten, damit ich mich etwas ausruhen kann.«

Sie presste ungeduldig die Lippen aufeinander und wünschte sich von Herzen, sie wäre immun gegenüber seinem Humor. Nur konnte sie einfach nicht leugnen, dass sie gerade für seine Sticheleien immer noch empfänglich war.

Trotzdem stellte sie mit kühler Stimme fest: »Du bist eindeutig zu alt, als dass jungenhafter Charme noch etwas bewirken würde, Erith.«

»Sonst hast du mich Julian genannt.«

»Seither haben sich viele Dinge verändert. Kommst du jetzt vielleicht endlich rein?«

»Mit Vergnügen.«

Das letzte Wort zog er absichtlich in die Länge, und sie konnte nichts dagegen tun, dass ihr ein erwartungsvoller Schauder über den Rücken rann. Genau mit diesen Worten hatte er sich an seinem ersten Abend in der York Street bei ihr eingestellt.

Gütiger Himmel, wenn sie es nicht endlich schaffte, die Erinnerungen zu verdrängen, hätte er sie sicher flachgelegt, bevor sie auch nur in der Küche war. Nicht, dass sie etwas gegen eine letzte Nacht des Glückes einzuwenden hätte. Doch was würde dadurch schon erreicht? Danach würde er wieder gehen, und sie bliebe abermals allein und sehnsüchtig zurück.

Sie trat in das kühle Dämmerlicht der mit Steinplatten ausgelegten Küche, und als er ihr über die Schwelle folgte, erschien ihr der bisher vollkommen ausreichende Raum urplötzlich winzig klein und schrecklich überfüllt. Nicht nur, weil er ein großer Mann war, breitschultrig und muskulös. Sondern auch aufgrund der Energie, die er verströmte und die auch noch bis in den letzten Winkel der Küche drang.

»Hübsch.« Er setzte sich unaufgefordert auf die Fensterbank und sah sich mit unverhohlener Neugier um. Infolge ihrer unbeholfenen Versuche, Früchte einzukochen, herrschte das totale Chaos in dem kleinen Raum. Die Luft war schwer und süß vom Geruch von heißem Zucker und verkochtem Obst, und auch wenn sie es nicht wollte, kratzte es an ihrem Stolz, dass er dieses Durcheinander sah.

Sie holte den Bierkrug aus der Vorratskammer, füllte einen Becher und hielt ihn ihm mit ausgestreckten Fingern hin. »Gib doch einfach zu, dass dieses Haus in deinen Augen schäbig und armselig ist.«

»Danke.« Er nahm den Becher entgegen und genehmigte sich einen großen Schluck.

Sie versuchte nicht zu gucken, wie er seinen Kopf nach hinten legte und wie sein Kehlkopf sich bewegte, als er trank. Mit seiner überwältigenden Männlichkeit war er ein Fremdkörper in ihrer femininen Welt. Doch noch während sie versuchte, sich über sein Eindringen in ihr Heim zu ärgern, vollführte ihr verräterisches Herz einen regelrechten Freudentanz, weil er ihr endlich wieder nahe war.

Armes, dummes Herz.

Arme, dumme Olivia.

Er stellte seinen Becher ab und bedachte sie mit einem durchdringenden Blick. »Ich finde es weder schäbig noch armselig, sondern ungemein gemütlich. Allerdings hätte ich angenommen, dass du in einer etwas anderen Umgebung lebst.«

»Du hattest angenommen, dass ich mir sofort den nächsten reichen Gönner suche«, stellte sie verbittert fest. Doch um fair zu sein, was sonst hätte er denken sollen? Schließlich wäre dieses Vorgehen für Londons berüchtigte Kurtisane durchaus normal.

Er verzog den Mund zu einem Lächeln, das kein Lächeln war. »Dafür kenne ich dich zu gut.«

Plötzlich schlug sie kraftvoll auf den mit Beeren übersäten Küchentisch, denn sie war dieses Geplänkel einfach leid. »Du hast doch keine Ahnung, wer ich bin. Bitte sag mir, weshalb du gekommen bist, und verlass dann mein Haus.«

»Ich wollte dich sehen. Ich habe seit April halb England nach dir abgesucht.«

Sie wandte sich ab und starrte blind in den kleinen Flur, durch den man in die anderen Räume in der unteren Etage kam. »Das hättest du dir sparen können. Ich komme ganz bestimmt nicht als deine Mätresse mit nach Wien.«

»Warte erst, bis ich dich darum bitte«, fiel er ihr in ruhigem Ton ins Wort.

Wütend fuhr sie zu ihm herum. »Tu doch nicht so, als ob du nicht gekommen wärst, um mich wieder herumzukriegen. Auch wenn du den Gleichmütigen mimst, kann ich richtiggehend riechen, wie sehr du mich begehrst.«

Jetzt lächelte er nicht mehr. »Natürlich begehre ich dich immer noch.«

»Es ist nicht …« Plötzlich unterbrach sie sich. »Du hast gesagt, du führst nach Romas Hochzeit im Juni nach Wien zurück.«

»Sie hat Renton doch nicht geheiratet.« Er zog eines seiner Beine an und schlang die Arme um sein Knie. Auch wenn er zugegeben hatte, dass er sich immer noch nach ihr verzehrte, behielt er seine lässige Haltung bei. »Ich dachte, das hättest du gehört.«

»Die Gerüchte kommen nicht bis hier, und keiner meiner Londoner Freunde weiß, wo ich mich aufhalte. Außer natürlich Perry.«

»Der verlogene Bastard hat behauptet, er hätte keine Ahnung, wo du bist.«

»Er musste mir versprechen, es niemandem zu erzählen. Vor allem nicht dir.«

»Weißt du, dass die Herzogin von Kylemore im Mai von einer gesunden Tochter entbunden worden ist?«

»Ich lebe hier auf einem von Kylemores Gütern, das habe ich also ganz bestimmt bereits gehört. Aber erzähl mir von Roma.« Plötzlich kam ihr ein schrecklicher Gedanke. »Die Rentons haben doch wohl nicht herausgefunden, dass sie bei mir war, oder? Ich schwöre dir, Julian, ich hatte nie die Absicht, deiner Tochter wehzutun.«

Ehe sie es verhindern konnte, hatte sie ihn mit seinem Vornamen angesprochen, und falls er deshalb selbstgefällig grinste, schlüge sie ihm mit einer der großen Kupferpfannen, die über dem Ofen hingen, auf den Kopf. Doch auch wenn sie wusste, dass ihm die intime Anrede – weil seinen wachen Augen und dem noch wacheren Geist nie etwas entging – natürlich aufgefallen war, ging er achtlos darüber hinweg.

»Nein. Romas Besuch bei dir ist ein Geheimnis, Gott sei Dank. Obwohl sie jetzt auf jeden Fall als flatterhaftes Wesen gilt.«

»Dann hat also sie die Verlobung gelöst?« Olivia runzelte verwirrt die Stirn. »Dafür wirkst du erstaunlich ruhig.«

Er zuckte mit den Schultern. »Der Junge kam mir von Anfang an entsetzlich eingebildet und vor allem wie ein fürchterlicher Langeweiler vor.«

»Was er im Vergleich zu dir bestimmt auch ist«, platzte es aus ihr heraus.

Er stieß ein kurzes Lachen aus. »Das war ein ziemlicher Tiefschlag, meine Liebe.« Ohne darauf einzugehen, dass sie ihn mit einem mörderischen Blick bedachte, fuhr er fort: »Sie ist noch so unglaublich jung. Und noch unreifer, als man es in diesem Alter sowieso meistens noch ist. Es wäre eine brillante Verbindung gewesen, aber mir wäre es lieber, wenn sie sich mit jemandem zusammentäte, der ihr vom Wesen und von der Intelligenz her ähnlich ist. Je besser ich sie kennen lerne und je öfter ich den aufgeblasenen Gockel, mit dem sie verlobt war, gesehen habe, umso unpassender erschien er mir für sie.«

»Ich glaube, sie hat einfach nach einem Ersatz für dich gesucht. Nach jemandem, der ihr die Familie gibt, die du ihr ihrer Meinung nach gestohlen hast.«

Wie hatte es ihr gefehlt, sich mit ihm zu unterhalten. Wie hatte es ihr gefehlt, ihm nah zu sein. Wie hatte sie doch einfach alles an dem Mann vermisst.

Verzweifelt kämpfte sie gegen die Wärme an, die sich in ihr Herz und ihre Seele schlich. Denn sie durfte nicht vergessen – es gab keine Zukunft für sie und Julian.

Ein Schatten des Bedauerns huschte über sein anziehendes Gesicht. »Vielleicht hast du recht. Inzwischen verstehen sie und ich uns deutlich besser. Obwohl sie immer noch wie ein verdammter Kartoffelsack im Sattel hängt. Sich vorzustellen, dass ausgerechnet meine Tochter so wenig Talent zum Reiten hat …«

»Es muss doch einen furchtbaren Skandal gegeben haben, als sie Renton den Laufpass gegeben hat. Ich hoffe, es geht ihr trotzdem gut.« Olivia hasste den Gedanken, dass das Mädchen unter der Missbilligung der Gesellschaft litt.

»Oh.« Ein versonnenes Lächeln umspielte seinen Mund. »Es geht ihr sogar prächtig. Sie hat sich eine komplett neue Garderobe zugelegt, und zwar auf der Grundlage der Dinge, die du diese Saison getragen hast. Du hast einen unglaublichen Einfluss auf das Kind.«

Zu ihrer Überraschung hörte sie keinen Tadel aus seiner Stimme heraus. Trotzdem meinte sie: »Das findest du doch bestimmt entsetzlich.«

»Nur weil es mich daran erinnert, dass du fortgelaufen bist. Aber daran denke ich auch so die ganze Zeit.«

»Julian …«, setzte sie warnend an und, obwohl er gar nicht versucht hatte sie zu berühren, ging sie langsam rückwärts, bis sie gegen den steinernen Ofen stieß.

Bevor sie weitersprechen konnte, fiel er ihr ins Wort. »Ich muss sagen, dass mir diese neue, elegante Roma deutlich lieber ist als das schmollende Gör, zu dem ich heimgekommen bin. Sie hat den festen Vorsatz, ein Original zu werden, doch ich bin mir sicher, dass irgendein junger Mann sie bändigen wird, bevor sie zu weit geht. Wenn sie jetzt noch lernen würde, so zu reiten wie du, wäre ich unendlich stolz auf sie.«

Wenn er zuvor von seiner Tochter gesprochen hatte, hatte seine Stimme keinen so liebevollen Klang gehabt. Olivia lächelte. Sie wünschte ihm nichts Schlechtes, auch wenn es keine Zukunft für sie beide gab. Und sie wusste, wie entsetzlich die Entfremdung von seiner Familie für ihn gewesen war.

»Das freut mich. Und wie geht es deinem Sohn?«

»Er reißt sich ebenfalls am Riemen, vor allem, seit er in Roma keine Verbündete mehr gegen mich hat. Inzwischen redet er sogar gelegentlich mit mir. Es hat sich herausgestellt, dass auch er von Renton nicht unbedingt begeistert war.«

»Dann hast du also erreicht, wofür du nach London zurückgekommen bist.«

»Das könnte man sagen«, pflichtete er ihr langsam und nachdenklich bei.

Immer noch sah er sie reglos an. Sie sollte sich deswegen unbehaglich fühlen. Schließlich sah sie wie eine kleine Bäuerin aus, und er war gekommen, um etwas von ihr zu erbitten, was sie ihm unmöglich geben konnte. Trotzdem war es vollkommen natürlich, dass er ihr mit seinen Blicken folgte. Genau wie es vollkommen natürlich war, dass er ihr erzählte, was ihm auf dem Herzen lag, und dass sie sich für ihn freute, weil ihm wenigstens die Versöhnung mit seiner Familie gelungen war.

»Bist du deswegen noch nicht nach Wien zurückgekehrt?«

»Ich werde nicht mehr dorthin zurückkehren. Ich habe meinen Posten aufgegeben.« Er machte eine Pause und atmete tief ein. »Ich habe stattdessen ein Schloss in Frankreich gekauft, auf dem ich Pferde züchten will.«

»In Frankreich?«, fragte sie so leise, dass er sie kaum verstand. Vor lauter Schreck hatten sich alle ihre Muskeln angespannt. »Ich dachte, dass du in England bleiben willst.«

»Meine Pläne haben sich geändert.«

»Was ist mit deinen Gütern hier?«

Sie versuchte sich zu sagen, dass all das sie nicht betraf. Sie hatte ihn verlassen und hatte nicht die Absicht, zu ihm zurückzukehren. Er war für sie verloren, ganz egal, ob er in England, Frankreich oder gar Timbuktu war. Sie hatte keinen Grund, das Gefühl zu haben, als hätte er ihr Leben noch einmal zerstört, nur weil er die Absicht hatte, in ein anderes Land zu ziehen. Um Himmels willen, schließlich hatte sie gedacht, er wäre längst wieder in Wien.

»Die wird William übernehmen, sobald er mit seinem Studium fertig ist.«

»Wäre es nicht wesentlich praktischer für dich und deine Familie, wenn du in einem deiner Häuser hier in England leben würdest?«

Er griff nochmals nach dem Becher, drehte ihn in seinen Händen und blickte nachdenklich auf das Geschirr aus matt schimmerndem Zinn. »Nach all den Jahren auf dem Kontinent ist mir England einfach zu eng. Bevor ich zurückgekommen bin, hatte ich eine romantische Vorstellung von meiner Heimat, und ich werde sie auch immer lieben, aber, nein, Frankreich passt einfach besser zu einem Mann wie mir. Das Anwesen liegt in der Normandie, also nah genug für regelmäßige Besuche. Und meine Kinder billigen dieses Arrangement.«

»Das zu glauben, fällt mir schwer.«

Er sah sie mit einem schiefen Lächeln an. »Ich habe nicht gesagt, dass sie sofort einverstanden waren. Aber nach einer Reihe ausführlicher Gespräche konnte ich sie dazu bringen, die Sache auch aus meinem Blickwinkel zu sehen.«

Um ihre grundlose Trauer zu verbergen, fragte sie verächtlich: »Dann wird also der umwerfende Earl of Erith, der strahlende Mittelpunkt der besseren Gesellschaft und berüchtigte Frauenheld in Zukunft ein kleiner Pferdewirt?«

»Ich freue mich bereits darauf. Neben der Pferdezucht werde ich regelmäßig verreisen. Meine Braut hat nämlich den Wunsch, viel von der Welt zu sehen.«

Er hob den Kopf und sah sie aus klaren und vor Glück strahlenden Augen an. »Olivia, ich habe die Absicht zu heiraten.«

30

Mit einem erstickten Schrei wich sie noch weiter vor ihm zurück. Ihr Schädel dröhnte, als ob sie sich den Kopf gestoßen hätte, seine Worte hallten überlaut in ihren Ohren nach.

Heiraten? Natürlich wollte er heiraten. Nur eben nicht sie.

Zitternd und blind vor Schreck und Zorn tastete sie nach der Rückenlehne eines der stabilen geflochtenen Stühle. Sie durfte nicht fallen. Nein, sie durfte jetzt nicht fallen. Das wäre zu erniedrigend. Aber ihre Knie waren weich wie Butter, und der Nebel, der ihre Sicht blockierte, nahm denselben grauen Ton wie Julians Augen an. Der Arbeitsraum um sie herum verblasste, und sie hatte das Gefühl, als stürze sie durch einen langen Tunnel auf einen dunklen Abgrund zu.

Wie aus weiter Ferne hörte sie ein Krachen, als Julian seinen Becher fallen ließ. Und dann ein noch lauteres Krachen, als der Stuhl, an dessen Lehne sie sich klammerte, auf den Steinboden fiel.

Er würde eine andere heiraten. Wie sollte sie das ertragen?

Vier Monate zuvor hatte sie ihn freigegeben. Er hatte die Zeit für die Suche nach einer passenden Ehefrau genutzt. Ein beispielhaftes Geschöpf, das eine würdige neue Countess of Erith wäre. Eine Frau, die mit ihm zusammenleben, sein neues Heim einrichten und ihm – oh Gott, ihr wurde schlecht – die Babys schenken würde, die zu gebären sie nicht in der Lage war.

Sie fing an zu schwanken. Weshalb in aller Welt bekam sie keine Luft mehr? Sie brauchte dringend Luft. Ihre Lungen fingen an zu brennen. Eine Eiseskälte breitete sich in ihr aus.

»Olivia? Olivia, Liebling, es ist alles gut.«

Verschwommen nahm sie wahr, dass er sie in seine starken Arme nahm, sie an seine Brust drückte und aus der Küche trug.

Er würde eine andere heiraten.

Sie zitterte so sehr, dass sie ihm die Arme um den warmen Nacken schlang. Trotz der erschütternden Neuigkeit, dass inzwischen eine andere seine Auserwählte war.

»Lass mich runter«, krächzte sie.

Er ignorierte den Befehl. Vielleicht hatte er ihn auch gar nicht gehört. »Du musst doch irgendwo ein Wohnzimmer haben. Ich weigere mich, weiter in deiner verdammten Küche mit dir zu reden.«

Er würde eine andere heiraten.

Wieder und wieder gingen ihr die giftigen Worte durch den Kopf. Trotzdem konnte sie sie einfach nicht verstehen.

Er sollte sie nicht tragen, als gehörte sie in seine Arme. Er sollte sie nicht Liebling nennen. Er sollte nicht einmal mit ihr alleine sein. Er sollte in London sein und seine Braut hofieren.

Er hielt sie mit einer Vorsicht, als wäre sie sein größter Schatz. Ihr Bewusstsein drängte sie, dagegen zu protestieren, dass er sie so zärtlich hielt. Doch sie war noch nie eine Heuchlerin gewesen und finge jetzt nicht damit an. Während ihre Arme fest um seinen Nacken lagen, rieb sie ihr Gesicht an seiner breiten Brust und nahm das langsame und gleichmäßige Pochen seines Herzens wahr.

Allmählich kam sie wieder zu sich und betrachtete sein kantiges Profil. Seine Wangenknochen stachen noch sichtbarer hervor, als ob er Gewicht verloren hätte. Seine Miene war so düster, als hätte er nicht allzu oft gelächelt, seit er von ihr verlassen worden war.

Aber all das bildete sie sich bestimmt nur ein. Er hatte nicht um sie getrauert, sondern eine andere Frau hofiert.

»Ich bin doch viel zu schwer«, protestierte sie mit rauer Stimme, und er stieß das kurze Lachen aus, das sie so liebte, als wäre er gegen seinen Willen amüsiert.

»Du hast genau das richtige Gewicht.«

Er trat durch die schmale Tür des Wohnzimmers und musste den Kopf einziehen, damit er sich nicht an dem niedrigen Oberbalken stieß. »So ist es schon besser.«

»Ich kann auf meinen eigenen Beinen stehen«, klärte sie ihn ohne große Überzeugung auf.

»Wenn ich dich jetzt absetze, fällst du mir nur wieder um.« Er setzte sich in den Sessel neben dem Kamin und zog sie auf seinen Schoß.

»Ich bin nicht umgefallen.« Ihre Beine waren weich geworden, alles um sie herum hatte sich gedreht, und sie hatte das Gefühl gehabt, als ob sie jeden Augenblick in Ohnmacht fallen würde. Doch Olivia Raines fiel niemals in Ohnmacht.

»Wenn du es sagst. Um Gottes willen, Frau, hör endlich auf zu zappeln.«

Oh, was nützte ihr das Zappeln schon? Mit einem verzweifelten Seufzer gab sie auf, sofort wurde auch ihr wilder Herzschlag wieder ruhig.

Auch wenn es eine todbringende Schwäche war, brachte sie es ganz einfach nicht über sich, den herrlichen Moment vorzeitig zu beenden. Der köstliche Geruch von Sandelholz und Julian, der sie umgab, versprach unendliche Vergnügen und war deshalb stärker als der Ärger und der Schock.

»So ist es besser«, murmelte er sanft und vergrub sein Gesicht in ihrem Haar.

Sie klappte die Augen zu und genoss es, dass sie abermals mit ihm zusammen war. Ihre Freude war zerbrechlich, trügerisch, verkehrt, doch sie konnte sich nicht von ihm lösen. Denn in den endlosen, trüben Wochen, seit sie ihn verlassen hatte, hatte sie nicht einen Augenblick ein solches Glück verspürt.

»Quäl mich nicht, Julian«, bat sie mit brechender Stimme. »So grausam kannst du doch wohl nicht sein.«

»Grausam? Das ist ja wohl der Gipfel. Frau, du hast mir vier Monate in der Hölle beschert«, schnaubte er an ihrem Haar, und als er sie spontan noch fester in die Arme nahm, sagte ihr das mehr als tausend Worte, wie unglücklich er ohne sie gewesen war.

Sie hatte keine Ahnung, was er von ihr wollte. Er hatte ihr erklärt, dass er eine neue Frau gefunden hatte. Hatte sie darüber informiert, dass er nach Frankreich ziehen würde. Trotzdem hielt er sie so fest, als ob er sie nie wieder gehen lassen wollte, und küsste sie zärtlich auf den Kopf.

Sie vergrub die Finger in seinem Leinenhemd, lehnte ihren Kopf an seine Schulter und genoss die Sicherheit, die er ihr dadurch bot, dass er sie hielt.

Was für eine dumme Illusion.

Irgendein Rest von Verstand beharrte darauf, dass sie sich erhob, all ihren Mut zusammennahm und ihn aufforderte zu gehen. Er war nicht für sie bestimmt. Er war nie für sie bestimmt gewesen. Er musste zu seiner Braut zurück. Dann hätte sie vielleicht noch eine Chance, ein Minimum an Zufriedenheit in den dunklen, eintönigen Jahren zu erleben, die sie noch ohne ihn zu leben gezwungen war.

Er musste gehen.

Aber nicht jetzt sofort. Bitte, lieber Gott, nicht jetzt sofort.

Es fiel ihr schwer zu glauben, dass er einer anderen gehörte. Die Nähe und Vertrautheit, die sich während der langen Nächte voller Leidenschaft in London zwischen ihnen entwickelt hatten, kamen ihr so stark wie immer vor. Vielleicht hatte die leidvolle Trennung diese Bindung sogar noch gestärkt.

Er liebte sie noch immer. Davon war sie, auch wenn sie sicher eine hoffnungslose Närrin war, einfach überzeugt.

Doch selbst wenn er sie noch liebte, was nützte ihr das schon? Der Preis, den sie von ihm dafür verlangte, dass sie bei ihm blieb, war immer noch derselbe.

Obwohl es ihr das Herz endgültig brechen würde, gäbe sie ihm nochmals einen Korb.

Er hob den Kopf und sah sie mit blitzenden Augen an. »Du riechst nach Erdbeeren.«

»Ich habe Marmelade gekocht.«

»Ah.« Er legte eine Hand unter ihr Kinn. »Lass mich sehen.«

Ihr Herz fing an zu galoppieren, und sie wartete zitternd auf das, was sicher käme. Eine bessere Frau als sie würde ihm erklären, sie wolle nicht, dass er sie küsste. Doch er hatte ihr so fürchterlich gefehlt. Was machte ein kleiner Kuss schon aus? Dieses kleine Glück war ihr das Schicksal einfach schuldig, bevor es sie erneut ins Elend stürzen ließ.

Langsam, um ihr Zeit zu geben, sich ihm zu entziehen, neigte er seinen Kopf. Seine grauen Augen strahlten, er atmete vorsichtig aus und presste seinen Mund so sanft auf ihre Lippen, dass sie unter der himmlischen Süße der Liebkosung schmolz.

Er kostete sie sanft. Mit einem honigsüßen Flackern seiner Zunge. Einer beinahe flüchtigen Berührung seiner Lippen. Anders als jemals zuvor. Beinahe … *unschuldig.*

Allzu schnell zog er den Kopf wieder zurück. Geschüttelt vom Fieber widerwilligen Verlangens wartete sie darauf, dass er erneut den Mund auf ihre Lippen drückte und die Süße in Leidenschaft verwandelte. Schließlich hatte er auch schon beim letzten Mal Leidenschaft benutzt, um sie dazu zu überreden, dass sie bei ihm blieb.

»Mmm, köstlich.« Er verzog den Mund zu einem Lächeln, das so sanft war wie der Kuss, und ihr unberechenbares Herz unterbrach seinen Galopp und stellte vorübergehend seine Arbeit ein.

»Julian …«, wisperte sie erstickt.

Sie sagte sich verzweifelt, er wäre verlobt, doch jetzt war er hier bei ihr, und die andere Frau, selbst wenn sie ihr schon einmal irgendwo begegnet war, war eine ferne, undeutliche Gestalt. Trotzdem schloss sie unglücklich die Augen und kämpfte gegen die aufsteigenden Tränen an.

Als wäre ihm bewusst, dass sie jeden Augenblick zusammenbrechen könnte, schlang er ihr erneut die Arme um den Leib und drückte ihr Gesicht an seine Brust.

Ihr Herz fing wieder an zu schlagen und nahm dabei den Rhythmus seines Herzens auf. Immer noch schmeckte sie seinen flüchtigen Kuss, der berauschender als jeder Wein war. Jetzt lag sie in seinen Armen und ließ die gestohlene Zeit vergehen.

»Ich habe ein Geschenk für dich«, brach er schließlich die wunderbare Stille, und seine Stimme klang genauso ernst wie in dem Augenblick, in dem er ihr gestanden hatte, was er für sie empfand.

Bittere Enttäuschung wogte in ihr auf. Die kurze Ruhepause war vorbei. Wollte er sie vielleicht bestechen so wie damals mit dem Collier? »Wieder irgendwelchen Schmuck?«

»Nein. Aber wenn du willst, werde ich dir sämtliche Diamanten kaufen, die es in London gibt.«

»Das will ich nicht.«

Sie wusste, was sie wollte. Nicht die glitzernden Klunker, die sie in London als Zeichen des Triumphs über ein Geschlecht, das sie verachtete, an Hals und Armen trug.

»Trotzdem werde ich dir alle Diamanten Londons kaufen«, murmelte er dicht an ihrem Ohr, und noch während sie versuchte, ihre Reaktion zu unterdrücken, zog ein wohliger Schauder bis in ihre Zehen hinab.

»Dann werfe ich sie weg«, gab sie heiser zurück.

Er legte seinen Kopf ein wenig schräg und sah ihr ins Gesicht. »Greif mal in die Innentasche meiner Jacke, und zieh das Papier heraus.«

»Ich will auch keine Besitzurkunde für ein Haus.«

Seine Augen blitzten belustigt auf. »Da bin ich aber erleichtert. Weil es nämlich keine Besitzurkunde ist.«

Niemand anderes hatte sie jemals auf den Arm genommen. Weshalb hatte sie sich ausgerechnet in den einzigen Mann verliebt, vor dessen Spott sie niemals sicher war? »Julian Southwood, du bist wirklich das nervtötendste Geschöpf, das mir je über den Weg gelaufen ist«, stellte sie knurrig fest.

»Das glaube ich dir gern.« Wieder lachte er leise auf und forderte sie nochmals auf: »Greif in meine Tasche, Olivia.«

Sie schob ihre Hand unter seine Jacke, nestelte nach dem Papier, das in der Innentasche steckte, und hörte, dass er erst den Atem anhielt und dann zischend Luft holte, als sie mit den Fingern sanft über den dünnen Stoff seines dünnen Hemdes glitt.

Dann schloss sie die Finger um das Dokument und zog es mit einer Langsamkeit heraus, von der sie wusste, dass sie quälend für ihn war.

»Was ist das?«

Er sah sie reglos an, und seine Augen leuchteten wie nie zuvor.

Sie hatte behauptet, er wäre zu alt für jungenhaften Charme, doch in diesem Augenblick sah er nicht nur jung, sondern auch unsicher und beinahe *schüchtern* aus. Ein Wort, das ihr im Zusammenhang mit dem weltgewandten Earl of Erith bisher nicht in den Sinn gekommen war.

Sein Blick war derart zärtlich, dass er ihr das wunde Herz zerriss. Sein ausdrucksvoller Mund war weich und bräche sicher jeden Augenblick in das ihm eigene wunderbare Lächeln aus.

Alles in ihr sehnte sich schmerzlich nach dem Geschmack seines Mundes, beinahe hätte sie sich vorgebeugt und ihn geküsst.

Er nickte in Richtung des Papiers. »Lies bitte, was dort steht.«

Widerstrebend faltete sie den Zettel auseinander. Offensichtlich wollte er sie durch irgendeine extravagante Geste dafür entschädigen, dass er bald heiraten würde, oder sie dazu bringen, dass sie wieder als seine Mätresse zu ihm kam.

Es wurde langsam dunkel, doch das abendliche Zwielicht bot genügend Licht, um zu entziffern, was in einer spinnenhaften Handschrift auf der Seite festgehalten worden war.

Trotzdem musste sie es dreimal lesen, ehe sie sich sicher war, dass sie richtig verstand.

Als sie ihn entgeistert ansah, nahm er sie noch fester in den Arm, als würde sie urplötzlich vor ihm fliehen, seit sie wusste, weshalb er gekommen war.

»Das ist eine Sonderheiratserlaubnis«, stellte sie tonlos fest.

»Ja.« Das Leuchten seiner Augen blendete sie regelrecht. Vielleicht konnte sie auch wegen der aufsteigenden Tränen nur noch verschwommen sehen.

Sein Adamsapfel wippte, als er sichtlich schluckte, und

ihr wurde bewusst, dass dieser selbstbewusste Mann ängstlich darauf wartete, dass er eine Antwort von ihr bekam.

Der Gedanke rührte sie. Und verlieh ihr eine Sicherheit, die ihr bisher fremd gewesen war.

Sie streckte eine ihrer Hände aus, streichelte ihm zärtlich das Gesicht und wisperte: »Frag mich, Julian.«

Er räusperte sich einmal. Zweimal. Dreimal.

Aber als er endlich sprach, hatte seine Stimme einen tiefen, ruhigen Klang. »Wunderschöne, kluge, weise, göttliche Olivia, Liebe meines Herzens, willst du mich heiraten?«